Ullstein

ÜBER DAS BUCH:

Als Claus-Peter Stockhausen, Yachtmakler und Regattasegler, mit seinem Freund Sascha eine 20-Meter-Yacht für den steinreichen Eigner überführt, geraten sie mitten in ein Netz aus Erpressung und Machtgier. Was geschah wirklich, als Sascha im Sturm vor Portland Bill über Bord ging? Welche Rolle spielte die Großbank, die von einem Computerhacker erpreßt wird? Wer ist letztlich verantwortlich für diese Art Sturmflut, die eine Reihe von Menschenleben fordert?
Ein faszinierender Thriller – nicht nur für begeisterte Segler.

DER AUTOR:

Gernot Firsching, Jahrgang 1953, ist freischaffender Schriftsteller und kann bereits auf eine Reihe sowohl ernsthafter Fachbücher als auch bissiger Satiren zum Thema Wassersport verweisen. Der zurückgezogen lebende Autor segelt, sofern ihm seine Arbeit hierfür Zeit läßt, vor allem entlang der niederländisch-belgischen Nordseeküste, im Englischen Kanal und auf dem Mittelmeer.

Gernot Firsching

# Sturmflut

Roman

Ullstein

Ullstein Buchverlage GmbH,
Berlin
Taschenbuchnummer: 24177

Originalausgabe
Juli 1997

Umschlaggestaltung:
Vera Bauer
Foto: THE IMAGE BANK/
Magnus Rietz

Printed in Germany 1997
Gesamtherstellung:

ISBN 3 548 24177 8

Gedruckt auf alterungsbeständigem
Papier mit chlorfrei gebleichtem
Zellstoff

Vom selben Autor
in der Reihe der
Ullstein Bücher:

Grundsee (23923)

Die Deutsche Bibliothek – CIP-Einheitsaufnahme

**Firsching, Gernot:**
Sturmflut: Roman / Gernot Firsching. – Orig.-Ausg. – Berlin:
Ullstein, 1997
(Ullstein-Buch; Nr. 24177)
ISBN 3-548-24177-8 brosch.

Die Handlung des Romans und sämtliche Begebenheiten sind erfunden. Ähnlichkeiten mit lebenden oder verstorbenen Personen wären rein zufällig und sind vom Autor weder gewollt noch beabsichtigt. Dies gilt auch für eventuelle Namensgleichheiten.

# 1

Ich fuhr aus meiner Koje hoch und war mit einem Schlag hellwach. Etwas stimmte nicht. Die Gewißheit, nachts mit einer fremden 20-Meter-Segelyacht unterwegs zu sein, spannte mein Nervenkostüm an, wie das allenfalls bei einem Hochseilartisten kurz vor einem Salto vorkommt. Wäre Sascha nur in den Salon gekommen, um sich in der Pantry am Heißwasserbereiter zu bedienen, mein Unterbewußtsein hätte sich geweigert, ihn überhaupt wahrzunehmen.

Eine deutliche Veränderung des Wellenablaufs am Rumpf hatte mich geweckt. Das Boot lag nicht mehr sauber ausgetrimmt auf dem Ruder. Seit Start Point hob und senkte sich der Bug in immer gleichem Rhythmus, wobei die Atlantikwellen, die von Westen in den Ärmelkanal hineinstanden, den Rumpf der schweren Skandinavierin leicht von der einen Seite auf die andere wiegten. Jetzt lag die Vector nach Backbord gekrängt und hieb alle paar Augenblicke in ein Wellental.

Ich richtete mich auf und schwang mich über den Rand der Lotsenkoje. Jeans, T-Shirt und Thermojacke behielt ich unterwegs auf See immer am Körper, der Schwermetalloverall lag auf dem Boden. Ich brauchte 30 Sekunden, um hineinzuschlüpfen, den Reißverschluß bis zum Hals hochzuziehen und die Segelstiefel überzustreifen. Dann war ich auch schon im Salon, warf noch einen Blick auf die

Seekarte und schwang mich den Niedergang empor. Stockfinstere Nacht umgab mich. Ich brauchte ein paar Augenblicke, um meine Augen an die Dunkelheit zu gewöhnen. Oben an Deck pfiff der Südwest jetzt mit gut sieben Beaufort durch das Rigg, daß die Genuaschoten infolge der Überbeanspruchung nur so knackten. Eine Welle krachte gegen die Steuerbordwand, stieg bestimmt zwei Meter über den Süllrand empor und duschte mich von oben bis unten ab. Eiskaltes Atlantikwasser fand seinen Weg durch den Overallkragen bis in meine Segelsocken aus Fleece. Ich fluchte und wischte mir das Salz aus den Augen.

Als Sascha und ich vor knapp drei Wochen von Newport im US-Bundesstaat Rhode Island aufgebrochen waren, herrschte auf dem Nordatlantik anfangs ein stetiger Norder der Stärke vier bis fünf. Im Verlauf der letzten beiden Wochen schlug das Windmeßgerät immer häufiger an der Sechs-Beaufort-Marke an. Für ein 36-Tonnen-Schiff mit einem Bleiballast von knapp 14 Tonnen und eine erfahrene, eingespielte Zweimanncrew durfte aber selbst stürmischer Wind oder bisweilen Sturm kein wesentliches Problem darstellen, zumal die Skandinavierin mit hydraulischen Rollreffanlagen für Vor- und Großsegel ausgerüstet war, eine 150 PS starke Maschine im Rumpf besaß und über ein navigatorisches Equipment verfügte, das dem eines Küstenmotorschiffs kaum nachstand. Was einem hier den Blutdruck in die Höhe trieb, waren weniger der himmelhohe Mast mit der tennisplatzgroßen Segelfläche, sondern die knapp vier Meter Tiefgang, die uns beim ersten Landfall in Tidengewässern mit einem Hub von bis zu neun Metern allenfalls erlaubte, große Seehäfen aufzusuchen. Das schnelle Hineinschlüpfen in einen Nothafen beiderseits des Englischen Kanals schied also schon von vornherein aus.

Zur Sicherheit hatten wir uns wegen des vorherrschenden Nordwesters für die südenglische Küste entschieden, um nicht auf Legerwall zu geraten. Bis zu den Scillies verlief alles nach Plan, aber querab Penzance drehte der Wind mehr und mehr zurück. Hier erschien das Segeln mehr als unangenehm. Auch auf einer knapp 20 Meter langen Hochseeyacht. Nun standen wir kurz vor Portland Bill. Fünf Stunden vor örtlichem Hochwasser. Mit etwa sieben Beaufort von schräg achtern.

Ich dachte an den Race, den ich zuletzt mit einem Fünfunddreißigfüßer bei Stauwasser und hellem Sonnenschein befahren hatte. Also nicht gegen fünf, in Spitzen sechs Knoten Strom von vorn. Und schon gar nicht in stockfinsterer Nacht mit einem Boot, das in einer knappen Woche im Yachthafen von Hamburg mit vollständigem Equipment zu liegen hatte. Meine verdammte Überheblichkeit sollte jetzt der Teufel holen. Ich Narr! Wir hatten bereits Ende August. Die rauhen Zeiten kamen wieder. Und ich hatte mit Stefan Graf Steinitz um meine Provision von 20 000 Mark gewettet, daß ich das Boot in exakt einem Monat aus den Staaten nach Hamburg überführte. Der Graf setzte die gleiche Summe dagegen. Ich mußte rechtzeitig ankommen. 20 000 Mark Wettschulden und den Verlust meiner Provision konnte ich mir nämlich beim besten Willen nicht leisten.

Sascha und mir blieb in Newport nicht einmal Zeit genug, den Zustand der Yacht richtig zu checken. Erst verspätete sich mein Flug, dann verhinderte Sturm das Kranen. Wir waren froh, daß wir mit zwei Tagen Verspätung, während ich Himmel und Hölle in Bewegung setzte, um Schwierigkeiten beim Zoll aus dem Weg zu räumen, Newport verlassen konnten. Alles in allem also nicht gerade die besten Voraussetzungen, um einen späten Sommertörn quer über den Atlantik so richtig zu genießen. Schließlich mußten wir bei anfänglich schwachem Wind 48 Stunden Zeitverlust aufholen.

Ich blinzelte wieder nach achtern. Bei der Vector steigt man etwa in Höhe der Schiffsmitte aus dem Innenraum in ein separates Cockpit. Die eigentliche Plicht, in der sich das brusthohe Steuerrad befindet, liegt acht Meter weiter hinten. Im ersten Moment konnte ich Sascha nicht entdecken. Dies beunruhigte mich jedoch nicht sonderlich. Wahrscheinlich kauerte er rechts oder links neben dem Rad und duckte sich hinter den aufgeklappten Spritzschutz. Aber warum, zum Teufel, hatte er so weit angeluvt? Wir wollten schließlich nicht nach Cherbourg, sondern nach Dover und weiter bis Hamburg. Er hatte wohl einen ersten Vorgeschmack auf Portland Bill erhalten und wollte einen weiten Bogen um den gefährlichen Stromwirbel vor dem Kap machen. Aber warum trimmte er die Segel nicht richtig? Wir lagen sowieso nicht übermäßig gut in der Zeit.

Ich riß meine Kapuze aus dem Kragen heraus und zerrte sie mir über den Kopf. Dann ließ ich einen besonders hohen Kaventsmann unter dem Rumpf durchlaufen und sprang über das Zwischendeck, auf dem die beiden riesigen Coffeegrinder verankert waren. Dieser Schiffsbereich war für einen gerade aus dem Schlaf gerissenen, unangeleinten Mann die gefährlichste Stelle an Deck. Hier spürte man die Schiffsbewegungen besonders stark. Und hier bewegte ich mich beinahe auf gleicher Höhe mit dem obersten Durchzug der Reling. Die Vector bockte wie ein mit Hafer gefüttertes Rodeopferd und ließ nichts unversucht, mich abzuschütteln. Das Salzwasser brannte mir in den Augen, während ich mich vor einem neuen Brecher duckte und an dem Spritzschutz vorbei in das hintere Cockpit sprang.

Wenn man im Januar auf einem Weiher Schlittschuhlaufen geht und unerwartet durch die dünne Eisdecke bricht, dann trifft einen das eiskalte Wasser wie ein Schlag mit einem Vorschlaghammer. Mir ging es in diesem Augenblick ähnlich. Ich glaubte, mein Herz würde schockgefroren. Wie durch Watte hörte ich eine gellende Stimme.

»Himmel, nein!«

Dort, wo Sascha hinter dem voluminösen Steuerrad hätte sitzen oder kauern sollen, herrschte gähnende Leere. Die Sitzducht war leer und von Sascha keine Spur. Nur die Selbststeueranlage hielt die schwere Yacht auf Kurs. Trotz des bis zur Sturmstärke angeschwollenen Windes, der ohrenbetäubend in der Takelage sang, und trotz des Vibrierens der Achterlinken hörte ich meinen Atem rasseln. Er ging stoßweise, so wie der eines Langstreckenläufers.

»Das darf doch wohl nicht wahr sein.«

Meine Stimme klang total fremd. Ich wirbelte herum und starrte nach vorn. Fehlanzeige. Keines klaren Gedankens mehr fähig, klammerte ich mich an den Griff der Radsäule. Scheinbar eine Ewigkeit mußte ich dort gestanden und auf das Ruderrad gestarrt haben, das vom Autopiloten in kurzen Abständen ruckartig hin und her gezerrt wurde. Mein Verstand weigerte sich zu begreifen, daß Sascha verschwunden sein konnte. Einfach so. Über Bord gespült. Vielleicht, als er den Coffeegrinder oder eine der Seitenwinschen bediente, ohne sich hierbei in einem Decksauge einzupicken. Oder er hatte sich kurz aufgerichtet und seinen Sicherheitsgurt gelöst und war von einem seitlich einfallenden Kaventsmann getroffen und weggewaschen worden. Seitlich einfallend! Bis Sascha den Kurs geändert hatte, liefen wir vor den achtern heranstürmenden Wellen ab. Das Unglück konnte erst während oder nach der Kursänderung geschehen sein. Vermutlich bevor er dazu kam, die Segel richtig einzustellen. Denn vom Wellenablaufgeräusch oder wegen falscher Trimmung war ich wach geworden. Verdammt! Vielleicht konnte ich ihn noch finden!

Ich schaltete den Autopiloten ab und drehte das Boot in den Wind. Anschließend sprang ich auf das Zwischendeck und nahm die Wicklungen der eingerefften Genua von der Schotwinschtrommel. Knatternd wie ein Maschinengewehrfeuer flatterte das Achterliek im Wind. Ich schwang mich wieder in das achtere Cockpit, wobei mich die herumpeitschende Großschot beinahe noch erwischt hätte. Jaulend begann die Hydraulik die Vorsegelreffanlage zu drehen. Langsam aber stetig wickelte sich das schwere Tuch um das Vorstag. Gleichzeitig nahm ich die Großschot dicht und startete den Sechszylinderdiesel. Jetzt, vierkant gegen den Wind, war das Heulen dermaßen laut, daß ich nur am Drehzahlmesser erahnen konnte, ob das Kraftwerk im Innern des Schiffes auch tatsächlich ansprang. Ich schob den Ganghebel vor und gab auf der Stelle Vollgas. Jetzt begann die Vector erst recht wie ein Rodeopferd zu springen. Mangels der nur beim Segeln erzeugten Stabilität, krachten die knapp 36 Tonnen vierkant in beinahe jede der heranrauschenden Wellen hinein. Ich fiel ein klein wenig ab, bis sich das Großsegel halbwegs mit Wind füllte. Aber nur so viel, daß das Knattern des Achterlieks abnahm und sich das Boot nicht zu weit überlegte. Dieselmotoren nehmen es ziemlich übel, wenn man sie unter Last auf Dauer mit starker Neigung laufen läßt. Das hält die Ölpumpe nicht durch, und dann folgt gewöhnlich der Exitus.

Ich schaltete wieder die Selbststeuerungsanlage an, sprang auf das Zwischendeck, robbte zum Niedergang und schwang mich über die Treppe in den Salon. Ich stürzte auf den Navigationstisch zu und hieb auf die Man-over-Board-Taste des DECCA, der anstelle des Satellitennavigators seinen Dienst versah, weil der GPS seit Erreichen einer geographischen Länge von etwa 20 Grad West nur noch »No Data« anzeigte. Diese Reaktion war eine reine Reflexhandlung. Sie brachte nicht allzuviel, denn an dieser Stelle war Sascha mit Sicherheit nicht über Bord gegangen. Ich rechnete kurz nach. Auf dem Log standen neun Knoten, der Gegenstrom betrug hier bestimmt schon drei Knoten. Ich war vor etwa einer Viertelstunde aufgewacht. Gesetzt den Fall, Sascha war vor einer halben Stunde über Bord gegangen, dann hatte sich die Vector erst etwa drei Seemeilen von der Unglücksstelle fortbewegt. Mit drei Knoten Strom von achtern und zirka fünf Knoten Fahrt voraus mit Hilfe der Maschine konnte ich in knapp einer halben Stunde wieder am Unglücksort angekommen sein. Allerdings trieb Sascha ebenfalls mit drei Knoten Strom ab, wobei ihn die Wellenberge der sieben Beaufort gegen die Tide vermutlich etwas abbremsten. Himmel! Daran hatte ich noch gar nicht gedacht. Wie sollte Sascha in diesen Wellenungetümen im Wasser treibend überleben? Und wie sollte ich ihn in stockfinsterer Nacht hier draußen überhaupt finden? Außerdem war diese Zeitkalkulation nur sehr grob geschätzt und stand auf ziemlich wackeligen Beinen.

Ich riß den Hörer des UKW-Telefons vom Schott. Auf dem Display erschien Kanal 16.

»Pan Pan, Pan Pan, Pan Pan! Hier ist die Segelyacht *Kyra*, *Kyra*, *Kyra*. Meine Position ist ungefähr 50 Grad 32,5 Minuten Nord und 2 Grad 45,2 Minuten West. Ich habe ein Crewmitglied verloren und benötige dringend Suchhilfe! Standby auf Kanal 16. Over.«

Verzweifelt lauschte ich in den Äther. Es rauschte hin und wieder im Hörer, aber es tat sich nichts. Wieder drückte ich die Sprechtaste.

»Pan Pan, Pan Pan, Pan Pan! Hier ist die Segelyacht *Kyra*. Ich wiederhole: *Kyra*. *Kyra*. Meine Position ist ungefähr 50 Grad 32,5 Minuten Nord und 2 Grad 45,2 Minuten West. Ich habe ein Crewmitglied verloren und benötige dringend Suchhilfe! Ich laufe zur Zeit unter Maschine und Großsegel in nordwestliche Richtung auf Lyme Regis zu.

An alle Schiffe. Bitte halten Sie gute Ausschau nach einem im Wasser treibenden Mann. Ich bleibe Standby auf Kanal 16. Over.«

Wieder lauschte ich in den Äther. Es knirschte ein paarmal, dann meldete sich eine Englisch sprechende Stimme.

»*Kyra, Kyra.* This is Her Majesty Coastguardstation Portland. Please repeat your urgency-call in English!«

Oh, verdammt. In der Aufregung hatte ich den Seenotruf in deutscher Sprache abgesetzt. Zum Teufel aber auch. Wieder kostbare Minuten verloren! Ich schluckte trocken und gab die Meldung jetzt in englischer Sprache und mit der neuen Position durch. Dabei mußte ich mich mit aller Kraft am Kartentisch abstützen, so sehr bockte die Yacht in den Wellen. Erst in diesem Moment bemerkte ich, daß eimerweise Wasser von oben durch den Niedergang in die Kajüte prasselte. In das Pfeifen des Windes, das man bis hier herunter deutlich hörte, mischte sich in das Knarren der Verbände im Seegang jetzt auch noch das Jaulen der automatischen Bilgepumpe. Ich preßte den Hörer an mein rechtes Ohr, um besser hören zu können.

»*Kyra.* This is Portland. Bitte wechseln Sie auf Kanal 67, bleiben Sie auf Standby und behalten Sie ihren Kurs und Ihre Geschwindigkeit bei. Wir haben Sie auf dem Radarschirm. Der Rettungskreuzer von Brixham ist bereits verständigt und wird die von Ihnen angegebene Unglücksstelle in etwa einer Dreiviertelstunde erreicht haben. Der Helikopter kann allerdings erst starten, wenn es hell wird. Also etwa in zwei Stunden.«

Wenn es dann nicht schon zu spät ist, schoß es mir durch den Kopf. Laut rief ich: »Danke, Portland. Ich behalte Kurs und Geschwindigkeit bei.«

Meine Hand fuhr zum Schaltbrett. Mit einem Knopfdruck war die Außenlautsprecheranlage eingeschaltet. Alles, was mir noch zu tun blieb, war, die Position in der

Seekarte zu vermerken, den voraussichtlichen Kurs zu berechnen und die angenommene Mann-über-Bord-Position als Wegpunkt in den Navigationsrechner einzugeben. Jetzt konnte der Autopilot selbständig den Weg dorthin finden. Anschließend richtete ich mich auf und stolperte zurück zum Niedergang, durch den immer noch kübelweise Seewasser von oben ins Schiffsinnere strömte. Ich griff nach den beiden Teakholzhandgriffen, um mich nach oben zu wuchten. Das Jaulen der automatischen Bilgepumpe, das Pfeifen des Sturms in den Wanten, das Ächzen der Schotten und Holzeinbauten unter Deck, das gequälte Knarren des Mastfußes auf dem Kielsockel, das Trommeln der Brecher gegen die Bordwand, so, als wäre der Rumpf eine Kesselpauke, das alles hörte sich hier unten in dem nur von der Schalttafelbeleuchtung am Kartentisch erhellten Salon an, als würde ein falsch bestücktes Symphonieorchester unter der Anleitung eines scheinbar wahnsinnigen Dirigenten vor einem großen imaginären Auftritt noch einmal schnell die Instrumente durchstimmen. Raus! Nur raus hier unten! An die frische Luft! Sonst wäre ich zum erstenmal wirklich seekrank geworden.

Oben an der frischen Luft atmete ich dreimal tief durch. Besser fühlte ich mich danach aber auch nicht. Mit mechanischen Bewegungen kramte ich die Steckschotts aus der Halterung hervor und verschloß den Niedergang. Die Selbststeueranlage hatte die Vector noch ein paar Grad abfallen lassen. Das Boot lag zwar dadurch ein bißchen ruhiger in der aufgewühlten See, von der ich ohnehin in dieser totalen Finsternis nur die weißen Köpfe der Wellenkämme erkennen konnte, dafür nahm jedoch die Krängung zu, was dem Sechszylinder auf Dauer nicht sonderlich gut bekommen konnte. Ich mußte nach achtern ins hintere Cockpit, um die Großschot aufzufieren. So warf ich mich auf das Zwischendeck und robbte auf allen vieren über die Teakholzoberfläche. Als ein Brecher an Backbord hochstieg und vierkant über meinen Kopf hinwegwusch, wobei ich mindestens zwei Meter zur Seite schlitterte, weil das Boot sich weit überlegte, dachte ich zum erstenmal ernsthaft darüber nach, ob ich mich nicht besser angeleint oder mir wenigstens eine Rettungsweste übergestreift hätte. Ich trug an Bord selten Sicherungsmittel. Brustgeschirr, Gurt und Schwimmweste störten mich. Sie schränkten meine Bewegungsfreiheit ein. Sie behinderten mich ganz einfach. Und das konnte ich in einer Situation wie dieser am allerwenigsten brauchen. Sascha, der schon ab drei Beaufort eine Schwimmweste überstreifte, schien seine übertriebene Sorgfalt und Vorsicht jedenfalls nichts genützt zu haben. Sonst säße er jetzt am Steuer und würde nicht da draußen mit den Heringen um die Wette paddeln. Falls er nicht schon längst 60 Fuß tiefer den Hummern als Frühstück diente. Ein eiskalter Schauer lief mir bei diesem Gedanken den Rücken herunter.

Sascha Körber war 35 Jahre alt und ein ebenso begeisterter Segler wie ich. Ich hatte ihn irgendwann einmal auf einer Siegesfeier im Anschluß an eine Regatta kennengelernt. Er stand an der Bar, ein Glas Champagner in der Hand und unterhielt sich ungeniert mit einem meiner Sponsoren, für den ich gerade eine Regatta in der Maxiklasse gewonnen hatte. Versehentlich goß er mir den Inhalt seines Glases über meinen Smoking. Während mein Sponsor und er versuchten, mich abzutrocknen, kamen wir zwangsläufig ins Gespräch, und ich gewann einen zuverlässigen Mitsegler.

Als Inhaber einer Agentur für Bootsüberführungen mußte ich Motor- oder Segelyachten von einem bestimmten Ausgangshafen zu einem neuen Bestimmungsort bringen, weil sich die neuen Eigner lieber um ihre Geschäfte kümmerten. Sascha war beileibe nicht der einzige, den ich zu solchen Überführungsfahrten mitnahm, aber Sascha hatte allen anderen eines voraus, was für jemanden wie mich praktisch unbezahlbar war: Er konnte sich in den Sessel irgendeiner Motoryacht schwingen oder sich hinter das Steuerrad eines Segelbootes klemmen, er verstand es, zielsicher mit Booten umzugehen. Sascha war ein Naturtalent. Er besaß das totale Feeling für alles, was auf dem Wasser schwamm. Und dennoch. Diesmal schien ihn etwas getrogen zu haben.

Ich schrak aus meinen Gedanken hoch, als erneut eine Welle an der Bordwand emporleckte und mich von der Seite her für einen kurzen Augenblick mit ihrem eisigen Schleier einhüllte. Ich bemühte mich, Ausschau zu halten. Aber wie sollte ich etwas ausmachen, von dem ich gar nicht wußte, wo es überhaupt sein konnte? Der Seegang in der Lyme Bay war dermaßen grob und die Nacht so finster, daß ich mich kaum orientieren konnte. Mir blieb nichts anderes übrig, als die manchmal hell schimmernden Wellenköpfe zu beobachten, in der Hoffnung, etwas Ungewöhnliches zu bemerken. Im günstigsten Falle einen Fünfunddreißigjährigen in einer aufgeblasenen Rettungsweste. Zum erstenmal dachte ich an Chris. Christiane Körber war zehn Jahre jünger als Sascha. Und sie hing an ihm. Und sie vergötterte ihn. Verdammt, Sascha! Zum Teufel, wo steckst du? Was hast du bloß angestellt?

Wieder und wieder fegten die Brecher über das Vordeck hinweg, hieb der Bug in einen heranrollenden Wellenberg hinein. Nicht selten verschwanden Bugkorb und Vordeck vollständig unter Wasser. Dann tauchte der Vorschiffsbereich wieder auf, wobei sich die Yacht unfreiwillig schüttelte und hierbei das überkommene Wasser bis ins hintere Cockpit schaufelte. Hier hinten gab es nur die kleine Spritzkappe, die kaum vor diesen Wassermassen schützte. Die Vector ist eben in erster Linie kein gemütliches Fahrtenschiff, sondern trotz ihrer anmutigen Linien und ihrem eleganten Outfit ein knochenharter Cruiser-Racer. Ich mochte diesen Schiffstyp, auch wenn mir in dieser Situation ein Seenotrettungskreuzer der Küstenwache lieber gewesen wäre.

Wenn die schwere Yacht mit ihrem Bug über einen Wellenberg hinwegritt, dann krachte mit Sicherheit der nächste Brecher gegen die Bordwand. Ein solcher Schlag ging dann durch das ganze Schiff und übertrug sich auf das Rigg bis hoch in die Windmeßanlage auf der Mastspitze. Bohrte sich die Skandinavierin in einem Wellental fest, kam es mir jedesmal vor, als würde sich die Trommel der Vorsegelreffanlage selbständig machen, so sehr vibrierte das Aluminiumprofil mit der aufgewickelten Genua. Obwohl eine 20-Meter-Segelyacht grundsätzlich dazu konstituiert ist, auch mit schwierigen Gegebenheiten fertigzuwerden, sollte sie nicht gerade mit dichtgeknalltem, in der Lieken flatterndem Groß, mit der Tide von hinten und unter Maschine vierkant gegen die heranrauschenden Wellen geboxt werden.

Ich starrte weiter angestrengt nach vorn. Obwohl ich in der Zeit unserer Zusammenarbeit keine sonderlich starke emotionale Bindung zu Sascha aufgebaut hatte, war mir in diesem Augenblick egal, ob ich die Segel der Vector vergewaltigte oder nicht. Ich mußte, verdammt sollte ich sein, meinen über Bord gegangenen Mitsegler in der aufgepeitschten See der Lyme Bay wiederfinden! Erneut warf ich einen Blick auf die Instrumentenkonsole. Kurs und Geschwindigkeit stimmten. Die Maschine lief unbeirrt mit 3500 Touren. Jetzt schien es Zeit für die Festbeleuchtung an Deck. Neben der Dreifarbenlaterne im Masttopp flammten zusätzlich die Ankerlaterne, das Zweifarbenlicht im Bug, das Hecklicht und das Dampferlicht auf. Noch besser wäre es gewesen, die Salingbeleuchtung anzuknipsen. Dann wäre das Deck in das gleißende Licht von vier Halogenstrahlern getaucht worden. Allerdings hätte mich diese Lichterkette dermaßen geblendet, daß ich kaum noch meine Armbanduhr hätte ablesen können. Schon die Instrumentenbeleuchtung strahlte so hell, daß ich einige Zeit brauchte, um mich an diese ungewohnte Lichtquelle zu gewöhnen. Ich jedenfalls hoffte inständig, daß Sascha auf diesen segelnden Christbaum aufmerksam werden würde und sich vielleicht irgendwie bemerkbar machen konnte. Falls er dazu überhaupt noch in der Lage war.

Der Außenlautsprecher krächzte.

»*Kyra*! Hier ist Portland. Geben Sie mir bitte Ihre Position durch.«

Ich stürzte zurück in die Kajüte und warf einen flüchtigen Blick auf den Navigationsrechner, ehe ich den Hörer vom Schott riß.

»Portland! Hier *Kyra*. Meine Position ist cirka 50 Grad 36,1 Minuten Nord und 2 Grad 52,4 Minuten West. Haben Sie mich noch auf dem Radarschirm?«

»*Kyra*! Hier ist Portland. Hier ist es so finster, daß ich kaum die Hand vor Augen sehen kann.«

»Captain Stockhausen, Sir! Führen Sie einen Suchscheinwerfer an Bord? Wir haben damit schon die besten Erfahrungen gemacht. Und Ihr Boot werden wir auf diese Weise auch besser ausmachen können.«

Mein Gott, warum müssen sich bloß alle Briten so gestelzt ausdrücken? Aber der Kerl hatte recht! Mann, oh, Mann! Welch eine Pleite! Die einfachsten Sicherheitsvorkehrungen hatte ich schlichtweg außer acht gelassen.

»Yes, Sir! Den werde ich unverzüglich einsetzen.«

»Good luck, *Kyra*. Sie werden es brauchen. Ach, noch etwas. Wir geben jetzt ab an Lyme Regis Coastguard. Lyme Regis wird die weitere Koordination übernehmen. Bleiben Sie auf Empfang.«

Es knackte, und die Küstenwachstation wechselte den Gesprächspartner. Ich hörte, wie Portland Coastguard den Rettungskreuzer aus Brixham anrief und die Angaben noch einmal durchgab. Währenddessen kramte ich in der Dunkelheit des Innenraumes nach dem Handscheinwerfer. Ich fand ihn erst nach einer ganzen Weile in einem Schapp unterhalb des Kartentisches. Das UKW-Gerät krächzte.

»*Kyra*! Hier ist der SAR-Rettungskreuzer *Pride of Devon*. Wir stehen etwa zwei Meilen westlich von Ihnen und beginnen jetzt mit der Suche. Die *Exeter* ist ebenfalls ins Suchgebiet unterwegs. Wie sieht es bei Ihnen an Bord aus?«

Ich schluckte trocken. Wie sollte es hier schon aussehen?

»*Pride of Devon*! Hier ist *Kyra*. Danke der Nachfrage. Es geht so. Ich werde jetzt auf Anraten von Portland den Suchscheinwerfer einsetzen. Wenn Sie mich ausmachen können, geben Sie bitte ein Zeichen.«

»*Kyra*! Hier ist *Pride*. Alles klar! Kopf hoch, alter Junge. Wird schon schiefgehen. Bleiben Sie auf Empfang.«

Der Kerl hatte Nerven! Ich stopfte mir den Suchscheinwerfer unter den Overall und robbte wieder zurück zum hinteren Cockpit. Inzwischen waren die Wellen deutlich höher geworden. Ich warf einen Blick auf die Anzeige der Windmeßanlage. Der Zeiger blieb bei der Sieben wie festgemauert. In den Böen bewegte er sich indes schon deutlich auf die Acht zu. Also Sturm.

Ich beugte mich nach unten und löste die Großschot. Als das schwere Tuch zu schlagen begann, ließ sich das Vorliek von der Hydraulik ein paar Törns einrollen. Danach zog ich das Segel wieder an und schaute anschließend auf das Motorpaneel. Die Maschine lief weiter unbeirrt mit dreieinhalb Touren, die Kühlflüssigkeit schien normal, nur der Öldruck bereitete mir Sorgen. Wenn sich das Schiff in besonders hohen Wellen sehr stark zur Seite neigte, flackerte hin und wieder die Öldruckwarnlampe auf. Wir hätten vor Abfahrt in Newport unbedingt den Ölstand kontrollieren sollen. Aber wer von uns beiden hatte geahnt, daß wir auf dem Weg nach Osten irgendwann für Stunden gegen Wind und Wellen und das bei 20 Grad Lage gegenanbolzen mußten? Jetzt war es zu spät für derartige Servicemaßnahmen. Um den Ölstand zu prüfen und Motorenöl aufzufüllen, hätte ich die Maschine abstellen müssen. Dabei wären der letzte Rest Fahrt und der letzte Rest an Stabilität verlorengegangen. Ich war nicht einmal sicher, ob ich bei der Schaukelei überhaupt Öl in den winzigen Stutzen am Zylinderkopf hineingießen konnte. Zudem wußte ich auch nicht, ob sich ein Reservekanister mit Motoröl an Bord befand. Ich nickte grimmig. Jetzt fehlte nur noch, daß die Maschine ausfiel. Dann nämlich blieb mir nichts mehr anderes übrig, als unter Segel vor dem Wind in Richtung Südosten abzulaufen.

Schließlich nahm die Krängung wenigstens etwas ab. Aber mir wurde klar, daß ich dem Sechszylinder das Laufen unter Last mit zuwenig Motoröl nicht allzu lange zumuten durfte. Ich kauerte mich neben das Steuerrad, das im Takt der heranrauschenden Wellen immer energischer nach rechts und nach links anschlug. Jetzt, da die stützende Wirkung des Großsegels nach dem Einreffen erheblich abgenommen hatte, tat sich die Selbststeueranlage freilich ein wenig schwer, die schwere Yacht auf Kurs zu halten. Ich zerrte den Suchscheinwerfer unter dem Overall hervor und betete inständig, daß es sich um ein wasserdichtes Modell handelte. Nach kurzer Suche fand ich neben dem Motorenpaneel die Steckdose und schaltete die Lampe ein. Leider richtete ich den Lichtkegel auf das chromblitzende Steuerrad. Was geschah, war unbeschreiblich. Seit meinem Aufwachen an Finsternis oder stark abgedunkeltes Licht gewöhnt, tauchte die Halogenlampe meine Umgebung in derart gleißende Helligkeit, daß ich infolge der Reflexionen der Stahlspeichen völlig geblendet war. So sehr ich mich auch anstrengte, ich konnte absolut nichts mehr wahrnehmen. Irisierende lila, blaue und grüne Lichtpünktchen flimmerten über die Netzhaut meiner Augen. Auch das Schließen der Lider brachte nichts. Ich war absolut blind, wobei allerdings die Sternschnuppen, die zwischen Augapfel und Augenlid hin und her zischten, überdeutlich sichtbar blieben.

So ging das nicht. Der Scheinwerfer war viel zu stark. An das grelle Licht in dieser völligen Dunkelheit mußte ich mich langsam gewöhnen. Ich hielt also den Lichtstrahl nach oben in den Himmel und öffnete vorsichtig die Augen. Langsam, unendlich langsam, konnte ich die Umgebung wieder wahrnehmen. Ich blinzelte und rieb mir das Salz von den Lidern. Dann richtete ich den Lichtstrahl auf die Wellenkämme.

Erst in diesem Moment wurde mir deutlich, in welchem Hexenkessel ich mich hier befand. Um mich herum tobte die See, kochte das infolge Wind gegen Tide aufgepeitschte Wasser. Die Wellenhöhe schätzte ich jetzt auf drei bis vier Meter Höhe. Ein Wellenkamm brach in unmittelbarer Nähe und ergoß eine Kaskade eisigen Atlantikwassers über mich. Undurchdringliche Schwärze verschluckte die Umgebung, die der gebündelte Lichtstrahl nicht erfassen konnte. Mir war kalt. Eiskalt. Mit einemmal verspürte ich erste Anzeichen von Schüttelfrost. Erst jetzt wurde mir klar, daß ich von oben bis unten durchnäßt sein mußte. Und das bei einer Außentemperatur von allenfalls zehn Grad Celsius.

Während ich begann, die Wellenkämme systematisch mit dem Suchscheinwerfer abzuleuchten, nahm ich auch die Geräusche meiner Umgebung wieder wesentlich stärker wahr: das Jaulen in den Wanten, das Rattern der Rollreffeinrichtung, das Schlagen des Achterlieks, wenn der Autopilot zu stark anluvte, das Trommeln der Brecher gegen den Rumpf. Nun, während Regatten wurde bei diesem

Wetter mit Genua III und allenfalls einem Reff im Groß gegenan gesegelt, auf Vorwindkurs ein kleiner Starcut-Spinnaker gesetzt. Zumindest *Kyra* befand sich nicht in Gefahr. Aber langsam stieg Hoffnungslosigkeit in mir hoch. Von Atemzug zu Atemzug, von Brecher zu Brecher verlor ich mehr den Glauben daran, Sascha jemals lebend wiederzusehen.

Plötzlich erkannte ich an Steuerbord querab einen Schatten. Ich hielt den Lichtkegel in die Richtung und kniff meine Augen zusammen. Ich riß den Scheinwerfer herum und begann, systematisch den Horizont abzustreichen, doch ich fand nichts mehr. Sollte mir meine Netzhaut einen Streich gespielt haben? Aber ich war sicher, daß ich etwas im Wasser treibend erkannt hatte. Von dem Zwischenfall ermutigt, suchte ich mit dem Scheinwerfer weiter. In die Wellentäler zu leuchten brachte gar nichts. So schnell, wie sich die Wogen auf mich zu bewegten, konnte ich der Wasserbewegung nicht folgen. Verdammt, wann würde es endlich dämmern, damit der Helikopter aufsteigen konnte? Wieder tauchte ein seltsamer Schatten auf. Und ein Licht! War es etwa das Licht an Saschas Rettungsweste? Nein! Zu hoch! Das mußten die Positionslichter eines der Rettungskreuzer sein. Ich atmete tief durch. Wenigstens war ich nicht mehr allein in dieser Hölle hier draußen! Ich schaute auf das fluoreszierende Zifferblatt meines Schweizer Chronographen am Handgelenk. Inzwischen war über eine Stunde vergangen. Sascha befand sich also mehr als zweieinhalb Stunden in dieser eisigen, tobenden Salzwassermaschine. Das konnte keiner überleben! Mein Mut sank auf den Nullpunkt.

Der Lautsprecher krächzte wieder.

»*Kyra*! Hier *Pride of Devon*. Sind Sie das, der da mit dem Suchscheinwerfer leuchtet?«

Meine Stimme versagte, als ich antworten wollte. Ich mußte erst einmal heftig husten.

»Yes, Sir«, keuchte ich. Aber die Leute konnten mich nicht hören, weil sich hier draußen im Cockpit kein Handhörer für die UKW-Telefonanlage befand. Statt dessen leuchtete ich zu dem Boot hinüber und knipste die Lampe mehrmals an und aus.

»Verstehe, *Kyra*«, krächzte der Lautsprecher. »Sie können vom Cockpit aus nicht antworten. Aber begeben Sie sich jetzt bitte an Ihr Funksprechgerät. Lyme Regis Coastguard möchte Sie sprechen.«

Ich krabbelte mutlos über das Zwischendeck und ließ mich in den Salon fallen. Hinter mir schossen zwei Salzwasserfontänen in den Innenraum, doch ich war zu erschöpft, um wieder nach oben zu klettern und die Steckschotts einzusetzen. Sollte sich die Bilgepumpe darum kümmern. Ich keilte mich, so gut es ging, zwischen Kartentisch und Instrumentenpaneel fest und griff nach dem Hörer.

»Lyme Regis Coastguard! Hier spricht Segelyacht *Kyra*. Sie wollten mich sprechen?«

»*Kyra*! Hier Lyme Regis. Zunächst möchte ich bestätigen, daß wir jetzt die Koordination übernommen haben. Die beiden Rettungskreuzer sind im Einsatz und suchen den Bereich in Planquadraten ab. Der Helikopter wird voraussichtlich in einer halben Stunde aufsteigen. Wie sieht es bei Ihnen an Bord aus, Captain? Kommen Sie klar? Lizard Point meldet bereits volle acht Beaufort. Wenn Sie abdrehen müssen, dann versuchen Sie River Exe zu erreichen. Over.«

»Negativ, Lyme Regis! Ich habe seit geraumer Zeit Probleme mit der Motorschmierung. Bis River Exe hochzulaufen bedeutet bei aufkommendem Sturm mindestens drei bis vier Stunden mit Vollgas gegenan. Ich bezweifle, daß die Maschine das bei der Krängung aushält. Nur unter Segel bin ich zu langsam. Mit Ihrer Erlaubnis gehe ich nach Poole. Das ist der nächstgelegene Hafen, in den ich mit meinem Tiefgang halbwegs risikolos einlaufen kann. Over.«

Die Stimme am anderen Ende schwieg. Dafür hörte ich die Stimmen im Hintergrund, das Rattern eines Fernschreibers oder eines Faxdruckers und das unablässige Wummern des Schiffsdiesels, dessen Geräusch regelmäßig vom Trommeln der Brecher gegen die Aufbauten übertönt wurde.

»*Kyra*! Hier Lyme Regis. Ja, okay. Das könnte klappen. Aber seien Sie vorsichtig im Race. Versuchen Sie Portland Bill erst frühestens zwei Stunden vor Hochwasser zu passieren. Sonst erleben Sie bei den derzeitigen Windverhältnissen dort Ihr blaues Wunder. Sie haben noch ein bißchen Zeit. Lassen Sie es langsam angehen. Bleiben Sie auf jeden Fall auf Empfang. Good luck!«

Ich mußte wieder sehr heftig und sehr trocken schlucken.

»Danke, Lyme Regis! Ja, ich denke, ich werde jetzt abdrehen. Ich bleibe auf Standby. Over.«

Mechanisch hängte ich den Hörer in die Halterung am Schott. Der letzte Satz kam mir wie eine Kapitulation vor. Ich hatte verloren. Diesmal war der Blanke Hans der Gewinner. Trotzdem schien mir der Preis der Niederlage zu hoch. Ich wollte mich einfach nicht kampflos ergeben. Aber mir blieb angesichts des immer heftiger werdenden Sturms gar nichts anderes übrig. Die Bilgepumpe sprang schon wieder an und saugte das in den Salon gelaufene Wasser schlürfend ab. Ich hatte keine andere Wahl. Jetzt ging es erst einmal darum, die Yacht irgendwo in einen sicheren Hafen zu verholen. Um Sascha oder was von ihm noch übrig war, kümmerten sich die Rettungskreuzer des SAR und bald hoffentlich auch der Helikopter. Aus! Aus und vorbei! Verloren! Ausgespielt!

# 2

Müde und deprimiert kletterte ich zurück an Deck. Erst jetzt wurden mir die Auswirkungen des permanenten Schlafdefizits bewußt. Bis zur Südspitze von Irland hatte Sascha das Ruder übernommen und es schließlich mir für die Strecke rund um die Scillies bis kurz vor Start Point übergeben. Danach war er wieder an der Reihe. Nach der Wachablösung an Deck hatte ich noch die diversen Wetterberichte abgehört, die Funkfernschreiben und die Wetterfaxnachrichten ausgewertet und versucht, eine eigene Prognose hinsichtlich der Windentwicklung aufzustellen.

Ich sollte recht behalten mit meiner Vermutung, daß die ersten Vorboten der kommenden Herbststürme dieses Jahr ein bißchen früher die windige Saison im Ärmelkanal einläuteten. Meine Vorausberechnung von sieben Beaufort aus West bis Südwest lag gar nicht mal so sehr daneben. Zum Glück hatte es wenigstens noch nicht zu regnen begonnen, denn sonst wäre jede weitere ernsthafte Suche selbst für die Rettungskreuzer des Search and Rescue zum Scheitern verurteilt gewesen. Wie erwartet, setzte nun Erschöpfung ein. Ich hatte eben in letzter Zeit viel zuwenig geschlafen.

Draußen begann der Tanz. Vom sicheren Niedergang aus zeigte sich mir eine gleichsam kochende See. Trotz der Finsternis ließen sich die allernächsten Brecher an ihren weißgeköpften Schaumspitzen deutlich ausmachen. Zeitweise stiegen die Wellenberge an Backbord dermaßen hoch in die Dunkelheit empor, daß ich fürchtete, sie könnten in das Cockpit der Yacht einsteigen. Dabei befand ich mich hier am Westeingang des Englischen Kanals, also keinesfalls mehr auf dem freien Atlantik, wo Viermeterwellen im Herbst praktisch zum Alltag auf See gehören. Nein, was den Umgang mit den Wellengebirgen in diesem Seegebiet so delikat machte, waren die Landvorsprünge, die Kaps, die zwischen Brest und der Straße von Dover zahlreich vorkamen. Vor und hinter den Kaps staute sich die Tidenströmung, die zweimal im täglichen Wechsel von West nach Ost und wieder zurück rauschte. Die weit in den Kanal vorspringenden Landvorsprünge glichen in ihrer Wirkung gigantischen Buhnen, vor und hinter denen sich je nach Tidenstand Stromwirbel gewaltigen Ausmaßes bilden konnten. Zwischen Cherbourg und Alderney können sie Stromgeschwindigkeiten bis zu zehn Knoten entstehen lassen. In einem solchen Wirbel kommt man sich auf einem Sportboot selbst bei relativer Windstille vor, als würde man einen Wildwasserbach befahren. Standen dann noch sieben bis acht Beaufort gegen den Strom, dann wurde das Wasser vom Winddruck dermaßen grob hochgebürstet, daß sogar eine 20-Meter-Yacht mitunter Probleme bekam. Und ich allein auf solch einem 36-Tonnen-Ungetüm erst recht. Trotz der zahlreichen hydraulischen und elektrischen Helfershelfer an Bord.

Ich erreichte zwischen zwei Brechern das Cockpit und riß den Gashebel zurück. Inzwischen nämlich flackerte die Warnlampe für die Öldruckkontrolle schon ziemlich deutlich. Sie verlosch, als die Motorendrehzahl auf 1500 Touren zurückging. Anschließend schaltete ich den Autopiloten ab und griff selbst in die Speichen. Als das Heck unter meinem Einsatz immer mehr in den Wind drehte, kehrte augenblicklich relative Ruhe ins Schiff. Sirrend rauschte die Dyneemaschot durch die Blöcke, während das gereffte Großsegel zur Seite schwang. Ich kuppelte die Maschine aus, ließ sie aber im Leerlauf weiterdrehen, um sie etwas abkühlen zu lassen. Ich schaute auf den Fahrtmesser. Trotz eingerollten Großsegels stieg die Geschwindigkeit auf bis zu sechs Knoten hoch. Das sollte genug sein, um den Race nicht zu früh zu erreichen. Notfalls konnte ich das Segel weiter einrollen, um die Geschwindigkeit noch mehr zu reduzieren. Ich kuppelte den Steuerautomaten wieder ein. Sofort begann das Boot Schlangenlinien zu segeln. Vor dem Wind tat sich der Autopilot erwartungsgemäß noch schwerer, die von hinten heranrollenden Brecher auszumanövrieren. Ich schaute auf den GMT-Master, meinen Schweizer Präzisions-Chronographen am Handgelenk. Fünf Uhr dreißig. Bald würde es anfangen zu dämmern. Ich lehnte mich zurück und atmete tief durch. Von einem Zustand von Ruhe und Zufriedenheit war ich so weit entfernt, wie Oberst Gaddafi von einem Sitz im Nato-Rat.

Unablässig rollten die Rösser der Meere heran, die sich mit ihren weißen Flanken meterhoch erhoben. Ich stellte die Maschine ab und warf einen Blick auf den Steuerkompaß. 110 Grad Ostsüdost. Ich durfte nicht zu dicht an Portland Bill vorbeilaufen. Selbst bei relativem Stromstillstand hielt dieses Kap noch einige Überraschungen bereit. In der Hoffnung, den ersten Morgenschimmer des aufkommenden Tages am Himmel zu erkennen, starrte ich nach oben, aber von der Morgendämmerung noch keine Spur. Mißmutig kontrollierte ich erneut die Instrumente und horchte für einen Augenblick auf den Außenlautsprecher des UKW-Sprechfunkgerätes. Ein paar undeutliche Gesprächsfetzen drangen an mein Ohr. Vermutlich ging es um den Hubschrauber, der sich bereit machen sollte. Als unter mir ein besonders bösartiger Brecher wild fauchend und weiß schäumend durchlief, durchzuckte es mich wie ein elektrischer Schlag. Neben mir schoß eine aufgeblasene Schwimmweste vorbei.

Vielleicht war es der Tatsache zuzuschreiben, daß ich mich schon seit zwei Stunden darauf vorbereitet hatte, tatsächlich irgend etwas zu entdecken. Vielleicht lag es auch daran, daß ich mich innerlich noch gar nicht damit abgefunden hatte, Sascha tatsächlich aufgegeben zu haben. In Bruchteilen von Sekunden war die Selbststeueranlage ausgekuppelt, und das Steuerrad wirbelte nur so durch meine Hände.

»Sascha!« brüllte meine salzwasserrauhe Stimme.

36 Tonnen drehen zwar nicht gerade auf dem Teller, aber immerhin noch so energisch, daß mich die Fliehkraft beinahe aus dem hinteren Cockpit katapultiert hätte. Als die Yacht im Wind stand und das Achterliek des Großsegels wie eine Maschinengewehrsalve knatterte, ließ ich den Rest des wild schlagenden Tuchs von der Hydraulik in den Mast rollen und startete erneut die Maschine. Schätzungsweise zwanzig Sekunden konnten allenfalls vergangen sein, ehe das Boot mit Vollgas und ohne Rücksicht gegen die Wellen zurückstampfte. Als ich versuchte, breitbeinig vor dem Steuerrad stehend, mit den brachialen Schiffsbewegungen fertigzuwerden, verschwand auch wieder meine Benommenheit. Mein Instinkt forderte mich auf, die Nerven zu behalten. Wenn ich so weiterfuhr, bestand eher die Gefahr, ihn überzumangeln. Dann hatte ich zwar Sascha an Bord, aber möglicherweise nur noch in Einzelteilen. Zum Glück lag der Suchscheinwerfer immer noch im Ablageschapp am Instrumentenpaneel. Es genügte ein Griff, um ihn herauszureißen und in Betrieb zu nehmen. Wieder brauchte ich verdammt lange, um mich an das gleißende Licht zu gewöhnen. Aber diesmal war ich schlauer und hatte meine Augen geschlossen gehalten, als der Scheinwerfer das erstemal aufblitzte. Ungeduldig strich ich die Wellenkämme ab. Die Yacht fuhr zu

schnell. Ein energischer Ruck an der Fernschaltung ließ *Kyra* langsamer werden.

»Sascha!« brüllte ich gegen den Sturm. »Sascha! Verdammt noch mal, Sascha! Wo steckst du?«

Mir war in diesem Augenblick überhaupt noch nicht bewußt, daß mein Mitsegler infolge Erschöpfung oder wegen der Gischt so dicht unterhalb der Wasseroberfläche vermutlich gar nicht antworten konnte. Selbst wenn er hätte schreien können, bei diesem Crescendo verschiedener Geräusche hätte ich ihn vermutlich nicht einmal gehört, wenn er dicht neben der Bordwand vorbeigeschwommen wäre. Ich bemühte mich eisern um Ruhe und strich weiter mit dem Handscheinwerfer über die Wellen. Minute um Minute vergingen. Zwecklos, schoß es mir durch den Kopf. Ich versuchte, die Treibgeschwindigkeit im Kopf zu berechnen, schätzte die Werte und verwarf sie gleich wieder. Alles zu theoretisch. Saschas Auftauchen hier direkt neben dem Bootsrumpf, das war die Realität. Ich schob den Gashebel wieder nach vorne, drehte das Schiff erneut vor den Wind und fuhr fünf oder sechs Kabellängen in die entgegengesetzte Richtung zurück. Danach versuchte ich mit Hilfe des Handscheinwerfers nach einer aufgeblasenen Rettungsweste Ausschau zu halten. Wieder verging eine Minute nach der anderen, ohne daß ich etwas anderes sah als sich brechende Wellenköpfe und Gischtstreifen, die wie auswehende Vorhänge vor den Brechern mit dem Sturm davonwehten.

Ein derber Fluch ging mir von den Lippen. Verdammt sollte ich sein! Da war ich so dicht dran gewesen, und jetzt das. Oh, Himmel! Laß ihn doch vorbeitreiben! Er soll endlich auftauchen, damit ich ihn an Bord ziehen kann! Ein eisiger Stich durchfuhr mich. Ich Trottel! Womit, bitte schön, sollte ich ihn eigentlich an Bord bekommen? Die Yacht besaß eine Freibordhöhe von über zwei Metern und keine Badeplattform, wie das bei Yachten neuerer Bauart längst zum Standard gehört. Fieberhaft überlegte ich. Bei konventionell geriggten Booten gab es einen Trick, indem man das Großsegel aus der Mastspur schor und, nur am Baum befestigt, mit dem Großfall ins Wasser ließ. So konnte man selbst einen leblosen Überbordgefallenen relativ bequem auffischen und an Bord hieven. Doch diese Methode fiel flach, weil das Großsegel um eine Edelstahlstange im Mastinnern aufgerollt war. Zudem mußte ich damit rechnen, daß sich Sascha nicht mehr aus eigener Kraft helfen konnte. Somit würde er auch kaum in der Lage sein, sich mit eigener Hilfe an einer zugeworfenen Leine anzuschäkeln. Es würde mir also nichts anderes übrigbleiben, als selbst in die See zu springen, ihn anzubinden, dann zurück an Bord zu klettern und ihn mit der Winsch hochzuziehen. Während ich mich nach hinten beugte, warf ich einen skeptischen Blick auf die kochende See.

In dem Augenblick, als ich die Badeleiter am Heck herunterklappte, tauchte das rote Etwas erneut auf und vertrieb schlagartig mein Zögern. Der rote Körper trieb mit einer Wahnsinnsgeschwindigkeit auf die Steuerbordseite der *Kyra* zu. Ich handelte in diesem Bruchteil eines Augenblicks gleichermaßen kaltblütig wie leichtsinnig. Mit einem Ruck hatte ich den Schnappschäkel der Großschot am Fußbeschlag gelöst und klinkte ihn in die Gürtelschnalle meines Overalls ein. Dann zog ich ein paar Meter Lose aus der Talje und sprang. Das eisige Atlantikwasser nahm mir fast den Atem. Ich tauchte auf und japste nach Luft. Ein Brecher rollte heran, ich schlug mit dem Kopf gegen die Bordwand, daß Sterne vor meinen Augen erschienen, und rutschte unter den Rumpf. Aber nicht weit, denn die Talje fing mich ab. Ich griff mit beiden Händen in die Leinen und zog mich zurück an die Wasseroberfläche. In diesem Moment umklammerten mich zwei Arme. Ich fuhr instinktiv herum. Auf den Schultern, zu denen die Arme gehörten, saß überhaupt kein Kopf! Mein Gott, welch ein Horror! Die nächste Welle hob das Monstrum an. Es rutschte mir entgegen und versuchte, mich unter Wasser zu drücken. Ich wollte ausweichen, aber es ging nicht, denn ich hing fest an der Großschottalje. Mein gellender Schrei ging Sekunden später in ein Gurgeln über. Dabei schluckte ich verdammt viel Wasser.

Das Salz in meiner Kehle und in meinem Magen ernüchterte mich schlagartig. Ein Griff in den Öffnungsmechanismus des Schnappschäkels befreite mich aus dem Leinengewirr. Schließlich faßte ich mir ein Herz, packte das Monstrum und drehte es einmal um die Längsachse. Ich fühlte eine aufgeblasene Schwimmweste. Es war derselbe Typ, wie ihn Sascha trug. Sascha! Es mußte Sascha sein! Endlich! Daß ich seinen Kopf nicht erkennen konnte, lag an der Spritzkappe, die verhinderte, daß er, im Wasser treibend, vor lauter Gischt erstickte. Ich packte seinen Sicherheitsgurt und grabbelte nach der Großschot, fand zum Glück auch sofort den Schäkel und ließ ihn in das Sicherungsauge einrasten. Dann stieß ich mich ab und bemühte mich, dicht am Rumpf entlangpaddelnd, das Heck der Yacht zu erreichen. Dabei wäre ich beinahe auf Nimmerwiedersehen vom Boot abgetrieben, denn als ich die Badeleiter erreichte, packte mich eine Welle und versuchte, mich mit brachialer Gewalt davonzureißen. Aber ich hielt die untere Sprosse der Leiter verzweifelt und mit aller Kraft fest. Eine Ewigkeit mußte verstrichen sein, und als ich wieder an Deck gelangte, zitterten meine Beine so sehr, daß ich auf eine der Sitzduchten stürzte. Laut keuchend verharrte ich für weitere endlose Augenblicke neben dem Steuerrad. Schließlich jedoch gelang es mir, meinen immer noch im Wasser treibenden Mitsegler mit Hilfe der Großschot an Deck zu hieven.

Als das knallrote Individuum auf dem Zwischendeck lag, merkte ich, daß die Spritzkappe verrutscht war. Im

Zwielicht der noch eingeschalteten Navigationslichter ließ sich ein arg ramponiertes und verschwollenes Gesicht erkennen. Ich betastete vorsichtig die Stirn. Sie fühlte sich verdammt kalt an. Ich traute mich nicht, die Augenlider des Verletzten hochzuschieben, sondern packte ihn und versuchte vergeblich, ihn zum Niedergang zu zerren. Er war einfach zu schwer, und die Schiffsbewegungen waren zu heftig. Das Riskio, ihn beim Hinunterhieven in den Salon noch mehr zu verletzen, erschien mir in diesem Augenblick zu hoch. So vorsichtig, wie es die Schiffsbewegungen zuließen, zerrte ich ihn mit dem losen Ende der Großschot zwischen den Winschen fest, damit er nicht von der einen Seite auf die andere rollen konnte. Jetzt erst traute ich mich, ihn anzusprechen.

»Sascha! Mensch, Junge, sag doch was! Du bist wieder an Bord! Es ist vorbei, Junge! Du bist in Sicherheit!«

Doch sein Mund, den ich in der Dunkelheit und wegen der Schwellungen nur undeutlich ausmachen konnte, blieb stumm.

Ich beugte mich zu ihm hinunter und tätschelte ihn vorsichtig. Er sah schrecklich aus. Allem Anschein nach mußte er während der endlos dauernden Abbergeaktion mit seinem Kopf mehrmals gegen die Bordwand geprallt sein. Was war das? Bewegten sich da nicht seine Lippen?

Vom Rauschen und einiger Gesprächsfetzen des Funksprechgerätes aufgeschreckt, sprang ich zurück in den Salon und hechtete an den Kartentisch.

»Lyme Regis! Lyme Regis! Hier *Kyra*! Lime Regis! Hören Sie mich? Lyme Regis Coastguard, bitte melden!«

Es knackte ein paarmal, dann hörte ich eine Männerstimme.

»*Kyra*, hier ist Lime Regis Coastguard. Was gibt es, Captain? Stecken Sie in Schwierigkeiten?«

Ich lachte erleichtert auf. Beinahe wäre mir der Handhörer aus den zitternden Fingern geglitten.

»Lyme Regis! Hören Sie! Nein, mir geht es gut! Ich habe mein Crewmitglied gefunden! Er ist bei mir an Bord. Ist das nicht großartig?«

Es knackte wieder ein paarmal in der Leitung. Die Stimme im Äther räusperte sich.

»Er ist bei Ihnen an Bord?«

»Yes, Sir!« brüllte ich erleichtert.

Wieder folgten ein paar Augenblicke Stille.

»Und der Mann lebt?«

Meine Zuversicht erhielt einen Dämpfer.

»Soweit ich das beurteilen kann, ja. Ich glaube, er hat sogar seinen Mund bewegt.«

»*Kyra*, hören Sie. Der Helikopter ist vor zehn Minuten gestartet. Geben Sie mir Ihre genaue Position durch. Der Rettungsdienst wird Ihren Mann mit einem Tragekorb aufnehmen und ins Hospital von Bournemouth fliegen.«

Es klang beinahe wie ein Jubeln, als ich der Search-and-Rescue-Station die vom DECCA ermittelte Position in geographischer Länge und Breite durchgab.

Nicht der prasselnde Regen, der auf das Deck der Vector prasselte, weckte mich, sondern das energische Klopfen harter Knöchel gegen den Bootsrumpf. Stöhnend wälzte ich mich in der Lotsenkoje herum. Wenn mich etwas nervte, dann war es, zu nachtschlafender Zeit aus dem Tiefschlaf gerissen zu werden. Wieder ertönte das Klopfen, jetzt schon wesentlich energischer. Es glich eher einem Hämmern. Noch benommen vom Schlaf drehte ich mich aus der Koje, setzte die Füße auf den Teppichboden des Durchgangs zum Salon und richtete mich vollends auf. Ein heißer Schmerz durchzuckte meinen Kopf und versuchte, meine Schädeldecke abzusprengen. Wieder stöhnte ich auf.

»Ist ja gut«, rief ich nach vorn. »Ich komme ja schon. Wer zum Teufel …?«

Erneut wummerten Fäuste gegen den Rumpf.

»Sir!« ertönte eine Stimme. »Sir! Bitte an Bord kommen zu dürfen. Wir müssen Sie sprechen!«

Ich schob das Schiebeluk nach hinten. Regen peitschte mir ins Gesicht. Draußen schüttete es wie aus Kannen. Ich blickte mich um und bemerkte zwei ungeduldig wartende Polizeibeamte.

»Ja, bitte?« fragte ich.

»Sir! Verzeihen Sie! Können wir wegen des Regens vielleicht unter Deck reden?«

»Oh, sorry«, antwortete ich. »Natürlich. Kommen Sie bitte an Bord!«

Die beiden Männer kletterten geschickt über die relativ hohe Reling. Sie verloren keine Zeit, sondern schwangen sich eilig unter der Sprayhood hindurch in den Salon. Ich zeigte den Beamten, wo sie ihre nassen Regenmäntel aufhängen konnten, und bot ihnen Platz am Salontisch an. Danach schlüpfte ich in meine rotbraune Cowes, in einen bereitliegenden Pullover und in die Docksides.

»Meine Herren«, murmelte ich, »was kann ich für Sie tun? Oh, sorry, darf ich Ihnen etwas anbieten?«

Der Ältere von beiden winkte etwas verlegen ab.

»Nein. Danke, Sir. Es ist erst neun Uhr morgens. Wohl noch etwas zu früh für einen Drink, finden Sie nicht?«

»Wie man's nimmt«, gab ich zurück. »Kaffee? Tee?«

»Kaffee wäre recht, Sir. Johns, Sie auch?«

Sein Begleiter nickte eifrig. Ich bemerkte, daß die Polizisten dem Innenraum der Yacht bewundernde Blicke schenkten. Während der Kaffee durch die Maschine lief, wandte ich mich um und nahm am anderen Ende des Salontisches Platz.

»Nun?« fragte ich erwartungsvoll. »Weswegen möchten Sie mich sprechen?«

Der Ältere räusperte sich.

»Ihre Yacht, Sir?« fragte er beinahe ehrfurchtsvoll.

»Nein, Sir. Die Yacht eines Bekannten. Ich überführe sie nur.«

»Teuer?« fragte der Beamte.

Ich lächelte. »Wie man es nimmt. Teuer ist immer relativ.«

»Was Sie nicht sagen«, antwortete Johns und handelte sich einen strafenden Blick seines Vorgesetzten ein.

»Oh, verzeihen Sie, Mr. Stockhausen. Habe ich den Namen richtig ausgesprochen? Ich bin Chiefinspector Brouwer. Dieser Gentleman ist mein Mitarbeiter, Constabler Johns. Ja, wir kommen in dieser leidigen Angelegenheit, die Sie betrifft. Die Sache mit dem Crewmitglied, das Sie unterwegs verloren und wiedergefunden haben. Ich ...«

»Moment mal, Chiefinspector«, unterbrach ich ihn. »Ich habe Sascha, ich meine Mr. Körber, nicht unterwegs etwa verloren. Wir gingen Wache, wenn Sie verstehen, was ich damit meine. Wir wechselten uns beim Segeln ab. Schließlich mußten wir die *Kyra* von der amerikanischen Ostküste aus nach Europa überführen. Das ist eine verdammt lange Strecke. Auch für ein Boot wie dieses. Als Mr. Körber über Bord ging, hatte er Wache, und ich befand mich unter Deck und schlief.«

Der Chiefinspector schaute mich eine Weile nachdenklich an. Ein wenig zu nachdenklich, wie mir schien. Inzwischen war der Kaffee aufgebrüht, und ich goß den Männern und mir ein. Da Brouwer nicht antwortete, fuhr ich fort: »Sehen Sie, Chiefinspector, Hochseesegeln ist eine rauhe Angelegenheit. Unfälle sind leider nicht selten. Mr. Körber kenne ich allerdings als einen äußerst erfahrenen und auch noch vorsichtigen Segler. Die *Kyra* ist nicht das erste Boot, das wir gemeinsam überführen. Sascha trug stets ab etwa drei Windstärken eine Rettungsweste mit Bergegurt und pflegte sich bei Seegang anzuleinen. Ich rätsele immer noch darüber, wie er überhaupt über Bord hat gehen können.«

Brouwer musterte mich ausdruckslos. Johns ergriff das Wort.

»Wissen Sie, Mr. Stockhausen, da gibt es die unterschiedlichsten Theorien. Jemand kann infolge puren Leichtsinns ins Wasser fallen. Aber das scheidet Ihres Erachtens ja anscheinend aus. Sein Sicherungsgurt kann reißen. Dann kann er nachts auf See natürlich auch unbemerkt ins Wasser gestoßen werden. Darüber hinaus ...«

»Was sagen Sie da?« begehrte ich auf. »Wollen Sie mir etwa unterstellen ...«

»Sachte, sachte, Mr. Stockhausen«, beschwichtigte Brouwer und warf seinem Untergebenen einen scharfen Blick zu.

»Ich kann durchaus nachempfinden, wie Ihnen momentan zumute ist, aber wir tun auch nur unsere Pflicht. Und in einem solchen Fall müssen wir natürlich alle Möglichkeiten in Erwägung ziehen. Hatten Sie in letzter Zeit Auseinandersetzungen mit Mr. Körber?«

»Was, zum Teufel, geht hier eigentlich vor?« knurrte ich. »Warum um alles in der Welt sollte ich Streit mit Sascha gehabt haben? Ich kenne Sascha seit knapp drei Jahren. Das ist, wie gesagt, nicht die erste Yacht, auf der wir gemeinsam segeln. Nein, Sir, wir haben keinen Streit gehabt. Bei mir an Bord wird gewöhnlich nie gestritten.«

Der Chiefinspector schüttelte bedächtig den Kopf.

»Ruhig Blut, Mr. Stockhausen! Bitte verstehen Sie doch auch uns. Auch wir haben unsere Vorschriften. In ein paar Minuten dürften übrigens die Kollegen von der Spurensicherung hier sein. Ihre Aussage, Sir, werden wir dann in etwas nüchternerer Atmosphäre auf dem Revier zu Protokoll nehmen.«

Ich muß den Beamten wohl ziemlich ungläubig angestarrt haben.

»Spurensicherung? Revier? Aussage?« stotterte ich verblüfft. »Was, zum Teufel, geht hier vor, Chiefinspector? Reden Sie, um Himmels willen!«

Brouwer und Johns erhoben sich. Brouwer schaute mich überrascht an.

»Nun, Mr. Stockhausen«, antwortete er, »ich denke, daß die Polizei in Deutschland wohl ähnlich verfahren würde. In solch einem Fall.«

Ich starrte die Männer an. Dann mußte ich schlucken. Es war, als müßte ich eine fette Kröte hinunterwürgen.

»Moment mal«, begehrte ich auf. »Ich begreife zwar nicht, was Sie im einzelnen von mir wollen, aber denken Sie nicht, es würde die Angelegenheit enorm vereinfachen, wenn Sie einmal mit Mr. Körber über den Unfall sprechen würden?«

Johns und Brouwer warfen sich überraschte Blicke zu. Dann starrten sie mich an. Mein Herz setzte aus. Nein!

Brouwer faßte sich als erster.

»Sehen Sie, Mr. Stockhausen«, antwortete er mit ausdrucksloser Stimme, »genau das ist nicht mehr möglich. Bitte verzeihen Sie, aber wir dachten, das Krankenhaus hätte Sie bereits informiert.«

In der Krankenhausambulanz ließ ich mir erst einmal ein starkes Mittel gegen meine inzwischen dröhnenden Kopfschmerzen geben. Die Schwester löste ein Pulver in Wasser auf und reichte mir das Glas.

»Trinken Sie bitte keinen Alkohol, Sir«, warnte sie mich. »Das Mittel ist recht stark.«

Ich würgte die bittere Flüssigkeit hinunter und schüttelte mich. O Gott, was für ein schreckliches Zeug!

»Schwester«, murmelte ich, »wann kann ich den diensthabenden Arzt sprechen?«

Die junge Frau lächelte mich nachsichtig an.

»Sie meinen Dr. Jenkins? Ich habe ihm bereits Bescheid gesagt, daß Sie mit ihm reden wollen. Er ist noch auf Visite. Ich denke, daß er in einer knappen Viertelstunde zurück sein wird.«

Unruhig lief ich im Wartezimmer des Oberarztes auf und ab. An den Wänden hingen ein paar Bilder mit Jagdszenen. Offenbar ein Hubertusjünger. Schade. Es wäre mir lieber gewesen, er wäre Segler gewesen. Ich ging ans Fenster. Draußen prasselte immer noch der Regen herunter. Ein empfindlich kühler Westwind peitschte grauschwarze Wolken über die Dächer von Bournemouth. Das englische Seebad verfügte über eine der besteingerichteten Kliniken in der näheren Umgebung der Unglücksstelle und über einen Helikopterlandeplatz.

Nachdem die Leute der Spurensicherung mit ihrer Arbeit zu Ende waren, ließ Brouwer einen Streifenbeamten als Wache an Bord zurück. Vermutlich aus Angst, daß das zwei Millionen Mark teure Corpus delicti im letzten Moment noch gestohlen würde. Ich konnte es kaum glauben. Sascha sollte tot sein. Ich begriff das alles nicht. Er hatte doch noch gelebt, als ich ihn aus dem Wasser zog. Jedenfalls hatte er doch seine Lippen bewegt. Und jetzt sollte er tot sein? Oder sollte ich mich gestern nacht im Sturm schlichtweg getäuscht haben?

Die Tür wurde aufgerissen, und ein junger Mann in weißem Kittel und mit weißen Klinikhosen betrat den Raum. Er verzog sein Gesicht zu einem schwachen Lächeln. Danach wurde er schlagartig wieder ernst.

»Mr. Stockhausen, nehme ich an?« fragte er überflüssigerweise.

Ich nickte.

»Kommen Sie bitte in meine Ordination, Sir«, fuhr er fort. »Dort können wir ungestört reden.«

Er öffnete eine Tür und schob mich in einen Nachbarraum. Hier durfte ich mich in einem Besuchersessel niederlassen. Er selbst nahm hinter einem riesigen uralten eichenen Schreibtisch Platz. Hinter ihm befand sich eine Leuchtwand, an der Röntgenbilder hingen. Seine Ordination sah aus wie alle Räume, in denen Ärzte unter enormem Zeit- und Leistungsdruck praktizieren. Für den Eingeweihten mochte die Unordnung auf dem Tisch und auf dem Boden eine gewisse Selbstverständlichkeit darstellen. Für mich war es das reine Chaos. Noch originalverpackte Fachbücher türmten sich auf, lose und abgeheftete Papiere stapelten sich in überfüllten Ablagen, Ärztemuster lagen als lose Schüttung herum. Der Arzt bemerkte meinen Unwillen und schmunzelte.

»Tja, Mr. Stockhausen«, meinte er, »so sieht das aus in englischen Kliniken, wenn der Verwaltungschef meint, angestellte Ärzte sollten ohne Sekretärin oder Helferin auskommen. Ich bin Arzt, Mr. Stockhausen, und kein Archivar oder Registrator. Seien Sie froh, daß Ihr Stuhl noch frei ist. Dort stapeln sich gewöhnlich Mitteilungen der Ärztekammer.«

Ich schaute mich ratlos um. Er klopfte nervös mit den Knöcheln auf der Tischplatte herum und zog ein silbernes Etui aus dem Kittel.

»Rauchen Sie?« fragte er.

»Nein, danke, Dr. Jenkins. Sie wissen, warum ich hier bin?«

»Ja, natürlich. Der Chiefinspector hat mich bereits informiert. Nun, ich darf Ihnen selbstverständlich nur soviel sagen, daß die Ermittlungen nicht gefährdet ...«

Ich atmete tief durch.

»Dr. Jenkins! Nun fangen Sie nicht auch noch damit an. Ich habe nichts mit dem Tod von Mr. Körber zu tun. Sehen Sie, wir kannten uns gut. Waren Segelkameraden. Er half mir hin und wieder Boote zu überführen. Wir kamen gerade über den Atlantischen Ozean, als er irgendwo da draußen in der Lyme Bay über Bord fiel und ...«

Ich schluckte.

»Und?« fragte Jenkins mit unverhohlener Neugier.
»Was, und?«
»Na ja, Sie sagten doch gerade, er sei über Bord gefallen. Bei dem Wort ›und‹ stockten Sie.«
Ich kniff die Augen zusammen.
»Doktor, die Polizei macht mir in Gestalt von Chiefinspector Brouwer schon Schwierigkeiten genug. Jetzt spielen Sie nicht auch noch den Hobbydetektiv. Alles, was ich möchte, ist, von Ihnen etwas über Sascha Körbers Tod zu erfahren.«
Jenkins Oberkörper straffte sich sichtlich.
»Pardon, Sir!« antwortete er. »Für mich ist sein Tod überhaupt nicht überraschend.«
»Nein?« fragte ich verblüfft.
»Nun, Mr. Stockhausen«, antwortete er und lehnte sich in seinem Schreibtischsessel zurück, »die Sache mag aus kriminologischer Sicht vielleicht ein wenig kompliziert erscheinen, aus medizinischer ist sie es mit Sicherheit nicht.«
»Ach«, fragte ich neugierig.
»Mr. Körber, also der Tote kann vom medizinischen Standpunkt aus betrachtet zum Zeitpunkt der Bergung gar nicht mehr gelebt haben. Das ist ausgeschlossen.« Jenkins drückte seine Zigarette aus.
Ich schluckte heftig. Mein Kopf dröhnte im Rhythmus des Herzschlages wie eine Kesselpauke. Für Bruchteile von Sekunden wurde mir schwarz vor Augen. Ich sank in die Lehne des Sessels zurück.
»Mr. Stockhausen! Ist Ihnen nicht gut?«
Ich kniff die Augen zusammen, um wieder klar sehen zu können. Langsam kehrten die Geister zurück. Die Anstrengungen der letzten Wochen und besonders der letzten Nacht waren doch wohl ein bißchen zuviel gewesen. Zumal, weil man mich auch an diesem Morgen allenfalls drei Stunden hatte schlafen lassen.

»Schon okay«, krächzte ich. »Nehmen Sie es mir nicht übel, aber das hat mich umgehauen.«

»Das habe ich gemerkt«, antwortete Jenkins.

Dr. Jenkins goß Cognac in ein Wasserglas. Während ich trotz der Warnungen der Krankenschwester den Inhalt mit kleinen Schlucken leerte, dauerte es eine Zeit, bis ich mich wieder in der Gewalt hatte.

»Danke. Es tut mir leid, aber ich war jetzt über drei Wochen ununterbrochen auf See und habe ziemlich wenig gegessen und getrunken. Außer jede Menge Salzwasser in der vergangenen Nacht«, begann ich stockend. »Hören Sie, Doktor. Ich bin ziemlich sicher, Sascha lebte noch, als ich ihn an Bord zog. Jedenfalls konnte ich eine Reaktion seiner Lippen feststellen.«

»Nun, Mr. Stockhausen«, fuhr der Arzt fort. »Da habe ich so meine Zweifel. Ihr Bekannter trieb wohl schon eine ganze Weile im Wasser, oder irre ich mich?«

»Schätzungsweise etwas über zwei Stunden.«

»Zwei Stunden? Das soll jemand überleben? Auf See? Bei dem Wetter? Ausgeschlossen! Die Wassertemperatur beträgt zur Zeit etwa 14 Grad im Englischen Kanal. Selbst ein durchtrainierter Mann ist nach einem zweistündigen Aufenthalt in 14 Grad kaltem Wasser so durchgefroren, daß seine Körpertemperatur an einem kritischen Punkt angekommen sein muß oder ihn bereits unterschritten hat.«

Auf seine letzte Bemerkung ging ich gar nicht erst ein.

»Tut mir leid, Doktor« begehrte ich auf. »Sascha trug einen gefütterten Überlebensanzug mit Luftkammern, dichte Gummistiefel sowie eine aufgeblasene Rettungsweste mit Gesichtsschutz. Damit kann man sogar im Winter schwimmen gehen.«

»Einen Überlebensanzug?« bemerkte Dr. Jenkins erstaunt. »Der Tote trug nichts dergleichen. Allenfalls eine normale Kombination, die ...«

»Er lebte«, unterbrach ich ihn hastig. Mir schien, als würde der Strohhalm, an den ich mich schon seit gestern nacht klammerte, endgültig wegtreiben.

»Begreifen Sie nicht, Doktor? Er lebte!«

Jenkins drückte die Zigarette im Aschenbecher aus.

»Mr. Stockhausen«, entgegnete der Arzt auf einmal ziemlich kühl, »als der Mann auf meinem Obduktionstisch lag, war er jedenfalls tot. Kein Wunder bei den Verletzungen. Der Kopfbereich der Leiche weist eine Menge Prellungen und Verletzungen auf. Die Nase des Toten und der obere Kieferbereich sind vollständig eingedrückt. Hinzu kommt eine Schädelfraktur. Es scheint so, als hätte jemand mit großer Wucht mit dem berühmten stumpfen Gegenstand auf ihn eingeschlagen. Und das ist nicht alles.«

Ich schüttelte unwillig den Kopf.

»Wie, nicht alles?«

»Nun, er hatte etwa einen halben Liter Salzwasser in den Lungen. Es ist absolut ausgeschlossen, daß Ihr Mitsegler noch lebte, als Sie ihn fanden.«

»Er lebte, zum Teufel«, knurrte ich. »Doc, hören Sie! Ich habe ein Lebenszeichen von ihm bemerkt. Irgend etwas in seinem Gesicht bewegte sich, als er im Cockpit lag. Ich bin sicher, es waren seine Lippen, Doc! Und was soll das schon heißen, Prellungen und Verletzungen? Meine Güte, ich mußte Sascha bei acht Windstärken aus dem Wasser hieven. Mit einem Flaschenzug. Vielleicht ist er mit dem Kopf gegen die Rumpfwand gestoßen oder gegen den Relingsdraht oder sonst gegen einen Gegenstand. Sollte ich ihn auf diese Gefahr hin etwa im Wasser treiben lassen?«

Jenkins zündete sich erneut eine Zigarette an.

»Von einem Kunststoffrumpf können seine Verletzungen nicht herrühren. Eher von einem schweren, unnachgiebigen Gegenstand. Sehen Sie, Mr. Stockhausen, ich bin nebenbei auch Gerichtsmediziner. Ich habe, leider Gottes, häufig genug mit Personen zu tun, die auf Grund grober Gewalteinwirkungen den Tod fanden. Aber wie dem auch sei: Als der Verunglückte auf die Unfallstation gebracht wurde, war er jedenfalls mausetot. Seine Körpertemperatur betrug etwa 16 Grad. Selbst wenn er bei Ihnen an Bord noch gelebt hätte und auf dem Flug zur Klinik verstorben wäre, hätte seine Körpertemperatur wesentlich höher sein müssen. Der Flug hat allenfalls 20 Minuten gedauert. In diesem Zeitraum kühlt sich der Leib eines gerade erst verstorbenen Menschen niemals um 20 Grad ab. Aus medizinischer Sicht kann er also bereits geraume Zeit vorher schon nicht mehr gelebt haben.«

Ich starrte ihn eine Weile wortlos an. Dann richtete ich mich auf.

»Ich möchte die Sanitäter sprechen.«

Jenkins wiegte nachdenklich seinen Kopf.

»Wie Sie wollen, Sir, aber ich denke, das wird wenig bringen. Die Klinik verfügt über einen eigenen Helikopterlandeplatz, wie Sie vielleicht wissen. Wenn ein Helikopter landet, wird ein Verletzter von unseren Leuten auf eine bereitstehende fahrbare Trage gelegt und anschließend auf dem schnellsten Wege auf die Unfallstation gebracht. Dafür ist ausschließlich unser Personal zuständig. Die Hubschraubercrew hat damit nichts zu tun.«

»Ich will sie dennoch sprechen!«

»Dann müssen Sie sich an die Küstenwache von Lyme Regis wenden, fürchte ich.«

Ich verabschiedete mich. Draußen saß Policeconstabler Johns. Er sprang auf und verbarg hastig eine Zeitung unter seiner Jacke.

»Mr. Stockhausen.«

»Ja, bitte?«

»Wenn Sie mir dann bitte auf das Präsidium folgen würden?« Es klang eher wie ein Befehl.

»Ich möchte zuerst die Besatzung des Helikopters sprechen.«

»Alles zu seiner Zeit«, winkte Johns ab.

Ich starrte grimmig auf den Schreibtisch, vor dem ich auf einem unbequemen Drehstuhl saß. Das Office sah genau so aus wie das Büro eines Polizeikommissars in alten Edgar-Wallace-Filmen. Ein schmuckloses Zimmer mit dem Bildnis des amtierenden Premierministers an einer fleckigen Wand, ein Schreibtisch, ein Beistelltisch, ein paar Stühle, ein Kleider- und ein Aktenschrank. Das war alles. Es fehlten nur noch die Nebelschwaden, die vor den beiden Fenstern die Sicht auf die Dächer versperrten, eine Gestalt mit dem verschlagenen Aussehen von Klaus Kinski, und die Gruselkomödie wäre perfekt gewesen. Aber in diesem Raum saßen lediglich Brouwer, Johns und ein untersetzter Weißhaariger, der sich als Policecommissioner Brown und damit Vorgesetzter der beiden anderen vorstellte. Obwohl ich schon seit meiner frühesten Jugend eine Abneigung gegen alles entwickelt hatte, was Uniformen und Titel trug, war mir dieser Mann sonderbarerweise nicht unsympathisch. Brown strahlte trotz seines ungepflegten Erscheinungsbildes genau die Aura von Integrität und Fachwissen aus, die man von Leitern britischer Strafverfolgungsbehörden gewöhnlich erwartet. Wenn es jemand mit diesem Äußeren bis zum Dienststellenleiter geschafft hatte, dann taugte entweder die gesamte britische Polizei nichts, oder aber er verfügte über ungeahnte fachliche Qualitäten. Als kleiner schmieriger Gangster hätte er jedoch bestimmt auch eine glaubhafte Figur abgegeben.

Die Luft in dem Raum war stickig. Das lag daran, daß es draußen in Strömen goß, die Fenster deshalb geschlossen waren, Brown und Brouwer aber abwechselnd eine Filterzigarette nach der anderen in sich hineinsogen.

»Noch mal von vorne, Mr. Stockhausen«, wiederholte Brown zum soundsovieltenmal.

»Bis zu dem Wachwechsel westlich von Start Point kann ich Ihren Darstellungen durchaus folgen. Aber danach setzt mein Verständnis doch ziemlich aus. Sie behaupten also, Ihren Mitsegler im aufkommenden Sturm mutterseelenallein an Deck gelassen zu haben, während Sie sich in die Sicherheit der angenehm warmen Kajüte zurückzogen. Was ist denn das für eine Einstellung zu verantwortlicher Schiffsführung?«

»Himmel«, stöhnte ich. »Wie oft soll ich es Ihnen denn noch erklären? Die Vector ist ein knapp 20 Meter langer Cruiser-Racer. Das ist keine Nußschale, so wie sie von Freizeitseglern in geschützten Küstengewässern benutzt wird. Sieben Windstärken sind für solch eine Yacht ein Kinderspiel. Gewöhnlich beginnt eine Hochseeyacht dieser Größe dann erst richtig zu segeln.«

Brown hob die Augenbrauen und stieß übelriechenden Qualm aus. Dabei entblößte er eine Reihe nikotingelber, schiefer Zähne.

»Und Mr. Körber war ein erfahrener Seemann«, fuhr ich fort. »Er war mit der Handhabung größerer Segelschiffe durchaus vertraut. Himmel, Herrgott! Wir waren schon drei Wochen bei den unterschiedlichsten Wind- und Wellenbedingungen quer über den Atlantik unterwegs. Dabei gewöhnt man sich an die Schiffsbewegungen und das Verhalten einer Hochseeyacht. Im übrigen ist es üblich, daß man Wache geht und sich bei der Schiffsführung ablöst. Das ist doch nichts Ungewöhnliches.«

»Nun, Sir, da mögen Sie recht haben«, entgegnete Brown. »Ungewöhnlich erscheint allenfalls, daß der Steuermann ausgerechnet in relativ geschützten Gewässern über Bord geht.«

»Und von mir nach einer eineinhalbstündigen Rettungsaktion wieder an Bord geholt werden konnte«, warf ich ein. »Worauf wollen Sie eigentlich hinaus?«

Chiefinspector Brouwer schaute mich nachdenklich an.

»Hören Sie, Mr. Stockhausen«, sagte er mit ruhiger, aber fester Stimme. »Wir haben hier einen Todesfall aufzuklären. Einen mysteriösen Todesfall, wie uns scheint. Der vorläufige medizinische Befund ist Ihnen ja bereits von Dr. Jenkins mitgeteilt worden, nicht wahr? Unsere Nachforschungen haben Ihren Hinweis bestätigt, daß Ihr Mitsegler überhaupt keinen Sicherungsgurt trug. Er war völlig intakt. Wieso also stürzte er ins Wasser? Sie behaupten andauernd, daß er sich angeblich bereits ab drei Beaufort anleinte.« Brouwer schaute belustigt in meine ungläubig aufgerissenen Augen.

»Sie werden angesichts einer solchen Sachlage wohl gestatten«, setzte er nach, »daß wir uns deshalb schon Gedanken machen, nicht wahr? Sie überführen eine sündhaft teure Yacht von der amerikanischen Ostküste nach Europa. Ich habe mich beim Seewetteramt erkundigt. Die Überfahrt war zeitweise rauh, nicht wahr? Trotzdem geht alles glatt. Und ausgerechnet im Ärmelkanal, also im relativen Landschutz, geht Ihr sonst übervorsichtiger Mitsegler über Bord und wird von Ihnen sogar wiedergefunden. Nur, daß er plötzlich typische Verletzungen, die von einem stumpfen Gegenstand herrühren, aufweist. Halt, halt, Mr. Stockhausen! Immer ruhig Blut! Hören Sie mich erst einmal an. Vielleicht haben Sie dann Verständnis für unsere Skepsis.«

Er gab Johns Order, für alle in der Kantine ein paar Tassen Kaffee zu besorgen.

»Hören Sie«, fuhr er nach einer Weile ebenso ruhig, beinahe gelassen fort. »Es geht nicht darum, ob ich Ihnen glaube. Hier geht es um Fakten. Mein Aufgabe ist es, herauszufinden, warum Ihr Mitsegler erstens über Bord ging und zweitens atypisch verletzt geborgen wurde.«

Ich starrte ihn an.

»Absurd. Wenn ich ihn hätte loswerden wollen, warum warte ich dann, bis ich im Ärmelkanal bin? Auf hoher See hätte ich völlig sicher sein können, daß er auf Nimmerwiedersehen verschwindet.«

Brown lachte. »Was meinen Sie, in welch abgründige Tiefen der menschlichen Seele ich schon habe blicken müssen. Vielleicht haben Sie und Mr. Körber erst vor kurzem Streit bekommen. Während eines Hochseetörns, auf dem man sich nicht aus dem Weg gehen kann, bauen sich latente Feindseligkeiten überraschend auf. Vielleicht ging es um Geld oder etwa um Frauen? Denken Sie einmal zurück an die Crew der *Apollonia*. Die Emotionen schaukelten sich auf und eskalierten schließlich in einem regelrechten Blutrausch. Warum soll das bei Ihnen an Bord nicht möglich gewesen sein?«

Ich begann, heftig zu schlucken. Meine Kehle fühlte sich wie ausgedörrt an. Zum Glück brachte Johns in diesem Moment den dampfenden, starken Kaffee. Gierig griff ich nach einer Tasse und leerte sie mit einem Zug. Auf dem Grund schwappte dunkelbrauner Satz hin und her.

Ich schüttelte den Kopf. »Das ist einfach ungeheuerlich! Total absurd!«

»Mr. Stockhausen«, fuhr Brouwer fort, »die See ist doch ein idealer Helfershelfer. Einen Schlag auf den Kopf, und den Rest übernimmt der eiskalte Atlantik.«

Ich wandte mich an den Kommissar. »Der Herr Polizeiinspektor spricht in Rätseln«, warf ich verwundert ein.

»Ganz und gar nicht«, entgegnete der Commissioner. »Was der Chiefinspector damit ausdrücken will, ist, daß Sie …«

»Er drückt gar nichts aus!« fuhr ich auf. »Sie wollen mir hier ein Kapitalverbrechen in die Schuhe schieben! So etwas Absurdes! Und warum fischte ich die Leiche Ihrer Ansicht nach hinterher mühsam wieder auf?«

Brouwer räusperte sich. Fast kam es mir vor, als wäre ihm die Angelegenheit nun selber peinlich.

»Gewissensbisse?« stellte er die Gegenfrage.

Bevor ich etwas einwenden konnte, hob Brown die Augenbrauen, atmete tief durch und schüttelte bedächtig den Kopf.

»Mag sein«, fuhr er fort, »daß wir alle ein wenig überreizt sind. Und daß wir als Unbeteiligte vielleicht ein wenig weiter denken als Sie, Mr. Stockhausen. Unter Umständen ein wenig zu weit. Ich schlage vor, wir informieren jetzt erst einmal die Angehörigen. Gibt es eine Mrs. Körber?«

Ich schaute ihn nachdenklich an. »Ja, es gibt eine Mrs. Körber. Ich schreibe Ihnen die Telefonnummer auf.«

Brown schaute auf den ausgefüllten Zettel.

»Fein, Mr. Stockhausen«, fuhr er fort.

»Was wollen Sie eigentlich von Frau Körber?« fragte ich.

»Nun, der Tote muß schließlich noch offiziell identifiziert werden«, fuhr er fort. »Das sollte in einem Fall wie diesem stets von einem nahen Angehörigen und nicht von dem, bitte verzeihen Sie, zur Zeit noch Tatverdächtigen geschehen. Heute geht das sowieso nicht mehr, weil die Gerichtsmedizin die Leiche noch nicht offiziell freigegeben hat. Im übrigen könnte ich mir vorstellen, daß Mrs. Körber ihren ...« Er räusperte sich verlegen.

»Kann ich jetzt gehen?« fragte ich knapp und erhob mich.

»Selbstverständlich«, antwortete der Kommissar müde.

Auf dem Weg nach Poole überkam mich ein merkwürdiges Gefühl. Wie kam die britische Polizei nur darauf, daß ich etwas mit Saschas Tod zu tun haben könnte? Gut, vom Standpunkt der Polizei aus betrachtet, mochten meine Ausführungen durchaus zu wünschen übriglassen. Aber ein Mordverdacht erschien mir ein wenig zu weit aus der Luft gegriffen. Wahrscheinlich hatte das auch der gute Brown inzwischen begriffen. Brouwer und Johns hätten mich indessen am liebsten hinter schwedischen Gardinen gesehen. Mein ungutes Gefühl verstärkte sich, als ich am Kai von Poole ankam und die *Kyra* wohlbehalten im Hafenwasser dümpeln sah. Ich wurde die Vermutung nicht los, daß die Phase der Überraschungen noch lange nicht vorbei war. Hätte ich in dem Moment, als ich den skandinavischen Cruiser-Race enterte, einen Blick über meine Schulter geworfen, wäre mir ein Augenpaar aufgefallen, das meine Bewegungen aufmerksam verfolgte.

# 3

Zurück an Bord griff ich zunächst nach dem UKW-Funktelefon. Ich wählte Kanal 28 und ließ mich über Niton Radio mit Hamburg verbinden. Es dauerte eine Weile, bis die Verbindung stand. Der Operator meldete sich.

»*Kyra*! This is Niton Radio. Your caller is online.«

»Hallo, Christiane?« meldete ich mich.

»Oh, hallo, Claus-Peter«, antwortete eine leise Stimme aus dem Äther. »Wie schön, daß du anrufst! Wo steckt ihr? Gibt es etwas Besonderes?«

»Chris«, murmelte ich und bemühte mich, ruhig zu klingen. Ich war nie sehr eng mit Sascha und Christiane Körber befreundet gewesen. Eigentlich traf das auf alle meine Bekannten zu. Das lag an einer geradezu pathologischen Scheu, mich auf andere Menschen einzulassen. Aber ich mochte die attraktive junge Frau. Vielleicht deshalb, weil sie mit ihren gerade einmal 25 Jahren ohne weiteres meine Tochter hätte sein können.

»Claus-Peter!« rief Chris. »Was, um alles in der Welt, ist los? Was ist mit Sascha?«

»Du mußt jetzt sehr tapfer sein!«

Ich kam mir mit einemmal ziemlich blöd vor. Solche Phrasen kannte ich nur aus miesen Krimiserien. Am anderen Ende erklang ein unterdrücktes Schluchzen.

»Chris«, begann ich. »Sascha ...« Meine Stimme wurde

immer rauher und versagte schließlich vollends. Ich mußte heftig schlucken.

»Claus-Peter!« rief die junge Frau in höchster Not. »Was ist mit Sascha? Rede endlich!«

»Sascha ist über Bord gegangen!«

Merkwürdig, wie einfach das klang. Nüchtern, kalt, auf einmal gar nicht mehr grausam. Sachlich. Er ist über Bord gegangen. Punkt. Ein Satz, bestehend aus fünf Wörtern. Er ist über Bord gegangen. Einfach so.

»Über Bord?« stammelte sie.

»Ja, Chris«, antwortete ich. »Er muß nachts irgendwo vor Portland Bill über Bord gefallen sein. Er hatte Wache. Ich habe geschlafen. Es tut mir unendlich leid.«

Die Stimme am anderen Ende der Leitung schwieg. Die Tränen konnte man bis nach England rollen hören.

»Ich habe ihn sogar nach eineinhalb Stunden wiedergefunden und aus der See geborgen. Aber er soll nach Ansicht des obduzierenden Arztes in der Unfallstation schon tot gewesen sein. Ich komme gerade aus der Klinik. Die Polizei hat mich auch schon ...«

»Du hast ihn aus der See geborgen?« Ihre Stimme klang wie ein einziger Schrei, und ich mußte erneut heftig schlucken.

»Ja«, kam es schließlich stockend aus mir heraus.

»Er wurde dann von Bord der Yacht mit einem Rettungshubschrauber nach Bournemouth geflogen. Ich bin sicher, daß er bei mir an Bord noch lebte. Aber der Arzt in der Klinik ist anderer Meinung.«

»Was ist mit der Polizei?« forschte Christiane unter Tränen.

»Ach, die Kripo in Bournemouth«, murmelte ich. »Die glauben doch allen Ernstes, ich könnte etwas mit Saschas Tod zu tun haben. Aber ich bin sogar noch mit der Großschot zu ihm ins Wasser gesprungen, um ihn anzuschäkeln und herauszuziehen, weil er doch bewußtlos war.«

Wieder drang ein unterdrücktes Schluchzen an mein Ohr. Es dauerte eine Weile, bis sie sich fing.

»Ich glaube das einfach nicht«, schluchzte sie. »Ich habe noch kurz vor seinem Flug in die Staaten mit ihm gesprochen. Wir waren beide so zuversichtlich. Er sprach davon, mir in New York an einer dieser Schauspielschulen am Broadway einen Kurs möglich zu machen. Er plante, sich anschließend einen Job in einer dieser Software-Schmieden in Neuengland zu suchen. Du weißt doch, was für ein Computerfreak er war.«

»Es tut mir unendlich leid«, wiederholte ich mich.

»Wo steckst du?« fragte sie mich. Ihre Stimme klang stockend.

»In Poole. Am Stadtkai. Hat dich eigentlich die Polizei noch nicht angerufen? Du sollst nämlich Sascha identifizieren. Ich weiß nicht ...«

»Was soll ich tun?« rief sie aufgebracht.

Ich überlegte. Da noch eine Unterredung mit dem Personal des Rettungshubschraubers auf meinem Programm stand, blieb nur eine Möglichkeit offen.

»Hör zu, Chris«, antwortete ich. »Du setzt dich in den nächsten Flieger nach London. Entweder warte ich auf dich am Schalter von British Airways, oder ich treffe dich in der Lounge. Unternimm nichts ohne mich, verstanden?«

»Yes, Sir!« entgegnete sie. Ihre Stimme hatte den letzten Rest an Energie verloren. Schließlich legten wir auf. Verdammtes Spiel. So hatte sie sich das Wiedersehen mit Sascha nach einem Monat Trennung bestimmt nicht vorgestellt.

Ich wählte erneut eine Telefonnummer in Deutschland. Irgendwie mußte ich an Ersatz herankommen. Schließlich sollte die Vector in spätestens vier Tagen in Hamburg sein.

»Oyster-Sails. Karl Auster am Apparat.«

Wider Willen mußte ich grinsen. Typisch Charly. Als wäre er der Boß von Lloyds in London persönlich.

»Charly?« antwortete ich. »Ich bin's. Claus-Peter. Ich sitze hier in Poole fest und hab 'ne Menge Ärger. Kannst du jemanden auftreiben, der mit einem Maxi umgehen kann?«

Er bemühte sich, seiner Stimme den Klang eines Butlers in königlichen Diensten zu verleihen.

»Hast du Streit an Bord?« näselte er.

»Ich hab' jetzt keine Zeit für lange Erklärungen, Charly«, blockte ich ab. »Also, was ist? Kannst du nun einen Ersatzmann auftreiben, oder nicht? Die Vector liegt momentan am Stadtkai von Poole. Aber ich verhole so bald wie möglich zum Port Hamble. Die Antenne vom GPS ist im Eimer. Ich hoffe, daß ich in Southampton Ersatz bekomme. Ohne Satellitennavigator will ich nicht weitersegeln. Es ist eine Menge Nebel für die kommenden Tage vorhergesagt.«

Charly murmelte etwas Unverständliches. Karl Auster war Segelmacher. Mit Computerplotter und Laserschneidetisch. Trotzdem betrachtete er Navigationsrechner immer noch als Teufelszeug.

»Der Mann muß die nächstmögliche Maschine nach London nehmen«, fuhr ich fort.

»Wenn es keinen Anschlußflug nach Bournemouth mehr gibt, soll er mit der Eisenbahn bis Southampton fahren und dort ein Taxi nehmen. Das geht beinahe genauso schnell. Bezahl ihm den Flug und gib ihm ein Taschengeld. Du bekommst alles von mir zurück. Hauptsache, der Typ kann mit einer 20-Meter-Yacht umgehen und ist fix hier. Sollte ich wider Erwarten bis übermorgen von hier nicht wegkommen, soll er im Yachtclub von Poole anrufen und sich schon einmal irgendwo am Hamble ein Hotelzimmer nehmen. Ach, noch etwas. Was ist eigentlich mit dir? Keine Lust auf einen Trip über die Nordsee?«

»Keine Chance, Claus-Peter«, antwortete er. »Bin praktisch schon auf dem Weg nach Friedrichshafen zur Bootsausstellung. Soll ich mit Rottmann reden? Der kennt immer gute Leute. Unter Umständen hat er selbst Zeit.«

»Ich kann mir nicht vorstellen, daß Bernd Rottmann Zeit hat. Versuch es am besten bei der Mitsegelzentrale von Gert Gerbes. Vielleicht kennen die einen guten Mann, der sich zufällig in England aufhält.«

Ich legte auf. Neben dem englischen Bierbaron Lord Whitborough und dem französischen Multihull-Spezialisten Bernard Le Duc zählte seit jeher der Düsseldorfer Wertpapierbroker Bernd Rottmann zu meinen härtesten Rivalen auf dem Wasser. Doch zurück an Land war aller Zwist, der während einer Regatta ganz zwangsläufig entsteht, wieder vergessen. Ich hatte soviel Vertrauen zu Rottmann, daß ich mein Wertpapierdepot von ihm verwalten ließ. Anders mein Verhältnis zu Whitborough und Le Duc. Wenn wir überhaupt miteinander sprachen, dann warfen wir uns Verbalinjurien an den Kopf. Zuviel war in letzter Zeit geschehen?

Doch ich hatte in diesem Moment keine Zeit, um mein Leben Revue passieren zu lassen. Eine halbe Stunde später hockte ich bereits in einem Leihwagen und raste, soweit dies meine wenig ausgeprägten Linksfahrkünste zuließen, über die A 35 nach Dorchester. In dieser kleinen Stadt am Rande der Hügellandschaft von Dorset bog ich nach Süden ab und schlug den Weg zum Helikopterstützpunkt der Küstenwache von Portland ein.

»Good afternoon, Sir!« begrüßte mich der Commander des SAR-Stützpunktes. »How are you? Can I help you?«

»Commander Baker. Fein, daß Sie Zeit für mich opfern konnten. Ich würde mich gerne mit den beiden Hubschrauberpiloten unterhalten, die meinen Mitsegler Sascha Körber letzte Nacht in die Klinik von Bournemouth geflogen haben.«

Baker blinzelte durch seine randlose Brille.

»Diese Geschichte in der Nähe von Portland Bill?« fragte er.

»Korrekt, Sir!«

»Was wollen Sie von meinen Leuten?«

»Ich möchte gerne wissen, ob mein Bekannter auf dem Flug in die Klinik verstorben ist oder ob er noch lebte, als sie ihn dort der Obhut der Ärzte übergaben.«

»Er ist tot, Sir?«

»So scheint es, Commander.«

»Nun, das tut mir aufrichtig leid«, entgegneter er tonlos. »Wenn er tot ist, fallen weitere Nachforschungen natürlich ausschließlich in die Kompetenz der Kriminalpolizei. Wieso interessiert es Sie, ob Ihr Bekannter ausgerechnet bei uns im Helikopter noch lebte?«

Ich starrte den Leiter des Rettungshubschrauber-Kommandos ziemlich erstaunt an. Baker schien früher einmal Marineoffizier gewesen zu sein. Sein zackiges Auftreten und seine knappe, geradezu barsche Ausdrucksweise ließen den Eindruck zu, daß er eine knallharte Ausbildung und vermutlich eine noch härtere Praxis durchlaufen haben mußte. Seine grauen, kurzgeschorenen Haare lagen militärisch streng am Kopf an. Der Seitenscheitel schien wie mit einem Messer gezogen. Hin und wieder zog er seinen buschigen Schnurrbart mit dem Zeigefinger der rechten Hand nach.

»Sir!« erhob ich die Stimme. »Ich muß zu meiner eigenen Entlastung feststellen, wann genau er verstorben ist. Die Polizei erhebt den Verdacht, ich könnte etwas mit seinem Tod zu tun haben, denn er soll angeblich Verletzungen aufweisen, die nur von einem stumpfen Gegenstand herrühren können. Diese Vorwürfe weise ich natürlich weit von mir. Im Gegenteil. Ich bin sicher, daß mein Mitsegler an Bord der Yacht noch lebte.«

»So, die Polizei verdächtigt Sie also?« Sein Gesicht wirkte teilnahmslos.

»Ja, zum Henker. Aber ich bin doch noch ins Wasser gesprungen, um ihn wieder an Bord zu bekommen. Und jetzt so was ...«

Der Commander lächelte nachsichtig. »Wissen Sie, was sich hinten auf der Ladefläche eines Sea-King-Helikopters abspielt, wenn dort bei Sturm eine Person mit einem Tragekorb hinaufgezogen und anschließend abtransportiert wird? Da rumpelt und schaukelt es. Da orgelt der Wind aus den Rotorblättern. Da dröhnt und rappelt es. Meinen Sie, daß einer meiner Männer überhaupt Zeit hatte, nach etwaigen Lebenszeichen des Verunglückten zu horchen? Die waren froh, daß sie den Verletzten sicher von Bord Ihrer Yacht abbergen und in solch kurzer Zeit in die Klinik bringen konnten. Ach, noch etwas. Ehe der Pilot die Maschine richtig auf dem Boden hat, stehen schon die Männer von der Notaufnahme des Krankenhauses bereit, öffnen die Klappe und betten den Verletzten auf eine fahrbare Trage um. Die Versorgung der Verunglückten ist Sache der Ärzte und des Krankenhauspersonals. Meine Männer fliegen die Patienten nur bis zur Haustür.«

Ich musterte den Commander. Der Brite lehnte sich weit in seinem Drehsessel zurück. Seine dunkle Uniform ließ oberhalb der linken Brusttasche reihenweise Spangen und Ehrenabzeichen erkennen. Mit Sicherheit ein integrer Mann, der wußte, wovon er sprach.

»Sorry, Mr. Stockhausen«, warf er ein. Sein Gesichtsausdruck wirkte mit einemmal ein wenig gelassener. Er griff in seinen Schreibtisch und zog eine Flasche Brandy und zwei Gläser hervor. Mit geschickter Bewegung goß er die bernsteinfarbene Flüssigkeit je zwei Finger breit ein. Der Drink brannte in meinem Magen. Ich merkte, daß ich heute noch nicht viel gegessen hatte. In den letzten Tagen auch nicht. Das war keine Überführungsfahrt, das war eine Abmagerungsdiät. Wider Willen mußte ich schmunzeln.

»Was gibt es Lustiges?« fragte der Commander.

»Ach, nichts«, entgegnete ich. »Ich mußte nur an etwas denken. Unwichtig. Danke für den Brandy. Wollten Sie nicht noch etwas sagen?«

Der Uniformierte sah mich nachdenklich an.

»Richtig«, fuhr er fort. »Sie müssen bedenken, daß die Männer vom SAR bei ihren Katastropheneinsätzen immer dicht am Tod sind. Den bekommen sie auf See leider nur allzu häufig zu Gesicht. Wir, das heißt die Leitung der Küstenwache, schirmen die Männer, so gut es geht, nach außen hin ab. Ich habe in meiner Praxis schon Fälle erlebt, wo nach mißlungenen Hilfsaktionen meine Leute von Angehörigen der Opfer für das Scheitern der Rettungsaktion verantwortlich gemacht und auch privat mit obskuren Anschuldigungen verfolgt wurden. In einem Fall wollten solche Idioten sogar Schadensersatz auf dem gerichtlichen Weg einklagen. Nehmen Sie es nicht persönlich, Mr. Stockhausen. Die Dienstanweisung der Leitung Ihrer Königlichen Majestät Küstenwache sagt: Keinen Kontakt zwischen Helfern und Angehörigen von Opfern.«

Ich stürzte gerade meine dritte Tasse Kaffee hinunter, als Christiane Körber durch das Gate schritt und die Ankunfthalle betrat. Ich warf zwei Einpfundnoten auf die Theke und ging auf sie zu. Auf dem SAR-Stützpunkt hatte ich mich nicht lange aufgehalten, sondern war schon bald über die M 25 nach London aufgebrochen. Was mir Baker unterbreitete, leuchtete ein. Warum hätte er mich auch belügen sollen? Rettungseinsätze wie der in der vergangenen Nacht gehörten für den SAR zum täglichen Geschäft. Die *Kyra*, Sascha und ich waren für die Verwaltung in Lyme Regis nur ein Aktenzeichen. Im übrigen stand mir momentan sowieso kaum der Sinn nach Detektivspielchen. Also ließ ich es bei Bakers Bemerkung.

Die junge Frau winkte schwach mit der linken Hand. In der anderen trug sie eine kleine Reisetasche. Christiane war fünfundzwanzig Jahre alt, klein, beinahe zierlich und sah trotz ihres offensichtlichen Kummers genauso attraktiv aus wie immer. Ihre dunklen Haare umrahmten dichtgelockt ein geradezu ebenmäßiges Gesicht. Sie hätte Mannequin sein können oder Stewardeß, wenn da nicht das Handicap ihrer Einssiebzig-Körpergröße gewesen wäre. Sie trug einen hellen Regenmantel über einem Rollkragenpullover und eine blaßblaue Jeans. Chris drückte mir die Hand. Ich bemerkte, daß sich ihre sonst gewöhnlich wundervoll leuchtenden Augen mit Tränen füllten. Hastig faßte sie in ihre Manteltasche und zog eine dunkelgetönte Sonnenbrille hervor.

»Grüß dich, Claus-Peter«, murmelte sie.

»Christiane«, antwortete ich, »schön dich zu sehen. Wie war der Flug?«

Etwas Blöderes konnte einem in einer solchen Situation wohl wirklich nicht einfallen.

»Ach, Claus-Peter«, stammelte sie. Tränen hinterließen nasse Spuren auf ihren sonnengebräunten Wangen.

»Komm«, forderte ich sie auf, nahm ihr die Reisetasche ab und schob sie sanft durch die Halle des Airports nach draußen. Es regnete immer noch. Ich öffnete ihr die Beifahrertür auf der linken Seite, warf die Tasche auf den Rücksitz und wartete, bis sie eingestiegen war. Während ich den Leihwagen startete und mich langsam in den ungewohnten Linksverkehr in Richtung Küste einreihte, begann ich, mir die Ereignisse der letzten Stunden von der Seele zu reden. Als ich ihr von der Vernehmung bei der Kripo erzählte, schaute sie mich erstaunt an.

»Sie unterstellen dir allen Ernstes eine solch niederträchtige Tat?« Sie schüttelte widerwillig den Kopf. »Das ist doch absurd! Warum? Du hast doch noch nie Streit mit Sascha gehabt.«

»Und das«, fuhr ich fort, »ist übrigens auch nur die halbe Theorie. Denn es erklärt nicht, daß und warum ich Sascha wiederfand. Die Ansicht der Polizei zu diesem Thema ist abstrus. Man mutmaßt, daß ich angeblich Gewissensbisse ...«

Christiane wirbelte herum. Wilder Zorn blitzte in ihren Augen.

»Hör auf. Ich will es einfach nicht hören!«

Ich schaute sie erstaunt an. Dieser heftige Gefühlsausbruch kam überraschend.

»Nichts lieber als das, Chris«, entgegnete ich und gab energisch Gas.

»Glaubst du, mir macht es Spaß, diesen Wahnsinn nochmal aufzuwärmen?«

Um sie ein wenig zu beruhigen, hatte ich sie unterwegs in ein Restaurant eingeladen. Danach sprachen wir darüber, wie wir weiter vorgehen wollten. Nach der Identifizierung im Leichenschauhaus mußte Saschas Leiche nach Hamburg überführt werden. Ich würde schließlich nach Hamble verholen und dort auf meinen Ersatzmann warten, um dann die schwere Hochseeyacht endlich nach Deutschland zu segeln. Wir redeten über ihre Pläne nach Saschas Tod und über ihre finanziellen Sorgen. Chris, die auf Anraten von Sascha eigentlich Computerprogrammiererin hatte lernen sollen, versuchte sich seit ein paar Jahren als Bühnenschauspielerin. Engagements waren jedoch eher dünn gesät, und ein geregeltes Einkommen stand noch in weiter Ferne. Wir redeten und redeten und vergaßen darüber die Zeit. Gegen Mitternacht wollte ich für sie ein Hotelzimmer suchen, aber wir hatten Pech. Die beiden einzigen Hotels, die noch freie Betten hatten, waren so üble Kaschemmen, daß ich die immer noch verstörte Chris dort keinesfalls über Nacht alleine lassen wollte. Irgendwann kamen wir überein, daß sie an Bord der *Kyra* genausogut übernachten konnte. Die Vector war schließlich eine Luxusyacht mit vier abgetrennten Kabinen. Wir tranken noch einen letzten Cognac und gingen dann schlafen.

Am nächsten Morgen wurde ich auf die gleiche Weise geweckt wie am Tag zuvor. Stöhnend schlug ich die Augen auf und warf einen Blick auf das Zifferblatt der GMT-Master. Acht Uhr morgens. Ich richtete mich auf und schlurfte zum Niedergang. Draußen schien zum Glück erstmals wieder die Sonne. Mühsam krabbelte ich die Stufen nach oben und sah mich blinzelnd um. Am Kairand stand Chiefinspector Brouwer. Heute verzichtete er anscheinend auf eine Eskorte.

»Morgen, Sir«, begrüßte er mich knapp und sachlich. »Gut geschlafen? Darf ich an Bord kommen? Da wären noch einige Einzelheiten zu besprechen.«

Müde winkte ich ihm zu.

»Morgen, Chiefinspector. Kommen Sie an Bord.«

Der Beamte kletterte geschickt über die Reling und schwang sich den Niedergang hinunter in den Salon. Ich schlüpfte rasch in meine Cowes und streifte ein Sweatshirt über. Mit einer raschen Handbewegung strich ich meine störrischen Haare zurück. Mir fiel auf, daß ich dringend wieder einmal zum Friseur mußte, und Brouwers Verbindlichkeit änderte nichts an meinem ziemlich schalen Geschmack im Mund.

»Kaffee, Chiefinspector?«

»Danke, sehr freundlich.«

Ich nahm Pulverkaffee, Wasser aus dem Heißwasserbereiter und stellte zwei Tassen, Milch und Zucker auf den Salontisch.

»Nun«, fragte ich nach einer Weile, »was gibt es denn so Wichtiges?«

Der Polizist zupfte sich die schwarze Dienstkrawatte zurecht. Er sah mich erwartungsvoll an.

»Mr. Stockhausen«, begann er, »da wären noch einige Formalitäten zu erledigen. Wie wir bereits gestern erwähnten, muß der Tote noch offiziell identifiziert werden. Reine Formsache, aber Vorschrift. Die Gerichtsmedizin hat die Leiche heute morgen freigegeben. Leider konnten wir Mrs. Körber noch nicht erreichen. Jedenfalls meldete sie sich nicht unter der von Ihnen angegebenen Telefonnummer ...«

Brouwer zuckte zusammen, als wie auf ein Stichwort die Tür zum Vorschiff aufschwang und Christiane sichtlich verschlafen und mit verweinten, verschwollenen Augen den Salon betrat. Sie starrte den Chiefinspector an, dann mich. Ich war mir nicht sicher, was den Beamten mehr überraschte. Die Tatsache, daß sich überhaupt eine fremde Frau bei mir an Bord befand oder daß Chris außer einem ziemlich knappen T-Shirt praktisch nichts am Leibe trug.

Ich faßte mich als erster. »Chiefinspector, darf ich Ihnen Mrs. Körber vorstellen? Chris, das ist Chiefinspector Brouwer. Er leitet die Untersuchungen hier in Poole. Du solltest dir vielleicht etwas überziehen.«

Christiane riß ungläubig die Augen auf, blickte an sich hinunter und verschwand mit einer hastig gestammelten Entschuldigung wieder im Vorschiff. Ich wandte mich an den Polizisten.

»Mrs. Körber hat sich auf meine Bitte hin gestern sofort in einen Flieger gesetzt. Das wird der Grund sein, warum Sie sie telefonisch nicht erreichen konnten. Leider fanden wir auf die Schnelle kein geeignetes Hotel. Deshalb habe ich ...«

»Ach, nein«, unterbrach mich Brouwer. Ein Grinsen zog

über sein Gesicht. »Sieh mal einer an. Die trauernde Witwe. Ist ja hochinteressant. Da hat sie sich ja schnell getröstet.«

Ich starrte ihn erstaunt an. In diesem Moment begriff ich. Na, warte, du Moralapostel! Du wirst dich wundern.

»Ist mir schon klar, was Sie jetzt denken, Chiefinspector«, entgegnete ich. »Aber so ist es nicht. Ich ...«

»Was denke ich?« unterbrach mich mein Gesprächspartner.

»Na, daß ich ein Verhältnis mit Mrs. Körber haben könnte.«

»Na, und?« grinste der Beamte. »Kommt in den besten Familien vor. In diesem Falle jedoch ...«

»Eben«, unterbrach ich ihn diesmal. »Und das stimmt nicht. Ich habe nichts mit Mrs. Körber.«

Brouwer lehnte sich sichtlich selbstzufrieden in die weichen Polster der Salonsitzbank. Er sah aus wie Comic-Kater Tom, der endlich seinen ewigen Widersacher Jerry erwischt hat. Das Grinsen in seinem Gesicht wurde immer breiter.

»Oh, oh, Mr. Stockhausen«, bemerkte er trocken. »Ich fürchte, jetzt haben Sie ein Problem.«

»Was für ein Problem, Chiefinspector?« gab ich mich naiv.

Der Polizist zog ein Notizbuch aus seiner Uniformjacke und machte sich ein paar Notizen.

»Das Motiv, Mr. Stockhausen«, antwortete er kopfschüttelnd. »Sie haben mir soeben das klassische Motiv geliefert.«

Christiane betrat in diesem Moment erneut den Salon und zog durch ihre Anwesenheit die Aufmerksamkeit des Chiefinspectors auf sich. Chris sah trotz ihres verweinten Gesichts umwerfend aus. Vielleicht eine Spur zu umwerfend. Sie trug einen schwarzen, engen Rock, eine hochgeschlossene Bluse und ein schwarzgemustertes Tuch über den Schultern. Die perfekte trauernde Witwe, grinste ich still in mich hinein. Chris ging an dem Beamten vorbei und setzte sich neben mich an den Salontisch.

»Sie wollten etwas sagen?« brach Christiane das Schweigen.

Der Polizeibeamte faßte sich überraschend schnell.

»Sie sind Mrs. Körber?«

»Ja, das stimmt«, antwortete die junge Frau mit leicht brüchiger Stimme. »Wir hatten noch nicht das Vergnügen. Claus-Peter, ich meine, Mr. Stockhausen, war so freundlich ...«

»Ach, war er?« tropfte der Zynismus aus Brouwers Mund.

Chris' Stimme wurde hart.

»War er, Chiefinspector«, bestätigte sie erstaunt. »Mr. Stockhausen war so freundlich, mich umgehend vom Tode meines Bruders zu unterrichten.«

Chiefinspector Brouwer blickte verblüfft auf.

»Ihr Bruder?« fragte er atemlos. Seine Augen trafen die meinen. Ich grinste breit zurück und zuckte übertrieben verständnislos mit den Schultern.

»Aber, Chiefinspector«, gab ich mich betont tadelnd. »Ja, was um alles in der Welt dachten Sie denn?«

Wahrscheinlich ärgerte es Brouwer maßlos, daß ich ihn hereingelegt hatte. Der Chiefinspector knirschte hörbar mit den Zähnen.

»Zunächst einmal mein aufrichtiges Beileid, Mrs. Körber«, knurrte der englische Polizeibeamte mit einem lauernden Seitenblick in meine Richtung.

»Aber, Sie werden wohl verstehen, daß es gewisse Fragen aufwirft ...«

»Welche Fragen, Chiefinspector?« setzte sie energisch nach.

Soviel nüchterne Sachlichkeit hätte ich einer Fünfundzwanzigjährigen in einer solchen Situation gar nicht zugetraut. Und schon gar nicht der verletzlichen, eher zurückhaltenden Chris.

»Daß ich unverzüglich nach England gekommen bin?« fuhr sie unumwunden fort.

»Es war ohnehin ein Glück, daß mich Mr. Stockhausen ... Ach, was soll das eigentlich. Mr. Stockhausen! Wenn ich das schon höre! Ich kenne Claus-Peter schon seit Jahren. So wie es für Sascha stets selbstverständlich war, Claus-Peter bei Überführungsfahrten zu helfen, so selbstverständlich kann ich mich jetzt auf seine Hilfe verlassen. Schließlich ist mein Bruder auf seinem Schiff verunglückt.«

Chris suchte ihre Handtasche und zündete sich eine Zigarette an. Sie blies den Rauch ziemlich dicht am Gesicht des Chiefinspectors vorbei. Der Uniformierte ignorierte diese Unhöflichkeit und suchte seinerseits nach einem Päckchen. Ich stöhnte innerlich auf. Wie viele Monate ergebnisloser Suche, wie viele Anrufe und Faxschreiben hatte Stefan Graf Steinitz hinter sich, ehe er ein echtes Nichtraucherschiff fand. Steinitz, für den ich die *Kyra* nach Europa überführte, war ein derart militanter Nikotinverächter, daß er eine ausgedrückte Kippe zehn Meilen gegen den Wind riechen konnte. Resigniert schob ich beiden einen Aschenbecher hin.

»Gut«, brach der Beamte das minutenlange Schweigen. »Nehmen wir das als gegeben an, Mrs. Körber. Aber warum treffen Sie sich zuerst mit Mr. Stockhausen und wenden sich nicht sofort an die Kriminalpolizei oder das Krankenhaus? Ich würde doch zuerst einmal meinen toten Angehörigen sehen wollen, wenn ich schon eine so weite Strecke hinter mich bringen mußte.«

»Leider schien es dafür bei meiner Ankunft in Bournemouth bereits ein wenig zu spät, Sir. Ich bezweifle, daß Sie und der obduzierende Arzt gegen Mitternacht noch an

Ihren Schreibtischen sitzen. Im übrigen war die Leiche meines Bruders gestern noch gar nicht von der Gerichtsmedizin freigegeben, oder irre ich mich?«

»Kommen wir zurück auf die Fakten, Mrs. Körber. Ihr Bruder stirbt unter mysteriösen Umständen. Kurz darauf besuchen Sie den Verdächtigen und verbringen sofort die darauffolgende Nacht mit ihm. Benimmt sich so eine Elektra?«

»Oh, meine Hochachtung, Chiefinspector«, lachte Chris hell auf. »Kunst- und kulturbeflissen ist der Herr Polizeibeamte auch.«

»Wie Sie sehen.« Wider Willen mußte er grinsen.

»Sie sind doch bestimmt nicht gekommen, um Small talk zu halten, nicht wahr?« warf ich ein.

Der Chiefinspector erhob sich. »Richtig, Mr. Stockhausen. Mrs. Körber wird mich nun ins Leichenschauhaus von Bournemouth begleiten, um ihren verstorbenen Bruder zu identifizieren.«

Er blieb abwartend am Niedergang stehen und schaute Christiane auffordernd an.

»Fahren Sie vor, Chiefinspector«, antwortete ich. »Wir kommen mit einem Leihwagen nach.«

Unsere Schritte hallten auf dem blank geputzten Linoleum wider. Die Luft roch nach Desinfektionsmitteln, Chlor und Bohnerwachs. Neonröhren tauchten den breiten Gang in ein grelles, weißbläuliches Licht. Chiefinspector Brouwer bedeutete uns, auf einer Besucherbank Platz zu nehmen und verschwand hinter einer Tür. Ich drückte Chris' schweißnasse Hand und strich ihr beruhigend durch die dunklen Locken. Ihre Augen schimmerten feucht vor Tränen.

Es dauerte eine Weile, ehe die Tür aufging, und Dr. Jenkins und der Chiefinspector den Gang betraten. Jenkins schaute mich an.

»Sie kennen sich?« fragte Brouwer.

»Flüchtig«, nickte ich.

Der Arzt ging auf die junge Frau zu.

»Mrs. Körber?« fragte er. »Dr. Jenkins. Erst einmal mein aufrichtiges Beileid. Ich bin der Arzt, der die Obduktion vorgenommen hat. Würden Sie uns bitte begleiten?«

Mechanisch folgte Chris den beiden Männern. Wir traten in einen hellerleuchteten, eiskalten Raum, in dem einige Bahren mit abgedeckten Leichen standen. An einer der Wände befanden sich Schränke mit großräumigen Schubladen. Auch wenn man nur das strenge Desinfektionsmittel wahrnehmen konnte, roch es hier förmlich nach Tod. Chris sah sich hilfesuchend nach mir um. Ich nahm ihre Hand und drückte sie. Dr. Jenkins griff nach einem Zettel, der an dem großen Zeh eines Toten hing. Er kontrollierte den maschinengeschriebenen Aufdruck mit den Notizen aus einer Kladde, die er von einem Pult genommen hatte und ging auf das Kopfteil der Bahre zu.

»Sind Sie soweit?« fragte er die junge Frau.

Ich spürte, wie sich ihre Hand in der meinen verkrampfte.

»Ja«, antwortete sie tonlos.

Der Arzt schob das Laken vom Gesicht des Toten und hielt das Tuch geradezu theatralisch in die Höhe.

»Erkennen Sie Ihren, äh, Bruder?« fragte er. Seine Stimme zitterte leicht. Völlig abgebrüht schien er also doch nicht zu sein.

Chris löste sich von mir und zwang sich, den Toten anzusehen. Die Sekunden verstrichen. Ich wagte nicht zu atmen. Warum um alles in der Welt ließ sie sich soviel Zeit? Oder war Sascha nach der Obduktion so entstellt, daß man ihn nicht wiedererkennen konnte? Sie wirbelte herum. Ihre Augen waren weit aufgerissen. Ihre Stimme klang wie ein Schrei.

»Was soll das? Das ist nicht Sascha!«

Ehe Chiefinspector Brouwer reagieren konnte, stürzte ich bereits vor, schob Chris zur Seite und starrte auf den halb aufgedeckten Toten. Auf der Bahre lag ein etwa dreißig- bis vierzigjähriger Mann. Übelkeit stieg in mir hoch. Ich mußte energisch gegen einen plötzlichen Würgekrampf ankämpfen. Der Tote sah schrecklich aus. Seine Nase war offensichtlich eingedrückt, die Wangen bis auf die Knochen aufgerissen und der Mund eingefallen. Es schien, als würden ihm die Zähne im Oberkiefer fehlen. Zugegeben, der Tote hatte eine verblüffende Ähnlichkeit mit Sascha. Größe, Statur, Kopfform, Haarfarbe, das alles stimmte.

Der Chiefinspector faßte sich als erster. »Das ist nicht Ihr Bruder?« stammelte er, immer noch sichtlich überrascht. »Nicht Ihr Bruder …?«

»Nein!« rief Christiane. Sie schaute in die Runde, blickte von einem zum anderen. Dann lachte sie schrill und hysterisch auf.

»Oh, mein Gott!« schrie sie. »Oh, mein Gott! Es ist nicht Sascha!«

Es gelang mir, sie aufzufangen, als sie die Augen verdrehte.

»Helfen Sie der Frau, Doktor!« forderte Brouwer den Mediziner auf.

Er schob mich, mit Chris in den Armen, zur Seite, um sich die Leiche des Mannes ebenfalls genauer anzusehen. Jenkins orderte über das Haustelefon ein Stärkungsmittel und ein Blutdruckmeßgerät. Wir legten Chris vorsichtig auf eine noch freie Trage. Dr. Jenkins maß ihren Pulsschlag. Als er ihr vorsichtig gegen die Wangen klopfte, schlug sie die Augen wieder auf. Ein paar Augenblicke später erschien jemand vom Personal mit Blutdruckmeßgerät und Medikamenten. Der Arzt beugte sich zu Chris hinunter und setzte eine Spritze an.

»Gleich geht es Ihnen wieder besser, Mrs. Körber«, beruhigte er Chris.

»Decken Sie ihn doch bitte wieder zu!« flüsterte Chris.

Nach einer Weile nahm ich sie beim Arm und half ihr auf. Das Durchatmen in der nach Desinfektionsmitteln stinkenden Luft bereitete nicht nur ihr Mühe. Der Chiefinspector musterte sie nachdenklich.

Christianes Blick schien irgendwie entrückt. Sie machte auf mich in diesem Augenblick den Eindruck eines kleinen Kindes, das gerade von einem Alptraum erwacht und feststellt, daß alles in Ordnung ist. Aber war es das?

»Sind Sie absolut sicher?« fragten Brouwer und Jenkins beinahe gleichzeitig.

»Was soll das, Chiefinspector?« brauste ich auf. »Mrs. Körber wird doch wohl noch ihren Bruder ...«

»Immer mit der Ruhe, Mr. Stockhausen!« ermahnte er mich. »Das will ich aus dem Mund der jungen Dame selbst hören, wenn Sie erlauben!«

Ehe ich etwas Unbedachtes nachsetzen konnte, antwortete Christiane.

»Ich bin mir absolut sicher. Dies ist nicht Sascha. Dies ist nicht mein Bruder. Wo, zum Teufel, ist Sascha? Was geht hier eigentlich vor?«

Ein dumpfer Verdacht schlich sich in meine wirren Gedanken. Er schien mir im ersten Moment genauso absurd wie die bereits von den Polizisten geäußerte Vermutung, ich hätte Sascha etwas angetan.

»Dann gibt es praktisch nur noch eine Erklärung«, stieß ich aus.

»Nun?« forderte mich Brouwer auf. Der Polizeibeamte machte den Eindruck einer Bulldogge, die selber völlig überrascht dem schutzlosen Briefträger gegenübersteht. Auch Jenkins schaute mich erwartungsvoll an.

»Ich habe wohl den falschen Mann aus dem Wasser gefischt.«

Brouwer, Jenkins und Christiane starrten mich fassungslos an.

»Ich weiß, daß das ein wenig phantastisch für Sie klingen mag«, fuhr er fort, »aber ich habe keine andere Erklärung.«

Brouwer musterte mich schweigend.

»Sehr viele Überbordgefallene können im Englischen Kanal zur gleichen Zeit am gleichen Ort nicht herumschwimmen«, fuhr ich fort. »Aber wenn es sich bei dem Toten nicht um Sascha Körber handelt, dann ist er entweder im Krankenhaus vertauscht worden, oder es handelt sich eben um den falschen Mann. Die Verwechslungstheorie könnte den Umstand zwar auch erklären, scheint mir jedoch noch abenteuerlicher.«

»Da haben Sie allerdings recht«, warf Jenkins ein.

»Kannst du dir darauf einen Reim machen?« fragte mich Chris, als wir das Krankenhaus von Bournemouth verließen und kurz darauf ein Pub aufsuchten, um uns mit zwei doppelten Whiskys halbwegs zu beruhigen.

»Im Prinzip, nein«, antwortete ich. »Meine Theorie ist in der Tat so abenteuerlich, daß ich jeden anderen für verrückt erklären würde, tischte er mir diese Story auf. Trotzdem scheint sie die einzig logische Erklärung zu sein. Ich frage mich nur, wer der Typ auf der Bahre in Wirklichkeit ist. Er soll keine Papiere bei sich gehabt haben.«

Christiane schaute mich lange an. Sie wirkte seltsam ruhig und entspannt. Ich schob diesen Zustand auf die Spritze, die ihr Dr. Jenkins verabreicht hatte.

»Weißt du, Claus-Peter, es beunruhigt mich wirklich, daß keiner weiß, wo Sascha wirklich abgeblieben sein kann. Ist er tot? Lebt er? Wie auch immer, wo steckt er bloß?«

»Wenn ich dir nur eine Antwort geben könnte«, entgegnete ich.

»Wann mußt du los?« fragte mich Chris nach einer Weile.

»Bald«, antwortete ich. »Ich hoffe, Charly Auster konnte inzwischen einen Ersatzmann auftreiben. So lange jedenfalls hänge ich erst noch in Southampton fest.«

»Southampton?«

»Ja«, antwortete ich. »Genauer gesagt in einer der großen Marinas am Hamble. Hier in Poole bekomme ich keine Ersatzantenne für den GPS. Und ohne Satellitennavigator segle ich äußerst ungern durch Nebel. Und Nebel ist für die kommenden Wochen an der Küste mehr als genug angesagt. Was willst du unternehmen?«

»Ich will nicht abwarten, bis die Polizei in Bournemouth ihre Ermittlungen abgeschlossen hat. Ich kann hier nicht einfach nur tatenlos herumsitzen. Ich muß Sascha finden.« Ihre Stimme klang immer noch arg belegt.

»Wie willst du das anstellen?« warf ich ein.

»Du kannst mir glauben, Brouwer wird den gesamten südenglischen Polizeiapparat in Bewegung setzen und die halbe Küste umgraben lassen, um Saschas Leiche zu finden. Brouwer glaubt nämlich nicht an meine Theorie. Da bin ich ganz sicher.«

Chris' Augen füllten sich mit Tränen. Ich nahm ihre Hand und versuchte, sie zu beruhigen.

»Sorry, Chris«, murmelte ich verlegen. »Warten wir einfach ab. Sie werden Sascha schon finden. So oder so. Er kann sich doch nicht in Luft aufgelöst haben. Sollte er wirklich noch leben, dann ist er mir jedenfalls eine verdammt gute Erklärung für sein Verschwinden schuldig. Oder er stellt mir seinen Schutzengel vor.«

Ich versuchte ein Lächeln. Es mißlang gründlich.

»Was rätst du mir denn, was ich tun soll«, schluchzte Chris.

Ich überlegte einen Moment.

»Ich weiß nicht. Aber in Hamburg wartet das Theater

auf dich. Du solltest jetzt auf keinen Fall auch noch deine Karriere aufs Spiel setzen. Stell dir vor, sie finden Sascha erst nach Wochen. Solange kannst du doch unmöglich in England bleiben und nach ihm suchen.«

Chris starrte mich an. Ihre Augen waren weit aufgerissen.

»Der Intendant«, stöhnte sie auf. »Ich hatte ihm versprochen, spätestens heute morgen bei ihm anzurufen. Wo ist das nächste Telefon?«

Sie sprang auf und lief zum Barkeeper. Ich bestellte mir noch einen doppelten Scotch. Ich wollte jetzt so schnell wie möglich auf die *Kyra* und diesem Drama den Rücken kehren.

# 4

Langsam schob ich den Gashebel nach vorn und ließ den schweren Einbaudiesel etwas lauter brummen. Ein unterarmdicker Wasserstrahl schoß unter dem Heck heraus und platschte deutlich hörbar ins Hafenwasser. Ich drehte das Ruder seewärts und achtete beim Ablegen darauf, daß die Flanke der schweren Cruiseryacht trotz der sechs schneeweißen Fender nicht doch noch am Schlengel entlangschrammte. Seit zwei Stunden herrschte ablaufendes Wasser. Die Bänke östlich von Warsash wurden noch vom Seewasser bedeckt. Ich bemühte mich, mir die Imray C 15 Bembridge to Hurst Point and Southampton ins Gedächtnis zu rufen. Es war neblig. Verdammt neblig. Eigentlich sah man die Hand nicht mehr vor Augen. Im unteren Teil des River Hamble wird der Fluß stromabwärts an der Steuerbordseite nur von vier roten Leuchtbaken markiert. Zwischen der dritten und der vierten erfolgt zudem ein Fahrwasserknick nach Süden von beinahe 40 Grad. Dicht bei der Rinne lauern in dieser Kurve die tückischen, einen Meter sechzig trockenfallenden Bänke von Hamble Spit. Zudem versetzte einen der in diesem Gebiet hart ablaufende Tidenstrom stark nach Westen. Ausweichen zur anderen Fahrwasserseite, also nach Backbord, schien noch riskanter. Erstens lief man Gefahr, mit den vielen einlaufenden und vor dem Nebel Schutz suchenden Yachten zu kollidieren, und zweitens war der

Prielrand hier noch untiefer. Über zweieinhalb Meter fiel der Schlick dort bei Niedrigwasser trocken. Und der Kiel der *Kyra* reichte vier Meter tief nach unten. Verdammt! Die Kanalhäfen und die Unterläufe der südenglischen Flüsse waren eben nicht das Fahrtrevier, für das dieses 20-MeterGeschoß konstruiert worden war. Auf der Ostsee, im Mittelmeer oder in der Karibik hätte ich mich weitaus wohler gefühlt.

Ich schaute nach vorn, wo eine breitschultrige, beinahe hünenhafte Athletin gerade einen 20 Meter langen 18-Millimeter-Festmacher aufschoß und gleich darauf die Fender in den Ankerkasten wuchtete. Sie bewegte sich, soweit ich das aus 18 Metern Entfernung bei diesem dichten Nebel beurteilen konnte, äußerst geschickt an Deck.

Als ich am gestrigen Abend telefonisch bei Charly Auster nachgefragt hatte, ob der Ersatz pünktlich in Southampton eintreffen würde, traf mich nach seinem Geständnis fast der Schlag. Eine Frau als einziges Crewmitglied bei mir an Bord? Und dazu noch eine Frau, die ich überhaupt nicht kannte? Hätte ich mich auf einer Spritztour entlang der Riviera im Juli befunden, wäre sie mir als Bikini-Deckshand durchaus willkommen gewesen. Aber nicht als Wachführerin auf einer knapp 20 Meter langen Vector im Spätsommer auf dem Ärmelkanal und der Nordsee. Aber Charly dämpfte meinen aufkeimenden Unwillen schnell. Die Mitsegelzentrale hätte in der Eile bei allem Wohlwollen niemanden auftreiben können, der so rasch abkömmlich war und darüber hinaus auch noch über die notwendigen Patente verfügte. Claudia Bergmann war von Stefan Graf Steinitz, dem neuen Eigner der *Kyra*, ins Gespräch gebracht worden. Charly Auster kannte Steinitz von seiner ehrenamtlichen Tätigkeit im Hamburger Ruder- und Yachtclub her, wo beide Mitglied waren. Während meines Anrufs bei Charly befand sich der Graf zufällig in dessen Geschäft, weil er das gerade eingetroffene Regattarigg inspizieren wollte. Wie der Teufel es wollte, bekam er das Telefonat mit. Ausflüchte hatten in diesem Augenblick keinen Zweck mehr, und so beichtete ihm mein Segelmacher, daß ich wohl einige Probleme mit der Crew hätte und deshalb unter Umständen etwas später als verabredet in Hamburg ankäme. Steinitz verhielt sich jedoch wie ein Gentleman und bot Charly umgehend an, mir aus diesem Dilemma herauszuhelfen. Ehrlich gesagt, kam es mir hinterher merkwürdig vor, daß ihm das pünktliche Einlaufen seiner schwimmenden Augenweide im Hamburger Yachthafen mehr wert sein sollte als eine gewonnene Wette. Vielleicht war der Graf aber auch nur einer der letzten wahren Sportsmänner, für die Fairneß mehr zählte als 40000 Mark.

Claudia hielt sich glücklicherweise in Südengland auf. Anscheinend pflegte sie nicht ohne ihr Handy auf Reisen zu gehen. So konnte sie der Graf in Charly Austers Segelmacherei sogleich telefonisch für den Überführungstrip anheuern. Steinitz' Aussage zufolge war sie eine exzellente Seeseglerin. Mir sollte es recht sein. Wenn der Graf mir die junge Frau für sein eigenes Schiff als Überführungscrew empfahl, dann würde sie vermutlich wirklich keine blutige Anfängerin sein.

Ein Blick auf das Instrumentenpaneel an der Steuersäule deutete an, daß soweit alles in Ordnung schien. Die Maschine lief mit 2000 Touren, und der Öldruckmesser zeigte seit dem Ölwechsel auch wieder normale Werte. Jedenfalls konnte ich nichts Negatives feststellen. Das Echolot pendelte mitten in der Fahrrinne des Hamble zwischen sechs und sieben Metern. Das dürfte reichen. Den Alarm hatte ich bei fünf Metern justiert. Als ich Hamble Point Marina querab passierte, mußte ich das Radar einschalten. Zum Glück hatte der Voreigner draußen in der Plicht als Zweitgerät eine Raytheon-Anlage mit

LCD-Schirm montiert. Es stellte sich für mich als lebenswichtig dar, denn ich hätte mich auf die Auswertung des Hauptradars am Kartentisch durch eine Fremde nie hundertprozentig verlassen. Und Claudia das Steuerrad in pottendichtem Nebel und in einem solch engen Flußunterlauf zu übergeben und die Auswertung unter Deck selbst vorzunehmen, hätte ich erst recht nicht gewagt. Aber vielleicht tat ich ihr auch Unrecht. Jedenfalls arbeitete sie an Deck absolut professionell. Schon nach kurzer Zeit war ich sicher, daß sie nicht das erste Mal auf Segelyachten dieses Kalibers unterwegs war.

Langsam näherte sich die Einmündung des Hamble in das Southampton Water. Vom Esso-Terminal auf der gegenüberliegenden Seite konnte ich noch nicht einmal Schemen wahrnehmen. Nur das Radarbild zeigte mir, daß im Hauptfahrwasser reger Schiffahrtsverkehr herrschen mußte. Ich nahm die Drehzahl der Maschine um 500 Touren zurück, denn die Tide zog ohnehin wie ein Büffel. Und obwohl sich das Echo der südkardinalen Untiefentonne oberhalb von Calshot Castle auf dem Radarschirm schon seit langem deutlich ausmachen ließ, war ich dennoch froh, als das gelb-schwarze Seezeichen dicht an Steuerbord vorbeiglitt und damit feststand, daß Hamble Spit achteraus lag. Erst jetzt legte ich den Gashebel bis beinahe zum Anschlag nach vorne und querte mit Vollgas das Hauptfahrwasser in Richtung Westen. Die weit in den Fluß hineinragende Landzunge mit der Radarstation der Küstenwache glitt endlich vorbei, und ich konnte aufatmen. Selbst während dieser wenigen Minuten mußte ich einer Fähre und einem Frachter ausweichen. Sehen konnte ich sie nur als hellen Echofleck auf dem LCD-Display, ansonsten hörte ich nur ein paar wütende Signalhörner. Mir war plötzlich kalt unter meinem Segelanzug. Nebel hatte ich schon seit jeher wie die Pest gehaßt.

»Alles klar, Skipper«, bemerkte eine Stimme neben mir.

Ich war nicht sicher, ob ich ihren Tonfall als Hinweis oder Frage werten sollte.

»Okay, Claudia«, meinte ich beiläufig. »Wir gehen durch den Thorn Channel bis North East Gurnard. Dann setzen wir über zur Isle of Wight und tasten uns dicht unter Land an der Peel Bank vorbei in Richtung Ostausgang des Solent. Die Abkürzung durch den North Channel quer über die Bramble Bank ist mir bei dem Nebel zu riskant. Im gesamten Priel gibt es nur eine einzige Leuchttonne, und die läßt sich auf dem LCD-Radarschirm schlecht ausmachen.«

»Kann ich mir vorstellen«, antwortete die junge Frau. »Wieviel Tiefgang haben wir überhaupt?«

»Etwa vier Meter.«

Claudia pfiff durch die Zähne.

»Wie schwer ist der Dampfer?«

»Oh, so um die 36 Tons. Kommt darauf an, ob die Tanks voll sind oder nicht.«

»Ganz schöner Brocken.«

»Wie man's nimmt«, entgegnete ich. »Bin schon größere Kisten gesegelt.«

»Ich weiß.«

»Wie meinst du das?«

Sie lächelte. »Nun, der Schoner in eurem Familienbesitz ist auf der Nordsee wohl Legende. Ist die *Concordia* nicht doppelt so groß?«

Ich schüttelte den Kopf. »Gerade einmal 28 Meter«, antwortete ich. »Und nur keinen Neid«, fuhr ich fort. »Nur wenige Eingeweihte wissen, daß die *Concordia* in Wirklichkeit Walter Stockhausen, meinem Onkel, und nicht mir gehört. Ich halte sie nur für ihn in Schuß. Und wenn ich sie nicht gerade als schwimmendes Apartment mißbrauche, muß sie ihren Unterhalt durch Charter einfahren. Allein die Liegeplatzkosten sind astronomisch hoch. Und segeln kann man dieses Monstrum ohnehin nicht allein. Damit der Schoner überhaupt richtig getrimmt segelt, benötige ich auf einem Gewässer wie der Nordsee eine Stammcrew von mindestens vier Mann.«

»Oder Frauen?« grinste sie hintergründig.

Ich antwortete nicht, sondern fuhr fort, angestrengt in den Nebel zu stieren. Claudia Bergmann setzte sich mit dem Gesicht zu mir auf eine der Cockpitsitzbänke. Dabei streckte sie ein Bein aus und ließ das andere auf den Plichtboden herabbaumeln. Mit dem linken Arm umklammerte sie eine der Winschen. Ich musterte sie verstohlen. Sie besaß etwa Gardemaß, war für eine Frau also eigentlich recht groß. Ihre Figur zu beurteilen fiel mir schwer. Bei ihrer Ankunft an Bord trug sie einen weitgeschnittenen Trench, hier an Deck einen Floating Suit, einen Überlebensanzug mit eingearbeitetem Auftriebskörper. Mich wunderte, warum sie dieses schwere Ding überhaupt mit auf Reisen genommen hatte, und ich fragte sie danach. Aber Claudia erklärte mir, daß sie den knallroten Overall noch kurz vor Fahrtantritt in Southampton bei einem Zubehörhändler günstig hatte erwerben können. Da ihr bisheriger schon ziemlich ramponiert gewesen sei, hatte sie sich kurzerhand zu dieser Neuanschaffung entschlossen.

Ihr Gesicht wirkte für die hiesigen Breiten allenfalls durchschnittlich gebräunt. Auffallend schien ihr beinahe weiß gebleichter Kurzhaarschnitt. Ob die helle Färbung von chemischen Mitteln herrührte oder von karibischer Sonne, vermochte ich nicht zu beurteilen. Ihre Gesichtszüge wirkten ein ganz klein wenig eckig, beinahe energisch hart, paßten aber zu ihrer stattlichen Schulterbreite und ihren streng nach hinten frisierten blonden Haaren. Mit langen, wallenden Korkenzieherlocken hätte ich sie mir beim besten Willen nicht vorstellen können, überhaupt ließ die junge Frau den Eindruck zu, daß sie einen nicht geringen Anteil ihrer Freizeit in irgendwelchen Fitneßcentern verbrachte. So locker, wie sie mit den schweren Taubunschen umging, mußte sie schon über gewisse Kraftreserven verfügen. Eine segelnde Brigitte Nielsen. Wider Willen mußte ich lachen.

»Was gibt es Amüsantes?« fragte sie auch prompt.

»Ach, nichts«, grinste ich und schüttelte dabei meinen Kopf. »Nichts von Bedeutung. Mußte nur gerade an etwas denken.«

»An mich?« fragte sie unverblümt.

Ich schaute in ihre dezent geschminkten Augen. Sie waren von einem eigenartigen eisblauen Farbton, wie er hellblonden Frauen häufig eigen ist. Sie vermochten gleichzeitig zu funkeln und kalt zu wirken. Feuer und Eis. Erinnerungen wurden wach. Schmerzhafte Erinnerungen. Ein Schauer lief mir den Rücken herunter.

»Wie kommst du darauf?« fragte ich zurück.

»Weil du mich schon die ganze Zeit anstarrst.«

»Du bist eine gute Beobachterin«, murmelte ich. »Paß auf, Claudia«, rief ich eine Sekunde später und war für die Ablenkung dankbar, »was steht auf der Tonne?«

»North East Gurnard«, antwortete sie.

Noch etwas war mir aufgefallen. Sie nannte mich nie bei meinem vollen Vornamen, sagte immer nur Claus, Skipper, du oder gar nichts.

»Na, denn«, entgegnete ich und ließ das Ruder durch die Hand zischen, »Kurs 165 Grad. Auf nach Cowes!«

Claudia Bergmann richtete sich auf. Sie brauchte beinahe nicht zu mir aufzublicken. Nicht so wie die arme Chris, die sich mit ihren knapp einen Meter siebzig auf einen Stuhl hätte stellen müssen, um mir geradewegs in die Augen zu sehen. Überhaupt, Claudia und Chris zu vergleichen schien beinahe unmöglich. Während Christianes Anziehungskraft von ihrer Jugendlichkeit herrührte, verkörperte Claudia die Attraktivität einer schon lange erwachsenen Frau. Sie mochte bestimmt zehn Jahre älter sein als Saschas Schwester. Energisch riß ich meinen

Blick von ihr los und starrte am Bugkorb vorbei in den immer noch undurchdringlichen Nebel. Verdammter Charly! Verdammter Graf Steinitz! Beide wußten sehr genau, daß ich lieber mit Männern auf See unterwegs war. Warum konnten sie mir keinen etwa gleichaltrigen Mann als Deckshand besorgen?

»Kaffee, Skip?« fragte eine Stimme von weit her.

»Hm«, antwortete ich. Mehr hätte meine Kehle in diesem Moment auch nicht hergegeben.

Meine Begleiterin sprang leichtfüßig wie eine Katze auf das Zwischendeck und glitt ebenso geschmeidig die Treppe hinunter in den Salon. Unwillkürlich atmete ich tief durch.

Längs der Küste der Isle of Wight riß der Nebel stellenweise auf. Dennoch beschloß ich, den Weg bis No Mans Land Fort gegenüber von Portsmouth unter Maschine fortzusetzen. Freilich hätte der Westwind ein Setzen der Segel ermöglicht, aber das Risiko, unter Vollzeug urplötzlich wieder in eine kompakte Nebelwand einzutauchen, war mir zu hoch. Die Vector folgte dem ablaufenden Tidenstrom unter Motorenantrieb mit etwa acht Knoten Eigengeschwindigkeit. Das ergab gut und gerne im Durchschnitt zehn Knoten über Grund. Ein Wert, der einem jedoch den Adrenalinspiegel in die Höhe treibt, wenn man unter Segel läuft und sich der Manövrierraum vor dem Bug nur auf einem 9-Zoll–Bildschirmchen ausmachen läßt. Also ließ ich Großsegel und Genua aufgerollt.

Kurz vor Ryde erschien Claudia mit einem Tablett. Sie hatte nicht nur Kaffee aufgebrüht, sondern gleich noch ein paar Sandwiches vorbereitet. Dankbar biß ich in die zugeklappten Weißbrotscheiben. Unmittelbar vor dem Auslaufen bekomme ich nie etwas hinunter. In diesem Augenblick verspürte ich deshalb einen gewissen Appetit.

»Schmeckt's?« fragte die junge Frau beiläufig.

»Nicht übel«, antwortete ich zwischen zwei Bissen.

Schweigend verdrückten wir unser Frühstück. Claudia räumte anschließend Teller und Tassen wieder zusammen und brachte das Geschirr nach unten in die Pantry. Als sie nach einer Weile wieder heraufkam, deutete ich auf das brusthohe Steuerrad.

»Magst du mich ablösen?« fragte ich sie.

Claudia nickte wortlos und stellte sich hinter die Edelstahlspeichen. Während der ersten paar Minuten bemerkte ich, daß die schwere Hochseeyacht leichte Schlangenlinien fuhr, doch kurz darauf bewegte sie sich wieder stur geradeaus. Claudia mußte sich also tatsächlich mit großen Schiffen auskennen. Querab St. Helens Fort kletterte ich beruhigt in die Kajüte. Claudia schien mit der Yacht gut zurechtzukommen. Jetzt konnte ich endlich einen Blick auf die Seekarte werfen, den Kurs Richtung Dover abstecken und die erforderlichen Wegpunkte im Navigationsrechner speichern. Zur Sicherheit knipste ich auch noch das Hauptradar an. An Steuerbord erkannte ich die Küstenformation von Bembridge, voraus zeichnete sich das deutliche Echo von Nab Tower ab. Ein paar Lichtpunkte an Backbord verschoben sich rascher. Frachter und Tanker, vielleicht eine Fähre. Über der britischen Insel lag immer noch kompakter Nebel. Weiter draußen auf See schien es klarer. Aber hundertprozentig sicher war ich mir da nicht, zumal der Wetterbericht von Radio Solent für den gesamten Küstenbereich zwischen Plymouth und Dover Fogpatches, also Nebelfelder, vorhersagte. Ich zog zur Sicherheit neben der Imray C 9 ›Beachy Head to the Isle of Wight‹ auch den Übersegler für den Ostteil des Englischen Kanals zu Rate. Wenn der Nebel unter der Küste festhing, mußten wir außen um Outer Owers herum und konnten nicht die Abkürzung durch den Looe Channel nehmen. Der Priel selbst war zwar breit genug, nicht aber sein Eingang. Er wurde nur von zwei unscheinbaren Tonnen markiert. Rechts und links lauerten die Boulder Bank und The Grounds. Normalerweise kein Thema, wenn man mit einem wesentlich genaueren GPS-Gerät navigiert. Wider Erwarten hatte sich jedoch in den Marinas am Hamble keine Ersatzantenne auftreiben lassen. Nach einem durchgeführten Generalreset zeigte das verdammte Display nur noch ausschließlich »No Update« an, was soviel bedeutete, daß das Gerät entweder keine Satelliten empfing oder die Werte der Satelliten nicht verarbeiten konnte. Der DECCA-Navigator war mir in diesem Seegebiet zu ungenau. Jedenfalls zu ungenau, um mit einer Abweichung zwischen 150 und 300 Metern zum tatsächlichen Standort eine 30 Meter breite Einfahrt mitten in einem Riffgebiet bei Nebel anzusteuern.

Ich seufzte und maß den Umweg mit einem Kartenzirkel ab. Wenn wenigstens der Wind durchstand, konnten wir außerhalb des Hauptschiffahrtsweges segeln und mußten nicht die ganze Zeit motoren. Auch die Einbaumaschinen solch großer Yachten sind nicht dazu angelegt, 36-Tonnen-Schiffe ununterbrochen voranzutreiben. Ich rief noch kurz die Küstenwache von Selsey Bill an und ließ mir die neuesten Nebelprognosen durchgeben. Das Ergebnis blieb unzufriedenstellend. Dicht unter Land dichter Nebel, zehn Seemeilen vor der Küste klare Sicht. Ich zeichnete den voraussichtlichen Kurs in den Übersegler ein, programmierte den Rechner und lehnte mich für einen Augenblick in den Navigationssitz zurück. Schließlich verschränkte ich die Arme hinter meinem Nacken. Der Starkwind hatte abgeflaut, das Meer glänzte mit niedrigen Wellenhöhen.

Zusammen mit Sascha hätte der Rest des Törns eine regelrechte Kaffeefahrt werden können. Zwei Männer allein auf einem Maxi, die Tanks voll Sprit und Trinkwasser, Kühlschrank, Eiskasten und Bar gut bestückt. Was wollte man mehr? Eigentlich sollte die *Kyra* jetzt schon längst die französische Küste verlassen haben und sich in belgischen oder unter Umständen sogar niederländischen Hoheitsgewässern befinden. Und nicht hier vor der Küste der Isle of Wight herumkrebsen. Mit einer Frau, von deren Segelfähigkeiten ich mir noch kein abschließendes Bild hatte machen können. Alles, was ich in der Hand hatte, war die Referenz des Grafen. Aber die half mir nachts auf dem vielbefahrenen Ärmelkanal schrecklich wenig.

Ich überlegte, ob ich nicht von Bord aus über Funk eine neue Mannschaft zusammentrommeln sollte. Nichts gegen Frauen als Wachführer, aber einen Segelschein vorweisen und auch segeln können, war die eine Seite der Medaille, grenzenloses Vertrauen zu seinem Steuermann, während man schlief, die andere. Zumal dann, wenn einem die Yacht nicht gehörte, und die Assekuranz, bei der sie versichert war, ein paar sehr mißtrauische Ermittler beschäftigte.

In diesem Moment ertönte draußen ein heller, durchdringender Warnton. Ich wirbelte nach links herum, wo Tochterinstrumente der Motorkontrolleinheiten montiert waren. Die Warnlampe für die Kühlung blinkte. Ich sprang auf und stürzte den Niedergang hinauf, aber im gleichen Moment verblubberte bereits der schwere Sechszylinder. Ich hielt unter der noch hochgeklappten Sprayhood inne, als ich feststellte, daß Claudia begann, die Großschot und die Backstangen zu klarieren. Braves Mädchen! Sie hatte anscheinend begriffen.

»Macht nichts«, rief sie, lachte hell auf und entblößte dabei zwei Zahnreihen, um die sie jedes Mannequin beneidet hätte. »Segeln ist sowieso schöner«, fügte sie hinzu.

Ich wartete, bis sie soweit fertig war, und rollte schließlich das Großsegel aus dem Mast. Ein paar Atemzüge später stand auch die übergroße Genua, und die Vector stürmte mit weit aufgefierten Segeln durch den Osteingang des Solent in den Ärmelkanal hinaus. Ich starrte gebannt auf den Bug, wo sich ein flacher weißer Bogen aus Gischt und Schaum abzuzeichnen begann. Ich kannte dieses Bild. Von einem vorausfahrenden Schiff aus gesehen, würde jetzt unser Bug an einen Windhund erinnern, der scheinbar in vollem Galopp, mit einem weißen Knochen im Maul, über eine holperige, dunkelblau schimmernde Rennbahn stob. Hinter mir lachte eine Stimme.

»Hallo, Skipper!« rief Claudia. »Aufwachen!«

Ich knurrte etwas Unverständliches und deutete nach unten. Sie verstand.

»Dann mal viel Vergnügen!« rief sie mir hinterher, als ich mich aufmachte, um im Motorraum nach dem Fehler in der Motorkühlung zu suchen.

Zunächst entledigte ich mich meiner Schwerwetterkombination, die mir bei der schmutzigen Arbeit nur hinderlich sein konnte und schlüpfte in leichtere Sachen. Dann öffnete ich eine besondere Tür, die eine Seite des Perkins vollständig freigab. Ich warf einen Blick auf den Motorblock, verfolgte die Kühlwasserschläuche und fand die Wasserpumpe, die am unteren Teil des Motorblocks angeflanscht war und hier von einem speziellen Keilriemen angetrieben wurde. Fluchend zuckte ich mit der Hand zurück. Das heiße Metall hatte mich verbrannt. So ging es nicht.

Erst einmal brauchte ich Arbeitshandschuhe und den Werkzeugkasten. Fünf Minuten später löste ich mit Hilfe eines Steckschlüssels den Keilriemen und versuchte, die Riemenscheibe an der Wasserpumpe, die normalerweise Seewasser durch den Innenkreislauf der Maschine pumpen sollte, zu drehen. Sie drehte sich ganz leicht. Zu leicht, wie mir schien. Langsam stiegen mir die Dieselausdünstungen in den Kopf. An Deck oder am Kartentisch werde ich so gut wie nie seekrank, aber kopfüber in dieses stickige, heiße Kabuff gebeugt, meinten meine Magennerven unbedingt auf sich aufmerksam machen zu müssen.

Ich suchte das Haupteinlaßventil, um den Kühlwasserzufluß abzusperren, damit sich die Schläuche vom Pumpengehäuse ziehen ließen, ohne daß sich ein Duschbad anschloß.

»Das darf doch wohl nicht wahr sein!« entfuhr es mir unwillkürlich.

Irgendein Idiot hatte den Hebel vom Seeventil abgezogen. So etwas taten höchstens übervorsichtige Vercharterer, die vermeiden wollten, daß ihre unerfahrene Kundschaft versehentlich einmal mit geschlossenem Seeventil losfuhr und dabei den Pumpenimpeller ruinierte. Ich fand einen passenden Hebel auf dem Seeventil der Seewasserzuleitung zur Bordtoilette in der Achterkajüte.

Kurze Zeit später hielt ich die abgeschraubte Seewasserpumpe in der Hand und schraubte den Deckel ab. Der Impeller war total zerfetzt, die Reste der Neoprenflügel bildeten eine mit dem Pumpeninnengehäuse verschmolzene, bizarre Einheit. Seufzend nahm ich die Pumpe mit an den Kartentisch, schaltete die Beleuchtung an und begann, die hart gewordene Gummimasse aus seinem Innern herauszuschaben. Nun mußte nur noch ein Ersatzimpeller her. Ein Ersatzimpeller! Hoffentlich hatten wir das passende Ersatzteil dabei! Sonst hieß es bis Hamburg durchsegeln. Ich kramte in den verschiedenen Schapps herum, kehrte im Vorschiff und im Salon das Unterste zuoberst, fand jedoch nichts.

»Na, Skipper«, ertönte von oben eine Stimme. »Kommst du voran?«

Schlaue Sprüche mitfahrender Damen hatten mir jetzt gerade noch gefehlt. Aber ich riß mich zusammen.

»Der Impeller ist im Eimer. Wer steuert?«

»Der Autopilot.«

»Okay, aber achte auf den Schiffsverkehr. Fischer sind hier immer unterwegs. Wegen der Lobsterpots.«

»Der was?« fragte ich erstaunt.

»Der Hummerkörbe im Wasser«, antwortete ich ungeduldig. »Du erkennst sie an den kleinen Bojen, die stellenweise massenhaft ausgelegt sind. Sie sind mit den Körben durch lange Leinen verbunden. Wenn du so eine mit der Schraube überfährst, hilft nur noch tauchen.«

»Na, Mahlzeit«, entgegnete sie und verschwand wieder im Cockpit.

Ich schaute mich noch eine Weile ohne großen Enthusiasmus um und gab die Suche dann schließlich auf. Mit einem fremden 20-Meter-Segelkreuzer entlang einer im Nebel liegenden Küste und das mit defekter Maschine! Zuletzt war mir vor Jahren ein ähnliches Malheur auf einem Segeltörn von Malta nach Sizilien passiert. Aber da herrschte kein Nebel, und ich mußte keine Seehäfen anlaufen, in denen sich mehr Fähren tummelten als Besucher am Tag der Offenen Tür. Mit vier Metern Tiefgang war Dover sowieso der einzige Hafen, den ich zu jeder Tageszeit anlaufen konnte. Wegen des hohen Fährschiffaufkommens leider auch der gefährlichste.

Ich schwang mich nach oben an Deck und atmete tief durch. Claudia wandte sich zu mir um. Ihre eisblauen Augen blitzten unternehmungslustig.

»Und? Hast du's repariert?«

»Nein. Kein Ersatzimpeller an Bord. Wir müssen unter Segel in Dover einlaufen. Wird schon irgendwie klappen.«

»Na, dann halleluja«, entgegnete sie und wies nach vorne zum Bug.

Eine Gänsehaut kroch mir über den Rücken. Etwa eine Seemeile vor uns bedeckte ein weiß gebauschtes Leichentuch aus dichtem Nebel die See. Von der Küste war praktisch nichts mehr zu sehen. Nur im Südwesten schien die Sicht noch relativ gut. Von irgendwoher ertönte ein durchdringendes Nebelhorn. Das mußte die Großtonne Owers sein. Ich wirbelte herum. Claudia stand schon am Steuerrad und hatte den Autopiloten abgeschaltet.

»Willst du meine Meinung hören?« fragte sie.

Ich schaute sie durchdringend an. Ich bin eigentlich kein Macho, bringe Frauen stets dieselbe Achtung entgegen wie Männern, aber jetzt ging sie mir doch ein bißchen auf die Nerven. Sie besaß nach eigenen Angaben neben irgendwelchen wertlosen Segelpatenten allenfalls den Sportbootführerschein. Zugegeben, mit der Vector kam sie bislang auch ohne meine Hilfe ganz gut zurecht, aber wir hatten auch handiges Wetter. Auf unqualifizierte Ratschläge einer Sonntagsseglerin konnte ich jetzt jedenfalls verzichten. Claudia Bergmann widerstand meinem Blick, während sie die Wellen geschickt aussteuerte. Sie wirkte so ungemein gelassen, so souverän. Erschreckend souverän. Und dann ihre verdammten blauen Augen! Feuer und Eis. Verdammt, Alter! Reiß dich gefälligst zusammen!

»Okay«, antwortete ich müde. »Laß hören.«

Die junge Frau sah wieder nach vorn auf die Bugwelle.

»Dieppe, würde ich vorschlagen«, antwortete sie nur.

»Dieppe?« fragte ich erstaunt.

»Naturalmente, Signore. Dieppe ist von hier aus gesehen der nächsterreichbare Tiefwasserhafen. Kaum Fährbetrieb. Breite Einfahrt. Eine ellenlange Kaimauer. Und notfalls kann uns auch einer hineinschleppen. Im übrigen setzen die Tidenströme vor der Hafeneinfahrt nicht so hart wie vor Dover. In Dieppe gibt es jede Menge Bootsausrüster. Die werden wohl einen Pumpenimpeller vorrätig haben.«

Ich kniff die Augen zusammen. Ich kam mir vor, wie ein Seekadett im ersten Lehrjahr, der von seinem Käpt'n, einem erfahrenen Blauwassersegler, erklärt bekommt, wo sich Bug und Heck an einem Schiff befinden.

»Du meinst«, fragte ich schleppend, »übersetzen nach Frankreich? Über das Verkehrstrennungsgebiet? Im Nebel? Ohne Maschine? Wahnsinn!«

»Würde ich nicht sagen«, drückte sie sich vorsichtig aus.

Irgend etwas in ihrer Stimme deutete an, daß sie bereits die Risiken abgewogen und schon jede Alternative verworfen hatte.

»Auf See werden wir kaum Nebel haben. Hier, dicht unter Land aber mit Sicherheit. Denk bloß an Beachy Head und Dungeness! Wenn der Nebel etwas weiter als vorhergesagt auf See hinausreicht, müssen wir ohnehin in den Schiffahrtsweg ausweichen.«

Sie schaute mir mit festem Blick geradewegs in die Augen.

»Die Überfahrt ohne Maschine sehe ich nicht als großes Problem an. Wir laufen momentan gut und gerne sieben Knoten. Das sollte reichen, um der Berufsschiffahrt auch unter Segeln ausweichen zu können. Drüben auf der anderen Seite schiebt uns dann auch noch die Flut mit. Wir erreichen die Côte d'Albatre lange nach Sonnenaufgang. Brauchen uns also keine Sorgen wegen der Hafeneinfahrt von Dieppe zu machen.«

Wo sie recht hatte, hatte sie recht. Das mußte der Neid ihr lassen. Unter Umständen verstand sie vom Seesegeln doch mehr, als ich angenommen hatte.

»Du kennst dich verdammt gut aus, Schätzchen«, antwortete ich gedankenverloren.

»Mein Name ist Claudia, Skipper«, gab sie ein wenig knapp zurück. Es klang wie eine Feststellung.

»Sorry, Claudia«, entschuldigte ich mich. »Ist mir so herausgerutscht.«

»Nema problema«, lächelte sie. Aber ihr Lächeln war so warm wie zerstoßenes Eis für einen Whisky on the rocks.

Ein paar Augenblicke später waren die Segel für einen Halbwindkurs in Richtung französische Küste dichtgeholt. Die Vector legte sich auf die Seite, so daß der weiße

Knochen vor der Yacht verschwand, während statt dessen die ersten Wellen über das Vordeck wuschen und in Lee schäumend unter dem Bug durchrauschten. Wie gesagt, ohne diese leidige Vorgeschichte mit Sascha und ohne das Wissen um eine defekte Antriebsmaschine hätte ich den Törn auf diesem Hochseesegler quer über den Ärmelkanal selbst bei diesem miesen Wetter durchaus genießen können. Selbst mit einer weißblonden Amazonenkönigin an Bord, die sich anscheinend in den Seehandbüchern des Hydrographischen Instituts genauso gut auskannte wie in emanzipatorischer Frauenliteratur.

Ich kletterte wieder nach unten in den Salon und steckte den Kurs auf dem Übersegler erneut ab. Zur Sicherheit programmierte ich auch den DECCA um. Oben ratterten Winschen. Ich kletterte wieder an Deck und bemerkte, wie Claudia die Genuaschoten mit Hilfe der Coffeegrinder dichtholte.

»Du bist verdammt geschickt«, meinte ich, als wir zusammen im Cockpit saßen und der Autopilot seine Arbeit wieder aufnahm. »Und verdammt kräftig.«

»Danke«, antwortete sie nur.

»Komm schon, Claudia«, sprach ich weiter. »Bei dir steckt doch wohl ein bißchen mehr dahinter als der Sportbootführerschein und ein bißchen Küstensegelei. Das merkt doch ein Blinder.«

Die junge Frau öffnete den Reißverschluß ihres Schwerwetteroveralls und zog ihn bis zur Brusttasche herunter. Unter der Segelbekleidung trug sie ein schneeweißes T-Shirt. Sie streifte ihre Segelhandschuhe ab, griff in eine der Beintaschen und fischte ein Päckchen Zigaretten heraus. Sie zündete sich ein Stäbchen geschickt an, wobei sie die Flamme mit der linken Hand gegen den Wind schützte. Tief inhalierte Claudia den Rauch und stieß ihn beinahe heftig wieder aus. Dann sah sie mich an.

»Ich bin eine Frau, Claus«, begann meine Mitseglerin,

wobei die Farbe ihrer Augen dem Wärmegehalt entsprechend in ein Gletscherblau wechselte.

»Und nicht etwa ›nur eine Frau‹. Richtig! Ich verstehe tatsächlich ein wenig vom Segeln. Stell dir vor! Aber du doch auch, oder? Habe ich mich bis jetzt etwa über dich gewundert? Du tust ja gerade so, als hätte ich dich hinters Licht führen wollen.«

Als sie ihre Lippen zu einem Lächeln verzog, entblößte sie erneut diese herrlichen Zahnreihen. Ich gehöre nicht zu den Männern, die sich gegenüber Frauen Achtung durch Muskelspielereien verschaffen. Das ist etwas für Halbstarke in Diskotheken auf Ibiza, wo unterbelichtete Diskoschönheiten eher auf den Bizeps als auf den Charme und das Charisma ihrer Urlaubsbekanntschaften achten. Aber mit Ausstrahlung allein lassen sich junge Frauen meiner Erfahrung nach heutzutage sowieso kaum noch beeindrucken. Es sei denn, sie sind pathologisch intellektuell und häßlich wie die Nacht.

Stockhausen, du verdammter Idiot! Kannst du nicht einmal einen Augenblick sachlich bleiben? Was hast du, verdammt noch mal, gegen Claudia Bergmann? Sie ist attraktiv, zurückhaltend, nett, dabei selbstbewußt und souverän. Alles erstklassige Eigenschaften. Und sie versteht eine Menge von Seemannschaft. Was willst du eigentlich mehr?

Ich schüttelte resigniert den Kopf. Defekte Motorenmechanik und emanzipierte Frauen auf Yachten haben für mich eines gemeinsam: Ich vermag mit beiden nur sehr bedingt umzugehen. Ich musterte sie unwillkürlich noch genauer als bei ihrer Ankunft an Bord. Die zurückgekämmten kurzen Haare unterstrichen ihre hohe Stirn. Ihr Kopf wirkte dadurch etwas kantig, zeigte jedoch eine geradezu geometrische Symmetrie. Vielleicht war es gerade diese Gleichförmigkeit, die diese herbe Schönheit ausmachte. Claudias Gesicht wurde von den eng anliegenden Ohren, der markanten Nase, die sich vielleicht eine Idee zu weit über die vollen Lippen bog und dem ebenfalls ganz leicht vorspringenden Kinn geradezu ideal betont. Möglicherweise waren es aber gerade ihr etwas hart wirkendes Gesicht, ihr Gardemaß von gut einem Meter achtzig und ihr athletischer Körperbau, die sie etwas streng aussehen ließen. Stark, herb, unnahbar. Eine Amazonenkönigin. Das war genau die richtige Umschreibung für ihr Äußeres. Vermutlich traf ihre nach außen gezeigte Kühle auch auf ihr Inneres zu. Vielleicht tat ich ihr aber auch nur unrecht. Andererseits, was war an dem Begriff Amazonenkönigin abwertend?

»Tut mir leid, Claudia«, antwortete ich nach langem Überlegen. »Ich bin in letzter Zeit ein bißchen aus der Übung im Umgang mit jungen Damen. Nimm es nicht übel. Ich ...«

Ohne mich ausreden zu lassen, erhob sich Claudia und schnippte ihre Zigarettenkippe über Bord.

»Wen interessiert's?« entgegnete sie knapp. »Ich verschwinde mal kurz unter Deck. Will mich etwas frisch machen. Möchtest du einen Drink aus der Bar?«

Ich starrte ihr halb verärgert, halb erstaunt nach. Verärgert, weil sie mich unterbrochen hatte wie einen zehnjährigen Schulbub beim Vorlesen, erstaunt, weil sie offensichtlich nichts Persönliches an sich herankommen ließ. Weder eine Anmache noch eine Entschuldigung. Eigentlich hätte ich brüskiert sein müssen, aber vielleicht war ich auch bloß immer noch von meinem früheren Job als Bootshändler und Yachtmakler durch und durch verdorben. Als Geschäftsmann in der Bootsbranche mußte ich mir manchmal stundenlang die ganze Lebensgeschichte meiner Kunden anhören, bevor sie auf den Punkt kamen und erklärten, ob sie nun dieses Boot kaufen wollten oder nicht. Ich war es gewohnt zuzuhören und meine Gesprächspartner dabei nicht zu unterbrechen. Bei mir hatte der Kunde immer recht und durfte sagen, was er wollte, solange er solvent war und das Objekt seiner Begierde hinterher auch bezahlte. Wahrscheinlich aber war ich ein genauso schlechter Zuhörer wie Claudia. Nur daß sie aus ihrem Desinteresse ganz offensichtlich keinen Hehl machte, ich dafür manche Stunde meines Lebens vergeudete, während Langweiligkeiten und Nichtigkeiten durch das eine Ohr hinein- und durch das andere wieder hinausschlüpften.

Gegen elf Uhr in der Nacht rüttelte mich eine feste Hand an der Schulter. Ich sprang instinktiv aus meinem Schlafsack und war mit einem Satz auf den Beinen.

»Was ist los?« rief ich benommen. »Ist was passiert?«

Claudia Bergmann wich zurück in den Salon. Ihr Gesicht wirkte im Zwielicht der wenigen, rot glühenden Kontrollampen am Kartentisch beinahe dämonisch. Die Augen blitzten amüsiert auf.

»Nichts ist passiert, Skipper«, entgegnete sie beiläufig. »Deine Wache. Ich sollte dich um elf Uhr wecken.«

Erst als sie sich umdrehte und wieder an Deck kletterte, bemerkte ich, daß ich völlig nackt geschlafen hatte.

Langsam, aber unaufhörlich zogen die Wogen, die Rösser der Meere, heran. Schwarz schimmernde Berge kompakter, nasser Energie. Im Atlantik geboren, suchten sie sich durch die Enge des Ärmelkanals ihren Weg, bis sie hinter den Kaps der Bretagne und der Normandie oder im gerade einmal handtuchbreiten Bypass zwischen Dover und Calais in sich zusammenfielen. Dort verursachten sie je nach Stand des Mondes gewaltige Tidenströmungen, die ein Schiff manchmal doppelt oder auch nur halb so schnell, mitunter überhaupt nicht mehr vorankommen ließen. Der Gegner der Strömung war der Wind, der das Wasser streichelte und glättete, wenn er in gleiche Richtung blies, oder auftoupierte, wenn er entgegenstand. In dieser Nacht hatten wir Glück. Die Tide lief mäßig, so daß die Wellenköpfe nicht mehr brachen und nur hin und wieder weiße Schaumkronen auf ihren Scheiteln führten. Noch vor ein paar Stunden waren außerhalb des Landschutzes der Isle of Wight noch vereinzelte Brecher über das Vordeck gewaschen, hatten die kurzen, harten Wellen des Englischen Kanals den Rumpf der Vector hart in die See einsetzen lassen. Jetzt aber senkte und hob sich die Yacht gleichmäßig auf dem Raumschotskurs in Richtung Dieppe.

Weit im Hintergrund ließen sich die Positionslichter der im Verkehrstrennungsgebiet zwischen Les Crasquets und Dover Strait dahinziehenden Frachtschiffe und Tanker deutlich ausmachen. Der Nebel hatte sich, wie angekündigt, zehn Seemeilen seewärts vollständig aufgelöst. Die Sicht war für diese Jahreszeit relativ gut, schätzungsweise sechs bis sieben Meilen. Vereinzelt funkelten die Sterne des Nordhimmels zwischen rasch dahinziehenden Wolkenfetzen hindurch und versuchten, die schwarzglänzende Nacht zusätzlich zu versilbern. Die schwere Vector hob ihr Heck, wenn eine besonders hohe Woge von achtern auflief, um unter dem Rumpf hindurchzulaufen. Dabei schnellte die Anzeige des elektronischen Logs mit einem Satz nach oben. Die Genua stand weit nach Lee gewölbt und bildete mit dem aufgefiederten Großsegel ein perfektes Tragflügelprofil, das sich nur selten einmal in sich bewegte.

Claudia Bergmann verstand etwas vom Segeln. Ohne Frage war sie mit der Handhabung einer Hochseeyacht, der Aerodynamik ihres aus vielen Einzelbahnen zusammengenähten textilen Vortriebsmotors vertraut. Und auch mit Navigation mußte sie sich irgendwann einmal intensiv beschäftigt haben. Wir lagen kaum eine halbe Seemeile vom vorberechneten Kurs entfernt. Ein Spitzenwert, angesichts der zeitweise noch hoch auflaufenden

See, die auch ein relativ großes Segelboot deutlich gieren ließ. Nicht ohne aufkommenden Neid stellte ich mir die Frage, warum Stefan Graf Steinitz die Yacht nicht von vornherein durch Claudia Bergmann hatte überführen lassen. Meiner Einschätzung nach wäre sie dazu bestimmt genauso gut geeignet und qualifiziert gewesen wie ich, und er hätte zudem auch noch eine Stange Geld gespart. Meine Dienste kosteten ihn schließlich eine erkleckliche Summe. Das heißt, sofern ich Hamburg pünktlich erreichte. Andernfalls kostete der Törn mich ein Vermögen. Dieser Gedanke gefiel mir ganz und gar nicht.

Ich justierte den Autopiloten und ließ mich auf der Cockpitsitzbank nieder. Claudia saß mir gegenüber und hielt eine dampfende Tasse Tee in den Händen. Ich wärmte mich indes an einem doppelstöckigen Cognac.

»Zufrieden?« fragte sie nach einer Weile.

»Super!« entgegnete ich und bemühte mich erst gar nicht, die Begeisterung in meiner Stimme zu verbergen.

»Freut mich zu hören«, antwortete sie eine Spur zu sachlich.

Ich bemühte mich, trotz der Dunkelheit den Ausdruck in ihren Augen zu erkennen. Zum erstenmal bemerkte ich eine Spur von Lächeln, das über ihre in der Dunkelheit der Nacht noch kantiger wirkenden Gesichtszüge floß. Sie nahm einen Schluck aus der Tasse, ohne mich dabei aus den Augen zu verlieren.

»Hrmm«, räusperte ich mich geräuschvoll und bemühte mich, den sich bildenden Kloß aus meinem Hals zu vertreiben.

»Ja?« fragte sie unverblümt.

Ich schüttete den Rest des Drinks in mich hinein. Der Cognac brannte erst wie Feuer in meinem Magen, bevor er in meinen Gehirnwindungen explodierte. Ich merkte, daß ich seit dem Sandwich, das Claudia in der Höhe von Bembridge zubereitet hatte, nichts weiter zu mir genommen hatte. Aber andererseits tat eine Diät meinen beinahe 90 Kilo Lebendgewicht auch einmal ganz gut.

»Wo hast du segeln gelernt?« fragte ich frei heraus.

»Auf einem Baggersee«, antwortete sie, ohne auch nur eine Sekunde nachzudenken.

Mir schien, daß sie auf diese Frage schon lange gewartet hatte. Die Antwort war ganz eindeutig zurechtgelegt.

»Ach, ja?« entgegnete ich.

»Und du?« setzte sie nach.

»Auf der Elbe«, gab ich zur Antwort.

»Richtig mit Salzwasser getauft, was?« lachte sie mit unüberhörbarer Ironie in der Stimme.

»Was gibt es da zu lachen?« fragte ich verwundert.

»Ach, die meisten Hanseaten glauben, sie allein hätten das Segeln erfunden. So viel Borniertheit wie an der deutschen Nord- und Ostseeküste habe ich noch nirgendwo anders erlebt. Alles, was weiter als fünf Meter vom Deich entfernt wohnt, wird als Landratte bezeichnet.«

Diesmal konnte ich meine Belustigung nicht unterdrücken. »Vorurteile hast du wohl keine, was?«

Claudia schwieg eine Weile und trank ihre Tasse mit vielen kleinen Schlucken leer.

»Hast du schon einmal etwas von der *Femina Four* gehört?«

Ich überlegte. »Ausgedienter Admiral's Cupper. Ex-Transporter. Gehörte doch irgendwann einmal Patrick Berger, stimmt's? Kein besonders gutes Rating für Seeregatten, aber eine verdammt schnelle Kiste. Warum?«

Die junge Frau griff in die Brusttasche ihres Schwerwetteroveralls und angelte sich ihr verdrücktes Päckchen Zigaretten heraus. Sie zündete sich ein Stäbchen an und hielt mir die Packung hin.

»Danke«, entgegnete ich. »Nichtraucher.«

»Du Glücklicher«, meinte sie und blies den Rauch der Zigarette nach Lee.

»Dämmert's immer noch nicht?« fuhr sie nach einer Weile fort.

»Die *Femina Four*?« rückte ich zurecht.

»Die segelt seit einem Jahr mit irgendsoeiner Frauencrew. Muß sich um einen regelrechten Chaotenverein handeln, wenn ich mich recht erinnere. Nach der letzten Mittelmeerregatta in Südfrankreich soll es in Toulon zu Handgreiflichkeiten zwischen der Skipperin und dem Coach gekommen sein. Die Fachpresse war voll davon. Ich habe die Artikel aber nur überflogen. Weibergeschichten sind nicht gerade mein Fall.«

Claudia schwieg. Hin und wieder sah ich ihre Zigarettenspitze aufglühen. Dabei tauchte der Schein ihr Gesicht von Zeit zu Zeit in ein blutrotes Zwielicht. Es wirkte starr. Unablässig rauschten die Wellen unter dem Heck der Yacht durch. Ich blickte kurz auf den Magnetkompaß und justierte die Selbststeueranlage nach. Claudia erhob sich.

»Ich bin müde. Weck mich um vier, wenn du willst.«

»Worauf du dich verlassen kannst«, antwortete ich ohne großen Enthusiasmus.

Ich beobachtete, wie sie auf das Zwischendeck sprang und anschließend den Niedergang hinunterglitt. Kurz darauf wurde das Schiebeluk zugezogen. Eine Amazonenkönigin mit der Geschmeidigkeit eines Panthers und der Intelligenz eines Oxfordabsolventen, fuhr es mir durch den Kopf. Bald jedoch blickte ich wieder nach vorne in die Schwärze des Ärmelkanals. Ich war allein. Unwillkürlich ließ ich meinen Gedanken freien Lauf.

# 5

Ende der sechziger Jahre galt es in Studentenkreisen als das Nonplusultra, sich der Auseinandersetzung mit dem Rechtsgefüge der Republik zu widmen. Nur wer die Rechtssystematik und die Inhalte der einzelnen Gesetze verstand, war in der Lage, sich erfolgreich dem Zugriff des Staates zu entziehen, wenn dieser sich gegen die teilweise ziemlich resolut an den Tag gelegte Aufmüpfigkeit seiner jungen Staatsbürger mit Zwangsandrohungen jeder Form zur Wehr setzte. Während auf der Straße lauthals protestiert, Pflastersteine auf Polizisten geworfen und bitterböse Pamphlete in linksgerichteten Zeitungen gegen das Establishment verfaßt wurden, mußte vor Gericht nüchtern und sachlich argumentiert werden. Nichts verunsicherte die hohen Herren in den schwarzen Roben mehr, als wenn ein langhaariger Chaot als Verteidiger vor Gericht auftrat und den Richtern und Staatsanwälten in ausgefeilter Form und in sachlichem Ton die Rechtsauslegungen angesehener Rechtsexperten und die Grundsatzurteile Oberster Bundesgerichte um die Ohren schlug. Der Traum jedes Rechtsstudenten an der Uni bestand darin, einmal einen Fadenzieher der APO oder sonst ein Mitglied einer militanten Gruppe verteidigen zu dürfen.

Als ich Sylvia 1968 auf einer politischen Kundgebung kennenlernte, waren wir beide 20 Jahre alt. Da ich mich erfolgreich um den Kriegsdienst herumgedrückt hatte, konnte ich praktisch unmittelbar nach dem Abitur schon das Studium der Rechtswissenschaften beginnen. Genaugenommen tat ich jedoch eher das, was man seinerzeit unter Studieren an einer linkslastigen Hochschule verstand. Ich gammelte, besuchte sporadisch ein paar Vorlesungen, und wenn ich mich überhaupt um etwas kümmerte, dann um die Arbeit in der Studentenvertretung. Ich war ein typisches Kind der 68er-Bewegung, trotzig, unbelehrbar und stets zu einer spontanen Demonstration gegen was auch immer bereit. Hauptsache, die Aktion richtete sich gegen alte Zöpfe, die verstaubten Ansichten der Vorkriegsgeneration und die in meinen Augen ewig gestrigen, spießig-pomadigen Erwachsenen. Die damals Dreißig- bis Vierzigjährigen, die meiner Ansicht nach ihre eigenen, in den Fünfzigern hart erkämpften Privilegien und Freiheiten dem Wohlstand der Wirtschaftswunderära nur allzu willfährig opferten und all dem nacheiferten, was aus Amerika zu uns in die Alte Welt hinüberschwappte. Kaugummi, Hollywoodfilme und eine Kanonenbootweltanschauung, die im Vietnamkrieg ihren traurigen Höhepunkt fand. Während meine langhaarige, als Blumenkinder belächelte Generation alles Establishment verabscheute und im klapprigen VW-Bus oder mit der altersschwachen Ente nach Persien oder Nepal auf Egotrip ging, ackerten daheim hornbrillentragende, kurzhaarige Trevira-Anzugträger für den Wohlstand Deutschlands. Der Gedanke an einen gutbezahlten Job in einem Büro nach Beendigung des Studiums war für meine Generation damals genauso abwegig wie für die Sowjetunion ein Sitz in der Nato.

In diesen unruhigen Tagen erschien mir Sylvia wie ein Wesen aus einer anderen Galaxie. Während die jungen Dinger, die zu meinem engeren Bekanntenkreis gehörten, Hasch rauchten, den Sphärenklängen aus den Instrumenten indischer Pseudogurus lauschten und hier und da damit Furore machten, daß sie sich inmitten langbärtiger und langhaariger Kommunarden von Sensationsreportern der Boulevardpresse nackt ablichten ließen, legte Sylvia eine dermaßen stockkonservative Einstellung zum Leben an den Tag, daß mir grauste. Ich lernte sie nach einem weder angemeldeten noch erlaubten Sit-In kennen, zu dessen Besuch ich mich wieder einmal ganz spontan entschlossen hatte und anläßlich dessen ich von der uniformierten Staatsgewalt mit Hilfe eines Wasserwerfers in demokratisch einwandfreier Form abgeduscht wurde. Bei den anschließenden Krawallen ging zu allem Überfluß auch noch mein 2 CV in Flammen auf. Während ich vor dem aufgebrachten Mob und der herbeigerufenen Bereitschaftspolizei flüchtete, hielt Sylvia plötzlich neben mir Schritt. Ich kannte das etwa gleichaltrige Mädchen von irgendeiner der zahlreichen Vortragsveranstaltungen auf dem Campus der Uni. Sie hier wiederzutreffen, überraschte mich, denn ich hätte nie daran gedacht, daß sie an einer linksgerichteten Spontandemo teilnahm. Sylvia fragte mich ohne Umschweife, ob sie mich mitnehmen könne. Doch im nachhinein betrachtet, klang ihr Vorschlag eher wie eine ultimative Aufforderung. Ich war damals ziemlich muskulös und trug das neueste Outfit. Ich verkörperte wohl das, was man heute als cool bezeichnen würde. Aber ihr offensichtliches Interesse hatte nichts mit meinem Aussehen zu tun. Bald wußte ich, daß sie sich zu nehmen pflegte, was sie wollte.

Als ich ihr Auto sah, glaubte ich erst, meinen Augen nicht trauen zu dürfen. Wie gesagt, wir fuhren damals am liebsten altersschwache Citroën-Kleinwagen oder allenfalls einen Kleinbus, besonders dann, wenn man in einer Kommune lebte. Aber Sylvia forderte mich dazu auf, neben ihr in einem schneeweißen Coupé Platz zu nehmen. Mit Ledersitzen, Holzlenkrad und Stereo-Cassettenrekorder – der neueste Schrei damals Ende der sechziger Jahre. Sie mußte mich bestimmt zehn Minuten überreden einzusteigen.

Tags darauf verlor sich schon wieder ihre Spur. Als ich aufwachte, war sie bereits verschwunden und blieb auch zunächst unauffindbar. Ich war nicht sonderlich traurig darüber, denn ich hatte neben meiner Arbeit in der Studentenvertretung wahrlich anderes im Kopf, als mich in einer Millionenstadt wie Hamburg auf die Suche nach einem zwar hübschen, aber offensichtlich spröden Mädchen zu machen.

Wie gesagt, es war eine wilde Zeit, geprägt von Massenveranstaltungen, die häufig eskalierten und von obskuren Weltanschauungen, von denen ihre Verfechter selbst nicht überzeugt waren, ob sie sich in einer modernen, klassenlosen Gesellschaft überhaupt würden verwirklichen lassen. Aber ich war damals Anfang Zwanzig, voller Träume und Ideen und lebte für den Tag, nicht für die Zukunft. Live for today, plan for tomorrow, party tonight!

Schließlich begegnete ich Sylvia erneut. Ich saß in der Bücherei des Juridicum und wälzte Kommentare bekannter Bundesverfassungsrichter zum Staatsrecht. Als ich eine Passage am Fotokopierer vervielfältigen wollte, stand sie plötzlich neben mir. Sie wirkte im uniformen Allerlei der Siebziger-Einheitsmode wie Phönix aus der Asche. Sylvia trug eine hochgeschlossene Bluse, einen engen, halblangen Rock und hochhackige Pumps. Ihre Haare hatte sie sich auf Kinnlänge kürzen lassen. Hätte sie eine runde Nickelbrille getragen, sie wäre ohne weiteres mit einer Dozentin verwechselt worden.

Sie sprach mich an und verabredete sich mit mir am Abend zu einem Theaterbesuch. Für mich war das Wiedersehen an der Abendgarderobe im Großen Haus des Hamburger Staatstheaters so etwas wie ein Kulturschock. Ich erschien in taillierter Kordjacke, weit aufgeknöpftem

Blumenhemd und Wildlederboots. Wegen der herbstlichen Kühle hatte ich eine wildgewachsene Lammfelljacke, so wie sie Hirten in Südosteuropa auf dem Feld tragen, übergeworfen. Sylvia ließ sich gerade von einem älteren, distinguiert wirkenden Herrn mit weißen Schläfen aus einem Nerzjäckchen helfen. Darunter trug sie ein bodenlanges, pechschwarzes Abendkleid mit einem solch atemberaubenden Dekolleté, daß ich bei der Begrüßung nur noch »'n Abend« herausbrachte. Ich war zu dieser Zeit mit vielen Mädchen zusammen, aber keine von ihnen vermochte es, gleichzeitig Erotik pur und antiseptische, geradezu sterile Kühle auszustrahlen.

Sylvia stellte mich ihrem Begleiter kurz vor. Der Mann ignorierte mich nicht nur während der Aufführung von Shakespeares ›King Lear‹, sondern auch, als sich Sylvia mit einem auf meine Lippen gehauchten Kuß von mir verabschiedete. In diesem Moment wurde mir klar, daß mein Schicksal mit dieser Frau verbunden bleiben würde. Ihr ganzer Körper duftete nach Parfüm. Ein erotisierender Duft, der mich bis zum heutigen Tag verfolgen sollte.

Zwei Tage nach der Aufführung traf ich sie erneut. Sie stand mit einer Gruppe junger Doktoranden auf dem Parkplatz des Juridicum und genoß ganz offensichtlich deren Aufmerksamkeit. Ich ging kurzentschlossen auf sie zu, ergriff ihre Hand und zog sie zu meinem klapprigen VW-Bus. Ohne Widerstand ließ sie sich auf den Beifahrersitz heben. Nach Stunden ziellosen Herumirrens durch Hamburgs westliche Vororte landeten wir schließlich an einem abgelegenen Strandstück der Unterelbe. Wir saßen bis zum frühen Abend engumschlungen im Sand, und ich glaube, wir sprachen während der ganzen Zeit kein einziges Wort. Sylvia war meine erste romantische Begegnung. Sie nahm mir den Atem, ohne daß sie etwas sagen oder tun mußte. Einfach so. Sie war eine zweiundzwanzigjährige, blonde, blauäugige Verheißung.

Wir verabredeten uns häufiger, gingen aus, vornehmlich in Studentenkneipen und Diskotheken, in denen damals noch nicht ausschließlich zu unverständlich gekeuchten Songs getanzt wurde, deren überwiegender Textinhalt sich auf die mehrmals nachhaltig geforderte Aufforderung zum Beischlaf beschränkte. Wir diskutierten, stritten, vertrugen und liebten uns. Nur wenn die Sprache auf Beruf und Karriere kam, schien es, als lebten wir auf verschiedenen Planeten. Als ich am Samstagabend ihren Vater kennenlernte, war mir klar, warum. Sylvias Vater entpuppte sich als der weißhaarige ältere Herr, den ich anläßlich der Shakespeare-Premiere kennengelernt hatte. Er bemühte sich mit geradezu unmenschlicher Anstrengung, mich überhaupt wahrzunehmen und sich nicht schon angesichts meiner sorgsam gescheitelten, schulterlangen Haare direkt nach der Begrüßung in die Bibliothek zurückzuziehen. Die Unterhaltung mit ihm verlief steif und förmlich. Als ich zu vorgerückter Stunde meine Arbeit in der Studentenbewegung erläuterte und aus Karl Marx' ›Kapital‹ zu referieren begann, nahm er mich kurzerhand didaktisch in die Zange. Obwohl ich die intellektuelle Auseinandersetzung mit diesem weißhaarigen Überbleibsel einer gescheiterten Stahlhelmgeneration bewußt provozierte, schwand meine Freude so rasch, wie er meine postrevolutionären marxistisch-leninistischen Ansichten in der Luft zerriß. Neidvoll mußte ich im Innern zugeben, daß er sich in den kommunistischen Schriften von Marx und Engels wesentlich besser auskannte als ich, und daß sich meine Kenntnisse bestenfalls auf häufig zitierte Schlagworte aus der linksgerichteten Presse beschränkten. Ich denke, ich bin noch nie so vorgeführt worden wie in dieser Nacht. Kurz darauf trennten sich Sylvias und meine Wege erneut, und wir verloren uns zwangsläufig für lange Jahre aus den Augen. Um mein Studium in Rechtswissenschaft zu optimieren, wechselte ich zunächst an die Uni in Marburg und schließlich nach Bonn. Ich schaffte mein Examen und begann in einem Notariatsbüro. Doch schon nach wenigen Monaten warf ich alles hin. Ein Schreibtischjob hätte zu dieser Zeit das Ende aller meiner Träume bedeutet. Mit nicht mehr als einer Reisetasche unter dem Arm, aber tausend Ideen im Kopf, verließ ich Deutschland.

Anfang der siebziger Jahre trieb ich mich in Südfrankreich und Italien herum und lernte rasch, daß ich hier mit meiner Juristerei wenig anfangen konnte. Mein Erbteil aus dem Nachlaß meines viel zu früh verstorbenen Vaters war rasch aufgebraucht, und Walter, meinen Onkel, wollte ich nicht um Unterstützung bitten. So begann ich also nach Jobs zu suchen.

Infolge der zwangsläufigen Nähe zum Wasser entdeckte ich schon bald die Liebe zur Schiffahrt. Ich arbeitete auf Werften in Marseille, Toulon und Genua und erlernte dabei zwangsläufig eine Menge über den Umgang mit Motoryachten und Segelschiffen. Mit 26 Jahren segelte ich die ersten Wettfahrten mit. Beim Kapstadt-Rio-Rennen erst noch vor dem Mast, anschließend bei verschiedenen Hochseeregatten bereits als Steuermann oder Taktiker. Durch die Wassersportweltpresse ging mein Name allerdings erst, als ich 1977 bis 1978 mit einem in Frankreich gebauten Trimaran von Marseille aus zu einer Weltumsegelung aufbrach. Mein Weg sollte über Panama, die Gesellschaftsinseln, Neuseeland und den Suezkanal zurück ins Mittelmeer und in meinen Heimathafen führen. Allerdings löste sich der Multihull am Golf von Aden nach einer Kollision mit einer unbeleuchteten Ölplattform vor meinen Augen von selbst auf. Dem waghalsigen Einsatz einer französischen Hubschraubercrew war es zu verdanken, daß ich in letzter Minute von meinem schon halb versunkenen Tri abgeborgen werden konnte, ehe die Haie im Roten Meer den Rest erledigten.

Meine Weltumsegelung hatte ich zwar nicht vollständig beenden können, aber in Frankreich wurde meine Leistung trotz der Havarie und ungeachtet meines deutschen Passes von Publikum und Presse gefeiert. Zum einen lag es an der Tatsache, daß ich einen französischen Trimaran segelte, zum anderen, daß ich von der französischen Marine hatte gerettet werden können. Da spielte der falsche Paß nur eine untergeordnete Rolle. Auch deshalb, weil ich schon seit geraumer Zeit in der Nähe von Toulon meinen festen Wohnsitz besaß.

Eine großzügige Abfindung des Sponsors und die Tantiemen verschiedener Verlage für ein Buch und meine Artikel in der Fachpresse erlaubten es mir, in der Nähe von Hamburg eine Verkaufsvertretung für den Hersteller der Mehrrumpfboote zu gründen. Dies war zu damaliger Zeit schon ein gewagter Schritt, zumal Ende der siebziger Jahre nur eine geringe Nachfrage nach ausländischen Katamaranen und Trimaranen bestand. Was ich nicht ahnte, war, daß noch jemand anderes mein Comeback nach Deutschland verfolgte. Sylvia hatte zwischenzeitlich ihr Jurastudium abgeschlossen und arbeitete seit einiger Zeit für ein bekanntes hanseatisches Rechtsanwaltsbüro. Kurz nach ihren ersten, erfolgreich abgeschlossenen Fällen prognostizierte man ihr eine glänzende und steile Karriere. Das Familienvermögen ermöglichte es ihr, sich in die auf Wirtschaftsstrafsachen spezialisierte Sozietät einzukaufen. Sie galt als der Schrecken der Staatsanwaltschaft. Ihre messerscharfe Präzision bei der Auslegung des Strafgesetzbuches und ihre scharfzüngigen Plädoyers beeindruckten die Richterbank dermaßen, daß man sie aufforderte, Strafrechtskommentare zu schreiben. Doch sie lehnte ab. Sie erkannte rasch, daß man sie nur davon abhalten wollte, ihrem Job als Strafverteidigerin in entsprechendem Umfang nachzukommen.

Genau diesem Umstand verdankte ich es, daß sich unsere Wege zehn Jahre nach unserem ersten Rendezvous erneut kreuzten. Mir war es gelungen, nebenbei auch noch ins Bootsausrüstungsgeschäft einzusteigen. Ich suchte mir einen, wie ich glaubte, fähigen Geschäftsführer für das Stammunternehmen, um mehr Zeit zu haben, die Tochterfirma auszubauen. Aber mein Mitarbeiter erwies sich ziemlich rasch als Windhund, unterschlug mehrfach Gelder, indem er Überweisungen an die Werft in die eigene Tasche wirtschaftete, schließlich in die Karibik verschwand und mich mit einer halben Million Schulden sitzenließ. Ich saß vor den Trümmern meiner Existenz. Das Vertrauen der Franzosen in mein Unternehmen war ruiniert. Ich sah mich zudem auch noch einer Klage wegen Veruntreuung und Steuerhinterziehung ausgesetzt. Kurz nach Eingang der Klageschrift flatterte mir ein Schreiben einer Anwaltssozietät ins Haus. Es enthielt nur zwei Zeilen. Man wolle mich in diesem Strafverfahren vertreten. Ich solle die beigefügte Vollmacht gegenzeichnen. Der Brief trug Sylvias Unterschrift.

Ich verließ das Gerichtsgebäude als freier Mann. Die Siegesfeier fand in einer Suite des Hamburger Kempinski statt. Sie endete in einer, alle meine Sinne berauschenden Liebesnacht. Am darauffolgenden Morgen, als ich in den Armen meiner Geliebten aufwachte, war mein erster Eindruck, ich sei durch ein Tor aus Feuer und Eis gegangen. Vier Wochen später wurden wir in einer romantischen Seefahrerkapelle in Nordfriesland getraut, weil sich unsere Tochter ankündigte. Die ersten beiden Jahre unserer Ehe verliefen trotz ihrer gewöhnlich bis in die Nacht dauernden Arbeit in der Anwaltskanzlei harmonisch. Mir gelang es, als Yachtmakler Fuß zu fassen. Einige Regattakonsortien wurden auf mich aufmerksam. Immer häufiger bot man mir das Steuerrad auf konkurrenzfähigen Hochseeyachten an.

Als sich Sylvia beruflich noch intensiver zu engagieren

begann, traten in unserem Zusammenleben Spannungen auf. Schließlich endeten alle unsere Gespräche im Streit. Sie empfand meinen Beruf als Zeitverschwendung und die Segelei als kindisch. Immer wieder drängte sie mich dazu, den Verkaufssteiger im Hafen gegen die Anwaltsrobe einzutauschen. Schließlich verlangte sie das Geld zurück, das sie mir für die Betriebsgründung vorgeschossen hatte. Unser Streit eskalierte. Sylvia zog sich in der Folge mehr und mehr von mir zurück. Als Tanja eingeschult wurde, konnte ich mich nicht einmal mehr daran erinnern, wann ich mit meiner Frau zuletzt das Ehebett geteilt hatte. Kurz vor dem siebten Geburtstag unserer Tochter reichte Sylvia, während ich mich auf einer Transatlantikregatta befand, die Scheidung ein. Bei meiner Rückkehr lagen die Scheidungspapiere bereits bei meinem Anwalt.

Aber die eigentlichen Probleme begannen ein Jahr später, als sich unsere Tochter immer mehr zu ihrem etwas unkonventionell lebenden Vater als zu ihrer überbeschäftigten Mutter hingezogen fühlte. Tanja kam häufig zu mir, um im Bootshafen herumzutollen und dort mit dem von mir gekauften Optimisten die Enten und Schwäne das Fürchten zu lehren. Sie begann immer öfter, den Ballettunterricht und die Klavierstunden zu schwänzen, wozu Sylvia sie allem Anschein nach zwang. Eines Abends tauchte meine geschiedene Frau in meinem Büro auf. Ich saß mit meiner Sekretärin über den Abrechnungen.

Noch ehe ich den Kopf hob, bemerkte ich bereits an der herben Parfümwolke, wer mich besuchte. Sie benutzte immer noch dieselbe Marke wie vor zwanzig Jahren. Ich schaute auf. Sylvia Stockhausen, meine geschiedene Frau und Mutter unserer einzigen Tochter, trug, wie zu einer solch fortgeschrittenen Stunde üblich, ein strenggeschnittenes Designerkostüm, das eine Handbreit über dem Knie den Blick auf zwei makellose Beine zuließ. Unter ihrer weit ausgeschnittenen Kostümjacke fehlte die

Bluse. Das Kaschmircape fiel wie einstudiert auf die Besuchersitzgruppe, wo sie sich unaufgefordert in einem Ledersessel mit übereinandergeschlagenen Beinen niederließ. Sie wippte einen ihrer hochhackigen, schwarzen Pumps auf und ab. Unwillkürlich mußte ich schlucken, um den Kloß, der sich in meinem Hals bildete, hinunterzuwürgen. Herr im Himmel! Warum liebte ich diese Frau immer noch?

»Wir müssen reden«, begann sie.

Sylvia zog ein Päckchen Zigaretten aus ihrer Handtasche hervor und wartete, bis ich ihr Feuer reichte. Schließlich sah sie meine Sekretärin auffordernd an. Ich bemerkte Sylvias Ungeduld und schickte meine Mitarbeiterin nach Hause. Als wir ungestört waren, bot ich ihr einen Cognac an, den sie dankend ablehnte. Ich schaute sie verstohlen an. Immer noch eine Schönheit. Weiblicher geworden, damenhafter, reifer, attraktiver. Zugegeben, sie war der Grund, warum ich nicht mehr geheiratet hatte. Eine solche Frau würde ich niemals mehr wiederfinden. Sylvia strich sich mit einer gekonnten Bewegung die nackenlangen blonden Haarsträhnen aus dem Gesicht und musterte mich mit ihren hellblauen, eisigen Augen. Alle menschliche Wärme schien dem Frost dieser undurchdringlichen Augen gewichen zu sein. Zwei Diamanten, die wie eine explosionsgefährdete Mischung funkelten. Mir kroch ein Schauer über den Rücken. Und dennoch. Ein Wort, eine Geste von ihr, und alles wäre wieder so gewesen wie früher.

Wenn Sylvia unangemeldet erschien, gab es gewöhnlich Ärger.

»Was kann ich für dich tun, mein Schatz?« fragte ich leichthin und versuchte einen Scherz. »Suchst du eine Yacht?«

»Laß die Witze!« fuhr sie mich an. »Ich bin wegen Tanja hier. So geht es nicht weiter.«

»Nicht weiter?« forschte ich verdutzt nach.

»Du hörst ganz richtig, Claus-Peter«, setzte sie in ihrem Strafverteidigerton nach. »Die Umgebung, in der du lebst, scheint nicht der Platz, an dem eine Achtjährige aufwachsen sollte. Die vielen fremden Menschen, die verrotteten Boote, die Weiber, die hier herumlaufen ...«

»Was für verrottete Boote? Und was für Weiber?«

»Ich meine dieses ganze Ambiente. Die vielen fremden Menschen, die sie hier sieht. Die vielen Männer. Diese Werftarbeiter, die hier herumlungern. Dieser Dreck. Hast du dir einmal diesen Hof da draußen angesehen? Überall liegen Papier und Abfall herum. Die reinste Müllkippe. Und dann der Straßenstrich. Findest du es vorteilhaft für eine Achtjährige, zwischen Müll und Dreck, Prostituierten und schwitzenden, ungepflegten Männern aufzuwachsen?«

Ich kniff die Augen zusammen und atmete tief durch. Langsam dämmerte mir, worauf sie hinauswollte.

»Erstens, liebste Sylvia, bildet sich immer ein wenig Schmutz, wenn Boote im Winterlager stehen. Wie du sicher weißt, wird dort geschliffen, gestrichen, repariert. Da bleibt schon mal ein Putzlappen übrig oder eine Farbdose stehen. Glaubst du, ein Bootslagerplatz wäre antiseptisch? Zweitens der Straßenstrich. Zugegeben, hier in Hafennähe laufen tatsächlich ein paar Bordsteinschwalben herum, aber erst nach zehn Uhr abends. Und dann ist Tanja längst wieder in deiner mütterlichen Obhut. Die Männer, von denen du sprichst ...«

»Lange Rede, kurzer Sinn«, unterbrach sie mich barsch, »ich möchte nicht mehr, daß Tanja hierher zum Spielen kommt. Ich verlange, daß sie sich endlich wieder mehr ihrer Klavierlehrerin und ihrem Ballettunterricht widmet. Ich wäre dir dankbar, wenn du auf Tanja entsprechend einwirken würdest. Du bist ihr Vater. Auf dich wird sie hören.«

Ach nein, durchfuhr es mich. Jetzt war ich also plötzlich wieder ihr Vater. Interessant! Wider Willen mußte ich grinsen.

»Läßt dir dein Beruf inzwischen so wenig Zeit, daß du nicht einmal mehr selbst mit ihr über so etwas Wichtiges reden kannst? Verbiete ihr doch gefälligst, mich zu besuchen. Ich bin gespannt, was sie dir darauf antworten wird. Ich jedenfalls habe nichts dagegen, wenn sie vorbeikommt. Und zwar, so oft sie will. Du weißt, daß ich sie liebe.«

Während ich bereits den zweiten Cognac hinunterschüttete, um den schlechten Geschmack in meinem Mund loszuwerden, und mir anschließend erneut nachgoß, drückte Sylvia ihre Zigarette im Ascher aus und strich sich energisch die Haare aus der Stirn. Sie beugte sich vor. Was der Ausschnitt ihres Kostüms preisgab, paßte so überhaupt nicht zu der eisigen Kühle, die sie ausstrahlte. Ihre Stimme wurde schneidend.

»Du willst nicht mit ihr reden?«

»Ich wüßte nicht warum. Sie fühlt sich bei mir wohl. Schließlich habe ich auch tagsüber Zeit für sie.«

»Was willst du damit sagen?«

»Das, was ich gemeint habe.«

Meine geschiedene Frau drehte die beiden Einkaräter an den Fingern ihrer linken Hand unablässig hin und her. Sie kam mir vor wie bei Gericht, während sie in Gedanken den nächsten Schachzug vorbereitete.

»Ich werde dir das Sorgerecht entziehen lassen.«

Ich lachte hell auf. »Wie bitte? Du willst mir das Sorgerecht entziehen lassen? Mit welcher Begründung?«

Ihre Augen wurden beinahe ausdruckslos. »Gründe finden sich immer, mein Lieber«, entgegnete sie und erhob sich.

»Du willst schon gehen?« fragte ich überflüssigerweise und nahm einen Schluck aus dem Schwenker.

Sie lächelte kalt, ergriff ihr Cape und ließ beim Verlassen meines Büros die Eingangstür weit offenstehen. Seufzend erhob ich mich und schloß hinter ihr ab.

Eine Stunde später hockte ich auf einem Holzstuhl in irgendeiner Polizeidienststelle und hielt mir den schmerzenden Arm. Bei der Blutabnahme war der diensthabende Arzt nicht besonders sanft mit mir umgegangen. Als ich das Ergebnis hörte fluchte ich innerlich. Über der Toleranzgrenze. Ich grübelte darüber nach, warum ausgerechnet an diesem Abend, an dem ich zugegebenerweise ein paar Cognacs mehr als üblich getrunken hatte, in unmittelbarer Nähe des Hafens eine Alkoholkontrolle stattfand. Den nächsten Monat würde ich jedenfalls viel mit dem Taxi fahren müssen. Aber darüber sollte ich mir in den darauffolgenden Tagen weniger Gedanken machen.

Schon kurze Zeit nach dem Besuch meiner geschiedenen Frau flatterte ein Schreiben des Familiengerichts ins Haus. Die Verhandlung dauerte keine halbe Stunde. Meine Frau legte dem Richter das Gutachten eines Kinderpsychologen vor, aus dem hervorging, daß mein Umgang dem Kind auf Dauer seelischen und körperlichen Schaden zufügen könnte. Als Beweismittel führte sie eine Kopie des Bußgeldbescheides wegen Trunkenheit am Steuer vor. Ferner ein Bild, auf dem zu sehen war, wie ich aus dem Seitenfenster meines Wagens mit einer leichtbekleideten jungen Dame sprach. Auf dem Beifahrersitz erkannte man deutlich die Umrisse meiner Tochter. Zusätzlich führte sie ein Bild an, auf dem meine Bootstellfläche zu sehen war. In der linken Ecke urinierte ein Mann ziemlich ungeniert gegen einen Lagerbock. Im Vordergrund lief meine Tochter vorbei. Sie war ziemlich schmutzig.

In diesem Moment merkte ich, daß mich Sylvia hereingelegt hatte. Die Bilder waren ganz offensichtlich mit einem Teleobjektiv und versteckt aufgenommen, die Situationen eindeutig gestellt. Der Mann war mir völlig unbekannt, kein Arbeiter von der Werft. Tanja war deswegen so schmutzig, weil ich sie an diesem Tag aufgefordert hatte, ihre Jüngstenjolle von Algen und Muscheln zu reinigen. Die junge Frau auf dem anderen Bild hatte mich irgendwann in den letzten Tagen auf der Straße angehalten, um sich nach der nächsten Tankstelle zu erkundigen. Meinen Einwand hörte sich die Richterin erst gar nicht mehr an. Das Urteil stand wohl schon vorher fest. Tanja würde ich in nächster Zeit nicht mehr sehen.

Ein paar Wochen später erhielt ich einen Anruf von der Lehrerin meiner Tochter. Tanja wollte mich unbedingt sprechen, und ich sollte sie von der Schule abholen. Ich kam Tanjas Wunsch nach, setzte mich in meinen Wagen und machte mich auf den Weg. Die Kleine sah schlecht aus. Sie war blaß, mager, hatte dunkle Ränder unter den Augen und wirkte fahrig und unkonzentriert.

»Warum willst du mich nicht mehr sehen?« fragte sie unverblümt, kurz nachdem sie neben mir Platz genommen hatte.

»Wie kommst du denn darauf?« entgegnete ich erstaunt.

»Mutter hat das gesagt.«

»Kleines, deine Mutter ließ mir das Sorgerecht und das Besuchsrecht für dich entziehen«, antwortete ich.

Dicke Tränen rannen über Tanjas Wangen herab.

»Und das läßt du dir so ohne weiteres gefallen?« schluchzte sie.

»Was soll ich denn machen, Schatz?« meinte ich und strich ihr beruhigend über die Haare. »Das Gesetz ist auf ihrer Seite.«

»Das Gesetz, das Gesetz!« stieß sie zornig aus. »Ich möchte bei dir bleiben. Im Hafen spielen und Opti segeln. Ich will nicht mehr zu dieser blöden Klavierlehrerin und zum Ballettunterricht erst recht nicht. Mutter sehe ich kaum noch. Jeden Tag kommt sie erst spät in der Nacht heim. Sogar am Wochenende arbeitet sie. Ich bin so einsam!«

Ihr verzweifelter Hilferuf glich einem glühenden Pfeil, der sich durch meine Brust bohrte.

»Tanja, Kleines«, begann ich. »Ich darf ohne die Erlaubnis deiner Mutter nicht einmal mit dir sprechen. Versteh das doch.«

Tanja begann hemmungslos zu weinen. Ich nahm sie vorsichtig in die Arme, aber sie schüttelte mich ab. Als sie mich schließlich ansah und ihre Tränen und den Rotz, der ihr aus der Nase lief, mit dem Ärmel wegwischte, blitzten ihre rotgeäderten Augen wild auf.

»Du bist mein Vater! Warum kämpfst du nicht um mich?«

»Tanja, Kleines«, begann ich einen neuen Versuch, aber meine Tochter begann mit ihren kleinen Fäusten auf mich einzuschlagen.

»Du willst mich nicht mehr sehen, stimmt's?« schrie sie. »Weil ich dir im Weg bin. Du willst mich nicht mehr bei dir haben, weil ich dir lästig bin.«

»Wer behauptet das?« fragte ich heiser.

»Mutter«, entgegnete sie trotzig.

»Es ist nicht wahr, Tanja«, stieß ich aus und packte sie bei den Armen.

»Tanja, um Himmels willen, Tanja! Es ist nicht wahr! Sie ist es, die nicht will, daß wir uns sehen.«

»Hör auf, du tust mir weh!« rief sie. Erschrocken ließ ich sie los. Ein blauer Fleck zeichnete sich auf ihrem rechten Ärmchen ab.

»Es tut mir leid«, stammelte ich verlegen. »Ich wollte dir doch nicht weh tun.«

»Ich weiß«, antwortete meine Tochter versöhnlich und fiel mir um den Hals. »Aber warum tut Mutter das?«

Eigentlich wußte ich das auch nicht. Wie sollte ich einem achtjährigen Kind erklären, zu welchen Mitteln Erwachsene zuweilen greifen, um anderen Menschen

Schmerzen zuzufügen? Meine Tochter hätte es nicht verstanden.

»Mutter will nur dein Bestes«, murmelte ich und strich ihr beruhigend über den Kopf. »Sie mag mich nun einmal nicht mehr leiden, Tanja. Sie möchte, daß nur sie allein für dich sorgt, dich erzieht. Wenn du älter bist und selbst über dich entscheiden darfst, werden wir uns bestimmt wieder häufiger sehen können.«

Tanja schmiegte ihren zarten, dünnen Körper dicht an mich. Sie zitterte. Trotz der Wärme in meinem Wagen war ihr kalt. Ich verbrachte den Tag mit ihr, wir saßen dicht aneinandergeschmiegt am Elbufer und sahen den vorbeiziehenden Schiffen nach. Als es später Nachmittag wurde, brachte ich sie in die Nähe unseres früheren gemeinsamen Hauses und ließ sie aussteigen.

»Bist du immer für mich da, wenn ich dich brauche?« fragte sie mich leise.

»Nicht nur, wenn du mich brauchst«, entgegnete ich.

Sie deutete auf ihren Arm.

»Tut gar nicht mehr weh«, meinte sie, während sie aus dem Mercedes stieg.

»Wie schön, Tanja«, entgegnete ich. »Ruf mich an, Schatz, ja?«

»Ja, bestimmt«, stammelte sie. Wieder liefen ihr Tränen über die Wangen.

Eine halbe Stunde später befand ich mich in meiner Wohnung, eine weitere Stunde später wurde ich verhaftet. Die Geldstrafe wegen Mißachtung des Umgangsverbots und wegen Körperverletzung, von der der Untersuchungsrichter sprach, war empfindlich hoch. Noch ehe ich meinen Anwalt konsultieren konnte, erschien Sylvia in der Amtsstube und bat den Richter, mich unter vier Augen sprechen zu dürfen. Sie schlug mir einen Deal vor.

»Ich schicke Tanja in ein Internat in der Schweiz«, begann sie.

»Nur über meine Leiche«, entgegnete ich schroff.

»Werd' nicht theatralisch«, lächelte sie kalt.

»Du kannst mir verbieten, Tanja zu sehen. Du kannst Tanja belügen, so wie du es offensichtlich schon getan hast«, rief ich zornig.

»Aber die Wahrheit ist doch, daß du sie in Wirklichkeit loswerden willst, weil sie deinen beruflichen Interessen im Weg steht. Sei doch endlich einmal ehrlich. Für dich ist Tanja nur ein Klotz am Bein! Irgendwann wird sie dich durchschauen. Dann hast du sie für immer verloren.«

»Was du nicht sagst«, entgegnete sie kühl. »Was hältst du von folgender Alternative: Tanja geht auf ein Internat. Ihr werdet euch für einige Zeit nicht sehen. Du versprichst mir, sie in Ruhe zu lassen. Wenn Tanja wieder zur Ruhe gekommen ist und wir alle etwas Abstand gewonnen haben, werden wir uns gemeinsam treffen und zu dritt über die Zukunft nachdenken. Ich werde mit dem Richter sprechen und die Anzeige zurückziehen. Nun?«

»Einverstanden«, antwortete ich. »Wenn Tanja will, kann sie meinetwegen ein Internat besuchen. Nur wozu, um alles in der Welt, dieses Theater? Du hast doch sowieso das alleinige Sorgerecht. Warum fragst du mich überhaupt?«

In diesem Moment bemerkte ich, wie Sylvia einen Gegenstand in ihrer Handtasche verschwinden ließ. Ich sprang auf, packte die Tasche, die meine geschiedene Frau eisern umklammert hielt, und es gelang mir, sie zu öffnen. Ich sah ein kleines Diktiergerät, das immer noch lief. Gleichermaßen entsetzt und verwirrt ließ ich von ihr ab. Sylvia verschloß hastig ihre Handtasche und stürmte aus dem Zimmer.

»Du Teufel!« brüllte ich ihr nach. »Du verdammter, eiskalter Teufel!«

Sylvia lachte schrill auf und schlug die Tür hinter sich zu.

Zwei Wochen, nachdem ich meine Tochter zwangsläufig aus den Augen verlor, erschienen Beamte und unterbreiteten mir einen Beschluß des zuständigen Umweltamtes, daß ich meinen Betrieb sofort einzustellen hätte, weil sich das Betriebsgelände auf einer ehemaligen Mülldeponie befand und der Grund und Boden mit Schwermetallen und Giftstoffen verunreinigt sein sollte. Da das Gelände nur gepachtet war, setzte ich mich sofort mit dem Eigentümer in Verbindung. Aber der Geschäftsführer der Immobiliengesellschaft winkte ab, als ich ihm vorschlug, gegen diese Entscheidung zu klagen. Seine Firma hätte den Grund und Boden bereits an eine städtische Verwertungsgesellschaft verkauft. Mir blieben noch zwei Wochen bis zur endgültigen Räumung des Areals. Es folgte eine Odyssee durch die Instanzen, während der ich jedoch kläglich scheiterte und zog mich entnervt von meinen Geschäften zurück. Erst als ein beauftragter Wirtschaftsdetektiv herausfand, daß Sylvia ein paar Wochen zuvor in den Aufsichtsrat des Immobilienunternehmens berufen worden war, wurde mir klar, in welchem Strudel von Korruption und Verrat ich mich befand. Aber ich fühlte mich zu deprimiert und zu enttäuscht, um weiter zu kämpfen. Ich begann sofort zu spielen und zu trinken und verlor während der folgenden zwei Jahre den Rest meines verbliebenen Vermögens. Als Regattaskipper wollte mich nach drei verlorenen Wettfahrten auch niemand mehr an Bord haben. Mein Stern schien endgültig unterzugehen.

Als ich eines Nachts stark angetrunken und völlig pleite von einer Pokerpartie mit ein paar Jungs aus dem Rotlichtmilieu in meiner damaligen Wohnung ankam und mich aufstöhnend auf mein schon seit Wochen nicht mehr gemachtes Bett warf, klingelte das Telefon. Der Anruf kam aus der Schweiz. Die Leiterin des Internats wußte, da sie Tanjas Mutter seit geraumer Zeit nicht erreichen konnte, keinen Rat mehr. Durch den Whiskynebel drang an mein Ohr, daß es Tanja sehr schlecht ginge. Sie hätte in letzter Zeit häufig meinen Namen erwähnt. Ich sollte am besten sofort kommen. Mehr konnte sie mir am Telefon nicht sagen. Die Frau klang gleichermaßen besorgt und verängstigt.

Ich nahm eine Kreditkarte vom Schreibtisch, bestellte mir ein Taxi und raste zum Flughafen. Am nächsten Morgen saß ich am Krankenbett von Tanja.

Als ich meine Tochter sah, glaubte ich, meinen Augen nicht trauen zu dürfen. Das war nicht Tanja! Tanja, das aufgeweckte, fröhliche, gesunde Mädchen. Meine Tochter schien nur noch Haut und Knochen. Ihre Gesichtsfarbe glich der Farbe des Lakens, mit dem sie zugedeckt war. Ich nahm ganz vorsichtig ihre Hand. Mir schien es, als könnte ich jeden Knochen, jede Sehne deutlich spüren. Tanja war bis auf die Haut abgemagert.

»Tanja, Liebling, was machst du für Sachen?« stammelte ich in einer Gefühlsregung zwischen Angst und Liebe. »Deine Internatsleiterin sagte mir, du würdest schon seit Tagen nichts mehr essen.«

Meine Tochter sah mich mit glanzlosen Augen, die tief in den Höhlen verborgen schienen, fragend an.

»Vater?« murmelte sie mühsam. »Was machst du denn hier?«

»Ich bin gekommen, um dir zu helfen. Erinnerst du dich nicht mehr an unser letztes Gespräch? Ich bin immer für dich da. Ob du mich brauchst oder nicht.«

Für den Bruchteil eines Augenblicks huschte der Schimmer eines Lächelns über ihr eingefallenes Gesicht. »Gib dir keine Mühe. Du kannst mir nicht mehr helfen. Und du sollst es auch nicht.«

»Tanja, Kleines«, rief ich voller Schmerz. »Sag nicht solch einen Unsinn. Du wirst sehen, du wirst wieder gesund. Ich bin doch jetzt da. Ich helfe dir, mein Engel.«

Tanja schaute weg. Kleine Tränen kullerten.

»Und wo warst du vorher«, hörte ich ihr leises Schluchzen. »Wo warst du, als mich meine Mutter in die Schweiz schickte? Wo warst du überhaupt die ganze Zeit? Warum hast du dich nicht wenigstens einmal gemeldet? Laß mich in Frieden!«

Mir wurde einiges klar. Sylvia, du Biest! Das war glänzend eingefädelt. Die Internatsadresse besaß ich nicht. In der Firma konnte Tanja mich nicht mehr erreichen, weil es sie nicht mehr gab. Und in meiner Wohnung hielt ich mich, seit ich Whisky und Cognac flaschenweise konsumierte, ohnehin nur noch im Delirium auf. Eigentlich ein Wunder, daß mich Tanjas Erzieherin überhaupt erreicht hatte.

»Ich habe es nicht gewollt, Tanja«, antwortete ich ihr. Auch mir stiegen jetzt Tränen in die Augen. »Deine Mutter hat von unserem letzten Gespräch eine Tonbandaufnahme gemacht. Ich weiß nicht, was sie dir davon vorgespielt hat, aber zugestimmt habe ich deinem Aufenthalt im Internat nur, weil sie mir eine Chance gab, dich in absehbarer Zeit ganz offiziell wiedersehen zu dürfen. Du mußt mir glauben, Kleines! Alles andere ist gelogen!«

Tanja starrte erst noch eine Weile an mir vorbei und schloß dann die Augen. Ich blieb noch eine Weile an ihrem Bett sitzen. Schließlich erschien eine Ärztin und bat mich zu gehen, weil Tanja zu schwach für längere Besuche war. Ich fragte anschließend die Internatsleiterin, wie so etwas überhaupt hatte geschehen können. Die Frau winkte müde ab. Meine geschiedene Frau wäre zwar mehrmals in die Schweiz gereist, um nach dem Rechten zu sehen. Aber von einer latenten Magersucht unserer Tochter hatte sie nichts wissen wollen. Sie schien überhaupt sehr nervös und gereizt. Den Besuchsaufforderungen war sie nur sehr unwillig und immer erst im letzten Augenblick nachgekommen. Tanja hätte unbedingt einer psychiatrischen Behandlung bedurft.

Ich bezog ein Hotelzimmer und strapazierte dabei mein Kreditlimit bis zum Äußersten. Am nächsten Tag erschien ich noch vor der Besuchszeit im Krankenhaus. Die Ärztin, mit der ich am Vortag gesprochen hatte, fing mich auf dem Flur ab. Sie sagte nichts. Ich sah nur in ihre Augen und begriff.

»Verdammt, nein!« stammelte ich. »Nein, nein, nein! Nicht Tanja! Warum, um alles in der Welt, Tanja? Bitte, Doktor, sagen Sie mir, daß es nicht wahr ist!«

Tränen liefen mir in Strömen die Wangen hinunter, als ich an der Schulter gerüttelt wurde.

»Skipper. Was ist los mit dir? Du solltest mich doch schon vor einer Stunde wecken.«

Claudia Bergmann kam mir in diesem Moment vor wie ein Wesen aus einer anderen Galaxie.

# 6

Diesmal war es das monotone Plätschern an der Bordwand, das mich aufweckte. *Kyras* Heck senkte und hob sich mittlerweile wesentlich sanfter in den von achtern heranrollenden Wellen. Der Wind mußte in den vergangenen Stunden deutlich nachgelassen haben. Ich schloß nochmal die Augen und verschränkte die Arme hinter meinem Nacken. Zum erstenmal seit Tagen hatte ich gut geschlafen und brauchte nach dem Aufwachen nicht gleich übergangslos aus der Lotsenkoje hochzufahren, um mir anschließend irgendwo in der Dunkelheit den Schädel einzurammen. Trotz der vier Wochen auf See bedeutete es immer noch eine gewaltige Umstellung, wenn man normalerweise gewohnt ist, auf einem wesentlich größeren Segelschiff wie der *Concordia* zu wohnen. Zugegeben, der 28 Meter lange Schoner zeigte sich neben all den schmalbrüstigen Kunststoffyachten schon in imposanter Größe. Neben einem Vollschiff wie der *Rickmer Rickmers* nahm er sich jedoch eher als Beiboot aus. Größe ist eben immer relativ. Die *Kyra* kam mir jedenfalls im Vergleich schon ziemlich klein und unkomfortabel vor. Aber der Vergleich hinkte. Die Vector war schneller, die *Concordia* dafür etwa doppelt so schwer und wesentlich stabiler.

Jedenfalls fühlte ich mich an Bord des inzwischen beinahe hundert Jahre alten Holzschiffes bei Starkwind wohler als an Bord eines solchen Leichtgewichts. Ein treibender Stückgutcontainer bedeutete beim Aufprall das Ende eines jeden Kunststoffrumpfes. Auf der *Concordia* würde ich vielleicht die Erschütterung beim Aufprall spüren, hinterher aber allenfalls die vorderen Planken und den Steven kalfatern müssen. Der erste Eigner, ein Botaniker und Zoologe, hatte mit dem Zweimaster um die Jahrhundertwende schon Ausflüge bis ins ewige Eis nördlich von Hammerfest unternommen. Mich schauderte bei dem Gedanken, was mich auf der *Kyra* in einem Seegebiet nördlich des Polarkreises erwarten würde.

Seufzend schwang ich meine Beine über den Rand der Koje und vergaß diesmal nicht, mich sofort anzuziehen. Das war der Nachteil, wenn man mit Frauen segelte. Innerhalb einer reinen Herrencrew wurde allenfalls einmal ein derber Witz gerissen, wenn man nackt durch das Schiff lief. Befand sich jedoch eine junge Frau an Bord, lief man gleich Gefahr, als potentieller Exhibitionist entlarvt zu werden. Bei diesem Gedanken mußte ich lachen, verfing mich anschließend in einem der Hosenbeine meiner Jeans und knallte gegen die Seitenwand. Humpelnd und leise vor mich hin fluchend schlurfte ich in die Naßzelle, entledigte mich wieder meiner Hose und duschte ausgiebig. Nachdem meine Augen die Umwelt schon etwas deutlicher wahrnahmen, warf ich, während Wasser durch einen gefüllten Filter tropfte und sich dabei zu Bohnenkaffee verwandelte, einen Blick auf die Seekarte. Claudia hatte alle Kursänderungen präzise mitgekoppelt und die Wegpunkte eingetragen. Braves Mädchen. Ich schaute auf das Display des DECCA und verglich die letzte Position. 50 Grad Nord. 0 Grad 30 Minuten Ost. Wir befanden uns etwa auf der Höhe von Saint Valery-en-Caux und noch ein deutliches Stück von Dieppe entfernt. Der Wind mußte ganz schon nachgelassen haben.

Ich füllte zwei Muggen mit dem starken, dampfenden Gebräu und stieg den Niedergang empor. Als ich die oberste Stufe erreichte und vorsichtig, damit ich nichts verschüttete, über das Steckschott klettern wollte, schaute ich erstmals zum Heck. Ich erstarrte. Brühend heißer Kaffee floß auf das makellos gebleichte Teak des Brückendecks. Es dauerte wohl nur Bruchteile von Sekunden, bis ich begriff, was meine Augen mühsam meinem Gehirn verständlich machen wollten, aber mir kam es wie Ewigkeiten vor. Ich würgte. Mit einemmal saß ein fetter, dicker Kloß in meinem Rachen.

»Claudia!« murmelte ich heiser.

Eigentlich sollte es ein Ruf werden, aber meine Stimme versagte mir den Dienst. Ich stellte die Tassen rechts und links des Eingangs ab, daß es nur so nach allen Seiten spritzte. Dann sprang ich vollends in die kleine Vorpflicht und von dort auf das erhöhte Zwischendeck. Ich merkte, wie ich die Augen immer weiter aufriß, aber es nützte nichts. Die kleine Sprayhood vor dem Steuerrad war zurückgeklappt, der Platz dahinter unbesetzt. Leise summte der Autopilot, wobei sich die Edelstahlspeichen zuckend mal nach rechts und mal nach links drehten. Ich wirbelte herum. Auch das Vorschiff und der Bugkorb waren leer.

»Claudia!« brüllte ich und rannte dabei zum Heck.

»Claudia!« brüllte ich erneut. Zum Glück hatte ich meine Stimme wiedergefunden. Irgendein Reflex befahl mir, den Rettungskragen aus der Halterung zu reißen.

»He, Skipper!« ertönte eine Stimme. »Kannst du mir mal verraten, was diese Hektik am frühen Morgen soll?«

Ich wirbelte erneut herum. An Deck konnte ich immer noch keinen Menschen entdecken. Mein Blick richtete sich deshalb nach oben. Meine Mitseglerin pendelte in Höhe der zweiten Saling im Bootsmannsstuhl hin und her. Sie wirkte vergnügt und belustigt zugleich. Wut stieg in mir auf, während sie breit grinsend eine Zigarette in hohem Bogen über Bord schnippte. Ich sprang an den Mast.

»Los, herunter!« rief ich nach oben.

»He, hast du schlecht geschlafen, oder was?« gab sie verwundert zurück.

Ich suchte die Leine, an dem der Bootsmannsstuhl hing. Es war die Dirk. Ich mußte mich eisern zusammenreißen, um sie nicht im freien Fall an Deck donnern zu lassen. Als sie neben mir stand und versuchte, sich aus dem Sitz zu schälen, packte ich sie grob an die Schultern.

»Bist du wahnsinnig?« fauchte ich sie an.

»Bist du von allen guten Geistern verlassen? Was hast du dir bloß dabei gedacht?«

»Sag mal, spinnst du jetzt komplett, oder was?« stieß sie ebenso heftig aus und schob mich energisch zurück. Solche Kraft hatte ich einer Frau bis dahin nicht zugetraut.

»Was ist denn mit dir los?« fuhr sie aus sicherer Entfernung fort. »Wir haben gerade ein bis zwei Beaufort Wind, kaum Wellen, und ich wollte mir mal das Boot von oben ansehen. Im übrigen war ich gesichert. Du tust ja gerade so, als hätte ich versucht, das Schiff zu versenken.«

Als ich in meinem Reflex meinen rechten Arm anhob, bog sie ihren langen, sehnigen Körper angriffslustig vor. Dabei schützte sie mit der linken Hand ihr Gesicht, die rechte zuckte mit gespreizten Fingern vor. Ihre für eine Seglerin ungewöhnlich langen Fingernägel glichen Raubtierkrallen.

»Einen Schritt, mein Freund! Noch einen Schritt …« warnte sie mich und ließ dabei die Konsequenz offen.

In diesem Moment fiel die Zentnerlast von meinen Schultern. Ich merkte, wie ich keuchend ausatmete, wie mir der Schweiß in Bächen am Leib herunterlief. Bunte Sterne flackerten vor meinen Augen. Es wurde wirklich höchste Zeit, daß ich wieder regelmäßig ausgiebige Mahlzeiten zu mir nahm. Müde blickte ich Claudia an. Ihre Augen blitzten eisig in der kühlen Morgensonne. Feuer und Eis. Ich merkte, wie ich zusammenfuhr.

»Sorry, Claudia«, murmelte ich. »Tut mir leid. Aber als ich an Deck kletterte, und du warst nicht zu sehen, da habe ich geglaubt, mich trifft der Schlag.«

Meine Begleitung nahm wieder eine normale Körperhaltung ein, verhielt sich aber immer noch abwartend und bewegte sich keinen Schritt von der Stelle. Ihre lauernden Augen verfolgten mißtrauisch jede meiner Bewegungen.

»He, Claudia!« rief ich jetzt wesentlich ruhiger. »Ich habe doch gesagt, daß es mir leid tut. Es ist sonst wirklich nicht meine Art, Frauen grob anzufassen, aber als ich dich da oben quietschvergnügt im Bootsmannsstuhl ...«

»Versuch nie wieder, mich anzufassen!« fauchte sie los. Tu es nie wieder, hörst du? Sonst garantiere ich für nichts!«

Unwillkürlich fuhr ich zusammen. Mit soviel Wut und Heftigkeit hatte ich nicht gerechnet. Vorsichtig zog ich mich in die Defensive zurück und kletterte in das Zwischencockpit. Der Kaffee schwappte ganz sacht in den Tassen.

»Hier! Friede!« rief ich ihr zu. »Kaffee gefällig?«

Es war deutlich zu merken, daß es in Claudias Kopf arbeitete. Doch ihr schien rasch klarzuwerden, daß sie einem Mann gegenüber stand, dessen Gefühlsausbruch nackter Angst zuzuschreiben war, und keinem irren Psychopathen, der sich an einer Frau vergreifen wollte. Langsam entspannte sie sich. Um die Situation noch weiter zu entschärfen, kletterte ich ans Steuerrad und ließ mich auf einer der Sitzbänke nieder.

»Hast du wirklich geglaubt, ich wäre über Bord gefallen?«

Ich schaute sie an und merkte, daß mein Blick ziemlich müde sein mußte.

»Stell dir vor«, antwortete ich knapp.

Claudia begann zu lächeln. »Hast du dir wirklich Sorgen um mich gemacht?« fragte sie belustigt.

»Ja!« brüllte ich und schickte im gleichen Atemzug eine Entschuldigung hinterher, als ich merkte, daß sie nicht nur äußerlich zusammenzuckte.

»Und da gibt es gar nichts zu lachen, hörst du?«

Claudias Gesicht wurde ernst. »Ich lache überhaupt nicht«, meinte sie tonlos. »Wie gedankenlos von mir. Ich verstehe. Du kletterst an Deck und mußt zwangsläufig glauben, ich sei über Bord gegangen. Tut mir leid. Das war absolut unprofessionell. Sei mir nicht böse, okay?«

Ich nickte, halb zornig, halb überrascht. Verwundert deshalb, weil plötzlich nichts mehr an eine Wildkatze in ihrem Benehmen erinnerte.

»Wie bist du eigentlich nach oben gekommen?« versuchte ich abzulenken.

»Ich habe mich am Spifall hochgehangelt. Den Bootsmannsstuhl hatte ich schon vorher nach oben gezogen.«

Wir tranken schweigend unseren Kaffee.

»Und du?« fragte ich nach einer Weile und grinste schief. »Hast du gedacht, ich will dir ans Leder oder was?«

Claudia starrte mich eine Weile lang an und trank dann ihre Tasse leer. Ohne auf meine Frage einzugehen, erhob sie sich, nahm stumm meine Tasse und kletterte unter Deck. Sie ließ einen kopfschüttelnden Skipper in der Plicht zurück.

Was sich schon seit langem abgezeichnet hatte, traf ein. Nach den stürmischen letzten Tagen legte sich der Wind, wie üblich für dieses Seegebiet und diese Jahreszeit beinahe vollständig zur Ruhe. Claudia und ich setzten den riesigen, blau-rot gestreiften biradial geschnittenen Blister, damit sich wenistens dicht unterhalb der Küste noch der Gezeitenstrom aussegeln ließ. Doch schließlich schlief der Wind beinahe vollständig ein. Die Sonne kam immer häufiger und für immer längere Perioden zum Vorschein und klarte den Himmel zu einem herrlich blauen

Spätsommervormittag auf. Normalerweise hätten wir jetzt den Sechszylinder gestartet und wären geruhsam die Küste der Côte d'Albatre nordwärts in Richtung Pas de Calais motort. So aber dümpelten wir in der Flaute eines beinahe spiegelglatten Ärmelkanals herum. Es mußte etwas geschehen. Ich wußte nur noch nicht was.

Zum Anruf eines Schleppers konnte ich mich nicht durchringen. Hochseeschlepperkapitäne sind rauhe Gesellen. Für die zählen nur Zeit und Geld. Und ich wollte mir die Yacht nicht einfach kaputtfahren lassen, während uns einer der Burschen mit 25 Knoten Fahrtgeschwindigkeit an einer oberarmdicken Hanftrosse durchs Wasser zerrte.

Langsam wurde mir in den Jeans und dem dicken Sweatshirt zu warm. Ich stieg nach unten, um mir stattdessen Bermudashorts und ein T-Shirt überzustreifen. Als ich im Salon angekommen war, hörte ich leises Keuchen aus dem Durchgang zur Achterkajüte. Neugierig reckte ich meinen Hals um die Ecke. Neben der aufgeklappten Tür hockte Claudia. Sie war mit ihrem Oberkörper fast vollständig im Motorkasten verschwunden. Ich beugte mich zu ihr hinab und stieß sie sacht an.

»Nanu?« fragte ich halb belustigt, als ich sie mit einem Schraubenschlüssel hantieren sah. »Unter die Bordmechaniker gegangen?«

Claudia schlängelte sich vorsichtig aus dem engen Verschlag wieder heraus. In der Hand hielt sie eine Pumpe.

»Wußtest du, daß die Motorbilge eine eigene Entwässerungspumpe besitzt?« fragte sie mich.

Ich schüttelte überrascht den Kopf.

»Und?« meinte ich. »Was bringt uns die Erkenntnis?«

Claudia grinste breit und wischte sich mit dem Handrücken den Schweiß von der Stirn. Danach zog sich ein Dreckstreifen vom Haaransatz bis zu den Augenbrauen herab.

»Ganz einfach, Skipper«, bemerkte sie. »Wenn wir die Pumpe umdrehen, können wir Wasser von außen nach innen pumpen und so den Außenkühlkreislauf des Motors versorgen. Die Pumpe ist stark genug. Jedenfalls, solange wir nicht mit Vollgas fahren.«

Ich schaute sie fragend an.

»Ich kenne den Gerätetyp von einer anderen Yacht, auf der ich schon einmal mitgesegelt bin«, fügte sie hinzu. »Die Mechanik ist dauerlaufgeeignet. Wenn sie dennoch ausfällt, haben wir eben Pech gehabt. Soll ich sie anschließen?«

Langsam bekam ich das Gefühl, das einen beschleicht, wenn man merkt, daß man versehentlich eine Eintrittskarte für den falschen Film gelöst hat. Daß ich nicht selbst auf solch eine Idee gekommen war! Ich, Claus-Peter Stockhausen, der große Hochseesegler, mußte mir zum zweitenmal von einer Gelegenheitsseglerin zeigen lassen, wie man Probleme an Bord löste. Müde nickend wandte ich mich ab, um mich umzuziehen. Wütend riß ich mir das Sweatshirt vom Kopf und schlüpfte in ein T-Shirt mit dem Aufdruck der letzten Regatta, an der ich mit einigem Erfolg teilgenommen hatte.

»Kann ich dir helfen?« fragte ich sie nach einer Weile.

»Danke, Claus«, antwortete sie. »Nicht nötig. Ich komme schon zurecht.«

Aha, ich war bereits degradiert. Den Skipper schien sie sich bereits zu verkneifen.

»Bin gleich fertig«, fügte sie hinzu. »Muß nur noch die Sockelschrauben anziehen.«

Ich kletterte resigniert an Deck und holte den Blister nach unten. Der Autopilot drehte die Steuerung unablässig von einer Seite zur anderen. Wir standen auf der Stelle. Ich kletterte zurück in das hintere Cockpit und schaltete die Selbststeuerung ab.

»Ich bin soweit«, ertönte es aus dem Salon.

Ich griff zum Paneel und startete die Maschine. Der Motor sprang an und begann geräuschvoll zu arbeiten. Kühlwasser schoß in einem kräftigen Strahl seitlich unter dem Heck heraus und sprudelte platschend zurück in die See.

»Na fein«, murmelte ich und schob den Gashebel vorsichtig nach vorne. Ich hörte, wie das Getriebe einrastete und wie sich die Vector langsam vorausbewegte.

»Alles klar?« fragte eine Stimme vom Niedergang her.

»Alles roger«, rief ich zurück und hob den Daumen der rechten Hand nach oben.

Claudia verschwand wieder im Salon.

Einen kurzen Augenblick später begann die rote Warnlampe am Kontrollpaneel aufzuleuchten. Ich beugte mich über die Reling und stellte fest, daß das Kühlwasser aus dem Auspuff unter dem Heck nur noch tröpfelte.

»Kein Kühlwasser mehr!« brüllte ich in Richtung Niedergang.

Claudias Kopf erschien unter der Sprayhood. »Das Ventil ist offen«, rief sie erstaunt. »Und die Pumpe läuft auch.«

»Kommt aber kein Wasser«, entgegnete ich und zog mißmutig den Stopknopf.

Merkwürdigerweise fühlte ich mich ein bißchen erleichtert. So einfach ließ sich ein Dieselmotor von einer Frau also doch nicht austricksen. Während die schwere Segelyacht in der Gezeitenströmung trieb, rappelte ich mich auf und stieg nach unten zu meiner Begleiterin. Sie stand im Waschraum und reinigte sich gerade die verschmierten Hände. Ich sah sie an. Mein Blick fiel auf ihren muskulösen, durchtrainierten Oberkörper, der sich unter ihrem durchgeschwitzten T-Shirt überdeutlich abzeichnete. Eine traumhafte Figur, stellte ich nicht ohne Bewunderung fest. Himmel, was für eine Frau!

Claudia bemerkte, daß ich sie musterte. Sie drehte sich zu mir um und begegnete meinem Blick, während sie die Seife weglegte und sich mit der Nagelbürste die Fingerspitzen säuberte. Ihr Körper straffte sich. Dadurch traten ihre weiblichen Reize noch deutlicher zum Vorschein. Hart hüpfte mein Adamsapfel auf und ab. Stockhausen, du Idiot! Du solltest eiskalt duschen!

»Die Pumpe lief?« lenkte ich mich ab.

»Yes, Sir!« gab sie militärisch knapp zurück.

»Dann haben wir den Grund für den Ausfall der Wasserpumpe gefunden, Claudia«, warf ich ein. »Irgendwas muß draußen den Bordeinlaß verstopfen, sobald wir Fahrt aufnehmen.«

Sie blickte auf.

»Wer taucht?« fragte sie leichthin.

»Ich!« antwortete ich in einem Tonfall, der keinen Widerspruch duldete und streifte mein T-Shirt ab.

»Warum trägst du denn noch deine Bermuda, wenn du schwimmen gehen willst?« fragte sie mich erstaunt, als ich die Badeleiter abklappte und mir ein Seglermesser um das rechte Handgelenk band.

Ich blinzelte nach oben. Die Vormittagssonne blendete mich.

»Weil ich keine Badehose dabeihabe und sicher bin, daß Damen, anwesende eingeschlossen, in aller Regel immer etwas zurückhaltend auf nackte Männerkörper reagieren«, grinste ich, verzog aber gleich darauf das Gesicht, als ich spürte, wie eisig sich das Wasser im Ärmelkanal anfühlte.

Claudia grinste zurück. »Du mußt nicht den Helden spielen, Skipper. Wenn es dir zu kalt ist, dann gehe ich ins Wasser. Ich bin das Baden im Meer gewohnt.«

Widerwillig vor mich hinfluchend, rutschte ich vollständig die Badeleiter hinunter. Im ersten Moment nahm mir das eisige Wasser beinahe den Atem. Um mich aufzuwärmen schwamm ich erst einmal mit schnellen, kräftigen Stößen um das ganze Schiff herum. Viel wärmer wurde mir dadurch jedoch nicht.

»Okay, ich gehe jetzt runter«, keuchte ich.

Claudia nickte. Langsam hangelte ich mich an der Steuerbordwand entlang bis zu der Stelle, an der ich weiter unten den Bordeinlaß vermutete. Ich griff vorsichtig in die Tiefe, konnte aber nichts anderes fühlen als bemoostes und mit Muscheln bewachsenes Antifouling. Ich glitt ab und rutschte mit den Beinen unter die Bordwand. Plötzlich stießen meine Füße gegen eine weiche nachgiebige Masse. Ich fuhr zurück und strampelte wieder nach oben. Wahrscheinlich ein Lobsterpot, den Claudia unterwegs überfahren hatte. Hoffentlich zwicken die Burschen in den Körben nicht, versuchte ich mich aufzumuntern. Ein Hummer kann einem erwachsenen Mann mit seinen Scheren ohne weiteres ein Fingerglied abtrennen. Und hoffentlich handelte es sich wirklich nur um einen Hummerkorb! Das kommt davon, wenn man sich unterwegs auf See mit Vorliebe indizierte Horrorvideos anschaut, scholt ich mich wegen meiner aufkeimenden Unruhe.

Claudia beugte sich neugierig über die Bordwand. Kurz entschlossen nahm ich wieder tief Luft und tauchte.

Zum Glück stand die Sonne günstig. Die glitzernden Strahlen leuchteten das Unterwasserschiff aus. Wie ich richtig vermutete, hatten wir einen kompletten Lobsterpot eingefangen, in dem sich auch noch eine Plastikplane befand. Das war der Grund, daß wir kein Kühlwasser mehr bekamen und die Impellerpumpe ausfiel.

Die Kunststoffolie hatte sich so kunstvoll in dem Hummerkorb und den Halteleinen verfangen, daß sie zusammen mit dem Kiel, der Welle und dem Schiffsrumpf ein scheinbar undurchdringliches Gewirr bildete. Ich begann, mit meinem Bootsmesser herumzusäbeln, aber bald ging mir die Luft aus. Japsend und hustend tauchte ich auf. Claudia beobachtete mich aufmerksam. Sie rief mir etwas zu, das ich jedoch nicht verstand, weil meine Ohren noch voller Wasser waren. Endlich erreichte ich das Heck der Yacht. Vor mir ragte die Badeleiter aus dem Wasser. Ich ergriff die mittlere Stufe.

»Was ist los, Skipper?« fragte sie neugierig.

»Ein Lobsterpot«, keuchte ich ziemlich kurzatmig. »Und eine Plane«, fügte ich hinzu.

»Was nun?« setzte sie nach.

»Immer mit der Ruhe«, knurrte ich immer noch heftig keuchend. »Ich werde versuchen, die Leine und die Plane, die wir zusätzlich eingefangen haben, loszuschneiden.«

»Brauchst du Hilfe?« fragte sie und beugte sich weit über die Reling.

»Tja«, antwortete ich unschlüssig.

Ehe ich mich abschließend äußern konnte, verschwand Claudia aus meinem Blickwinkel und erschien wenige Augenblicke später mit ihrem Segelmesser in der Hand an der Reling. Mir fiel auf, daß sie nur noch das T-Shirt trug. Jeans und Schuhe hatte sie unterwegs bereits abgelegt. Sekunden später tauchte sie mit einem kühnen Hechtsprung ins Wasser. Als sie neben mir auftauchte, deutete sie nach unten.

»Worauf warten wir noch?« forderte sie mich auf.

Ich nickte und deutete ebenfalls nach unten.

»Paß auf! Ich werde den Hummerkorb entfernen, du kümmerst dich um die Folie. Einverstanden?«

»Okay!« rief sie, holte tief Luft und tauchte ab. Ich folgte ihr mit meinem Segelmesser.

Wir arbeiteten zügig und effektiv. Obwohl Claudia rauchte, schienen ihre Lungen durchtrainierter zu sein als meine. Jedenfalls vermochte sie länger unter Wasser zu bleiben als ich. Während ich mit dem Messer an den Haltetauen des Hummerkorbes herumsäbelte, schnitt Claudia mit wenigen kräftigen Hieben die Plane auseinander. So dauerte es kaum fünf Minuten, bis wir die Welle, den Kiel und damit auch den Kühlwassereinlaß des Motors wieder freibekamen. Bevor der Hummerkorb absinken konnte, war Claudia neben mir, nahm ihn mir aus der Hand und tauchte auf.

»Hey!« prustete ich. »Was soll das?«

»Du willst den Korb doch nicht etwa aufgeben oder?« rief sie.

»Wieso denn nicht?« keuchte ich atemlos.

»Weil zwei Hummer drin sind«, grinste sie. »Wäre doch Tierquälerei, sie dort unten ihrem Schicksal zu überlassen, oder?«

»Übernimmst du den Küchendienst?« fragte ich.

»Mit Vergnügen!« rief sie.

Sie schwamm mit kräftigen Zügen zurück zum Heck und kletterte die Badeleiter empor. Ich folgte ihr, nahm den Strick und zog den Hummerkorb an Bord. In dem Korbgeflecht zuckte und krabbelte es. Zwei Prachtexemplare hielten sich darin auf. Vorsichtig legte ich das Fanggerät zur Seite. Ein Blick zeigte mir, daß mit den beiden Gesellen nicht zu spaßen war. Die Scheren konnten einen Finger mit Leichtigkeit durchtrennen. Na, die frische Luft würde ihr Mütchen erst einmal kühlen.

Ich drehte mich um. Claudia wickelte sich in eine bereitgelegte Wolldecke und rubbelte sich die Haare mit einem Handtuch trocken. Sie ließ sich nieder und schlug die Beine übereinander. Ich schluckte erneut. Himmel! Die schienen ja nicht enden zu wollen!

»Bringst du mir einen Drink aus der Pantry?« fragte sie. »Der Atlantik ist doch ein wenig frisch heute morgen. Ich könnte einen Aufwärmschluck vertragen.«

Ich nickte verlegen und stieg tropfend in den Salon hinab. Meine nassen Klamotten warf ich in die Naßzelle und schlüpfte statt dessen in meine Cowes. Anschließend holte ich den Cognac aus der Bar und stieg mit der Flasche und zwei Gläsern wieder empor. Claudia schaute mich erwartungsvoll an, während ich die Gläser füllte.

»Cherio, Miß Sophie«, murmelte ich.

»Mr. Pommeroy!« antwortete sie wie auf Kommando.

Wir mußten beide lachen und tranken den französischen Branntwein anschließend mit kleinen Schlucken. Langsam wurde mir schwindelig. Diese verdammte Hungerdiät während der letzten Wochen! Mit einemmal explodierte der Alkohol in meinen Gehirnwindungen. Ich starrte in Claudias Augen. Es kam mir vor, als würde sich die Temperatur dem Nullpunkt nähern und ihn sogar unterschreiten. Ob Claudia wohl doch ein Wesen mit menschlichen Gefühlen war? Ich kniff die Augen zusammen und blinzelte mit schweren Lidern in die Sonne. Der Alkohol zeigte jetzt seine volle Wirkung. Ich mußte unbedingt wieder einmal ein paar richtige Mahlzeiten zu mir nehmen. In Dieppe würde ich in der Stadt ein Menü mit mindestens fünf Gängen verschlingen. Sofort floß mir das Wasser im Mund zusammen.

Claudia erhob sich, wickelte dabei die Decke fester um ihren Oberkörper und stieg in den Salon hinab. Um diese Beine hätte sie mit absoluter Sicherheit jeder Filmstar beneidet. In den paar Minuten, die verstrichen, ehe sie wieder vollständig angezogen im Niedergang erschien, war ich damit beschäftigt, tief durchzuatmen und meine Gedanken und Gefühle zu sortieren.

»He, Skipper«, rief sie vom Niedergang her, »es kann weitergehen.«

Sie deutete auf den Startknopf, und ich nickte. Der Sechszylinder im Inneren der Yacht sprang an und lief schon nach wenigen Augenblicken rund. Ich beugte mich über die Reling und gab dabei etwas mehr Gas. Der Wasserausfluß war zwar nicht gerade unterarmstark, aber doch so kräftig, daß wir die Weiterfahrt unter Maschine wagen konnten.

Während unser Autopilot die 36 Tonnen Kunststoff, Aluminium und Stahl mit halber Kraft über das kraftlos an den Strand der Côte d'Albatre schwappende Meer trieb, starrte ich über die Steuerbordseite zum Land hinüber, wo sich die nordfranzösische Steilküste mit ihren unzähligen Kliffs und Felsen aus dem Dunst herauszuschälen begann. Saint Valery-en-Caux peilte längst achteraus, als sich Claudia erneut zu mir ins Cockpit gesellte, wo ich ebenfalls wieder in Sweatshirt und Jeans neben der Steuersäule hockte und einen Becher heißen Kaffee schlürfte. Ich mußte unbedingt wieder klar im Kopf werden!

Meine Güte! Kaum befand sich ein Rock an Bord, schon verlor ich den Überblick. Meine Mitseglerin hatte sich endlich einen Baumwollpullover übergezogen und ihre braunen Oberschenkel wenigstens ansatzweise unter halblangen Shorts verhüllt. Mir fielen erstmals ihre Bootsschuhe auf. Sie waren offensichtlich von der Sonne und vom Salzwasser gebleicht und bereits stark verschlissen. Sie schien sie entweder schon sehr lange zu besitzen oder intensiv zu tragen.

»Segelst du eigentlich oft?« fragte ich sie frei heraus.

»Wie man's nimmt«, antwortete sie leichthin. »Was verstehst du unter oft?«

»Na ja, mehrmals im Jahr«, meinte ich.

»Ja, das schon«, erwiderte sie lachend.

»Es ist sonst nicht meine Art Leute auszufragen, Claudia«, bemerkte ich verbindlich, »aber du gibst mir wirklich eine Menge Rätsel auf.«

»Inwiefern?«

»Du verstehst etwas von großen Segelyachten, von Motorentechnik und Navigation. Du bist eine gute Taucherin. Ziemlich ungewöhnlich für eine Frau, findest du nicht? Man darf dir nicht zu nahe kommen, sonst gehst du in die Luft ...«

Claudia verzog ihre Lippen zu einem lautlosen Lachen und entblößte dabei die beiden Reihen makellos gewachsener, schneeweißer Zähne. Sie bog den Kopf in den Nacken und schüttelte sich vor Vergnügen. Schließlich strich sie sich mit ihren ungewöhnlich langen, aber muskulösen Fingern durch das zurückgebürstete Haupthaar. Erstmals verbarg sie auch ihre hellblauen, meist eisig schimmernden Augen hinter einer dunkel getönten Sonnenbrille. Und dennoch. Trotz ihrer gelegentlich etwas hart wirkenden Gesichtszüge, ihres athletischen Körpers und ihrer stattlichen Größe wirkte sie in diesem Moment im Cockpit der *Kyra* und im Tageslicht der noch milden Spätsommersonne ungemein jugendlich. Vielleicht lag es jedoch nur daran, daß sie, auf der Cockpitsitzbank sitzend, ihre Knie bis beinahe zum Kinn anzog und dabei die Unterschenkel mit beiden Armen umfaßte. Und vielleicht lag es auch nur an den immer stärker wärmenden Sonnenstrahlen, die sich auf ihrem beinahe faltenlosen, karibikbraunen Teint schimmernd widerspiegelten.

»Man kann sich bei dir an Bord wohlfühlen«, brach sie ihr langes Schweigen.

Ich schaute verblüfft auf. »Danke. Ich fühle mich geschmeichelt. Wie komme ich zu der unerwarteten Ehre?«

Ihre Mundpartie verzog sich zu einem spöttischen Strich. Ich merkte, daß ich unwillkürlich wieder einmal voll danebengegriffen hatte.

»Ich bin ein Idiot«, entschuldigte ich mich.

Sie schüttelte nachdenklich den Kopf und schaute eine Weile über den Achtersteven der Yacht auf das Meer hinaus, wo sich das sanfte »V« der Hecksee in der kaum noch wahrnehmbaren Altdünung der vorangegangenen Sturmtage nach beiden Seiten ausbreitete. Von irgendwoher bimmelten Fallenvorläufer und Schäkel gegen Aluminium, flatterte die Nationale und sirrte die Gastlandflagge hoch oben unter der ersten Steuerbordsaling im kühlen Fahrtwind. Leise plätscherte das Wasser an der Außenhaut der schweren Kunststoffyacht entlang. Verdammt, es hätte wirklich ein erholsamer Spätsommertörn werden können. Aber zum einen holte mich Saschas Tod in Gedanken immer wieder ein. Und zum anderen Claudia. Die starke, attraktive, gutaussehende Claudia.

Stockhausen! Hat dir die Katastrophe mit Sylvia nicht gereicht? Verdammt sollst du sein! Was ist denn seit vorgestern bloß mit dir los?

»Ja«, riß mich Claudia Bergmann aus meinen Gedanken. »Du bist wirklich ein Idiot. Aber wenigstens einer von der liebenswerten Sorte.«

»Hey!« drohte ich ihr jovial. »Das war üble Insubordination!«

»Du kannst mich ja kielholen«, entgegnete sie. »Und jetzt stell gefälligst den Autopiloten neu ein. Wenn wir so weiterfahren, laufen wir glatt an Dieppe vorbei.«

# 7

»Achte auf die Fahrwassertonne!«

»Schon gesehen!«

»Eine Idee mehr nach Steuerbord!«

»Liegt an.«

Langsam schob sich die *Kyra* gegen den Ebbstrom an Blohm & Voss vorbei. Die Werft war beinahe taghell erleuchtet. Es hörte sich schon von weitem an, als wollten 100 Niethämmer gleichzeitig auf den rostbraunen Rumpf des Stückgutfrachters aus Gdansk einschlagen. Kreischend trieben mehrere Trennscheiben eine Lücke durch zentimeterdicken Stahl. Unablässig leuchtete das gespenstische Licht der Schweißbrenner auf. Kaskaden verbrennenden Metallstaubs prasselten ins Innere des Schwimmdocks. Hier in unmittelbarer Nähe war der Lärm ohrenbetäubend. Aber wir mußten ziemlich dicht an der Elbsüdseite vorbeilaufen, denn uns kam ein gigantisches, weil unbeladenes Containerschiff entgegen. Zwei Zugschlepper und zwei Bugsierer mühten sich ab, den unter irgendeiner Billigflagge fahrenden Riesen die Elbe flußab zu dirigieren.

Ich holte mir von den Lotsen eine besondere Erlaubnis ein, zur gleichen Zeit mit der *Kyra* vorbeifahren zu dürfen. Ich kannte die rauhen Burschen auf den Hafenschleppern und auf dem Lotsenfahrzeug gut. Und sie kannten mich. Sie konnten sich darauf verlassen, daß ich keinen Blödsinn machte, wenn zehn Meter Bordwand und 20 Meter Brückenaufbau in Steinwurfweite an meinem filigranen Plastikuntersatz vorbeirutschten. Deshalb hielt ich mich, so weit es ging, dicht unterhalb des Docks von Blohm & Voss. Claudia stand am Steuer. Seit der Überquerung des Ärmelkanals und unserem Starkwindritt von Calais bis Cuxhaven hatte ich absolutes Vertrauen in ihre Steuermannskunst. Claudia wünschte sich, nachdem bereits in der Elbmündung Dunkelheit über dem aufgewühlen Wasser lag und die aus- und einlaufende Schiffahrt nur noch an den Positonslichtern und der Verlauf des Fahrwassers ausschließlich an den befeuerten Tonnen und den Richt- und Leitfeuern an Land zu erkennen waren, nichts sehnlicher, als selbst einmal zu versuchen, Hamburg bei Nacht anzusteuern. Schmunzelnd gab ich ihrem Willen nach. Ich war gespannt, was sich als stärker erweisen würde: Claudias Nerven oder die nächtliche Schiffahrt auf der Elbe.

Bis dahin war die Fahrt relativ problemlos verlaufen. Da der Wind immer noch aus Südwest blies, machten wir entlang der Wattenmeerinseln gute Fahrt. Mit vier Metern Tiefgang hatten wir ohnehin keine Chance, einen der dortigen Häfen anzulaufen. Ich hielt das Boot in der Küstenverkehrszone zwar gut frei vom Verkehrstrennungsgebiet German Bight, aber nur soweit, daß ich die grünen Leuchttonnen des Zwangsweges für die Berufsschiffahrt nicht aus den Augen verlor. Oberhalb der Nordspitze von Wangerooge querte ich vorsichtig das Wangerooger Fahrwasser und nahm anschließend Kurs auf die Schlüsseltonne. Weit im Osten schimmerte das Feuer des Leuchtturms Alte Weser. Etwa fünf Seemeilen später erreichte ich die kardinalen Untiefentonnen vor den Nordergrünen und Scharhörn Riff. Im Norden ließ sich das monotone Aufblinken des Gleichtaktfeuers von Feuerschiff Elbe ausmachen. Wir waren daheim! Als ich kurz oberhalb der Nordtonne Schärhörnriff etwas mehr anluven konnte, hatte das Geigen und Rollen vor den von achtern auflaufenden Seen endlich ein Ende. Bis hinter Neuwerk lief das Wasser mit. So blieb die Wellenhöhe bei den vorherrschenden sechs Windstärken noch leidlich moderat. Die Ansteuerung der Elbmündung hatte ich so berechnet, daß wir möglichst erst hinter Neuwerk Reede und dann im Schutze des Leitdamms mit gegenlaufender Tide rechnen mußten. Rauh genug würde es selbst stromauf von Otterndorf immer noch werden.

Claudia war bis hinter Schiermonnikoog Wache gegangen. Kurz vor der Emsmündung löste ich sie ab und schickte sie sofort in die Koje. Ich brauchte einen ausgeschlafenen und frischen Ausguck bei der Elbansteuerung. Schon allein deswegen, weil die Deutsche Bucht bereits seit Stunden einer Schlaglochstrecke glich. Ich selber würde mich mit Tabletten irgendwie wachhalten müssen oder, wenn alle Stricke rissen, nach Cuxhaven verholen. Doch so kurz vor dem Ziel wollte ich nicht noch eine Zwangspause einlegen. Bis jetzt lagen wir trotz des Zwischenstopps in Dieppe, wo Claudia und ich in Rekordzeit einen neuen Impeller für die Wasserpumpe besorgten und montierten, und dank des wieder auffrischenden Windes gut in der Zeitplanung. Wenn ich mich nicht mordsmäßig verkalkulierte, konnten wir sogar noch das ursprünglich festgesetzte Zeitlimit einhalten, so daß der Graf gar keine Handhabe besaß, etwa aus reiner Menschenfreundlichkeit auf die Wettsumme zu verzichten.

Kurz vor Cuxhaven übergab ich das Steuer an meine Mitseglerin. Inzwischen war es finstere Nacht geworden, und die 1000 irisierenden Lichter auf dem Wasser verwirrten mehr, als daß sie einem halfen, den Fahrweg oder die Fahrzeuge zu identifizieren. Bereits in Höhe von Otterndorf purrte mich Claudia aus meiner Navigationsecke heraus. Ich streifte meine Segelkombination über und begab mich an Deck. Dabei warf ich zur Sicherheit einen Blick auf das Hauptradar am Kartentisch. Claudia erledigte ihren Job als Wachführerin ziemlich gut.

Oben an Deck schaute ich mich um und maß den Abstand zur nächsten grün blinkenden Tonne, die wir in einiger Entfernung an Steuerbord ließen. Wir liefen innerhalb des Hauptfahrwassers, obwohl das nicht abgemacht war.

»Was gibt's?« fragte ich die junge Frau.

Claudia Bergmann trug ihren knallroten Floating Suit und stand etwas seitlich neben dem Steuerrad, um besser an der Sprayhood vorbeischauen zu können. Ihr Gesicht wurde nur schemenhaft von der schwach roten Beleuchtung der Instrumente am Steuersäulenpaneel erhellt und war daher kaum zu erkennen. Die Vector rauschte mit neun Knoten Geschwindigkeit auf Raumschotskurs über das graubraune Wasser der Elbe.

»Danke, daß du 'raufgekommen bist«, meinte die junge Frau ein wenig atemlos.

»Ich schlage hier seit einer ganzen Weile Haken wie ein Karnickel, aber es wird immer schlimmer! Ich sehe nur noch rot, grün und weiß. Anfangs konnte ich die Positionslichter ja noch ganz gut einordnen, aber seit ein paar Minuten habe ich das Gefühl, ich sehe nur noch rotierende Lichtorgeln. Da! Siehst du? Schon wieder! Kannst du mir mal erklären, was dieser Christbaum da vorne im Hauptfahrwasser macht?«

Zum Glück konnte sie in der Dunkelheit nicht erkennen, daß ich breit zu grinsen begann. Claudia wäre vermutlich stocksauer geworden, hätte mir wortlos das Steuerrad in die Hand gedrückt und mich einen chauvinistischen Macho gescholten. So aber hielt sie die Stahlspeichen weiter umklammert und versuchte, nach Backbord auszuweichen. Dabei starrte sie angestrengt auf das Lichtermeer, das sich vor unserem Bug auftat. Ich legte meine Hand ganz sachte auf ihren rechten Unterarm.

»Vorsicht, Mädchen«, warnte ich sie leise. »Nicht nach Backbord. Schau nach hinten! Keine 200 Meter hinter uns läuft ein Frachter auf.«

Wie auf Kommando ertönte bereits das heisere Dröhnen aus dem Typhon des Berufsschiffs. Claudia zuckte zusammen und wirbelte herum. Ich drehte vorsichtig das Steuerrad ein klein wenig nach rechts. Sie starrte erst auf mich und schließlich wieder nach vorne.

»Verdammt, den habe ich gar nicht bemerkt!«

»Macht nichts«, antwortete ich eine Spur zu cool. »Dafür bin ich ja schließlich an Bord.«

»Sorry, Claus«, fauchte sie mich im nächsten Augenblick an. »Tut mir aufrichtig leid. Willst du vielleicht wieder ans Ruder?«

»Von mir aus fahr du weiter«, beschwichtigte ich sie. »Ich dachte, du wolltest unbedingt bis Hamburg heraufsegeln. Jetzt kannst du unter Beweis stellen, wie gut du wirklich ...«

Im gleichen Augenblick stieß sie einen spitzen Schrei aus.

»Verdammt! Verdammt! An welcher Seite soll ich denn nun vorbeifahren?«

»Das ist ein Bagger, Kleines«, beruhigte ich sie und bemühte mich krampfhaft ernstzubleiben. »Ein verdammter Bagger, der Fahrt durchs Wasser macht. Ein Tip von mir. Geh aus dem Fahrwasser raus. Wenn du dicht neben den Tonnen bleibst, ist die Fahrerei weniger nervenaufreibend.«

»Und was bedeuten die unzähligen weißen und roten Lichter dort an Backbord querab? Sowas hab' ich mein Lebtag noch nicht gesehen!«

Ich schaute nach links und versuchte auszumachen, was sie beunruhigte.

»Ein paar davon gehören zu einem manövrierbehinderten Schiff. Die anderen beiden weißen Lichter gehören mit Sicherheit zu einem Frachter, der ziemlich dicht neben ihm vorbeiläuft. Eines der roten Lichter müßte seine Backbordlaterne sein.«

Claudia hatte ich unterwegs als eine exzellente Wachgängerin einzuschätzen gelernt. Während der nervenzermürbenden Nachtwachen auf See war ich froh, daß ich mich beinahe blind auf ihre Seemannschaft verlassen konnte, wenn sie mich am Ruder ablöste. Aber wie zu erwarten, siegten Elbansteuerung und Unterlauf des Flusses über ihre bis dahin an den Tag gelegte Souveränität.

Seit der Kanalüberquerung redete sie mir nicht mehr in meine Entscheidungen hinein. Sie akzeptierte mich als Skipper scheinbar ohne jeden Vorbehalt. Selbst, als ich wegen völliger Übermüdung in Höhe von Hoek van Holland beinahe dem Fährschiff nach Harwich vor den Bug gefahren wäre, obwohl sie mich zweimal ausdrücklich warnte und ich mir zudem auch noch einen Rüffel der niederländischen Radarstation einhandelte, bemerkte ich an ihr weder eine Spur von Genugtuung oder Häme. Ich glaube, wenn wir tatsächlich mit der Fähre kollidiert wären, hätte sie vermutlich nur wortlos die Rettungsinsel vom Heckkorb geschnallt.

Langsam dieselten wir an der Südseite des Elbufers an der hellbeleuchteten Werft vorbei. Nachdem das Containerschiff passiert war, tauchten an Backbord bereits die drei hohen Masten mit den Stahlrahen der *Rickmer Rickmers* aus der Nacht auf. Seit Portland Bill fühlte ich mich jetzt wieder leidlich zufrieden. Ich blickte zurück und beobachtete einen von achtern rasch aufkommenden Hafenschlepper. Aber Claudia setzte bereits energisch nach St. Pauli über. Ich übernahm zum letztenmal auf diesem vier Wochen dauernden Törn das Steuerrad und brachte die schwere Yacht in den Sportboothafen hinein.

Nur die Stegbeleuchtung und die rote und grüne Lampe

an der Hafeneinfahrt beleuchteten den Außenschlengel. Am Kopf des längeren Steigers ließ sich eine etwa 20 Meter breite Lücke ausmachen. Genau gegenüber der *Concordia*. Ich atmete auf. Einer von Charly Austers Mitarbeitern hatte wohl in weiser Voraussicht die sonst dort vertäuten Boote verlegt. Sie lagen etwas weiter entfernt, dicht an dicht im Päckchen. Vorsichtig fuhr ich zwischen den Molenköpfen hindurch und schaltete die Decksbeleuchtung ein. Claudia stand bereit, mit dem vorderen Festmacher auf den Steg zu springen. Ich gab zweimal Schub vor und zurück und ließ mit diesem Maschinenmanöver die *Kyra* im Hafenbecken drehen. Nach ein paar Augenblicken lag sie schließlich parallel zum Steiger. Claudia stieg vorne von Bord und schlang das schwere Polyestertau um einen der Metallpoller. Ich kletterte ebenfalls über die Reling und machte das Boot am Heck fest. Als ich wieder an Bord steigen wollte, stand wie aus dem Nichts aufgetaucht ein elegant gekleideter Mann mit eisgrauem Haar neben mir. Er lächelte und hielt mir die Hand hin.

»Meine Hochachtung, Claus-Peter«, begrüßte er mich. »Gutes Timing. Hätte ich Ihnen nach dieser Verzögerung in Hamble gar nicht mehr zugetraut.«

Ich ergriff seine Rechte und schüttelte sie. »Guten Morgen, Graf«, erwiderte ich. »Fein, daß Sie vorbeigekommen sind. Na, wie gefällt Ihnen das Prachtstück?«

Der Graf winkte ab. »Wunderbar. Einfach phantastisch. Aber Sie sind bestimmt müde, alter Junge. Kein Wunder nach dem Trip. Oh, da ist ja auch Claudia!«

Claudia Bergmann schlenderte die 20 Meter Bordwand entlang und ging auf Stefan Graf Steinitz zu. Sie reichte dem Grauhaarigen die Hand.

»Stefan«, sagte sie nur.

Der Graf räusperte sich und wandte sich wieder mir zu.

»Nun ja, ihr seid sicher beide sehr erschöpft, nicht

wahr? Ich möchte Sie auch nicht länger aufhalten, Claus-Peter. Wir treffen uns morgen früh auf der *Concordia*, um das Geschäftliche zu regeln. Einverstanden?«

Ich nickte. Claudia war bereits im Innern der Vector verschwunden und tauchte nach einem kurzen Augenblick mit ihrer Reisetasche und ihrem schweren Segeloverall über dem Arm wieder auf. Geschmeidig kletterte sie mit ihrem Gepäck über die Reling.

»Wir sehen uns«, murmelte sie und berührte als Abschiedsgeste beim Vorbeigehen mit der Hand nur ganz flüchtig meine Schulter.

Ohne meinen Kommentar abzuwarten, drehte sie sich um und folgte mit raschen Schritten dem Grafen, der bereits die Treppe zum Kai emporstieg.

Schweißgebadet wachte ich auf und schreckte abrupt hoch. Mein Kopf dröhnte, als wollten die Arbeiter von Blohm & Voss auch bei mir an Bord versuchen, irgendwo Eisenplatten anzunieten. Als ich in der Dunkelheit der Kajüte erkannte, daß ich nicht mehr auf der *Kyra* unterwegs war, sondern mich an Bord der *Concordia* im Hamburger Sportboothafen befand, sank ich schwer aufatmend in mein Bettzeug zurück. Ich schloß die Augen und verschränkte die Arme hinter meinem Nacken. Aber der Kopfschmerz ließ nicht nach. Stöhnend erhob ich mich und suchte in der Bordapotheke nach einem Aspirin. Als ich durch Zufall aus einem der Messingbullaugen blickte, schaute ich in ein aufgerissenes Augenpaar. Ich wirbelte herum und stürzte zur Niedergangstreppe. Die Holzstufen nahm ich mit zwei Sprüngen. Allerdings übersah ich im Halbschlaf, daß das Schiebeluk nur halb aufgezogen war. Donnernd krachte ich mit meinem Schädel gegen die Holzplatte. Stöhnend und mit Sternchen vor den Augen hielt ich inne. Eine ganze Reihe tiefer Atemzüge waren nötig, ehe ich mich soweit gefangen hatte, daß ich an

Deck klettern konnte. Doch der Sportboothafen war wie ausgestorben. Von einem nächtlichen Besucher keine Spur.

Als mir gegen zehn Uhr morgens Stefan Graf Steinitz an Bord der *Concordia* seine Aufwartung machte, saß ich gerade am Salontisch und ordnete die Bootspapiere. Der Graf klopfte kurz an und sprang, ohne eine Antwort abzuwarten, auf das Teakstabdeck des alten eichenen Schoners. Die *Concordia* diente mir den Sommer über als Büro, Besprechungszimmer und auch Schlafstatt. Das Boot verfügte über Telefon- und Faxanschluß, damit ich jederzeit mit der Außenwelt verbunden blieb, wenn es darum ging, Aufträge überbeschäftigter Bootseigner anzunehmen, die ihre Motor- oder Segelyachten möglichst schnell von einem zum anderen Hafen verlegt haben wollen. Da ich überwiegend alleine arbeitete, schien mir diese Lösung geradezu ideal. Dadurch sparte ich mir auch Angestellte, die ich sonst in irgendeinem Hochhaus hätte unterbringen müssen. Weil ich im Winter des häufigeren Yachten von und nach der Karibik überführte und dadurch meist mehrere Monate unterwegs war, besaß ich in Hamburg nur noch ein kleines Zweizimmerapartment.

Im übrigen liebte ich die Atmosphäre im Salon der beinahe hundert Jahre alten Dame. Angebote zum Kauf meines schwimmenden Büros lehnte ich rigoros ab. Das hatte mir schon gehörigen Ärger mit einer Reihe hanseatischer Honoratioren verschafft, die die *Concordia* unbedingt erwerben wollten, um sie auf irgendwelchen Tradtionsveranstaltungen vorführen zu können. Aber erstens konnte ich die alte Dame ohne Walter Stockhausens Zustimmung gar nicht so ohne weiteres verkaufen, und zweitens hätte ich mich nach einem anderen geeigneten Untersatz für meine Nordseechartertörns umsehen müssen. Als hartnäckigster Bieter zeigte sich schon seit jeher Lord Charles Whitborough aus Beaulieu, einem kleinen

Dorf am Ufer des gleichnamigen Flüßchens, das unterhalb von Southampton in den Solent mündet. Seine Lordschaft, neben dem Düsseldorfer Broker Bernd Rottmann, dem Schriftsteller und Playboy Patrick Berger aus meiner Heimatstadt und Weinbaron Bernard Le Duc aus Fécamp, einer meiner härtesten Rivalen bei Hochseeregatten, glaubte Unterlagen aus der Zeit vor dem Ersten Weltkrieg zu besitzen, aus denen sich ergibt, daß die Whitboroughs als Vorbesitzer im britischen Schiffsregister eingetragen waren und daß es bei der Eigentumsübertragung auf den nächsten Eigner nicht mit rechten Dingen zugegangen war. Der Familiensaga zufolge soll einer aus der Familie der Whitboroughs die Yacht kurz vor Ausbruch des Ersten Weltkriegs beim Würfelspiel an einen Deutschen verloren haben. Da der Unglückliche hinterher wegen seiner krankhaften, aber landläufig bekannten Wettleidenschaft und seiner offensichtlichen Trunksucht für unzurechnungsfähig erklärt wurde, fochten die Adeligen die auf recht unkonventionelle Weise beglichene Spielschuld an. Inbesondere Charles Whitborough schien es sich neben dem Brauen von Bier und dem Gewinnen von Hochseeregatten zum Lebensziel gemacht zu haben, meiner Familie das Holzschiff um jeden Preis abtrotzen zu wollen.

Graf Steinitz klopfte nochmals kurz gegen den Kajüteneingang, wartete aber meine Einladung, in den Salon hinunterzusteigen, höflicherweise ab. Ich kletterte an Deck, ging auf ihn zu und reichte ihm die Hand. Er ergriff und schüttelte sie. Dann gingen wir hinüber zur *Kyra*. Er vermochte ein Glänzen in seinen Augen nicht zu verbergen. Leuten wie Steinitz überführte ich Segel- oder Motoryachten am liebsten. Dann wußte ich, daß sich alle Mühe unterwegs auch tatsächlich auszahlte. Manchmal sind eben auch hartgesottene, weil vom Leben enttäuschte Hochseesegler sentimentale Menschen.

Stefan Graf Steinitz war in meinen Augen der Aristokrat schlechthin. Tadellose Umgangsformen gegenüber seinen Geschäftspartnern zeichneten ihn ebenso aus wie seine beinahe schon legendäre Grandesse auf dem Wasser. Wenn er Regatten segelte, dann mit Stil. Ich konnte mich an das letzte Fastnetrennen erinnern, während dem es bei ihm an Bord bei der Umrundung des Felsens Kaviarhäppchen und eisgekühlten Champagner gab, obwohl auf den Booten der Konkurrenz dehydrierte Astronautennahrung kredenzt wurde. Und Graf Steinitz segelte anschließend trotzdem noch den dritten Platz in seiner Klasse heraus, was ihn in der Gesamtwertung besser dastehen ließ als die gesamte Flotte eines der favorisierten norddeutschen Segelsportvereine.

Aber auch sein Äußeres ließ keinen Zweifel an seiner adeligen Abstammung aufkommen. Er war etwa einen Meter achtzig groß, trug gewöhnlich einen dunkelblauen Zweireiher aus Kaschmir, nie eine Hose im gleichen Farbton und nie eine Krawatte, sondern ausschließlich Halstücher. Sein eisgraues, dichtes Haar umrahmte ein ebenmäßiges, meist von der Sonne über Alpengletschern gebräuntes Gesicht, das nur einen einzigen kleinen Fehler aufwies, eine leider häßliche, meist rosa schimmernde Narbe, die sich über seine rechte Wange bis zur Oberlippe hinzog. Sie rührte, wie er einmal anläßlich einer Cocktailparty verriet, von einer Auseinandersetzung in der schlagenden Verbindung seiner Burschenschaft an der Universität Marburg her. Graf Steinitz trug diesen Schmiß mit Würde. Als einzigen Schmuck trug er den in seinen Kreisen obligatorischen Familiensiegelring und einen Ehering. Seiner latenten Kurzsichtigkeit trat er mit Hilfe einer blau eingefärbten Pilotenbrille entgegen. Er verkörperte mit seinem Aussehen und Auftreten genau den Typ Lebemann, wie ihn sich wohl Legionen Leserinnen von kitschigen Liebesromanen vorstellen. Und doch trog das

Bild. Graf Steinitz war mit einer bekannten Kunsthändlerin verheiratet. Abgesehen von seiner Segelleidenschaft und trotz seines attraktiven Aussehens führte er ein überraschend zurückgezogenes Leben an der Seite seiner Frau. Angeblich sollten ihm die Besitztümer aus adligem Familienbestand den luxuriösen und aufwendigen Lebensstil ermöglichen. In gewöhnlich gut unterrichteten Kreisen wurde indessen gemutmaßt, daß er Anteilseigner an zwei der bekanntesten Spielkasinos in Südfrankreich sei und die Finger auch in einigen anderen, äußerst lukrativen, wenn auch nicht immer hunderprozentig seriösen Unternehmungen haben sollte. Doch darauf angesprochen lächelte der Graf nur aristokratisch zurückhaltend und hüllte sich in beredtes Schweigen.

Die *Kyra* war nicht das erste Boot dieser Größe, das Graf Steinitz kaufte. Trotzdem ließ er sich von mir in alle Einzelheiten seiner Yacht einweisen und drängte auf einen ausführlichen Erfahrungsbericht. Ich schilderte ihm die Überfahrt von Newport nach Hambrug in allen Einzelheiten, ließ jedoch einer inneren Eingebung folgend offen, warum ich letztlich Ersatz für Sascha brauchte. Fast schien es mir jedoch, als ahnte er etwas von den wahren Gründen, und nur seine aristokratische Zurückhaltung verbot ihm, weiter nachzubohren. Steinitz bat mich, das Boot noch ein bis zwei Tage am Steiger neben der *Concordia* belassen zu dürfen, damit er und seine Crew es in Ruhe einrichten und komplettieren konnten. Ich hatte nichts dagegen. Anschließend überreichte er mir den Scheck. Ich warf einen Blick auf die fünfstellige Zahl, steckte ihn sorgfältig in meine Brieftasche und lehnte mich genüßlich in die weichen Polster zurück. Steinitz sah mich fragend an.

»Es ist Ihr Schiff, Graf«, schmunzelte ich. »Wollen Sie Ihrem Gast keinen Chateau Lafitte Jahrgang 68 anbieten?«

Steinitz lachte und griff zur Bar.

»Ah«, lachte er, während er die Flasche öffnete, »Sie haben daran gedacht. Mein Kompliment.«

»Ihr Tip war goldrichtig«, warf ich ein. »Der Barkeeper im Yacht Club of Rhode Island besaß noch ein Kistchen.«

»Warum wurde auf der *Kyra* geraucht?« schmunzelte er und drohte mir mit dem Finger. Aber er wartete gar nicht erst meine Entschuldigung ab. »Claudia konnte es vermutlich wieder nicht lassen, wie? Sie selbst rauchen doch nicht, oder?«

Steinitz goß uns zwei Gläser ein. Nach dem ersten Schluck wurde er wieder ernst und sachlich.

»Sagen Sie, lieber Claus-Peter«, begann er, »was ich Sie schon immer einmal fragen wollte: Haben Sie eigentlich noch nie mit dem Gedanken gespielt, diese Peanuts-Geschichte mit den Yachtüberführungen an den Nagel zu hängen und statt dessen als Profi ins Geschäft einzusteigen?«

Ich lachte kurz und hell auf.

»Aber, aber, lieber Graf«, entgegnete ich. »Selbst bis zu Ihnen müßte sich doch herumgesprochen haben, daß ich vor einiger Zeit als Yachthändler kläglich gescheitert bin. Falls Sie jedoch einen Einstieg in das Regattageschäft meinen, so kommt das schon deswegen kaum in Frage, weil ich weder über genügend Geld noch über ausreichend solvente Sponsoren verfüge. Nein, Graf Steinitz, eine Profikarriere beginnt man im Segelsport mit Zwanzig und nicht mit Fünfundvierzig. Oder man ist verrückt. Oder reich. Ich bin keines von beidem. Wie kommen Sie darauf?«

Steinitz winkte ab.

»Ach, nur so«, antwortete er. »Wie ich höre, soll sich der ehrenwerte Whitborough durchaus geneigt zeigen, Ihnen für die *Concordia* eine hohe sechsstellige Summe zu bieten. Wäre das kein Angebot?«

Ich mußte mich bemühen, freundlich zu bleiben.

»Selbst, wenn ich wollte, lieber Graf, die *Concordia* könnte ich gar nicht verkaufen. Sie befindet sich immer noch in Familienbesitz. Über sämtliche Rechte verfügt Walter Stockhausen, mein Onkel. Wie Sie sicherlich wissen, bin ich nur von Zeit zu Zeit Nutznießer des Bootes. Und jede Offerte, die unter einer siebenstelligen Summe liegt, betrachte ich sowieso als Witz.«

Steinitz bemerkte meinen Stimmungsumschwung. »Das ist allerdings ein schwerwiegendes Argument, obwohl ich überzeugt bin, daß dem guten Charles auch solch ein Betrag kaum schlaflose Nächte bereiten würde. Aber wie dem auch sei. Was ist mit Rob de Haan aus Medemblik? Sucht der nicht schon seit Monaten einen Hausregattaskipper für seine neue Racer? War da nicht speziell Ihr Name im Gespräch? Die Osiris 45 soll phantastisch laufen, wie man hörte. Natürlich müßte man erst einmal pausenlos mit einer gewieften Crew trainieren, um hinterher ganz vorne mitfahren zu können. Und schließlich bastelt der gute Robby schon geraume Zeit an einem One-Design-Prototypen herum, mit dem er anläßlich der nächsten ›Boot‹ in Düsseldorf das Publikum überraschen will. Sie sind doch Spezialist für Schiffe ab etwa 40 Fuß Länge, nicht wahr?«

Ich begegnete dem fragenden Blick meines Gesprächspartners so gelassen wie möglich. »Ach, hören Sie auf, Graf.« Osiris Yacht BV ist eine urniederländische Firma. Glauben Sie, die Holländer würden sich ihre Siege von einem Moffen einfahren lassen wollen?«

Ich war ein wenig perplex. Alle diesbezüglichen Gespräche zwischen Rob de Haan und mir hatten auf seinen Wunsch bisher unter dem Deckmantel der Verschwiegenheit stattgefunden. De Haan begründete seine peinliche Diskretion mit innerbetrieblichen Problemen. Ich hatte ihm jedoch nie eine Zusage erteilt, weil ich trotz verlockender Gehaltsversprechungen meine Unabhängigkeit nicht verlieren wollte. Sein brandneues One-Design-Projekt hatte er irgendwann einmal ganz am Rande erwähnt. De Haan ließ durchblicken, daß er den Prototypen der Serie gerne von mir getestet haben wollte. Mir war klar, warum. Bei den Cracks in der Szene bestand die Gefahr, daß jemand nicht dichthielt. Ich mußte ihm hoch und heilig versprechen, über alle Absprachen den Mund zu halten. Wie konnte bloß Steinitz von alldem erfahren haben?

»Was für Töne im vereinigten Europa«, lachte Steinitz. »Doch Sie haben völlig recht. So weit ist die völkerumspannende Freundschaft diesseits und jenseits von Maas und Rhein wohl doch noch nicht gediehen.«

Ich nickte. »Verzeihen Sie, Graf«, meinte ich nach einem guten Schluck von dem französischen Rotwein. »Woher wissen Sie eigentlich von De Haans Interesse an meiner Person und von dem Prototypen, wenn ich fragen darf? Nehmen Sie es mir nicht übel, aber bislang dachte ich, ich wäre der einzige außerhalb seiner Werft, der hierüber Bescheid wüßte.«

Steinitz schmunzelte.

»Jemand in der Szene streut diese Informationen zur Zeit ziemlich breit. Ich vermute, daß de Haan über Indiskretionen jedweder Art in diesem Zusammenhang nicht sehr glücklich sein kann, zumal es eine Reihe seiner Geldgeber gar nicht gerne sehen, wenn in ein solches Projekt zu viele Deutsche eingebunden werden. Sie wissen doch bestimmt, daß der Prototyp aus der Feder von Dülles und Jestrup in Nordfriesland stammt? Osiris Yacht BV ist in den Niederlanden keine sehr große, jedoch eine angesehene Firma. Warum er im Zusammenhang mit seiner Skippersuche ausgerechnet auf Sie kommt, ist mir allerdings ein Rätsel. Niederländische Spitzensegler gibt es mehr als genug. Und dabei gäbe es auch keine firmeninternen Schwierigkeiten.«

Ich mußte wider Willen schmunzeln.

»Ist doch logisch, Graf«, entgegnete ich. »Mit meinem Namen will er sich in Deutschland Verkaufsanteile sichern. Holland bietet nämlich keine übermäßig großen Absatzmöglichkeiten für die neue Klasse. Das haben seine Marktstrategen wohl schon erkannt. Klingt doch immer gut, wenn der Vorzeigeskipper für eine Serienrennyacht aus dem Land stammt, in dem es überwiegend verkauft werden soll. Zudem bin ich hier an der Küste aufgewachsen, kenne eine Menge wichtiger Leute und habe jede Menge Connections. Sie wissen ja selbst, wieviel gute Beziehungen wert sind. Nun, werter Graf, die Herren Holländer bekämen zumindest hier an den Küsten Niedersachsens und Schleswig-Holsteins ohne die richtige Unterstützung keinen Fuß auf die Erde. Zählen Sie doch nur einmal die Niederlassungen holländischer Bootsbauunternehmen an Nord- und Ostsee. Und achten Sie darauf, wie viele oder besser wie wenige Sportboote aus holländischer Produktion zwischen Emden und Lübeck stationiert sind. Rob de Haan ist ein schlauer Fuchs. Der weiß genau, daß er mit meinem Namen zehnmal mehr Boote verkaufen könnte, als mit einem Niederländer als Hausskipper. Aber das sind alles ungelegte Eier, wie man so schön sagt. Im Vertrauen, werter Graf, verspüre ich ziemlich wenig Lust, Honorarskipper zu werden. Meine persönliche Unabhängigkeit ist mir mehr wert. Zudem reichen die Yachtüberführungen für meinen Lebensunterhalt völlig aus.«

Steinitz schüttelte aristokratisch vornehm den Kopf. »Ach, kommen Sie, Claus-Peter«, sagte er leise. »Was sind Sie als Yachtüberführer denn anderes als ein Honorarskipper? Außerdem liegt auf Ihren Schultern dann auch noch die gesamte Last der Verantwortung. Seien Sie doch ehrlich. Das Herumschippern fremder Leute Schiffe betreiben Sie doch nur, weil ...«

»... weil ich momentan nichts Besseres in Aussicht habe?« unterbrach ich ihn und deutete auf meine linke Brusttasche, in der sich der Scheck mit der fünfstelligen Summe befand.

»Da muß ich Sie aber enttäuschen, Graf, Yachten wie die *Kyra* zu überführen und die Charterfahrten mit der *Concordia* auf der Nordsee machen mich zwar nicht gerade zum Millionär, aber ich habe mein Auskommen. Ich brauche keine Mitarbeiter und bin mein eigener Herr. Es reizt mich absolut nicht, mich in die wirtschaftliche Abhängigkeit eines holländischen Yachtherstellers zu begeben.«

Er stand auf. »Ich denke, auf Sie wartet eine Menge Arbeit, nicht wahr? Ich muß auch noch ziemlich viel organisieren. Jedenfalls bin ich Ihnen dankbar, daß Sie die *Kyra* rechtzeitig und sicher nach Hamburg gebracht haben. Sie werden erlauben, daß ich Sie weiterempfehle?«

Auch ich erhob mich. Bei jedem anderen hätte mich dieser offensichtliche Rausschmiß geärgert. Aber mir war klar, daß auch seitens meines Gesprächspartners alles gesagt schien. Also schüttelte ich Steinitz nochmals artig die Hand und schwang mich die Niedergangstreppe hinauf in das Mittelcockpit. Das Heck der *Kyra* schimmerte noch vom Tau des Morgens. Das große Stahlsteuerrad blinkte in der Sonne. Das Steuermannscockpit war leer. Genau wie damals in der Nacht vor Portland Bill, als ich aus dem Schlaf geschreckt an Deck kletterte und feststellen mußte, daß Sascha über Bord gegangen war. Plötzlich spürte ich ein heftiges Ziehen in der Brustgegend. Ich kletterte über die Reling und machte, daß ich auf die *Concordia* kam.

# 8

Als ich von der Bank zurückkam, wußte ich, daß ich mich und mein Ein-Mann-Unternehmen für ein paar weitere Monate über Wasser würde halten können. Die Pachtgebühr für den Liegeplatz der *Concordia*, die Versicherungskosten, die Abzahlung für mein Apartment und die Steuer fraßen meine Gewinne zu einem großen Teil auf. Doch die Überführung eines Bootes von der Größe eines 20-Meter-Maxi und zudem auch noch die Einnahme aus der gewonnenen Wette stellten einen warmen Regen dar, der mich etwas gelassener in die Zukunft blicken ließ.

Und dennoch. Andauernd spukte der Vorschlag des Grafen, professionell Regatten zu segeln und gleichzeitig meinen Betrieb aufzugeben, in meinem Kopf herum. Was hatte Steinitz vor? Wollte er mich in Rob de Haans Arme treiben? Zugegeben, ich hatte mich auch schon das eine oder andere Mal mit diesem Gedanken auseinandergesetzt. Besonders dann, wenn ich müde, erschöpft und durchgefroren von irgendeinem Überführungstörn aus den nordeuropäischen Regionen zurückkam. Aber sollte ich wirklich als Honorarskipper ausschließlich für den Yachtbauer aus Nordholland segeln? Praktisch wie ein Werksrennfahrer in der Automobilszene? Immer auf der Jagd nach irgendeinem silbernen Töpfchen, mit dem de Haan seine Vitrine in der Werftausstellungshalle schmücken konnte? Immer nur den Sieg vor Augen, weil davon die Höhe meines nächsten monatlichen Schecks abhing?

Ich kannte die Risiken, die Leute wie Brett Blacklaw aus Perth oder Jean Houtblanc aus Cherbourg eingingen, wenn sie Woche für Woche, Monat für Monat, völlig übertakelte, teilweise mordsgefährliche Rennziegen für irgendwelche imagesüchtigen Konzernbosse oder Werftbesitzer über die Weltmeere prügelten und dann von einer erfolgsgeilen Presse dem johlenden Publikum regelrecht vorgeführt wurden, wenn sie überraschenderweise eben nicht als Erste durchs Ziel schossen.

Mein ehemaliger Segelkamerad und Freund Bernard Le Duc aus Fécamp zum Beispiel hatte die letzte Schlappe, als ich ihn auf seinem hoch favorisierten 20-Meter-Tri regelrecht deklassierte, auch menschlich nicht verwunden. Der bereits hoch verschuldete Le Duc mußte für den Bau des Rennbootes sein Weingut bis an die Grenzen des Vertretbaren belasten. Noch über Jahre hinweg würde er alle Hände voll zu tun haben, von diesem Schuldenberg wieder herunterzukommen. Bernard sprach seit meinem Sieg in Portsmouth kein Wort mehr mit mir. Dabei hatte er die Niederlage selbst verschuldet, als er sich, in Führung liegend, von mir nervös machen ließ. Hätte er die Nerven behalten, wäre er als Sieger aus dem Rennen hervorgegangen. Ein Mitglied aus seiner Crew rief mich Tage später an und warnte mich. Der Weinbaron aus Fécamp wollte mich, wenn er jemals wieder gegen mich antreten könnte, in Grund und Boden segeln. Und das mit Grund und Boden sei sehr wörtlich zu nehmen.

Sollte ich mich wirklich tagtäglich mit solchen Egozentrikern wie seiner Lordschaft Charles Whitborough herumschlagen, die scheinbar nichts anderes im Kopf hatten, als den Jahresumsatz aus ihren Unternehmungen in Rennsegelyachten zu stecken? Oder mit Berger, der in seinen an der Küste berühmt berüchtigten Pamphleten so tat, als hätte er allein das Segeln erfunden, und hinter dessen seglerischen Aktivitäten angeblich ein deutscher Großkonzern stand, der das Sponsoring für seine Rennziegen übernahm? Oder mit Bernard Le Duc, dem Mann aus Fécamp, für den ein Startschuß zu einer Seeregatta gleichbedeutend mit einer Kriegserklärung war?

Nein, lieber segelte ich wirklich nur ausgesuchte, publikumswirksame Regatten, zu denen mich gewöhnlich irgendwelche Neureiche anheuerten, damit ich das Ruder ihrer Rennyacht übernahm. Das hatte zwei Vorteile. Erstens legte die Fachwelt auf deren Gezeter sowieso keinen Wert, wenn ich die mir überlassene Yacht hinterher mit heruntergesegeltem Mast zurück in den Hafen dieselte, zweitens lernte ich bei diesen Regatten genau die Klientel kennen, für die ich anschließend nicht selten Segel- und Motoryachten zu sündhaften Heuersummen über die Weltmeere schipperte. Regattasegeln, ja. Aber nur zum Spaß und nie, wenn die Existenz davon abhing.

Noch jemand dachte genauso wie ich. Das war der Börsenspekulant Bernd Rottmann, der in Düsseldorf eine Wertpapierbrokerage besaß. Bernd segelte nur, wenn ihm seine Wertpapiergeschäfte genug Spielraum ließen. Um ganz vorne in der Elite mitzumischen, fehlte es ihm zwar nicht an Ehrgeiz, dafür jedoch an Zeit. Auch Rottmann hätte nie daran gedacht, seinen hochbezahlten Job nur um die Chance, ein paar Silberpokale zu gewinnen, hinzuwerfen. Unwillkürlich mußte ich lachen. Zwei Wochen hätte es Bernd ohne Faxgerät, Börsenzeitung und Reutersbildschirme vielleicht ausgehalten. Danach wäre er wohl notfalls auch im Segeloverall von Bord der ihm anvertrauten Rennziege in die Wertpapierabteilung seines Unternehmens geflüchtet.

Ich kehrte zurück an Bord der *Concordia* und beschloß, die Post und die Faxschreiben, die sich in den vergangenen Tagen angesammelt hatten, zu sortieren. Schließlich mußte ich noch meinen Versicherungsagenten von den Vorfällen auf See unterrichten.

Vorsichtshalber goß ich mir vor dem Telefonat zur eigenen Nervenberuhigung einen Schluck britischen Pale Cream in ein Sherryglas.

»Sie machen ja schöne Sachen«, meinte Gerd Zöllner nach meinem kurzen Statement. »Und wie reagiert die Schwester des Toten?«

»Nun«, antwortete ich, »ich denke nicht, daß sie Ansprüche gegen mich oder gegen die Versicherung erheben wird. Ich war zwar nur knapp zwei Tage mit ihr in Bournemouth zusammen, aber sie machte keinerlei Andeutungen.«

Mein Gesprächspartner atmete hörbar auf.

»Um so besser«, antwortete er. »Verfahren gegen einen Schiffsführer wegen Pflichtverletzung sind langwierig und kostspielig. Als unmittelbarer Versicherungsnehmer genießen Sie zwar Rechtsschutz, aber die Haftpflichtversicherung springt bei Personenschäden nur dann in vollem Umfang ein, wenn Ihnen entweder überhaupt keine Schuld oder lediglich leichte Fahrlässigkeit nachgewiesen werden kann. Und leichte Fahrlässigkeit wird schon unterstellt, wenn man einhandsegelt.«

»Sie machen Witze!«

Zöllner lachte. »Natürlich! Aber dennoch. Die Gerichte sind in solchen Fällen nicht gerade zimperlich. Gehen wir davon aus, daß Sie am Tode Ihres Mitseglers völlig unschuldig sind. Weil jedoch ein Mensch zu Schaden gekommen ist, kann Sie das Seeamt natürlich schon aus Gründen der Räson nicht völlig ungeschoren davonkommenlassen. Unter Umständen werden Sie dazu verdonnert, einen höheren Betrag der Deutschen Gesellschaft zur Rettung Schiffsbrüchiger zu spenden. Weist Ihnen das Seeamt grobe Fahrlässigkeit nach, schaltet sich automatisch auch noch die Staatsanwaltschaft ein. Das ist üblich, wenn ein Mensch bei einem Unfall auf See geblieben ist. Bei erwiesenem Vorsatz verlassen Sie das Gebäude des Seeamtes in Handschellen. Dafür sorgt dann die Kripo.«

»Sie machen mir ja Mut«, stöhnte ich auf.

»Tut mir leid, wenn ich Sie beunruhige«, entgegnete er. »Aber so sind nun einmal die Fakten. Optimal dürfte das Verfahren laufen, wenn es allenfalls bei leichter Fahrlässigkeit bleibt und die Erben keine Schadenersatzansprüche gegen Sie erheben. Sonst, mein lieber Claus-Peter, wird es für Sie unter Umständen sehr teuer.«

»Heißt das, Pannhäuser stellt mich bei grober Fahrlässigkeit nicht vollständig frei?« begehrte ich auf.

»Korrekt«, antwortete mein Gesprächspartner. »Zumindest bei Personenschäden. Eine Regelung, auf der die meisten Rückversicherungen bestehen. Da jedoch vorsätzlich herbeigeführte Todesfälle oder Unfälle mit erheblichen Körperverletzungen auf Segelyachten relativ selten vorkommen, wurde dieser Ausschlußgrund auch von den Verbraucherverbänden akzeptiert. Bei Ihrem Versicherungsvertrag sieht es nicht anders aus. Im übrigen weisen wir, anders als es häufig die Konkurrenz tut, auf diese Vertragsklausel bereits in den Antragsunterlagen ausdrücklich hin.«

»Ich hatte doch angenommen«, entgegnete ich verdrießlich, »daß ich über Ihr Unternehmen umfassend abgesichert bin.«

»Sind Sie auch, Claus-Peter«, versuchte mich der Makler zu beruhigen. »Aber denken Sie einmal nach, welche Versuchung es für, nun sagen wir einmal vorsichtig, labile Charaktere bedeuten würde, wäre auch grobe Fahrlässigkeit versichert. Keine Schwiegermutter würde heutzutage noch einen Sonntagsausflug auf See mitmachen wollen.«

Ich konnte über Gerd Zöllners Witz beim besten Willen nicht lachen. Er merkte es.

»Ich wollte Sie wirklich nicht beunruhigen«, meinte er. »Aber ich halte es für meine Pflicht, Sie über die Vertragsangelegenheiten aufzuklären. Nun warten Sie erst einmal alles Weitere ab. Vielleicht kommt es ja gar nicht zu einem Prozeß. Falls doch, dann wenden Sie sich umgehend an unsere Schadensstelle. Man wird Ihnen einen guten Rechtsanwalt zur Verfügung stellen. Seien Sie sicher, Claus-Peter, dafür werde ich schon sorgen. Sie haben mein Wort.«

Nicht im geringsten beruhigt legte ich auf. Ich wählte sofort Christianes Telefonnummer. Bestimmt zwanzigmal ließ ich bei ihr durchläuten, ehe ich wieder auflegte. Chris befand sich vermutlich im Theater. Hoffentlich war sie überhaupt schon aus Südengland zurück! Warum, um alles in der Welt, besaß sie auch keinen Anrufbeantworter! Ich wollte mich schon meinem Schreibkram widmen, als mein Telefon summte. Der Anruf kam aus Medemblik am holländischen Ijsselmeer. Rob de Haan, Chef von Osiris Yacht BV wollte mich sprechen.

»Mijnheer Stockhausen«, räusperte er sich. Die Stimme meines Gesprächspartners klang rauh, beinahe krächzend, wie bei den meisten Niederländern.

»Mijnheer de Haan! Nett, daß Sie anrufen. Wie ist das Wetter am IJsselmeer?«

»Regnerisch, Mijnheer Stockhausen.«

Ich mußte über die üblichen Banalitäten schmunzeln, mit denen man in Holland ein Gespräch begann. Erst einmal über das Wetter oder die Familie sprechen. Aber nie über das Nächstliegende und erst recht nicht über das Geschäft. Derartige Aufwärmthemen galten als absolut tabu. Doch heute kam Rob de Haan überraschend schnell zur Sache.

»Mijnheer Stockhausen! Sie erinnern sich sicherlich an die Gespräche, die wir vor ein paar Wochen miteinander führten?«

»Ja, sicher. Sie denken dabei an unsere Absprache, was einen eventuellen Skippervertrag betrifft, oder?«

»Präzise, Mijnheer Stockhausen.«

Seine Stimme wurde etwas schärfer, ohne dabei jedoch an Lautstärke zuzunehmen.

»Und Sie erinnern sich sicherlich noch an das Wort, das Sie mir in bezug auf Diskretion gaben?«

»Auch das, Mijnheer.« Endlich wußte ich, worauf er hinaus wollte.

»Und wie erklären Sie sich dann, wieso, äh, wie sagt man in Ihrer Sprache, die Spatzen schon von den Dächern pfeifen, daß ich mit Ihnen im Gespräch stehe?«

Mir wäre es lieber gewesen, Rob de Haan hätte mir in diesem Moment Auge in Auge gegenübergestanden.

»Darüber rätsele ich auch, Mijnheer de Haan«, erklärte ich so gelassen wie irgend möglich.

»In Ihrem Haus scheint es eine undichte Stelle zu geben. Heute morgen übergab ich eine von mir von der amerikanischen Ostküste überführte Segelyacht. Der neue Eigentümer, ein Geschäftsmann aus meiner Heimatstadt und gewöhnlich stets gut informiert, erwähnte beiläufig, daß jemand bereits seit längerer Zeit Hinweise über den von Ihrer Werft neuentwickelten Prototypen streut.«

Am anderen Ende der Leitung hörte ich für die nächsten Augenblicke nur noch ein heftiges Atmen. Das hatte gesessen. De Haan würde wohl in Zukunft sehr vorsichtig sein, wenn er nochmal leichtfertig Verdächtigungen erhob.

»Wer soll das sein, dieser Mann, der Informationen aus meiner Firma nach außen trägt?« brauste er auf.

»Keine Ahnung, Mijnheer. Der Name wurde im Gespräch nicht genannt.«

»Und wer behauptet das alles?«

»Wie ich bereits erwähnte, Mijnheer«, antwortete ich, »ein Kunde.«

»Darf ich den Namen wissen?«

»Hören Sie, Mijnheer«, wich ich aus, »wie wäre es mit einem Gegenvorschlag? Ich werde nochmals mit meinem Kunden reden. Unter Umständen erhielt er diese Information ebenfalls aus vertraulicher Quelle. Vielleicht ist es ihm genehmer, wenn er sich Ihnen gegenüber selbst erklärt. Sie verstehen, daß ...«

»Ja, ja«, unterbrach mich de Haan sichtlich gereizt. »Diskretion. Ich weiß.«

»Würden Sie anders handeln?« konterte ich etwas spitz zurück.

De Haan räusperte sich geräuschvoll.

»Sie haben selbstverständlich recht, Mijnheer Stockhausen«, antwortete er. »Mir würde es auch nicht gefallen, wenn ich mit niemandem mehr vertraulich reden könnte. Nun gut, Mijnheer. Ich höre von Ihnen?«

»Oder von meinem Kunden«, entgegnete ich.

De Haan murmelte noch einen knappen Gruß und legte auf. Schöne Bescherung! Das fing ja gut an, seit ich von meiner Überführungsfahrt zurück war. Wer zum Teufel plauderte bloß über unsere Absprache und über die Entwicklungsarbeiten an seinem neuen One Design? Gut, mir lag an dem Deal zumindest im Augenblick sowieso nicht sonderlich viel, aber den Vorwurf der Indiskretion wollte ich nicht auf mir sitzen lassen. So etwas schadet auch dem Ruf eines einfachen Yachtüberführers.

Ich wollte mich gerade auf den Weg in die Stadt machen, als oben auf dem Kai die Limousine des Grafen auf den Parkplatz einbog. Ich winkte und lief ihm entgegen. Steinitz stieg aus, nahm seine Pilotenbrille ab und ging breit lächelnd auf mich zu.

»Nanu, Stockhausen«, begrüßte er mich. »So in Eile? War der Scheck etwa nicht gedeckt?«

Eigentlich verwunderte mich ein solcher Scherz aus seinem aristokratischen Mund. Gewöhnlich wurden Witze mit solchem Hintergrund in adeligen Kreisen nicht mal gedacht, geschweige denn in aller Öffentlichkeit ausgesprochen. Aber Steinitz schien geradezu glänzend gelaunt.

Ich überging seine Anspielung. »Es geht um das Gespräch, das wir heute morgen miteinander führten. Über mein geplantes Arrangement mit Rob de Haan. Ich muß Sie in diesem Zusammenhang um einen kleinen Gefallen bitten.«

Steinitz verlor keine Spur von seiner guten Laune.

»Ah, hat de Haan Sie auch in Verdacht?« lachte er. »Da befinden Sie sich aber in guter Gesellschaft, mein Lieber. Nicht nur Sie ...«

»Pardon, Graf«, unterbrach ich ihn, »aber ich war in die Angelegenheit zwangsläufig am engsten eingebunden. Da liegt der Verdacht natürlich nahe, daß ...«

Der Graf winkte ab und war nun selbst an der Reihe, mich zu unterbrechen.

»Nicht auf der Straße, Stockhausen«, lächelte er. »Ich komme in einer halben Stunde zu Ihnen an Bord. Auf der *Kyra* sieht es momentan ein wenig zu ungemütlich aus, um Gäste zu empfangen. Ein paar Leute von der Werft sind mit Umbauten beschäftigt. Sie haben doch nichts dagegen, wenn ich mich auf solch unkonventionelle Weise selbst einlade?«

Er wartete meine Antwort erst gar nicht ab.

»Also«, eröffnete Steinitz das Gespräch und drehte dabei das Sherryglas leicht gekippt in der Hand, so daß die schwach gelblich schimmernde, süße Flüssigkeit ölig an der Innenseite herunterlief.

»Wie kann ich Ihnen helfen?«

Ich nahm einen Schluck Pale Cream. »Eine unangenehme Sache. De Haan bezichtigte mich am Telefon der Indiskretion. Ich erklärte ihm, daß es der Meinung eines

Kunden zufolge eine undichte Stelle in seinem Umkreis gibt. De Haan wollte von mir wissen, wer mein Informant ist.«

Der Graf hob die rechte Augenbraue.

»Und«, fragte er. Seine Stimme klang mit einemmal verdächtig rauh, »haben Sie es ihm gesagt?«

»Also, bitte, Graf Steinitz!« meinte ich vorwurfsvoll. Mein Gesprächspartner entspannte sich sichtlich. Seine Gesichtszüge wurden locker, und er begann mit verschmitztem Gesichtsausdruck zu grinsen.

»War nur so ein Gedanke«, entschuldigte er sich. »Natürlich hätte ich wissen müssen, daß in dieser Beziehung Verlaß auf Sie ist. Nein, ernsthaft. Was genau soll ich für Sie tun?«

»Ganz einfach, Graf«, erwiderte ich, »ich wäre dankbar, wenn sich de Haan mit Ihnen in Verbindung setzen dürfte. Es wäre mir recht, wenn er aus Ihrem Munde erführe, wer für die Indiskretionen in seiner Firma verantwortlich ist.«

»Unterstehen Sie sich!« stieß der Graf aus.

Für einen Moment glaubte ich, er würde tatsächlich seine aristokratische Gelassenheit verlieren. Aber er hatte sich schnell wieder in der Gewalt. »Nein, ernsthaft, lieber Claus-Peter«, fuhr er fort. »Ich hätte Sie nie angesprochen, wenn ich gewußt hätte, daß Sie nichts von Rob de Haans Dilemma ahnen. Aber so ist das eben im Leben. Die, die es betrifft, erfahren es meist zuletzt. Aber zurück zu Ihrem Problem. Wie kann ich Ihnen helfen? Rufen Sie de Haan an und sagen Sie ihm doch einfach, Ihr Gesprächspartner wolle sich aus bestimmten Gründen nicht offenbaren. Er empfiehlt ihm jedoch auf bestimmte Mitarbeiter in seiner Verkaufs- und Werbeabteilung ein wachsames Auge zu werfen.«

Ich schluckte heftig. Mein Mund war wie ausgedörrt. Hastig griff ich nach meinem Sherry und nahm einen Schluck.

»Sorry, Graf«, murmelte ich. »Verzeihen Sie, wenn ich jetzt sehr direkt frage. Woher wissen Sie das alles?«

Steinitz grinste breit, und seine Stimme klang übertrieben vorwurfsvoll. »Um Ihre eigenen Worte sinngemäß zu wiederholen: also bitte, Claus-Peter!«

»Nochmals, sorry!«

»In meinen Kreisen pflegt man in geschäftlichen Dingen selten zu bluffen. Zumindest können Sie sich darauf verlassen, daß alles stimmt, was ich Ihnen gesagt habe. De Haan besitzt einen Maulwurf in seinem Unternehmen. Und er sollte aufpassen, daß es ihm nicht genauso geht wie vor zwei Jahren Connell aus San Diego. Sie erinnern sich noch an den Skandal auf der Ausstellung in London? Als plötzlich deren britischer Konkurrent einen beinahe identischen Prototypen ebenfalls als Weltneuheit präsentierte? Heute noch wird gerätselt, wie es dazu kommen konnte, daß die Engländer über die Originalbaupläne der Amis verfügten. Hinterher jedenfalls bezichtigte man sich gegenseitig, voneinander abgekupfert zu haben. War es das, oder kann ich sonst noch etwas für Sie tun?«

Ich schüttelte wortlos den Kopf.

Steinitz erhob sich und wies auf den Sherry. »Sehr guter Drink, Stockhausen«, lobte er. »Bringen Sie mir bei Gelegenheit ein Kistchen von dort mit.«

Das einzige, was ich an ihm nicht ausstehen kann, ist sein Wortwechsel zwischen meinem Vornamen und meinem Nachnamen. Ich mag es einfach nicht, nur mit meinem Familiennamen angeredet zu werden. Schließlich bin ich nicht einer seiner Chauffeure oder Dienstboten.

Steinitz' Informationen wirkten wie eine abgezogene Handgranate. De Haan bekam einen regelrechten Hustenanfall am Telefon. Unvorstellbar, daß eine unbekannte Anzahl ungeliebter Moffen nicht nur derart gut in nicht für die Außenwelt bestimmte Firmeninterna eingeweiht schien, sondern darüber hinaus auch noch über gewisse Sicherheitsprobleme in der nordholländischen Werft Bescheid wußte, von denen nicht einmal der Werftchef selbst etwas ahnte. Als ich den Telefonhörer auflegte, war ich nicht mehr hundertprozentig sicher, ob de Haan überhaupt noch jemals mit einem Ausländer ins Geschäft kommen wollte. Was mich allerdings länger beschäftigte, war die Frage, wie Steinitz an all diese Informationen herangekommen war. Der Graf mußte über unvorstellbare Beziehungen verfügen. Ein leichter Schauer lief mir den Rücken herunter. Kein Mann, den man sich zum Feind machen sollte.

Am Abend desselben Tages erlebte ich jedoch eine noch größere Überraschung. Ich wollte mich gerade umziehen, um im Fischereihafenrestaurant seit langer Zeit wieder richtig fein essen zu gehen, da klopfte jemand an die Bordwand der *Concordia*. Ich rief nach oben, daß ich in Eile sei und keine Zeit hätte. Doch der abendliche Besucher schien davon keine Notiz zu nehmen und sprang über die Reling auf das hölzerne Deck. Ich wollte lautstark protestierten, als zwei scheinbar nicht endenwollende Beine den schmalen Niedergang in die Messe herabstiegen. Als ich die Besitzerin im Zwielicht der beiden Kajütlampen erkannte, schüttelte ich verwundert den Kopf.

»Du?«

»Ja, ich«, antwortete Claudia Bergmann. »Warum nicht?«

Ich begann wider Willen breit zu grinsen. Alles hätte ich von Claudia erwartet, aber nicht, daß sie nach Abschluß des Törns noch einmal aus eigener Initiative Kontakt mit mir aufnahm.

»Na ja«, begann ich stockend. »Ich weiß nicht. Also, wenn du mich fragst ...«

»Ja?« unterbrach sie mich und schaute mich übertrieben erwartungsvoll an.

»Ach, was weiß denn ich! Jedenfalls habe ich nicht mit deinem Besuch gerechnet.«

»Ich komme doch nicht ungelegen?« fragte sie und lächelte, wobei sie ihre schneeweißen Zahnreihen entblößte.

»Nun ja, also ...«

»Pardon?«

Ich wurde ungeduldig. Aber am meisten ärgerte ich mich über mich selbst. Ich kam mir vor wie ein sechszehnjähriger Pennäler, der von seiner insgeheim bewunderten Biologielehrerin beim Lesen einschlägiger Literatur überrascht wird und nun stotternd nach einer Erklärung sucht. Mühsam riß ich mich zusammen.

»Tut mir leid, Claudia, aber ich fürchte, ich habe schon etwas vor.«

»Ich weiß.«

»Du weißt was?« empörte ich mich.

»Na, daß du heute abend im Fischereihafenrestaurant essen gehst.«

Ich verzog meinen Mund zu einem harten Strich.

»Woher, zum Henker ...«

»Nicht sauer sein, Claus«, versuchte mich die junge Frau zu besänftigen. »Erstens hast du mehrmals ganz beiläufig erwähnt, daß du dort häufiger essen gehst. Zweitens wollte ich mich mit einer Einladung zum Dinner bei dir revanchieren, daß du dir soviel Zeit genommen hast, mir unterwegs eine Menge Seemannschaft beizubringen. Und als ich sah, daß du einen Tisch nur für dich allein reserviert hattest, habe ich meinen Namen einfach mit auf die Gästeliste setzen lassen. Aber falls du natürlich keinen Wert ...«

»Unsinn«, unterbrach ich sie. »Wie kommst du denn darauf? Natürlich gehe ich gern mit dir essen. Ich habe nur nicht damit gerechnet, daß du heute abend bei mir vorbeischaust. Also, bist du startklar?«

»Ay, Skipper«, gab sie militärisch knapp zurück.

Kopfschüttelnd kletterte ich hinter ihr die Niedergangstreppe empor und verschloß das Luk. Aber die Zeit für Überraschungen sollte noch lange nicht vorbei sein.

Sorgfältig wischte ich mir mit einer Serviette über die Lippen. Die gebackene, mit Krabbenragout gefüllte und mit Champignons und Krebssauce angerichtete Rotzunge erschien mir genau die richtige kulinarische Abwechslung, um die zeitweise etwas fade Bord-Cuisine zu vergessen. Der Wein tat das übrige dazu. Ich faltete die Fingerspitzen vor den Lippen und beobachtete Claudia, die mit geschickten Bewegungen die letzten schmackhaften Reste aus dem Panzer ihres Hummers herausschälte. Sie arbeitete zielsicher und ließ sich nicht von meinem Blick aus der Ruhe bringen. Hin und wieder wandte ich mich zur Seite und schaute hinaus auf die Elbe, wo Frachter und Lotsen unablässig auf und ab fuhren und zwischen denen sich trotz der mittlerweile vorgerückten Stunde immer noch Rundfahrtboote hindurchschlängelten. Obwohl die Fenster stets blitzblank geputzt waren, konnte ich kaum etwas erkennen. Das Licht im Restaurant spiegelte sich in den Scheiben, und draußen war es ohnehin schon beinahe stockfinster.

Claudia nahm einen Schluck Mineralwasser und lehnte sich genüßlich zurück. Sie schaute mich erwartungsvoll an, und ihre Augen blitzten erwartungsvoll.

»Geschmeckt?« fragte ich.

Claudia nickte. »So solltest du an Bord auch kochen«, bemerkte sie mit einem Anflug verborgener Ironie. »Das Essen auf der *Kyra* war ja zum Schluß geradezu gräßlich!« fügte sie glucksend hinzu.

Ich mußte wider Willen lachen.

»Was kann ich dafür, daß du die beiden Hummer auf dem Herd vergessen hast und sie hinterher zäh wie Hirschleder waren?«

Sie winkte spöttisch ab und ging auf ihr Malheur gar nicht erst ein.

»Man muß nicht unbedingt verwöhnt sein, wenn man gerne gut ißt. Aber die von dir in England gebunkerten Konservendosen waren wirklich das letzte. Brrr, mich schaudert's jetzt noch.«

Ich stieß geräuschvoll die Luft aus den Lungen. »Eine Segelyacht ist nicht das Ritz«, entgegnete ich. »Besonders wenn der Skipper auch noch die Aufgaben des Smutje mit übernehmen muß, weil gewisse Damen anscheinend noch nie einen Kochlöffel gesehen haben.«

»Na und«, konterte Claudia mit gespielter Feindseligkeit. »Willst du damit etwa sagen, daß Frauen an Bord nur zum Kochen und Saubermachen taugen?«

»Willst du darauf eine Antwort?« schmunzelte ich und stellte mit einer Mischung aus Belustigung und Vorsicht fest, wie ihre Augen gefährlich zu blitzen begannen.

Zum Glück rettete unser Tischkellner die Situation, weil er in diesem Augenblick an unseren Tisch trat und fragte, was wir zum Dessert wünschten. Wir bestellten beide Espresso, und ich nahm zusätzlich einen Cognac zum Nachwärmen. Die Ablenkung schien auch Claudia gutgetan zu haben. Sie entspannte sich wieder, zündete sich eine Zigarette an und legte ihre kräftigen Hände mit den auffallend langen Fingern und den ein wenig zu langen, blaßrosa gefärbten Nägeln auf die nicht mehr ganz so blütenweiße Tischdecke. Schließlich sah ich sie erwartungsvoll an. Sie erwiderte meinen Blick und wartete, bis der Espresso serviert wurde. Dann ließ sie völlig unerwartet die Katze aus dem Sack.

»Bist du schon einmal Matchrace gesegelt?« fragte sie.

»Selten. Warum fragst du?«

»Auf welchen Booten?«

»So um die 30 Fuß Länge. Nicht oft. Schließlich muß der Hersteller die Boote zur Verfügung stellen und meist auch vorfinanzieren. Stell dir vor, welche Unsummen ein Matchrace verschlingen würde, nähme man hierfür 20-Meter-Yachten.«

»Könntest du dir ein Matchrace auch auf etwas größeren Booten vorstellen?«

Ich kniff die Augen zusammen. Worauf wollte die junge Frau bloß hinaus?

»Theoretisch schon. Aber sie dürften nicht zu groß sein. Es sei denn, es handelt sich um den America's Cup. Da fallen ein paar Millionen natürlich nicht ins Gewicht. Nun einmal ernsthaft. Ich weiß nicht, worauf du hinaus willst, aber nett, daß du Wert auf meine persönliche Meinung legst. Ich denke, daß Boote so zwischen 30 und 40 Fuß ideal wären. Ein deutscher Hersteller hat unlängst Sechsunddreißigfüßer für ein Matchrace in der Kieler Bucht zur Verfügung gestellt. Die Veranstaltung war ein voller Erfolg. Die Werft konnte meines Wissen alle Yachten, die an den Ausscheidungen teilgenommen haben, anschließend an Privatleute verkaufen. Bei 20-Meter-Schiffen wäre es wohl ein wenig schwierig geworden, die passende Klientel zu finden.«

Claudia Bergmann hörte mir aufmerksam zu. Als ich eine Gedankenpause einlegte, fragte sie weiter.

»Und unabhängig von den Kosten? Was spricht denn sonst noch für deine Vorstellungen von 30 bis 40 Fuß?«

»Willst du Matchrace segeln?« schmunzelte ich. »Die Größe spielt hierbei schon eine gewisse Rolle«, fuhr ich fort. »Beim Matchrace auf identischen Yachten müssen sich Skipper und Crew in kürzester Zeit auf einen unter Umständen völlig unbekannten Bootstyp einstellen. Je kleiner ein Bootstyp, desto rascher ist eine solche Eingewöhnungsphase vollzogen. Teilweise werden Matchraces selbst mit hochrangigen Skippern sogar auf 7-Meter-Booten ausgetragen. Berufssegler sind ständig auf Achse, für die Werften bedeutet Zeit Geld. Beide Seiten verspüren wenig Lust, sich tagelang auf eine Wettfahrt vorbereiten zu müssen, beziehungsweise ungeduldig darauf zu warten, bis die Herren Champions endlich ihre unzähligen Probeschläge beendet haben. Kannst du mir folgen?«

»Logisch«, antwortete Claudia. »Was ich mich schon seit langer Zeit frage: »Wozu überhaupt dieser Aufwand? Solche Segellegionäre kosten doch richtig Geld.«

»Das kannst du wohl annehmen. Nicht selten aber nutzen Hersteller solche Matchraceveranstaltungen, um die Prototypen oder zumindest die Expemplare der Nullserie von erfahrener Hand testen zu lassen«, fuhr ich fort. »Stell dir vor, welch ein Verkaufserfolg sich einstellt, wenn eine Werft in den Werbeprospekten behaupten kann, die neu entwickelten Boote wurden von so Korriphäen wie Dennis Conner von der amerikanischen Westküste, dem Australier John Bertrand oder Russell Coutts aus Neuseeland einem Härtetest unterzogen. Die neue Serie verkauft sich anschließend wie von selbst. Und woran liegt das? In jedem Segler schlummert, anders als zum Beispiel bei einem Motorbootfahrer, im Verborgenen das Rennvirus. Wenn man selbst nicht an Seerennen teilnehmen kann, dann will man wenigstens so ein Boot besitzen. Hauptsache, man kann von sich und seinem Boot behaupten, daß man könnte, wenn man wollte.«

»Welchen Bootstyp würdest du beispielsweise einer Frauenmannschaft empfehlen?« fragte sie mich nach einer kurzen Gedankenpause.

Ich konnte mich bei der Vorstellung, Frauen wollten ernsthaft Hochseeregatten oder Matchrace segeln, nicht mehr ernst halten und begann unwillkürlich, breit zu grinsen.

»Meine ehrliche Meinung? Okay. Am besten Optimisten.«

Mir entging keineswegs, daß Claudia bei meiner Bemerkung zusammenzuckte.

»Okay. Also Optimisten«, knurrte sie rauh. »Und was bestärkt dich in deiner Einstellung?«

»Ich will keinen Streit mit dir, Claudia«, warnte ich sie.

Die junge Frau atmete tief durch und zündete sich erneut eine Zigarette an. Ich winkte einem der Kellner und bestellte mir einen weiteren Cognac.

»Bist du bloß ein übler Chauvi«, fragte sie, »oder steckt hinter dieser frauenfeindlichen Einstellung auch ein sachlicher Grund?«

»Fein«, antwortete ich. »Du bist also auf Streit aus. Schade, daß der Abend doch noch so endet. Aber wie du willst. Ja. Bei mehr als zwei Frauen an Bord gibt es nämlich nur Streit. Optimisten sind Einmannjollen. Da gibt es naturgemäß wenig Ärger.«

Eigentlich hatte ich mit einem Wutausbruch meiner Gesprächspartnerin gerechnet, aber Claudia blieb überraschend cool. Sie drehte ihre Zigarette nachdenklich in dem Aschenbecher hin und her.

»Was den Streit angeht, hast du nicht so unrecht«, murmelte sie. »Aber davon abgesehen, welchen Bootstyp würdest du einer Frauencrew empfehlen?«

»Ach, Mädchen, hör auf!« schüttelte ich den Kopf. »So was läßt sich doch nicht am grünen Tisch und in zwei Minuten diskutieren. Dazu müßte ich wissen, gegen wen die Mannschaft antritt, gegen Profis oder Amateure. Ich müßte wissen, auf welchem Revier gesegelt wird. Mit welcher Mannschaftsstärke. Welches Salär zur Verfügung steht. Und welche seglerischen Vorkenntnisse vorhanden sind. Wenn du mich fragst, reicht die Palette vom Vierteltonner bis zu einer 36-Fuß-Osiris.«

Claudia hob erstaunt den Kopf.

»Wie kommst du denn auf Osiris?«

»Was meinst du damit, wie ich auf Osiris komme?« bellte ich ungeduldig zurück. »Was weiß ich?« setzte ich nach, ohne eine Antwort abzuwarten. »Osiris, oder von mir aus auch eine Jeanneau, eine Beneteau oder eine Dehler. Ist doch völlig gleich.«

»Trotzdem. Ich finde es schon interessant, daß dein erster Gedanke eine Osiris war.«

»Ist halt ein gutes Schiff«, knurrte ich. »Besser wäre es natürlich, wenn das Boot eine Idee größer wäre. So um die elf Meter.«

Das ganze Gespräch begann mich zu langweilen. Ich kam mir vor, als wollte jemand mit mir darüber diskutieren, wie man ernsthaft ein Auto für Blinde bauen könnte.

»Rob de Haan baut gute Leichtverdränger. Allerdings muß man mit ihnen auch umgehen können«, fügte ich hinzu.

»Was willst du damit sagen?« fragte sie angriffslustig.

»Claudia, Mädel«, entgegnete ich, »warum um alles in der Welt willst du dauernd mit mir streiten? Du hat mich nach meiner Meinung gefragt, ich habe dir ehrlich geantwortet. Wenn dir meine Einstellung nicht paßt, dann kann ich auch nichts dafür. Akzeptiere sie oder laß es bleiben. Ich bleibe jedenfalls bei meiner Ansicht. Frauen haben auf einer Regattayacht nichts verloren. Beispiele gibt es zwar nur wenige, aber die, die ich kenne, sind allesamt abschreckend genug. Wie war das doch noch gleich mit der *Femina Four*?«

Claudia drehte sich zur Anrichte um und deutete unserem Tischkellner an, daß sie zahlen wollte. Als sie sich wieder zu mir umdrehte, blickte ich in ein wutverzerrtes Gesicht. Ihre Augen blitzten gefährlich, ihre Mundwinkel zuckten. Ich versuchte zu beschwichtigen, aber Claudia ließ nicht mehr mit sich reden. Nachdem sie die Rechnung beglichen hatte, stand sie wortlos auf und verließ mit hart auf dem Boden klappernden Absätzen ihrer Pumps das Speiselokal. Ich konnte nur ergeben die Achseln zucken.

Als ich gegen elf Uhr in der Nacht am Kai oberhalb des Hamburger Sportboothafens stand und meinen Blick zwischen der *Rickmer Rickmers* und den vielen kleinen Booten zu meinen Füßen hin und her schweifen ließ, wußte ich nicht, ob ich sauer auf mich sein sollte oder nicht. Eine halbe Stunde vorher war mir nämlich vor der Eingangstür zu meinem Apartment eingefallen, daß sich der Haustürschlüssel noch immer auf der *Concordia* befand.

Unverrichteter Dinge zog ich also vom Sandtorkai wieder los, um von Bord des Schoners meinen Schlüssel zu holen, damit ich es mir nach einem Monat auf See endlich wieder einmal in einem richtigen Bett bequem machen konnte. Aber jetzt stand ich hoch oben am Kai und starrte minutenlang träumend und leise vor mich hinsummend in die milde Nacht hinein. Erst ein Streifenwagen mit seinem Martinshorn riß mich aus meinen Gedanken. Schließlich kletterte ich die Treppe zu den Schwimmstegen hinunter. Sherry, Cognac und Weißwein taten ihr übriges, so daß ich beschloß, gar nicht mehr in die Wohnung zu fahren, sondern statt dessen eine weitere Nacht an Bord der *Concordia* zu verbringen. Als ich das Schiebeluk aufschließen wollte, stellte ich fest, daß es bereits aufgeschlossen war. Verdammt, brummte ich in mich hinein. Man soll sich nie überraschend zu einem Rendezvous mit einer attraktiven jungen Dame verabreden. Das nächste Mal ließ ich unter Umständen noch den Gashahn offenstehen! Ich drückte die beiden Holztüren zur Seite und kletterte vorsichtig die steile Eingangstreppe nach unten. Ich verfluchte, daß ich in Erwartung einer Nacht in meinem Apartment den Hauptschalter bereits herumgedreht hatte. So blieb mir nichts anderes übrig, als mich vorsichtig zum Instrumentenbrett am Navigationsplatz vorzutasten.

Sanft und beruhigend schimmerten die roten Kontrollampen und die Instrumentenbeleuchtung am Schaltbrett. Ich beugte mich über den Tisch und griff an das Paneel. Mit dem dritten Knopf von rechts schaltete sich die Innenraumbeleuchtung ein. Bevor jedoch die Sofittenlampen aufflammen konnten, krachte irgend etwas auf meinen Hinterkopf. Die roten Lämpchen am Kontrollpaneel verwandelten sich in glühende Lava, und ich stürzte in einen tiefen, nachtschwarzen Brunnen.

# 9

Der Untergrund hob und senkte sich völlig unrythmisch. Mal verschob er sich auf die linke, schließlich auf die rechte Seite. Die Luft war von einem dumpfen Dröhnen erfüllt, das die tierischen Schmerzen im Kopf beinahe vergessen machte. Mein kurzes Aufbäumen auf dem Rücksitz des Wagens unterdrückten Henkersknechte mit grober Gewalt. Dann wurde es wieder stockdunkel.

Lauter Sterne funkelten in einer blutrot schimmernden Nacht. Flammen zuckten und breiteten sich wie ein Feuerschwert aus. Die brennende Hitze steigerte sich zu einem verheerenden, alles vernichtenden Buschbrand. Wie ein Tuch aus brennendem Leinen senkte sich rot glühende Nacht herab. Und immer wieder dazwischen diese gleißend hellen, rote Lava versprühenden Sterne. Wie ein Lichtstrahl aus der Hölle, der die letzten Gedanken und Gefühle auslöschen wollte.

Gleißendes Licht in diesem purpurnen Nebel quälenden Erwachens. Schließlich wieder der kurze, heftige Schmerz und danach das brennende Meer, in das eine violette Sonne einzutauchen versuchte. Glühende Röte überflutete jegliches Bewußtsein. Endlich lichtete sich der Nebel und machte gnädiger Nacht Platz. Doch in diesem Augenblick stürzte sich ein Eisberg in einen ausbrechenden Vulkan. Der unbeschreiblichen Flut aus reinem Schmerz folgte endlich sternlose Nacht.

Der erste Eindruck, den die Sinnesorgane wahrnahmen, war ein leiser Luftzug, der unablässig von oben zu kommen schien. Der Luftzug veränderte weder Stärke noch Richtung. Stimmen überdeckten das leise, permanente Geräusch. Die Akustik wurde klarer und deutlicher, die Geräusche wurden zu Worten und Sätzen. Eine Hand zerrte grob an dem rauhen Tuch über Augen und Stirn.

Langsam nahm die Lautstärke zu. Immer deutlicher ließen sich die Worte und Bemerkungen verstehen, immer klarer verbanden sie sich zu Sätzen und Ausrufen.

»Er kommt zu sich!«

Neben seltsamen Geräuschen, die ich bis dahin noch nie gehört hatte, drang ein seltsamer Geruch in meine Nase. Es war mehr ein Duft als ein Geruch. Ein mir seltsam bekannter Duft. Von woher, zum Teufel, kannte ich nur diesen merkwürdigen herben Duft? Ich versuchte zu sprechen, aber nur ein unverständliches Krächzen drang aus meinem Mund.

»Endlich! Das nächstemal achten Sie auf die Mischung! Ich dachte schon, er wacht nie mehr auf.«

»Vorsicht, Chef!« ertönte eine zweite Stimme. »Er kann Sie jetzt verstehen!«

Anschließend hörte ich nur noch ein Knurren. Um mich herum herrschte immer noch finstere Nacht. Ich versuchte die Augen aufzuschlagen, doch irgend etwas hinderte meine Lider daran. Sie schienen festgeklebt zu sein. Mein Gott! Ich war blind!

Unwillkürlich versuchte ich, mit den Händen meine Augen abzutasten, doch es gelang mir nicht. Ich brauchte eine ganze Weile, um zu begreifen, wo sich meine Hände befanden. Sie hingen irgendwo hinter meinem Rücken. Ich hatte kein Gefühl in meinen Fingern. Meine Hände waren dort festgebunden. Jemand hatte mich gefesselt.

Ich versuchte mich aufzubäumen, wurde jedoch sofort

grob an der Schulter gepackt und zurückgestoßen. Dabei fiel ich hinterrücks gegen einen harten Rahmen. Trotz der trägen Müdigkeit, die mein Gehirn vernebelte, versuchte ich mich zu konzentrieren.

Anscheinend saß ich auf einem Stuhl oder auf einem stuhlähnlichen Gestell. Jedenfalls spürte ich unter meinen Oberschenkeln eine harte Fläche und zwei ebenso unbequeme Querstreben in meinem Rücken. Ich bemühte mich, meine Beine zu bewegen, aber auch das gelang mir nicht. Neben meinen Händen schienen auch meine Beine festgebunden zu sein. Neugier überfiel mich für ein paar Augenblicke. Neben unendlicher Müdigkeit empfand ich im großen und ganzen ein merkwürdiges leichtes, beinahe beschwingtes Gefühl. Als ob man sich eigentlich hemmungslos betrinken wollte, nach dem ersten einsetzenden Rausch aber dann innehielt. Ich fühlte mich unendlich locker und befreit, so, als würde ich auf einer Wolke schweben. Trotz der mit Paketband verklebten Augen und meinem ebenso verschlossenen Mund begann ich wider Willen zu lächeln. Ich fühlte mich trotz meiner offensichtlichen Gefangenschaft seit langer Zeit wieder einmal ziemlich gut.

»Jetzt fängt der Kerl auch noch an zu grinsen«, hörte ich eine der Stimmen. Sie klang seltsam rauh und kratzig. Der Mann sprach deutsch, aber mit einem ungewöhnlichen Akzent. So sprach auch Luigi, der Eismann, der im Sommer oben auf dem Kai mit seinem Lieferwagen stand. Der Mann lachte. Ein merkwürdiges Lachen. So unecht wie Neugablonzer Goldschmuck.

»Können wir jetzt endlich?« fragte eine andere Stimme. Der Stimme nach zu urteilen, verbarg sich dahinter ebenfalls eine männliche Person. Doch er mußte um einiges älter als der andere sein. Ich nahm tief Luft. Ein wenig hinderte mich mein zugeklebter Mund. Also atmete ich, so gut es ging, durch die Nase.

»Nehmen Sie ihm das Pflaster ab! Wenn er schreit, wird ihn ohnehin niemand hören.«

Die kratzige Stimme lachte noch rauher. »Der wird nicht schreien. Der ist abgefüllt wie eine startbereite Rakete.«

»Hoffen wir das Beste«, murmelte sein Gesprächspartner. »Können wir endlich anfangen?«

Ich spürte, wie ein heftiger Schmerz meine Lippen durchfuhr. Doch anschließend konnte ich den Mund wieder öffnen und kräftig durchatmen. Das war den Schmerz schon wert. Ich versuchte nachzudenken, aber kein Gedanke ließ sich länger als den Bruchteil einer Sekunde fassen. Mein Gehirn mußte sich in ein grobmaschiges Sieb verwandelt haben, durch das alle Überlegungen einfach hindurchfielen. Dennoch fühlte ich mich wohl. Ja, ich empfand noch nicht einmal meine bewegungsunfähigen Hände und meine blinden Augen als Handicap. Körper und Geist befanden sich scheinbar auf völlig unterschiedlichen Ebenen. Mein Verstand fühlte sich an, als irrte er Lichtjahre von meiner Seele entfernt und völlig losgelöst durch Zeit und Raum. Und eben dieses psychische Vakuum machte es mir schwer zu begreifen, was die beiden Stimmen eigentlich von mir wollten.

»Sie sind Claus-Peter Stockhausen?«

»Ja«, antwortete ich wahrheitsgemäß.

»Ihnen gehört die Segelyacht *Concordia*?«

»Nein«, antwortete ich wahrheitsgemäß.

Der Sprechende hielt kurz inne. Erneut nahm ich den seltsam herben Duft wahr. Ich dachte nach, konnte mich jedoch nicht an den Ursprung erinnern. Kurz darauf meldete sich wieder die Stimme.

»Richtig! Die *Concordia* gehört Walter Stockhausen, nicht wahr?«

»Ja!«

»Sie sind Inhaber einer Agentur, die Boote überführt?«

Ich bejahte erneut.

»Und Sie schippern Leute für Geld über die Nordsee.«

Ich nickte nur.

»Kennen Sie Sascha Körber?«

Ich fuhr zusammen und wollte aufspringen, doch kräftige Hände hielten mich zurück.

»Verdammt«, hörte ich die helle Stimme sagen. »Das Mittel war viel zu schwach. Er wird sich erinnern.«

»Nein, Chef!« rief der Mann. »Das war schon mehr als genug! Wenn ich ihm mehr spritze, kann ich für nichts garantieren. Wollen Sie einen Erstickungsanfall riskieren?«

»Das ist mir egal«, knurrte der andere. »Hauptsache, er redet endlich. Und nennen Sie mich nicht Chef, klar?«

»Na schön«, beschwichtigte die Stimme. »Fünf Milliliter kann ich noch verantworten. Und jetzt müssen wir uns beeilen!«

Wieder hörte ich im Hintergrund das Rascheln von Papier, so, als würden mehrere Seiten in einem Aktenordner hastig umgeblättert. Gleichzeitig spürte ich einen Einstich, und die Wärme in meinem Körper breitete sich bis in die Zehen meiner Füße aus. Eine wohlige Wärme. Gleichzeitig wurde mir jedoch auch bewußt, daß mich die Wärme auch irgendwie lähmte. Insbesondere lähmte sie meine Atemwege. Ich schnappte nach Luft und begann, krächzend zu husten. Minutenlang japste ich wie ein Fisch auf dem Trockenen herum.

»Sie kennen also Sascha Körber?« ließ sich der Ältere wieder ein. Meine Atemnot schien ihn nicht im geringsten zu stören.

Ich nickte nur mit dem Kopf.

»Sie haben mit Körber vor ein paar Tagen einen Segeltörn unternommen?«

»Ja.« Ich keuchte. Meine Stimme klang seltsam fremd.

»Gab es einen besonderen Grund, warum Sie diesen Törn unternahmen?«

Ich starrte in die verklebte Nacht. Einen Grund? Was für einen Grund?

»Sie müssen Ihre Frage so stellen, daß er möglichst nur mit ›Ja‹ oder ›Nein‹ zu antworten braucht. In diesem Zustand kann er nicht allzuviel überlegen.«

Es folgte ein ungeduldiges Knurren. Und ich nahm wieder diesen merkwürdigen Duft wahr. Mal war er sehr deutlich zu riechen, mal wieder nicht. Mir schien es, als würde er von einer dritten Person ausgehen, die sich in unmittelbarer Nähe auf und ab bewegte. Ich begann, in die Richtung zu schnüffeln, erreichte jedoch nur, daß ich noch schlechter Luft bekam. Dafür fing die Fragerei wieder an.

»Hat Sascha Körber den Törn freiwillig unternommen?«

Ich nickte mit dem Kopf, obwohl ich den Sinn der Frage nicht wirklich verstand.

»Hatten Sie Streit mit Körber?«

Ich schüttelte wie wild meinen Kopf. Ich erinnerte mich an etwas. An etwas aus jüngster Vergangenheit. Ich wußte bloß nicht, was es war.

»Hat Ihnen Körber irgend etwas gegeben?«

»Nein«, röchelte ich kaum vernehmbar.

»Haben Sie Körber etwas abgenommen?«

Wild schüttelte ich meinen Kopf hin und her.

»Gut«, murmelte die Stimme. »Nehmen wir einmal an, es stimmt, was Sie sagen. Warum stürzte Körber ins Wasser?«

Ich drehte mich zu der Stimme hin und begann zu reden. Ich redete wie ein Wasserfall. Ich kam mir vor, wie der Regierungssprecher im Parlament. Nur leider war für die anderen kein Ton zu hören. Statt dessen röchelte ich immer nur wie ein Asthmatiker.

»Sie müssen Ihre Frage anders formulieren!« erinnerte der Mann.

»Ich weiß«, knurrte die andere Stimme. »Aber, verdammt, wie soll ich ihn denn fragen, ob er Schuld hat am

Tod von Körber und wo die verdammten Unterlagen sind?«

Einen Moment lastete trügerische Stille im Raum. Schließlich begann eine rauhe und kratzige Stimme zu fragen.

»Haben Sie Körber über Bord geworfen?«

Ich schüttelte den Kopf.

»Unsinn! Sie lügen! Geben Sie zu, daß Sie Körber umgelegt haben?«

Wieder schüttelte ich verzweifelt den Kopf und versuchte, die Augen aufzureißen. Aber ein festes Band ließ mich nach wie vor nur in unergründliche Finsternis starren. Die andere Stimme begann wieder zu reden.

»Sie sind der Mörder Ihres Mitseglers Sascha Körber! Sie haben ihm die Unterlagen abgenommen, ehe er sie in Sicherheit schaffen konnte! Sie haben ihn über Bord geworfen. Geben Sie es endlich zu, Mann!«

Ich warf meinen Kopf wild von einer Seite zur anderen.

»Verdammt, Kerl! Ich habe keine Lust mehr, mir dieses Theater weiter anzusehen. Körber war ein exzellenter Segler. Es herrschte zu dem Zeitpunkt noch kein wirklicher Sturm. Körber wäre nie über Bord gegangen, wenn Sie nicht ein wenig nachgeholfen hätten! Und die Unterlagen hatte er im Cockpit bestimmt nicht bei sich. Wo also stecken die Unterlagen?«

Übelkeit stieg in mir auf. Ich begann zu würgen. Mein Kopf begann zu dröhnen. Erst jetzt fiel mir auf, daß ich meinen Kopf immer noch mit aller Heftigkeit von einer zur anderen Seite warf.

»Hört auf, zum Henker!« forderte eine dritte Stimme. »Er ist fertig! Seht ihr das nicht?«

Die Stimme klang hell und hart. Ich hatte diese Stimme irgendwann und irgendwo schon einmal gehört. Krampfhaft versuchte ich sie einzuordnen, aber meine Gedanken fielen immer noch durch das Sieb und landeten im Nirgendwo. Das Nirgendwo nahm Formen an. Es schien ein Nebel zu sein. Ein Nebel, der eine immer stärkere Purpurfärbung annahm. Je farbiger er vor meinen geschlossenen Augen zu wabern begann, desto mehr steigerte sich meine Übelkeit. Wenn ich es bloß geschafft hätte, meinen Kopf dazu zu bringen, endlich ruhig auf meinem Hals zu verharren. Ich begann erneut und heftiger zu würgen.

»Machen Sie schnell!« rief der andere. »Lange hält er das nicht mehr durch. Ich habe Sie gewarnt!«

»Haben Sie ein Verhältnis mit Christiane Körber?« fragte die Stimme, von der dieser herbe Duft ausging.

Ich starrte in die Richtung der Stimme, die ich bisher erst einmal vernommen hatte. Mein Magen krampfte sich zusammen. Ich wußte, daß ich die Stimme kannte. Woher bloß?

»Haben Sie Christiane Körber etwas ausgehändigt?« fuhr die Stimme, die offensichtlich einer Frau gehörte, fort.

In hobem Bogen übergab ich mich. Zwei Stimmen begannen zu fluchen. Ich spürte, wie sich mir eine Person näherte.

»Bon voyage, mon ami«, flüsterte mir eine kaum wahrnehmbare Stimme ins Ohr. Ich spürte noch den Atemzug des Sprechenden, während mir gleichzeitig ein Geruch von Bittermandeln und reinem Alkohol in die Nase stieg. Dann explodierte mein Kopf.

Zwei Segel zogen am nahen Horizont vorbei. Ein Mast hob und senkte sich in den langgestreckten Wogen des violett schimmernden Meeres. Je näher das Boot kam, desto höher wurden die Wellen. Als der Rumpf fast zum Greifen nahe erschien, türmten sich auf einmal haushohe Brecher auf, die über mir zusammenschlugen. Ich schwamm in einer kochenden See. Um mich herum erkannte ich nur den Rumpf des Bootes, violettes Wasser und eine eisige

Schwärze, die alles andere erfüllte. Geräusche, ächzende, klagende Laute drangen an mein Ohr. Ein Mensch schrie. Ich versuchte, mich umzudrehen, aber die violetten Wellen wirbelten mich jedesmal herum. Immer wieder tauchte mein Mund in eine bittere, eisige Flüssigkeit. Sterben! Ich muß sterben! Himmel, ich will noch nicht sterben, schoß es mir durch den Kopf. Ich versuchte, mich aufzurichten, aber das violette Meer unter mir gab nach. Ich begann mit den Armen zu rudern, doch die Wellen schlugen über meinem Kopf zusammen. Ich spürte, daß ich mich gar nicht recht bewegen konnte. Meine Arme und meine Beine schienen irgendwo festgebunden zu sein. Das ist das Ende, schoß es mir durch den Kopf. Ich werde ertrinken. Ertrinken wie Sascha! Sascha? O Gott! Ich war Sascha! Ich trieb in diesem bitteren, eiskalten, wild schwappenden Meer herum und sah Claus-Peter Stockhausen an Bord der *Kyra* nach mir Ausschau halten! Vor mir tauchte der Rumpf der *Kyra* auf. Ein mächtiger Rumpf mit stahlbewehrtem Steven. Gefährlich und Sicherheit verheißend in einem. Ich versuchte, den Rumpf zu erreichen, der durch die inzwischen turmhohen Brecher dieser gewaltigen Sturmflut mit einer meterhohen, weißschäumenden Bugwelle auf mich zuraste. Doch meine Hände glitten ab. Wieder füllte sich mein Mund mit einer brennenden, eisigen Flüssigkeit. Sascha! Mein Gott, Sascha! Wo bist du? Ich bin hier, rief ich. Das kann doch nicht sein! Ich bin doch hier, zum Teufel! Siehst du mich denn nicht? Nein, ich sehe dich nicht! Doch, ich sehe dich! Sascha! Ein Sprengsatz detonierte in meinem Gehirn. Schließlich stürzte ich mit dem Bootsmannstuhl aus halber Höhe auf das makellose Teakdeck. Während mein Körper in einem rotglühenden Stakkato zerplatzte, trieb ich bereits in einem schwarzen Hummerkorb unter Wasser.

Als ich die Augen aufschlug, herrschte um mich herum endlich Stille. Himmel, schoß es mir durch den Kopf! Ich bin blind! Ich griff mit den Händen nach meinen Augen! Ein Glück! Sie schienen unversehrt. Doch warum konnte ich nichts sehen? Mir war hundeelend. Mein Magen rotierte in entgegengesetzter Richtung meines Gehirns. Übelkeit stieg in mir auf. In hohem Bogen übergab ich mich. Anschließend fiel ich erneut in diese bleierne Ohnmacht.

Als ich wieder erwachte, spürte ich von meinem Körper schon ein wenig mehr. Mein Magen brannte, und mein Kopf wollte immer noch explodieren. Jede Windung meines Gehirns schien durch einen anderen Schmerz auf sich aufmerksam machen zu wollen.

Stöhnend wälzte ich mich auf meiner Lagerstatt herum und schlug dabei unwillkürlich die Augen auf. Licht! Ich konnte wieder sehen! Ich war also nicht blind! Aber warum sollte ich blind sein? Wo, zum Teufel, befand ich mich überhaupt? Vorsichtig begann ich, meinen Körper zu fühlen. Die Füße waren okay, die Beine ebenfalls. Genauso meine Hände, Arme und der Rest. Langsam rollte ich auf die gegenüberliegende Seite meiner Lagerstätte. Ich bekam Übergewicht und polterte mit einem erstickten Aufschrei abwärts. Auf einem kalten, feuchten Boden blieb ich am ganzen Leib zitternd liegen. Wieder senkte sich Nacht über mich.

Jemand rüttelte mich. Eine starke, knochige Hand hatte mich an der Schulter gepackt und schüttelte mich wie einen ungezogenen Hund hin und her. Unwillig schlug ich die Augen auf. Über mir erkannte ich ein Gesicht und in dem Gesicht ein Paar weitaufgerissene Augen. Ein Mund bewegte sich unablässig, schien Worte förmlich auszuspeien, doch ich verstand ihre Bedeutung nicht. Jedenfalls nicht im ersten Moment. Kräftige Arme hoben mich unter den Achseln hoch und schleiften mich quer durch einen dunklen Raum. Es war kühl hier drinnen, jedoch nicht so kalt wie etwa in einem Leichenschauhaus. Eigentlich hätte ich frieren müssen, denn ich war nackt bis auf die Haut. Gierig sog ich Luft durch meine Nase. Sie roch angenehm nach Edelhölzern, Lack, Firnis und Petroleum. Diese Duftkombination hatte ich irgendwo schon einmal wahrgenommen. Schließlich spürte ich, daß mich die starken Arme fallen ließen. Ich stöhnte leise auf, denn ich war mit meinen Hüftknochen gegen einen harten Gegenstand geprallt. Um zu verhindern, daß mir erneut übel wurde, schloß ich vorsichtshalber die Augen. Sekunden später stürzte ich in einen metertiefen, stockdunklen Schacht.

Ein dröhnender Kopfschmerz ließ mich wieder aus einem bleiernen, traumlosen Schlaf erwachen. Ich schlug die Augen auf und blickte um mich. Eine vertraute Umgebung. Rechts von mir erkannte ich den kleinen Barschrank mit der Marmorplatte und dem Spiegel, vor mir befand sich die mahagonifarbene Rückwand des Salons. Ich lag auf der Doppelkoje in der Eignerkabine der *Concordia*. Neben mir hockte eine junge Frau. Ich kniff die Augen zu, um das Trugbild zu verscheuchen. Doch als ich sie wieder aufschlug, saß Christiane Körber immer noch am Kojenrand.

Die junge Frau schaute mich belustigt und besorgt zugleich aus ihren dunklen Augen an.

»Hallo, Claus-Peter«, sprach sie leise und unendlich sanft. »Bist du endlich wach?«

»Ja, zum Teufel«, krächzte ich. Mein Hals fühlte sich beim Sprechen an, als sei er unlängst mit Schwefelsäure in Berührung gekommen.

»Meine Güte, mußt du betrunken gewesen sein«, scholt sie mich. »Das Luk stand auf, obwohl es den ganzen Tag lang geregnet hat, deine Sachen lagen über den gesamten Salonboden verstreut, und in deiner Kajüte stank es wie in einem Iltisbau. Wenn nicht sogar noch schlimmer. In den Salonschapps und im Vorschiff sah es aus, als wäre eine

Bombe eingeschlagen. Warum, um alles in der Welt, kramst du alles aus den Schubladen heraus und läßt es dann verstreut auf dem Boden liegen? Mit deiner Erlaubnis habe ich gelüftet und versucht, wenigstens etwas Ordnung zu machen. Und danach habe ich mit ziemlich wenig Erfolg versucht, dich aufzuwecken.«

»Mich aufzuwecken?« krächzte ich verblüfft.

»Na klar«, gab sie zurück. »Du hast geschlafen wie ein Toter. Und das wohl ziemlich lange. Unter dem Luk steckte ein Brief mit Zustelldatum von gestern.«

»Von gestern?«

»Ja«, antwortete Chris. »Von gestern. Du mußt ziemlich lange geschlafen haben. War der Törn so anstrengend?«

Chris lachte hintergründig. Ich suchte das Bullauge und schaute in den Himmel. Doch der schimmerte nur noch dunkelgrau. Der Tag neigte sich scheinbar dem Ende zu. Das Ziffernblatt meiner GMT-Master zeigte das Datum des übernächsten Tages. Mir fehlten mehr als 36 Stunden. Warum hatte ich so lange geschlafen? Ich schloß noch einmal für ein paar Augenblicke meine Augen, um nachzudenken. Gestern, das heißt eigentlich vorgestern, hatte ich eine Verabredung mit Claudia gehabt. Claudia Bergmann, meine Mitseglerin auf der *Kyra*. Ich konnte mich noch dunkel daran erinnern, daß sie irgend etwas von mir wollte. Ach ja, sie wollte von mir wissen, welches Boot ich einer Frauencrew für ein Matchrace empfehlen würde. Dann gerieten wir, soweit ich mich noch recht erinnern konnte, in Streit. Warum bloß? Dann ging ich an Bord. Nein, ich ging erst nach Hause. Warum bin ich denn nicht in meinem Apartment geblieben? Wie bin ich überhaupt von der Speicherstadt in den Sportboothafen zurückgekommen? Hatte mich jemand begleitet? Claudia etwa? Nein, denn wir hatten doch gestritten! Hatte mir vielleicht Claudia irgend etwas in meinen Cognac geschüttet? Aber wozu? Und was? Gab es ein Mittel, das, in einen Cognac gerührt, einen 90-Kilo-Mann für zwei Tage außer Gefecht setzen konnte. Wie war ich in meinem Zustand an Bord und schließlich nackt unter meine Kojendecke gekommen? Und wieso saß jetzt Chris neben meiner Koje? Je mehr ich meinen Kopf anstrengte, desto stärker wurden die Kopfschmerzen und um so weniger fiel mir dazu ein.

»Bring mir bitte ein Aspirin«, forderte ich sie auf. »Ich werde mich in der Zwischenzeit unter die Dusche stellen.«

Eine halbe Stunde später saßen wir nebeneinander am langen Tisch in der Messe und schlürften heißen, starken Kaffee. Chris strich sich mit einer lässigen Handbewegung ihre dunklen Locken aus dem Gesicht. Unwillkürlich musterte ich Saschas Schwester. Im warmen Licht der beiden Petroleumlampen schimmerte ihr gebräuntes Gesicht samtig golden. Sie wirkte vor der wuchtigen, dunkelbraunen Holztäfelung der Kajütwand so verletztlich, so zart, so mädchenhaft. Wäre sie zehn oder fünfzehn Jahre älter gewesen …

Ich fuhr zusammen. Verdammt, Stockhausen, scholt ich mich. Reiß dich gefälligst zusammen! Sie ist die Schwester von Sascha! Die Leute hatten also recht, daß langes Alleinsein nicht unbedingt gesund sein konnte. Jedenfalls führte es zu den merkwürdigsten Vorstellungen. Unwillig schüttelte ich meinen Kopf.

»Was ist los mit dir?« wunderte sich meine junge Besucherin. »Du solltest deine Augen sehen. So große Pupillen habe ich ja noch nie gesehen.«

»Was weiß ich«, wich ich aus. »Ich glaube, ich habe gestern wohl ein wenig zu tief in die Flasche geschaut. Sag mal, Chris, wann bist du eigentlich an Bord gekommen?«

Christane Körber dachte einen kurzen Moment nach.

»Kurz bevor du aufwachtest. Warum?«

»Ach, nur so«, antwortete ich und erhob mich. Ich lugte durch das Bullauge. Der Stegplatz gegenüber war leer.

»War die *Kyra* schon weg, als du kamst?« fragte ich gedankenverloren.

»Natürlich. Warum fragst du?«

»Nicht so wichtig«, entgegnete ich. »Schade, ich hätte gerne noch mit dem Grafen ein paar Worte gewechselt.«

»Mit dem Grafen?«

»Stefan Graf Steinitz. Der neue Eigner der *Kyra*.«

»Steinitz, Steinitz. Der Name kommt mir bekannt vor«, murmelte die junge Frau.

Ich lachte. »Hanseatischer Geldadel. Ziemlich wohlhabend und anscheinend ziemlich einflußreich. Soll seine Finger in einer Menge lukrativer Geschäfte haben. Du hast seinen Namen sicherlich schon einmal in der Zeitung gelesen.«

»Nein, nein«, schüttelte Chris den Kopf. »Ich denke da an etwas ganz anderes. Ich habe den Namen Steinitz in einem ganz anderen Zusammenhang gehört.«

»Möglich«, antwortete ich nach einer Weile. »Seine Frau ist eine ziemlich bekannte Antiquitätenhändlerin.«

Chris nickte stumm und nahm einen Schluck aus ihrer Tasse. Ich musterte sie erneut. Wieso befand sich dieses Geschöpf noch nicht in festen Händen? Meines Wissens hatte sie noch nicht einmal einen Boyfriend. Das Theater verlangt doch kein Zölibat. Aber vielleicht hatte sie längst einen Lover, und niemand ahnte etwas davon. Vielleicht war er verheiratet. Mit Frau und drei kleinen Kindern. Mit biederem Beamtenjob, noch nicht abbezahltem Häuschen im Grünen und altersschwachen Volkswagen in der Garage. Bei dieser Vorstellung begann ich, breit zu grinsen. Christianes Reaktion ließ nicht lange auf sich warten.

»Was gibt es Lustiges?« fragte sie.

»Ach, ich habe nur an etwas Blödsinniges gedacht. Völlig hirnrissig. Total absurd.«

»Das kommt bei dir in letzter Zeit aber häufiger vor«, frotzelte sie.

Ich grinste erneut. »Ja, ja, das Alter.«

»Du und alt«, lachte Chris. »Methusalem. Wie alt bist du? 45? Dann gehst du ja schon in 20 Jahren in Rente!«

»Charmant wie eine Kettensäge!« murmelte ich.

Chris beugte sich vor und strich mir durch die Haare. Dabei trafen sich unwillkürlich unsere Blicke. Chris schien jedoch meine Gleichgültigkeit zu spüren. Sie verharrte in ihrer Bewegung und räusperte sich verlegen. Vorsichtig zog sie ihre Hand von meinem Gesicht zurück.

»Hast du noch etwas von der Polizei in Bournemouth gehört?« versuchte ich das Thema zu wechseln.

Chris ging dankbar darauf ein. »Ja«, antwortete sie. »Gestern erhielt ich einen Anruf. Der Tote ist identifiziert. Es handelt sich um einen gewissen Thomas Peters aus Shoreham-on-Sea, einen leidenschaftlichen Einhandsegler. Weil der Mann häufiger für längere Zeit unterwegs war, vermißte ihn zunächst niemand. Von Sascha immer noch keine Spur.« Christiane hielt inne und atmete tief durch. »Ehe ich es vergesse«, fuhr sie fort. »Ich war eigentlich wegen etwas ganz anderem gekommen. Zur Zeit spielt das Ensemble im Hamburger Staatstheater Shakespeares ›King Lear‹. Ich habe eine Ehrenkarte für dich. Vielleicht hast du Lust, mich zu sehen?

»Spielst du das dritte Engelchen von links?« zog ich sie auf.

Chris knuffte mich in die Seite. »Idiot!« lachte sie. »Also, was ist? Schaust du es dir an? Ich möchte gerne, daß du mir deine Meinung sagst. Offen und ehrlich.«

Ich lachte. »Besser, du wirfst anschließend einen Blick ins Hamburger Abendblatt. Ich bin ein landesweit anerkannter Kunstbanause und beileibe kein Theaterkritker. ›King Lear‹ habe ich einmal in meinem Leben gesehen. Das war …«

Ich stockte mitten im Satz. König Lear. Hamburger

Staatstheater. 1968. Jeans gegen Abendkleid. Mein Atem setzte aus. Auf meiner Stirn bildeten sich Schweißperlen.

»Hallo, Claus-Peter« rief Christiane. »Hey, Junge, was ist los mit dir? Schon wieder an etwas Absurdes gedacht?«

»Kannst du Gedanken lesen?« antwortete ich einsilbig.

Unzählige Deckenlüster tauchten den riesigen Vorraum in eine unwirkliche Helligkeit. Gleichzeitig schwoll das Stimmengewirr an. Hunderte schwarz gekleideter Damen und Herren in Smoking oder Abendanzug begannen, ungezügelt drauflos zu schwatzen, kaum daß sie den Theatersaal verließen und auf die riesige Champagnerbar zusteuerten. In diese Geräuschkulisse mischte sich jetzt noch das laute Klirren von Hunderten von Gläsern, die von genußsüchtigen Kunstbeflissenen aneinandergestoßen wurden. Ich schnappte mir auch einen Champagnerkelch und verzog mich in eine Ecke, wo ich gelangweilt die Repliken alter Meister betrachtete. Eigentlich tat mir eine solche Abwechslung durchaus gut. Das ganze Jahr über bestand meine Unterhaltung überwiegend aus dem Fachsimpeln über Boote, ihre Ausrüstung oder Bedienung. Ich hätte Saschas Schwester eigentlich dankbar sein müssen, daß sie mir die Gelegenheit gab, auf andere Gedanken zu kommen. Doch ich verspürte wenig Lust auf Small talk, wollte nur in Ruhe meinen Champagner austrinken und anschließend die nächsten Aufzüge genießen. Chris spielte ihre Rolle mit hingebungsvoller Leidenschaft. Ihr Talent konnte selbst ein Banause wie ich auf den ersten Blick erkennen.

»Sieh an, Herr Stockhausen«, ertonte hinter mir eine sonore Stimme. Ich drehte mich um und erkannte Stefan Graf Steinitz. Neben ihm schien eine dunkelhaarige Dame in bodenlangem Abendkleid förmlich über dem blankpolierten Marmorboden zu schweben. Sie überragte den

Grafen um einige Zentimeter. Ich kannte sie aus der Tagespresse. Es handelte sich um seine Frau Sabine. Bei meinem Handkuß gab ich mir besonders viel Mühe.

»Welch eine Freude, Gräfin! Graf Steinitz!« rief ich erfreut. »Nett, Sie zu sehen. Was halten Sie von einem solch modernen Lear?«

Steinitz stellte sein leeres Champagnerglas auf einem Tablett ab. Ich stellte fest, daß er mich lange schweigend musterte. Er ließ sich viel Zeit für seine Antwort.

»Nett«, meinte er daraufhin. »Sehr nett. Besonders das Talent mit den dunklen Locken. Die junge Frau, die so hingebungsvoll spielt.«

»Chris?« fragte ich überrascht.

Der Graf wirkte überrascht. »Ach, das ist also Christiane Körber?« schmunzelte er.

Die Frau an seiner Seite begrüßte aufgeregt winkend eine Bekannte und entschuldigte sich. Ich war mir jedoch sicher, daß uns seine Frau nur deswegen verließ, weil sie merkte, daß sich Steinitz mit mir unter vier Augen unterhalten wollte.

»Nun?« fragte ich. Meine Neugier war nicht gespielt.

»Ich hatte letztens eine interessante Unterhaltung mit Gerd Zöllner von Pannhäuser und Leberentz, Ihrem und meinem Versicherungsmakler. Was hat sich nun wirklich auf meinem Boot zugetragen?« fragte der Graf.

Ich schilderte ihm den Reiseabschnitt zwischen den Scillies und Poole in knappen Sätzen. Als ich anschließend auf die Begebenheit im Leichenschauhaus zu sprechen kam, unterbrach er mich.

»Der Bruder von Frau Körber ist also noch gar nicht aufgefunden worden?« fragte er nachdenklich.

Ich nickte. »Eine mehr als peinliche Geschichte, mit der ich Sie gar nicht erst in Verbindung bringen wollte, Graf. Mein Freund, Karl Auster, hat Sie ohne mein Wissen und ohne meine Zustimmung von dem, sagen wir, personellen

Engpaß in Kenntnis gesetzt. Übrigens, Claudia Bergmann scheint mir eine überaus talentierte Seglerin.«

Der Graf wirkte mit einemmal nachdenklich. »So, ist sie das? Sagen Sie«, wechselte er das Thema, »kann es sein, daß Körber seinen Unfall überlebt hat? Wie war das Wetter? Hatten Sie schon Sturm?«

Ich schaute ihn nachdenklich an.

»Nein, Graf«, antwortete ich. »Sturm herrschte zu dem Zeitpunkt, als er vermutlich über Bord ging, noch nicht, aber die Wellen waren mit gut drei Metern doch schon relativ hoch. Zudem betrug die Wassertemperatur allenfalls zehn bis vierzehn Grad. Selbst, wenn er nicht ertrunken wäre, das eiskalte Wasser und die Wellen vor Portland Bill hätten ihm trotz seines schweren Segeloveralls bereits nach kurzer Zeit den Rest gegeben. Das jedenfalls ist die Ansicht des Arztes in der Klinik von Bournemouth. Sascha hatte keine Chance, lebend das Festland zu erreichen. Die britische Polizei konnte seine Leiche noch immer nicht finden. Nur der Tote scheint inzwischen identifiziert. Ein gewisser Thomas Peters aus Shoreham-on-Sea an der englischen Südküste.«

»Tragisch, tragisch«, meinte der Graf. Er schien jedoch in diesem Augenblick mit seinen Gedanken meilenweit entfernt zu sein. »Sind Sie eigentlich schon hier in Deutschland vernommen worden?« fragte Steinitz.

Ich schüttelte den Kopf. »Warum? Die *Kyra* lief noch unter amerikanischer Flagge, und das Unglück ereignete sich in britischen Gewässern. Die englische Polizei ermittelt aber meines Wissens immer noch.«

»Und man hat Sie einfach so laufen lassen?« bohrte mein Kunde weiter.

»Natürlich«, entgegnete ich verwundert. »Ich bin zwar offiziell vernommen worden, aber ein Anfangsverdacht ließ sich nicht aufrechterhalten.«

»Welcher Anfangsverdacht?«

Ich schilderte dem Grafen die Vermutungen des Chiefinspectors. Steinitz schüttelte beinahe unmerklich den Kopf.

»Hat man das Boot untersucht?«

»Ja«, antwortete ich. »Die Spurensicherung kam kurz nach dem Besuch des Policeinspectors an Bord.«

»Und?«

»Was, und?« fragte ich verwirrt.

»Haben sie etwas gefunden?« fragte Steinitz.

Ich starrte ihn verblüfft an.

»Was hätten sie denn finden sollen?«

»Faszinierend«, murmelte er schließlich. »Sagen Sie, Claus-Peter, haben Sie schon hier in Hamburg mit irgend jemandem über den Fall geredet?«

»Nur mit Zöllner von Pannhäuser und Leberentz«, antwortete ich.

»Keine Presse? Keine Anrufe? Die Geier sind doch sonst nie sehr weit.«

»Bedaure, Graf«, sagte ich.

»Na, jedenfalls sollten Sie Ihr Abenteuer nicht gerade an die große Glocke hängen«, meinte der neue Besitzer der *Kyra*. »Wo steckten Sie eigentlich gestern den ganzen Tag? Ich wollte Sie noch etwas fragen.«

Ich schüttelte verlegen den Kopf.

»Sorry Graf«, entschuldigte ich mich. »Vorgestern hatte ich ein Date mit Claudia Bergmann. Ich habe wohl ein bißchen tief ins Glas geschaut und anschließend ein paar Stunden länger geschlafen als üblich. Hinzu kommt wohl auch noch das Schlafdefizit der letzten vier Wochen.«

Plötzlich begann der Graf verschwörerisch zu grinsen und hob erneut das Glas. Ich leerte meines in einem Zug.

»Ach, noch etwas«, fuhr er fort. »Haben Sie sich schon Claudias Vorschlag durch den Kopf gehen lassen?«

»Claudias Vorschlag?« fragte ich erstaunt. »Welchen Vorschlag?«

»Sie hat nicht mit Ihnen gesprochen?«

»Das schon«, antwortete ich wahrheitsgemäß. »Wir trafen uns, wie ich eben schon andeutete, vorgestern im Fischereihafenrestaurant. Aber Sie hat mir keinen …«

In diesem Moment ertönte die Glocke zum nächsten Akt. Die Ehefrau des Grafen erschien wie auf Kommando und hakte sich bei ihm unter. Ohne mich ausreden zu lassen, verabschiedete sich der Graf, und das Paar verschwand in der Menschenmasse, die dem großen Saal zustrebte. Hätte ich mich in diesem Moment umgedreht, wäre mir ein Augenpaar aufgefallen, das mich mit nachdenklichem Blick beobachtete.

# 10

»... verunsichert derzeit ein Bankenskandal die Finanzwelt. Wie aus gut unterrichteten Frankfurter Kreisen im Verlaufe des gestrigen Tages verlautbar wurde, war die Westdeutsche Bankgesellschaft bereits vor einigen Wochen Ziel eines Erpressungsversuches geworden. Der Täter bzw. die Tätergruppe behauptet, im Besitz von Unterlagen zu sein, aus denen sich der Nachweis unerlaubter Finanztransaktionen von Privatleuten, Firmen und Großanlegern in das westliche Nachbarland Luxemburg und die damit verbundene, in großem Stil durchgeführte Steuerhinterziehung ergeben. Obwohl der Vorstandssprecher der Frankfurter Bank anläßlich einer Pressekonferenz am Nachmittag jegliche aktive Beteiligung seines Hauses an Steuerstraftaten dementierte und die vom Erpresser bislang noch anonymisiert übersandten Unterlagen als plumpe Fälschung bezeichnete, wurden die Steuerbehörden mehrerer deutscher Großstädte bereits in den frühen Morgenstunden von einer Welle von Selbstanzeigen überflutet. Von dem Erpresser beziehungsweise den Erpressern fehlt bislang jede Spur. Der Handel mit WBG-Stammaktien wurde bereits im computergestützten IBIS-Handel ausgesetzt. Da die WBG zum 30 Werte umfassenden Deutschen Aktienindex gehört, rechnen Wertpapierhändler heute mit einer deutlich schwächeren Präsenzbörse.

Hamburg. Der heimtückische Mord an der beliebten Fernsehmoderatorin Carmen Döring hält die Hansestadt weiter in Atem. Die durch ihre unkonventionelle Recherche bekanntgewordene Fernsehjournalistin war vor zwei Wochen in ihrem Apartment an der Außenalster tot aufgefunden worden. Wie die Kriminalpolizei aus fahndungstechnischen Gründen erst heute verlautbaren ließ, fand Lena Holbrock, Carmen Dörings Vertraute, das Opfer mit mehreren Messerstichen regelrecht hingerichtet im Schlafzimmer ihres Apartments auf. Die Kriminalpolizei geht davon aus, daß es sich um die Tat professioneller Gangster handelt. Die Wohnung der Toten ist systematisch durchsucht worden, Wertgegenstände wurden jedoch anscheinend nicht entwendet. Sogar zwei wertvolle Gemälde ließen die Verbrecher unangetastet. Wonach die Gangster letztlich suchten, bleibt für die Ermittlungsbehörden immer noch ein Rätsel.

Bosnien-Herzegowina. Das krisengeschüttelte Land kommt nicht zur Ruhe. Wie der norwegische Vermittler Berndt Kronstatt anläßlich einer Pressekonferenz in Sarajewo mitteilte, stecken die Verhandlungen zwischen der UN und dem serbischen Ministerpräsidenten Milosevic schon wieder in einer Sackgasse. Kronstatt zufolge ...«

Ich drehte mich zur Seite und hieb auf die Taste meines Radioweckers. Wenn ich etwas haßte, dann war es, von schlechten Nachrichten geweckt zu werden. Ich hob den Arm und blinzelte auf das Ziffernblatt meines Chronographen. Schon beinahe neun Uhr. Eigentlich sollte ich längst in meinem schwimmenden Büro sitzen und auf Anrufe meiner Kunden warten. Meine gottverdammte Unzuverlässigkeit war wohl der Grund, warum die anderen Firmeninhaber immer mehr expandieren konnten, während meine Auftragsbücher trotz der besten Connections noch ziemlich dünn aussahen. Stöhnend richtete ich mich auf und reckte meine müden und schmerzenden Glieder.

Schließlich erhob ich mich und schlurfte unter die Dusche. Eine Viertelstunde lang ließ ich abwechselnd heißes und kaltes Wasser auf meinen Körper niederprasseln. Seit der Nacht, die auf die Rückkehr nach Hamburg folgte, fühlte ich mich merkwürdig müde und zerschlagen. Wahrscheinlich hatte ich das enorme vierwöchige Schlafdefizit immer noch nicht überwunden. Was ich allerdings überhaupt nicht begriff, war die Unordnung an Bord der *Concordia*. Obwohl Christiane bereits kräftig Hand angelegt hatte, sah es unter Deck immer noch chaotisch aus. Der Inhalt verschiedener Schapps befand sich an völlig unterschiedlichen Stellen. Ich muß wohl, bevor ich schließlich komplett weggetreten war, im Halbschlaf noch irgend etwas gesucht haben. Nur was, das blieb mir ein Rätsel. Und warum ich bei meiner Suche so ziellos vorgegangen war, auch. Aber beunruhigt war ich deshalb nicht. Während der schlimmen Zeit, in der meine Tochter von mir getrennt im Internat wohnte, war ich mehr als einmal von meinen Zechkumpanen und Pokerfreunden in meiner Wohnung abgeliefert worden. Manches Mal war ich erst Tage später aus dem Whisky- und Tablettendelirium aufgewacht und konnte mich beim besten Willen nicht mehr daran erinnern, wer wohl die Planierraupe gesteuert hatte, mit der die Schneise der Verwüstung durch mein Wohnzimmer gezogen worden war. Aber diese schrecklichen Sauftouren lagen Jahre zurück! Hatte ich an dem Abend wirklich so viel getrunken? War das vielleicht der Grund gewesen, warum ich mit Claudia Bergmann Streit bekam? Ich konnte mich beim besten Willen nicht mehr erinnern.

Immer noch müde starrte ich in den beleuchteten Spiegel oberhalb des Badezimmerwaschbeckens. Alt war ich geworden, stellte ich fest. Die steile Furche zwischen meinen dichten Augenbrauen schien sich noch tiefer in meine Kopfhaut einzugraben. Die Querfalten auf meiner sonnenverbrannten Stirn wurden langsam, aber sicher überdeutlich, meine Tränensäcke vertrugen auch bald ein Lifting. Zum Glück wuchs mein Haarschopf immer noch dicht und füllig nach. Ich gehörte dringend in die Obhut eines vernünftigen Haarstylisten. Und am besten gleich zu einem Schönheitschirurgen. Viel Staat war mit meinem zerknitterten Aussehen zumindest heute morgen nicht zu machen.

Während ich breit grinsend begann, mir die vom Schaum bedeckten Bartstoppeln abzuschaben, summte das Telefon.

»Wer zum Teufel …«, murmelte ich und stolperte in die Diele. Ich nahm den Hörer ab und schlich wieder zurück ins Bad.

»Stockhausen«, meldete ich mich.

»Guten Morgen, alter Freund«, begrüßte mich eine geradezu unangenehm ausgeschlafene Stimme am anderen Ende der Leitung. »Steinitz hier. Hören Sie, Claus-Peter, haben Sie schon gefrühstückt? Nein? Na prächtig! Was halten Sie davon, wenn wir uns im ›Vierjahreszeiten‹ treffen. Von Ihnen bis zur Alster ist das doch ein Katzensprung, nicht wahr? Gestern hatten wir im Foyer des Theaters so wenig Zeit, um ausgiebig zu plaudern. Was ist? Abgemacht?«

Ich verzog mein Gesicht. Und wer kümmert sich ums Geschäft, fragte ich mich stumm. Ich beschloß, mir jetzt unverzüglich ein Handy anzuschaffen, damit ich auch anläßlich solcher Exkursionen ständig erreichbar blieb. Den Rest an Kundschaft mußte heute morgen wieder einmal der Anrufbeantworter abwimmeln. Ich brauchte eine Sekretärin!

»Wie Sie wünschen, Graf«, antwortete ich. Der Stimme nach zu urteilen, handelte es sich bei Steinitz' Anruf weniger um eine private Verabredung, sondern mehr um ein Arbeitsessen. Und sein Vorschlag klang eher nach Aufforderung als nach Wunsch. Nun, vielleicht sprang ein neuer Auftrag für mich dabei heraus. Steinitz kannte schließlich Gott und die Welt.

»Sagen wir in einer halben Stunde?«

»Punkt zehn Uhr«, bestätigte der Graf. »Von mir aus. Seien Sie pünktlich! Ich hasse es, allein an einem für zwei gedeckten Tisch zu sitzen!«

Bevor ich etwas entgegnen konnte, klickte es bereits in meinem Hörer. Kopfschüttelnd beeilte ich mich, die Bartstoppel vom Kinn zu schaben.

Ich betrat das Restaurant. Ein Page führte mich an den Tisch des Grafen. Er war allein gekommen.

»Graf Steinitz«, murmelte ich.

»Fein, daß Sie kommen konnten«, antwortete mein ehemaliger Kunde. »Nehmen Sie Platz, Claus-Peter. Was möchten Sie essen? Continental, American oder English?«

»Schwarzen Kaffee, Ham and Eggs, Croissants und Konfitüre, wenn es geht«, sagte ich.

Der Graf lachte. »Hier geht alles.«

Das Frühstück nahmen wir schweigend ein. Eine Sitte, die ich an Steinitz besonders mochte. Nichts ist mir mehr ein Greuel, als vor lauter Gerede über meist belanglose Themen kaum einmal einen Bissen hinunterzubekommen. So waren das leise Scheppern des Silberbestecks auf dem edlen Porzellan und das Umrühren der Löffelchen in den Kaffeetassen die einzigen Geräusche, die unter Umständen hätten stören können.

Als wir fertig waren, fragte der Graf: »Sie haben doch nichts dagegen, wenn ich sofort abräumen lasse? Es stört mich, vor schmutzigem Geschirr sitzen zu müssen.«

Ich schüttelte den Kopf. Mich interessierte inzwischen brennend, warum er mich so früh am Morgen sprechen wollte. Erwartungsvoll sah ich ihn an. Steinitz begriff und lehnte sich in dem Polsterstuhl weit zurück. Er fuhr sich dabei mit der Hand durch sein eisgraues Haar. Auch heute sah der Graf wieder wie aus einem Modekatalog aus. Unter seinem nachtblauen Sakko trug er ein fein gestreiftes Hemd und ein dezent gemustertes Halstuch. Sein dunkelbraunes Gesicht schimmerte in der Spätsommersonne, die von der Alster her durch die Scheiben des Restaurants auf die schneeweißen, gestärkten Tischdecken schien. Seine feine Narbe zwischen Schnurrbart und Wange leuchtete heute morgen besonders hell. Ob Steinitz nervös war?

»Sagen Sie«, brach der Graf sein Schweigen, »wie sind Sie eigentlich mit Claudia zurechtgekommen? Die Gute hält große Stücke auf Sie. Ihre Seemannschaft muß sie regelrecht fasziniert haben.«

»Kann ich nicht verstehen«, entgegnete ich. »Hat Ihnen Fräulein Bergmann nicht von unserem Malheur mit der Wasserpumpe berichtet? War wirklich keine Glanzleistung von mir.«

»Wasserpumpe? Nein, Claus-Peter. Erzählen Sie!«

Ich zerrte meine Erinnerungen noch einmal aus meinem Gedächtnis hervor. Inzwischen kamen mir Zweifel, ob der Graf mit seinem Unwissen nicht einfach nur bluffte.

Steinitz bestellte für uns beide Cognac und noch zwei Kännchen Kaffee. Ich wollte eigentlich schon lange meinen ausartenden Alkoholkonsum deutlich einschränken, aber diesmal mußte ich wohl eine Ausnahme machen. Für einen wichtigen Geschäftspartner tat man ja bekanntlich einiges.

»Wissen Sie, Claus-Peter«, fuhr er schließlich fort. »Claudia ist genauso vernarrt ins Regattasegeln wie ich. Sie möchte gerne mit einer Damenmannschaft an Hochseeregatten teilnehmen.«

»Ah«, warf ich dazwischen. »Jetzt begreife ich endlich. An dem Abend nach unserer Ankunft in Hamburg, als wir uns im Fischereihafenrestaurant trafen, fragte sie mich, welchen Bootstyp ich einer Damenmannschaft empfehlen würde. Ich sagte ihr, das hinge von vielen Faktoren ab. Revier, Jahreszeit, Besatzungsanzahl und so weiter.«

»Und dann gab wohl mal wieder ein Wort das andere. Sie hatten Streit mit ihr, oder?«

Ich zuckte unmerklich zusammen. Ich hatte nicht gedacht, daß ihm Claudia ihr Herz ausschütten würde. Und überhaupt. In welcher Beziehung standen die beiden wohl zueinander? War sie vielleicht seine Geliebte? Doch das schien kaum glaubhaft, denn wer schickt schon seine heimliche Geliebte irgendwo ins Ausland an Bord der neu gekauften Yacht, damit sie dem Skipper bei seinen Crewproblemen aus dem Schlamassel half? Also nicht die Geliebte. Oder doch? Wußte die Gräfin unter Umständen von der Liebschaft? Vielleicht waren beide modern eingestellte Menschen, die sich gegenseitig ihre Freiheiten ließen? Zu gerne hätte ich ihn gefragt, aber dies verboten Anstand und Diskretion.

»Ja, leider«, antwortete ich. »Vermutlich meine Schuld. Hoffentlich kann ich mich bei ihr irgendwann einmal entschuldigen.«

»Bestimmt«, beruhigte mich mein Gesprächspartner.

Der Graf nahm seinen Cognacschwenker und leerte das Glas mit einem Zug. Dann goß er sich eine neue Tasse Kaffee ein und schaute mich eine ganze Weile schweigend an. Ich begegnete seinem Blick mit ruhiger Miene. War es das, was ihn zu diesem Treffen mit mir veranlaßt hatte? Hatte sich die blonde Athletin vielleicht wider Erwarten in mich verguckt? Sollte er unter Umständen den Postillon d'amour für Claudia Bergmann spielen? Ich mußte grinsen. Nein, einen Sendboten hatte dieses attraktive, bildhübsche aber anscheinend auch abgrundtief spröde Geschöpf bestimmt nicht nötig. Der Graf beugte sich auf einmal vor. Sein Gesprächston wurde ein wenig vertraulicher.

»Ich möchte noch einmal auf unsere gestrige Unterhaltung zurückkommen, Claus-Peter«, begann er. »Wie Sie wissen, bin ich in Geschäftskreisen ein bekannter Mann. Manchmal leider ein wenig zu bekannt. Ich wundere mich darüber, daß die Presse von dem Unglück noch keinen Wind bekommen hat. Na ja, sobald das Verfahren vor dem Seeamt eröffnet ist, werden die Zeitungen wohl voll davon sein. Als Eigner der *Kyra* habe ich natürlich ein verständliches Interesse daran, daß der Name Steinitz nicht unbedingt negativ in die Schlagzeilen rutscht. Ich muß mich vorsehen. Aus diesem Grunde habe ich Sie zu diesem Essen eingeladen. Ich möchte von Ihnen wissen, in welchem Verhältnis Sie zu Sascha Körber und zu dessen Schwester stehen und welche Vorgeschichte zu dem Unglücksfall geführt hat. Lieber Himmel, Stockhausen! Ein guter Steuermann kippt doch nicht so einfach über Bord!«

Ich räusperte mich verlegen.

»Natürlich nicht, Graf«, entgegnete ich. »Sascha war sogar ein ausgesprochen umsichtiger Segler. Auf hoher See habe ich ihn kaum einmal ohne Sicherungsgurt an Deck angetroffen. Es bleibt mir ein absolutes Rätsel, wie er über Bord gewaschen werden konnte. Zumal zu diesem Zeitpunkt der Starkwind noch gar nicht so ausgeprägt war wie vielleicht zwei Stunden später. Was mein Verhältnis zu Sascha betrifft, kann ich Ihnen nur sagen, daß wir zwar nicht gerade dicke Busenfreunde waren, aber immerhin doch so vertraut, daß ich ihm bedenkenlos auch auf Langfahrt eine Yacht als Wachführer anvertrauen konnte. Und was seine Schwester angeht, besteht da überhaupt kein Verhältnis.«

»Ach nein?« fragte er und lächelte süffisant.

»Na, ich möchte wissen, wie Sie ohne Beziehungen eine Ehrenkarte für eine Premiere am Hamburger Staatstheater bekommen konnten. Und dann noch für solch einen exponierten Platz in der zweiten Reihe.«

Ich starrte ihn verblüfft an, was Steinitz dazu veranlaßte, in schallendes Gelächter auszubrechen.

»Wie ich bereits vor einigen Tagen nebenbei erwähnte, lieber Claus-Peter, habe ich es im Leben nur deswegen so weit gebracht, weil ich meine Augen und Ohren praktisch überall habe. Sichere Informationen sind das halbe Geschäft! Ich liege also mit meiner Vermutung richtig? Deswegen mußte ich keinen Detektiv beschäftigen. Die vordersten Reihen sind erfahrungsgemäß ausschließlich für Politik, Wirtschaft und sonstige Ehrengäste reserviert. Da Sie meines Wissens weder Industriekapitän noch Vorsitzender einer politischen Partei oder als Spitzenfunktionär für eine Gewerkschaftsorganisation tätig sind, Frau Körber jedoch zum Ensemble gehört, lag die Vermutung nahe, daß sie Ihnen die Ehrenkarte besorgt hat, nicht wahr? Warum sagen Sie denn nicht gleich, daß sie sich gut kennen? Da ist doch kein Verbrechen.«

»Das wohl nicht, Graf«, konterte ich etwas sehr spitz zurück. »Aber Sie irren dennoch. Ich kenne Christiane Körber ausschließlich über ihren Bruder. Und zwar nur flüchtig. Nehmen Sie das bitte zur Kenntnis, damit es nicht auch noch in Deutschland zu Mißverständnissen kommt. Die englische Polizei wollte mir auch bereits eine Liebesbeziehung unterstellen.«

»Die englische Polizei unterstellt Ihnen eine Liebesbeziehung?« fragte der Graf erstaunt.

Ich nickte.

»Verkettung unglücklicher Zufälle, Graf«, entgegnete ich. »Frau Körber fand in der Nacht, als sie in Bournemouth ankam, kein Hotelzimmer mehr, und da habe ich sie …«

»… da haben Sie sie an Bord der *Kyra* untergebracht? Hören Sie, Claus-Peter, darüber hätten Sie mich zumindest im nachhinein informieren müssen, finden Sie nicht?«

»Wieso?« begehrte ich auf. »Ich sollte das Boot für Sie überführen, Graf, und dabei auch die alleinige Verantwortung tragen. Mit allen Konsequenzen. Ohnehin eine ziemlich kitzlige Vertragsklausel. Ich weiß nicht, ob ich mich nochmals auf solch eine riskante Regelung einlasse. Man sieht ja, was unterwegs alles passieren kann. Weshalb also hätte ich Sie informieren sollen? Oder sind Sie etwa Moralist?«

Der Graf starrte mich eine Weile schweigend an. Schließlich verzog sich sein Gesicht zu einem breiten, ehrlichen Lächeln. Was sollte er sich auch mit mir streiten? Über das Wesentliche war er ohnehin von Charly Auster und anschließend auch mit Sicherheit von Claudia Bergmann informiert worden. Da fiel die Sache mit Chris wohl nicht mehr sonderlich ins Gewicht.

»Natürlich, alter Freund«, lachte er. »Sie haben selbstverständlich vollkommen recht. Verzeihen Sie mir. Das war nicht besonders professionell. Aber tragen Sie mir meine Überraschung bitte nicht nach. Das kommt wohl selten vor, daß auf dem Boot, das man gerade erworben hat, anläßlich des Überführungstörns jemand ums Leben kommt.«

Ich duckte mich instinktiv. Was zum Teufel hatte Steinitz vor?

»Ach, vergessen wir's«, murmelte ich leise und trank meine Tasse leer.

»Wer kümmert sich eigentlich um Körbers Vermögen?« hakte der Graf überraschend nach. »Er war Journalist, wie ich hörte? Nun, ich kenne da einen sehr guten Nachlaßverwalter. Wenn Sie oder Frau Körber unter Umständen ...«

»Danke, Graf«, schnitt ich ihm ungeduldig das Wort ab. »Ich werde Christane Körber von Ihrem Angebot unterrichten.«

»Fein«, murmelte Steinitz. »Was ist denn aus Körbers

Gepäck geworden? Er hatte doch bestimmt Gepäck mit an Bord.«

»Wenig«, antwortete ich. »Den sperrigsten Kleidungsgegenstand, seinen Overall, seine Schwimmweste und die Segelstiefel sind ja nun einmal leider Gottes mit ihm auf See geblieben.«

»Und der Rest?« hakte mein Gegenüber nach.

»Rest?« fragte ich verwundert.

»Na ja, persönliche Unterlagen. Papiere und ähnliches.«

»Papiere? Unterlagen?« Meine Überraschung nahm kein Ende.

»Hatte er irgendwelche persönlichen Gegenstände an Bord, die nach seinem Unfall ebenfalls verschwunden blieben?«

Ich schüttelte den Kopf.

»Graf Steinitz«, fuhr ich fort, »Sie reden in Rätseln. Welche persönlichen Gegenstände meinen Sie überhaupt? Alles, was sich von Sascha noch an Bord befand, nahm Chris im Flieger mit nach Hamburg. Es war nicht viel. Vielleicht eine Reisetasche voll. Ja doch. An etwas erinnere ich mich. Unter seinen persönlichen Gegenständen befand sich eine schweinslederne Collegetasche. Aber warum um alles in der Welt interessiert Sie das?«

Der Graf zuckte die Achseln. »Nur so«, antwortete er. »Manchmal muß man mit dem Äußersten rechnen. Sie wissen doch, daß sich Menschen auf See mitunter psychisch verändern. Lange Einsamkeit und das Gefühl des Ausgesetztseins kann bei labilen Charakteren bis zum Suizid führen. Ich dachte an einen Abschiedsbrief.«

»Pardon, Graf«, meinte ich, nachdem ich mich von meiner Überraschung erholt hatte.

»Nein, das ist absurd. Sascha Körber machte auf mich eher den Eindruck eines Menschen, der es gar nicht erwarten konnte, wieder zurück an Land zu kommen. Von

Selbstmordabsichten war da überhaupt nichts zu spüren.«

»Er konnte es nicht abwarten, wieder an Land zurückzukommen?« hakte er gedankenversunken nach. »Das ist ja interessant.«

Auf einmal fühlte ich mich überhaupt nicht mehr wohl in meiner Haut. Steinitz brachte es fertig, mich wesentlich eindringlicher zu vernehmen als die Polizeibeamten in Bournemouth. Er schien meine Gedanken zu erraten und wechselte daher wie selbstverständlich das Thema.

»Ich möchte nochmal auf unser letztes Gespräch an Bord der *Concordia* zurückkommen, Claus-Peter«, begann er. »Sie krebsen doch mit Ihrem Geschäft im Hamburger Sportboothafen mehr schlecht als recht herum. Nein, lassen Sie mich ausreden! Jemand wie Sie ist doch nichts anderes als ein schlecht bezahlter Transportarbeiter. Jemand, der faulen, exzentrischen Kunden seine Schätze hinterherträgt. Wollen Sie so allen Ernstes auf Ihren Lebensabend zusteuern? Mensch, Stockhausen, wachen Sie auf! Sie sind Segler! Der perfekte Segler! Ich kenne Sie, habe Ihre Wettfahrten gegen Simon, Berger, Rottmann, den verrückten Le Duc und den Lord aus Beaulieu verfolgt. Warum steigen Sie nicht doch als Regattaprofi ins ganz große Geschäft ein?«

»Graf Steinitz«, antwortete ich betont freundlich und verbindlich. »Wir haben das Thema doch schon einmal ausführlich besprochen. Warum wärmen Sie diesen kalten Kaffee erneut auf?«

Der Graf lachte. »Natürlich erinnere ich mich an unser Gespräch, Claus-Peter! Verzeihen Sie mir meine Hartnäckigkeit! Na schön, wenn Sie partout nicht ins Profilager wechseln wollen, was halten Sie dann von einem Vertrag als Coach?«

»Wie bitte?« Ich verstand überhaupt nichts mehr.

Der Graf grinste breit. »Verdammt!« lachte er. »Dieser kleine Feigling läßt mich aber auch durch jeden brennenden Reifen springen. Dieses Luder! Ich dachte allen Ernstes, Claudia hätte mit Ihnen bereits darüber gesprochen, als Coach für ihre Damenmannschaft zu fungieren. Nachdem Steffi Graf und die kleine Franziska bereits die Tenniswelt und alle Wasserratten in Atem halten, beginnt sich die Industrie langsam auch für exotische und gleichzeitig gewinnträchtige Sportarten zu interessieren. Mit meiner Promotion will ein großes italienisches Modehaus das Wagnis eingehen, eine Damenmannschaft als Werbeträger für Werbezwecke zu nutzen. Der Sponsor stellte einer Gruppe junger Damen eine Rennyacht für Matchrace-Regatten zur Verfügung. Na ja, wenn eine Männercrew gewinnt, spricht anschließend kein Mensch davon. Wenn jedoch eine Damenmannschaft über die Herren der Schöpfung siegt, dann sind wahre Erdbeben die Folge. Zur Zeit fehlt bloß noch ein versierter Ausbilder und Betreuer. Was halten Sie …«

»Schlagen Sie sich das aus dem Kopf, Graf!« unterbrach ich ihn. »Eher geht das berühmte Kamel durch das Nadelöhr, bevor ich …«

Jetzt war der Graf dran, mich zu unterbrechen.

»Vorsicht, Claus-Peter!« lachte er. »Sagen Sie niemals nie. Man weiß nicht, was vielleicht irgendwann einmal passieren wird.«

»O doch, Graf! Niemand wird mich umstimmen. Coach für eine Damenmannschaft! Denken Sie, ich habe Lust, mich zum Gespött der Regattaszene zu machen? Schaut mal, wird man mir hinterherrufen, da kommt der Stockhausen mit seiner Entenschar! Nichts gegen Frauen, Graf. Ich bin beileibe kein Chauvinist. Aber beim Segeln will ich gewinnen und nicht nur hinterherfahren.«

»Ihr letztes Wort, Claus-Peter?«

»Mein letztes Wort, Graf«, antwortete ich grimmig.

Erneut wechselte Steinitz das Thema.

»Samstag findet das Helgoland-Race statt. Ausgangsort und Zielort ist Cuxhaven.«

Ich nickte. »Die Zeitungen sind voll davon. Dieses Jahr wird sogar wieder in der Maxi-Klasse gesegelt.«

Steinitz grinste. »Nun, die *Kyra* wird für einen Sponsor in Charter laufen.«

»Dieses italienische Modehaus?«

Der Graf strich mit Daumen und Zeigefinger seinen Schnurrbart glatt.

»Genau. Denken Sie, daß ich die *Kyra* auf meine Kosten an solch einer Materialschlacht teilnehmen lasse? Nein, nein, mein Bekannter aus der Modebranche bat mich, auch die *Kyra* für Werbezwecke bereitzustellen. Sie wissen schon. Transparente, Fahnen, Aufkleber, Embleme auf dem Spinnaker. Der übliche Zirkus eben. Das Problem ist nur, ich brauche noch einen guten Steuermann und Taktiker. Ich weiß nicht, ob Sie es schon mitbekommen haben, aber ich habe vorgestern Thomas Berghoff gefeuert. Kennen Sie doch, oder? Diesen Aufschneider, der für die Zeitschrift ›Segelsport‹ schreibt. Der glaubt auch, nur weil er einmal auf Patrick Bergers *Transporter* beim Admiral's Cup mitgesegelt ist, verstünde er etwas von Hochseerennen. So ein arroganter Schnösel! Der sollte lieber weiter seine Artikel schreiben. Was ist, Claus-Peter? Haben Sie Lust, oder lehnen Sie inzwischen auch das Segeln in einer Männercrew ab?«

Meine Stimmung hellte sich blitzartig auf.

»Helgoland-Race? Warum nicht. Darf ich auch wissen, wie der Sponsor heißt?«

Der Graf sah mich auf einmal scharf an.

»Ist der Deal abgemacht, Claus-Peter? Hand drauf?«

Er streckte mir seine Rechte hin, die ich erst nach einem kurzen Zögern ergriff.

»Ja, natürlich. Aber darf ich dennoch ...«

Steinitz lächelte wieder. Irgendwie schien er auf Grund meiner Zusage erleichtert zu sein. Also hatte mich der alte Fuchs gar nicht in erster Linie zum Frühstück eingeladen, um sich mit mir über die Geschehnisse in England und meine zukünftige Karriere zu unterhalten. Das war nur Vorgeplänkel. In Wirklichkeit suchte er bloß einen Steuermann.

»Verzeihen Sie, lieber Claus-Peter, aber mein Partner ist, was Diskretion angeht, ein wenig heikel. Ich mußte erst völlig sicher sein, daß Sie mitspielen, bevor ich die Katze aus dem Sack lasse. Nun, es handelt sich, wie schon gesagt, um ein italienisches Modehaus. Sie haben vielleicht schon von Ultima Moda aus Rom gehört? Das Unternehmen gehört zu einem großen italienischen Konzern und möchte durch Sportsponsoring auch international auf sich aufmerksam machen. So ähnlich wie Benetton, die im Formel-1-Zirkus mitmischen.«

»Und da kommt man ausgerechnet auf mich?«

»Stellen Sie Ihr Licht nicht allzu sehr unter den Scheffel, bester Freund«, lachte Steinitz. »Hinzu kommt, daß Sie die *Kyra* wie Ihre Westentasche kennen. Ein ungeheurer Vorteil gegenüber einem Segellegionär, den man für ein einziges Rennen einkauft und der erst noch Probeschläge segeln muß.«

Ich bemühte mich eisern, cool zu bleiben. Jetzt Begeisterung zu zeigen, hätte meine Verhandlungsbasis erheblich eingeschränkt.

»Pardon, Graf«, murmelte ich. »Umsonst ist der Tod. Sie verstehen, daß ich freilich ...«

»Claus-Peter!« rügte mich Steinitz. »Was denken Sie? Glauben Sie, Ultima Moda würde Sie umsonst anheuern? Nun, wieviel verlangen Sie?«

Mist! Das war genau die Ausgangslage, die ich hatte umgehen wollen. Nun lag es an mir, die Hosen herunterzulassen. Pokerte ich unter Umständen zu hoch, lief ich Gefahr, mich zu blamieren, wenn ich meine Forderungen anschließend herabsetzen mußte. Setzte ich meine Wünsche zu tief an, konnte ich hinterher natürlich nicht mehr steigern.

Steinitz bemerkte mein Zögern und grinste breit.

»Verstehe, Claus-Peter! Sie wollen ein erstes Angebot von mir hören. Okay. Faires Angebot: 10 000 Cash.«

Ich glaubte, meinen Ohren nicht trauen zu dürfen.

»Mark?« antwortete ich vorschnell.

Steinitz brach in schallendes Gelächter aus.

»Stockhausen! Nun hören Sie aber auf! Im Regattageschäft wird in US-Dollar abgerechnet.«

Ich schluckte. »Wo ist der Haken?«

»Kein Haken. Allerdings zahlen wir auf Erfolgsbasis. Das soll Ihnen helfen, sich besonders stark zu engagieren. 10 000 Dollar bei Sieg. Und denken Sie daran. Der Zweite ist nur der Schnellste unter den Verlierern. Der Trostpreis beträgt immer noch 1000 Dollar. Das dürfte zumindest Ihre Spesen abdecken.«

Ich nickte. Der Rest Kaffee konnte den Kloß in meinem Hals nicht auflösen. Ich bestellte Champagner zum Nachspülen.

»Haben Sie neue Segel?« fragte ich anschließend. »Genua und Groß können Sie nach der Atlantiküberquerung zumindest auf einem Regattaparcours vergessen. Also, wir brauchen mindestens Genua I bis Genua III, zwei Spinnaker und ein Foliengroß. Sonst brauchen wir gar nicht erst anzutreten. Auch wenn ich unter Umständen nicht als Erster durchs Ziel gehe, lächerlich machen will ich mich jedenfalls nicht!«

»Sogar ein neues Rigg, mein Freund! Und das steht bereits! Die Segel habe ich schon über Oyster-Sails in Nordamerika bestellt. Ich verstehe nicht allzuviel davon, aber es soll sich um irgendsoein Hightech-Tuch handeln, das bisher nur an die Amis und an die Neuseeländer zur Vorbereitung auf den kommenden America's Cup ausgeliefert worden ist.«

»Na schön«, fuhr ich fort. »Wer ist Navigator? Jens Friedrichsen aus Anholt? Spitze! Wieviel Deckshände stehen zur Verfügung? Wir brauchen unbedingt einen neuen GPS! Dieser Multiplexer, den ich auf dem Atlantik an Bord hatte, stammt ja noch aus der Steinzeit. Ein Sechskanalempfänger mit Differential-Verbesserung wäre das Richtige. Wenn Sie wollen, rufe ich bei dem deutschen Importeur an. Ich kenne da ein paar Leute. Das komplette Equipment könnte notfalls heute noch per Kurier ...«

Als ich gegen Mittag auf der *Concordia* ankam, fühlte ich mich seit langer Zeit wieder einmal richtig gut. Und meine beschwingte Laune rührte nicht nur von Cognac und Champagner her.

Erst begriff ich überhaupt nicht, was los war. Ich wälzte mich im Halbschlaf auf meinem Bett von einer Seite zur anderen.

Irgend etwas hatte mich aufgeweckt. Ein selten blödes Geräusch. Was konnte das denn bloß sein? Warum zum Teufel stellte es keiner ab? Schließlich wachte ich vollends auf. Das Telefon klingelte leise. Während ich einen Blick auf die beleuchtetee Digitalanzeige des Radioweckers warf, griff ich schlaftrunken nach dem Hörer. Zwei Uhr in der Frühe. Der Anrufer mußte schon eine verdammt gute Erklärung für seine nächtliche Störung haben. Es war Chris. Und sie klang total verängstigt.

»Claus-Peter!« rief sie ins Telefon.

»Ja, was ist denn?« brummte ich ungehalten zurück.

»Claus-Peter!« schrie sie jetzt völlig aufgelöst in die Sprechmuschel. »Kannst du sofort vorbeikommen? Bei mir ist eingebrochen worden!«

Mit einem Satz stand ich auf den Beinen.

»Was sagst du da? Eingebrochen? Ja, wieso denn?«

Welch eine saublöde Frage!

»Was weiß denn ich?« jammerte sie. »Hier liegt alles drunter und drüber. Es sieht aus, wie nach einem Bombenangriff! Oh, Claus-Peter, ich ...«

Der Rest ging in einem Schluchzen unter.

»Beruhige dich erst mal«, sprach ich ihr Mut zu. »Und rühre nichts an. Ich bin bereits unterwegs. Ist die Polizei schon informiert?«

20 Minuten später betrat ich das Miethaus unweit der Alsterschwimmhalle im Stadtteil Hohenfelde. Es war ein alter, rotbrauner Kasten, den man schon längst abgerissen hätte, wenn da nicht die vielen Mieter und Wohnungseigentümer gewesen wären, die jedes Ansinnen interessierter Immobiliengesellschaften mit stoischer Gleichförmigkeit im Keim erstickten. Hier, östlich der Alster, war die Welt noch in Ordnung. Zumindest, soweit sie Bauspekulanten und Grundstückshaie anging.

Jeweils drei Stufen auf einmal nehmend, hastete ich in den dritten Stock empor. Ich wollte klopfen, doch die Tür stand bereits einen Spalt offen. Das Schloß war offensichtlich herausgebrochen. Ich drückte die alte Eichentüre mit den beiden Glasscheiben im oberen Drittel auf und trat ein. In Christianes Wohnung herrschte ein grenzenloses Chaos. Bücher, Schallplatten, Elektrogeräte, Kleinmöbel, praktisch die halbe Einrichtung quoll aus den beiden Räumen in den Flur hinaus. Ich stieg vorsichtig über die wild durcheinanderliegenden Sachen und betrat den ersten Raum. Eine nackte Glühbirne hing aus einer zerborstenen Deckenlampe herab. Zum Glück brannte sie. Hier schien das Chaos noch schlimmer zu sein. Ein Schrank lag seitlich umgestürzt auf dem mit Scherben übersäten Boden. Zerbrochene Blumentöpfe lagen verstreut zwischen dem Inhalt umgestoßener Bücherschränke herum. Auf dem Müllberg standen die traurigen Überreste einer Ledergarnitur, die einer der Vandalen scheinbar mit einer Machete von oben bis unten aufgeschlitzt hatte. Ich drehte mich zur Seite. Die Bilder, von deren Existenz nur noch helle Flecken auf der Tapete zeugten, lagen auf dem Wohnzimmertisch. Auch sie schienen gewaltsam und in großer Eile vom Rahmen getrennt worden zu sein. Mitten in dieser Katastrophe hockte wie ein Häufchen Elend Saschas Schwester. Sie weinte hemmungslos. Vorsichtig näherte ich mich ihr und legte sanft meine Arme um sie. Sie schaute auf. Ihre Augen schimmerten tränenüberströmt. Ihr Eyeliner lief, breite, dunkle Spuren hinterlassend, quer über ihr Gesicht. Sie tat mir so unendlich leid.

»Christiane«, murmelte ich, »was ist denn nur passiert?«

Ihr Kopf schmiegte sich an meine Brust. »Wer tut bloß so etwas?« flüsterte sie.

»Ich weiß nicht«, antwortete ich. »Hattest du mit jemandem Streit? Hattest du Wertsachen im Haus? Gab es in letzter Zeit wieder einmal Ärger mit einer der Wohnungsbaugesellschaften?«

Sie schüttelte den Kopf. »Nein, Claus-Peter. Kein Streit. Geld und Schmuck habe ich sowieso nicht. Nein, bis heute morgen schien alles in bester Ordnung. Und jetzt ...«

Der Rest ihres Satzes ging erneut in einem Schluchzen unter. Ich strich ihr sanft durch die dunklen Locken. Wer, zum Teufel, brach bei einer wenig bekannten Schauspielerin ein? Bei einer jungen Frau, die mit ihrem Einkommen selbst so gerade eben über die Runden kam. Die mit Sicherheit kaum über ein nennenswertes Vermögen verfügte. Stellten sich in Hamburg auch bereits New Yorker Verhältnisse ein, wo jemand von drogenabhängigen Junkies für ein paar Dollar beraubt wurde? Mich beschlich ein seltsames Gefühl. Vor ein paar Tagen war der Innenraum meiner Segelyacht in Unordnung gebracht worden. Bislang war ich davon ausgegangen, daß ich das Chaos selbst angerichtet hatte. Ob vielleicht ...? Aber das war doch absurd! Wer konnte denn gleichzeitig Interesse an meinen Seehandbüchern und an Christianes Wohnungseinrichtung haben? Zumal es danach aussah, daß hier Vandalen gehaust hatten. Das schien kaum die Handschrift von gewöhnlichen Einbrechern zu sein.

»Was ist mit der Polizei?« fragte ich. »Hast du schon angerufen?«

Chris schüttelte den Kopf. »Nein, denn das Telefonkabel ist aus der Wand herausgerissen. Ich hatte noch drei Groschen in der Geldbörse. Damit habe ich dich von einer Telefonzelle aus angerufen. Um zwei Uhr in der Frühe konnte ich doch niemanden wecken, damit man mir Geld wechselt.«

Ich starrte sie fassungslos an. Wenn bei mir eingebrochen worden wäre, dann hätte ich noch ganz andere Dinge getan.

»Okay, du hältst die Stellung, und ich rufe von der Zelle aus die Polizei an. Keine Angst, Chris! Ich bin in fünf Minuten wieder zurück!«

Eine halbe Stunde später trafen Beamte des Hamburger Raubdezernates ein. Sie schienen an dem Fall nicht sonderlich interessiert zu sein, machten ein paar Fotos und stellten im wesentlichen dieselben Fragen wie ich. In Hohenfelde wohnte wohl nicht die Klientel, mit der sich bei Aufklärung der Fälle Beförderungen erreichen ließen. Einer der Beamten befragte mich sogar allen Ernstes nach meinem Alibi für die Nacht. Ich knurrte ihn an, daß ich bereits geschlafen hätte. Er fragte ziemlich anzüglich, mit wem. Beinahe hätte ich ihn am Kragen gepackt und hinausgeworfen. Kurze Zeit später waren Chris und ich wieder allein.

»Hier in der Wohnung kannst du zumindest heute nacht nicht bleiben«, stellte ich kategorisch fest. »Hast du eine Freundin? Kannst du irgendwo übernachten?«

Christiane Körber schüttelte traurig den Kopf.

»Bekannte habe ich mehr als genug. Aber keine, die ich um vier Uhr herausklingeln kann, um sie nach einem Bett für den Rest der Nacht zu fragen.«

»Du tust mir so leid«, wiederholte ich mich. »Soll ich dich in ein Hotel fahren?«

»Um vier Uhr?«

»Du hast recht, Kleines! Okay, kein Hotel! Was dann?«

Sie schaute mich schweigend an. Ich begriff.

»In mein Apartment?«

Sie nickte dankbar.

Eine halbe Stunde später kletterten wir in der Nähe der Speicherstadt aus meinem Wagen und stiegen die Stufen zu meiner Wohnung empor. Chris drehte sich auf einem der Treppenabsätze zu mir um.

»Macht es dir auch wirklich nichts aus?«

»Ach, was!« log ich.

Aber was tat man nicht alles für die Schwester eines verstorbenen Mitseglers. Chris tat mir wirklich leid. Tausend Bekannte in der Szene oder einen wirklichen Freund zu haben, ist zweierlei. Ich hätte es mit meinem Gewissen nicht vereinbaren können, sie in ihrer Verfassung sich selbst zu überlassen. An Bord der *Concordia* wollte ich sie nicht einquartieren. Erstens war es dort ziemlich kalt und zweitens sehr, sehr einsam. Ein wenig zu einsam für eine junge Frau, die seit geraumer Zeit anscheinend nur noch Schicksalsschläge hinzunehmen hatte.

Ich schloß mein Apartment auf, und wir traten ein. Chris richtete sich die Couch im Wohnzimmer als Bettstatt her. Ich half ihr dabei und mixte uns anschließend zwei Drinks. Chris ließ sich schwer auf das gemachte Schlaflager fallen.

»Danke, Claus-Peter«, murmelte sie. »Vielen, vielen Dank. Ich glaube, es gibt wenige Leute in meinem Bekanntenkreis, die das für mich getan hätten.«

Ich nahm mein Glas, stürzte den Inhalt hinunter und

goß nach. Der schottische Hochlandwhisky brannte erst in meinem Magen und dann in meinem Kopf. Auch Christiane trank ihr Glas leer.

»Noch einen Drink?« fragte ich sie.

»Ja, bitte«, antwortete sie. Ihre Stimme klang heiser.

Wir tranken schweigend und abwechselnd mit kleinen Schlucken. Langsam begann sich die ungeheure Anspannung, die mich schon seit dem Zusammentreffen mit Steinitz in Atem hielt, zu legen. Ich schwenkte die gelbbraune Flüssigkeit in meinem Glas herum und starrte auf die gegenüberliegende Wand. Irgendwann drehte sich Christiane zu mir um. Ihre Augen glänzten. Ihre Hände waren geradezu fiebrig warm.

»Ja?« fragte ich sie.

»Du kannst dir nicht vorstellen«, flüsterte sie und schmiegte sich fest an mich, »wie froh ich bin, daß es dich gibt.«

Es war nicht so, daß es mir an Gelegenheiten gefehlt hätte, nette Frauen kennenzulernen. Und es war schon gar nicht so, daß es keine Frauen gegeben hätte, die sich für mich interessierten. Nein, es lag an mir, daß ich seit meiner Scheidung von Sylvia und dem Tod meiner Tochter immer noch allein lebte. Sylvia hatte mein Leben dermaßen beeinflußt, daß ich mich einfach nicht mehr umstellen konnte. Und bestimmt wollte ich mich nicht auf eine junge Frau einlassen, die zumindest von ihrem Alter her ohne weiteres meine Tochter hätte sein können. Christiane Körber war eine attraktive, ungemein hübsche und anziehende junge Frau, aber bestimmt nicht die adäquate Partnerin für einen fünfundvierzigjährigen Querkopf wie mich. Ich wußte aus Erfahrung, wohin solche Beziehungen führten. Erst ging man ins Bett. Vielleicht nochmal und nochmal. Dann zog das Mädel bei einem ein. Erst fand sie das etwas unkonventionelle Leben des älteren Partners aufregend und interessant. Nach ein paar Monaten jedoch versuchte sie dann ihre eigenen Vorstellungen zu verwirklichen. Und dann war gewöhnlich Schluß mit der eigenen Unabhängigkeit. Plötzlich fand man in seinem Schrank nichts mehr wieder, war das Badezimmer wie von Geisterhand aufgeräumt, die Hausbar bis auf ein paar Flaschen Orangensaft der Prohibition zum Opfer gefallen, und auf einmal herrschte im sonst immer etwas chaotischen Privatleben eine geradezu gnadenlose Ordnung. Und ehe man sich versah, stand man vor dem Traualtar. Meist hatte das Ergebnis einer Liebesnacht, in der auf unerfindliche Weise die Verhütung versagt haben sollte, ohnehin nach kurzer Zeit bereits Fakten geschaffen. Nein, ich wollte frei bleiben. Mir hin und wieder mit Segelkameraden nach einer gewonnenen oder verlorenen Regatta in einer verrufenen Bar auf der Isle of Wight einen hinter die Binde gießen, ein nettes Pokerblatt im verräucherten Hinterzimmer einer St. Pauli-Bar aufspielen und großkalibrige Segelyachten und Motorkreuzer für möglichst viel Geld und heil über den holprigen Atlantikparcours bringen. Aber ich wollte bestimmt keine 20 Jahre jüngere Freundin, die zwar ungemein attraktiv und sexy aussah, im Bett bestimmt eine Bombe war und das Leben eines langsam am Rande der Midlife-Crisis dahinvegetierenden Mannes ungemein hätte bereichern können. Was ich in Wirklichkeit wollte, wußte ich sowieso nicht. Aber bestimmt keine Liebesaffäre mit der für mich viel zu jungen Schwester eines auf See gebliebenen Mitseglers. Auch wenn Saschas Schwester in diesem Augenblick die Verheißung schlechthin verkörperte.

Chris erhob sich von der Couch, stellte das leere Glas beiseite und zog sich ungeniert aus. Es mochte wohl der Wirkung der Viertelflasche Whisky zuzuschreiben sein, daß ich mich in meinen Sessel zurücklehnte und mich dem Anblick des bildhübschen Mädchens hingab, statt diskret den Raum zu verlassen. Ich war zwar noch lange nicht betrunken, dennoch überkam mich eine gewisse Leichtigkeit des Seins. Unwillkürlich kniff ich die Augen zu und lächelte vor mich hin. Himmel, was für ein Geschöpf! Doch trotz all ihrer Attraktivität störte mich etwas. Ich wußte bloß nicht, was.

Sie schlüpfte aus ihrer Jeans und stand anschließend nur noch mit einem T-Shirt und einem superknappen Slip bekleidet vor mir. Genau wie damals auf der *Kyra*, als sie in meine Besprechung mit dem Policeinspector platzte. Ich schaute, vergeblich Desinteresse vortäuschend, aus dem dunklen Fenster in die Nacht, doch meine Gedanken waren hier in diesem Raum. Sie waren bei Chris. Dort, wo sie nicht hätten sein dürfen. Stockhausen, du Idiot, schalt ich mich. Willst du dich wirklich in die Reihe der alternden Playboys mit Porsche und Identitätsproblemen einreihen, die scheinbar nichts anderes zu tun haben, als dem Verlangen kleiner Mädchen nachgeben zu müssen? Hast du das wirklich nötig?

»Claus-Peter«, flüsterte sie heiser.

Solche Situationen hatte ich immer gehaßt. Einer Frau klarmachen zu müssen, daß man zwar könnte, jedoch nicht wollte. Und das alles ohne Gesichtsverlust. Jeder anständige Japaner hätte in meiner Situation augenblicklich zum Samuraischwert greifen und Harakiri begehen müssen. Verdammte Weiber! Verdammter schottischer Hochlandwhisky! Verdammtes Apartment. Warum besaß ich auch kein Landhaus mit zehn Gästezimmern und genügend hilfsbereitem Personal?

»Ja?« erwiderte ich. Meine Stimme klang rauh wie ein Reibeisen.

»Mochtest du nicht …«

Ich weiß nicht, warum ich vorsichtig meinen rechten Arm ausstreckte. Ihr Gesicht fühlte sich weich und warm an. Chris glitt zu mir herüber und schmiegte sich an mich. Ich spürte ihre Brüste durch den dünnen Stoff des

T-Shirts. Ein überwältigendes Gefühl. Wie viele verdammte Jahre war es her? Wie viele Jahre seit der Zeit mit Sylvia? Sylvia. Wer war schon Sylvia? Christiane preßte sich enger an mich. Sie schlang ihren Arm fest um meinen Hals. Voller Verheißung öffneten sich ihre weichen, vollen Lippen. Das Telefon meldete sich mit einem leisen Summen.

Chris stöhnte auf und lockerte ihren Griff.

»Wer um alles in der Welt ...?« schimpfte ich und wankte in den Korridor.

Ich fand den Telefonapparat unter den achtlos auf die Kommode geworfenen Jacken und hob ab.

»Stockhausen«, knurrte ich in die Sprechmuschel.

Am anderen Ende des Kabels meldete sich niemand. Statt dessen vernahm ich nur ein offensichtlich unterdrücktes Atem. Schließlich deutete ein Klicken an, daß der Anrufer aufgelegt hatte. Ich stürzte ans Fenster und starrte auf den regennassen Asphalt. Wer zum Teufel konnte der Anrufer gewesen sein? Erst nach einigen Minuten löste ich mich aus der Starre und schlich zurück ins Wohnzimmer. Chris saß kerzengerade auf der Couch.

»Wer war dran?« fragte sie.

»Keine Ahnung«, antwortete ich. »Aufgelegt.«

Das Eis, das die beiden scheinbar unerreichbar weit voneinander entfernten Ufer verband, war geschmolzen und der Weg plötzlich wieder unpassierbar. Chris schaute mich an, ich starrte in ihre dunkel leuchtenden Augen. Der geheimnisvolle Zauber des Augenblicks schien endgültig verflogen. Sie begriff, und ich war in tiefstem Grunde meines Herzens unheimlich erleichtert.

»Gute Nacht, Christiane«, murmelte ich.

»Gute Nacht, Claus-Peter«, flüsterte Chris. »Schlaf gut!«

Ich knipste die Deckenbeleuchtung aus und schlich behutsam und leise aus meinem Wohnzimmer. Als ich unter mein Laken glitt und gegen die Decke starrte, tat trotzdem etwas in mir teuflisch weh. Es ist wirklich nicht gut, zu lange allein zu leben.

# 11

Als ich meinen Wagen auf den Parkplatz am Cuxhavener Außenyachthafen fuhr und mir dort eine Lücke suchte, waren nur noch wenige Plätze frei. Das Aufgebot an schweren Limousinen und Geländewagen deutete schon von weitem darauf hin, daß die Langstreckenregatta von Cuxhaven nach Helgoland und zurück gut besucht sein mußte. Ich stieg aus und blickte mich um. Zwischen dem Radarturm südöstlich des rechteckigen Hafenbeckens und dem Fährhafen im Nordwesten knatterten die Flaggen der beteiligten Nationen im stürmischen Wind. Es würde 80 harte Seemeilen werden zwischen der Startlinie nördlich des Kratzsandes, Deutschlands einziger Hochseeinsel, und der Zieleinfahrt in den Cuxhavener Yachthafen. Ich schätzte die Windstärke auf gute sechs Beaufort aus Süd bis Südsüdwest, und der Wetterbericht von Norddeich Radio versprach für den weiteren Verlauf des Tages auffrischenden Starkwind um Acht. Eigentlich schon Sturmstärke. Nun, mir sollte es egal sein. Ich kannte *Kyras* Stärken und Schwächen von der Überführung her. 15 Mann Bordpersonal wollte der Graf angeblich auf sein Schiff verfrachten. Je sechs Mann in der Steuerbord- und Backbordwache, Jens Friedrichsen, der dänische Navigator, Graf Steinitz in seiner Eigenschaft als Skipper und meine Wenigkeit. Ich hatte den besten Posten an Bord, denn ich brauchte weder Schoten zu reißen noch stundenlang am Kartentisch oder am Navigationsrechner zu sitzen. Aber mich als Steuermann und Taktiker würde man in der Luft zerreißen, wenn mein Boot als zweites, drittes oder noch späteres Boot die Ziellinie überfuhr. Der Taktiker legt in einem modernen Regattateam in Absprache mit Navigator und Skipper die Kurse fest, die am optimalsten zum Sieg führen. Dabei muß er andauernd Gleichungen mit mehreren Unbekannten aufstellen und diese entweder im Kopf grob überschlagen oder im optimalen Fall von einem Laptop-Computer unter Deck lösen lassen. Die beiden wichtigsten Komponenten sind dabei Störmungsverhältnisse und Windstärke, gefolgt von der Stärke der eigenen Mannschaft und ihrer Willenskraft. Er muß die Belastbarkeit der eigenen Crew und die Winkelzüge der Gegner vorhersehen und einkalkulieren, Rückschlüsse für die eigene Taktik daraus ziehen und sich, das Boot und die Crew darauf einstellen. Ein guter Taktiker ahnt schon beim Start die Tricks seiner Gegner voraus. Und dennoch gilt er selbst im neuzeitlichen, modernen Regattageschäft immer noch als eine Mischung aus mittelalterlichem Druiden und Computer-Schachspieler. Er muß sogar solche Züge vorhersehen können, an die seine Gegner zu Beginn der Regatta selbst nicht einmal im Traum denken. Im Amerika's Cup werden Wettfahrten in erster Linie nicht mehr von den Steuerleuten oder durch die Muskelkraft der Vorschiffscrew gewonnen, sondern durch die Genialität der Leute, die jede Winddrehung, jede Strömungsvariante, jede Wellenveränderung und jede Änderung in der Psyche der gegnerischen Crew vorherzuahnen wissen. Die Taktiker sind auf den heutigen Regattaparcours die wirklichen Sieger der Wettfahrten. Der Navigator erledigt eigentlich nur die reine Kartenarbeit, die unzähligen Deckshände führen die Anweisungen widerspruchslos aus, und der Skipper trägt bloß noch die Verantwortung. Trotzdem ist er es, der anschließend bei einem Sieg die Lorbeeren empfängt. Hat man indessen verloren, dann war es selbstverständlich die Schuld des Taktikers.

Heute schien das Glück auf meiner Seite zu sein. Windstärke und Windrichtung waren für meinen Geschmack optimal. Eine Fünfundsechziger nahm die Seen bei raumeinfallenden acht Beaufort Wind noch relativ gelassen. Zumal dann, wenn sich mehr als ein Dutzend Männer Bordpersonal darum kümmerte, die 36 Tonnen Kunststoff, Blei und Aluminium optimal auf Geschwindigkeit zu halten. Und einen weiteren Vorteil hatten wir auf unserer Seite. Es war zwar in beinahe allen Klassen reichlich gemeldet worden, aber den kleineren Bootstypen räumte ich auf der Schlaglochstrecke bis hinauf zum rot-weißgrünen Felsen in der Nordsee wenig Chancen ein. Selbst die 36er Mumms und die ILC 40 dürften sich schwertun. 36 oder 40 Fuß stolperten bei Sturmstärke eher über die weißschäumenden Wellenkämme als beruhigende 20 Meter Bootslänge mit etwa 14 Tonnen Bleigewicht im knapp vier Meter tiefreichenden Kiel. Natürlich mußte man das Handicap einer Vergütung bei einem Maxi miteinkalkulieren, aber am Ende einer Wettfahrt bei solch einem Wetter würden die großen Brocken besser dastehen. Was mir wirklich Sorge bereitete, waren meine Gegner. Lord Charles aus Beaulieu an der Südküste Englands hatte seine Firmenyacht *Whitborough* mit Steuermann Bernard Le Duc aus Fécamp gemeldet. Ausgerechnet Bernard, der mich seit dem Debakel mit seinem Trimaran im Multihull-Channelrace nur allzugerne auf den Grund des Meeres wünschte. Bernd Rottmann, mein Bekannter aus Düsseldorf, war mit dabei. Er segelte die *Bulls'n Bears*, einen zum Glück schon etwas betagten Stephenson & Son-Sechziger aus Portsmouth. Sie wurde von einigen Herren aus der Hochfinanzszene gesponsort, die zumindest bis zum Ausgang des Rennens lieber ungenannt bleiben wollten. Und da war natürlich wie auf jedem Nordseeparcours Patrick Berger aus meiner Heimatstadt. Sein 19 Meter langer Werftbau, den er gemeldet hatte, hieß *Trans Port*. Seine eigene, wesentlich kleinere *Transporter*, maß beinahe 15 Fuß weniger. Es handelte sich um eine ziemlich erfolgreiche IMS 50, die sich im letzten Fastnet nur ganz knapp hatte geschlagen geben müssen. Die *Trans Port* hingegen stammte aus der Feder des norddeutschen Yachtdesignerbüros Dülles und Jestrup, das neuerdings auch für Rob de Haan zeichnete. Äußerlich erinnerte sein Maxi an eine Baltic aus Finnland, aber wie ich Berger und die beiden ziemlich unkonventionell arbeitenden Konstrukteure kannte, schlummerten die wahren Qualitäten wohl eher im verborgenen, also unterhalb der Wasseroberfläche. Sie sollte über einen angeblich vier Meter tiefreichenden, großflächigen, jedoch rasiermesserscharfen Flügelkiel verfügen, dessen Form wochenlang in einem Tauchbecken des Physikalisch-Technischen Instituts in Braunschweig unter den unterschiedlichsten Bedingungen getestet worden war. Nicht umsonst schwor auch der niederländische Werftbesitzer aus Medemblik auf die beiden erfolgreichen Norddeutschen.

Ein wenig Selbstbestätigung in Form einer gewonnenen Regatta würde meinem in letzter Zeit häufig überstrapazierten Selbstbewußtsein ohnehin guttun. Von der in Aussicht gestellten 10 000 Dollar-Siegprämie ganz zu schweigen. Das Geld konnte mir bis zum Frühjahr Luft verschaffen, falls über die Wintermonate überraschend Aufträge ausblieben.

Als ich am gestrigen Tag nach der ersten Vorverhandlung das Seeamt verließ, wußte ich nicht, ob ich befriedigt oder frustriert sein sollte. Schon kurze Zeit nach meiner Rückkehr aus England war mir wider Erwarten ein Brief der Seegerichtsinstanz ins Haus geflattert. In meiner Eigenschaft als deutscher Skipper einer unter US-Flagge registrierten Segelyacht wurde ich aufgefordert, zwecks Erörterung des Unglücksfalls vor Portland Bill vorzusprechen. Erst einmal kontaktierte ich meinen Versicherungsagenten. Gerd Zöllner hörte sich meine Befürchtungen an, zerstreute dann jedoch meine Besorgnis. Bei Unfällen mit Todesfolge reagierte das Seeamt immer sehr schnell, versuchte er mich zu beruhigen. Pannhäuser und Leberentz wollten mir auch gleich einen Rechtsanwalt vermitteln, damit die Angelegenheit für alle Beteiligten hinterher nicht auf juristisch wackeligen Beinen stand.

Ich kam also der Aufforderung des Seeamtes nach und schilderte einem Gremium, bestehend aus Hochseekapitänen und altgedienten Lotsen, den Vorfall, so gut ich ihn in Erinnerung hatte und soweit das Logbuch Brauchbares hergab. Als der Vorsitzende beiläufig erwähnte, wer Eigner der *Kyra* war, ging ein Raunen durch den Saal. Mir schien nicht ganz klar, ob ich dies positiv oder negativ einschätzen sollte. Jedenfalls löcherte man mich drei Stunden lang mit allen möglichen Fragen zu meiner seemännischen Karriere, meinen Geschäften und zu meinem Verhältnis zu Sascha, stellte die abenteuerlichsten Thesen auf und bemühte sich, die Fahrt der *Kyra* auf eigens zu diesem Zweck herbeigeschafften Seekarten unter den unterschiedlichsten Seegangbedingungen zu rekonstruieren. Ich kam mir vor wie bei einem Sandkastenspiel, bei dem der Generalstab eine verlorene Panzerschlacht nachvollzog.

Zum Glück war Sascha Körber auf den Regattabahnen von Hamburg und Bremen kein Unbekannter, und so brauchte ich wenigstens die Anwesenden nicht wie in England in epischer Breite davon zu überzeugen, daß ich in Sascha einen hervorragenden Seemann und einen verantwortungsbewußten Wachgänger hatte. Dennoch deutete der Vorsitzende an, daß mir nach Abwägung aller Einzelheiten im Urteilsspruch vermutlich doch leichte

Fahrlässigkeit unterstellte werden würde, weil es seemannschaftlich korrekter gewesen wäre, einen einzelnen Mann, der weder mit dem Revier noch mit der Yacht ausreichend vertraut war, nicht bei aufkommendem Sturm allein im Cockpit zu belassen. Ich wollte schon mit der Frage aufbegehren, wann ich mich während eines vierwöchigen Langtörns eigentlich hätte ausruhen dürfen, doch mein Rechtsanwalt beschwichtigte sofort. Leichte Fahrlässigkeit sei kein Beinbruch, meinte er und ordnete sichtlich befriedigt seine Unterlagen. Die würde bei einem Unfall mit Todesfolge gewöhnlich immer unterstellt. Schon aus Gründen der Räson. Ich erinnerte mich. Genau das hatte vor einiger Zeit auch mein Versicherungsmakler geäußert. Als ich schließlich mit meinem Rechtsanwalt das Verwaltungsgebäude verließ, schlug er vor, erst einmal den endgültigen Spruch des Seeamtes abzuwarten und nicht schon vorher die Pferde scheu zu machen. Alles, was ich dann noch von ihm sah, waren die kurz aufleuchtenden Bremslichter seines Sportwagens, als er vom Hof des Seeamtes fuhr.

Ich öffnete den Kofferraum und nahm die dort verstaute Reisetasche heraus. Schließlich blinzelte ich in den verhangenen Himmel und atmete tief durch. Staub wirbelte auf dem Parkplatz herum. Winzige Windhosen pusteten Blätter in Spiralen nach oben. Der Himmel zog sich schon seit Sonnenaufgang mehr und mehr zu. Heute würde der Blanke Hans mit seiner ganzen Gemeinheit zubeißen und das Regattafeld zwischen Cuxhaven und Helgoland einmal richtig durchrütteln. Mir sollte es recht sein. Ich mochte Starkwind. Besonders in der Elbmündung. Dann hatte ich echte Chancen gegen Berger, der an Regatten auf der Ostsee gewöhnt war. Meine heutigen Hauptkonkurrenten sah ich eher in Lord Whitborough und seinem Steuermann aus dem französischen Fécamp, sowie in

Bernd Rottmann. Alle drei Männer waren Kenner der Gezeitenströmungen und der Windverhältnisse in der Nordsee. Während ich Whitborough und Le Duc eher als Feinde einstufte, betrachtete ich den Düsseldorfer Broker trotz aller Rivalität mehr als Freund. Doch nichts täuschte darüber hinweg, daß Bernd zuweilen ein paar ganz gemeine Tricks auf Lager zu haben pflegte, wenn es darum ging, als erster ins Ziel zu kommen. Doch in dieser Beziehung stand ich ihm in nichts nach. Sobald wir uns auf der schwarzgrauen Rennbahn befanden, zählte nur noch der Weg zum Pokal. Ich war absolut sicher, daß mich Bernd eiskalt niedersegeln würde, wenn er sich dadurch den Sieg sichern konnte. Und dabei durfte ruhig auch einmal ein Spinnaker oder die halbe Scheuerleiste auf der Strecke bleiben. Und Bernd liebte Starkwindregatten genauso wie ich. Bernd Rottmann und Claus-Peter Stockhausen draußen auf der Regattabahn – das war es, was die Leute letztlich anzog. Ein bißchen Matchraceatmosphäre à la America's Cup, ein wenig Formel-1-Fieber und einen Hauch von ›Gunfight at OK-Corral‹ und ›Ben Hur‹. Außer den Damen an den Champagnerbars fieberten auch die Zeitungs- und Fernsehreporter maritimer Mantel-und-Degen-Romantik nach. Speziell dann, wenn die beiden Schrecken der Regattakommissionen möglichst in Sichtweite und vor laufenden Kameras ihren privaten Seekrieg führten. Das hob die Einschaltquoten und animierte die Werbemanager. Deshalb schritt die Regattleitung auch nur dann ein, wenn wir es allzu dreist trieben. Aber trotzdem. Wehe denen, die sonst noch versuchten, uns den Sieg streitig zu machen. Und das galt neben einem gewissen Schreiberling aus Hamburg besonders für einen adeligen Bierbrauer aus Südengland.

Grimmig Steine zur Seite kickend, schlenderte ich mit meiner Reisetasche über der Schulter in Richtung Schwimmstege. Noch bevor ich den Parkplatz verließ, konnte ich schon die Masten der Boote im Becken ausmachen. Die *Kyra* erkannte ich sofort. Der Graf hatte hoch oben am Vorstag eine Flagge mit dem Label der italienischen Modefirma gehißt. Die schwere Skandinavierin lag mit dem Heck zum Steg. Mir fiel der geänderte Name auf. *Kyras* Name war mit dem Schriftzug *Ultima Moda* überklebt und zeigte überraschenderweise auch noch die italienische Flagge am Heck.

Ich schaute mich um. Der Hafen war so vollgepackt mit Yachten wie auf einer schwimmenden Bootsausstellung. Fallenvorläufer klingelten gegen Aluminiummasten, Wanten sirrten, Flaggen und Fahnen knatterten im böigen Wind. Stimmengewirr aus tausend Mündern schwoll mir entgegen. An den Stegaufgängen stapelten sich die Segelsäcke und Proviantkisten; harte, knappe Befehle wurden laut, ein Zeichen dafür, daß die ersten Crewchefs wegen Verspätungen Nerven zeigten. Auch wenn ich beileibe kein professioneller Fulltime-Regattaprofi sein wollte, dieses Hin und Her der Menschen und Kreuz und Quer der Yachten empfand ich jedesmal als prickelndes, erotisierendes Aphrodisiakum. Steinitz' Schiff wartete wie eine begehrenswerte Penelope auf ihren sehnsüchtig herbeieilenden Gemahl. Maxiyachten, das bedeutete für einen ernsthaften Segler sowieso die aus Kunststoffschäumen oder Leichtmetallen geborene, von schneeweißen Schwingen vorangetriebene Sinnlichkeit schlechthin. So wie ich jetzt, mußte sich ein Formel-1-Rennfahrer fühlen, wenn er unmittelbar vor dem entscheidenden Rennen in voller Rennmontur und mit dem Helm unter dem Arm auf seinen in der Boxengasse bereitstehenden Boliden zusteuert. Wie bei jedem Wettkampfsport steht auch beim Regattasegeln der Kampf an erster Stelle. Ein unblutiger Kampf, zugegeben, aber dennoch ein Kampf. Und der wird nicht selten bis zur Selbstaufgabe geführt. Was uns Segler auf den tonnenschweren Yachten von den Piloten in den vergleichbar federleichten Formelkaskos oder den verbissenen Spielern auf dem Tenniscourt unterscheidet, ist die Tatsache, daß wir nicht alleine kämpfen. Regattasegeln ist Mannschaftssport oder besser Mannschaftskampf. Man gewinnt, indem man 10 bis 20 Männern die richtigen Kommandos erteilt, damit die richtigen Handgriffe ausgeführt werden, um so viel Geschwindigkeit wie möglich aus diesen schwimmenden Millionengräbern herauszuholen. Regattasegeln mit den tonnenschweren Hochseeyachten der Maxiklasse bedeutet gleichsam die Krone aller Wettstreitigkeiten. In welcher Sportart werden derartige Werte eingesetzt, werden so vielen Sportlern zugleich alle Kraftreserven abverlangt, um das Ziel als erster zu erreichen? Regattasegeln auf Maxis, das bedeutet aber auch, diese Boliden sowohl bei Schwachwind wie bei Sturm stets mit der Grazie einer Ballerina um winzige Wendemarken herumzubekommen und dabei gewaltige Kräfte und Gewichte ebenso zielsicher zu handhaben wie Tennisspieler ihre geradezu filigranen Schläger. Solch eine Fertigkeit beherrschen in unserer hochtechnisierten, verkabelten und vernetzten Welt leider nur noch ganz wenige Spezialisten. Ein paar Leute schienen zu glauben, ich gehörte mit dazu.

Gedankenversunken strichen meine Finger durch meine immer noch viel zu langen, störrischen Haare, während ich hinunter zum Steiger lief, an dem die Maxis lagen. Bevor ich den Steg erreichte, klopfte mir jemand auf die Schulter. Ich drehte mich um. Neben mir stand Bernd Rottmann und grinste breit.

»Hi, Kleiner!« schnaubte er in breitem Amerikano-Rheinländisch.

»Na, Bernd?« entgegnete ich. »Lust auf eine Tracht Prügel?«

Rottmann drehte sich suchend um. »Von wem? Doch nicht etwa von dir.«

Ich lachte und klopfte ihm ebenfalls auf die Schulter. Wie gesagt, ich mochte Bernd Rottmann.

»Sieh dich vor!« warnte ich ihn. »Du weißt doch. Den letzten beißen die Hunde.«

»Also dich!« frotzelte der Düsseldorfer Wertpapierhändler.

Ich zeigte mit dem ausgestreckten Zeigefinger meiner rechten Hand auf seine Brust und deutete dabei mit dem abgespreizten Daumen die Umrisse einer Pistole an.

»Wir sehen uns!« murmelte ich.

»Worauf du einen lassen kannst, Kleiner!« antwortete Rottmann.

Kaum, daß ich den Steg erreichte, lief mir auch schon der Lord über den Weg.

»Na, Durchlaucht«, begrüßte ich den britischen Aristokraten despektierlich.

»Fahr zur Hölle, Stockhausen!« knurrte der Mann aus Beaulieu. Sein gerötetes Gesicht zeigte, daß er an der Champagnertheke schon kräftig mitgehalten hatte.

»Soll ich dich mitnehmen?« fragte ich lachend.

»Wart's ab«, entgegnete Whitborough. »Le Duc wird dir schon dein Lästermaul stopfen.«

Der Lord tippte nur noch mit Zeigefinger und Mittelfinger gegen seine Stirn und machte sich dann kommentarlos davon. Damit schienen die Fronten geklärt. Le Duc wollte mich also immer noch zu den Haien schicken. So ein unverbesserlicher Idiot! Hatte er seit dem Trimaranrennen immer noch nicht genug? Ein Schauer lief mir über den Rücken. Le Duc war gefährlich. Gemeingefährlich. Eigentlich gefährlicher als Whitborough, Rottmann und Berger zusammen.

Ich schwang mich über die Reling ins Mittelcockpit der *Kyra*, die seit diesem Tag *Ultima Moda* hieß. Eine vertraute Umgebung. Acht bullige Kerle aus meiner Truppe blickten auf und grinsten mir verschwörerisch zu. Ich musterte die Burschen. Die meisten waren regelrechte Muskelpakete. Männer, an die einsame Frauen so ab dem heiratsfähigen Alter selbst in ihren wildesten Träumen nicht zu denken wagten. Muskelbepackte, sehnige Kampfmaschinen. Keiner unter 90 Kilo leicht, mit Armen wie Windmühlen und kraftstrotzenden Oberschenkeln. Jeder der Burschen hatte eine Figur wie Stallone oder Schwarzenegger. Die richtigen Leute, um auf Kommando Winschen und Coffeegrinder selbst unter Last wirbeln zu lassen und ansonsten genügend zusätzliches Luvgewicht auf die hohe Kante zu bringen. Ich nickte ihnen zu und begab mich unter Deck.

Jens Friedrichsen sortierte gerade am Kartentisch Handbücher und Seekarten. Ich schlängelte mich an der Navigationsbude vorbei und klopfte ihm auf die Schulter. Anschließend lud ich meine Reisetasche auf der unbenutzten Lotsenkoje ab. Dieselbe Koje, die ich schon während des Törns von Newport nach Hamburg benutzt hatte. Fröhlich pfeifend streifte ich meine Jeans und mein Sweatshirt ab und begab mich, nur mit einem Handtuch und einer Flasche Duschschaum bewaffnet in die Naßzelle. Laut pfeifend riß ich die Tür auf und wollte schon in den schmalen Verschlag hineinstürmen, als ich fassungslos zurückzuckte. Unter der Dusche stand eine Frau! Sie trug nicht mehr am Leibe als ich in diesem Moment. Und diese Frau kannte ich. Ich zuckte zurück, entschuldigte mich und schlug die Tür von außen wieder zu. Friedrichen drehte sich herum und grinste breit.

»Na«, bemerkte er in holperigem Deutsch, »kleines Malheur?«

»Ach, leck mich!« antwortete ich grob und begab mich ins Vorschiff, wo die Vector über eine weitere Duschkabine verfügte. Verdammt nochmal! Was um alles in der Welt hatte den Grafen dazu veranlaßt, Claudia Bergmann an Bord seiner Yacht einzuladen?

Mit nassen Haaren und auch sonst noch ziemlich feucht und nur mit meinem Handtuch um die Hüften verließ ich nach der viertelstündigen Duschorgie die Kabine. Die Türe zum Vorschiff stand offen. Unwillkürlich schloß ich die Augen, als ich bemerkte, daß ich schon wieder nicht allein war. Claudia Bergmann hockte nur mit einem knappen T-Shirt bekleidet auf einer der Vorschiffskojen und durchsuchte dabei in aller Ruhe ihre Reisetasche nach Pullover und Hose. Sie drehte sich unwillkürlich nach mir um. Ich murmelte erneut ziemlich widerwillig eine Entschuldigung. Aber Claudia grinste nur, schlüpfte in eine bereitliegende Jeans und deutete gleichzeitig demonstrativ auf die Trenntür zwischen Vorschiffskabine und Salon. Doch ich war längst verschwunden.

Als ich erneut am Kartentisch vorbeikam und sah, daß sich Jens vor Lachen bog, wäre ich beinahe handgreiflich geworden. Ich streifte mir wütend ein schneeweißes Sweatshirt über und schlüpfte in eine weinrote Hose. Dieses Outfit schien die Standarduniform für die Crew an Deck des italienischen Sponsors zu sein, denn überall prangten deutlich sichtbare Labels. Ich kam mir vor wie eine wandelnde Litfaßsäule. Knurrend stieg ich in meine Docksides und machte, daß ich nach oben kam. Ich hatte dringend frische Luft nötig. Oben an Deck begrüßte mich Skipper Stefan Graf Steinitz. Er grinste breit.

»Na, haben Sie sich schon eingelebt?« lachte er.

»Warum haben Sie mir nicht gesagt, daß Frauen an Bord sind?« herrschte ich ihn an.

Steinitz' Lachen wurde noch eine Spur breiter. »Ach, vergaß ich das?« antwortete er mit einer Gegenfrage.

So jovial kannte ich ihn gar nicht.

»Claudia ist Ihnen ja nicht unbekannt. Im übrigen sollen Sie die Kiste hier steuern und sich nicht um Mädels kümmern!«

In diesem Augenblick stellte sich ein Fremder neben

den Grafen. Der Mann trug einen dunkelblauen, zweireihigen Wollmantel und schwarze Slipper. Himmel, was suchte denn diese Landratte auf einem Maxi? Der würde doch hoffentlich nicht mitsegeln wollen?

Steinitz bemerkte meine Unschlüssigkeit.

»Claus-Peter«, begann er und stellte sich zwischen den neuen und mich, »darf ich Ihnen den Sponsor vorstellen? Signor Corbieri, this is Mr. Stockhausen. Claus-Peter, dies hier ist Luiggi Corbieri von Ultima Moda, Rom. Signor Corbieri spricht leider kein Deutsch. Wir sollten uns auf Englisch unterhalten.«

Während wir uns die Hände reichten, musterte er mich scharf. Corbieri war etwa 50 Jahre alt, untersetzt und wirkte wegen seiner glänzenden, schwarzen Haare und seinem buschigen Schnurrbart irgendwie pomadig. Er glich eher einem Partisanenkämpfer aus dem Zweiten Weltkrieg als dem Chef eines großen italienischen Modehauses. Am unangenehmsten fielen mir seine stechenden, kohleschwarzen Schweinsäuglein auf.

»Bon giorno, Signor«, begrüßte ich ihn. Mehr Italienisch beherrschte ich ohnehin nicht.

Ein Lächeln zuckte über seinen Mund.

»Gutten Tack, Signor Stockhausen«, bemühte sich Corbieri im Anschluß um seine deutschen Sprachbrocken. Schließlich wünschte er mir noch viel Erfolg für das Rennen und stieg daraufhin in Steinitz' Begleitung wieder zurück an Land.

Achselzuckend wandte ich mich ab und begann, die Arbeit der Crew zu kontrollieren. Claudia Bergmann befand sich also an Bord. Na, mir sollte es egal sein. Ich war lediglich Legionär. Ein, sofern ich das Rennen gewann, ziemlich gut bezahlter Steuermann und Taktiker. Steinitz und sein Italiener hatten einen ausgehungerten und erfolgsverwöhnten Regattasegler angeheuert. Einen Kämpfer, und wenn es hart auf hart zuging, auch einen Trickser und

Falschspieler. Doch die Hölle sollte uns alle holen! Ich mußte gewinnen, weil 10000 Dollar davon abhingen; die Italiener wollten ein siegreiches Boot, weil ihr Label auf dem Rumpf prangte und mit Sicherheit Unsummen in das Projekt investiert worden waren. Steinitz war auf jeden Fall immer fein raus! Deshalb wohl auch die Namensänderung. Wenn seine Yacht das Rennen verlor, dann verlor nämlich eine gewisse *Ultima Moda* und keinesfalls seine *Kyra*. Wenn wir allerdings als erste über die Ziellinie schossen, dann siegte selbstverständlich er mit seiner Yacht.

Ich griff in meine Segeljacke und zog den obligatorischen Flachmann mit hochprozentigem Inhalt hervor. Cheerio, Miß Sophie! Same procedure as last jear! Prost, Kleines! Auf ein Neues! So wie im letzten Jahr! Ich umfaßte das vertraute, wildlederumspannte Edelstahlsteuerrad und starrte zur 18 Meter weit entfernten Bugkorbspitze. Okay. Bernard, James, Bernd und Patrick! Laßt es uns angehen! Business as usual! Show must go on!

Ich kletterte auf das Mitteldeck mit den beiden dort verankerten Coffeegrindern. Die Jungs begrüßten mich. Gleichzeitig trat Joe auf mich zu. Joe war Schotte, wohnte jedoch im nordfranzösischen Saint Vaast-la-Hogue nahebei Cherbourg und arbeitete, wenn er nicht gerade auf Mehrrümpfern über den Ärmelkanal preschte, überwiegend als Bootstester für verschiedene europäische Wassersportfachblätter. Joe war berüchtigt dafür, daß er Testboote gerne in verschieden große Einzelteile zerlegt zurück zum Ausgangsort brachte, was bei manchen Werftchefs nicht selten zu unkontrollierten Wutausbrüchen führte. Andererseits galt es als verkaufsfördernd, wenn ein Vorführmodell Joes gnadenlose Tortur in einem Stück überstand. Jedenfalls rissen sich die Fachzeitschriften um den Segelprofi mit dem für einen Schotten höchst ungewöhnlichen Wohnsitz auf der normannischen Halbinsel Cotentin. Normalerweise fuhr er Regatten zusammen mit Lothar Simon. Keine Ahnung, wie es der Graf fertiggebracht hatte, den Schotten aus Simons Team abzuwerten. Joe Collins einsame Spezialität waren die blitzschnellen Vorsegelwechsel und Spinnakermanöver unter Starkwindbedingugnen. Gewöhnlich war er es, der sich zur Nock des Spinnakerbaums emporhangelte, wenn es darum ging, die Schot beim Runden der Bahnmarke im entscheidenen Moment auf die Sekunde genau freizubekommen. Dabei störte ihn nicht im geringsten, daß sich sein Arbeitsplatz in diesem Moment meterhoch und völlig ungesichert über der tosenden See im Sturzbach der Bugwelle befand. Er wirkte trotz seiner 40 Jahre immer noch extrem durchtrainiert. Wie von einem Profi zu erwarten, begriff er sofort, wie ich die Spinnakermanöver gefahren haben wollte. Der Schotte trommelte seine Vordecksmannschaft zusammen und begann mit den Männern die einzelnen Manöverschritte noch einmal im Detail durchzusprechen.

Schließlich ging ich an Deck auf und ab. Der Graf hatte ganze Arbeit geleistet. Alle Fallen, Strecker, Auf-, Nieder-und Beiholer waren erneuert. Alle Abklemmvorrichtungen trugen Beschriftungen. Ich kontrollierte die Leinenführung und war beruhigt. Ich prüfte die Vorsegelwinschen und ließ ihre Arretierunszapfen im Innern gegen die Außentrommeln klackern. Ließ man die Winsch mit Hilfe eines durchgezogenen Tauwerks rotieren, dann klang der Ton wie ein helles Klingeln. Alles in Ordnung! Dem Klang nach zu urteilen konnte ich davon ausgehen, daß ein Mechaniker sie auseinandergenommen und neu gefettet haben mußte. Nichts frustriert einen mehr, als wegen einer fressenden Schotwinde vielleicht kurz vor dem Ziel den Sieg dann doch noch zu verspielen.

Ich warf schließlich einen Blick in die schwindelerregende Höhe des neu geriggten und mehrfach mit Backstagen nach achtern abgestützten Karbonmastes. Turmhoch ragte diese vierfach verstagte Kohlefaserpalme in den Himmel. Die Rollreffanlage war auch verschwunden. Statt dessen stützte ein aerodynamisch geformtes Profilvorstag den Mast nach vorne hin ab. Teufel aber auch! Steinitz hatte seine Italiener für dieses Rennen verdammt tief ins Portemonnaie greifen lassen! Das Großsegel lag sauber in breiten Falten auf beiden Seiten am Großbaum herab. Ich stutzte und faßte in das Gewebe. So etwas hatte ich noch nie in der Hand gehabt. Die Oberfläche fühlte sich absolut glatt an. So, als wäre das Segel aus einem Stück gefertigt. Ich zog zwei Bahnen auseinander und suchte die Nähte der einzelnen Tuchbahnen. Fehlanzeige. Ein eisiger Schauer rieselte meinen Rücken hinunter. Unwillkürlich stellten sich meine Nackenhaare auf. So also fühlten sich die neuen, über einer gewölbten Form unter Vakuumdruck und Hitze gebackenen Foliensegel an. Ich stürzte zum Halsbeschlag und suchte das Emblem des Herstellers. Richtig. Wie ich schon vermutete, handelte es sich tatsächlich um ein Produkt der bekanntesten High-Tech-Segelschmiede in den Vereinigten Staaten. Vom Gewicht her ließ sich dieses Tuch annähernd mit Gold aufwiegen. Langsam wurde mir klar, warum der Graf vor einem Monat von mir verlangt hatte, daß ich den Terminplan für die Überführung peinlich genau einhielt. Nicht nur er wollte anläßlich des Helgoland-Race seine Neuerwerbung siegen sehen. Und dabei schien allen Beteiligten jedes Mittel recht und kein Preis zu hoch.

Ich kletterte zurück ins hintere Cockpit und strich noch einmal gedankenversunken über das brusthohe Steuerrad. Hier würde ich je nach Windgeschwindigkeit und Wellenhöhe die nächsten Stunden ausharren müssen. Normalerweise brauchte ich für einen Hochseeparcours einen zweiten Steuermann, damit ich zeitweise das Cockpit verlassen konnte, um unter Deck den Bordcomputer mit den eigenen und den Daten der Kontrahenten zu füttern und die Taktik festzulegen. Doch an einem Tag wie heute fuhr ich lieber nach Gefühl. Bei all dem High-Tech an Bord segelte schließlich immer noch ein denkender Mensch das Schiff und kein Elektronikchip. Ich wußte, daß zumindest Rottmann genauso dachte wie ich.

Das Funkgerät quäkte. Ich schlängelte mich nach unten, griff nach dem Hörer und warf einen Blick auf die Karte der Bucht von Helgoland, auf der Jens Friedrichsen bereits ein paar Wegpunkte eingetragen hatte.

»Ja, hier die ..., äh, *Ultima Moda*«, antwortete ich stockend. Ich mußte mich erst noch an den neuen Namen gewöhnen.

»Okay, *Ultima Moda*«, rief ein Offizieller aus der Regattaleitung durch den Äther. »Bitte machen Sie sich langsam klar. Die Boote der Klassen bis 40 Fuß sind bereits auf der Piste, alles über 40 Fuß ist in einer halben Stunde dran.«

»Danke«, brummte ich zurück und legte den Handhörer in die dafür vorgesehene Klemme.

Nachdenklich knöpfte ich meine Jacke zu und zwang meine Hände in nagelneue und deshalb noch viel zu enge Segelhandschuhe. Als ich an Deck erschien, hatte meine Crew bereits den Motor gestartet und die Festmacher gelöst. Mit langsamer Fahrt verließen wir die Boxengasse, dieselten an der Flaggenparade entlang und grüßten dabei die Menschenmasse, die sich am Elbufer eingefunden hatte. Steinitz steuerte, und Joe Collins, der neben ihm stand, dirigierte ein paar unser Vorschiffgorillas mit den nicht mehr benötigten Festmachern und Fendern hin und her. Für den Schotten schien das Rennen am heutigen Morgen nichts anderes als Routine zu sein.

»Was halten Sie vom Wetter, Claus-Peter?« fragte Steinitz und mußte sich anstrengen, daß ich ihn bei dem durch die Wanten pfeifenden Wind überhaupt verstehen konnte.

»Viel, Graf Steinitz«, erwiderte ich. »Steckt eine Menge Wind in den Wolken. Das wird das dichtgedrängte Feld der Kleinen auseinanderreißen. Bis dahin vertraue ich auf den mehr südlich einfallenden Wind. Wird ein beinharter Ritt bis hinauf zum Felsen.«

»Starten wir aus einer der hinteren Reihen?« fragte er und hob die Brauen.

»Wo denken Sie hin, Graf?« setzte ich lachend nach. »Dies ist hier eine Hochseeregatta und kein Damenkränzchen. Lassen Sie mich und Joe nur machen. Wenn wir Glück haben, fallen bei ein paar unserer Kontrahenten schon vorher die Masten herunter. Man soll immer optimistisch bleiben.«

Steinitz starrte mich für ein paar lange Sekunden nachdenklich an und schüttelte schließlich mit sehr ernster Miene den Kopf.

»Keinen Unfug, Claus-Peter!« warnte er mich. »Corbieri will keine negativen Schlagzeilen.«

Ich erwiderte seinen Blick und zuckte nicht für einen Moment mit den Wimpern.

»Ich will gewinnen, werter Graf«, entgegnete ich vielleicht eine Spur zu schroff. »10 000 Cash sind eine Menge Geld. Wie heißt es doch so schön: der Zweite ist nur der Schnellste unter den Verlierern! Wäre doch schade, wenn die 100 000 Mäuse, die das Foliengroßsegel und der Kohlefasermast zusätzlich gekostet haben, gänzlich umsonst investiert gewesen wären.«

Die Miene des Adeligen verzog sich wieder zu einem breiten Grinsen. Er hob seine rechte Hand, deutete mit dem ausgestreckten Zeigefinger auf den nächsten Kontrahenten und spreizte den Daumen nach oben ab. Dann zog er mit seinem Mittelfinger einen imaginären Abzugsbügel durch. Ich mußte schmunzeln. Jetzt war unumstößlich klar, wer innerhalb der nächsten zehn bis zwölf Stunden das Sagen an Bord hatte.

»Joe!« rief ich dem Schotten zu.

»Yes, Sir?« antwortete er zackig und salutierte mit seinem rechten Zeigefinger.

»Zuerst die Dreier! Und leg die bunte Tüte schon mal zurecht!« befahl ich knapp.

»Okay!« rief er ebenso kurz angebunden zurück. Wie gesagt, auf Joes Vorsegelmanöver konnte ich mich blind verlassen.

Während zwei Mann auf Kommando des Schotten hinter die Schotwinschen kletterten, zwei andere spielerisch schon einmal die Coffeegrinder auf dem Zwischendeck klickern ließen, sprang der fünfte der Backbordwache durch das Vorluk in die Segellast, um zwei Segelsäcke an Deck zu zerren. Hinter mir nahm ein weiterer Mann seine Positionen an den Backstagen ein. Der Rest der Crew machte sich fertig, das jeweilige Vorsegel und das Groß auf Kommando zu heißen. Während unserer Fahrt hinaus ins Startgebiet bellten Joe und ich unablässig halblaute Kommandos. Wenn man für Geld auf einer Regattayacht anheuert, muß man physisch und psychisch hart im Nehmen sein. Die Umgangsformen und der Umgangston an Bord einer solchen überbemannten Rennmaschine waren schon seit jeher rauh. Wer da meinte, unbedingt die Mimose herauslassen zu müssen, hatte ziemlich geringe Chancen, in nächster Zukunft noch einmal einen Job auf einem Wettfahrtschiff zu bekommen. Ich löste den Grafen am Ruder ab und beobachtete die Crew. Unsere Jungs waren wirklich nicht schlecht. Echte Profis, die ihr Geschäft beherrschten und jedes Fall, jede Schot, jeden Strecker, jede Leine des verwirrenden Tauwerks an Deck blind zu kennen schienen. Es waren Männer, die ihren Job gut erledigten und wenig zu denken, dafür jedoch um so mehr körperlich zu arbeiten hatten. Kraftpakete, die ausschließlich Winschen drehen und riesige Segelflächen setzen, bergen und eintrimmen mußten. Mit solchen Männern konnte man Regatten gewinnen und nicht mit Leuten, die ständig meinten, zu allen Entscheidungen ihren Senf dazugeben zu müssen. Warum nur hatte Steinitz meine ehemalige Wachführerin als Crewmitglied aufgestellt?

Claudia Bergmann hatte sich bereits beim Ablegen im Hafen auf eine der beiden Sitzbänke im hinteren Plichtteil niedergelassen und musterte mich und Joe wie eine stadtbekannte Kritikerin die beiden Hauptdarsteller während einer Theaterpremiere. Sie trug wieder ihren leuchtend roten Floating Suit und rauchte zum offensichtlichen Ärger des Grafen eine Zigarette nach der anderen. Das versöhnte mich ein wenig, denn die beiden schienen in diesem Augenblick wesentlich nervöser zu sein als wir alle zusammen. Nichts ist mir verhaßter als Crewmitglieder, die vor dem Startschuß zu einer Hochseeregatta mehr Ruhe ausstrahlten als der Mann am Ruder. Ich umklammerte die Edelstahlspeichen härter und drückte den Steuerhebel für die Einbaumaschine energischer nach vorne. Verdammt! Heute wollte ich gewinnen! Heute mußte ich einfach gewinnen! Und weder Bernd noch Patrick oder der Engländer mit seinem französischen Steuermann sollten mir dabei im Wege stehen.

Langsam zogen wir aus dem Hafen hinaus und liefen auf die Startlinie zu. Sie wurde von einer riesigen, orangeroten Kissenboje und dem Startschiff, dem riesigen Kabinenkreuzer eines der Clubpräsidenten, gebildet.

»Groß!« rief ich.

Das braune, hellschimmernde Tuch glitt knatternd am schier endlos langen Karbonmast empor. Ich maß noch einmal die Segelfläche des nagelneuen Laminatsegels. Wahnsinn! Vielleicht sollte ich doch Charlys Vorschlag folgen, die Überführung von Yachten aufgeben und mein restliches Geld statt dessen in seine Segelmacherei stecken.

»Genua III!«

Das Vorsegel kam am Profilvorstag ebenfalls heftig knatternd nach oben.

»Allright, Skip!« dröhnte Joe von vorne, während einer aus der Crew die Winschen bimmeln ließ. Ich zog den Stopknopf für den Motor, und der 65 Fuß lange Maxi fing mit seinen Hightech-Segeln den Wind wie mit den Schwingen eines Adlers auf. Elegant und majestätisch setzte er sich in Bewegung.

»Backstag!« grunzte ich. Hinter mir hörte ich das Knarzen des Dyneematauwerks in den Umlenkrollen.

»Ist dicht, Skipper!« gab der Mann zurück. Ich drehte mich zu ihm um. Er grinste. Ich merkte, wie unwillkürlich auch ein Lächeln über meine Lippen huschte.

»Ich bin nicht der Skipper!« ermahnte ich ihn grinsend.

»Ich weiß!« lachte der Mann.

Steinitz stieß mich an. Sein Blick schien fragend.

»Der Wind steht doch noch relativ günstig. Setzen wir nicht gleich den Spi?« fragte er mich.

»Nicht sofort, Graf«, antwortete ich. »Mit der kleinen Genua werden wir im Startgewimmel wesentlich wendiger sein. Im übrigen läßt sich nach dem Startschuß die Dreier schneller bergen, während Joe gleichzeitig den Spinnaker setzt.«

Zum Glück gab sich Steinitz mit meiner Erklärung zufrieden. Ich verspürte wenig Lust, in diesem Moment Regattataktik zu erörtern. Claudia starrte zu Berger und Rottmann herüber, die ebenfalls erst einmal kleinere Vorsegel setzten. Nur Le Duc pokerte hoch. Auf der Whitborough lag der Spinnakersack bereit.

Schließlich näherten wir uns dem Startschiff. Ein Schuß ertönte, wobei ein kleines Rauchwölkchen sichtbar wurde.

»Noch fünf Minuten!« stellte Jens Friedrichsen, der sich neben mich stellte, überflüssigerweise fest. Langsam wurde es eng im hinteren Cockpit.

Winschen bimmelten, die Großschot ratschte durch die Kugellagerblöcke und durch den Servo-Block auf dem Travellerschlitten.

»Genuaschotschlitten auf Position Acht!«

»Großschot dichter! Stop! Okay!«

»Was macht die Tüte, Joe?«

Anstatt einer Antwort erntete ich nur den mißbilligenden Blick des Schotten. Doch er hielt den Daumen seiner rechten Hand nach oben. Ich konnte zufrieden sein.

»Halse!«

Wieder ratschten die Arretierungszapfen im Innern der Schotwinschen, während einer der Männer den Coffeegrinder kraftvoll durchzog und ein anderer gleichzeitig das Tauwerk einholte. Gleichzeitig säbelte der mächtige Großbaum, den die Deckscrew nur die ›Guillotine‹ nannte, zusammen mit dem knatternden Foliengroßsegel über das Schiffsdeck.

»Backstagen!«

»Sind dicht!«

Ich schaute zum Startschiff hinüber. Ein eiskalter Hauch wehte mir plötzlich vierkant ins Gesicht. Oben auf der Flybridge standen mehrere Männer. In ihrer Gesellschaft befand sich eine Frau. Sie war sehr elegant gekleidet und schützte ihre halblangen hellblonden Haare mit einer schneeweißen Kappe vor dem Seewind. Neben ihr lehnten sich der untersetzte Luigi Corbieri und ein anderer, hochgewachsener Mann gegen den Seezaun. Ich kannte den anderen, der gerade seinen Arm um die attraktive, wesentlich jüngere Frau legte. Es war der Vorsitzende der Oppositionspartei, der vielversprechende Kanzlerkandidat bei der im kommenden Jahr anstehenden Bundestagswahl. Die Frau in seiner Begleitung sah zu mir hinunter. Ich hätte zu gerne gewußt, was sie in diesem Moment dachte. Verdammt! Was hatte sie bloß auf dieser Motoryacht und in den Armen dieses stockkonservativen Politikers zu suchen? Und was veranlaßte den Parteivorsitzenden, dieses eiskalte Biest an sich zu drücken? Und wieso zählte der Italiener mit dem Aussehen eines Partisanenkämpfers aus dem Zweiten Weltkrieg als Dritter im Bunde? Ein Schuß ertönte.

»Eine Minute!«

»Klar zur Halse!« brüllte ich.

Das Erlebnis wirkte wie der letzte Kick auf meine ohnehin schon bis zum Zerreißen gespannten Nerven. Der letzte Rest Vernunft machte endlich grimmigem Zorn Platz. Und dem unnachgiebigen Willen zu gewinnen. Hier und jetzt. Ohne Rücksicht auf Verluste. Die Winschen bimmelten im gleichen Rhythmus, wie meine Jungs die Kurbeln des Coffeegrinder rotieren ließen. Ich blickte nochmals nach oben zur Flybridge der Motoryacht. Sylvia hatte sich aus dem beinahe schon zärtlichen Zugriff ihres Begleiters gelöst. Die rechte Hand meiner geschiedenen Frau zeigte mit dem Zeigefinger in meine Richtung. Ihre Lippen bewegten sich, während sie mit Corbieri ein paar Worte wechselte. Der Mund des Italieners verzog sich zu einem breiten Lachen.

# 12

»Verdammt, Joe!« rief ich dem Schotten warnend zu.

Collins begriff auch ohne viele Worte, nahm die Kurbel in die Hand und zog die Dyneemaschot für die Genua III eine Idee dichter. Steinitz schaute ihm interessiert zu. Es ist selbst für Regattafachmänner immer wieder faszinierend, die Teamarbeit zwischen Steuermann und Genuatrimmer zu beobachten. Gewöhnlich reichten ein paar hart formulierte Kommandos, damit meine Vordecksmannschaft wußte, was sie zu tun hatte.

»Welche Seite?« erkundigte sich der Graf.

Ich zuckte nur gedankenversunken die Achseln und wies zum Hauptpulk der Regattateilnehmer hin.

»Warum fallen wir nicht ab und greifen sie uns von der anderen Seite?« wollte er wissen.

Ehe ich antworten konnte, hob Claudia demonstrativ ihre Stoppuhr. »Paß auf! Wir haben noch über 30 Sekunden Zeit!« schob sie nachdenklich hinterher. »Das könnte vor der Linie knapp werden!«

Ich wußte, was die junge Frau meinte. Wir preschten momentan auch für meinen Geschmack viel zu schnell auf die Startlinie zu Langsam hieß es zu reagieren. Erreichte ich die Linie zu früh, durfte ich einen Strafkringel drehen. In Luv konnten mich Berger und Lord Whitborough abdecken und hinterher mit mir machen, was sie wollten. Alles sprach in diesem Augenblick tatsächlich dafür, noch einmal zu halsen, damit wir keinen Frühstart riskierten. Allerdings segelt man keine Regatta gegen Whitborough und Konsorten, um Risiken aus dem Wege zu gehen.

Ich mag die Distanz zur Startlinie zwischen dem Startboot und der Boje. Noch fünf Bootslängen. Zeit genug für ein Sicherheitsmanöver, doch ich hielt eisern Kurs. Hinter mir knurrte der Graf unwillig auf. Ich drehte mich zu ihm herum und warf ihm einen warnenden Blick zu. Er verstummte auf der Stelle, und ich nickte grimmig. Aus dem Augenwinkel beobachtete ich Claudia, die den Kräftevergleich zwischen uns aufmerksam verfolgte. Ein Blick auf die Jumboanzeigen am Mast zeigte mir den noch verbleibenden Zeitspielraum bis zum Startschuß an. 15 Sekunden. Das Achterliek der Genua III vibrierte jetzt jedoch schon stärker. Wir fielen immer mehr ab. Gleich würde sie überkommen wollen. Genau der richtige Moment zum Handeln.

»Joe!« bellte ich in Richtung Vordeck.

Mein Vordecksmann aus Saint Vaast-la-Hogue schien auf diesen Zuruf ganz offensichtlich gewartet zu haben. Collins riß mit einer energischen Handbewegung die Genuaschot von der Winsch und deutete der Vordecksmannschaft an, das Vorsegel herunterzunehmen. Wie von Geisterhand senkte sich das gelbbraune Tuch auf das Vordeck, während wir einerseits an Fahrt verloren, gleichzeitig jedoch der Spinnakerbaum nach oben klappte und ein schneeweißer Spinnaker mit dem Emblem von Ultima Moda halb nach oben schoß. Ich beobachtete Berger. Mein Konkurrent aus Hamburg hielt seine *Trans Port* in der Nähe von Rottmann, den er wohl als seinen Hauptkonkurrenten betrachtete. Mir sollte es recht sein. Sollte sich doch der Wertpapiermakler mit dem Schriftsteller und Playboy herumärgern. Mir reichte bereits die Tuchfühlung eines Bernard Le Duc, um meinen Kreislauf anzutreiben. Die *Whitborough* lag eine gute Bootslänge vor uns. Während der französische Steuermann den rot-weißblauen Spinnaker im Muster des britischen Union Jack vollständig vorheißen ließ, luvte er gleichzeitig leicht an und versuchte, uns durch dieses Manöver ein Vorbeifahren unmöglich zu machen. Wäre ihm dieser Hattrick gelungen, hätte ich, um ihn nicht zu touchieren, noch vor der Startlinie ausweichen und im ungünstigsten Fall sogar einen Kringel drehen müssen.

Sieben, sechs, fünf.

»Groß fieren!« brüllte ich.

Einer der Gorillas hatte die Schot längst aus dem Servoblock gerissen. Der Großbaum schwenkte aus. Das braunglänzende Segeltuch flatterte im Wind, und *Ultima Moda* verlor auf der Stelle an Fahrt. In diesem Moment knallte auch schon die von mir im letzten Augenblick aus den Augenwinkeln heraus bemerkte Bö ins Rigg. Rottmanns *Bulls 'n Bears* schoß von achtern heran und schob sich in Lee des Franzosen. Le Duc fluchte unüberhörbar, als er merkte, daß nicht nur ich ihn hereingelegt hatte. Die *Whitborough* war wegen der plötzlichen Windzunahme zu schnell geworden und baute einen klassischen, geradezu lehrbuchreifen Frühstart. Berger tauchte zudem auch noch urplötzlich hinter Rottmann auf und versuchte auf diese Weise, die Lücke zwischen mir und Bernd vollständig dicht zu machen. Zwischen den Spinnakerbäumen der *Trans Port* und der Ultima Moda fand allenfalls noch die berühmte Briefmarke Platz.

Zwei, eins! Go!

»Groß dicht! Spi! Macht zu, Männer!« brüllte ich nach vorne. Im gleichen Moment wirbelten bereits die stählernen Doppelkurbeln der Coffeegrinder und ließen die Zahnräder im Innern der 62:1 übersetzten Schotwinden lautstark klingeln, wobei unser schneeweißer Spi mit dem Ultima-Moda-Symbol vollends den Masttopp erreichte und das Großsegel dichter geschotet wurde. Auf dem

Startschiff puffte ein weißes Wölkchen in den verhangenen Himmel. Das Rennen war gestartet.

Patrick Berger kam Bernd Rottmann sofort bedrohlich nahe, zumal sich seine *Trans Port* infolge eines taktischen Manövers um über 25 Grad auf die Seite legte. Bergers Masttopp mit dem gigantischen Spinnaker schwang wie ein Pendel haarscharf am Rigg der *Bulls 'n Bears* vorbei. Dabei unterschätzte er jedoch den Windwirbel, den unser Vorsegel verursachte, wodurch sein Spi für einige Sekunden in sich zusammenfiel. Le Duc touchierte in diesem Augenblick die Startboje.

»Auf der *Bulls 'n Bears* wird die Protestflagge gesetzt«, bemerkte Claudia trocken und nahm ihr Glas ab. Ich schaute sie an. Ihre Augen blitzten voller Erregung.

Unmittelbar nachdem die ordnungsgemäß gestarteten Yachten die Startlinie überquerten, hatten sich zwei der Motorkreuzer mit den Unparteiischen an Bord in Bewegung gesetzt. Die Schiedsrichter konnten sofort an Ort und Stelle über den Protest entscheiden. So wußte die beklagte Mannschaft, wie sie sich zu verhalten hatte. Im schlimmsten Falle drohte die Disqualifizierung. Im Streit zwischen Rottmann und dem Lord deutete der Unparteiische an, daß Bernds Protest angenommen worden war.

»Typisch Bernd«, grinste ich. »Stets zu einem Scherz aufgelegt. Na, wie ich den Lord kenne, kann sich Le Duc jetzt auf etwas gefaßt machen.«

Dennoch blickte ich über meine Schulter zurück, um zu kontrollieren, ob sich die *Whitborough* auch wirklich anschickte, eine oder zwei Ehrenrunden um die Startboje zu drehen. Dazu mußte jedoch erst einmal der gerade eben gesetzte Spinnaker wieder geborgen werden. Le Duc würde also zunächst eine ganze Weile ausgeschaltet sein.

Jens Friedrichsen stieß mich an, und ich nickte. Bernd war inzwischen mehr nach Steuerbordbug ausgewichen und entfernte sich rasch aus unserer Kurslinie. Er hatte also vor, sich klammheimlich davonzustehlen. Normalerweise hätte ich jetzt versucht, ihm zu folgen, um ihn abzudecken und sein Manöver zu vereiteln, aber ich ließ ihn davonsegeln.

Der Graf peilte für einen kurzen Augenblick an unserem Spinnaker vorbei und starrte mich dann fragend an. Ich deutete mit einer Schulterbewegung nach Steuerbord. Da kam auch schon Berger auf. Steinitz begriff und verzog seine Lippen deutlich sichtbar nach oben.

»Was ist, Claus?« fragte Claudia Bergmann sichtlich nervös. »Was, zum Teufel, hast du vor? Er zieht vorbei!«

Joe lachte breit, unser dänischer Navigator grinste, und auch ich konnte mich eines Lächelns nicht erwehren.

»Ja«, sinnierte ich. »Da zieht er hin!«

»Aber nicht weit«, fügte unser Navigator hinzu und amüsierte sich königlich über das erstaunte Gesicht der jungen Frau mit dem modisch kurzen Haarschnitt.

»Berger wird schon dafür sorgen, daß es Rottmann unterwegs nicht langweilig wird.«

»Ach, und noch was«, knurrte ich vielleicht eine Spur zu rauh. »Diskutieren kannst du in deiner Frauengruppe, Schätzchen! Das ist hier kein Auftritt der Chippendales, Lady. Das ist hier die Late Night Show!«

Die Augen der Angesprochenen wurden zu Schlitzen. Ich erwartete wegen meines anzüglichen Hinweises auf die in gewissen Damenkreisen hinlänglich bekannte Männer-Stripshow einen hitzigen Gefühlsausbruch, aber Claudia hatte sich rasch wieder im Griff. Sie nickte nur und schickte sich an, ihren Ärger hinunterzuschlucken. Allerdings entging mir nicht, daß ihre Kiefer deutlich mahlten. Es schien ihr absolut nicht zu passen, daß ihr der Graf auch noch wohlwollend und breit grinsend auf die Schulter klopfte.

Bernd hatte Patricks Manöver zu spät bemerkt und

mußte trotz des ungünstigen Windwinkels immer weiter abfallen. Berger folgte ihm wie eine wildgewordene Hornisse. Kurz bevor er die *Bulls ’n Bears* vollständig abdecken konnte, wobei der Spi zusammenzufallen drohte, luvte der Düsseldorfer bereits hoch. Auf beiden Booten erhob sich wildes Geschrei. Eine Protestflagge wurde jedoch nicht sichtbar. Rottmann und Berger waren dafür bekannt, daß sie Streitigkeiten untereinander nie vor größerem Publikum und erst recht nie vor dem Regattakomitee austrugen. Die Wettfahrt bis hinauf zur einzigen deutschen Hochseeinsel würde also noch ziemlich spannend werden. Langsam bauten wir unseren Abstand zu den beiden Kontrahenten zumindest nach Luv so weit aus, daß uns die beiden für die nächste Zeit nicht gefährlich werden konnten. Während Joe und seine Männer den Spinnaker eintrimmten und anschließend die abgeschlagene Genua in einem Segelsack verstauten, setzte sich der Graf in meine Nähe und schlug wohlwollend vor, mich am Ruder abzulösen. Doch ich deutete nur an, daß ich in der heißen Phase des Rennens lieber selbst weitersteuern wollte.

Ich schaute auf die großflächigen Anzeigeninstrumente an der Steuerradsäule. Bei immer noch konstant sechs Beaufort Wind in der Deutschen Bucht erreichte unser Boot unter Spinnaker auf diesem Kurs deutlich über zehn Knoten Speed. Gleichzeitig drückte *Ultima Modas* Vorschiff das aufgepeitschte Nordseewasser so kraftvoll zur Seite, daß in Lee eine weiß schäumende, laut rauschende Bugwelle entstand. Ich warf einen Blick nach oben in den Mast. Die symmetrisch geschnittenen Tuchbahnen des gewaltigen, schneeweißen Triradial mit dem Emblem des italienischen Modehauses vereinigten sich seitlich vor dem Bug zu einer riesigen, beinahe halbrunden Blase, die das Boot förmlich voranriß. Das Foliengroßsegel stand wie ein stählerner Flügel. Der Graf hatte ganze Arbeit leisten lassen. Ich kontrollierte erneut die Instrumente. Seit wir den Küstenschutz bei der Kugeltonne oberhalb von Cuxhafen hinter uns gelassen hatten, ging es in der Elbmündung stramm auf die 7 Beaufort zu. Mit unverminderter Geschwindigkeit rasten wir auf die Tonnen der Schüttelstelle zu. In Lee ließ sich bereits der Gelbsand ausmachen. Ich peilte zwischen Backbordwanten und Vorstag den Leuchtturm Großer Vogelsand an. Es würde unter Spi doch verdammt knapp werden. Wenn es mir gelang, durch die Mittelrinne zu gehen und einen ausreichenden Abstand zu dem eigentümlich geformten, rotweiß gestreiften Leuchtfeuer einzuhalten, ohne daß der Maxi infolge der zunehmenden Krängung zuviel an Fahrt verlor, dann würde es uns vermutlich auch gelingen, bis Außenelbe-Reede durchzuhalten. Doch mit jeder Tonne, die wir uns nach Nordwesten hochkämpften, schien der Wind immer spitzer einzufallen.

»Joe!« knurrte ich bloß und zeigte auf den Spibaum, der inzwischen schon fast das Vorstag erreichte. Joe hob seine rechte Hand und zeigte mit dem Daumen nach unten. Ich begriff.

»How much?« brüllte ich nach vorne.

»Ten degrees!« kam es ebenso lautstark zurück. Zehn Grad also noch. Verdammt, verdammt! Das reichte nicht! Jetzt saß ich in der Klemme. Berger, Rottmann und die meisten anderen waren längst abgefallen und versuchten den Großen Vogelsand nördlich zu umrunden. Sie konnten dadurch den Spi länger stehenlassen. Dann allerdings mußten sie schleunigst auf ein Amwindvorsegel wechseln, weil der Windeinfallswinkel für den Spi selbst ohne Winddreher in jedem Falle zu spitz werden würde. Ich hatte gedacht, Helgoland ohne weiteren Segelwechsel allein mit der weißen Monsterblase zu erreichen und unterwegs alle abzuhängen. Aber der segelnde Schriftsteller und der Banker kamen auch nicht gerade auf der Nudelsuppe dahergeschwommen. Ihre Taktik schien aufzugehen. Das mußte der Neid ihnen lassen. Ich schaute zurück. Der Engländer folgte merkwürdigerweise nicht dem Pulk, sondern uns. Ganz so total falsch lag ich also doch nicht.

»Okay!« knurrte ich und maß den Abstand zur *Whitborough* durch das Okular der Laserpistole.

Ich hatte es in der Tat nicht mit Anfängern zu tun. Bernard Le Duc verstand sein Geschäft mindestens so gut wie wir alle. Auf dem englischen Maxi stand ein knallhart geschoteter, rot-weiß-blau gestreifter Spi und wölbte sich bei dem jetzt immer mehr vorlicher einfallenden Wind zu einer Union-Jack-Viertelkugel. Mit diesem gigantischen Tuchberg pflügte das Boot des adeligen Bierbrauers durch die Elbmündung hinter uns her. Es schien, als hätte seine Yacht mit dem Nordfranzosen am Ruder einen sahnig-weiß schimmernden Knochen aus Gischt und Schaum im Maul. Zwar betrug der Abstand zu uns rund zwei Seemeilen, aber bis Helgoland war es noch weit. Es kam jetzt ausschließlich darauf an, ob meine Rechnung im Verlauf der kommenden Stunden nicht doch noch aufging.

Ich starrte nach vorne und maß nochmals Entfernung und Winkel zum Leuchtturm. Hölle! Es würde nicht funktionieren. In diesem Moment ließ Joe unsere Muskelpakete die Spischot noch eine Idee dichter holen. Vier Hände waren jetzt nötig, um die beiden Kurbeln der Coffeegrinder zu bewegen. Die Schot schien zum Zerreißen gespannt. Sie sirrte bei jedem Abtauchen in die nächste Welle wie eine gespannte Violinsaite. *Ultima Moda* tauchte zeitweise mit weit über 30 Grad Lage in die immer grober werdende See. Lange konnte ich meiner Vordecksmannschaft ein Arbeiten auf einer dermaßen schiefen Plattform nicht mehr zumuten. Dumpf rollte uns das Geräusch der vor Scharhörn sich auftürmenden Seen entgegen. Dort vor dem scharfen Riff begannen die Wellenköpfe bereits zu brechen. Nicht mehr lange und die Spitzen der Brecher wirbelten in breiten Schaum- und Gischtstreifen davon. Wirklich nicht das richtige Wetter, um 250 Quadratmeter Spistoff den Böen auszusetzen. Querab Neuwerk war es dann soweit. Der Windgeschwindigkeitsmesser blieb auf 15 Meter pro Sekunde stehen. Ich mußte immer mehr abfallen. An ein Runden der Sandbank im Zentrum der Elbmündung war zumindest unter Spi nicht mehr zu denken. Ich blickte kurz auf den Windeinfallsmesser. Weniger als 110 Grad. Aber den anderen Burschen in der Norderelbe würde es jetzt auch nicht viel bessergehen.

Der Graf stieß mich an. »Sollten wir nicht langsam das Vorsegel wechseln?« brüllte er mir ins linke Ohr.

Ich nickte und deutete Joe mit einer knappen Handbewegung an, daß ich die Genua II gesetzt haben wollte.

»Claudia!« rief ich der blonden Frau zu. Sie blickte überrascht auf.

Ich deutete auf den Laserabstandsmesser.

»Kannst du damit umgehen?«

Sie nickte.

»Check den Abstand zur *Whitborough*, während wir auf die Genua wechseln. Ich will wissen, wieviel sie aufholen.«

Ich drückte ihr das Gerät in die Hand und beobachtete, wie sie sich an der Luvreling einpickte und den Lord nicht mehr aus den Augen ließ. Joe schaute erwartungsvoll in meine Richtung.

Ich zählte, während die *Ultima Moda* immer mehr anluvte.

»Three, two, one.«

Ich hob kurz die rechte Hand und ließ sie abrupt herabsausen.

»Go!« brüllte ich und ging gleichzeitig für den kommenden Kurs dichter an den Wind.

Während der Spinnaker im Kopfbereich einfiel, gaben

die Männer an den Winschen die Schoten frei. Wallend blähte sich das Vorwindsegel nochmals auf, als das Fall immer mehr Lose bekam. Die Genua II zischte knatternd und schlagend wie von Geisterhand gezogen am Vorstag empor. Sechs weitere Männer aus unserer Crew zerrten in Lee halb im Wasser stehend und von der Bugwelle dauernd überspült die schneeweiße Kunstfasertuchblase ins Mittelcockpit und von dort in die Kajüte. Sie konnten jedoch nicht verhindern, daß ein Teil des Segels durch das Wasser schleifte. Ich musterte den Grafen. Steinitz schüttelte ungläubig den Kopf. Zusammen mit dem Spi schaufelte die Vordeckscrew bestimmt zwei Badewannenfüllungen voll Wasser in das Schiffsinnere. Zurück in Hamburg, würde wohl eine längere Trocknung der Salonpolster notwendig werden. Ich zuckte die Achseln. Wen solche Lappalien störten, der durfte eben nicht seine Yacht für eine Nordseeregatta zur Verfügung stellen.

»Claudia?« bellte ich in Richtung Backbordreling.

»Zwei Kabellängen. Maximal 500 Meter. Und sie haben den Spi nach oben«, erwiderte sie und schaute mich fragend an.

Ich winkte ab. »Alles klar! Kannst herunterklettern. Ich brauche dich im Moment nicht mehr.«

»Supermanöver, Claus-Peter«, bemerkte der Graf trocken und klopfte mir dabei auf die linke Schulter. Ich nahm die Geste kaum wahr.

»Joe! Verdammt noch mal! Joe, du alte Schlafmütze! Nennst du das Genuatrimmen? Der Lappen steht wie ein Nachthemd. Mach hin, du Eule!«

Der Schotte verlor kein Wort, warf statt dessen einen knappen Blick am Vorstag empor und trieb seine Vordeckscrew an. Zwei Hände packten in die Kurbeln und zogen die Genuaschot 30 Zentimeter weiter durch. Das fast unmerkliche Vibrieren des Achterlieks im oberen Drittel des Segels verschwand sofort. Schließlich schaute er zu mir hin. Ich grinste breit über das ganze Gesicht. Joes Lippen wurden zu Schlitzen. Sein rechter Arm schoß hoch. Aus seiner geballten Faust ragte nur der Mittelfinger heraus.

»Reg dich ab, Joe«, lachte ich ihm zu. »Hey, wir haben eine Lady an Bord. Benimm dich gefälligst!«

»Deine Lady kann mir mal den ...«

»Joey! Hallo, Joey! Klopf dir gegen den Kopf, Junge! Ist einer zu Hause?«

Der Schotte winkte ab. Er war sauer, daß ich ihn vor seinen Leuten vorgeführt hatte. Und vor dem Eigner. Und was noch schlimmer war, vor einer Frau. Aber Leute mit Wut im Bauch waren mir auf einem Regattaschiff zehnmal lieber als eine Crew, die vor lauter Höflichkeit ihren Biß verlor. Zornige Männer sind die besseren Kämpfer. Und die hatte ich weiß Gott nötig. Langsam kamen der Leuchtturm Großer Vogelsand und die ersten Nachzügler der Boote, die kurz vor uns gestartet waren, näher. Weit an Steuerbord voraus konnte ich zwei Spinnaker erkennen. Mist! Berger und Rottmann hatten immer noch die großen Vorwindsegel oben.

»Jens!« brüllte ich nach vorne und stampfte dreimal mit dem rechten Fuß auf den Cockpitboden auf. Unser vereinbartes Signal. Unser Navigator steckte seinen Kopf durch den Niedergang. Er schaute fragend nach achtern.

»Ich brauche den Kurs entlang der Zehnmeterlinie, Jens! Auf ein halbes Grad Abweichung genau. Und rechne mir den Vorhaltewinkel aus. Ich will ...«

Friedrichsen winkte bereits ab.

»Alles klar! Gib mir zwei Minuten!«

»Wie, alles klar?« schnauzte ich zurück.

Unser Navigator tauchte nochmals im Niedergang auf.

»Na, du willst so knapp wie möglich nördlich der Tonnen 12 und 10 vorbei, oder irre ich mich? Du, ich bin schon öfter Regatten gesegelt.«

Ohne eine Antwort abzuwarten, tauchte er wieder in den Salon ab. Neben mir ertönte ein kaum unterdrücktes Lachen. Ich wirbelte herum. Claudia zog sich gerade den Reißverschluß ihres Floating Suit bis unter den Hals und zündete sich eine Zigarette an. Sie vermied es, mich anzusehen, weil es ihr nicht gelang, sich ernst zu halten.

Ich spürte, wie mir das Blut in den Kopf schoß. Alles konnte ich jetzt vertragen, aber gewiß kein Gelächter mitsegelnder Ladies. Regattasegeln bedeutet Streß im Quadrat. Da liegen die Nerven blank. Und es ist unerheblich, ob man in Führung liegt oder zu den Verfolgern im Feld gehört. Ich war es gewohnt, daß meine Männer widerspruchslos ihren Job erledigten. Zugegeben, Friedrichsen hatte ich unterschätzt. Aber seine Reaktion war völlig normal und deshalb okay. Doch auf diesen grinsenden Kommentator zu meiner Linken konnte ich jetzt getrost verzichten.

»Verstehst du nun, warum ich keine Weiber im Team mag?« rief ich demonstrativ in ihre Richtung. »Der Teufel soll dich holen!«

Claudia stockte und verschluckte sich beinahe an ihrem Grinsen. Unsere Blicke trafen sich. Zornig starrte ich sie an. Ihr wurde schlagartig klar, daß sie mit ihrem Gelächter zu weit gegangen war.

»Du, Claus …« wollte sie beginnen, aber ich schnitt ihr den Satz ab.

»Du gehst mir auf den Geist, Zuckerpüppchen!« knurrte ich gefährlich heiser. »Wenn du deine Privatshow abziehen willst, dann bist du hier völlig falsch! Das kannst du dir für eines dieser segelnden Mädchenpensionate aufsparen. Ich sag dir nur eines: Mit Weibern bin ich das letztemal gesegelt! Darauf kannst du einen lassen.«

Die letzte Bemerkung stieß ich wohl mit ein wenig zuviel Verachtung in der Stimme aus. Claudia erhob sich. Um im Seegang nicht ins Wasser katapultiert zu werden, hielt sie die Steuersäule mit der linken Hand fest umklammert. Mein Blick fiel auf ihr Gesicht. Claudias Zähne knirschten deutlich hörbar, ihr Mund verzog sich zu einem dünnen, gefährlich schmalen Strich. Sie holte tief Luft. Genau darauf hatte ich gewartet. Noch ein Wort, und ich würde sie im Vorschiff einsperren lassen. Und den verdammten Grafen gleich dazu. Steinitz hatte mir versichert, daß Claudia nur deshalb an Bord war, um ein bißchen in die Szene hineinzuschnüffeln. Ich stellte sie mir in diesem Moment als Skipperin eines segelnden Suffragettenteams vor. Bei diesem Gedanken fing ich schallend an zu lachen.

»Was ist so lustig?« fragte sie zornig.

»Toll!« antwortete ich und wischte mir die Tränen aus den Augenwinkeln. »Ich versuche mir gerade vorzustellen, daß hier an Bord nur Frauen wären. Vor lauter Emanzengeschwafel kämt ihr ja nicht mal aus dem Hafen heraus, geschweige denn bis zur Startlinie. Und bevor der Spi gesetzt ist, habt ihr euch vor lauter Teamgeist längst gegenseitig die Augen ausgekratzt. Oh, Mädchen! Bleib mir um Himmels willen in der Disco oder heirate und bekomme Kinder, aber mach einen weiten Bogen um ein Regattaschiff! Schau dich doch mal um! Was sollen denn Frauen auf solch einem Kahn? Ihr Weiber bekommt ohne Hilfe ja nicht mal die Genua richtig durchgesetzt!«

Ich erwartete, daß sie mir eine Ohrfeige gab, mir gegen das Schienbein trat oder mich wenigstens wutentbrannt anbrüllte. Doch Claudia tat nichts von alledem. Vielleicht lag es aber auch nur daran, daß sie nicht mehr dazu kam, denn plötzlich schob sich jemand energisch zwischen uns.

»Gibt's Probleme?« fragte eine sonore Stimme. Der Graf war vom Heckkorb zurück ins Cockpit geklettert. Steinitz hatte ganz hinten mit dem Laserabstandsgerät herumexperimentiert.

»Von meiner Seite nicht«, knurrte ich. »Aber sagen Sie dieser Wildkatze hier einmal ...«

Claudia drehte sich herum. Ihre Augen hatten zwar wieder ihre ursprüngliche Form angenommen, doch das Blau in ihnen erinnerte mich an eine tödliche Gletscherspalte.

»Es tut mir leid«, unterbrach mich meine ehemalige Wachführerin. Das Reden bereitete ihr sichtlich Mühe.

»Sagen Sie ihr endlich, daß ich sie ...«, versuchte ich fortzufahren.

»Sorry, Claus«, unterbrach sie meinen Redeschwall erneut. »Hast du nicht verstanden? Ich habe mich bei dir entschuldigt. Was soll ich noch tun? Vor Scham und Reue ins Wasser springen?«

»Wäre nicht die schlechteste Idee«, knurrte ich schlecht gelaunt zurück.

»Ich meine das ehrlich. Ich wollte dich nicht ...«

»Was hältst du davon, Claudia, wenn du nach unten gehst?« schlug der Graf vor. Seine Worte klangen jedoch eher nach einer unmißverständlichen Aufforderung.

Claudias Schultern sanken deutlich nach unten. Doch sie gehorchte und kletterte über das Zwischendeck. Einer der Männer, die unserer Auseinandersetzung gefolgt waren, machte eine anzügliche Bemerkung, als sie sich stumm an Jens Friedrichsen vorbei in den Salon hinunterschlängelte. Unser Navigator zuckte die Achseln und kletterte ins hintere Cockpit. In diesem Augenblick fiel mir auf, daß er ziemlich blaß aussah.

»Probleme?« fragte ich ihn.

»Ich weiß nicht«, antwortete er. Dabei kam es mir vor, als würde er zehn Zentimeter schrumpfen.

»Ich habe vor dem Start eine von den eingeschweißten Salamis gegessen, die in der Pantry herumlagen. Seitdem ist mir kotzübel.«

Oh, Mist, fuhr es mir durch den Kopf. Das hatte mir gerade noch gefehlt.

Doch der Däne riß sich zusammen und kontrollierte die Ablenkung des Steuerkompasses und gab mir dann die exakten Kursangaben durch.

»Was machen die anderen?« fragte ich meinen Navigator.

»Dem Radar nach zu urteilen, stehen Berger und Rottmann schon ziemlich weit im Norden. Sie sind aber auch deutlich langsamer geworden. Wahrscheinlich wechseln sie im Moment auf die Genua.«

»Anzunehmen«, meinte ich und wies unseren Großschoter an, der Talje ein ganz klein wenig Lose zu geben.

»Setz dich auf die Cockpitbank und atme tief durch«, schlug ich vor.

Zum Anluven besaßen wir unter Genua II zwar noch genügend Spielraum, doch ich schickte trotzdem vorsorglich ein Stoßgebet zum Himmel mit der inständigen Bitte, daß der Wind nicht noch mehr nach vorne drehte. Eine gute Viertelstunde später waren wir aus dem Schutz des Scharhörner Watt vollständig heraus. *Ultima Moda* setzte nun hart in die heranrollenden Wellen ein. Da in nächster Zeit nicht mit Manövern zu rechnen war, wies ich die Männer an, sich nebeneinander auf der Luvseite zu plazieren. Friedrichsen erhob sich stöhnend und krabbelte zurück in den Salon.

»Jens!« brüllte ich hinter ihm her.

»Was hat er nur?« fragte der Graf.

»Mist, verdammter!« fluchte ich lautstark los. »Er meint, er hätte irgend etwas Unrechtes gegessen. Eine von den eingeschweißten Salamis.«

»Claudia!« brüllte ich.

Der Kopf der jungen Frau erschien im Niedergang.

»Was gibt's?« fragte sie neugierig.

»Schmeiß alle Salamiwürste über Bord!« wies ich sie an.

»Die scheinen schlecht zu sein. Jens hat sich schon den Magen verdorben.«

In ihrem Blick begann sich Erleichterung abzuzeichnen. Ich deutete nach unten, woraufhin die junge Frau wieder abtauchte. Als sie kurze Zeit später mit dem Karton an Deck erschien und den Inhalt über Bord warf, leckten auch schon die ersten Wellen an der Bordwand empor. Die Männer schüttelten sich und begleiteten die Dusche von unten mit kernigen Zoten.

»Und setz dich neben die Jungs auf die hohe Kante«, fügte ich hinzu. »Ich brauche alles Gewicht in Luv.«

Claudia schaute erst zu den Männern und dann wieder nach achtern. Sie sagte nichts. Mir fiel auf, daß sie den Blickkontakt zu dem Grafen suchte.

»Möchtest du eine schriftliche Einladung?« knurrte ich sie rauh an.

Claudias Augen wanderten noch einmal zu den Männern und schließlich erneut zum Grafen. Es schien, als wartete sie auf ein Entgegenkommen.

»Was nun?« rief ich ihr noch knapper zu.

Fünf Männerköpfe drehten sich zu Claudia herum. Ein Mann bewegte seine Lippen. Was er sagte, konnte ich bei dem Wind, der heulend durch die Wanten pfiff, nicht verstehen, aber es mußte ein derber Witz gewesen sein, denn die anderen vier Jungs fielen laut grölend in sein Lachen ein. Ein anderer machte eine Handbewegung, als wollte er Melonen abwiegen. Jetzt wurden noch mehr aus der Crew aufmerksam.

»Lassen Sie es gut sein, Claus-Peter«, meinte der Graf in ruhigem Ton.

»Wieso, zum Teufel?« fuhr ich ihn an. »Ich brauche mehr Trimm! Sie soll gefälligst auf die ...«

»Schluß der Debatte, Stockhausen«, entgegnete der Graf.

Seine Stimme klang weder gereizt noch scharf. Eher wie

eine sachliche Feststellung. Ich schaute ihn erstaunt an. Der Graf klopfte mir auf die Schulter, doch sein Gesicht blieb ausdruckslos.

»Lassen Sie es gut sein, Claus-Peter«, wiederholte er. »Auf die paar Kilo kommt es bestimmt nicht an.«

»Von mir aus«, brummte ich und machte eine Handbewegung, woraufhin Claudia blitzartig wieder im Salon verschwand.

Ich spürte, daß ich einen Punkt erreicht hatte, an dem ich unsere Nerven nicht noch mehr strapazieren konnte. Die Männer auf der wellenumspülten Luvkante rissen noch ein paar derbe Witze und drehten sich dann jedoch bald wieder um.

Bald darauf wurde es wirklich unangenehm. *Ultima Moda* hieb nun in beinahe jede dritte Welle und drückte anschließend das Wasser einer waagerechten Kaskade gleich mit brachialer Gewalt nach Steuerbord weg. Aber jede dritte Welle stieg auch senkrecht an der Luvbordwand empor. Ich hatte mit der Genua II nicht zu niedrig gepokert. Sollte der Wind noch weiter nach vorne drehen, würde nicht mehr viel fehlen, um das erste Reff im Groß fällig werden zu lassen. Längst hatten wir zum Pulk der Boote aus der ersten Gruppe aufgeschlossen. Die Männer auf den wesentlich kleineren Rennziegen taten mir hier in der Deutschen Bucht bei diesem Wellengang und dieser Windstärke aufrichtig leid. Im ruppigen Seegang nordwestlich Neuwerk waren ihnen die wesentlich schwereren Maxis deutlich überlegen. Die See zwischen Elbmündung und Helgoland glich einer Kopfsteinpflasterstrecke mit gut zwei bis drei Meter hohen Hindernissen. Die Köpfe der heranrauschenden Wellen schäumten weiß, und man konnte deutlich das Donnern der Brecher vernehmen, wenn sie gegen die Riffkanten prallten. Schon längst bildeten sich die ersten Grundseen über den Flachs. Steil aufgerichtete Wasserkaskaden, die hinter der Stolperstufe rollend in sich zusammenfielen. Irgendwie schien mir meine Umwelt und meine Situation in diesem Augenblick absolut unwirklich. Es herrschte ein Wetter, in dem andere Seeleute froh waren, daß sie endlich im Hafen ankamen, und in dem häufig die ersten Seenotkreuzer auslaufen müssen. Wir hingegen fuhren jetzt erst hinaus. Regattasegeln bei Sturm ist völlig irreal. Man vergißt die Gefahr, ignoriert die eigene Angst, sieht nur noch sich, das Boot und die Gegner. Hauptsächlich die Gegner. Irgendwo ganz tief im Innern unserer Seele waren auch wir zivilisierte Stadtbewohner in gewisser Weise Höhlenmenschen geblieben, die sich nur in der Gruppe trauten, den Naturgewalten entgegenzutreten. Gemeinsamkeit macht stark, läßt die eigene Schwäche vergessen.

Weit im Westen tauchte Elbe Feuerschiff auf. Das Schiff selbst konnte man bei dem vorherrschenden Wellengang und der mäßigen Sicht nur erkennen, wenn man genau wußte, wo es lag. Inzwischen klebte der Windmesser fest an der Siebenbeaufortmarke. Die Böen begannen in den Riggdrähten zu orgeln. Wenn die schwere Hochseeyacht von den Drückern regelrecht in die Knie gezwungen wurde, hörte es sich an, als würden tausend junge Hunde zu jaulen beginnen. Dumpf dröhnte der Rumpf der Ultima Moda beim Ansturm der Brecher. Es klang wie das Innere einer schlecht gestimmten Kesselpauke. Wie vor Portland Bill, schoß es mir durch den Kopf. Nur mit dem Unterschied, daß wir jetzt hellichten Tag hatten und ich von mehr als einem Dutzend bärenstarker Männer umgeben war, die mir auf Kommando helfen konnten. Und daß ich diesmal nicht die unmittelbare Verantwortung für dieses übertakelte Millionengrab trug. Trotz allem mußte ich an meinen verunglückten Mitsegler denken. Sascha hätte ich jetzt gerne bei mir an Bord gehabt. Jedenfalls lieber als eine gewisse Blondine mit der Figur einer Brigitte Nielsen.

Dumpf grollend riß mich ein Brecher, der von Backbord heranrauschte und gegen den Bug krachte, aus meinen Gedanken. Die weißschäumende Wasserfontäne stieg in Höhe des Ankerkastens empor und lief, das gesamte Vordeck unter einem salzigen, schaumigen Vorhang begrabend, am Rumpf entlang, bis sie schließlich etwa in Höhe der Coffeegrinder wieder in sich zusammenfiel. 20-Meter-Yachten haben zumindest für den Steuermann bei einsetzendem Sturm einen Vorteil. Man wird nicht so schnell naß wie auf einem 11- oder 12-Meter-Boot.

Verbissen prügelte ich die schwere Yacht Meile um Meile in Richtung Helgoland. Immer häufiger mußten ein paar unserer Männer die Schoten neu einstellen, wenn der Wind für einen kurzen Moment schralte. Es hieß, jeden Zehntelknoten aus dem zum Racer umgetakelten 20-Meter-Boot herauszuquetschen, denn schon kurz vor Erreichen der Zwanzigmeterlinie bei Außenelbe-Reede 2 mußte ich feststellen, daß auch Bertrand Le Duc seine Hausaufgaben gemacht hatte und langsam, aber unaufhaltsam aufholte. Dabei ritt Le Duc die *Whitborough* derart gnadenlos über den holperige Parcours, daß jedem Yachtkonstrukteur allcin vom Hinsehen schlecht geworden wäre. Auf unserem Verfolger wurde erst hinter der 20-Meter-Linie von der Genua I auf die Nummer 2 gewechselt. Beim sich anschließenden Manöver nahm der Franzose nicht eine Sekunde Rücksicht auf seine Vordeckscrew, sondern knüppelte das Schiff des Lords weiter gnadenlos über die Wellenberge. Selbst, als einer seiner Leute in einem Wellental das Übergewicht verlor und trotz Sicherungsleine außenbords stürzte, stoppte er nicht für einen Moment auf. Zwei Mann bemühten sich, den Verunglückten trotz der meterhoch aufsteigenden Wellen an der Bugwand hochzuziehen, die übrigen zerrten unbeirrt die übergroße Genua nach unten und heißten gleichzeitig das nächst kleinere Segel vor. Genauso kannte ich Le Duc. Auf dieselbe rücksichtslose Weise hatte er im Rennen von Portsmouth nach Cherbourg seinen Trimaran verloren. Er hatte schon gute drei Bootslängen vor mir gelegen. Ich deckte ihn von hinten kommend ab, wie es mir gefiel. Irgendwann schob er sich ohne Rücksicht auf Verluste vierkant vor meinen Bug, um mir den Weg abzuschneiden und mich zu einer Halse zu zwingen. Doch ich rutschte gerade noch im letzten Augenblick hinter ihm durch und nahm ihm dabei den Wind für einen kurzen Augenblick total aus den Segeln, wobei sich sein Spi oben im Masttopp verdrehte. Als die Bö schließlich wieder einfiel, riß das hauchdünne Laminattuch mit dem Geräusch einer Schere, die ein Blatt Schreibpapier zerteilt, der Länge nach durch. Le Duc erreichte Portsmouth immerhin noch als Zweiter. Was ihn jedoch am meisten schmerzte, war die Tatsache, daß ihm dieser offensichtliche Anfängerfehler unmittelbar im Solenteingang und dort vor den surrenden Kameras der Sportreporter unterlaufen war. Hätte er nicht versucht, mich zu ärgern, wäre er mit Sicherheit als Sieger aus dem Wettkampf gegangen, weil sein englischer Taktiker im Heimatrevier natürlich die Strömungsbedingungen besser kannte. Vor dem Hintergrund dieses Mißgeschicks, das bildgewaltig dokumentiert über die Fernsehbildschirme in seinem Heimatland flimmerte, verblaßte mein Sieg beinahe zu einer Randnotiz. Hier und heute drängte Le Duc auf Revanche. Dessen waren wir uns an Bord der *Ultima Moda* mittlerweile sicher.

Neben meinem Steuerstand begann der Außenlautsprecher zu krächzen. Gleichzeitig schoß ein Blondschopf aus dem Niedergang hervor.

»Hör dir das mal an«, meinte sie. »... ruft Regattaleitung. *Trans Port* ruft Regattaleitung. Wir haben Riggschaden und geben auf! Unsere Position liegt bei etwa 54 Grad 5 Minuten Nord und 8 Grad 6 Minuten Ost. Genauer können wir unseren Standort nicht bestimmen, weil mit dem Mast auch die Antenne des Satellitennavigators heruntergekommen ist.«

Der Außenlautsprecher krächzte erneut.

»Hi, Leute. Hier spricht Bernd Rottmann. He, Patrick, du Nachteule! Deine Position ist 54 Grad 5 Minuten 22 Sekunden Nord und 8 Grad 5 Minuten 42 Sekunden Ost. Du bist mir ein schöner Held, wenn du nicht mal weißt, wo genau du deinen Joghurtbecher schrottreif fährst! So long, mein Alter. Wir sehen uns!«

Ehe Berger antworten konnte, meldeten sich die Offiziellen.

»*Bulls 'n Bears*. Hier die Regattaleitung. Sehr nobel, Ihr netter Hinweis. Wir werden darüber nachdenken, ob wir Sie nicht wegen grober Unsportlichkeit disqualifizieren!«

»He, ihr Landratten! Was soll das Gejammere? Das geht nur Berger und mich etwas an. Stimmt's, Patrick?«

»Ach, fahr zur Hölle, Bernd«, knurrte Bergers helle Stimme durch den Äther.

»Regattaleitung«, fügte er hinzu. »Wehe, Sie disqualifizieren Rottmann! Ich will sehen, wie er als letzter über die Ziellinie geht. Falls er es überhaupt bis dorthin schafft.«

»*Trans Port*! *Bulls 'n Bears*! Halten Sie endlich Funkdisziplin! *Trans Port*! Benötigen Sie Hilfe?«

»Nein, danke!« erwiderte Berger. »Ich komme schon klar. Bin in etwa drei Stunden zurück. Over and Out!«

Ich war mir sicher, daß nicht nur mir in diesem Augenblick ein breites Grinsen im Gesicht stand. Auch Le Duc würde sicherlich wie üblich dumpf dröhnend auflachen. Der Graf stieß mich an.

»Schlecht für Patrick«, meinte ich trocken. »Er wird sich unter Maschine die Seele aus dem Leib schütteln. Gut für uns. Ein Maxi weniger.«

Ich drehte mich wieder nach vorne.

»Jens!«

Anstatt eine Antwort zu erhalten, kletterte Claudia aus dem Niedergang und krabbelte über das Zwischendeck in das hintere Cockpit. Ich schaute sie fragend an.

»Friedrichsen ist knock out«, meinte sie ruhig. Ich mußte mich bemühen, sie bei dem Sturmgeheule überhaupt zu verstehen.

»K. O.?« rief ich aufgebracht.

Sie nickte, ohne eine Miene zu verziehen.

»Jedenfalls liegt er auf seiner Koje. Wenn er nicht gerade auf der Toilette hockt.«

»Graf? Übernehmen Sie mal! Ich muß da unten mal nach dem Rechten sehen.«

Ich drückte Steinitz das Rad in die Hand, sprang an den Coffeegrindern vorbei und glitt den Niedergang hinunter in den Salon. Hier unten roch es bereits sehr stark säuerlich. Unseren Navigator schien es also doch ziemlich kräftig erwischt zu haben. So ein Mist! Der Däne zählte sonst gewöhnlich zu der harten Sorte. Er wetterte Stürme mit meterhohen Kreuzseen zur Not auch stundenlang über dem Kartentisch gebeugt ab, ohne daß er jemals Anzeichen von Seekrankheit gezeigt hätte. Doch jetzt lag er völlig apathisch und zusammengekrümmt in seiner Koje und krallte sich an dem aufgespannten Leesegel fest. Er starrte mich mit glasigen Augen an. Sein Schlafsack war schleimverschmiert.

»Armes Schwein!« bedauerte ich ihn. »Brauchst du was?«

Friedrichsen schüttelte stumm den Kopf und begann wieder zu würgen. Rasch zog ich aus einer Schublade in der Pantry Spucktüten hervor und warf ihm ein paar in die Koje. Er stöhnte undeutlich einen Dank und übergab sich keuchend. Ich machte, daß ich an die frische Luft kam. Der saure Geruch von Erbrochenem ist das einzige, was ich unter Deck nicht vertragen kann. Verdammt, wer sollte jetzt navigieren?

Ich kletterte zurück ins hintere Cockpit. Der Graf mühte sich sichtlich ab, die seit der Riggüberholung inzwischen gnadenlos übertakelte Yacht trotz der heranrauschenden Wellenberge halbwegs auf Kurs zu halten. Schweiß stand ihm auf der hektisch geröteten Stirn. Ich spürte, daß er mir das Ruderrad am liebsten sofort in die Hand gedrückt hätte, aber ich machte keine Anstalten, ihn jetzt schon wieder abzulösen. Ein bißchen Manschetten vor dem Blanken Hans taten auch ihm einmal ganz gut. Dann merkte er vielleicht, daß sich Erfahrung auf See nicht mit Geld allein erwerben ließ. Ich blickte nach schräg unten. Claudia hockte inzwischen mit einem Lifebelt an der Steuersäule eingepickt auf der Steuerbordsitzbank und starrte zum Achterliek der hart geschoteten Genua II empor.

»Wir haben keinen Navigator mehr«, stellte ich fest und wunderte mich über den beinahe gleichgültigen Klang meiner Stimme.

Normalerweise wäre ich anläßlich eines Trips hinauf nach Helgoland auch ohne zusätzlichen Kartenleser ausgekommen, aber Le Duc hielt mich in Atem. Seine ebenfalls übertakelte *Whitborough* wog ein paar Tonnen weniger als die *Ultima Moda* und lief zudem auch noch wie der Teufel. Die Vector schien trotz des neuen Riggs und der High-Tech-Segel dem kompromißlosen Racer des Lords immer noch unterlegen zu sein. Sechsunddreißig Tonnen wollten eben bewegt werden. Die große Genua konnte ich bei diesem Wellengang nicht setzen. Das hätte unser Rigg nicht ausgehalten. Zudem standen die Zweier-Genua und das nach wie vor ungereffte Großsegel wie eine Eins. Besser konnte das Boot eben nicht laufen. Jetzt kam es darauf an, was Taktiker und Steuermann aus der Situation machten.

Claudia Bergmann blickte erstaunt hoch. Sie schaute erst mich an und dann Steinitz, der immer noch mit weißgepreßten Knöcheln die Speichen umklammert hielt. Steinitz beachtete uns nicht, sondern bemühte sich verzweifelt, Kurs zu halten. Ich nickte ihr zu.

»Kommst du unten im Salon klar? Ich meine, trotz des Gestanks?«

Meine ehemalige Wachführerin nickte.

»Okay, Claudia«, knurrte ich. »Dein Auftritt. Rechne mir den Kurs auf ein halbes Grad genau aus. Weißt du, wie man mit dem Laptop umgeht? Kennst du die Wegpunktaufstellung? Wenn nicht, frag Jens! Irgendwo findest du auch das Routenprogramm mit den Stromberechnungstabellen. Und schau zur Sicherheit im Gezeitenatlas nach. Ich brauche die Strömungswerte für die nächsten beiden Stunden. Und zwar so genau wie irgend möglich. Los, mach schon, Mädel!«

Claudias Hand schoß vor und griff nach dem Karabinerhaken, mit dem ihr Lifebelt am Bügel vor dem Steuerrad eingeklinkt war. Geschmeidig wie eine Katze erhob sie sich und stützte dabei ihren muskulösen Körper zur leeseitigen Cockpitbank geschickt ab. Während sie ihren Karabinerhaken an die Brustschnalle ihres Floating Suit einhakte, traf mein Blick ihre eisblauen Augen. Für den Bruchteil eines Augenblicks fuhr ein Lächeln über ihr Gesicht und zwei herrliche Zahnreihen blitzten im trüben Licht der verhangenen Sonne auf. Ich drehte mich um und nahm einem aschfahl verfärbten Graf Steinitz das Steuerrad aus der Hand.

# 13

Kurz vor der ostkardinalen Leuchttonne Helgoland-O hatte die *Whitborough* ziemlich dicht aufgeschlossen. Auch Bernd Rottmann, der, von der Norderelbe kommend, die Insel in einem spitzeren Winkel ansteuern mußte, lag bereits mit etwa 300 Metern Abstand hinter uns. Ich hielt das Rad eisern umklammert und steuerte an der zerklüfteten Felsenformation entlang in Richtung Lange Anna. Helgoland mutet bei Sturm aus Südwesten gespenstisch an. Meterhoch steigen die Brecher an den vogelumschwärmten Klippen empor. Dumpf donnernd überschlagen sich die Grundseen beim Erreichen der Flachwasserzonen. Ich beobachtete den Windmesser. In den Drückern fauchte Rasmus mit knapp acht Beaufort. So ungefähr mußte es dicht unter Land bei Portland Bill auch ausgesehen haben. Kein Gedanke, daß ein im Wasser treibender Mann eine solche Waschmaschine aus Gischt, Schaum und aufgepeitschten Wellen überlebt haben konnte.

Eine knappe halbe Stunde später lag der markante, nadelförmige Einzelfelsen unterhalb von Nathurn längst achteraus, und wir fielen etwas ab, um die Nordtonne anzusteuern. In der aufgepeitschten, schiefergrauen See, die, übersät mit weißschäumenden Brecherköpfen, wie eine gigantische spitzenbesetzte Klöppeldecke vor uns lag, war es unmöglich, das kleine, unbefeuerte Seezeichen auszumachen. Jetzt konnte nur noch der Differential-GPS helfen. Mit einer Genauigkeit von nur wenigen zehn Metern neben dem tatsächlichen Standort ließ sich eine Ansteuerung eines solch unscheinbaren Wegpunkts schon eher zielgenau durchführen. Gewöhnlich umschwirrten Boote der Fotoreporter die Wendemarke, aber an einem Tag wie diesem schien die Nordsee bis auf uns Verrückte und ein paar bedauernswerte Fischer wie leergefegt. Ich mußte und wollte die Bahnmarke knapp runden, denn ich beabsichtigte, bei dem nun folgenden Manöver sowenig Raum wie möglich zu verschenken. Andererseits durfte ich nicht versuchen, die Bahnmarke innen zu umfahren.

Selbstverständlich hockte auf dem Felsrand ein Teil der Regattakommission und kontrollierte genauso wie unsere Verfolgerflotte mit starken Feldstechern, ob jemand schummelte.

Die anderen Regattateilnehmer rundeten das Naturschutzgebiet oberhalb von Sellebrunn in respektvollem Abstand. Auf der Untiefe stand bereits eine rauhe, meterhohe See, die sich weiter südostwärts immer steiler brach. Ich war mir des Risikos meines Vorhabens durchaus bewußt, denn ich wollte nicht außen um die westkardinale Untiefentonne herum, sondern zwischen der Hauptinsel und der Düne durchjagen, im Landschutz der Felsen den 95-Gramm-Starcut-Spinnaker setzen und quasi mit Vollgas zurück nach Cuxhaven segeln. Der Vorsprung würde knapp sein, aber nur so hatte *Ultima Moda* eine Chance gegen die offensichtlich schnellere *Bulls 'n Bears* und *Whitborough*. Die Geschichte mit der Passage hatte allerdings einen winzigen Haken. Folgte ich dem Tonnenstrich, um das Flach südlich der Düne sicher zu umgehen, mußte ich ab der Ostmole für ein kurzes Stück aufkreuzen. Dadurch war der Wegvorsprung natürlich wieder dahin. Also blieb nur übrig, quer über das Flach unterhalb der Düne zu gehen. Mit rund vier Metern Tiefgang bei solch einem Wellengang ein Vabanquespiel. Es gab dort auch einzelne Flachstellen, die selbst bei Hochwasser kein Durchkommen zuließen. Und vom nächsten Hochwasserzeitpunkt waren wir noch Ewigkeiten entfernt. Allerdings gab es eine schmale Passage, die ich schon mehrmals genommen hatte, wenn ich auf einem Chartertörn mit der *Concordia* von Sylt aus nach Helgoland übersetzte. Aber das geschah kaum bei sieben Windstärken mit deutlicher Tendenz nach oben und zu einem Zeitpunkt von gut drei Stunden nach örtlichem Hochwasser bei einem Wasserstand mit ähnlich deutlicher Tendenz nach unten. Ich rief nach Joe und Claudia. Das Gesicht der jungen Frau tauchte im Niedergang auf. Ich deutete ihr mit einer Handbewegung an, daß sie mit der Seekarte im Cockpit erscheinen sollte. Ich wartete auf den Schotten und wandte mich anschließend zu Steinitz, um ihm zu erklären, was ich vorhatte.

Steinitz' Gesicht verfärbte sich grau.

»Was haben Sie vor?« fragte er stirnrunzelnd.

»Noch mal zum Mitschreiben, werter Graf«, wiederholte ich, als schließlich auch Claudia im Cockpit auftauchte.

»Wir passieren die Nordtonne haarscharf, bleiben noch ein wenig auf Kurs, um die anderen nicht auf unseren Plan aufmerksam zu machen, und drehen schließlich blitzschnell ab, wobei die Genua so hart wie irgend möglich geschotet wird. Wir werden eine irre Schräglage haben. Aber wenigstens hält die Hauptinsel den meisten Wellengang ab. In Höhe des Dünenhafens geht die Genua herunter. Erst dann setzen wir den Starcut. Wir haben Zeit genug ...«

»Den Starcut?« brauste Steinitz auf. »Herrgott, Stockhausen! Sind Sie von allen guten Geistern verlassen? Wir haben Sturm!«

»... Zeit genug, um den Spi zu setzen«, fuhr ich unbeirrt fort. »Wir runden die Düne kurz oberhalb der Stelle, wo der Ostkai in die Ostmole übergeht und nach Süden abbiegt. Hast du das kapiert, Claudia? Ich brauche eine Navigation wie auf Millimeterpapier. Hier, schau! Genau diesen Weg werden wir nehmen.«

Ich ritzte den Kurs mit dem Fingernagel auf der kaum benutzten Karte ein. Eine Hand packte mich grob an den Schultern.

»Das ist totaler Wahnsinn!« stieß der Graf aus. »Wir werden Kiel und Rigg riskieren. Kein Mensch geht bei solch einem Wetter über das Flach unterhalb der Düne. An einer Stelle hat's sogar nur einen Meter zwanzig. Sehen Sie doch! Alle, die vor uns fahren, runden die Düne nördlich!«

Ich schüttelte seinen Arm mit einer energischen Bewegung ab.

»Alle können auch nicht die Regatta gewinnen, Graf«, knurrte ich zurück. Ich beachtete ihn nicht mehr.

»Joe!« brüllte ich in Richtung Niedergang. Die Vordecks-crew hatte ihre Positionen längst wieder eingenommen.

»Was denn?« brüllte er sichtlich genervt zurück.

»Alles klar?«

Joe verdrehte nur theatralisch die Augen und verteilte weiter Anweisungen. Normalerweise war das der Job des Skippers, aber wenn der Vordeckspapst besser organisieren konnte, warum sollte man sich einmischen?

In Wirklichkeit waren nur Sekunden vergangen. Claudia verschwand bereits im Niedergang. Ich drehte mich wieder zu Steinitz herum. Der Graf hielt sich krampfhaft am Bügel vor der Steuersäule fest und atmete tief.

»Nema problema, werter Graf«, versuchte ich ihn zu beruhigen. »Der Wind dreht schon seit einer halben Stunde immer deutlicher in Richtung Westen. Für den Starcut wird es gerade so reichen. Und nur die Ruhe, Graf! Es gibt wirklich eine Passage. Lassen Sie mich und Joe mal machen! Das ist die letzte Chance, wieder einen deutlichen Vorsprung herauszusegeln. Ihr Boot wird es überleben. Ich verspreche es Ihnen.«

Steinitz starrte mich eine Weile wortlos an. Schließlich schüttelte er den Kopf und fuhr sich sichtlich verlegen durch seine vom Salzwasser nassen Haare.

»Ich muß verrückt sein!« stöhnte er auf.

»Sind wir das nicht alle?« fragte ich ihn grinsend und widmete mich der Tonne N 1, die wild in der See schlingernd an Steuerbord voraus auftauchte.

Plötzlich bemerkte ich einen Schatten. Ich wirbelte herum und bemerkte links hinter mir den knallroten Rumpf der *Bulls 'n Bears*. Bernd Rottmann folgte mir mit seinem Maxi auf dem Fuße. Der Skipper seiner bei Stephenson & Son gebauten Yacht hockte hinter einem brusthohen, weißlackierten Sechzehnspeichenrad und grinste dabei übers ganze Gesicht. Rottmann wußte, daß seine *Bulls 'n Bears* schneller lief. Ich suchte die *Whitborough*. Le Duc lag wesentlich westlicher, dafür jedoch schon zu weit voraus, um noch reagieren zu können. Der Franzose würde sich wundern. Aber auch Bernd schien nicht zu ahnen, was ich vorhatte.

»He, Stockhausen!« brüllte der Skipper zu mir herüber. »Bist du blind auf den Augen? Da ist 'ne Tonne, mein Alter! Abkürzen gilt nicht!«

»Du kannst ja protestieren!« schrie ich gegen den Wind nach Backbord.

»Warum?« rief er zurück. »Ich gewinne ja sowieso.«

»Abwarten, du Landratte«, schlug ich ihm um die Ohren.

»Landratte!« ereiferte er sich, doch er lachte dabei. »Leute, habt ihr das gehört? Landratte nennt mich dieser Elbsegler! Na warte, du Pfeffersack! Mit dir mach' ich jetzt kurzen Prozeß! Eure Kiste gehört doch ins Museum und nicht auf eine Regattabahn!«

Ich bemerkte, daß sein Maxi wieder deutlich Fahrt aufnahm. In diesem Moment erreichte unser Bug die Tonne. Ich suchte den Blick meines Vordeckchefs. Der Schotte hatte die Schot der Genua II bereits vorbereitet. Hinter mir hörte ich zwei Männer hantieren. Sie hielten die Endstücke der Backstagleinen in der Hand, achteten jedoch darauf, daß ihr Vorhaben von den anderen Yachtbesatzungen unentdeckt blieb. Wir wollten uns den Überraschungseffekt nicht nehmen lassen. Zwei Männer standen bereit, um die Großschot beizuziehen und im entscheidenden Moment wieder zu fieren. Neben mir hockte der Graf. Sein Gesicht hatte vor lauter Anspannung wieder deutlich Farbe angenommen. Ich spreizte die Finger der rechten Hand leicht ab. Das Signal für Joe. Claudias Kopf erschien im Niedergang und schaute uns fasziniert zu. Die grüne Spitztonne flog am Steuerbordrumpf vorbei.

›Noch ein bißchen, mein Freund‹, knurrte ich still in mich hinein. ›Ein bißchen Zeit brauchst du noch!‹

»Tonne achteraus!« rief einer meiner Backstager.

»Fünf, vier, drei«, begann ich lautlos zu zählen. Dabei starrte ich abwechselnd nach vorne und auf die Speedanzeige. Umdrehen wollte ich bei annähernd zehn Knoten nicht. Ich hätte bei diesem Speed höchstens das Ruderrad verrissen oder Rottmann gewarnt.

»Zwei, eins«, zählte ich weiter und zeigte den Countdown für die Vordeckscrew ausschließlich mit den abgespreizten Fingern an.

»Rund achtern!« brüllte ich aus Leibeskräften und ließ das Edelstahlsteuerrad der *Ultima Moda* durch meine Hände wirbeln. Joe gab die Schot des Vorsegels frei und wickelte sie auf der gegenüberliegenden Seite um die Genuawinsch. Gleichzeitig zogen zwei Mann beinahe ohne Unterbrechung die Großschot dicht. Ich ließ die Vector mit dem Heck durch die sieben bis acht Windstärken laufen. Die ›Guillotine‹, unser zentnerschwerer Großbaum, schwang wie eine gewaltige Sense bis über die Mittschiffslinie auf die gegenüberliegende Seite hinüber. Hinter mir zischten meterlange Backstagtaue durch die

Kugellagerblöcke. Als das Großsegel knatternd die Backbordseite erreichte und dabei etwa 30 Meter hell pfeifendes Schottauwerk mit durch die Rollen und Klemmen riß, kurbelten die beiden Männer am Coffeegrinder bereits das Vorsegel wieder dicht. In das Jaulen des Windes im Rigg mischte sich das laute Klingeln der Schotwinschen und das anfeuernde Geschrei der Männer. Die ganze Aktion hatte keine zehn Sekunden gedauert. Ich drehte mich um und erschrak.

Die *Bulls 'n Bears* fegte in diesem Augenblick ebenfalls mit dem Heck durch den Wind. Bernd Rottmann hatte sich nicht abhängen lassen. Wahrscheinlich vertraute er auf die Zuverlässigkeit meiner Ortskenntnis. Während Le Duc immer mehr in Richtung Norden abdrehte, schlossen sich Bernd und mir immer mehr der kleineren Regattayachten aus dem ersten Starterpulk an, die wir entlang der Westseite von Helgoland bereits reihenweise überholt hatten. Hektisches Geplärre ertönte aus dem Außenlautsprecher des UKW-Funktelefons.

»Alors, Sauerkrautfresser!« schimpfte Le Duc in gebrochenem Deutsch, damit ihn auch jeder verstehen konnte. »Das war's denn wohl! Ihr seid alle disqualifiziert! Ihr müßt außen um die Düne!«

Steinitz wirbelte herum und starrte mich mit aufgerissenen Augen an. Er holte Luft, um mir irgend etwas um die Ohren zu hauen, doch in diesem Moment plärrte eine rheinländisch klingende Stimme durch den Äther.

»He, Stockhausen«, lachte Bernd Rottmann. »Geile Ralley, muß ich schon sagen! Aber mich legst du nicht rein, du Hinterwäldler!«

»*Whitborough*! *Bulls 'n Bears*!« Die Stimme eines der Offiziellen krächzte durch den Äther. »Bitte halten Sie Funkdisziplin! Das ist unerträglich! All ships! All ships! Selbstverständlich ist eine Passage durch das Innenfahrwasser erlaubt. Nur das Naturschutzgebiet darf nicht befahren werden. Achtung! An alle Schiffe! Die Passage zwischen der Hauptinsel und der Düne ist erlaubt!«

Der Graf starrte mich fassungslos an. »Haben Sie eigentlich vor dem Rennen einen Blick in das Regattareglement geworfen?«

»Welches Reglement?« grinste ich schief.

»Moment mal, Claus-Peter! Das darf doch wohl nicht wahr sein! Sie fahren hier durch und wußten gar nicht genau, ob es überhaupt erlaubt ist?«

»Ist es doch«, grinste ich breit zurück. »Ich sag' immer: Fakten schaffen! Glauben Sie, die paar Mann dort oben auf dem Affenfelsen hätten sich getraut, das halbe Regattafeld zu disqualifizieren? Schauen Sie sich mal um! Der gesamte Pulk der kleineren Boote folgt uns bereits. Haben Sie eigentlich eine Ahnung, was einen dort oben bei diesem Wetter am Sellebrunnknoll erwartet?«

Erneut verzog sich das Gesicht des Grafen. Dem ungläubigen Staunen folgte die ungläubige Miene eines Pokerspielers, der mit einem Full House in der Hand auf den Royal Flush seines Mitspielers starrt. Ich wandte mich schließlich ab. Dort vorn auf dem Vordeck spielte die Musik.

»Dichter! Dichter!« brüllte ich.

Die beiden Muskelmänner am Coffeegrinder ließen erneut ihre Arme wirbeln. Gleichzeitig zerrten zwei andere die Großschot noch weiter durch den Servoblock. *Ultima Moda* legte sich dank der knallhart geschoteten Segel mit beinahe 40 Grad auf das Wasser. Trotz der enormen Schräglage begannen Joe und drei aus seiner Spinnakercrew das anstehende Manöver vorzubereiten. Ich konnte sehen, wie das Vorluk geöffnet und drei Zipfel Segeltuch herausgezogen wurden. Joes Spezialität war es, den Spi bei Starkwind auch außerhalb der Abdeckung durch das Großsegel zu setzen. Der Schotte heißte den bunten, mit Gummiringen gebändigten Vorwindballon aus der Vorschiffskajüte vor. Allerdings mußte man dabei höllisch aufpassen, denn speziell das Luvschothorn konnte natürlich nie an der Spibaumnock anliegen. Der Spinnaker wurde praktisch fliegend gesetzt. Wenn dabei ein Törn im Segel hing oder beim Heißen eine Bö die Lieken durcheinanderbrachte, dann war es Essig mit dem anschließenden Vollgaskurs. Dies galt ganz besonders für Windverhältnisse wie an diesem Tag. Im schlimmsten Falle riß nämlich das völlig überstrapazierte Spifall oder gleich bahnenweise das komplette Segeltuch. Aber auch der Steuermann mußte aufpassen wie ein Luchs. Nicht selten nämlich begann eine Segelyacht bei diesem gewagten Manöver wie wild zu geigen. Besonders dann, wenn das Vorwindsegel so groß war wie die Grundfläche eines Einfamilienhauses. Nicht selten schoß dabei sogar ein 36-Tonnen-Maxi in die Sonne.

Hinter mir zischte die *Bulls 'n Bears* heran. Alle bei uns an Bord konnten deutlich hören, wie der Steven des gegnerischen Schiffes die im Schutze der Landabdeckung niedriger gewordenen Wellen durchteilte. Ich blickte zurück. Auch Bernd ließ seinen Starkwindspi zum Heißen klarmachen. Der alte Fuchs! Erst hatte er Berger ausgeschaltet, jetzt wollte er unbedingt mich deklassieren. Aber warte, alter Freund, dachte ich still bei mir. Noch sind wir nicht in Cuxhaven.

»Joe!«

»Yes, Sir?«

»Alles roger?«

»Yes, Sir!«

»Claudia?«

»Claus?«

»Wieviel bis zum Zielort?«

»Moment!« Sie tauchte für ein paar Sekunden ab und erschien daraufhin sofort wieder im Niedergang. Ihre Stimme klang aufgeregt.

»Zwei Kabellängen! Achte auf die Tochteranzeige vom GPS! Bei 54 10–60 Nord exakt 72 Grad abfallen. Dann eine Kabellänge später exakt auf Ostkurs gehen. Wenn das Echolot für einen Augenblick auf etwa sieben Meter springt, haben wir es geschafft!«

»He, Mädel!« erwiderte ich. »Du bist nicht engagiert, um mir hier Vorträge zu halten. Um GPS und Echolot kann ich mich im Moment absolut nicht kümmern. Du mußt mir schon sagen, wann wir exakt soweit sind. Und rechne sorgfältig. Oder der Graf darf seine nagelneuen Rettungsinseln gleich auch noch testen.«

»Alles klar!« rief sie mir zu. Trotz der Anspannung konnte ich mir ein Lächeln nicht verkneifen. Sie war genauso aufgeregt wie der adelige Bootseigner. Mir ging es allerdings in diesen hektischen Momenten selbst nicht anders. Aber ich durfte jetzt keine Nerven zeigen.

»Joe!« rief ich und winkte ihm.

Joe kletterte zu mir ins Cockpit. Ich gab ihm ein paar Anweisungen für den Notfall. Man konnte schließlich nie wissen. Der Schotte überlegte kurz, nickte dann jedoch und grinste. Endlos lange Sekunden vergingen.

»Achtung! Noch 100 Meter!«

»Joe! Die Genua!«

Der Schotte war schon längst wieder auf dem Vordeck. Er hob seine rechte Hand und hielt den Daumen nach oben. Wie von Geisterhand glitt das Tuch am Profilvorstag herab.

»Noch 60 Meter!«

»Joe!« brüllte ich. »Spinnaker vorheißen!«

Man merkte, wie die übrigen unbeteiligten Crewmitglieder den Atem anhielten. Ich mußte mich hundertprozentig auf die Rechenkünste der jungen Frau verlassen. Jetzt folgte zur Abwechslung einmal der Jäger dem Jagdhund, denn was in diesem Moment zählte, war ein optimales Timing. Und zwar auf der gesamten Linie. Es galt, allein mit Hilfe des Differential-GPS exakt die handtuchschmale, von keinem einzigen Seezeichen markierte Passage zwischen den höheren Sandflecken zu treffen und den Priel anschließend einzuhalten. 20 Meter zu weit nach Norden, und wir landeten vierkant auf einem kleinen Sandflach vor der Düne. Weiter südlich bestand nicht weniger Gefahr, die nächsten Stunden mit Schräglage, aber ohne Fahrt voraus zu verbringen.

»20 Meter! Fünf, vier, drei ...«, rief Claudia. Die Mannschaft fiel automatisch in den Rhythmus ihrer Stimme ein und zählte lautstark mit.

Ich schaute mich um. Bernds Spinnaker lag noch in einem Sack verpackt auf dem Vordeck. Dafür aber hing sein Luvschothorn bereits an der Spibaumnock. Der Skipper aus dem Rheinland wollte kein Risiko eingehen. Er vertraute auf meine Ortskenntnis und anschließend auf sein anscheinend schnelleres Schiff.

»... zwei, eins, go!« brüllte auch ich und ließ erneut das Ruderrad durch meine Hände wirbeln. *Ultima Modas* Schräglage ließ schlagartig nach. Die schwere Yacht richtete sich ächzend auf, wobei sie einen letzten Schwall Wasser über das gesamte Vordeck schaufelte. Als die beiden Männer am Coffeegrinder die Arme wirbeln ließen, begannen die Zahnräder lautstark zu rattern. Verdammt! Etwas in der internen Kraftübertragung schien defekt. Hoffentlich ging wenigstens noch der Spi hoch! Joe begriff auch ohne daß ich etwas sagen mußte. Er wies zwei Mann an, in das Fall zu greifen und zu helfen, es auf die nächste erreichbare Schotwinsch zu legen. Wir verloren Zeit. Es dauerte unendlich lange Sekunden, bis sich der Starcut endlich entfaltete. Gleichzeitig federte der Schotte den ersten Zug des Achterholers über die freie Genuawinsch ab. Trotzdem krachte es bedenklich im Rigg, als sich der Vorwindballon vollständig aufblähte. Joe trimmte das Segel ein und schaute zu mir nach achtern. Ich hob den

Daumen der rechten Hand. Dann fiel mein Blick auf Claudia. Sie kauerte im Niedergang und starrte abwechselnd auf das gewaltige Vorwindsegel und auf mich. Unsere Blicke trafen sich. Ihre glänzenden Augen und zwei weiß schimmernde Zahnreihen zeigten mir ihre Begeisterung.

»Wieviel?«

Sie tauchte erneut ab.

»Knapp zwei Kabellängen. Wir waren ein bißchen zu schnell. Kurs exakt 122–5.«

Ich nickte und wandte mich an den Grafen.

»Ich will mich jetzt nicht umdrehen«, sagte ich halblaut. »Was unternimmt Rottmann im Moment?«

»Oh, er hat seinen Spi oben«, antwortete der Eigner der *Ultima Moda*.

»Mist!« entfuhr es mir. »Er ist schnell, der Bastard. Verdammt schnell!«

Der Graf lachte freudlos. »Sie sind nicht der einzige Profi im Geschäft, Claus-Peter!«

Claudias Kopf erschien im Niedergang. »Auf 90 gehen, Claus! Oh, paß auf die *Bulls 'n Bears* auf!«

Ich wirbelte schließlich doch instinktiv herum. Bernd Rottmann versuchte mich in diesem Moment mit seinem Spinnaker abzudecken. Ich luvte leicht an, doch er folgte mir auf dem Fuße. Schließlich schlug ich erneut einen Haken und fiel ab. Er ließ mich nicht entkommen und jagte erneut in Kiellinie hinter meinem Heck her. Unser Abstand betrug etwa drei Bootslängen.

»Joe!« brüllte ich. »Fier auf!«

Der Graf starrte mich erschrocken an.

»Claus-Peter! Sind Sie von Sinnen?«

Ich starrte auf das Echolot. Vier Meter fünfzig, maximal fünf Meter. Das Wasser lief ab. *Ultima Moda* wurde langsamer. Ich ließ Bernd Rottmann weiter aufschließen und fiel dabei unablässig nach Backbord ab. Dabei beobachtete ich gebannt das Echolot.

»Claus!« riß mich Claudia Bergmann mit einem gellenden Schrei aus meiner Konzentration.

»Wir haben nur noch vier Meter zehn Wassertiefe! Du mußt anluven!«

Unbeirrt hielt ich Kurs und warf für den Bruchteil eines Augenaufschlags meinen Blick erneut nach hinten auf meinen Verfolger. Rottmann versuchte schon wieder, mich mit seinen Segeln abzudecken, und hielt eine Idee nördlicher als wir. Plötzlich begann es unter unserem Kiel leise zu rumpeln. Ich steuerte ganz vorsichtig nach Steuerbord zurück, doch das Rumpeln wurde nur noch deutlicher.

»Groß dicht! Knallhart, Jungs! Joe, den Spi schoten! Backstagen anknallen! Halten Sie sich um Himmels willen fest, Graf!«

Ich ließ die *Ultima Moda* ungeachtet der ersten Grundberührung noch für weitere zwei Sekunden weiter auf das Flach laufen, dann wirbelte ich das Ruderrad mit brachialer Gewalt herum. *Ultima Moda* setzte erneut zweimal auf. Es rumpelte in diesem Augenblick bereits deutlich hörbar unter dem Kiel. Doch gleichzeitig sirrte bereits das Tauwerk über die Schotwinschen und die schwere Hochseeyacht legte sich infolge der hart angeholten Segel beinahe flach auf das Wasser. Dabei hätte mich die Zentrifugalkraft fast aus dem Cockpit geschleudert. Das Rumpeln hörte schlagartig auf. Ich schaute nach Lee. Der Graf lag der Länge nach auf der Sitzducht und suchte verzweifelt nach Halt. Schäumend rauschte Nordseewasser über Waschbord und Schanzkleid, bevor es laut gurgelnd durch die Speigatten außenbords abfloß. Claudia schrie erstickt auf und purzelte hinterrücks den Niedergang hinab. Ich starrte auf das Echolot. Dreineunzig, vierzehn, vierdreißig. Als ich das Kommando zum Auffieren gab und *Ultima Moda* sich brav wieder aufrichtete, schien es, als fiele nicht nur mir ein Felsbrocken von der Seele. Da standen nämlich schon noch ein paar Wenns und Abers im Raum, als ich mich zu diesem Hasardeurstückchen entschied. Joe ließ das Luvoberwant, an dem er sich die ganze Zeit festgekrallt hatte, los, grinste breit und schüttelte seine rechte Hand aus. So, als hätte er sich an irgend etwas Heißem verbrannt.

Hinter mir vernahm ich ein häßliches Geräusch. Ein helles Knirschen ging in ein metallisches Kreischen über. Ich drehte mich ohne Eile herum, denn ich ahnte, was auf der Yacht meines unmittelbaren Verfolgers passiert sein mußte. Der Spibaum der *Bulls 'n Bears* knickte in der Mitte ein, wobei der prall gefüllte Spinnaker der Länge nach durchriß. Das Großsegel flatterte am aufgefierten Großbaum. Der Mast zeigte im oberen Drittel eine deutliche Biegung nach vorne, doch gebrochen schien er noch nicht. Aber jedenfalls war er schrottreif. Rottmanns Yacht lag dicht unterhalb der Helgoländer Düne ohne Fahrt voraus in der aufgewühlten See.

»Er wird etwas Mühe haben, Cuxhaven noch zur Siegerehrung zu erreichen«, bemerkte ich halblaut.

Meine Stimme klang kratzig. Selbst für meine Verhältnisse war das verdammt knapp gewesen. »Pech für Bernd«, fügte ich hinzu. »Das Wasser läuft noch drei Stunden lang ab. Glück für uns. Wieder ein Maxi weniger.«

»Das haben Sie doch absichtlich getan. Mein Gott, was sind Sie bloß für ein Mensch!«

Steinitz starrte immer noch nach achtern, nachdem er sich von der Leesitzducht aufgerappelt hatte. Seine Stimme klang heiser und brüchig. Zur gleichen Zeit stimmte unsere Crew ein wildes Sieggeheul an.

»Was Sie nicht sagen«, entgegnete ich müde. »Was denken Sie, was ich für 10000 amerikanische Dollar tue.«

Claudia erschien im Niedergang. Auf ihrem Haaransatz zeichnete sich eine blutige Schramme ab, doch ihre Augen glänzten.

»Wahnsinn!« rief sie. »Der totale Wahnsinn! So was habe ich noch nie erlebt. Und die Kielbolzen sitzen auch noch fest!«

»Langsam, langsam«, beschwichtigte ich, während meine ausgestreckte Hand auf die schiefergraue Nordsee deutete, wo sich außerhalb des Landschutzes bereits wieder die Wellen brachen. »Beruhige dich! Wir sind noch lange nicht in Cuxhaven. Da draußen lauert noch Le Duc mit der *Whitborough*!«

Der Lord aus Beaulieu und sein nordfranzösischer Steuermann erwischten uns bei der rotweißen Ansteuerungstonne in die Norderelbe. Laut Sumlog lief *Ultima Moda* vor dem Sturm mit beinahe 14 Knoten im Surf ab. Wenn 22 Tonnen Gewicht, angetrieben von 80 Quadratmetern Großsegel und einem Starkwind-Spinnaker, über die eigene Bugwelle steigen, kommt der Steuermann gewaltig ins Schwitzen. Am Querschlagen hindert die Yacht im wesentlichen ein lächerlich klein und zierlich anmutendes, freistehendes Ruderblatt. Die Kräfte, die auf dieses Stückchen bewegliche Lateralfläche wirken, sind so enorm, daß nur noch eine hydraulisch betriebene Ruderanlage mit ihnen fertig werden kann. Immer häufiger starrten Joe und ich abwechselnd nach hinten auf unsere Verfolger und nach oben zum Masttopp. Ich bemerkte trotz der Entfernung zur *Whitborough*, daß sich dort an Deck zwei Gestalten besonders intensiv für meine allzu offensichtlich an den Tag gelegte Nervosität zu interessieren begannen. Le Duc und Lord Whitborough deuteten gestenreich auf unseren Mast. Joe's Miene zeigte sich gelassen wie immer. Er drehte sich zu mir um, grinste dämlich und deutete nach oben. Auch Steinitz, der mit von der fliegenden Gischt rotunterlaufenen Augen insgeheim schon dem Landfall in Cuxhaven entgegenfieberte, wurde aufmerksam und schaute mich fragend an.

»Joe will ins Rigg klettern«, schrie ich ihm ins Ohr. Dabei verzog ich keine Miene.

Steinitz riß die Augen auf. Claudia, die mit einem großen Pflaster auf der Stirn seit der Ansteuerung der Norderelbe permanent neben mir auf einer der Cockpitbänke hockte, schüttelte ungläubig den Kopf.

»In den Mast? Bei dem Seegang? Ist der Typ verrückt? Was ist denn los?«

»Joe will den Mast checken!« grinste ich. »Keine Panik, Leute! Joe macht so was andauernd. Das ist für ihn wie Freestyleclimbing. Nur aufregender.«

Der Graf wollte etwas sagen, brachte jedoch nur ein Krächzen heraus. Ich nutzte seine Sprachlosigkeit und deutete Joe mit dem erhobenen Daumen meiner rechten Hand an, daß er anfangen konnte. Es dauerte keine 30 Sekunden, bis der Schotte von drei unserer Männer im Bootsmannstuhl bis ganz nach oben gezerrt worden war. Hinter uns ertönte vielstimmiges Jubelgeschrei. Ich wandte mich um. Die *Whitborough* folgte uns in einem Abstand von vielleicht noch einer halben Kabellänge. Mehrere Männer an Bord der britischen Yacht deuteten auf unseren Masttopp.

Ich hörte den Grafen zum erstenmal lauthals fluchen.

»Mistkerle!« schimpfte Claudia und streckte unseren Verfolgern den ausgestreckten Mittelfinger entgegen.

Beinahe ebenso schnell wie er aufgeentert war, sauste Joe wieder abwärts, schäkelte sich aus seinem Sitz aus und kletterte zu mir ins hintere Cockpit.

»Nun?« fragte ich.

»Sieht gut aus«, antwortete Collins. »Man hat da oben übrigens eine phantastische Aussicht.«

Der Graf stieß geräuschvoll die Luft aus. Sein Gesicht verfärbte sich erneut grauweiß.

»Was sagen Sie da, Mann?« rief er und legte dabei seine gräfliche Contenance beinahe völlig ab.

»Im Rigg war gar nichts defekt? Was wird hier eigentlich gespielt?«

Collins spielte erneut den Ahnungslosen und begann ziemlich blöd zu grinsen. Auch ich wunderte mich über die von Steinitz an den Tag gelegte Naivität. Der Graf mußte noch viel lernen, wollte er gegen Leute wie Rottmann oder Le Duc einmal allein antreten.

»Was regen Sie sich auf, Graf?« erwiderte ich betont gelangweilt. »Gut für uns. Unser Rigg ist okay. Schlecht für den Lord. Es wird Le Duc unvorsichtig werden lassen.«

Ich deutete mit meinem Daumen über meine Schulter, ohne mich umzudrehen. Das brauchte ich nicht, denn ich wußte auch so, daß sich jetzt Whitborough und Le Duc gegenseitig auf die Schultern klopften.

Claudia erhob sich, um besser sehen zu können. Nach einer Weile drehte sie sich zu mir um. Ihr Blick wirkte seltsam starr.

»Du bist mir unheimlich!«

»Wir sind noch nicht in Cuxhaven!« wiederholte ich meine Warnung.

»Mach sie fertig!« sagte sie. Ihre Worte klangen so warmherzig wie das Zischen einer Kobra.

»Was stehst du hier noch blöd herum?« knurrte ich Joe an und gab ihm einen freundschaftlichen Klaps auf die Schulter. »Der Spi steht wieder wie ein Kartoffelsack, Bursche! Die *Whitborough* holt schon wieder auf.«

Aber auch Le Duc schien seine Hausaufgaben gut zu machen. *Whitboroughs* Bug mit dem Starkwindspinnaker vorneweg drehte exakt in unsere Kielspur und lag jetzt in einem Abstand von allenfalls noch zwei bis drei Bootslängen genau achteraus.

»Er deckt ab«, bemerkte Claudia.

»Klar. Würdest du's anders machen?« gab ich zur Antwort. Sie zuckte die Schultern.

»Achterholer!« rief ich und fiel ein paar Grad ab. Vor uns ratschte eine Kurbel zweimal die Winsch durch.

»Okay!« bestätigte ich.

Wie erwartet folgte uns der Franzose auf dem Fuße.

»Backstag dichter!«

Hinter mir klingelte eine der schweren Dubble-Speed-Winschen. Die Yacht des südenglischen Bierkönigs folgte unbeirrt. Ich maß die Entfernung. Bis auf knapp 50 Meter hatte Le Duc bereits aufgeholt. Keiner deutete mehr zu unserem Mast hinüber. Sie hatten meinen Trick wohl inzwischen durchschaut. Doch das war mir egal. Der Franzose würde jetzt noch gereizter sein und noch unvorsichtiger werden. Genau das hatte ich gewollt.

»Joe! Zehn Grad mehr Höhe!«

Der Schotte ließ den Spibaum ein Stück nach vorne schwenken, während die Spischot mit dem Coffeegrinder dichtgeholt wurde. Gleichzeitig zog mein Großschoter das dreieckige Foliensegel an. Die Vector luvte kurz hoch und legte sich durch die Zentrifugalkraft dabei leicht auf die Seite. Ich warf einen Blick auf den Geschwindigkeitsmesser. Elf Knoten konstant. Ich hatte richtig gepokert. Gegen nachmittag hatte der Wind noch ein wenig mehr gedreht.

Der Franzose riß mich erneut aus meinen Überlegungen. Ich hatte ihn mit Rottmanns Hilfe beim Start abhängen können wie einen blutigen Anfänger. Und die Schlappe an der Nordspitze von Helgoland hatte er wohl auch noch nicht verdaut. Von dem Gedanken beseelt, mich auszusegeln, wäre mir Le Duc in seinem Haß bis in die Hölle gefolgt. Eigentlich hätte er als Revierunkundiger hinunter zum Hauptfahrwasser den Nebenpriel durch das Luechterloch wählen müssen, aber er blieb an *Ultima Modas* Heck kleben wie eine Klette. Erneut ratschten bei uns an Bord die Leinen durch die Abklemmer, wurde der Spibaum angeholt, und ich versuchte auf ein Neues aus der

Abdeckung seines prall stehenden Vorsegels zu entkommen. Ich maß den Abstand zur nächsten Tonne, wo wir anluven mußten, um nach Steuerbord ins handtuchschmale Zehnerloch einzubiegen. Claudia hockte immer noch neben mir im hinteren Teil des Cockpits. Von hier ab brauchte ich keinen Navigator mehr, denn diesen Teil der Elbmündung kannte ich wirklich wie meine Westentasche. Noch knapp zwei Seemeilen, bis wir das aus zwei trockenfallenden Sandbänken bestehende Nadelöhr hinter uns hatten. Eine verdammt weite Strecke für zwei völlig übertakelte Rennmaschinen, die von Männern gesteuert wurden, die um keinen Preis der Welt Zweiter werden wollten.

»Wind nimmt zu!« raunte mir der Graf ins Ohr, als ich anluvte, um ins Zehnerloch einzubiegen.

»Was Sie nicht sagen«, murmelte ich nur. »Passen Sie auf, Graf«, fügte ich lauter hinzu. »Wir werden für einen Augenblick eine irre Schräglage bekommen.«

Steinitz nickte und verkeilte sich auf der Leesitzducht. Claudias Hand zuckte vor. Für einen winzigen Augenblick killte der Spinnaker.

»Sie haben uns!« schrie sie auf.

Ich wirbelte nach Luv herum und starrte in das eklig grinsende Gesicht des Lords. *Die Whitborough* schoß mit hoch aufschäumender Bugwelle heran. Le Duc stierte am Achterliek seines Großsegels vorbei. Als er mit mir auf gleicher Höhe stand, brüllte seine Vordecksmannschaft einstimmig los.

»Keep clear!«

Als ich das Kommando zum Dichtholen der Segel gab, waren meine Nerven angespannt wie die Saiten eines Steinway-Flügels. Ich legte Ruder und bemerkte, wie Le Duc und der Lord heftig zu gestikulieren begannen.

»Protest! Wehe, du luvst hoch! Bleib, wo du bist!«

Seite an Seite jagten *Ultima Moda* und *Whitborough* in

den schmalen Priel hinein. Unser Spinnaker zog wegen des günstigeren Windeinfallwinkels jetzt wieder voll. Le Duc hatte sich viel zu dicht an uns herangeschoben. Ich konnte mir vorstellen, daß bei ihm und Whitborough angesichts der Untiefen rechts und links der schmalen Passage die Nerven jetzt erst recht blank liegen mußten. Um ihn zusätzlich zu verunsichern, deutete ich nur auf dessen Unterwasserschiff und grinste dabei hinterhältig. Der Franzose stieß einen kernigen Fluch aus und luvte instinktiv an. Was daraufhin geschah, ließ mir die Haare zu Berge stehen.

Die Whitborough schoß zum Teil wegen der Zentrifugalkraft, zum Teil wegen der gesteigerten Eigengeschwindigkeit an uns vorbei, krängte dabei jedoch atemberaubend tief weg. Obwohl ich in weiser Voraussicht mit hochluvte, gelang es mir nicht mehr, die *Ultima Moda* aus dem Einflußbereich des gegnerischen Mastes zu bringen. Als die Yacht des Lords mit beinahe 60-Grad-Lage schließlich vollends in die Sonne schoß, berührte der Masttopp seines Schiffes doch noch unser bereits killendes Vorsegel. Die Berührung war nicht heftig, eher wie ein Streicheln. Aber der Spinnaker verfing sich mit seinem Luvliek in einer seiner Antennen. Ein häßliches Geräusch folgte auf dem Fuße. Als ich sofort abfiel, war es jedoch bereits zu spät. Unser Starcut hing vor dem Vorstag in Fetzen. Die *Whitborough* schoß vollständig in die Sonne, wobei dort der Spibaum brach und der Starkwindspinnaker ebenfalls in Fetzen flog. Am Heck der *Whitborough* stieg die Protestflagge empor.

Während ich mich verzweifelt bemühte, die *Ultima Moda* nicht auf die Sandbank neben dem Zehnerloch auflaufen zu lassen, sondern energisch Ruder legte, hing ein Teil unserer Mannschaft bereits an der Luvreling und schimpfte wortgewaltig zu unserem Kontrahenten herüber. Der Graf schaute abwechselnd nach vorne und zu der englischen Yacht. Gleichzeitig nahm er ein sorgfältig eingewickeltes Tuch aus der Brusttasche seiner Segeljacke. Unschlüssig starrte er auf die Protestflagge in seinen Händen. Claudia war aufgesprungen und drohte mit ihrer geballten Faust nach drüben.

Ich kümmerte mich nicht um die anderen. Sollten sie machen, was sie wollten. Jetzt kam es darauf an, wer die Genua I am schnellsten oben hatte. Der große Triradial, den wir auf dem Hinweg in der Elbmündung gefahren hatten, war für diese Windverhältnisse jedenfalls zu groß. Das Wettrennen begann. Ich konnte mir vorstellen, daß die übergroße Genua auch auf der *Whitborough* inzwischen ziemlich weit unten gestaut war. Denn normalerweise kam bei sieben bis acht Beaufort ein derart großes Am-Wind-Segel nicht mehr zum Einsatz. Und für die raumen Kurse besaß man schließlich die unterschiedlichen Spinnaker.

Vier Mann stürzten beinahe gleichzeitig durch das Vorluk. Die Crew machte kein langes Federlesen, sondern ließ das kaputte Vorsegel auswehen und nahm den Spibaum vom Mast ab. Je zwei Mann klemmten sich hinter die Coffeegrinder. Joe brüllte seine Befehle in Richtung Vordeck. Plötzlich sah ich, wie ein Zipfel Segeltuch aus dem Vorluk geschoben wurde. Joe packte es und befestigte den Fallschäkel an dem Auge. Schließlich tauchte er selbst beinahe bis zur Gürtellinie in das Vorluk hinab und begann, wie ein Berserker fluchend, braun glänzendes Segeltuch an Deck zu zerren. Ein anderer aus der Crew schor bereits die Vorlieksdopplung in die Keep des Vorstagprofils ein. Ich rief dem Schotten eine Warnung wegen der defekten Winsch zu. Joe nickte als Zeichen, daß er verstanden hatte.

Inzwischen war ich wieder abgefallen und bewegte mich mit gerade einmal sechs Knoten Fahrt auf die Baken der Schüttstelle zu. Ich warf einen Blick nach achtern.

Hinter uns holte ein IMS 50er deutlich auf. Deren Schwerwetter-Spinnaker stand wie eine Eins. Als Sieger über alles würden wir also vermutlich nicht in Cuxhaven einlaufen. Dann suchte ich die *Whitborough*. Die Yacht des Engländers lag jetzt etwa 100 Meter achteraus. Auch dort wurde fieberhaft versucht, das Vorsegel zu wechseln. Claudia stellte sich neben mich.

»So ein Schwein!« schimpfte sie.

»Na, na, junge Dame«, versuchte ich zu scherzen. »Wo bleibt denn Ihr Benehmen?«

»Benehmen?« schrie sie unbeherrscht. »Wenn ich könnte, würde ich diesem Banditen da drüben eine volle Breitseite verpassen!«

Ich schüttelte den Kopf. So wütend hatte ich sie noch nicht erlebt. Ich denke, Joe und ich waren in diesem Augenblick wahrscheinlich die einzig noch halbwegs nüchtern Handelnden an Bord.

»Bleib cool, Claudia!« raunte ich ihr zu. »Diese Wettfahrt wird sowieso nicht mehr auf dem Wasser gewonnen.«

Die junge Frau sah mich verblüfft an.

»Wie kommst du denn darauf?« wollte sie wissen. »Wir sind doch noch im Rennen, oder etwa nicht?«

»Der Lord hat die Protestflagge gehißt. Das wird eine stundenlange, öde Debatte geben. Ach, wie ich so was hasse!«

In diesem Augenblick rauschte die Genua I am Vorstag empor. Die Schotwinsch klingelte, während zwei Mann von der Vordeckscrew die Lose beizogen. *Ultima Moda* sprang mit einem Satz an. Doch leider flatterte auch an *Whitboroughs* Vorstag bereits ein Vorsegel. Steinitz' Yacht schoß in das Elbfahrwaser hinein. In diesem Augenblick ertönte querab von uns ein Typhon. Ich drehte mich zur Seite und erkannte, daß ein Containerfrachter mit beachtlicher Geschwindigkeit stromauf lief. Unter Spi wäre ein Ausweichmanöver schneller von der Hand gegangen, aber nur mit der Genua waren wir etwas langsam. Gleichzeitig holte der uns verfolgende Fünfziger auf. Unter Sturmspinnaker hatte die gegnerische Rennyacht die Schüttstelle längst passiert und mußte sich dicht in Lee des Frachters verholen, weil bereits ein Tanker stromab lief. Dieser pochte genauso schon von weitem lautstark auf sein Wegerecht. Schön brav, wie der das macht, schmunzelte ich in mich hinein. Aber so ließ sich eben keine Regatta gewinnen. Ich ließ die *Ultima Moda* hart anluven, schoß unter wildem Warnhupen des Stromauflaufenden vor dessen Bug und setzte mich anschließend genau auf dessen windzugewandte Seite. Claudia atmete tief durch. Ich schaute sie an, hob meine Augenbrauen an und grinste breit. Ihr Gesicht hatte sich angesichts des in Steinwurfweite vierkant auf uns zurasenden Frachterstevens weiß wie eine frisch getünchte Wand verfärbt. Der Schweiß und das Salzwasser ließen das Wundpflaster abfallen. Aus ihrer rotverkrusteten Narbe im Haaransatz sickerte helles Blut.

»Aber, aber, Lady!« schmunzelte ich, als die Steuerbordwand des Frachters dicht neben uns entlangschoß.

»Ich denke, du willst die Regatta gewinnen! Mit dem Führerscheinlehrbuch in der Hand wird das nie etwas.«

Eine Viertelstunde später rauschte die *Ultima Moda* unter dem donnernden Applaus der Zuschauer dicht gefolgt von unseren beiden Verfolgern am Ro-Ro-Terminal und an der Seebäderbrücke vorbei. Claudia stand hinter mir und reckte ihre rechte Faust triumphierend in den Himmel. Steinitz klatschte vor Begeisterung in die Hände. Sein Gesicht glühte. Ich konzentrierte mich bewußt nur noch auf das Steuern der Rennyacht. Jetzt unter den Augen von bestimmt anderthalbtausend Zuschauern im letzten Moment einen Fehler zu machen, würde mich zum Idioten des Jahres stempeln. Als die schmale Einfahrt in den Yachthafen von Cuxhaven vor uns auftauchte, lag die

IMS 50 eine knappe Bootslänge hinter uns. Ich konnte die Augen des enttäuschten Steuermannes deutlich erkennen. Der Großschoter holte zum letztenmal die Talje dicht, und wir schossen über die imaginäre Ziellinie. Gleichzeitig ertönte der Knall einer Signalpistole.

»Jassuh!« brüllte Claudia und umarmte mich von hinten. Ich spürte ein paar trockene, rissige Lippen in meinem schweißnassen Nacken. Es war das erstemal, daß sie mich küßte. Und es war ein verdammt merkwürdiges Gefühl. So, als ob einen die eigene Schwester küßt.

Während ich mich bemühte, das Ruderrad halbwegs gerade zu halten, damit wir nicht schon am ersten Schlengel ein unrühmliches Ende fanden, begann unsere Crew auf Vordeck und Seitendeck einen Freudentanz aufzuführen. Das Publikum an Land tobte. Aus 100 tragbaren Nebelhörnern ertönte ein ohrenbetäubendes Gejaule.

»Du hast gewonnen!« schrie mir Claudia übermütig in mein rechtes Ohr. Langsam löste sie ihre Umarmung. »Oh, Himmel, was für ein Horror! So einen Nervenkitzel habe ich noch nicht einmal beim Bungee-Jumping erlebt.«

Langsam fiel die Anspannung der letzten Stunden von mir ab. Lachend versuchte auch ich meinen Gefühlen Luft zu machen. Unsere Begeisterung und die der Crew sprang sogar auf den sonst gewöhnlich eher zurückhaltenden Steinitz über. Joe und der Adelige klopften sich gegenseitig pausenlos auf die Schultern. Die restliche Mannschaft veranstaltete entlang des Seitendecks eine Polonaise. Ich mußte unter Maschineneinsatz zwei Ehrenrunden im Hafenbecken drehen, weil ich niemanden fand, der sich für das Bergen des Großsegels einspannen ließ.

»Stockhausen! Stockhausen!« brüllte ein großer Teil der Meute an Land.

Die Menschen auf der Landzunge und auf dem Kai hatten nicht nur das Verfolgungsrennen bis zur Hafeneinfahrt beobachtet. Diejenigen, die über Feldstecher verfügten, hatten auch unsere Auseinandersetzung mit der *Whitborough* im Zehnerloch und unser riskantes Manöver vor dem Frachter mitbekommen. Aber die Leute hier in Cuxhaven wollten nicht von Leuten gelangweilt werden, die das Wettfahrtreglement unter dem Arm trugen. Sie wollten den verrückten Stockhausen sehen. Stockhausen, der immer für eine Überraschung sorgte und der eine Regatta bis zum Zieleinlauf spannend sein ließ.

Ich winkte den Leuten auf den Steigern zu. Menschen, die ich noch nie im Leben gesehen hatte, jubelten mir und meiner Crew zu. Plötzlich zählte man Tausende Fans. Doch es konnte auch genau andersherum kommen. Hätte mich der Fünfziger im letzten Moment doch noch erwischt, würde uns hier kein einziger zujubeln. So dicht wie im Regattasport lagen Sekt und Selters wohl nirgendwo beieinander. Deshalb wollte ich ums Verrecken kein Berufsregattasegler sein.

Steinitz stürzte auf mich zu.

»Haben Sie gehört, Claus-Peter?« rief er völlig aufgebracht. »First ship home! Hören Sie? Nicht nur Klassensieg, sondern erster im Ziel! Das glaubt mir daheim kein Mensch!«

Na und, dachte ich bei mir. Den Gesamtsieg fuhr sowieso die nachfolgende 50er ein. Die besaß nämlich das wesentlich bessere Rating. Doch ich schwieg. Ich wollte seine Begeisterung und die der Crew nicht dämpfen. Mir war es egal. Der Sieg in der Maxiklasse bescherte mir 10000 amerikanische Dollar Erfolgshonorar. Das Preisgeld würde Steinitz einstecken. Sollte er doch!

Endlich zerrte Joe zusammen mit einer Deckshand das Großsegel nach unten. Langsam motorten wir zu dem eigens für die Regatta freigehaltenen Hafenabschnitt. Noch ehe wir richtig festmachen konnten, kletterte der Graf mit zwei Crewmitgliedern aus dem Salon. Sie hielten sechs Magnumflaschen Champagner in den Händen. Claudia griff sich sofort eine volle Flasche und schüttelte sie tüchtig durch. Ehe ich mich wehren konnte, war ich auch schon von oben bis unten abgeduscht. Der französische Schaumwein floß mir durch den Kragen in das Innere meines Overalls und vermischte sich dort mit dem Schweiß der letzten Stunden auf See. Anschließend hielt sie mir den Hals der Flasche an den Mund und ließ mich mit gierigen Schlucken trinken. Plötzlich packten mich sechs stahlharte Fäuste und warfen mich im hohen Bogen über die Reling.

Nachdem ich an der Wasseroberfläche auftauchte, paddelte ich eine Weile im Hafenbecken umher und suchte unter dem Gejohle der Umstehenden eine freie Stelle, um wieder an Land zu kommen. Ich erspähte eine Leiter und verfolgte den Weg der Sprossen nach oben. Dabei blieb mein Blick an den Umrissen einer Frau hängen. Ich wußte sofort, wer sie war.

»Schau an, der Sieger!« rief sie spöttisch zu mir herunter.

»Hast du etwas anderes von mir erwartet?« rief ich nach oben und versuchte, arrogant zu wirken.

Ein Mann trat neben sie und legte mit einer jovialen Handbewegung seinen rechten Arm um ihre schmalen Schultern. Auch ihn kannte ich gut.

»He, Sylvia«, fügte ich grinsend hinzu und ließ dabei den Parteivorsitzenden nicht aus den Augen. »Möchtest du mir nicht deinen neuen Lover vorstellen?«

Die Zeitung würde morgen früh um zwei Schlagzeilen reicher sein.

# 14

»Mußte Ihre Bemerkung vorhin im Hafen wirklich sein?« knurrte mir Gerd Kröger ins Ohr, während er mit strahlendem Lächeln in das Blitzlichtgewitter der Zeitungsreporter hineinblinzelte. Der einsetzende Applaus schien kein Ende nehmen zu wollen.

Der Politiker hatte meine rechte Hand gepackt und schüttelte sie übertrieben herzlich. Kröger war ein wenig kleiner als ich, was jedoch seiner Ausstrahlungskraft keinen Abbruch tat. Der Parteivorsitzende und designierte Kanzlerkandidat der Oppositionspartei war etwa zehn Jahre älter als ich, bereits stark angegraut und auch schon etwas füllig in der Bauchgegend. Doch er verfügte wie jeder gute angehende Staatsmann über hervorragende Schneider und ein Pressebüro, das zumindest bei offiziellen Anlässen nur solche Photos freigab, auf denen er auch wirklich vorteilhaft erschien.

»Ich verstehe überhaupt nicht, was Sie meinen«, murmelte ich und zeigte ebenfalls mein breitestes Zahnpastalächeln.

Kröger legte seinen Arm kameradschaftlich um meine linke Schulter. Sein Griff fühlte sich hart, beinahe eisern an. Ich kniff die Augen zusammen. Zum einen, weil die immer heftiger aufzuckenden Blitzlichter in meinen Augen brannten, zum anderen, weil seine in mein Schlüsselbein gekrallten Finger schmerzten.

»Wirklich nicht?« lachte er, winkte mit der freien linken Hand den Reportern zu und deutete ansatzweise auf einen der riesigen silbernen Pokale, die auf dem dekorierten Tisch nebeneinander standen. Der Applaus steigerte sich immer mehr.

»Muß ich noch deutlicher werden?« murmelte er weiter, während sich nun auch die Kameraleute eines Privatfernsehkanals in den Vordergrund drängten und uns in gleißendes Licht ihrer Halogenleuchten hüllten.

»Soll ich Ihnen etwas gestehen?« flüsterte ich und drehte mich dabei breit lächelnd zu ihm um.

Außenstehende mußten den Eindruck gewinnen, einem Presseempfang zweier befreundeter Regierungschefs beizuwohnen. Doch in Wirklichkeit war ich wegen der Schmerzen in meiner Schulter drauf und dran, in die Knie zu gehen.

»Nur zu!« forderte er mich auf und ergriff nochmals meine Hand, die er mit ebenso hartem Griff preßte. Er grinste, beide Reihen seiner schneeweißen Drittzähne zeigend, in die laufenden Kameras.

»Es gibt keine schlimmere Strafe, als seine Frau demjenigen zu überlassen, der sie haben möchte. Dieser Satz stammt übrigens nicht von mir, sondern von Sascha Guitry.«

Kröger begann schallend zu lachen. Für die Gäste im Festzelt mußte es so aussehen, als hätte ich dem Parteivorsitzenden einen gelungenen Witz ins Ohr geflüstert. Sein Handgriff lockerte sich.

»Haben Sie denn einen Grund, mich bestrafen zu müssen?« antwortete er auf mein Zitat.

Ich lachte ebenfalls breit in die Kamera des Privatsenders und klopfte ihm mit der freien linken Hand übertrieben herzlich auf die Schulter.

»Keineswegs, lieber Gerd«, grinste ich ihn an. »Ich darf Sie doch Gerd nennen, oder? Sehen Sie, lieber Herr Parteivorsitzender, mit meiner hochverehrten geschiedenen Ehefrau ist es wie mit der kommenden Parlamentswahl. Sie wissen erst hinterher, ob sich ihr Engagement ausgezahlt hat.«

Kröger lachte in das langsam abflauende Blitzlichtgewitter und hob demonstrativ meinen rechten Arm in der Siegerpose nach oben. Sofort befanden wir uns erneut im Epizentrum der Lichtkaskaden.

»Sie dürfen mich weder Gerd nennen, lieber Claus-Peter, noch Aphorismen auf meine Bekannten zum Besten geben. Ich wünsche, daß Sie Ihrer geschiedenen Frau wie auch mir oder sonstwem in meinem näheren Umfeld den nötigen Respekt erweisen. Haben wir uns diesbezüglich verstanden?«

Der Vorsitzende des veranstaltenden Yachtclubs kam mit weit ausgebreiteten Armen auf uns zu. In seiner Begleitung befand sich Graf Steinitz. Ich grinste Kröger breit an.

»Mein Anstand verbietet es mir, Ihnen anzudeuten, welchem meiner Körperteile Sie mit der Zunge gebührende Ehre erweisen dürfen. Habe ich mich klar genug ausgedrückt?«

Ehe er etwas erwidern konnte, hatte bereits der Clubvorsitzende seine Hand gepackt und schüttelte sie kräftig. Steinitz drängte sich von der anderen Seite zwischen uns. Mir fiel auf, daß er Kröger nur einen knappen Blick zuwarf.

»Seien Sie vorsichtig!« knurrte er mir breit lächelnd eine Warnung ins Ohr. Er packte meinen rechten Arm und wiederholte nun seinerseits die Siegerpose. Überwältigender Applaus aus vielen hundert Händen brandete uns entgegen.

Ich schaute ihn überrascht an.

»Lächeln, Claus-Peter!« grinste Steinitz und deutete auf den Clubvorsitzenden, der mit dem Pokal für den Sieg in der Maxiklasse auf uns zukam.

»Unterschätzen Sie Kröger nicht«, fügte er hinzu, ergriff den Pokal und hob ihn demonstrativ über den Kopf. Seine Worte mußte er schreien, denn wir tauchten erneut in ein akustisches Crescendo applaudierender Hände und in eine neue Blitzlichtkaskade.

»Wie meinen Sie das?« brüllte ich ebenso laut zurück, als er mir den Silbertopf in die Hand drückte und die Menge unter lautem Fußgetrampel zu toben begann.

»Er steht im Ruf, mit seinen politischen wie privaten Gegnern nicht sonderlich zimperlich umzugehen.«

Während ich den Pokal ein paarmal hin und her schwenkte und dann an Steinitz zurückreichte, wurde das Gesicht meines Gesprächspartners für einen kurzen Augenblick todernst.

»Kröger wird sich, wie Sie vielleicht wissen, als Kanzlerkandidat der kommenden Bundestagswahl stellen. Das kann er jedoch nur, wenn er verheiratet ist. Verstehen Sie mich jetzt?«

»Sie meinen ...«, stieß ich verblüfft aus. Ein glühender Speer der Eifersucht rammte sich mir quer durch die Brust.

»Nicht jetzt!« knurrte Steinitz. »Wir reden später.«

»Wo steckt eigentlich Ihr Sponsor? Ich glaube, ihn an Bord des Startschiffes gesehen zu haben.«

Die Augen des Grafen begannen zu flackern. Das lag nicht an der Neonbeleuchtung und dem Blitzlichtgewitter.

»Signor Corbieri läßt sich entschuldigen. Geschäfte. Sie verstehen?«

»Aha«, meinte ich erstaunt. »Geschäfte.«

»Sie haben völlig richtig verstanden, Claus-Peter«, fügte er hinzu und begann wieder breit zu lächeln. »Luigi Corbieri ist ein vielbeschäftigter Mann. Für ihn ist das Sponsoring einer 20-Meter-Yacht allenfalls im Peanuts-Bereich. Doch jetzt sollten wir uns wieder den erfreulichen Dingen des Lebens widmen.«

Ein wenig hilflos sah ich mich um, als mich Steinitz anschließend zwecks Gruppenfoto zur Crew schob. Mein Blick fiel auf Claudia, die mit einer atemberaubend aussehenden Rothaarigen weit abseits von unseren Jungs an der Champagnerbar stand. Dort, wo sich auch Kröger, meine geschiedene Frau und anderes, handverlesenes Publikum aufhielten. Ich hatte Claudias Begleiterin irgendwo schon einmal gesehen. Dessen war ich sicher. Ich konnte mich in diesem Moment bloß nicht erinnern, wo. Dann fiel mein Blick auf Le Duc und den Lord. Beide hatten nach der doppelten Niederlage von heute allem Anschein nach bereits sehr tief ins Cocktailglas geschaut.

Bernard Le Duc war nach seiner Ankunft mit dem Lord in Cuxhaven als erstes in das Büro der Wettfahrtleitung gestürmt und gab dort seinen Protest auch noch zu Papier. Steinitz, ziemlich leutselig, versuchte auf unkonventionelle und ziemlich unaristokratische Weise zu beschwichtigen. Doch Lord Whitborough und sein französischer Steuermann ließen sich auf nichts ein und verlangten eine offizielle Protestversammlung. Nicht nur Steinitz und ich, sondern auch Claudia und Joe, die als unsere Zeugen auftraten, stöhnten über soviel Hartnäckigkeit. Als ich gerade in einen Satz trockener Klamotten sprang, sah ich durch das Kabinenfenster jemanden mit einem Aktenkoffer im Büro der Wettfahrtkommission verschwinden. Der Mann besaß eine gewisse Ähnlichkeit mit dem adeligen Eigner der Ex-*Kyra*. Als sich anschließend die Protestverhandlung über eine Stunde hinzog, sah es zunächst danach aus, daß wir der Argumentation des Lords unterliegen würden. Doch zum Schluß stand Aussage gegen Aussage, weil der von Le Duc als Zeuge benannte Skipper auf der uns unmittelbar nachfolgenden Regattayacht im entscheidenden Moment paßte. Der Skipper des 50-Fuß-Schiffes räumte schließlich ein, daß er zum Zeitpunkt der Berührung noch viel zu weit vom

Ort des Geschehens entfernt war, als daß er einen Regelverstoß im Detail hätte beobachten können.

Müde und von nagenden Kopfschmerzen geplagt, bemühte ich mich am nächsten Tag an Bord der *Concordia* Ordnung in meine Papiere und Unterlagen zu bringen. Seit meiner Rückkehr aus den Staaten war ich, bedingt durch die Vorbereitung zur Regatta, zu nichts mehr gekommen. Überrascht war ich über ein Fax, das in aller Frühe eingegangen schien. In diesem Schreiben lud mich Rob de Haan zusammen mit Joe Collins in den nächsten Tagen nach IJmuiden ein, um seine neuentworfene Regattayacht anläßlich eines Praxistests zu beurteilen. Er bat um äußerste Diskretion, weil der Prototyp nach Überarbeitung auf Grund unserer Vorschläge schließlich als One-Design auf der kommenden Bootsausstellung in Düsseldorf dem breiten Publikum vorgestellt werden sollte. Ich warf einen Blick in meinen momentan ziemlich leeren Terminkalender und schickte ein Antwortfax mit einem Dank für die Einladung nach Holland zurück. Danach sortierte ich meine Post. Außer einem Schreiben meiner Bank und einer Einladung zu einer Modenschau im Cresta-Hotel befand sich nichts Interessantes darunter. Die wenigen Anfragen von Kunden speicherte ich in meinem Computer ab und druckte die Formbriefe aus, in denen ich den Leuten meine Bedingungen unterbreitete. Ich würde sie auf dem Weg zum Abendessen, zu dem mich Christiane Körber überraschend eingeladen hatte, irgendwo einwerfen.

Als ich mir endlich den ersten Pale Cream des Tages in ein Sherryglas eingoß, fiel mein Blick auf die neueste Ausgabe einer Hamburger Tageszeitung. Wie erwartet, wurde mein gestriger Ausruf am Kai von der Journalie durchgehechelt. Ein Bild von Kröger beim Walzer mit meiner geschiedenen Frau auf dem letzten Bundespresseball in Bonn sollte zusammen mit meiner indiskreten Bemerkung letzte Zweifel an einem bislang noch gut gehüteten Geheimnis zerstreuen. Sieh mal einer an, dachte ich bei mir. Es stimmte also, was Steinitz angedeutet hatte. Meine Sylvia konnte also, wenn sie Glück hatte, im kommenden Jahr Frau des Bundeskanzlers werden. Eine deutsche Hillary Clinton. Wider Willen brach ich in schallendes Gelächter aus. Deutschland würde sich wundern! Immer noch grinsend, blätterte ich den Rest der Zeitung durch. Doch bevor ich bis zur Anzeigenrubrik gelangte, stieß ich im Sportteil auf einen Artikel, der mich förmlich elektrisierte.

»Sieger in der Maxi-Klasse beim gestrigen Helgoland-Race in mysteriösen Unfall verwickelt.

Wie erst kurz vor Redaktionsschluß zu erfahren war, ereignete sich vor etwa zwei Wochen in der Nähe von Portland Bill, einem Kap an der südenglischen Küste, ein Unfall, bei dem ein Segler den Tod fand. Der bekannte Regattataktiker und Steuermann Claus-Peter Stockhausen, der gestern als Sieger in der Maxi-Klasse beim diesjährigen Helgoland-Race hervorging, verlor anläßlich einer Überführungsfahrt im Auftrage des hanseatischen Geschäftsmannes Stefan Graf Steinitz nachts in der Nähe des Landvorsprungs seinen Wachführer. Sascha Körber, ebenfalls kein Unbekannter auf den Regattabahnen der Nordsee und als freischaffender Journalist praktisch ein Kollege, wurde nach Ermittlungen der britischen Küstenwache vermutlich von einem Brecher über Bord gespült. Seine Leiche konnte bis heute nicht aufgefunden werden. Mysteriös erweist sich für alle Beteiligten, daß Stockhausen in derselben Nacht einen Mann aus dem Wasser fischte und ihn von einem Hubschrauber der britischen Küstenwache abbergen ließ. Der Verunglückte mußte nach Ansicht des obduzierenden Arztes jedoch schon vor der Bergung tot gewesen sein. Stockhausen ließ bis zu der

Inaugenscheinnahme durch Körbers Schwester Christiane, eine in Kulturkreisen der Hansestadt bislang noch wenig bekannte Mimin, keinen Zweifel an der Identität des Toten aufkommen. Doch im Leichenschauhaus der Gerichtsmedizin in Bournemouth deckte Frau Körber die mysteriöse Verwechslung auf. Bei dem Toten handelt es sich in Wirklichkeit um einen Einhandsegler aus dem südenglischen Shoreham-on-Sea.

Zur Zeit läuft ein Verfahren gegen Stockhausen vor dem zuständigen Seeamt. Ob sich die dortigen Ermittlungen und ein eventueller Urteilsspruch auf die von Stockhausen mit dem Toppsegelschoner *Concordia* auf der Nordsee unternommenen Chartertouren auswirken, wird die von ihm bevorzugte Klientel, die sich nicht selten aus Hamburgs erster Gesellschaft rekrutiert, entscheiden.

Stockhausen gewann an Bord der Steinitz'schen Regattayacht, eines zwar nach neuesten Erkenntnissen mit Karbonfasermast geriggten und Foliensegeln aufgepeppten, aber gemessen an den heutigen Rissen doch bereits veralteten Cruiser-Racers, trotz einer spektakulären Aufholjagd des bekannten Bierbrauers Lord Whitborough das Helgoland-Race in der Maxiklasse. Wie vermutet wird, trat ein bekanntes italienisches Modehaus als offizieller Sponsor auf. Zu welchem Zweck wurde wohl sonst in buchstäblich letzter Minute eine Namensänderung von *Kyra* in Ultima Moda vorgenommen? Zudem segelte die Yacht überraschend unter der grün-weiß-roten Flagge. Seitens des Modehauses, das sich überraschend zugeknöpft zeigt, gab es bislang noch kein Statement.

Man vermutet weiter, daß sich Steinitz' Steuermann und Taktiker Claus-Peter-Stockhausen bei der Ausschaltung des Konkurrenten Bernd Rottmann auf dem Stephenson & Son-Sechziger *Bulls 'n Bears* nicht gerade sehr sportlich verhalten haben soll. Doch der Düsseldorfer Wertpapierhändler, selbst in der Szene kein Unbekannter, schweigt wie üblich eisern zu den Vorfällen südlich der Helgoländer Düne. Die anschließende Protestversammlung wegen eines weiteren, diesmal von Lord Whitborough unterstellten Regelverstoßes mußte vom zuständigen Regattakommitee zugunsten des Teams der *Ultima Moda* entschieden werden. Inzwischen mehren sich die Hinweise, daß ein unscheinbarer, angeblich ziemlich prall gefüllter Aktenkoffer eine nicht unmaßgebliche Rolle bei der Meinungsfindung des Regattakommitees gespielt haben soll. Interessanterweise soll auch *Ultima-Moda*-Geschäftsführer Luigi Corbieri, der den Start noch im Kreise eines handverlesenen Publikums auf dem Schiff eines der Vereinsvorsitzenden mitverfolgte, den Yachthafen kurz nach der erfolgreichen Protestversammlung verlassen haben.«

Stocksauer suchte ich über das Kürzel des Redakteurs im Verlagsimpressum nach dem Namen des Schreibers. Günter Gockel. Ah, der alte Querulant, den sie wegen seiner seriösen Berichterstattung unlängst bei einem bekannten Boulevardblatt gefeuert hatten! Ich griff nach meinem Telefon und rief die Redaktion an.

»Oh, Herr Stockhausen«, begrüßte mich die Redaktionsassistentin. »Herzlichen Glückwunsch zu Ihrem gestrigen Sieg. Ich war selbst in Cuxhaven. Tolle Show! Was kann ich für Sie tun?«

Ich äußerte meinen Wunsch. Die Frau erklärte mir, daß Gockel erst seit kurzer Zeit als freier Mitarbeiter für das Hamburger Blatt arbeitete, und gab mir die Nummer seines Funktelefons. Ich legte auf und wählte erneut. Es dauerte nur wenige Augenblicke, und ich hatte Günter Gockel an der Strippe. Ich knurrte ihn ohne lange Einleitung sofort an.

»Erstens: Warum mischen Sie sich in ein noch schwebendes Verfahren ein? Was letztlich an Sascha Körbers

Tod Schuld war, werden die britischen Behörden schon noch herausfinden. Zweitens: Was soll der Unfug mit dem Hinweis auf eventuelle Schiebereien im Zusammenhang mit der Protestverhandlung? Und was soll der mehr als süffisante Hinweis auf einen eventuell frühzeitigen Aufbruch unseres Sponsors? Ist Ihnen der Begriff Verleumdungsklage geläufig?«

Gockels Stimme klang freundlich und verbindlich.

»Schwebendes Verfahren hin oder her, lieber Herr Stockhausen, das interessiert mich nicht die Bohne. Ihrem Anruf zufolge dürften die Hinweise meines britischen Informanten also zutreffen. Nun, das beruhigt mich außerordentlich. Zweitens: mein Bester, verstehe ich Ihre Aufregung im Zusammenhang mit der Protestverhandlung überhaupt nicht. Habe ich Sie in meinem Artikel etwa eines Regelverstoßes bezichtigt? Wohl kaum, oder?«

»Und was soll der Quatsch mit dem Geldkoffer und Luigi Corbieris überhastetem Aufbruch?« knurrte ich.

»Geldkoffer?« spielte Gockel den Sprachlosen. »Ach, in dem Koffer war Geld? Wie interessant. Von Geld war in meinem Artikel nie die Rede, nur von einem prall gefüllten Koffer. Überhastet? Ach, Corbieri ist also geflohen? Vor was denn? Davon wußte ich ja gar nichts. Na, das wird morgen eine Schlagzeile geben.«

»Hüten Sie sich!« brüllte ich ins Telefon.

Gockels Stimme wurde noch verbindlicher.

»Tja, werter Herr Stockhausen, das war wohl nichts. Sehen Sie, da haben Sie heute einmal eine kostenlose Lehrstunde in angewandter Publizistik erhalten. Jetzt wissen Sie, wie einfach es manchmal ist, an Informationen aus buchstäblich erster Hand heranzukommen.«

»Verdammt, Sie Wortverdreher!« schnauzte ich zurück. »Sie haben etwas von einem prall gefüllten Koffer geschrieben. Das war doch logisch, daß ich ...«

»... daß Sie jeden prall gefüllten Koffer in Zusammenhang mit Bestechungsgeldern bringen?« führte er meine Mutmaßung zu Ende. »Ich weiß ja nicht, in welchen Kreisen Sie sich gewöhnlich bewegen, werter Herr Stockhausen, aber dort, wo ich verkehre, bedeutet ein prall gefüllter Koffer noch lange nicht, daß sich eine Schmiergeldaffäre anschließt.«

»Das darf doch wohl nicht wahr sein, du Schmierfink!« brüllte ich ungehalten. »Wenn ich dich in die Flossen bekomme, dann sollst du was erleben!«

»Sie verstehen, daß ich das Gespräch als beendet betrachten muß«, antwortete Gockel süffisant und legte grußlos auf.

Ich ging an den Barschrank und goß mir ein großes Glas Single Malt ein. Doch auch dem Whisky aus dem schottischen Hochland gelang es nicht, meine Nerven ruhig zu stimmen. Kaum saß ich wieder am Kajüttisch, klingelte das Telefon. Steinitz war am Apparat.

»Wir müssen uns treffen«, meinte er tonlos. »Sie sind auf der *Concordia*? Ich bin in einer halben Stunde bei Ihnen. Erwarten Sie mich!«

Ehe ich etwas erwidern konnte, hatte er bereits aufgelegt. Mir war schon klar, was er wollte. Gerade nahm ich einen großen Schluck Whisky, da klingelte das Telefon erneut. Ich wagte meinen Ohren nicht zu trauen.

»Oh, welch eine Überraschung!« stieß ich aus. »Diesen Tag muß ich rot im Kalender anstreichen. Was kann ich für dich tun?«

»Wenig«, bemerkte meine geschiedene Frau trocken. »Aber du darfst mit mir essen gehen. Sagen wir in Schümanns Austernkeller? Du magst doch Schalentiere?«

»Natürlich«, entgegnete ich und war unentschlossen, ob ich erfreut oder vorsichtig sein sollte. Nach dem gestrigen Zusammenstoß mit ihrem parteipolitisch ambitionierten Ehemann in spe entschied ich mich für beides.

»Ach, du speist nicht mehr im Alten Rathaus? Möchtest wohl möglichst nicht mit mir in der breiten Öffentlichkeit gesehen werden, was?«

»Sei nicht albern!« entgegnete sie kalt. »Also im Austernkeller. Gegen sechs Uhr. Sei pünktlich. Ich hasse es, wenn ich warten muß.«

»Ich weiß«, antwortete ich, aber das Klicken in der Leitung deutete an, daß Sylvia bereits aufgelegt hatte.

Ich trank mein Glas mit dem bernsteinfarbenen Inhalt leer und deutete mit dem ausgestreckten Finger auf den Telefonapparat. Nach dem Gesetz der Serie mußte es jetzt erneut klingeln. Tatsächlich. Schon wieder wollte mich jemand sprechen. Langsam werde ich mir wohl eine Telefonistin zulegen müssen, dachte ich grimmig.

»Stockhausen«, meldete ich mich.

»Hier auch«, antwortete eine sonore Stimme.

»Walter!« rief ich erfreut in die Sprechmuschel. »Meine Güte, Walter! Wie lange habe ich nichts mehr von dir gehört? Wo, zum Teufel, steckst du?«

»Schon eine Weile her, was«, meinte er lachend. »Nun, mein Junge, ich bin im Moment auf Jersey. Saint Helier, um genauer zu sein. Herrlich hier. Nicht zu vergleichen mit dem naßkalten Wetter in Hamburg.«

»Fein«, erwiderte ich. Auf einer der Kanalinseln steckte er also. Ich war gespannt, was er von mir wollte.

»Also, mein Junge«, fuhr er fort. »Du erinnerst dich sicherlich an unsere Absprache, die *Concordia* betreffend.«

»*Concordia*«, wiederholte ich tonlos. »Aha.«

Heute kam es aber gewaltig dicke. Mir schwante bereits, worauf er hinaus wollte.

»Man hat mir in der Normandie ein wunderschönes Anwesen angeboten. Herrlich gelegen. Direkt am Hafen von Honfleur. Tja, der Franc steht schlecht, und ich sollte wohl zuschlagen.«

»Meinen Glückwunsch, Walter«, antwortete ich. Irgend etwas in meiner Brust zog sich schmerzhaft zusammen.

»Mein Junge«, fuhr er fort und räusperte sich leicht, »ich wollte über ein solches Thema eigentlich nicht mit dir am Telefon reden, aber die Angelegenheit duldet nur noch wenig Aufschub. Ich möchte, daß du die *Concordia* verkaufst. Soweit ich weiß, gibt es doch wohl Interessenten, oder?«

»Nie!« Ich erschrak vor meiner Heftigkeit.

»Du starrköpfiger Bengel«, wies mich Walter Stockhausen teils belustigt, teils ungeduldig zurecht.

»Muß ich dich wirklich an unser Abkommen erinnern? Ich habe dir seinerzeit die *Concordia* überlassen«, fuhr er fort, »damit du sie segelst, in Schuß hältst und von mir aus auch dein Büro auf ihr einrichtest. Aber sie gehört immer noch mir, Claus-Peter! Sie ist ein Teil meiner Altersversorgung. Vergiß das nicht! Und da ich mich langsam zur Ruhe setzen will, bin ich auf den Verkaufserlös angewiesen. Also, was ist? Nimmst du die Angelegenheit in die Hand, oder muß ich mich etwa an einen Makler wenden?«

»In Honfleur sagst du?« brauste ich auf. »Wer ist der Verkäufer?«

»Eine Wohnungsbaugesellschaft in der Nähe von Paris«, antwortete er sichtlich verwundert. »In Versailles genaugenommen. Eine gewisse Cité Beau Rivage S. A. Warum interessiert dich das?«

»Oh, das tut wenig zur Sache«, fuhr ich unbeirrt fort. »Ich habe da so eine Vorahnung. Faxe mir bitte den Verkaufsprospekt herüber. Ich will wissen, wer sich konkret hinter der Firma verbirgt.«

»Junge«, tadelte mich mein greiser Onkel. »Was ist denn auf einmal los mit dir? Der Chef des Bauunternehmens ist ein ganz seriöser Unternehmer. Ich spiele mit ihm Golf!«

»Ach so«, entgegnete ich unbeeindruckt. »Golf, also.

Nun, das ist ja die richtige Referenz für einen Geschäftspartner.«

»Werd' nicht sarkastisch, Claus-Peter«, antwortete Walter. Seine Stimme klang einerseits reserviert, andererseits schwang jedoch bereits unüberhörbare Unsicherheit mit. Walter Stockhausen hatte zu lange im Öffentlichen Dienst gearbeitet, um irgendein Risiko einzugehen.

»Bestimmt nicht, Walter«, fügte ich hinzu. »Aber ehe ich dich irgend etwas unterschreiben lasse, möchte ich die Unterlagen sehen. Versprichst du mir das?«

»Gut, mein Junge«, stöhnte er. »Ich suche jetzt hier in Saint Helier ein Faxgerät und sende dir alles zu. Zufrieden?«

»Danke, Walter«, antwortete ich und legte auf. Honfleur lag mir entschieden zu nah an dem französischen Küstenstädtchen Fécamp. Ich mochte mich irren, aber davon wollte ich mich schwarz auf weiß überzeugen. Zum Teufel mit meinem greisen Onkel! Wie sollte ich denn bloß einen Oldtimer wie die *Concordia* so schnell verkaufen? Einer jedenfalls würde sie nicht in die Hände bekommen! Dafür wollte ich schon sorgen.

Die Unterhaltung mit Steinitz verlief zunächst mehr als unfreundlich. Der Graf zeigte sich ungehalten, daß ich diesen Schreiberling überhaupt angerufen hatte. Er konnte einfach nicht begreifen, daß ich in eine derart einfach zu durchschauende Falle getappt war. Als ich Steinitz daraufhin fragte, was denn wirklich in dem Koffer war, schaute er mich erstaunt an.

»Um Himmels willen, Claus-Peter«, schüttelte er seinen Kopf, »welchen Koffer meinen Sie denn bloß? Ja, zugegeben, ich hatte tatsächlich meine lederne Collegemappe dabei, als ich zur Protestversammlung in den Yachtklub ging. Aber die war mit Sicherheit nicht prall gefüllt.«

Beinahe hätte ich ihm gestanden, daß ich durchaus jemanden mit einem größeren Handkoffer in das Büro der Wettfahrtkommission hatte stürmen sehen. Und dieses Gepäckstück war prall gefüllt. Und der Träger besaß frappierende Ähnlichkeit mit dem Eigner der siegreichen Yacht. Aber ich hütete mich, meinen Verdacht zu äußern. Schließlich wollte ich den Grafen als potentiellen Kunden nicht wegen irgendeiner unbewiesenen Behauptung verlieren. Und zum anderen hatte ich vor, irgendwann noch mal für ihn oder einen seiner Geschäftspartner Regatten zu segeln. Der Scheck über 10 000 amerikanische Dollar bedeutete ein weiteres beruhigendes Finanzpolster. Warum also sollte ich hier und jetzt auch noch ausgerechnet für den verhaßten Whitborough den Rächer der Enterbten spielen?

Nachdem sich Steinitz von mir ein Glas Chateau Lafitte aus meiner Notration für besondere Gäste hatte anbieten lassen, schien sich sein Gefühlszustand wieder ein wenig zu normalisieren. Er lehnte sich zurück und schaute sich im Salon der *Concordia* um.

»Tolles Boot, wissen Sie das?« meinte er. »Muß ja ein Heidengeld kosten, so einen Klassiker zu unterhalten. Also, bei allem Wohlwollen, für mich wäre das nichts.«

Schade, dachte ich im stillen.

Die kleine Narbe in Steinitz' Gesicht hob sich von seiner dunkelbraunen Gesichtshaut und seinem schneeweißen Schnurrbart an diesem Nachmittag besonders deutlich ab. Fast schien es, als würde sie leuchten. Unablässig drehte er den Familiensiegelring hin und her. Steinitz stand ganz offensichtlich unter Anspannung. Schließlich nahm er seine blau eingefärbte Pilotenbrille ab. Interessiert blickte ich hoch.

»Claus-Peter«, begann er und ließ sich von mir Rotwein nachgießen. »Nehmen Sie sich vor Kröger in acht! Halten Sie sich von Ihrer geschiedenen Frau fern. Und wenn sie tausendmal irgendwann einmal ihr Ehemann waren. Glauben Sie mir. Es ist besser so.«

Ich räusperte mich, denn plötzlich fühlte sich meine Kehle staubtrocken an.

»Sie machten gestern bei der Preisverleihung schon so seltsame Andeutungen. Was stimmt mit Gerd Kröger nicht? Der Mann ist schließlich auf dem besten Wege, vielleicht nach der kommenden Wahl Bundeskanzler zu werden.«

»Wenn er nicht über irgend etwas stolpert«, warf der Graf nachdenklich ein. Ich sah meinen Gesprächspartner überrascht an.

»Sie wissen«, fuhr er fort, »daß die Partei, der er bereits seit 30 Jahren angehört, schon viel zu lange in der Opposition steht. Gewisse Kreise drängen auf eine parlamentarische Erneuerung. Dazu brauchte man ein Aushängeschild. Man glaubt es in der Person Krögers gefunden zu haben. Der Mann ist mit viel Aufwand zu dem gemacht worden, was er heute ist. Man hat seiner kompromißlosen politischen Überzeugungen wegen in letzter Zeit in ihn und in seine Partei überraschend viel investiert. Glauben Sie, diese Leute würden die im kommenden Jahr anstehende Bundestagswahl irgendeinem Zufall überlassen? Zu diesem Zeitpunkt muß alles stimmen. Aber auch alles.«

Ich nickte stumm. Etwas in mir tat höllisch weh.«

»Ich deutete bereits an, daß Kröger leider noch an einem Malus leidet. Er ist immer noch Junggeselle. Bei einem Mann von 55 Jahren macht sich die Boulevardpresse so ihre Gedanken. Also muß Kröger heiraten. Jemand mit Stil, mit Klasse, mit Intelligenz und Durchsetzungskraft. Deutschland ist seit dem Fall der Mauer wieder ein großes, dynamisches, aufstrebendes Land. Ein Wirtschaftsfaktor. Ein militärischer Faktor. Die Parteiführung strebt schon aus Repräsentationsgründen ein Pendant zu den Clintons an. Alle bisherigen Kandidaten erschienen diesbezüglich stets ein wenig farblos, nicht wahr? Wer würde also besser zum Charisma eines Gerd Kröger passen als Ihre geschiedene Frau?«

Ich hätte ihm 1000 Namen nennen können, doch mir fiel kein einziger ein.

»Okay, und welche Rolle spiele ich in diesem Spiel?« fragte ich voll dunkler Vorahnung.

Steinitz erhob sich und klopfte mir beinahe väterlich auf die Schulter.

»Keine, Claus-Peter«, antwortete er. »Überhaupt keine. Verhalten Sie sich in bezug auf Sylvia absolut zurückhaltend. Keine Äußerungen, keine Statements, keine Interviews. Reden Sie mit der Presse kein Sterbenswörtchen. Wie ich bereits andeutete, mag Kröger nach außen hin ein freundlicher und angenehmer Mensch sein, aber wenn es um seine Karriere geht, dann verstehen weder er noch seine Parteifreunde irgendeinen Spaß. Hier geht es um Macht und Einfluß, Claus-Peter. Ein Schachspiel, nicht nur mit Dame und König. Sie stellen nur eine unbedeutende Randfigur dar. Und nicht nur beim königlichen Brettspiel gibt es, wie Sie sicherlich wissen, das eine oder andere Bauernopfer.«

»Wie meinen Sie das?« hakte ich nach.

Das Gesicht des Grafen wurde todernst.

»Gerd Kröger will Regierungschef werden. Dazu braucht er in einem so konservativen Land wie Deutschland eine Ehefrau. Eine Ehefrau scheint Kröger also gefunden zu haben. Seit gestern weiß es durch ihren Ausruf bereits die halbe Nation. Ein angehender Kanzler kann sich natürlich nicht von dem Ex-Ehemann als deren ›neuer Lover‹ bezeichnen lassen, verstehen Sie? Denken Sie noch einmal zurück an Ihre kurze Karriere als Yachtmakler. Wissen Sie noch, wie schnell man Sie im entscheidenden Moment aus dem Weg räumte, weil Sie ein paar Leuten im Wege standen? Da tauchten einfach ein paar Ungereimtheiten im Zusammenhang mit einer Giftmüllagerstätte auf Ihrem Betriebsgelände auf, und schon waren Sie Ihre Existenz los. Verstehen Sie, was ich damit sagen will?«

Ich starrte ihm sprachlos nach, während er bei seinen Erklärungen den Niedergang hinaufkletterte. Auf halbem Wege hielt er noch einmal kurz inne.

»Geben sie auf sich acht, Claus-Peter! Keinen Kontakt zu irgendwelchen Zeitungen. Und keinen Kontakt zu Kröger oder Ihrer Ex-Frau.«

Es regnete wieder einmal aus Hamburgs grau verhangenem Himmel, als ich kurz vor sechs Uhr meinen Wagen in die Tiefgarage nahe des Jungfernstieges einparkte und über die nassen Straßen zu Schümanns Austernkeller trabte. Wenn ich schon in den seltenen Genuß eines Rendezvous mit meiner geschiedenen Frau kam, dann wollte ich mich wenigstens nur um ein paar Minuten verspäten. Ich hatte mich dem Anlaß zufolge in Schale geworfen. Weil es kühl geworden war, trug ich unter meinem hellen Regenmantel ein cognacfarbenes Jackett und eine dunkelblaue Wollstoffhose. Auch meine Slipper waren frisch aus dem Schuhkarton. Nur meine Haare benötigten immer noch dringend eine Behandlung bei meinem Coiffeur.

Sylvia sah wie immer umwerfend aus. Ihre 45 Jahre sah man ihr beim besten Willen nicht an. Mir schien es, als hätten sie die letzten Jahre unserer Trennung um keinen Tag altern lassen. Sylvia trug eine tief ausgeschnittene, naturweiße Wickelbluse unter einem atemberaubenden hellbeigen Ensemble. Farblich harmonierte die dezent eingefärbte Sportbrille exakt mit dem Stahlblau ihrer Augen. Trug sie die Brille neuerdings etwa wegen einer latenten Fehlsichtigkeit, oder wollte sie sich bloß hinter den abgedunkelten Gläsern verbergen? Ehe ich intensiver darüber nachdenken konnte, ließ sie sich vom Chef persönlich aus ihrem weinroten Cape helfen. Unwillkürlich musterte ich meine geschiedene Frau mit den Augen des immer noch begehrenden, heimlichen Liebhabers. Der jugendlich kurze Rock des wohl sündhaft teuren Kostüms verdeckte kaum ihre langen, braungebrannten Beine. Ein Blick auf ihre Taille versicherte mir, daß sie seit unserer Trennung noch kein einziges Gramm zugenommen hatte. So sehr ich mich auch zusammenriß, ich mußte breit grinsen. So also würde eventuell die nächste Frau des Regierungschefs aussehen.

Sylvias Blick traf mich. Zum erstenmal seit Jahren sah ich sie wieder lächeln. Auch wenn das Lächeln weitgehend hinter ihrer Designerbrille verborgen blieb. Irgendwo im Inneren meiner Seele spürte ich so etwas wie Trauer, aber auch Eifersucht. Ich hatte Sylvia nicht halten können. Und warum sollte es ausgerechnet jemand wie Gerd Kröger können? Vielleicht, weil er ihren Anspruch auf gesellschaftliches Ansehen und politische Macht befriedigen konnte. Sylvia war schließlich promovierte Juristin. Sie brauchte sich nicht mit irgendeinem Job als Vorsitzende einer sozialen Einrichtung zufriedenzugeben. Sie konnte ohne weiteres ein hochdotiertes politisches Amt übernehmen.

Ich deutete einen Handkuß an und schob ihr den Stuhl zurecht. Damenhaft ließ sie sich nieder und wartete, bis auch ich Platz genommen hatte. Dann zündete sie zunächst ihre obligatorische Zigarette an. Sie inhalierte tief und blies den Qualm über meinen Kopf hinweg. An den Fingerspitzen konnte ich erkennen, daß ihre an den Tag gelegte Ruhe trog. Das dünne, an der Spitze brennende Stäbchen zitterte leicht.

Bevor wir uns ernsthaft zu unterhalten begannen, bestellte ich für uns beide je ein halbes Dutzend Austern, zwei halbe Hummer Thermidor und eine Flasche eisgekühlten Chablis. Schließlich drückte sie ihre Zigarette im Aschenbecher aus und blickte mich durch die getönten Brillengläser mit ihren hellblauen Augen an. Ich war beruhigt. Ihre Augen funkelten inzwischen wieder so eisig wie sonst. Das konnte auch das teure Designerstück nicht verbergen. Und der Duft ihres immer etwas herb duftenden Parfüms schwebte mir entgegen. Doch etwas an ihr hatte sich verändert. Sylvia trug ihr dichtes blondes Haar locker zurückgekämmt, wodurch ihr sehniger schlanker Hals noch vorteilhafter zur Geltung kam. Nur ein kleines Entenschwänzchen hing ihr frech ins Gesicht. Was um alles in der Welt fing solch eine Frau mit jemandem wie Gerd Kröger an? War Macht wirklich jeden Kompromiß wert? Oder schätzte ich tatsächlich sowohl den Parteivorsitzenden als auch seine Geliebte völlig falsch ein?

»Schieß los!« forderte ich sie mit jungenhafter Unbekümmertheit auf. »Warum wolltest du mich treffen?«

Sylvia lachte leise. Das Eis in ihren Augen blitzte wie der Gletschergletscher in der Februarsonne. Ihr zart geschminkter Mund verzog sich zu einem spöttischen Strich.

»Schieß los! Wann gewöhnst du dir endlich eine andere Sprache an, Claus-Peter?«

»Ich bin eben ein bißchen jünger als gewisse andere Personen in deinem Bekanntenkreis«, bemerkte ich grinsend.

»Wenn du Gerd Kröger meinst, er gehört nicht mehr nur zu meinem Bekanntenkreis. Nun, dank der Boulevardpresse, deren Phantasie du gestern mit deinem verbalen Ausrutscher im Hafenbecken von Cuxhaven angeregt hast, hat es nun wenig Zweck mehr, meine Liaison mit Gerd weiter zu verheimlichen. Gerd ist ein wunderbarer Mann, und ich werde ihn heiraten.«

Ich spürte, wie mein Adamsapfel heftig auf und ab tanzte, während das Lächeln auf den Lippen meiner geschiedenen Frau immer spöttischer wurde. Sie schien sich geradezu an meiner Verblüffung zu weiden. Mein Puls begann zu jagen, meine Schläfen pochten. Kalter Schweiß bildete sich unterhalb meines Hemdkragens und begann, langsam abwärts zu tropfen. Nun war ich von meiner ehemaligen Frau schon so viele Jahre getrennt, und trotzdem traf mich diese Offenbarung wie ein Dampfhammer.«

»Du ... du weißt, was du da sagst, oder«, stammelte ich.

Sylvias Stirn umwölkte sich.

»Was ist denn auf einmal mit dir los, Claus-Peter«, erwiderte sie mit einer Mischung aus Belustigung und Schärfe in der Stimme. »Wir sind geschieden. Hast du das vielleicht vergessen?«

»Natürlich habe ich das nicht vergessen«, murmelte ich. »Aber für mich ...« Ich stockte.

»Ja, bitte?« forschte sie nach. »Sprich bitte weiter. Ich höre!«

»Du weißt genau, was ich sagen will.«

»Nein, weiß ich nicht, liebster Claus-Peter! Was ist also mit dir?«

Ich atmete tief durch. Verdammt sollte ich sein, aber bevor ich ihr hier vor einem Dutzend frischer Austern sitzend gestand, daß ich sie immer noch mit jeder Faser meines Herzens liebte, wollte ich eher an meinen eigenen vorlauten Worten ersticken.

»Lassen wir das, Sylvia« entgegnete ich und löffelte den ersten Meeresbewohner aus seiner krustigen Schale.

»Komm endlich zur Sache. Ich glaube kaum, daß dein Versuch, mich von den Vorzügen einer Ehe mit einem zehn Jahre älteren Politiker zu überzeugen, der einzige Grund für ein Treffen mit mir war.«

Eigentlich hatte ich mit einer scharfen Zurechtweisung gerechnet, doch Sylvia schien meine Bemerkung überhört zu haben. Sie stocherte in ihren Austern herum, schob dann aber den Teller von sich weg. Ich schaute überrascht auf.

»Schmecken dir die Austern nicht?« fragte ich überflüssigerweise.

»Ich denke, ich muß verrückt sein, mich mit dir hier zu treffen«, stöhnte sie auf und griff erneut zu ihren Zigaretten.

Da der Kellner den Aschenbecher weggeräumt hatte, winkte sie dem Chef und orderte gleich noch eine Flasche Champagner. Ich löffelte artig meine restlichen Schalentiere. Und mir entging nicht, daß ihre Hände immer noch deutlich zitterten.

Übertrieben theatralisch wischte ich mir schließlich mit der Serviette über die gespitzten Lippen und nahm einen gehörigen Schluck Chablis.

»Dein neuer Lover weiß wohl nichts von unserem Treffen, stimmt's? Deshalb wolltest du dich mit mir auch nicht im Rathauskeller treffen, nicht wahr? Warum das Versteckspiel?«

Sylvia starrte mich schweigend an. Sie fuhr sich mit den gespreizten Fingern der freien Hand durch die immer noch perfekte Frisur. Sylvia hob die Zigarette und sog den Qualm gierig in die Lungen. Wir starrten uns an. Plötzlich kam ich mir vor wie in einem Haifischbecken. Ich hätte alles dafür gegeben zu erfahren, woran mein Gegenüber in diesem Augenblick dachte.

»Nein«, antwortete sie plötzlich. »Gerd weiß nichts von unseren Treffen. Und du solltest mir einen Gefallen tun und es auch nicht unbedingt an die große Glocke hängen.«

Ihre Augen formten sich wieder zu schmalen Schlitzen.

»Du bist ein Unsicherheitsfaktor in meinem Leben, Claus-Peter. Nicht nur Gerd, auch ich werde nicht dulden, daß du unsere gemeinsame Zukunft zerstörst.«

»Ein Unsicherheitsfaktor?« brauste ich auf. »Ein Unsicherheitsfaktor, sagst du. Nein, Sylvia, ich bin nur dein geschiedener Mann.«

»Eben deshalb«, entgegnete sie.

»Was willst du damit sagen?« zischte ich halblaut durch meine Zähne.

»Nun«, antwortete sie mit gespielter Ruhe und drückte ihre Zigarette aus, als der Kellner mit der eisgekühlten Flasche Champagner kam und ihr ein Glas einschenkte. Die Kälte hinterließ auf dem Glas einen feinen Niederschlag.

»Eben deshalb. Die Presse wird sich auf dich stürzen. Wird dich über unsere gemeinsame Zeit ausfragen. Wird versuchen, Schmutz aufzuwirbeln. Es ist nun einmal nicht mehr zu ändern, daß wir seinerzeit nicht sonderlich freundlich miteinander umgegangen sind.«

Mir blieb beinahe die Luft weg.

»Wie bitte?« fuhr ich sie mit aller Schärfe an, die ein Flüstern zuließ.

»Wir sind nicht freundlich miteinander umgegangen, sagst du? Ja, also ich glaub es nicht! Du bist ausschließlich mit mir nicht freundlich umgegangen. Vergiß das nie, Sylvia! Auch Tanja könnte noch leben, wenn du ...«

Sylvia starrte mich an. Ihr Gesicht wirkte wie versteinert.

»Ach, lassen wir das«, räumte ich ein. »Aber denk dran, liebste Sylvia. Wir beide teilen ein kleines Geheimnis, nicht wahr? Denk an die Tonbandaufnahme und an deine später immer spärlicher werdenden Besuche im Internat. Vernachlässigung der elterlichen Pflichten nennt man das doch, oder?«

Sylvia schwieg, während ich meinen Kloß im Hals mit einem Schluck Wein hinunterzuspülen versuchte. Warum mir in diesem Augenblick ausgerechnet Günter Gockel durch den Kopf ging, verstand ich nicht.

»Du kennst den Sponsor der *Kyra*?« fragte ich sie.

»Der *Kyra*?« Sylvia schaute mich verblüfft an.

»Der *Ultima Moda*, wie sie anläßlich der Wettfahrt nach

Helgoland umgetauft wurde. Ich sah dich mit Luigi Corbieri auf dem Deck des Startschiffes.«

»Ach, was du nicht sagst«, entgegnete sie. Mir fiel auf, daß sie den Rest ihrer Zigarette nervös im Aschenbecher ausdrückte.

Meine geschiedene Frau erhob sich. Das Stahlblau ihrer zart geschminkten Augen verwandelte sich in ewiges Gletschereis.

»Entschuldige, Claus-Peter, aber ich muß mich leider bereits verabschieden«, sagte sie. »Ach noch etwas. Wie bist du eigentlich mit deinem Rechtsanwalt vor dem Seeamt zurechtgekommen?«

Ich konnte nicht umhin, sie völlig verblüfft anzustarren.

»Aus deiner Kanzlei?« stieß ich aus.

»Mach dir keine Sorgen«, meinte sie beinahe beiläufig. »Wir bekommen das schon hin. Quid pro quo. Ich hole dich da raus, und du gibst keine Interviews über unser gemeinsames Leben. Ist das kein Deal? Siehst du, ich stehe immer noch auf deiner Seite.«

Während ich für einen kurzen Moment fassungslos auf meinen Teller starrte, war Sylvia bereits an der Garderobe angelangt. Als ich mich abrupt erhob, kippte mein Stuhl nach hinten. Die ersten Gäste blickten erstaunt und neugierig auf. Solche Szenen spielten sich in Schümanns Austernkeller gewöhnlich selten ab. Ich blieb unschlüssig stehen. Was sollte ich tun? Zurückhalten konnte ich Sylvia sowieso nicht mehr. Verdammtes Spiel! Aber meine geschiedene Frau hatte recht. Sollte der Parteivorsitzende mit seinen Ambitionen, Regierungschef werden zu wollen, Ernst machen, stand auch ich automatisch mit im Rampenlicht. Da gab es mit Sicherheit eine Menge Schmierfinken unter den Boulevardjournalisten, die nur zu gerne in unserer Vergangenheit herumgeschnüffelt hätten. Leute wie zum Beispiel dieser Günter Gockel.

Seufzend ließ ich mich auf meinen Stuhl zurückgleiten.

Sylvia mischte schon wieder mein Leben auf. Und sie hatte mich in der Hand. Ein vernichtender Seeamtsspruch, und ich durfte mir zum drittenmal eine neue Zukunft aufbauen. Ich verspürte auf einmal das brennende Verlangen, meine Siebensachen zu packen und aus Hamburg zu verschwinden. Graf Steinitz' Vorschlag schoß mir plötzlich durch den Kopf. Seltsam, diese Zufälle! Seitdem jetzt auch noch die *Concordia* zum Verkauf stand, waren eigentlich die besten Voraussetzungen dafür gegeben, mein Leben von Grund auf zu ändern.

# 15

Schon als beim Betreten meines Apartments das Telefon klingelte, wobei sich der Anrufbeantworter einschaltete, fiel mir ein, daß ich etwas Wichtiges vergessen hatte. Deshalb nahm ich gar nicht erst ab, sondern schlüpfte in ein frisches Hemd, sprang in einen hellen Leinenanzug, schnappte mir eine Flasche, die noch von der Preisverleihung in Cuxhaven übriggeblieben war, und lief die Treppe wieder hinunter. Unten auf der Straße warf ich mich hinter das Lenkrad meines Wagens und raste über die regennasse Ost-West-Straße in Richtung Hohenfelde. Zum Glück herrschte um diese Uhrzeit zwischen Deichtorplatz und Binnenalster wenig Verkehr, und so brauchte ich kaum 20 Minuten, bis ich vom Ostufer der Außenalster in Richtung Schwimmhalle abbiegen konnte. Mit quietschenden Reifen blieb ich vor dem rotbraunen Miethaus stehen. Ich atmete auf. Im dritten Stock brannte Licht. Chris schien also noch auf mich zu warten.

»Tut mir entsetzlich leid, Chris«, murmelte ich beim Eintreten. »Ein wichtiger Kunde. Ich habe alles Menschenmögliche getan, um ihn abzuwimmeln, aber der Bursche war zäh wie Leder.«

»Nicht so schlimm, Claus-Peter«, nahm sie mir die Lüge gelassen ab. »Vielen Dank für dein Geschenk. Das wäre nicht nötig gewesen. Nimm schon Platz. Möchtest du vorher einen Aperitiv?«

»Ricard mit Eis wäre nicht schlecht«, antwortete ich und ließ mich an dem geradezu festlich gedeckten Tisch im Wohnzimmer nieder.

Ihre Wohnung sah nach der Aufräumaktion irgendwie anders aus. Saschas Schwester hatte sich von den vielen Kleinigkeiten trennen müssen, die bei dem Einbruch beschädigt worden waren. So jedenfalls wirkte der ehemals hoffnungslos überfrachtete Raum auf einmal viel wohnlicher. In dem parkettbelegten Wohnzimmer befanden sich jetzt nur noch eine Couch, ein niedriger Tisch, die Eßecke, sowie ein Bücherschrank und eine Anrichte. Auf dem Fußboden stand auf einem Drehsockel ein kleiner Fernsehapparat direkt neben der Stereoanlage, die im Haushalt eines Twen sowieso nie fehlt. Aus den Lautsprecherboxen klang leise die Musik der Scorpions. Wenigstens hatte sie halbwegs meinen Geschmack getroffen. Mit Techno-Musik im Hintergrund hätte ich bei einem Candlelight-Dinner vermutlich keinen Bissen hinunterbekommen.

Chris kam lächelnd mit zwei hohen Gläsern in den Raum zurück.

»Es dauert noch fünf Minuten. Ich habe alles noch mal in den Backofen geschoben. Wie gefällt dir meine Wohnung jetzt?«

Ich stieß mit ihr an.

»Fein, wenn du mich fragst. Du beweist Geschmack.«

»Danke«, antwortete sie lächelnd.

»Nichts zu danken«, grinste ich. »Du kennst doch meine Ansichten über Raumgestaltung. Eine Wohnung muß atmen können. Vorher war dein Wohnzimmer ein Museum.«

Ihr Gesicht verzog sich nicht. »Schön, daß es dir gefällt.«

»Es muß dir gefallen, nicht mir«, entgegnete ich.

Für meine letzte Bemerkung erntete ich nur einen tiefen Blick aus ihren dunklen warmen Augen. Sie entschuldigte sich und verschwand wieder in der Küche. Ich sah ihr nach. Himmel, was war Chris für ein bezauberndes Mädchen. Ich hoffte inständig, daß sie bald einen netten Kerl in ihrem Alter kennenlernte. Vielleicht vertrat ich mit meinen 45 Jahren ziemlich altmodische Vorstellungen, aber ich war der Ansicht, daß Mädels in ihrem Alter und in einer Millionenstadt nicht unbedingt alleine leben sollten. Der Einbruch vor ein paar Tagen hatte gezeigt, daß ich da nicht ganz falsch lag. Bei ihrem Aussehen dürfte sie sich vor Angeboten wohl kaum retten können. Wahrscheinlich stellte sie zu hohe Ansprüche. Ich grinste still vor mich hin. Naja, sie konnte es sich leisten. Zumindest noch.

Chris kam mit einer dampfenden Schale zurück ins Wohnzimmer und stellte das Gericht auf den weiß eingedeckten Eßtisch. Danach streifte sie ihre Schürze ab, zündete die Kerzen auf den hohen Ständern an und griff nochmals nach ihrem Glas. Sie sah hinreißend aus in dem superkurzen schwarzen Mini und dem beinahe vollständig transparenten, ärmellosen Body, der an diesem Abend nur deswegen als jugendfrei durchging, weil die reizvollsten Körperstellen von einer knappen Smokingweste abgedeckt wurden. Ihre dunklen Locken umrahmten ihr gebräuntes Gesicht. Wäre sie doch bloß ein wenig größer gewesen! Eine internationale Karriere als hochbezahltes Model hätte ihr gewunken. Nun, als Schauspielerin stand ihr mit Sicherheit keine weniger rasante Karriere ins Haus. Sie schaute mich an. Ihre jadegrünen Augen schimmerten wundervoll warm und erwartungsvoll zugleich. Ihre rechte Hand legte sich auf meinen linken Arm.

»Vielen Dank, daß du gekommen bist, Claus-Peter«, flüsterte sie. »Wir werden viel zu bereden haben.«

»Du machst mich neugierig«, erwiderte ich.

»Erst sollten wir essen«, sagte sie. Wie ein Schmetterling huschten ihre zartrosa geschminkten Lippen über meine linke Wange.

Während ich mir die letzten Krümel der Pastete mit meiner Serviette vom Mund wischte, goß Chris Wein nach. Vor ein paar Stunden hatte ich noch mit meiner geschiedenen Frau in einem First-class-Restaurant gespeist, aber die Atmosphäre in Chris' Wohnung ließ sich mit der kühlen Geschäftsmäßigkeit in einem Hamburger Speiselokal nicht vergleichen. Die Wohnungseinrichtung war sicherlich nicht sehr wertvoll, aber dafür jedes Stück mit viel Liebe und Sorgfalt zusammengetragen. Ich schaute durch die Fensterkreuze der Scheiben hinaus in die regnerische Nacht. Dicke Tropfen prasselten unablässig gegen das Glas. Aus den Boxen der Stereoanlage klang jetzt leise die rauchige Stimme von Tina Turner. Die Luft war angefüllt vom süßlichen Duft ihres Parfums und vom Rauch amerikanischer Filterzigaretten. Oh, Jesus! Wie lange war es her, daß ich eine derart aufgeladene Atmosphäre gespürt hatte?

Chris lehnte sich in ihrem Stuhl zurück und verschränkte für einen kurzen Augenblick die Arme hinter ihrem schlanken Nacken. Ich war so in Gedanken versunken, daß ich die plötzlich offenbarten Reize überhaupt nicht wahrnahm. Sie drückte schließlich die Zigarette in dem Kristallaschenbecher aus und stützte ihr Kinn auf die gefalteten Hände. Sie schaute mich unentwegt mit ihren großen, grünen Augen an.

»Träumst du?« brach sie den Bann.

Ich fuhr zusammen und räusperte mich.

»Ja. Pardon«, entschuldigte ich mich.

»Du mußt dich nicht entschuldigen.«

»Doch, Chris«, entgegnete ich. »Dein Essen war wunderbar. Wenn du irgendwann einmal die Lust an der Schauspielerei verlierst, kannst du sofort ein Restaurant aufmachen.«

Ihre Augen begannen auf einmal geheimnisvoll zu leuchten.

»Wer weiß?« erwiderte sie. »Das könnte unter Umständen schneller geschehen, als meinem Intendanten recht wäre.«

»Hast du in der Lotterie gewonnen?« fragte ich lachend.

Sie schwieg für einen Augenblick, so als wollte sie sich auf meine kommende Reaktion richtig vorbereiten.

»So ungefähr«, antwortete sie. »Sascha hat eine Lebensversicherung hinterlassen.«

Ich riß die Augen auf und starrte sie verblüfft an.

»Er hat was?« fragte ich wohl ziemlich einfältig.

Chris lachte. Sie schien sich an meiner Überraschung regelrecht zu weiden.

»Sascha muß irgendwann einmal vor Jahren, vermutlich wegen seiner Hochseesegelei, eine Lebensversicherung abgeschlossen haben. Gestern erhielt ich den Brief eines Agenten der Versicherungsgesellschaft. Die Versicherungssumme wird ausgezahlt, sobald Sascha offiziell für tot erklärt werden kann. Dann werde ich Saschas Wohnung abbezahlen, und es wird unter Umständen noch ein stattliches Sümmchen übrigbleiben.«

Ich kniff die Augen zusammen und schaute abwechselnd auf mein Glas und auf meine junge Gastgeberin. Hatte sie mir etwas in den Wein geschüttet? Ich verstand auf einmal überhaupt nichts mehr.

»Du redest in Rätseln«, murmelte ich und nahm einen tiefen Schluck, wobei ich prüfte, ob mir irgend etwas am Geschmack auffiel.

»Überhaupt nicht«, versicherte sie mir. »Dem Agenten zufolge beträgt Saschas Lebensversicherung rund eine Million Mark. Für die Wohnung muß ich etwa 300 000 hinblättern. Bleiben etwa 700 000 Mark übrig.«

Ich lehnte mich zurück und schloß die Augen. Chris war reich? Zumindest demnächst? Was um alles in der Welt ging hier vor? Der Teufel sollte mich holen, daß ich heute schon so viel und durcheinander getrunken hatte. Plötzlich zischte für den Bruchteil eines Augenblicks ein Gedankenblitz wie ein Kometenschweif durch meine Gehirnwindungen. Was wäre, wenn Chris die *Concordia* ...? Unsinn, Stockhausen, schalt ich mich im nächsten Augenblick. Was sollte eine fünfundzwanzigjährige Schauspielerin mit einem 28 Meter langen hölzernen Oldtimersegler anfangen?

Es fiel mir verdammt schwer, einen Weg durch die Unordnung in meinen Gedanken zu finden. Und plötzlich fiel mir die Lloyds-Glocke ein. Diese Glocke, die in dem bekannten englischen Versicherungsbüro Lloyds immer dann ertönt, wenn ein Schiff irgendwo auf der Welt verlorengeht. Solch eine Warnglocke begann sich jetzt auch in meinem Unterbewußtsein zu regen. Und zwar so laut und schrill, daß es sich wie das Bimmeln der Winschen auf einem America's Cupper anhörte, wenn die Spinnakerschoten durchgeholt wurden. Ich verfluchte insgeheim meinen latenten Hang zum Alkoholismus. Ich würde auf der Hut sein müssen.

»Nein, ernsthaft«, fuhr sie fort, »wenn mir das Geld ausgezahlt wird, könnte ich die ganze Schauspielerei an den Nagel hängen. Ein richtig gutes Engagement bekomme ich sowieso nicht. Ich habe nämlich keine Lust, mit all den Intendanten und Chefs der Castingbüros durch die Betten zu hüpfen. Ich verspüre vielmehr Lust, mir die Welt anzusehen. Aber nicht allein.«

Langsam gewann ich meine Fassung wieder.

»Chris«, begann ich stockend. »Tut mir leid, aber das kommt für mich alles völlig ziemlich überraschend. Wenn es das war, was du am Telefon meintest, dann ist dir die Überraschung bestens gelungen.«

Ich klatschte leise, aber demonstrativ Applaus.

»Was jedoch dein Vermögen angeht«, fuhr ich fort, »solltest du dich von einem Fachmann beraten lassen. Ich bin sicher, man findet für dich ein Superengagement. Ich werde, wenn du möchtest, einmal mit Bernd Rottmann sprechen. Bernd kennt als Wertpapierhändler alle Trends, die sich im Moment als lohnend abzeichnen. Auf seinen Rat kannst du dich verlassen. Ich habe selbst mein privates Vermögen bei ihm angelegt.«

Christianes Lider verzogen sich zu engen Schlitzen. Ihre großen, dunklen Augen begannen zu blitzen. Sie erhob sich vom Eßtisch und ging zum Durchgang zur Küche. Einer Eingebung folgend, folgte ich ihr. Im Türrahmen blieb sie stehen, drehte sich um und schmiegte sich bühnenreif gegen die Holzeinfassung.

»Was muß ich denn noch tun, damit du mich endlich wahrnimmst?« fragte sie. Ihre Stimme senkte sich zu einem heiseren Flüstern.

In diesem Augenblick wurde mir schlagartig klar, daß ich mich mittlerweile auf hauchdünnem Eis bewegte.

»Was soll ich wahrnehmen?« fragte ich. Meine Stimme klang rauh. Wahrscheinlich lag das an meinem schon wieder ausgetrockneten Mund.

»Das«, hauchte sie mir entgegen, schlang ihre schlanken Arme um meinen Hals und drückte sich leidenschaftlich an mich.

Ich roch ihren Atem, die süße Schwere ihres Parfums. Christianes Lippen suchten meine und öffneten sich dabei verheißungsvoll. Für den Bruchteil eines Augenaufschlags wollten meine Hände tatsächlich höher greifen. In diesem viel zu kurzen Augenblick erschien es mir, als explodierte jede Zelle meiner DNA in einem Feuersturm. Heiß wurde es mir unter meinem Jackett. Obwohl seit meinem gestrigen Sieg kaum richtig nüchtern geworden, fühlte sich meine Kehle an, als hätte sie einen längeren Aufenthalt in der Sahara hinter sich. Was, zum Henker, ließ mich in diesem Augenblick zögern, dieses herrlich junge, attraktive Geschöpf genauso wild an mich zu pressen, wie sie es allem Anschein nach von mir erwartete?

Ein Schnips mit meinem Finger, und eine der leidenschaftlichsten Nächte hätte mir bevorgestanden. Aber irgend etwas hielt mich trotz meiner langsam aufbegehrenden Lenden zurück. Mehr und mehr verstärkte sich bei mir das Gefühl, als küßte mich meine eigene Tochter.

Christiane bemerkte meine Unschlüssigkeit und öffnete wieder ihre warmen, glänzenden Augen. Ihr Blick wurde zu einem einzigen Fragezeichen.

»Was ist los?« fragte sie mit vor Verlangen heiserer Stimme.

Ich schluckte mehrmals heftig und löste mich dabei unwillkürlich aus meiner tiefen inneren Spannung. Vorsichtig lockerte ich den Griff ihrer Hände und entzog mich ihrer Umarmung.

»Nichts, mein Engel«, antwortete ich ihr mit belegter Zunge. »Es tut mir leid, Chris. Es geht nicht.«

Sie schaute mich verständnislos an.

»Was geht nicht?« fragte sie verständnislos.

»Das eben«, wich ich ihr aus.

»Was eben?« hakte sie nach.

Ich atmete tief durch und kniff für eine Sekunde die Augen zu, um trotz des immer stärker wabernden Alkoholnebels wieder halbwegs klar denken zu können.

»Chris«, antwortete ich ihr. »Chris, ich bin 20 Jahre älter als du. Ich könnte dein Vater sein. Nein, halt, laß mich ausreden! Ich weiß, daß dir meine Phrasen jetzt furchtbar altmodisch und spießig vorkommen. Chris, du bist 25 Jahre alt. Du willst dein Leben genießen. Mit Gleichaltrigen, mit denen du in die Disco gehen kannst, an den Strand, zum Schwimmen und auf heiße Beach-Parties. Chris, erst in 15 Jahren bist du eine aufgeblühte Frau. Dann bin ich 60 und ein Mummelgreis.« Ich versuchte ein Grinsen. »In den Augen anderer bin ich das vermutlich jetzt schon«, fügte ich hinzu.

Chris begann, breit zu lachen.

»Da gibt es auch noch etwas anderes«, fuhr ich unbeirrt fort. »Ich habe lange gebraucht, um mein Leben nach meiner Scheidung und nach dem Tod meiner Tochter wieder halbwegs in den Griff zu bekommen. Im Moment wird dir mein Nomadendasein noch interessant vorkommen, aber irgendwann wirst du, wie Sylvia, meine verdammte Segelei auf den Mond wünschen und dich nach einem festen Familienleben sehnen. Mit Häuschen im Grünen oder so.«

»Ach, hast du Angst, daß du mich heiraten sollst? Keine Panik, Claus-Peter, ich komme auch ohne Trauschein zurecht.«

Ich schüttelte den Kopf.

»Nein, Kleines«, fuhr ich fort. »Du verstehst mich nicht.«

»Was gibt es denn da nicht zu verstehen?« fragte sie und ließ mit geschickter Bewegung ihre Weste zu Boden gleiten.

Ich versuchte gar nicht erst wegzuschauen. Das wäre in diesem Moment albern gewesen. Doch ich bemühte mich, tief durchzuatmen. Richtig heikel wurde es für mich allerdings, als der knappe Minirock ihrer Weste folgte. Ihre Hände knöpften geschickt mein Jackett auf und umfaßten meinen Rücken. Mit einem Bein umschlang sie voller Leidenschaft meine Hüfte. Sie war mir so nah wie schon seit Jahren keine Frau mehr. Allein der Duft ihrer Haare hätte auf einen einsamen Mann wie mich wie Rauschgift auf einen ausgehungerten Junkie wirken müssen. Und doch empfand ich ihre Sinnlichkeit in diesem Moment nur als einen nichtendenwollenden Schmerz. Ich verfluchte mich insgeheim, dennoch wählte ich lieber die andere der beiden Möglichkeiten. Denn seit Sylvia war es mir gelungen, mich irgendwie mit meinem Schicksal zu arrangieren. Um nichts auf der Welt wollte ich dieses Arrangement aufgeben. Stockhausen, du Narr! Du elender Feigling und Narr!

»Bist du etwa scharf auf einen One-Night-Stand?« fragte ich heiser. Meine Stimme kam mir vor, als gehörte sie einem anderen.

Als ich die Straße überquerte, um in das dort wartende Taxi zu steigen, verfluchte ich einen Motorradfahrer, der mich beim Vorbeifahren beinahe überfuhr.

Kaum hatte ich mein Gesicht für die anstehende Rasur eingeschäumt, klingelte auch schon das Telefon. Ich horchte auf den Anrufbeantworter, nahm dann jedoch ab. Am anderen Ende der Leitung meldete sich Bernd Rottmann.

»Hi, Alter«, lachte er gutgelaunt. »Wie geht's, wie steht's?«

Gestern ging's noch, wollte ich gerade auf die alberne Männerphrase antworten, riß mich aber dann doch zusammen.

»Grüß dich, Kleiner«, knurrte ich zurück. »Na, schon einen Käufer für dein Wrack gefunden?«

Bernd lachte. »Mach mal halblang, Alter«, entgegnete er.

»Das nächstemal kriegst du mich nicht mehr so schnell dran. Das war 'ne üble Falle, in die du mich da gelockt hast.«

»Rufst du mich etwa deswegen mitten in der Nacht an?«

Der Radiowecker auf meinem Nachttisch zeigte halb zehn Uhr in der Frühe.

»Mann, hast du eine Laune«, murrte er kurz, kam dann aber sofort zur Sache.

»Hör zu, mein Junge«, nahm er einen geschäftsmäßigen Ton an. »Du solltest etwas an deinem Wertpapierdepot tun. Sag mal, was machst du eigentlich mit der Post, die ich dir schicke?«

Mir fiel ein, daß sein Brief immer noch auf der *Concordia* irgendwo im Stapel für Unerledigtes herumlag.

»Sorry, Bernd«, feixte ich, »aber du weißt ja, wie das ist. Da hetzt man von einem Sieg zum anderen ...«

»Spaß beiseite, Claus-Peter«, wurde er schlagartig ernst. »Du hast Aktien der Westdeutschen Bankgesellschaft in deinem Depot. WBG war schon einmal ausgesetzt. Wie man auf dem Parkett hört, soll es Schwierigkeiten mit der Steuerfahndung geben. Irgendsoein Spinner erpreßt angeblich die WBG damit, daß er androht, demnächst Datenausdrucke von Konteninhabern in Luxemburg an die Steuerfahndung weiterzureichen. Kannst du dir vorstellen, was das bedeutet? Die WBG wäre als ernstzunehmendes Bankhaus sowohl für Kleinanleger als auch für Großkunden nicht mehr akzeptabel. Die Filiale in Luxemburg könnten sie sofort dichtmachen. Der Aktienkurs würde ins Bodenlose stürzen.«

Ich schluckte und wischte mir den Rasierschaum aus dem Gesicht. Plötzlich begann ich zu frieren.

»Was schlägst du vor?«

»Sofort abstoßen, alter Knabe. Ich erledige das für dich. Du mußt mir nur dein Okay geben.«

»Klar, Bernd«, nickte ich. »Wenn du meinst, die WBG stellt einen Risikofaktor dar, dann nichts wie weg mit den Aktien.«

Am anderen Ende der Leitung hörte ich das Klickern einer Computertastatur.

»Ist eingegeben, Claus-Peter«, beruhigte er mich. »Mit dem Eröffnungskurs gehen sie heute morgen weg. Das heißt, falls der Handel mit WBG-Aktien nicht schon wieder ausgesetzt wird.«

»Hoffen wir das Beste«, murmelte ich.

»Wird schon schiefgehen«, lachte mein ehemaliger Konkurrent. »Wenn Frankfurt dichtmacht, versuche ich es in Berlin. Die hinken zum Glück immer ein wenig hinterher. Du solltest in Zukunft eben hin und wieder rechtzeitig in deine Post schauen.«

»Keine Zeit. Muß Regatten gewinnen.« Ich konnte über meinen dünnen Witz nicht einmal schmunzeln.

»Angeber«, lachte Rottmann rauh.

»Was hältst du von DAX-Optionsscheinen? Laufen im Moment nicht schlecht. Okay, ich kauf dir welche. Wir sehen uns!«

Kopfschüttelnd legte ich den Hörer auf die Gabel zurück. Bernd war in meinen Augen der einzige Mensch, der sportliche Rivalität, Privatleben und Job hundertprozentig zu trennen vermochte.

Nachdem ich gefrühstückt hatte, setzte ich mich in ein Taxi und fuhr nochmal zurück nach Hohenfelde, um mein Auto abzuholen. Ich schaute nach oben in den dritten Stock, doch die Gardinen waren zugezogen. Das Haus wirkte nach meinem gestrigen überhasteten Aufbruch mit einemmal abweisend und kalt.

Kaum betrat ich die *Concordia*, klingelte auch dort das Telefon. Ich verfluchte den Tag, an dem ich eine Leitung für Fernsprecher und Fax bis an ihren Liegeplatz hatte legen lassen. Es war Joe Collins. Seine Stimme klang dünn. Die Verbindung schien nicht sonderlich gut zu sein.

»Hast du auch eine Einladung nach IJmuiden bekommen?« begann er das Gespräch ohne Umschweife.

»Ja, natürlich«, antwortete ich wahrheitsgetreu. »Kommst du etwa nicht?«

Die Stimme am anderen Ende der Leitung lachte.

»Kommt darauf an, was der gute de Haan von meiner Honorarforderung hält.«

Ich Idiot! In all der Aufregung um die Helgoland-Regatta hatte ich an das Nächstliegende, nämlich das Geldverdienen, überhaupt nicht gedacht. Rob de Haan, der alte Geizhals, war imstande, mich umsonst für seine Testzwecke zu engagieren. Hinterher blieb ich wahrscheinlich sogar noch auf den Fahrtkosten sitzen. Andererseits, was sollte ich machen? Erschien mein Name als engagierter Tester in der Wassersportpresse und in den Prospektunterlagen, würde das meinen Bekanntheitsgrad auch über die Grenzen Deutschlands und Hollands hinaus steigern. Das wiederum konnte sich nur positiv auf meine zukünftigen Geschäfte auswirken.

»Wieviel verlangst du?« Ich versuchte, meiner Stimme einen beiläufigen Klang zu geben.

»2000 Dollar pro Tag plus Unterkunft und Reisespesen«, kam es wie aus der Pistole geschossen.

Der Schotte kannte seinen Preis. Auf einem Regattaparcours genauso wie auf der Teststrecke. Und wenn ihn eine Werft zur Testfahrt eines Prototypen einlud, dann griff er wie gewöhnlich in die Vollen. Ich beschloß, noch vor der Testfahrt Rob de Haan meine Heuervorstellung zu unterbreiten. Bekanntheitsgrad hin oder her, umsonst segelte ich den One-Design nun auch wieder nicht. Ich war schließlich kein Discount-Skipper.

»Wann würden wir uns sehen?« wechselte ich das Thema.

»Sobald sich de Haan entscheidet. Ich teste im Moment einen neu auf den Markt gebrachten Fünfundzwanziger. Scheußlich, sage ich dir, was manche Konstrukteure so zusammenbasteln.«

Ich nickte stumm. Joe war eben ein echter Profi. Immer im Geschäft, immer mit Cash in der Tasche.

»Okay, Joe«, murmelte ich. »Wir sehen uns.«

»Wenn Rob noch bis heute abend antwortet, ja«, entgegnete er geschäftsmäßig und legte schließlich auf.

Als ich einen Blick auf das Faxgerät warf, stellte ich fest, daß eine Nachricht von Walter eingegangen war. Ich riß den Papierstreifen aus dem Apparat und begann, die kopierte Verkaufsofferte mit wachsendem Interesse zu lesen. Als ich die Fotos der bereits errichteten Gebäude genauer unter die Lupe nahm, pfiff ich leise durch die Zähne. Nicht schlecht, murmelte ich leise vor mich hin.

Die Häuser in der Nähe waren ganz im normannischen Landhausstil gehalten. Sehr gediegen und für die dortigen Verhältnisse anscheinend hervorragend ausgestattet. Ich prüfte die Unterlagen weiter und stieß erneut einen Pfiff aus. 2,2 Millionen Franc. Dafür mußte eine Oma aber lange stricken. Ich grinste. Walter besaß keine Nachkommen. Vielleicht würde ich in seinem Testament ja lobend erwähnt. Gleichzeitig stieß ich auf Namen und Adresse der Firma. Walter hatte recht. Es handelte sich um eine Cité Beau Rivage in Versailles. Allerdings enthielt der Prospekt nur die Nummer des Postfaches, die Telefonnummer und die Nummer des Faxanschlusses. Ein bißchen viel Zahlenangaben und ziemlich wenig Konkretes für meinen Geschmack. Zudem schwiegen sich die Unterlagen über die wirklichen Inhaber, insbesondere die Geschäftsführer beziehungsweise Kapitalverwalter, beharrlich aus. Ich griff zum Telefon.

»Rottmann«, meldete sich Bernd.

»Hi, Kleiner«, meldete ich mich genauso unkonventionell, wie er es gewöhnlich tat.

»Was kann ich für dich tun?« fragte er.

»Jede Menge, Bernd. Ist dir eine Firma Cité Beau Rivage S. A. in Versailles, Frankreich, ein Begriff?«

»Nein«, antwortete mein ehemaliger Regattakonkurrent. Plötzlich erwachte sein berufsbedingtes Interesse.

»Sollte ich sie kennen?« Ein unverwechselbares Lauern lag in seiner Stimme. Der Ex-Skipper der *Bulls 'n Bears* war schließlich Profi im Anlagegeschäft.

»Unter Umständen, ja«, wich ich vorsichtig aus. Bei Bernd mußte man vorsichtiger sein als beim Schwimmen in einem Haifischbecken. »Einem Bekannten wurde ein Projekt in der Nähe von Honfleur angeboten«, sprach ich weiter.

»Honfleur. Kennst du doch, oder? Liegt gegenüber von Le Havre. Nun, mein Bekannter will unbedingt einsteigen.

Eine gewisse Cité Beau Rivage S. A. mit Geschäftssitz in Versailles bietet Grundstücksparzellen an. Auf den Parzellen befinden sich Sommerresidenzen. Normannischer Landhausstil. Nicht übel. Vom Preis her scheint die Sache interessant. Nicht zu teuer, aber auch nicht zu billig, als daß man von vorneherein mißtrauisch werden müßte. Also, ich könnte mich auch dafür erwärmen.«

»Ah«, stöhnte Bernd genüßlich auf. »Französische Immobilien. Mal was ganz Neues! Gewöhnlich bekommst du als Ausländer nur den letzten Rest vom Schützenfest angeboten. Was soll ich bei dem Deal?«

»Ganz einfach«, ließ ich die Katze aus dem Sack. »Du sollst mir sagen, wie ich an abgesicherte Infos über die Firma herankomme. Ich habe da einen üblen Verdacht, aber ich will mich auch nicht bis auf die Knochen blamieren.«

»Recht hast du«, feixte Bernd. »Grundstücksspekulationen solltest du wie das Regattasegeln einem Profi überlassen, mein Junge. Aber wenn's ein guter Deal ist, bin ich mit von der Partie. Ich will hinterher keine Klagen hören, kapiert?«

»Was willst du tun?« fragte ich.

»Ach, ich hab da so meine Informanten«, wich er mir aus. »Erst einmal checke ich den Firmensitz ab. Einem Wertpapierbroker stehen da gewisse datenmäßige Möglichkeiten ...« Er lachte rauh auf. »Ah, du mußt schließlich nicht alles wissen. Ja, und dann scheint es ganz wichtig herauszufinden, wer Geschäftsführer ist. Ob der Typ sauber ist. Ob er schon einmal pleite gemacht hat. Ob sich sein Firmensitz in Wirklichkeit vielleicht auf den Bermudas befindet und in Versailles nur ein Briefkasten hängt. Und so weiter.«

Genauso hatte ich mir das vorgestellt.

»Hör mal, Bernd«, meinte ich schließlich, »ich bin ein paar Tage in IJmuiden. Schick mir einfach ein Fax und wundere dich nicht, wenn ich nicht sofort reagiere. Ich unternehme nichts, bevor ich von dir eine Antwort habe.«

»Du fährst nach IJmuiden?« lachte Bernd. »Den One-Design-Prototypen von Rob de Haan testen? Oh, Junge! Im September auf der Nordsee. Ich könnte mir Schöneres vorstellen.«

»Woher weißt du eigentlich von dem Prototypen?« fragte ich erstaunt und biß mir gleichzeitig auf die Lippen. Rob hatte doch äußersten Wert auf Diskretion gelegt.«

Bernd lachte. »Die Holländer haben eine undichte Stelle im Verkaufsbüro«, entgegnete er.

»So ein ganz Schlauer. Weißt du, so ein Juppie-Verschnitt mit Handy und Designer-Klamotten. Der bietet Robbies Neuerscheinung bereits seit Wochen unterderhand an, ohne daß das Ding bisher jemals im Wasser geschwommen ist. Verstehe beim besten Willen nicht, warum Rob diesem Singvogel nicht schon längst den Schnabel gestopft hat.«

Nach diesem Hinweis beschloß ich, unbedingt mit Rob de Haan zu reden. Jetzt war ich wirklich gespannt. Auf den One-Design-Prototypen und das Gesicht des Niederländers, wenn ich ihm verklaren konnte, wer vermutlich für die Indiskretionen in seiner Firma verantwortlich sein sollte. Daß nämlich zwei Leute sich irrten, schien mir unwahrscheinlich. Bernd Rottmann bestätigte indirekt die Andeutungen, die Graf Steinitz vor ein paar Tagen auf der *Concordia* gemacht hatte. So viele Juppies beschäftigte Osiris Yacht BV mit Sicherheit auch wieder nicht in der Verkaufsabteilung.

Schließlich packte ich ein paar Sachen zusammen und legte meinen Schwerwetteroverall zurecht. Bis morgen würden sich wohl de Haan und Joe Collins über dessen Honorar geeinigt haben. Notfalls mußte es auch ohne den Schotten gehen. Ich wühlte gerade ein paar Schapps durch, als das Telefon wieder klingelte. Da ich an Bord der

*Concordia* keinen Anrufbeantworter installiert hatte, ging ich dran. Mein Gesicht verzog sich wie das von jemandem, der gerade in eine Zitrone gebissen hat. Das Gespräch kam aus Beaulieu. Am anderen Ende der Leitung sprach Lord James.

»Oh, Claus-Peter«, näselte er in ausgesucht feinem Oxfordenglisch. »Wie schön, Sie zu sprechen. Geht es Ihnen gut?«

»Bitte, James«, wies ich ihn, vielleicht eine Spur zu barsch, zurecht. »Ich hab's eilig. Reden Sie nicht um den Brei herum und kommen Sie zur Sache. Was wollen Sie von mir?«

»Oh, my God!« stieß er reichlich indigniert aus.

Ich begann unwillkürlich zu grinsen, als ich mir ausmalte, wie der gute Whitborough in seiner ganzen Körperfülle hinter seinem Schreibtisch im heimischen Beaulieu kauerte. Ich kannte sein Herrenhaus von einer Regatta her, als er eine Reihe ausgewählter Teams zu einem Nachmittagstee in seinen Park eingeladen hatte. Hinterher dürften allerdings etwa zehn Honorargärtner damit beschäftigt gewesen sein, die Kampfspuren der Jungs zu beseitigen. Vorschiffgorillas benahmen sich eben nicht unbedingt gentlemanlike, wenn sie sich unbeaufsichtigt mit dem Bier seiner Lordschaft abfüllen können.

Whitborough war trotz seines Bauchansatzes der englische Gentleman wie aus dem Bilderbuch. Er hätte mit seinem arroganten Ascot-Gehabe jeden Mitbewerber beim Casting für Werbeaufnahmen von englischen Pfefferminzplätzchen ausgestochen. Sir James, wie ihn seine Freunde aus der britischen Upper class anzureden pflegten, war dafür bekannt, seine Untergebenen wie Lakaien und Bekannte und Geschäftsfreunde, die nicht dem Hochadel angehörten, wie indische Tagelöhner zu behandeln. Decksmann bei ihm an Bord zu sein bedeutete nichts anderes, als nochmals die glorreichen Zeiten auf Ihrer Majestät Schiff *Bounty* durchleben zu dürfen. Und dennoch schaffte es das alte Schlitzohr immer wieder, für jedes seiner Boote ausgezeichnetes Personal anzuheuern. Böse Zungen an der englischen Südküste behaupteten, daß nicht der Königliche Regatta Club, sondern seine Lordschaft aus Beaulieu das tatsächliche Sagen bei der Organisation der Hochseeregatten und der Solent-Inshore-Races hatte. Whitboroughs Brauereien warfen zudem so viel Profit ab, daß er zu beinahe jedem Admiral's Cup mit einem Neubau aufwarten konnte. Seit Bernard Le Duc, dem Winzer aus Fécamp, das Wasser bis zum Hals stand, verfügte er zudem auch noch über einen verbissenen Steuermann, der, wie das letzte Helgoland-Race zeigte, zu allem bereit schien.

»Strapazieren Sie nicht den lieben Herrgott, James«, ermahnte ich ihn respektlos. Ich vermied es wie üblich, ihn mit seinem Adelstitel anzusprechen. »Was vermag ich für Sie tun zu dürfen, Euer Hochwohlgebohren?« fügte ich betont gestelzt hinzu.

»Sie haben Ihre Siegesfeier gut überstanden, Claus-Peter?« näselte er.

»Sie werden mich doch nicht etwa deshalb anrufen, um sich nochmals an Ihre schmerzliche Niederlage erinnern zu lassen?« fragte ich betont gelangweilt. Das war die Sprache, die er verstand.

»Hören Sie auf, Claus-Peter«, ermahnte diesmal er mich. »Lassen Sie uns wie erwachsene Männer miteinander reden. Wie Geschäftsleute.«

»Schießen Sie los!« ermunterte ich ihn ohne besonderen Enthusiasmus.

Ich konnte mir vorstellen, wie er mit verkniffenem Gesicht aus seinem Landhausfenster auf den träge dahinfließenden River Beaulieu starrte. Mitglieder des britischen Oberhauses waren es nämlich normalerweise nicht gewohnt, daß man sie zum Losschießen aufforderte.

»Nun, Claus-Peter«, meinte er nach einer Weile, »ich denke, es wäre wieder einmal an der Zeit nachzufragen, ob hinsichtlich des Verkaufs der *Concordia* Bewegung in die Angelegenheit gekommen ist. Mein Interesse besteht nach wie vor in vollem Umfang.«

Also doch, grinste ich in mich hinein. Da gab es also doch eine Verbindung zwischen dem Landhaus in Honfleur und dem adeligen Bierbrauer. Wie sonst konnte James wissen, daß die *Concordia* ausgerechnet jetzt zur Disposition stand. Eigentlich hatte ich jetzt grünes Licht für den Verkauf, denn Walter wollte sich ja von der *Concordia* trennen. Aber dem Lord gönnte ich das Schiff nicht in 1000 Jahren. Zu oft waren wir in der Vergangenheit schon aneinandergeraten. Erst würde ich alle nur irgendwie potentiellen Interessenten zwischen Hammerfest und Feuerland ansprechen, bevor Whitborough die alte Holzyacht in die Hände bekam. Und wenn überhaupt, dann nur zu einem sündhaft, ja geradezu unverschämt hohen Preis.

»Oh, welch ein Zufall, Eure Lordschaft«, fiel ich in seinen Tonfall ein. Mir schien die Zeit für ein Spielchen gekommen. Sollte er ruhig merken, daß ich ihn durchschaut hatte. »Wie Sie richtig zu ahnen scheinen, ist in der Tat Bewegung in die Sache gekommen. Wie Sie wissen, hielt ich mich vor etwa einem Monat geschäftlich in den Vereinigten Staaten auf. Inzwischen liegt ein geradezu fürstliches Angebot auf meinem Tisch. Ich bedaure, daß Sie nicht ein paar Tage vorher ...«

»Wer?« unterbrach mich Whitborough ziemlich ungehalten.

»James!« tadelte ich ihn. »Ich bitte Sie!«

»Wieviel?« wollte er wissen. Der Lord schien tatsächlich nervös zu werden.

»Also, James«, tadelte ich ihn erneut und versuchte, seinen Oxford-Dialekt nachzumachen. »Ich muß doch wirklich bitten! Ich frage Sie doch auch nicht, für wie viele

Pfund Sterling Sie Ihre Bierfässer an das britische Königshaus verkaufen.«

»Ich überbiete!« rief er in den Telefonapparat.

»Um wieviel?« fragte ich ihn.

»Egal!« Er war jetzt richtig aufgeregt. Die Möglichkeit, doch noch und so rasch an die *Concordia* heranzukommen, beflügelten anscheinend seine Sinne.

»Mindestens ein Prozent über dem Gegenangebot. Nennen Sie mir den Preis! Ich akzeptiere!«

Ich hatte ihn! Jetzt würde er ins Schwitzen geraten.

»Zwei Millionen.«

Meinem Hinweis folgte zunächst atemlose Stille. Ich vernahm deutlich das gequälte Aufquietschen der Federn seines Bürosessels. Der Lord hatte sich fallen lassen.

»Welche Währung?« fragte er nach einer Weile.

Mir entging nicht die dezente Kurzatmigkeit, die seiner Lordschaft Rede begeleitete.

»Deutschmarks«, antwortete ich knapp. »Zahlbar innerhalb von sieben Tagen auf ein von mir noch bekanntzugebendes Konto. Bankbestätigter Scheck. Ohne Option der Sperrung.«

»Mit Verlaub, Sir«, brach es aus ihm heraus, »aber Ihre Offerte kann nur als Witz bezeichnet werden.«

Ich mußte ihn wirklich aus der Fassung gebracht haben, denn zum erstenmal, seit wir uns kannten, titulierte er mich als Gentleman.

»Ich scherze nie, wenn es um die *Concordia* geht«, fauchte ich ihn an. »Seien Sie froh, daß ich Ihnen überhaupt ein Angebot unterbreite.«

»Rufen Sie mich an, wenn man mit Ihnen wieder vernünftig reden kann«, forderte er mich in ebenso barschem Ton auf.

»Ich Sie?« lachte ich in die Sprechmuschel. »Ich hör wohl nicht recht! Das nächstemal verhandele ich überhaupt nicht mehr am Telefon, mein Guter. Das langweilt mich nämlich zu sehr. Sie werden Ihren fetten Arsch nach hier bewegen, oder Sie können sich die *Concordia* in die Haare schmieren!«

Ich vernahm ein heftiges Schnaufen am anderen Ende der Leitung.

»Sie sollten nach einer solchen Komödie wie vorgestern bei der Protestverhandlung keinerlei Entgegenkommen mehr von mir erwarten, James«, fügte ich hinzu.

»Zahlen Sie, oder lassen Sie es bleiben. Zwei Millionen, James!«

Das Klicken in der Leitung besaß etwas Abschließendes.

# 16

Ich stieg aus meinem Wagen, wobei mir beinahe die Türe aus der Hand gerissen wurde. Ein kalter Nordwester blies mir vierkant ins Gesicht. Ich schätzte die Temperatur auf allenfalls 14 bis 16 Grad. Die bleigraue Nordsee trug ein Spitzenkleid aus brechenden Wellenköpfen. Wasser, Schaum und Gischt schoß bei jedem Ansturm der See an den weit ins Meer hinausgebauten Wellenbrechern empor. Rauher Seegang stand auch bis in den zangenförmigen Vorhafen von IJmuiden hinein. Man konnte das schon von weitem anhand der Lotsenboote erkennen, die in Höhe der Einfahrt ihre Nase tief in die heranrollenden Brecher steckten.

Zurückkommende Begleitschiffe rollten beängstigend weit nach beiden Seiten. Genau das richtige Wetter, um eine Neukonstruktion zu testen. Was hier scheiterte, überlebte Fastnet Rock in der irischen See ohnehin nicht.

Neugierig blickte ich mich um. Unmittelbar unten am Hafenbecken war eine Wagenburg aus Wohnanhängern, Wohnmobilen und mehreren Personenwagen errichtet worden. Knatternd wehten die Fahnen der De Haan-Werft nach Südosten aus. Der Prototyp lag in unmittelbarer Nähe und ruckte bei jeder Bö in die Festmacher. Ich öffnete die Kofferraumklappe, holte meine Reisetasche und meinen Schwerwetteroverall heraus und schlenderte langsam über die staubige Rampe hinunter zum Camp.

Rob de Haan trat in diesem Augenblick aus einem der Wohnmobile. Er erkannte mich schon von weitem und winkte mir mit seiner obligatorischen Shagpfeife in der Hand zu. Der Niederländer hatte sich trotz seiner Arbeit ziemlich gut gehalten. Sicher, sein Bauchansatz war nicht zu übersehen. Genausowenig die Falten um die Augen und die vielen roten Äderchen, die seine Wangen bedeckten. Sie zeugten zusammen mit seiner bereits am frühen Morgen kratzig klingenden Stimme davon, daß ihr Besitzer nicht selten schon vor dem Mittagessen Geschäftsabschlüsse, je nach Klientel, entweder mit Champagner oder Genever begießen mußte. Zudem beschäftigte er sich zur Zeit damit, ein europaweites Vertriebsnetz für seine Yachten aufzubauen. Osiris Yacht BV war zwar nicht gerade die größte der holländischen Sportbootwerften, aber sie befand sich auf dem besten Wege dazu, eine Menge Marktanteile auf dem Chartersektor zu erlangen. De Haans Booote wurden wegen ihrer Robustheit sehr gerne von Charterbetrieben an der Nordsee eingesetzt. Zudem waren die von ihm entwickelten Bootsserien für exzellente Segeleigenschaften, erstklassigen Innenausbau und hohen Wiederverkaufswert bekannt. Aus meiner Erfahrung wußte ich, daß bestimmte Serientypen auf dem Gebrauchtbootmarkt so teuer wie Skandinavier gehandelt wurden.

Rob de Haan schüttelte mir kräftig die Hand und führte mich gleich zu dem größten der dort abgestellten Wohnwagen. Unmittelbar neben diesem Einfamilienhaus auf Rädern stand ein teurer italienischer Sportwagen.

»Deine Leute scheinen ja gut zu verdienen.«

Der holländische Geschäftsmann schmunzelte.

»Gehört dem Assistenten des Verkaufsmanagers. Er wird demnächst die Werbeabteilung übernehmen.«

Oder auch nicht, dachte ich bei mir und betrat das fahrbare Domizil, wobei ich mich über die nachgemachten

Perserteppiche, die sowohl den Boden als auch den Salontisch bedeckten, amüsierte. Ich war nicht allein. Joe Collins grinste mich breit an.

»Hallo, Buddy«, begrüßte er mich und hielt den Daumen seiner rechten Hand nach oben.

»Na, du Pirat«, lachte ich zurück. »Hast du Rob tüchtig abgezockt?«

»Fragen Sie nicht«, beantwortete der Werftbesitzer hastig meine Frage, ehe Joe etwas sagen konnte. Nichts war Rob peinlicher als ein Gespräch über Geld im Beisein Dritter. Er wies auf den jungen Mann, der neben Joe saß und gerade eine Zigarette im Ascher ausdrückte.

»Darf ich vorstellen«, meinte Rob jovial, »unser Sportwagenliebhaber, Mijnheer Henk Steengaart.«

Steengaart, ein schlacksiger, hochgewachsener Endzwanziger mit dunklen, im Wall-Street-Stil mit Wetgliss zurückgekämmten Haaren, erhob sich und streckte mir seine Hand entgegen. Sie fühlte sich feucht an und paßte so überhaupt nicht zu dem sündhaft teuren Designeranzug.

»Ah, der Sieger von Cuxhaven«, meinte er anerkennend. »Habe schon von Ihnen gehört. Nennen Sie mich Henk.«

»Angenehm, Henk«, log ich, denn der Kerl war mir auf Anhieb so sympathisch wie eine Politesse mit gezücktem Gebührenblock.

»Nennen Sie mich Skipper.«

Zum Glück meinten die beiden Holländer, ich hätte nur Spaß gemacht und fielen in Joe Collins' dröhnendes Lachen ein. Ich ließ mich neben dem Schotten auf die Sitzbank gleiten und beobachtete de Haan, der mir einen doppelstöckigen Sherry eingoß.

»Hmm«, nickte ich anerkennend, nachdem ich am Glas gerochen hatte.

»British Pale Medium. Wie sind Sie drangekommen?«

De Haan schob seine Shagpfeife von einem Mundwinkel in den anderen.

»Ich besitze meine Quellen«, meinte er vielsagend und deutete auf den jungen Mann zu seiner rechten Seite.

»Henk war erst unlängst wieder auf der Insel. Wir bauen zur Zeit unser Vertriebs- und Servicenetz tüchtig aus.«

»In der Nähe von Portsmouth?« entfuhr es mir.

Henk Steengaart blickte überrascht auf.

»Ja«, antwortete er. »Wie kommen Sie darauf?«

»Ach, war nur so eine Vermutung«, brummte ich voll dunkler Vorahnung.

Schließlich stießen wir miteinander an, und ich lehnte mich weit in die Polster zurück. Wenn Bernd Rottmanns Vermutungen zutrafen, dann mußte Henk Steengaart der Maulwurf in de Haans Team sein. Der Verdacht lag nahe, daß sich Henk mit einem britischen Bootsbauer getroffen hatte. Bestimmt mit Stephenson & Son, de Haans ärgstem Konkurrenten. Sie ließen sich mit Sicherheit nicht nehmen, über die Boote selbst zu entscheiden, mit denen demnächst auf den europäischen Regattaparcours Matchraces gesegelt wurden. Mich hätte in diesem Zusammenhang interessiert, wieviel den Briten wohl eine solche Indiskretion wert war.

Rob reichte mir die Konstruktionspläne herüber und wies dabei auf eine Auflistung der wichtigsten Daten, soweit sie von seinen Fachleuten in der Werft an Hand von Computersimulationen hatten ermittelt werden können. Aus Geheimhaltungsgründen war die De Haan-Werft diesmal nicht an technische Versuchsanstalten mit Schlepptanksimulatoren herangetreten. Während ich den Sherry in kleinen Schlucken über meinen Gaumen versickern ließ, konnte ich mir beim Studium der Unterlagen ein Schnalzen mit der Zunge nicht verkneifen. De Haan hatte mit seiner Neukonstruktion aber wirklich voll in die Trickkiste gegriffen. Sie erinnerte stark an eine Mumm 36, war jedoch gut zwei Fuß länger und damit von der Größe praktisch ein Eintonner. Ihre Wasserlinienlänge lag nur einen Meter unter der Gesamtlänge, was bei einer Breite von 3 Meter 80 und einem zweivierziger Kiel ein enormes Geschwindigkeitspotential versprach. Was mich am meisten elektrisierte, war die grafische Darstellung der Geschwindigkeitsprognosen. Zwar stammten alle Werte ausschließlich aus der Computersimulation, doch die sich bereits ab etwa 125 Grad einstellende Diagrammbeule ließ vermuten, daß das Boot schon sehr früh ins Gleiten kam. Jenseits eines Windeinfallswinkels von 150 Grad ging die Geschwindigkeit jedoch geradezu schlagartig zurück. Das deutete darauf hin, daß man unter Spinnaker besser nicht platt vor dem Wind fuhr, weil man dadurch nur unnötig Fahrt verlor. Der Mast besaß zwar drei Paar Salinge, war allerdings so filigran, daß er zumindest im Seegang kaum einen Bedienungsfehler der Backstagen verzeihen würde.

Ich war gespannt auf ihr aufrichtendes Moment, denn bei einem Gesamtgewicht von immerhin fast vier Tonnen betrug das Gewicht des Ballastkiels gerade einmal 1600 Kilo. Hoffentlich hatten sich Dülles und Jestrup, Rob de Haans neu engagiertes Konstruktionsbüro aus Norddeutschland, nicht verrechnet. Das Ding mußte meiner Einschätzung nach so rank sein wie ein Jollenkreuzer. Wenn de Haans One Design in die falschen Hände geriet, dann würde es erst Mastbrüche und schließlich Schadenersatzansprüche nur so hageln. Ich schmunzelte bei dem Gedanken, daß das Boot anschließend unter Umständen nur noch mit dem Warnvermerk ›Vorsicht! Dieses Boot gefährdet Ihre Gesundheit und Ihren Geldbeutel!‹ ausgeliefert werden durfte.

Aufmerksam las ich weiter. Der Prototyp besaß im Gegensatz zu der von Bruce Farr gezeichneten Mumm 36 eine etwas wohnlichere Kajüte. De Haans One-Design war zwar genauso Lichtjahre davon entfernt, als Fahrtenkreuzer zu gelten, verfügte jedoch wenigstens über einen ausreichend großen Kartentisch, eine fest eingebaute Naßzelle, eine Minipantry und halbwegs bequeme Kojen achtern und im Salon. Das Vorschiff sollte allerdings überwiegend als Segelstauraum dienen. Die Vorluke war so groß, daß sich selbst ein prall gefüllter Spinnaker ohne viel Zerren hindurchschieben ließ. Imposant schien auch das Heck. Es war nur unwesentlich schmaler als der Rumpf in Höhe des Niedergangs und wie bei der Mumm vollständig offen. Hinzu kam, daß der Travellerbalken in der Mitte der Plicht angeordnet war. Dadurch fehlte dem Boot seine natürliche Barriere, die ein Außenbordfallen des Steuermanns oder des Backstagers in hohem Seegang verhinderte.

Ich schaute hoch. Rob de Haan, sein Mitarbeiter aus der Verkaufsabteilung und Joe Collins musterten sich breit grinsend. Der Schotte blies demonstrativ die Wangen auf.

»Laß mal Luft ab, alter Junge«, meinte mein Vordecksmann. »Du siehst aus, als hättest du Schwierigkeiten beim Atmen.«

»Gefällt?« erkundigte sich de Haan wesentlich knapper.

Ehe ich antworten konnte, wurde die Türe aufgerissen. Ich kniff die Augen zusammen. Was zum Teufel trieben die denn hier?

»Ah, Claus-Peter«, begrüßte mich Graf Steinitz und winkte mir jovial zu.

Ich erhob mich und kletterte hinter dem Tisch hervor.

»Graf Steinitz«, murmelte ich verlegen und drückte die mir dargereichte Hand.

Eine der beiden jungen Frauen in seinem Gefolge grinste ebenfalls breit. Claudia Bergmann schob ihre Begleiterin in den Vordergrund und stelle sie mir als Veronica Hard vor. Die junge Engländerin besaß wie Claudia etwa Gardemaß, dafür aber unterschied sie sich im Aussehen kolossal von der Deutschen. Feuerrote lange Locken umrahmten ihr scharf geschnittenes und dabei überaus gleichförmiges Gesicht und fielen ihr wie eine Kaskade bis weit über die schmalen Schultern herab. Die Haut der jungen Frau zeigte kaum die für Rothaarige sonst typischen Sommersprossen. Grüne Augen leuchteten geheimnisvoll zwischen den dunkel geschminkten Lidern, was ihrem Gesicht eine geradezu magische Anziehungskraft verlieh. Ihre schmale Nasenwurzel ging in symmetrische Augenbrauen über. Den perfekten Amorbogen begrenzten zwei unscheinbare, senkrechte Lachfalten. Sie schien ein paar Jahre jünger als Claudia und etwas älter als Chris zu sein. Ich tippte auf Ende Zwanzig, Anfang Dreißig. Ich bemühte mich, die Engländerin so verstohlen wie möglich zu mustern. Im Gegensatz zu ihrer weißblonden Begleiterin besaß sie trotz ihrer ansehnlichen Größe einen schmalen, beinahe schon androgynen Körperbau. Wie schlank sie jedoch tatsächlich war, ließ sich zumindest auf den ersten Blick wegen des langen, dick abgefütterten Segelparkas nicht abschätzen.

Unsere Blicke trafen sich für den Bruchteil eines Augenblicks. Während ich Claudia Bergmann auf *Kyras* Überführungstörn eher als unterkühlt kennengelernt hatte, was nicht zuletzt auf ihren muskulösen Körper und ihren beinahe männlichen Haarschnitt zurückzuführen war, so erschien mir Veronica wie eine Mischung aus Jeanne d'Arc und dem Weib gewordenen Abbild des Racheengels Gabriel mit dem Flammenschwert. Sie erinnerte mich unwillkürlich an Geschichten und Sagen aus der englischen und schottischen Mythologie.

Unwillkürlich mußte ich an Romane von Judith Merkle Riley denken. Ein Blick in ihre grün schimmernden Augen ließ vermuten, wie hoch die Kerntemperatur in einem kurz vor dem Ausbruch stehenden Vulkan sein mußte. Diese Augen bedeuteten die Verlockung schlechthin. Wer weiß, wie viele Unglückliche in diesem See aus grüner Vulkanlava bereits ertrunken waren. Als ich schluckte, glaubte ich, mein Adamsapfel müßte laut knirschen, so ausgedörrt fühlte sich plötzlich meine Kehle an.

»Miß Hard«, nickte ich. »Nett, Sie kennenzulernen. Mein Name ist Claus-Peter Stockhausen.«

Sie reichte mir die Hand, und ich drückte sie ganz vorsichtig. Sie fühlte sich warm und trocken und fest an. Eine Hand, deren Finger man gerne mit den eigenen umfassen wollte. Ihr Gesicht blieb gelassen und ruhig. Nur dieser grüne See forderte immer noch zum Ertrinken auf. Erst als ich Claudias funkelnde Augen wahrnahm und das breite Grinsen auf den Lippen des Grafen bemerkte, bemühte ich mich, von diesem gleichsam feuerumrahmten Gesicht loszukommen. Gleichzeitig mit der Ernüchterung setzte auch der Ärger über mich selbst ein. Was war denn nun schon wieder in mich gefahren? Erst hatte ich jahrelang Ruhe, und dann brachten kurz nacheinander Frauen wie Claudia, Chris, Sylvia und nun auch noch dieser gertenschlanke Engel mit dem Medusenhaupt samt feuerroten Haaren meinen Hormonhaushalt und meine Psyche durcheinander. Verdammt! Ich war hier, um einen One-Design-Prototyp unter Starkwindbedingungen zu testen und nicht, um mir von dreißigjährigen Engländerinnen den Kopf verdrehen zu lassen.

»Setzen wir uns doch«, brach Graf Steinitz den Zauber endgültig. »Ich denke, heute können wir ohnehin nicht mehr viel unternehmen. Die Kaltfront wird wohl bald durchziehen.«

De Haan blickte überrascht auf.

Ich sah den Schotten an. Joe zuckte nur die Achseln. Also war es ihm egal. Ich atmete tief durch. Nach den Überraschungen der letzten 48 Stunden konnte meinen etwas aus der Fassung gebrachten Gemütszustand wohl wirklich nur ein kleiner Schnuppertörn bei angesagten sieben Windstärken wieder ins rechte Lot bringen. Was half da besser, als Brandung vor der Hafeneinfahrt, Wellen von zwei bis drei Metern Höhe mit brechenden, weißschäumenden Köpfen, die eine bleigraue Nordsee aufpeitschten und ein durch die Gischt pflügender One-Design-Prototyp im Highspeed-Surf?

»Wir sind nicht hier, um Däumchen zu drehen, Graf«, setzte ich energisch dagegen. »Ich weiß nicht, wer mitfahren will«, fuhr ich fort. »Von mir aus sind alle herzlich eingeladen. Ölzeug und Spucktüten bitte mitbringen!«

Als wir anschließend aus dem Wohnwagen kletterten, zog ich Rob de Haan zur Seite.

»Rob, auf ein Wort«, murmelte ich.

De Haan zog den Reißverschluß seines Parka hoch und sah mich erstaunt an, während ich uns möglichst unauffällig von den anderen absonderte.

»Hören Sie, Rob, wie lange arbeitet eigentlich schon Henk Steengaart für Sie?«

De Haan schaute überrascht auf.

»Seit etwa zwei Jahren. Warum?«

»Ich will auf etwas ganz Bestimmtes hinaus, Rob«, beruhigte ich ihn. »Sie erinnern sich an unsere letzte Auseinandersetzung? Als Sie mich indirekt der Indiskretion verdächtigten?«

»Aber, aber, Mijnheer Stockhausen«, winkte de Haan absichtlich verlegen ab. »Es hat Sie doch niemand ...«

»Sie können ruhig weiter Claus-Peter zu mir sagen«, unterbrach ich ihn.

»Nein, Rob, zwischenzeitlich kann ich Ihren Ärger durchaus verstehen. Ich empfehle Ihnen, Henk Steengaart nicht ausgerechnet dann mitsegeln zu lassen, wenn wir das Boot testen.«

»Wieso nicht?« fragte der Werftchef. Seine Augen wurden schmal.

»Kann ich Ihnen sagen«, fuhr ich unbeirrt fort. »Ich habe

aus gutunterrichteten Kreisen erfahren, daß einer Ihrer Mitarbeiter, der eine Vorliebe für Designerklamotten und offensichtlich für seine Gehaltsklasse viel zu teure italienische Sportwagen an den Tag legt, Ihren One-Design bereits seit geraumer Zeit einer ausgesuchten Klientel anbietet. Sollte mich nicht wundern, wenn dadurch auch andere Werften Wind von Ihrem Prototypen erhalten. Ihr Mann steht im Ruf, nicht sehr …«

»Sichere Quelle?« unterbrach mich de Haan. »Steinitz?«

»Um Himmels willen, nein!« winkte ich ab. Das hätte mir noch gefehlt. Ausgerechnet auf diese Weise einen Bezug zu Steinitz' Mitwisserschaft herzustellen.

»Einer aus der Szene, Rob. Ein sehr guter Bekannter von mir. Absolut vertrauenswürdig. Verstehen Sie mich nicht falsch, aber mehr möchte ich zumindest jetzt noch nicht sagen. Ein Tip von mir: Prüfen Sie noch einmal nach, mit welchen Kunden sich Steengaart in England getroffen hat. Wenn es da eine Verabredung mit Stephenson & Son in Portsmouth gab, müssen Sie sich nicht wundern, wenn Ihr Hauptkonkurrent auf der nächsten Bootsausstellung in Düsseldorf einen ähnlichen One-Design vorstellt.«

De Haans Gesicht nahm eine aschfahle Färbung an.

»Godverdamme …«, begann er auf niederländisch zu fluchen und ballte dabei demonstrativ die Fäuste.

»Keine Panik, Rob«, beschwichtigte ich. »Lassen wir uns nichts anmerken. Nur sollte Steengaart nicht auch noch zusätzlich in den Besitz des Wissens um die in der Praxis festgestellten Stärken und Schwächen Ihrer Konstruktion kommen. Deshalb schlage ich vor, ihn unter einem Vorwand an Land zu halten. Wer fährt übrigens mit hinaus?«

De Haan sah mich lange und nachdenklich an. Schließlich nahm er seine längst erloschene Pfeife aus dem Mundwinkel und räusperte sich. Seine Stimme klang noch eine Spur kratziger als sonst.

»Ich werde das natürlich nachprüfen, Claus-Peter«, murmelte er sichtlich um Fassung ringend. »Sollten Sie recht behalten, haben Sie für die Zukunft etwas bei mir gut. Sie haben mich ganz schön durchgerüttelt, das muß ich sagen. Langsam wird mir so einiges klar. Seit einiger Zeit dringen ohnehin eine Menge Interna nach draußen, die keinesfalls für fremde Ohren bestimmt sind.«

Rob de Haan machte eine kurze Pause und seufzte tief. Um das Thema zu wechseln, wiederholte ich nochmals meine Frage nach der Testcrew.

»Na, Sie und Collins«, antwortete er geistesabwesend. »Und natürlich der Graf, wenn er will.«

»Was treibt Steinitz überhaupt hierher?« fragte ich mit unverhohlener Neugier.

»Oh«, lachte de Haan, »angeblich hat er einen Sponsor an der Hand, der ganz gezielt ins Regattageschäft einsteigen will. Ein offensichtlich finanziell hochpotenter Werbeträger will ihm Boot, Mannschaft und laufende Kosten aus laufendem Etat finanzieren. Steinitz interessiert sich in diesem Zusammenhang ganz konkret für den One-Design. Ein ideales Regattaboot für Damen, wie er meint.«

Ich schaute ihn verblüfft an.

»Die Mädels?« fragte ich.

Der Werftchef nickte. »Warum nicht? Das wäre doch mal was Neues.«

»Moment mal«, meinte ich und hielt ihn am Ärmelaufschlag fest. »Kommen die beiden etwa auch mit?«

De Haan nickte.

»Schauen Sie sich die Nordsee an, Rob. Die werden Ihnen Ihr schönes Schiff vollkotzen«, fügte ich respektlos hinzu.

»Oh, vertun Sie sich nicht«, lächelte er geheimnisvoll.

»Na, dann halleluja«, erwiderte ich und machte mich auf den Weg hinunter zum Schlengel, wo der One-Design-Prototyp ungeduldig an den Festmachern ruckte.«

»Okay, Joe!« rief ich nach vorn in Richtung Vordeck. »Auf geht's Junge. Zeigen wir der Tante mal, wo's langgeht!«

Zischend glitt die Genua II am Profilvorsteg nach oben. Das Folientuch killte für ein paar Sekunden in den ersten Starkwindböden, doch Claudia kurbelte bereits die Schot mit Hilfe der grau-schwarz schimmernden Zweigang-Winschen knallhart an. Dabei lachte sie vergnügt. Ihre Narbe im Haaransatz, die von der Verletzung während der Helgoland-Race stammte, war kaum noch zu erkennen. Veronica zog zur gleichen Zeit bereits die Kurbel aus der Fallwinsch und brachte sie in dem Kunststoffköcher dicht am Niedergang unter. Joe hatte es sich nicht nehmen lassen, selbst auf das Vordeck zu gehen und dort die Genua anzuschlagen. Der Seegang hier im zangenförmigen Vorhafen von IJmuiden war rauh. Die Wellen standen bereits bis in den Yachthafen hinein. Unter Maschine schien es ein wenig mühsam, freien Seeraum zu erreichen, und so hatten wir beschlossen, direkt hinter der Ansteuerungstonne für die Seaport Marina das einmal gereffte Groß und die mittlere Genua zu setzen und aus dem Vorhafen hinauszukreuzen. Ich zog das Luvbackstag dicht und holte das Großsegel ein. Drüben auf der Mole standen de Haan und der Graf. De Haan fotografierte mit einem schweren Teleobjektiv. Henk Steengaart hatte er unter einem Vorwand zurück nach Medemblik geschickt.

»Joe!« rief ich meinem Vordeckmann zu. »Peil mal die Ausfahrt! Ich habe keine Lust, mich vierkant von einem Lotsen auf die Hörner nehmen zu lassen.«

Joe Collins winkte ab. »Alles klar, Junge! Aber die Damen sollten sich vielleicht Rettungswesten überziehen.«

Claudia schaute mich an.

»Mich brauchst du nicht anzusehen«, warf ich ein. »Ich trage nie Rettungswesten.«

»Bist du auch gegen lebensverlängernde Maßnahmen?« fragte ihre Begleiterin. »Dann können wir uns nämlich lästige Mann-über-Bord-Manöver ersparen. Das hält nur auf.«

Ich blickte sie überrascht an. Diese drei Sätze waren die ersten, die sie direkt an mich richtete. Bisher hatte sie sich nur mit Claudia unterhalten. Meine Amazonenkönigin zuckte die Achseln und kletterte unter Deck. Nach einigen Augenblicken kam sie mit zwei Automatik-Westen und zwei Lifebelts ins Cockpit zurück. Veronica streifte sich die dunkelblaue Rettungsweste und das Geschirr geschickt über ihre weiß-gelbe Segelkombination. Zusammen mit ihren feuerroten Haaren, die nur ganz oben von einem Stirnband zusammengehalten wurden, wirkte sie im ersten Moment wie ein Fotomodell für Sportmode. Doch beim näheren Hinsehen ließ sich rasch feststellen, daß sie nicht zum erstenmal den Fuß auf eine Segelyacht gesetzt hatte.

In der Hektik des Aufbruchs hatte ich vollkommen vergessen, konkrete Aufgaben an Bord zu verteilen. Doch schon nachdem das Kevlar-Großsegel reibungslos in der Keep des Karbonmastes nach oben geglitten war, wobei Claudia das Einbinden des Reffs übernahm, schienen die Rollen verteilt. Die Mädels befaßten sich mit dem Vorsegeltrimm, ich übernahm Pinne und Großschot und Joe bediente zumindest während des Aufkreuzens die Backstagen. Hinterher wunderte ich mich, daß nicht ein einziges lautes Kommando nötig war.

Als wir ein paar Minuten später unsere Nase in die aufgewühlte Nordsee steckten, begannen Joe und ich mit unserer Testreihe. Zwei Stunden lang prügelten wir den Prototypen auf allen möglichen Kursen vor der Küste Nordhollands auf und ab. Das Geschwindigkeitspotential der Yacht war enorm. Dülles und Jestrup, aber auch de Haans Leute hatten ganze Arbeit geleistet. Joe erklärte nach einer Weile freimütig, daß ihm das Segeln mit einem Eintonner bei Starkwind noch nie so viel Spaß gemacht hatte wie mit Rob de Haans Neukonstruktion. Wenn sich die Wettfahrtkomitees auf diesen Schiffstyp als Einheitsklasse speziell für Matchraces einigen konnten, dann waren zwei Fliegen mit einer Klappe geschlagen. Die Eigner, Skipper und Steuerleute erhielten für ihr Geld eine phantastisch segelnde Rennmaschine, und Rob de Haan würde der warme Geldregen helfen, seine Expansionspläne rascher zu verwirklichen.

Auch die Mädchen hatten ihre Freude an dem Boot. Während Joe mit verschiedenen technischen Geräten seine Messungen an Rumpf, Rigg und Segeln durchführte und sich unter Deck laufend Notizen machte, wobei ich ihm half und dabei ebenfalls eine Menge über verborgene Detailmängel hinzulernte, gaben unsere beiden Ladies dem Prototypen auf raumem Kurs gnadenlos die Sporen. Ich schaute auf den elektrischen Kompaß, der am Kartentisch montiert war und stellte fest, daß ein Kurs exakt zehn Grad Nordnordost anlag. Joe schmunzelte und lehnte sich, soweit das der ruppige Wellengang nördlich von IJmuiden überhaupt zuließ, am Kartentisch zurück. Er suchte in seinem Overall nach seinem silbernen Flachmann.

»Calvados Hors d'Age?« wollte ich wissen. »Aus Breuilen-Auge?«

Er nickte, und ich bat ihn ebenfalls um einen Schluck.

Nach einer Weile der Rekonvaleszenz schüttelte der Schotte bedächtig den Kopf. Er zeigte auf die Tochteranzeige des Sumlogs. Die Digitalanzeige verharrte auf elf Knoten.

»Vom Segeln verstehen sie scheinbar etwas, aber wo wollen die mit uns hin?« fragte er mich erstaunt.

Ich schaute durch das Seitenfenster nach Steuerbord. Gerade flog der weiße Leuchtturm von Egmond an uns vorbei. Ich warf einen Blick auf die niederländische Sportbootkarte Nummer 1801, die den gesamten niederländischen Nordseeküstenbereich zwischen Belgien und Den Helder abdeckte.

»Seid ihr schon mal auf Texel gewesen?« rief plötzlich eine Stimme von oben herab.

Es war Claudia. Ihre Augen waren vom Salzwasser gerötet, und ihre Haare trieften vor Nässe. Aber ihre hellblauen Augen blitzten unternehmungslustig, als sie zu lachen begann.

»Könnte sein, daß wir euch in Oudeschild zum Muschelessen einladen.«

Als wir hinter dem Kernkraftwerk schließlich die Einfahrt ins Schulpengat erreichten, begann der Blanke Hans mit seinen Fäusten dann richtig zu spielen. Inzwischen war die Tide gekentert, und der Strom stand im Seegat gegen den Wind. Über den Haaksgronden, einer üblen Sandbank mitten in der Einfahrt, brach sich bei inzwischen sieben Windstärken eine mörderische, donnernde Grundsee. Je weiter wir in das Nadelöhr hineinfuhren, desto schweigsamer wurden Claudia und Veronica. Ich war gespannt, wann sie uns aufforderten, die Führung der Yacht zu übernehmen. Doch ich täuschte mich. Veronica verharrte verbissen an der Pinne, während Claudia mit den Vorsegelschoten spielte wie mit den Zügeln eines Araberhengstes und dabei angestrengt nach vorn starrte. Ich stand im Niedergang und sah mich um. Die Nordsee war dicht unter Land im Eingang des relativ flachen Schulpengat wirklich mehr als unangenehm. Der Kapeffekt verstärkte den von See her heranrauschenden Wind. Bis auf gute acht Beaufort würde es unterhalb von Den Helder schon auffrischen. Dessen war ich mir sicher. Der Seegang hatte sich wegen der ungünstigen Tidenrichtung auch bereits mächtig aufgetürmt. Überall wehte jetzt Gischt von den Wellenköpfen fort. Dröhnend brachen sich die Grundseen über den Sandriffen der vorgelagerten Untiefen.

Ich verkeilte mich, so gut es ging, neben den Einstieg

auf der Cockpitsitzbank und lehnte mich bequem nach hinten. Verstohlen beobachte ich Claudia, mit der ich erst vor kurzem auf der *Kyra* durch dieses Seegebiet bei ähnlichen Wetterbedingungen hindurchgerast war. Und zwar außen um die Inseln herum und nicht durch das wesentlich geschütztere Seegat. Doch meine ehemalige Wachführerin machte trotz ihrer offensichtlichen inneren Anspannung einen relativ ruhigen Eindruck auf mich, obwohl der One-Design-Prototyp, der die letzten Stunden mit geradezu statischer Ruhe die Wellen zerteilte, sich mit einemmal so bockig wie ein Wildpferd benahm.

»Na, Mädels?« rief ich grinsend nach hinten. »Was ist mit Muschelessen auf Texel? Oder sollen wir lieber umkehren?«

Ich wußte nicht, was in diesem Augenblick gefährlicher war. Die aufgewühlte Nordsee oder ein Blick in die grünen und blauen Augenpaare der beiden Frauen.

»Schon gut, schon gut«, beschwichtigte ich. »War ja bloß eine Frage. Ich telefoniere inzwischen mit de Haan. Der arme Kerl stirbt uns vor lauter Sorge sonst noch den Heldentod.«

Da keine der jungen Frauen auf meinen dünnen Scherz reagierte, schwang ich mich achselzuckend nach unten. Der Schotte kauerte im Vorschiff und wühlte in den Segelsäcken.

»Was machst du?« fragte ich. Ich mußte auch hier brüllen, denn die gegen den Rumpf anstürmenden Wellen verursachten im Bootsinnern denselben Lärm wie im Innern einer Kesselpauke. Das lag daran, daß in dem Boot praktisch jede Einrichtung fehlte, die den Krach hätte dämpfen können.

»Ich suche die Genua III«, antwortete er und beugte sich vor. Joe nahm eines der Bodenbretter ab und deutete auf das zwischen den Kielwrangen herumplatschende Wasser.

»Ein Leck?« fragte ich erstaunt.

»Weiß' nicht«, antwortete Joe. »Tippe eher auf Risse in den Trägersegmenten. Vielleicht haben die Leute auch nur vergessen, genügend Silikonmasse zwischen Rumpf und Kielflansch zu spritzen. Die elektrische Bilgepumpe funktioniert übrigens auch nicht. Die Handpumpe befindet sich draußen in der Plicht. Sagst du den Mädchen Bescheid?«

Ich nickte und begab mich zum Niedergang. Veronica hielt erbittert den Relingsdraht mit ihrem gesamten linken Arm umschlungen, während sie den wuchtigen Pinnenausleger eisern mit der freien Hand festhielt. Claudia holte gerade in paar Zentimeter Genuaschot ein. In diesem Augenblick überflog förmlich ein besonders hoher Wellenkamm die Rennyacht. Der Prototyp stürzte in das sich öffnende Wellental. Rumpf und Rigg erzitterten, als die Geschwindigkeit schlagartig um ein Drittel abnahm. Der Bug rammte sich beim Aufrichten in die nächste Wellenformation und schaufelte bestimmt eine Badewannenfüllung Wasser über meinen Kopf hinweg ins Cockpit. Weil ich meinen Overall im Brustbereich noch nicht geschlossen hatte, war ich hinterher auch innen so naß, als wäre ich kurz vorher im Wasser geschwommen.

»Ganz schön hart, was?« schrie mir Claudia entgegen.

»Ja!« brüllte ich gegen den Wind zurück. »So hart, daß wir schon eine Menge Wasser machen. Hoffentlich könnt ihr genausogut schwimmen wie segeln.«

Claudias Augen verzogen sich zu dünnen Schlitzen.

»Das ist ein Scherz, ja?« mischte sich Veronica ein. Ihre Stimme klang mit einemmal unsicher.

»Schau selbst«, forderte ich sie auf und deutete nach innen. »Neben dir befindet sich die Bilgepumpe. Die elektrische funktioniert nicht. Fangt schon einmal an zu pumpen.«

In diesem Moment öffnete Joe das Vorluk.

»Vorher sollten wir aber die Zweier herunternehmen. Ich nehme das Segel von unten an und reiche dann die Genua III nach oben. Wer klettert ans Vorstag?«

Ich sah, wie sich Claudia vorsichtig auf das bockende Vorschiff begab und das große Vorsegel herunterzog, während ich den Fallenstopper löste und dem Fall Lose gab. Dann glitt ich wieder vorsichtig in den Salon zurück und hing mich ans UKW-Telefon. Weil jetzt zusätzliche Vortriebsenergie fehlte, krachte der Achtunddreißiger beinahe in jede Welle, die weißgeköpft heranstürmte. Seufzend ließ ich mich über Scheveningen Radio zu de Haans Autotelefon weitervermitteln.

»Wo steckt ihr?« fragte der Werftchef aufgebracht.

»Im Schulpengat, aber das ist nicht das Problem.«

»Im Schulpengat, sagen Sie?« brüllte Rob ins Telefon. Seine Stimme schien sich beinahe zu überschlagen. »Was, zum Teufel, macht ihr im Schulpengat? Und was soll der Lärm bei euch an Bord?«

»Die beiden jungen Damen wollen uns auf Texel zum Muschelessen einladen. Wir können nämlich nicht mehr zurück, weil die Kiste Wasser macht. Wer ist bei Ihnen in der Werft eigentlich für das Festziehen und Abdichten der Kielbolzen zuständig? Spaß beiseite, Rob, aber bei den Windverhältnissen segle ich mit einem lecken Boot bei zunehmender Windstärke keine 25 Seemeilen wieder zum Ausgangshafen zurück.«

Totenstille folgte. Ich konnte förmlich sehen, wie in seinem Gehirn imaginäre Zahnrädchen zu rotieren begannen.

»Oudeschild ist viel zu flach für den Tiefgang des One-Design«, jammerte er. »Und in den Fährhafen dürft ihr nicht einlaufen. Geht nach Den Helder!«

»Keine Panik auf der Titanic«, versuchte ich ihn zu beruhigen.

»Bei dem derzeitigen Tidenstand kommen wir auch mit

42 Tiefgang in den Yachthafen von Oudeschild hinein. Lassen Sie uns nur machen. Das Boot läuft sehr gut. Der Wassereinbruch liegt vermutlich entweder an lockeren Kielbolzen oder einer unsachgemäßen Silikonabdichtung. Aber darum müssen sich Ihre Techniker kümmern. Dummerweise funktioniert die elektrische Bilgenpumpe auch nicht. Aber ich bin ja von meinen Überführungsfahrten Kummer gewöhnt.«

»Claus-Peter!« rief Rob ins Telefon. »Passen Sie nur ja auf mein Baby auf. Wissen Sie, wieviel ich in die Entwicklung ...«

»Ist ja schon gut, Rob«, unterbrach ich ihn. »Wir passen schon auf.«

Plötzlich meldete sich der Graf. »Claus-Peter? Was machen Claudia und Veronica? Sie steuern das Boot? Fein!«

Ich verkeilte mich so gut es ging hinter dem Kartentisch. Meine Knie mußten schon grün und blau gestoßen sein.

»Hören Sie, Claus-Peter«, fuhr er fort. »Um den Wassereinbruch werden wir uns schon kümmern. Wir werden jetzt zur Werft fahren und noch heute abend mit Technikern in Den Helder erscheinen. Oudeschild ist damit erst einmal gestorben, hören Sie? Das Muschelessen mit den Damen müssen Sie irgendwann anders nachholen. Den Helder ist jetzt wichtiger! Übrigens, hinter der Seeschleuse befindet sich ein Hafen mit einer Werft, wo wir ...«

Ich knallte den Hörer in die Halterung am Kartentisch, weil ich einen gellenden Schrei vernahm. Ich stürzte die drei Stufen nach oben an Deck und blickte in Veronicas leichenblasses Gesicht. Sie schrie mir etwas auf englisch entgegen, was ich jedoch nicht verstand. Doch als ich bemerkte, daß eine aufgeblasene Schwimmweste mit einem blonden Haarschopf rasend schnell achteraus abtrieb, begriff ich schlagartig.

# 17

Ich stürzte an die Pinne und schob die junge Engländerin unsanft zur Seite. Mit einem energischen Zug an der Pinne ließ ich den Prototyp auf dem Teller drehen, wobei ich höllisch darauf achten mußte, daß die Backstagen im richtigen Moment überwechselten. Aus dem Innenraum hörte ich ein dumpfes Poltern und unterdrücktes Fluchen. Gleichzeitig fiel das halb geöffnete Vorluk zurück auf die Deckseinfassung. Die Genua II hing halb abgenommen zwischen Vorstag und Reling, wobei die Lieken wie ein Maschinengewehr knatterten. Jetzt hieß es handeln. Und zwar blitzschnell. Denn erstens wußte ich nicht, ob Claudia das Bewußtsein verloren hatte, was ihre Überlebenschancen in dieser Waschmaschine aus grünschäumendem Seegang enorm herabgesetzt hätte, und zweitens wollte ich sie nicht zu lange in 14 Grad kaltem Wasser treiben lassen. Sie hatte zwar ihren Floating Suit an, aber eine Lungenentzündung konnte man sich auch darin einfangen.

»Behalt Claudia im Auge!« rief ich der jungen Frau zu und deutete nach Backbord voraus. In diesem Moment flog eine Fahrwassertonne an uns vorbei. Es krachte in Höhe des Vorstags, und ein Stück Fußreling bog sich nach oben. Ich kümmerte mich nicht darum.

»Sie muß irgendwo da vorne stecken. Verlier sie bei diesem Seegang bloß nicht aus den Augen!«

Veronica drehte sich mit weit aufgerissenen Augen zu mir herum. Ihre ohnehin schon helle Haut schimmerte auf einmal aschfahl. Ich bemerkte, daß ihre Munkwinkel zitterten. Himmel, stöhnte ich. Hoffentlich verlor sie nicht die Nerven!

»Wir finden sie doch wieder, nicht wahr?« fragte sie mit so leiser Stimme, daß ich sie kaum verstand. »Wir finden sie doch, oder?«

»Ja, doch!« knurrte ich. »Aber nicht, wenn du hier Theater machst! Du sollst Claudia beobachten, Mädchen! Marsch an die Reling und pick dich bloß sorgfältig an! Ich will nicht noch mehr Lücken in der Crewliste haben.«

Gleichzeitig streckte ich meinen rechten Arm aus.

»Da vorne!« schrie ich. »Da! Hast du gesehen? Die Schwimmweste!«

Sie kletterte an die Reling und hielt den obersten Draht mit eisernem Griff fest. Es war ein wenig schwierig, das bockige Boot nur unter gerefftem Groß bei den von hinten heranrauschenden Wellen halbwegs auf Kurs zu halten, denn der Prototyp begann, wie ein betrunkenes Kamel im Galopp zu rollen.

»Was ist los?« fragte eine müde Stimme.

Ich drehte mich zum Niedergang herum und erschrak. Ein blutüberströmter Kopf lehnte sich gegen den Niedergang. Joes Stirn schien eine einzige Platzwunde zu sein. Ein Auge war völlig zugeschwollen, von dem anderen wischte er sich mit einer Hand das Blut weg. Der Kragen seines Overalls war bereits völlig durchtränkt.

»Ach, du Scheiße!« entfuhr es mir. »Bleib bloß unten, Junge. Wie ist denn das passiert?«

»Ich bin auf dem glatten Kunststoffbelag im Vorschiff ausgerutscht, als du da eben diese Pirouette gedreht hast. Wo ist sie? Ist sie ...?«

Ich nickte. »Ja, sie ist«, bestätigte ich seine Vermutung.

»Ich komme!« stöhnte er und versuchte, ins Cockpit zu klettern, doch auf halbem Wege gab er auf.

»Verdammt, mein Kopf!« stöhnte er.

»Vielleicht eine Gehirnerschütterung«, meinte ich und bemühte mich um Ruhe. »Bleib unten, Junge! Und verbinde dir erst mal die Stirn. Du blutest ja wie ein Schwein im Schlachthof. In diesem Zustand kannst du uns hier oben an Deck sowieso nicht helfen.«

Plötzlich schrie Veronica auf und deutete nach Backbord.

»Da ist sie! Ich sehe sie ganz genau. Ein wenig mehr nach Backbord!«

Ich richtete mich trotz des enormen Seegangs auf und starrte nach vorne, doch außer weißgeköpften Wellen, fliegender Gischt und hellen Blasenspuren auf dem aufgepeitschten Wasser erkannte ich nichts. Grauschwarze Brecher rollten von achtern heran, überholten uns und brachen sich in Höhe des Vorschiffs. Gewöhnlich schreckten mich Brecher im Starkwind nicht ab, aber seit ich Sascha vor Portland Bill verloren hatte, ging ich rauhen Seegang ein wenig respektvoller an. Und jetzt befand ich mich im Grundseegürtel der nordholländischen Küstenzone mit einem Greenhorn und einem Verletzten an Bord eines lecken Prototypen und suchte ein weiteres Crewmitglied, das irgendwo vor mir hilflos im Wasser trieb. Stockhausen, du übertriffst dich selbst!

»Wo, zum Teufel?« rief ich ihr zu. »Wo hast du sie gesehen?«

Veronica blickte sich verzweifelt um. Sie begann, erst den Horizont abzusuchen und dann die nähere Umgebung. Dabei schwenkte sie ihren ausgestreckten Arm wie einen Zeiger hin und her. Sie schrie erneut auf.

»Da ist sie! 100 Meter vor uns. Noch ein bißchen mehr nach Backbord halten!«

Sehen konnte ich nur die aufgeblasene Rettungsweste.

Sie trieb rasch über die Kämme der Wellenberge nach Lee. Erst jetzt wurde mir bewußt, in welchen Schwierigkeiten wir wirklich steckten. Das Auffinden von Claudia in der kochenden See unterhalb der Küste von Den Helder war gar nicht mal der schwierigste Part der Rettungsaktion. Wir mußten sie auch wieder an Bord bekommen. Normalerweise schien das wegen des fehlenden Spiegels am Heck einfach, doch wer sollte mir helfen, nachdem Joe ausgefallen war? Hoffentlich behielt Veronica die Nerven.

Der unter Land auf Sturmstärke angeschwollene Starkwind jaulte dermaßen laut in den Wanten und zerrte so brutal an dem noch halb angeschlagenen Vorsegel, daß ich dachte, es reißt uns das Vorstag aus den Püttings. Doch den Gedanken, Veronica auf das Vorschiff zu schicken, um das Segel zu bergen, verwarf ich als absurd. An den Wassereinbruch unter Deck wagte ich ebenfalls nicht mehr zu denken. Wenn ein Brecher unter dem Boot durchlief, dann zitterte der gesamte Rumpf. Erneut sehnte ich mich zurück an Bord der *Concordia*, die mit ihren 28 Metern Länge und ihrem dreifach beplanktem Steven aus schwerster Eiche alle diese Wellen locker weggesteckt hätte. Es vergingen unendlich lange Minuten, bis wir die im Wasser treibende Claudia endlich erreichten. Zum Glück war sie bei Bewußtsein, denn sie winkte uns zu, als wir vierkant auf sie zusteuerten. Ich umkreiste sie und schoß neben ihr in den Wind. Das Vorsegel riß bei diesem Manöver aus der Keep und wehte mitsamt der Dyneemaschoten davon. Schade, dachte ich. Wieder 6000 Mark zum Teufel. Claudia wurde wegen des großen Schwimmkragens, der sie zudem auch noch nachhaltig am Schwimmen hinderte, sofort abgetrieben, ohne auch nur ansatzweise die Rettungsleine ergreifen zu können. Veronica warf mir einen verzweifelten Blick zu.

»Wir versuchen's noch mal!« brüllte ich kurzentschlossen gegen den Sturm und fiel erneut auf Vorwindkurs ab.

Plötzlich spürte ich unter mir sekundenlang ein eigentlich längst erwartetes Schaben. Mist, durchfuhr es mich glühendheiß. Mein Kopf flog zur Echolotanzeige am Mast. Gut vier Meter. Eigentlich genug Wasser unter dem Kiel, doch in den Wellentälern stießen wir bereits bis auf den harten Sandboden im Seegat durch. Verdammt, verdammt, fluchte ich innerlich. Komm Schätzchen! Noch dieses eine Mal! Laß mich jetzt bloß nicht im Stich! Und verlier mir jetzt bloß nicht auch noch den Kiel!

Ich beugte mich zum Niedergang herab.

»Joe!« brüllte ich.

Ein paar Sekunden vergingen, bis ein bandagierter Kopf erschien. Das eine Auge war völlig zu, der Verband darüber rotdurchtränkt. Na ja, dachte ich, sieht wohl alles schlimmer aus, als es ist. Bei Nässe verteilt sich das Blut bekanntlich besonders leicht. Doch beruhigen konnte mich diese Einsicht nicht.

»Joe! Schau mal nach den Kielbolzen! Wieviel Wasser machen wir?«

Der Schotte winkte ab.

»Das Wasse schwappt schon über den Bodenbrettern. Wenn du so weiter machst, können wir den Rest bis zum Ufer schwimmen.«

In diesem Moment setzte der Prototyp erneut irgendwo auf.

»Hell and fire!« fluchte Joe, als er hinterrücks gegen den Salontisch stürzte.

»Junge! Das halten die Kielwrangen nicht aus. Das knirscht hier unter Deck, als ob die Mühle in ein Sägegatter geraten wäre. Mit einem Zweivierziger-Kiel kannst du nicht trockenfallen!«

»Weiß ich selber, verdammt noch mal!« knurrte ich zurück und suchte wieder den Sichtkontakt zu der Verunglückten.

Ich deutete Veronica an, die Pinne zu übernehmen, sobald ich mit dem Boot hinter Claudia in den Wind schoß. Ich wollte versuchen, der im Wasser treibenden Frau zu helfen, indem ich ihr die Rettungsleine so präzise wie möglich zuwarf. Dazu brauchte ich jedoch beide Hände frei. Das Heulen im Rigg steigerte sich in den immer häufiger heranschießenden Böen zu einem beinahe ohrenbetäubenden Singen und Jaulen. Das mußte ein richtiger Herbststurm sein, der sich da in der Deutschen Bucht entwickelte. Erneut knirschte es unter dem Kiel. Veronica starrte mich mit angsterfüllten Augen an. Ich wich ihrem Blick aus. Ich mußte mich auf den hoffentlich letzten Akt dieser Tragödie konzentrieren. Noch einen Anlauf würde die geringe Wassertiefe außerhalb des Fahrwassers nicht mehr zulassen. Hoffentlich hielten bloß die Kielbolzen durch!

Plötzlich tauchte Claudias Schwimmweste genau vor uns auf. Die junge Frau winkte heftig mit der rechten Hand. In diesem Augenblick fegte ein gewaltiger, schwarzgrauer Brecher heran und riß sie weg. Doch die Welle erfaßte auch uns und katapultierte das Boot mit. Als der Wasserberg schließlich in sich zusammenfiel, hatte ich Claudia schon überholt. Ich schoß in den Wind und stürzte ans Heck. Dabei nahm ich die bereits vorsorglich zusammengelegte Rettungsleine in die rechte Hand und wartete, bis die junge Frau vorbeitrieb. Ich warf. Die Leine zischte über ihrem Kopf hinweg, doch ich verfehlte sie. Ich zögerte keine Sekunde mehr, sondern tat das Unvernünftigste, das man in einer solchen Situation tun konnte. Mit einem Hechtsprung stürzte ich hinter ihr her. Mir bot sich in diesem Augenblick keine andere Lösung an. Ich wollte ganz einfach nicht noch einmal ein Crewmitglied verlieren. Das Letzte, was ich vernahm, als das Wasser über meinem Kopf zusammenschlug, war Veronicas gellender Aufschrei.

Die unerwartete Kälte des Nordseewassers nahm mir

trotz meines Schwerwetteroveralls beinahe den Atem. Aber ich achtete nicht darauf, sondern versuchte, noch ehe uns die nächste Welle erreichte, in die Nähe meiner Mitseglerin zu kommen. Genau in dem Moment, als ich sie packen konnte, sah ich den nächsten Kaventsmann heranrauschen. Es war ein böser Schläger, der zunächst vierkant gegen den Bug der Yacht krachte, sie im vorderen Bereich gewaltig ansteigen ließ und sich anschließend uns als Opfer aussuchte.

»Alles vorbei«, murmelte ich.

Doch in diesem Moment spürte ich etwas Rauhes, das meinen Hals berührte. Die Rettungsleine. Ich nahm sie in meine linke Hand und versuchte, sie so energisch wie möglich zu umklammern. Als sich Bruchteile von Sekunden später die grauschwarze Wasserkaskade über uns ergoß, wurden wir zunächst mitgerissen. Doch irgendwann spannte sich die Leine. Der Ruck, der daraufhin verfolgte, war so gewaltig, daß ich glaubte, mein Schultergelenk samt Schlüsselbein müßte herausgerissen sein. Als ich wieder auftauchte, trieb die Yacht bereits deutlich quer. Lange durfte sie dort nicht liegenbleiben, sonst würden die nächsten Brecher geradezu gnadenlos über das völlig instabile Boot herfallen. In der rechten Hand hielt ich nach wie vor den Schwimmwestengurt von Claudia umfaßt. Sie strampelte und spuckte Wasser. Ich versuchte, mich an das Boot heranzuziehen, doch Seegang, Windstärke und das Gewicht von Claudias wassergefülltem Floating Suit waren einfach zu hoch.

»Du mußt die Leine um die Winsch legen und kurbeln!« schrie ich, so laut es ging, gegen den Wind in Richtung des Racers. Veronica merkte, daß ich etwas gerufen hatte und legte demonstrativ eine Hand an ihr Ohr.

»Mist!« stöhnte ich. »Sie hört uns nicht.«

Wieder donnerte der nächste Brecher heran. Der Mast pendelte wie wild nach beiden Richtungen aus. Wir befanden uns hier schon ziemlich nahe an der Brandungszone, wo die ersten Grundseen entstehen. Die Welle brach sich jedoch glücklicherweise nicht, sondern hob nur das Boot meterhoch an. Gleichzeitig verstärkte sich der Schmerz in meinem Schultergelenk, daß mir sekundenlang schwarz vor Augen wurde.

»Zieh die Schwimmweste aus und hangele dich zurück an Bord!« forderte ich Claudia und begann die Gurtschnallen zu suchen. Sie sah mich verblüfft an.

»Du mußt keine Angst haben, Mädchen!« versuchte ich sie zu beruhigen. »Aber so wird das nichts. Veronica versteht nicht, was ich will, und zusammen mit dir schaffe ich es nicht zurück an Bord zu kommen.«

»Okay«, antwortete sie ruhig und schlüpfte mit meiner Hilfe aus der Weste.

»Und was machst du?« fragte sie schließlich.

»Nun mach schon! Ich komme schon irgendwie nach!«

Claudia begann, sich mit kräftigen Bewegungen zurück zum Schiff zu ziehen. Ich ließ mich achteraus treiben, um die Leine straff zu halten.

»Wenn du an Bord bist, sofort raus aus der Untiefenzone hier!« brüllte ich ihr nach. »Aber fix!«

Es dauerte etwa 20 Sekunden, bis Claudia den Prototypen wieder erreicht hatte. Ich knotete mir instinktiv die Rettungsleine mit einem Palstek um den Leib und krallte mich, so gut es ging, an ihre Schwimmweste. Warum war ich ihr nur hinterhergesprungen? Wie konnte ich nur so dusselig sein? Ich suchte die Schrittgurte und versuchte vergeblich, mir das prall aufgeblasene Rettungsmittel fest um den Bauch zu binden. Erneut dachte ich an Sascha. War es ihm etwa ähnlich ergangen wie mir jetzt? Oder war er einfach vom ersten Brecher unter Wasser gedrückt und ersäuft worden? Der eisige Schauer, der mir über den Rücken lief, rührte nicht nur von der Wassertemperatur her. Zwischenzeitlich konnte ich nichts anderes sehen als meterhohe Wellenberge und fliegende Gischt, die von den Köpfen der Brecher fortgeweht wurde.

Gerade als Claudia den Prototypen erreicht hatte, brach ein Sturzbach von Brecher über die Yacht nieder. Das Boot holte mächtig über. Ich konnte noch erkennen, wie eine zweite Person achtern auf allen Vieren zum offenen Spiegel krabbelte, dann erwischte mich die Welle, und ich schlug schützend die Arme vor das Gesicht, weil die Atmosphäre um mich herum mit einemmal zu kompaktem Seewasser wurde.

Als ich aus dem Schleudergang dieser gewaltigen Waschmaschine wieder auftauchte, war die Schwimmweste weg. Nun besaß ich keinen Auftriebskörper mehr, der verhinderte, daß ich ertrank. Ich blickte mich um und versuchte zwischen mehreren Hustenanfällen die Orientierung wiederzugewinnen und mich heftig strampelnd an der Wasseroberfläche zu halten. Wegen des bestialisch brennenden Salzwasserschleiers auf meinen Augen sah ich nur die meterhohen Brecher an mir vorbeirauschen. Wenn ich mich auf der Höhe eines Wellenberges befand, erkannte ich den schwarzen Seedeich vor der Westküste von Den Helder. Land in Sicht bedeutet für einen Schiffbrüchigen eigentlich immer einen gewissen Trost. Doch ein Seedeich aus Asphalt und Beton stellte eher eine Gefahr dar. Seedeiche schienen für Schiffbrüchige eher ungeeignet. Praktisch gesehen waren sie lebensgefährlich. Wenn ich dort gegenprallte, blieb von meinen Knochen nicht einmal soviel übrig, daß sich hinterher eine Feuerbestattung lohnte. Wäre Claudia bloß ein paar Seemeilen südlicher über Bord gegangen, dann würde ich jetzt vermutlich an einen Seestrand gespült werden. Aber so erwartete mich angesichts der Wellen, die meterhoch an der Betonwand des Seedeiches emporstiegen und bis zur Deichkrone emporleckten, allerhöchstens noch der Genickbruch.

Ich glaubte zunächst meinen Ohren nicht zu trauen. Ich vernahm einen aufgeregten Ruf und drehte instiktiv den Kopf in die Richtung. Das war doch völlig unmöglich! De Haans Prototyp schaukelte weit nach beiden Seiten ausholend in der meterhohen See und trieb auf mich zu. Und das, obwohl das einzige noch gesetzte Segel in den Windböen hin und her schlug und die Yacht quer zu den Wellen lag. Doch dann begriff ich, daß ich immer noch an der Rettungsleine hing und nicht das Boot auf mich zutrieb, sondern ich offensichtlich nach dorthin gezogen wurde.

Es vergingen endlose Minuten, ehe kräftige Arme unter meine Achseln packten und mich über das offene Heck der Regattayacht ins Innere des Cockpits zerrten. Ich stöhnte laut, während mich der Einäugige mit dem dicken, rot gefärbten Verband ein wenig zu grob an meiner lädierten Schulter anpackte.

»Wo sind die Mädchen?« war meine erste Reaktion.

»Unter Deck«, antwortete der Schotte.

»Und?« hakte ich nach.

»Claudia scheint es besser zu gehen als Veronica. Die Engländerin hat wohl einen leichten Schock. Ich denke, Claudia kümmert sich um sie.«

»Was macht der Wassereinbruch?« erinnerte ich mich.

»Die Bodenbretter schwimmen vor sich hin«, antwortete er nicht ohne einen gehörigen Schuß Fatalismus.

Ich kletterte, so gut es ging, auf die Backbordsitzducht und deutete müde auf das wild flatternde Großsegel.

»Komm«, meinte ich. »Laß uns hier nicht die Zeit vertrödeln. Hol die Großschot dicht. Ich fürchte, ich habe mir den linken Arm ausgerenkt.«

»Okay«, antwortete Joe. »Aber verlange nicht von mir, daß ich dir auch noch den Spinnaker setze.«

Erst nach 100 Schlägen mit der Lenzpumpe kletterte ich nach unten. Ein Blick in die Kajüte zeigte mir, daß das Wasser immer noch den gesamten Boden bedeckte. Aber das sollte jetzt wirklich nicht mein Hauptproblem sein. Ich stützte mich im Salon mühsam gegen das Wildpferdgeschaukel ab, das der One Design beim Herabrutschen von den Wellenflanken verursachte. Veronica hockte in Luv auf der Salonkoje. Ihr Gesicht war leichenblaß. Claudia trug immer noch ihren Segeloverall.

»Willst du unbedingt eine Lungenentzündung riskieren?« fuhr ich sie an. »Raus aus den Klamotten! Du holst dir sonst den Tod!«

Claudia reagierte nicht.

»Was ist?« rief ich. »Brauchst du eine schriftliche Einladung oder was?«

»Ich habe nichts mit«, antwortete sie kleinlaut.

»Du glaubst es nicht«, brummte ich und zog meine Reisetasche hervor.

»Hier! Jeans, Pullover, T-Shirt und Socken. Wird dir zwar drei Nummern zu weit sein, aber was soll's. Damenslips habe ich leider nicht dabei. Ich hoffe, es geht auch ohne. Die Jeans ist frisch gewaschen. Also keine Panik. Umziehen kannst du dich im Vorschiff. Ich schau schon nicht hin.«

»Idiot!« lachte sie und nahm die Sachen dankbar entgegen.

Ich beugte mich zu Veronica, die mich mit ihren dunkelgrünen Augen beobachtete.

»Du?« stammelte sie leise.

»Hallo«, lachte ich und bemühte mich, Zuversicht und Ruhe auszustrahlen. »Na, Seemann? Wieder okay?«

Sie nickte und schloß für einen Augenblick ergeben die Augen. Ich hob meine rechte Hand und versuchte, ihr vorsichtig über die Wange zu streicheln. Sie schaute mich erstaunt an und zuckte für den Bruchteil eines Augenaufschlags zurück, ehe sie sich die Berührung gefallen ließ. Ihre Haut fühlte sich zwar eiskalt an, aber weich und unsagbar zart. Ich schaute in ihre Augen und wäre bereit gewesen, in diesem tiefgrünen See zu ertrinken. Langsam zog ich meine Hand wieder zurück. Mir war so heiß geworden, daß ich die nassen Sachen unter meinem Overall gar nicht spürte.

»Vielen Dank, daß du für Claudia dein Leben riskiert hast.«

Ihre Stimme klang immer noch wie ein heiseres Flüstern.

Ich runzelte überrascht die Stirn.

»Das war doch wohl selbstverständlich«, entgegnete ich. »Aber sag's keinem weiter. Es war der pure Leichtsinn.«

»Nochmals danke«, setzte sie mit einer unendlichen Weichheit in ihrer Stimme dagegen.

Claudia kletterte wieder zurück in den Salon und hockte sich neben Veronica. Zärtlich strich sie ihr die feuerroten Haare aus der Stirn. Die junge Frau trug jetzt meine Sachen, die ihr trotz ihres Gardemaßes doch noch um Nummern zu groß waren. Ich spürte, wie sich meine Mundwinkel nach oben verzogen.

»Wenn du auch nur einen Ton verlierst«, knurrte sie mich an, »haue ich dir eine runter!«

Aber das Lachen in ihren Augen verriet mir, daß sie ihre Drohung nicht ernst meinte.

Die Kneipe direkt am Seedeich unweit des Krankenhauses von Den Helder drückte wohl kaum das Ambiente aus, in dem Graf Steinitz gewöhnlich zu speisen pflegte. Rob de Haan hatte die beiden Frauen im Yachthafen hinter der Seeschleuse abgeholt und das Boot zugleich kommentarlos seinem Cheftechniker überstellt, der es sichtlich kleinlaut zur Werft hinüber motorte, um den Kiel von unten in Augenschein zu nehmen. Rob verfrachtete sie in seinen Kombi, holte Joe und mich unterwegs vom Krankenhaus ab und tat während der ganzen Fahrt so, als wäre das Lokal auf dem Deich das Aushängeschild niederländischer Gastronomie. Als wir schließlich auf den unbequemen Holzstühlen um den lieblos gedeckten Tisch herum saßen, konnte ich mich kaum noch ernsthalten. Steinitz legte schon nach ein paar Augenblicken die abgegriffene Speisekarte zur Seite und erklärte in seiner emotionslosen, sachlichen Art dem mehr und mehr zerknirscht wirkenden Werftchef, welcher untersten Kategorie er dieses Etablissement zuordnete. Zehn Minuten später quetschten wir uns zu sechst in seine große Limousine und jagten 40 Kilometer auf der Schnellstraße in Richtung Süden, während Claudia auf Anweisung des Grafen mit ihrem Handy einen Tisch zum Dinner bestellte. Es war bereits dunkel, als wir vor dem dezent erleuchteten Hof van Sonoy in Alkmaar ankamen. Im Innenhof dieses ehemaligen Herrenhauses befand sich das Bagatelle, ein Dreisterne-Restaurant mit französischer Küche.

»Ihre Sparsamkeit in Ehren, lieber Rob«, schmunzelte Steinitz, als er uns durch die schwere eichene Tür ins Innere des Restaurants schob. »Aber ich denke, wenn wir schon über den One-Design verhandeln, dann sollten die Gspräche in einer etwas gediegeneren Atmosphäre stattfinden. Finden Sie nicht?«

De Haan verzog die Mundwinkel.

»Teufel, aber auch«, knurrte er, »daß mir ein Ausländer erklären muß, wo man in Holland die besten Speiselokale findet.«

»Und die teuersten«, bemerkte Joe, als er einen Blick auf die Speisekarte warf.

»Machen Sie sich nichts daraus, lieber de Haan«, lachte Steinitz. »Sie setzen es doch von der Steuer ab, oder?«

Steinitz hatte den Mädchen ihre Reisetaschen nach Den Helder nachgebracht. Claudia trug einen streng geschnittenen Hosenanzug mit weißer Bluse und Samtschleife. Die Jacke des Anzugs bestand aus einem klassisch langen

Gehrock, der den Originalen der Jahrhundertwende perfekt nachempfunden schien. De Haan brachte während der ersten Viertelstunde kaum ein Wort heraus, weil Veronicas hautenges dunkelgrünes Schlauchkleid letztlich mehr offenbarte, als es verhüllen konnte.

Nach einem exzellenten Abendessen hatten wir es uns mit unseren Drinks am Kamin gemütlich gemacht. Verstohlen beobachtete ich Veronica. Nichts deutete in ihrem Gesicht noch auf das schreckliche Ereignis am Nachmittag hin. Dafür nippte sie ziemlich häufig an ihrem Weißweinglas, während sie sich meist mit Claudia unterhielt. Ihre Augen funkelten wie Jadesteine, wenn sich das Kaminfeuer darin widerspiegelte. Und wenn sie lachte, entblößte sie genau wie Claudia zwei ebenso schneeweiße Zahnreihen. Ich war in meinen 45 Jahren schon manch schönen Frauen begegnet, aber Veronica verband Schönheit mit Charakter, Ausstrahlung und eben diesem eigentümlichen, unnahbaren Charme. Irgendwann ertappte ich mich dabei, daß ich insgeheim einen Vergleich zwischen Sylvia und Veronica zog. Sicher, Sylvia war mindestens genauso attraktiv. Sie strahlte die reife Schönheit einer erfahrenen Frau aus, die wußte, was sie wollte und sicher sein konnte, daß sie bekam, was sie verlangte. Eine Anziehungskraft, die einerseits auf gepflegtem Aussehen, edlen Gesichtszügen, einer tollen Figur, aber auch auf Souveränität, Stil und Eleganz beruhte. Veronica schien mir einfach nur als die Inkarnation der Femme fatale. Exzellentes Aussehen, atemberaubende Figur, jugendlicher Charme, diese Kaskade ihrer roten Haare, die etwas rauchig klingende Stimme, der angenehme Duft ihres Parfums, ihre elegante Zurückhaltung im Gespräch, das alles verkörperte in meinen Augen Erotik pur. Ich griff nach meinem Glas und stürzte den Inhalt mit einem Schluck hinunter. Mir wurde zum zweitenmal heiß an diesem Tag.

De Haan straffte sich und schlug mit einem silbernen

Löffelchen gegen sein Glas. Er bemühte sich ernst zu wirken, was ihm jedoch nach dem Genuß einer Magnumflasche Champagner, zu der ihn der Graf eingeladen hatte, sichtlich schwer zu fallen schien.

»Nachdem wir uns hier getroffen haben, um den glücklichen Ausgang der, sagen wir, etwas unkonventionellen Testfahrt meines One-Design zu feiern, möchte ich jetzt zur Abwechslung gerne die Meinung unserer beiden jungen Damen zu meinem Prototypen hören.«

Er schaute erwartungsvoll zu Claudia und Veronica hinüber. Die junge Engländerin beugte sich vor, was Rob veranlaßte, hastig nach seinem Sektkelch zu greifen.

»Was soll ich sagen, Mijnheer«, antwortete Claudia. »Mit Ausnahme, daß die Bordbatterie etwas höher eingebaut sein sollte, weil sich sonst nach einem Wassereinbruch weder der Motor starten noch der Seenotrettungsdienst herbeitelefonieren läßt, erfüllt der Prototyp schon im großen und ganzen meine Erwartungen.«

Ein bißchen ärgerte mich der Verlauf des heutigen Tages schon. Joe und ich hatten unsere Pflicht und Schuldigkeit getan. Wir hatten den Prototypen unter ausgesprochen rauhen Bedingungen einem gnadenlosen Härtetest unterzogen und das Boot, bis auf die Tatsache, daß nach der Bergungsaktion mindestens 20 Liter Wasser im Salon hin und her schwappten und die Bordelektrik dadurch keinen Mucks mehr von sich gab, immerhin noch in einem Stück zurückgegeben. Allerdings hätte es mir wesentlich besser in den Kram gepaßt, wenn wir uns klammheimlich nach Texel hätten absetzen können. Ein lauschiges Abendessen zu zweit mit Veronica im Obergeschoß des Pakhuis, dem besten Speiselokal von Oudeschild, zog ich dieser Massendemonstration im Bagatelle bei weitem vor.

»Oh, wie interessant«, warf der Schotte ein. »Kannst du das etwas näher erläutern?«

Claudia schlug ihre langen Beine übereinander und zündete sich zum Mißfallen des Grafen ein dünnes, schwarzes Zigarillo an. Ein unscheinbares Lächeln überzog Veronicas Lippen. Ihre schneeweißen Zähne blitzten im flackernden Licht des Kaminfeuers auf.

»Ganz einfach, Joe«, erwiderte die junge Frau. »Das Boot ist ganz eindeutig für Männer konzipiert worden. Die Winschen sind zu schwach. Wir brauchen Modelle, die wesentlich niedriger untersetzt sind. Die Großschotführung ist Mist, wenn du mich fragst. Es gibt bessere Systeme. Man merkt ganz deutlich, daß im Hause de Haan der Rotstift regiert.«

Rob blickte überrascht auf.

»Rotstift?« warf er ein.

»Richtig, Mijnheer«, antwortete Claudia. »Wenn Sie mich fragen, dann braucht das Boot auf jeden Fall Segel von Sailtec aus San Diego. Und einen Mast von Carbomaster, der gleichen Firma, von der auch das Regattarigg der *Kyra* stammt. Auch hierbei drei Salings minimum, Backstagen unterhalb der obersten und zwischen der zweiten und dritten Saling. Das Tauwerk auf dem Prototypen ist allenfalls für Cruiser geeignet, lieber Rob. Also Schrott! Damit können Sie Ihre Serienschiffe ausrüsten. Die Kielwrangen müssen verstärkt werden. Und wir brauchen einen Kosmetikspiegel im Waschraum.«

De Haan riß seine Augen weit auf.

»Einen was?« rief er verblüfft. »Sie wollen was, bitte, im Waschraum?«

Claudia verzog keine Miene. De Haan blickte sich hilfesuchend zu mir und Joe um. Der Schotte konnte sich kaum noch halten vor Lachen.

»Das kann doch wirklich nicht so teuer sein«, warf Veronica ein.

Ich schaute zu ihr herüber. Die rothaarige junge Frau verzog keine Miene.

»Einen Kosmetikspiegel«, wiederholte de Haan fassungslos. »Du glaubst es nicht!«

»Beruhigen Sie sich, Rob«, wandte Steinitz ein. Auch er bemühte sich krampfhaft, ernst zu bleiben.

»Aber, wieso«, stotterte er, »äh, ich meine, also ich weiß nicht, ...«

»Es sollte ein Scherz sein, Mijnheer de Haan«, lächelte Veronica und strich Claudia Bergmann sanft über den Unterarm.

Veronica und Claudia schienen anscheinend schon sehr lange sehr gute Freundinnen zu sein. So liebevoll hatte ich schon lange keine Menschen mehr miteinander umgehen sehen. Das war mir nicht bloß an Bord des Prototypen aufgefallen. Die weitere Unterhaltung riß mich wieder aus meinen Gedanken.

»... wenn Sie mir das Boot nach Claudias Änderungswünschen und unter Berücksichtigung von Joes technischen Hinweisen herrichten. In diesem Fall könnte ich mich durchaus für diesen Bootstyp erwärmen. Ich muß selbstverständlich noch mit meinem Sponsor reden, aber ich denke, das dürfte kein größeres Problem darstellen.«

Einige wichtige Details schienen an mir vorbeigegangen zu sein.

»Einverstanden, Rob?« hakte der Graf nach.

Der Niederländer schluckte heftig. Langsam und bedächtig wiegte er seinen Kopf.

»Und Sie denken, daß eine Gruppe von Seglerinnen tatsächlich Chancen hätte, den nächsten Veuve-Fleurie-Cup zu gewinnen?«

»Was halten Sie davon«, setzte Steinitz nach, »wenn die Damen anschließend auch gleich noch für ein paar Mittelmeerregatten melden?«

De Haan riß seine vom Champagner inzwischen glasig gewordenen Augen auf. Man merkte deutlich, daß unverhohlene Gier nach Ruhm und Geld von ihm Besitz ergriffen. Er sah sich mit seinem Neubau insgeheim schon auf sämtlichen Matchraceveranstaltungen in Nord- und Südeuropa vertreten. Welch eine Chance! De Haan schien zu allem bereit.

»Ich werde über meinen Agenten zusätzlich ein paar Matchraces in England und Frankreich organisieren. Man stelle sich vor: acht junge Damen deklassieren die Männerwelt von IJmuiden, Cowes und Cherbourg. Unvorstellbar!«

»Dann sind wir uns also einig?«

Der Graf erhob demonstrativ sein Glas.

»Und was ist mit dem Coach?» warf Claudia aus heiterem Himmel ein. »Das gleiche Theater wie damals in Toulon mache ich jedenfalls nicht noch einmal mit.«

Ich griff nach meinem Glas und ließ den herben, prickelnden Schaumwein langsam über meinen Gaumen schwimmen. In der Tat! De Haan oder Steinitz würden für ihre Weibercrew erst einmal einen Verrückten finden müssen, der zum einen verdammt viel von Regattasegelei verstand und zum anderen irre genug war, sich sogar in einem Haifischbecken wohl zu fühlen. Die Regattawelt durfte auf diese Wahl durchaus gespannt sein. Ich jedenfalls würde ein Kondolenzschreiben vorbereiten.

Irgendwann merkte ich, daß es an dem niedrigen Eichentisch verdächtig still geworden war. Nur noch das leise Knistern der Holzscheite war zu hören. Oder ein Prasseln, wenn eines der brennenden Stücke in sich zusammenfiel. Ich beobachtete den Schotten, der schon wieder breit grinste. Mein Blick wanderte über Veronica und Claudia hinüber zum Grafen. Alle Blicke waren auf einmal auf mich gerichtet. Plötzlich kam mir ein völlig absurder Gedanke.

»Oh, nein!« schüttelte ich wild den Kopf. »Schlagt euch das bloß aus dem Kopf! Nur über meine Leiche, sage ich!«

»Auch nicht, wenn ich dich ganz lieb darum bitte?« fragte Veronica mit merkwürdig ruhiger Stimme.

Ihre scheinbar beiläufige Bemerkung traf mich an einer verwundbaren Stelle. Ich starrte sie an.

»Was meinst du mit: ›lieb darum bitten‹?« fragte ich. Meine Stimme klang so rauh, als hätte ich seit Wochen nichts mehr getrunken.

»So, wie ich es gesagt habe«, entgegnete sie ruhig. Die anderen starrten gebannt zu uns herüber.

»Ich weiß nicht, ob du darüber informiert bist, aber ich besitze eine Firma in Hamburg«, entgegnete ich.

»Man kann alles aufgeben«, mischte sich Claudia ein.

»Was du nicht sagst«, lachte ich, obwohl mir inzwischen gar nicht mehr zum Lachen zumute war.

»Hallo, hallo, meine Lieben!« mischte sich Steinitz ein. »Das kann man doch alles in Ruhe erörtern.«

»Erörtern Sie ruhig«, entgegnete ich knapp. »Aber ohne mich. Ich lasse mich doch nicht zum Affen für so eine Horde Suffragetten machen!«

»Verdammter Chauvi!« brauste Claudia auf.

»Halte dich bitte zurück!« fuhr sie der Graf an.

»Ach, wie mich dieses Machogehabe anwidert!« zischte sie zornig.

»Noch ein Wort!« warnte sie der Graf mit gefährlich scharfer Stimme.

»Was dann?« zischte die junge Frau zurück.

»Wo hast du deine Kinderstube gelassen?« bemerkte Steinitz. Seine Stimme klang scharf wie eine Rasierklinge.

Claudia wandte sich brüsk ab, erhob sich und verließ mit hochrotem Kopf den Tisch. Veronica folgte ihr und legte beruhigend den Arm um sie. Verdammt! Wie gerne wäre ich in diesem Augenblick an Claudias Stelle gewesen. Im gleichen Moment versuchte ich, den Verdacht, der mich wie ein heißer Schauer überkam, weit von mir zu schieben.

# 18

»... meine Damen und Herren! Zunächst ins Inland. Der Finanzskandal, der bereits seit Wochen die Westdeutsche Bankgesellschaft nicht zur Ruhe kommen läßt, hat inzwischen erste Konsequenzen gefordert. Der Vorstandsvorsitzende der WBG, Konrad Sawatzki, trat gestern abend überraschend zurück. Gewöhnlich gut unterrichtete Kreise sehen darin eine Bestätigung dafür, daß auch das oberste Management der WBG sehr tief in die Affäre verstrickt zu sein scheint. Inzwischen reißt die Welle der Selbstanzeigen bei den Steuerstrafbehörden nicht mehr ab. Zwar sollen bei den zuständigen Steuerfahndungsabteilungen erst sehr wenige ergiebige Beweisunterlagen für unerlaubte Geldtransaktionen vornehmlich nach Luxemburg, und in großem Rahmen vorgenommene Steuerhinterziehung eingegangen sein, doch haben die Leiter der zuständigen Oberfinanzdirektion trotz des bundesweiten Einstellungsstopps im öffentlichen Dienst bereits weitreichende Personalverstärkung angeordnet. Dieser ungewöhnliche Schritt läßt auf das Ausmaß des Finanzskandals schließen. Die Börse reagierte verstimmt auf die Ankündigung des Bundesfinanzministers, die bereits bestehenden gesetzlichen Grundlagen zu verschärfen. Der DAX sackte bereits im IBIS-Handel um 22 Punkte. Überwiegend betroffen waren die Finanzwerte. Die vorgestern ausgesetzten und bereits schwer in Mitleidenschaft gezogenen Aktien der WBG büßten erneut 12 Prozent ein. Händler sprechen bereits von regelrechten Panikverkäufen. Insbesondere ausländische Fondgesellschaften, aber auch Privatanleger sollen WBG-Aktien in großer Stückzahl auf den Markt werfen.

Hamburg. Noch immer tappt die Mordkommission der Hansestadt im Fall der ermordeten Carmen Döring im dunkeln. Frau Dörings Vertraute Lena Holbrock hob während einer erneuten Zeugenvernehmung nochmals hervor, daß die beliebte Fernsehmoderatorin bereits in der Vergangenheit zweimal Ziel eines Anschlags war. Einmal explodierte im Studio über ihrem Kopf eine Scheinwerferlampe, ein anderesmal platzte an ihrem Wagen auf dem Weg zu einem Interview ein erst vor kurzer Zeit montierter Reifen. In beiden Fällen führten die Ermittlungen der mit der Aufklärung betrauten Behörden jedoch zu keinem brauchbaren Ergebnis. Lena Holbrock mutmaßt, daß Frau Döring unter Umständen Opfer einer noch geheimgehaltenen Recherche geworden sein könnte. Die bekannte Fernsehmoderatorin war dafür bekannt, in ihrer Sendung mit überraschenden Reportagen aufzuwarten. Letztes prominentes Opfer war der Baulöwe Gerhard Schreier, dem Carmen Döring im Zusammenhang mit seinen beiden italienischen Tochterfirmen Subventionsbetrug und Steuerhinterziehung in großem Stil nachweisen konnte. Schreier entzog sich der Untersuchungshaft durch seine überstürzte Flucht ins außereuropäische Ausland.

Bonn. Im Koalitionsstreit zwischen den Regierungsparteien im Bundestag zeichnet sich mittlerweile ein Konsens ab. Wie erst heute morgen bekannt wurde, fand während der späten Abendstunden des gestrigen Tages ein Treffen der Sprecher von …«

Ich sprang aus dem Bett und kickte den Radiowecker mit einem Fußtritt in die Ecke. Wenn ich etwas an einem

Tag, an dem ich schon mit rasenden Kopfschmerzen aufwachte, absolut nicht leiden konnte, dann waren das schlechte Nachrichten. Ich warf einen Blick auf meine GMT-Master. Halb zehn Uhr morgens. Die richtige Zeit, um mich bei meinem Sportsfreund Bernd Rottmann zu erkundigen, ob der Verkauf meiner Wertpapiere noch rechtzeitig geklappt hatte. Ich sprang rasch unter die Dusche und schaltete anschließend die Espressomaschine ein. Während ich mir zwischendurch meine Bartstoppeln abschabte, stellte ich wieder einmal fest, daß ich mich mit meinem Haaren wirklich kaum noch irgendwo blicken lassen konnte. Ich mußte dringend zum Friseur. Ich grinste ein wenig schief, was dem Zustand meines unkontrolliert vibrierenden Gehirns entsprach und schlüpfte in meinen hellen Leinenanzug. Schließlich wählte ich die Nummer meines Regattakonkurrenten aus Düsseldorf.

»Hallo, Bernd«, begrüßte ich ihn.

Am anderen Ende der Leitung hörte ich nur Stimmengewirr und das unablässige Rattern eines Faxgerätes. Laute Rufe schallten blechern durch einen scheinbar schalldichten Raum. Ich war mit dem Rechnersaal verbunden, von wo aus Bernd um diese Tageszeit, kurz bevor die Frankfurter Aktienbörse eröffnete, die Computerbildschirme abrief und die Kurse studierte.

»Bernd!« rief ich erneut in die Muschel.

Ich hörte am anderen Ende ein unterdrücktes Fluchen und schließlich ein Kratzen und Rascheln, so als würde jemand versuchen, die Sprechmuschel mit der Hand abzudecken.

»... und sieh bloß zu, daß du die Junks von diesem Anlageverein los wirst! Erst meinen die Typen, sie könnten hier den Gordon Gecko aus ›Wall Street‹ spielen, und dann bekommen sie beim ersten Kurscrash schon nasse Hosen. Probier's von mir aus über Berlin und Hamburg. No limit. Bestens. Jeden Kurs akzeptieren. Weg mit Sch...!

Hallo? Ah, Dicker! Entschuldige, aber hier ist der Bär los. Im wahrsten Sinne des Wortes.«

Ich grinste innerlich in mich hinein. Ich konnte ihn mir deutlich vorstellen. Mit Stylinggel zurückgekämmten Haaren, van Laack-Hemd, großgemusterter Krawatte, Armanihose, Hosenträgern, Reebok-Sportschuhen. Zwei Handys in den Fäusten, beinahe blind vom Starren auf die grün schimmernden Bildschirme und taub vom unablässigen Rattern der Faxgeräte und Computerdrucker. Ich fragte mich jedesmal, wie ein Kerl wie Bernd Rottmann überhaupt jemals Zugang zum Regattasport hatte finden können. In seinen Kreisen ging man allenfalls auf die Pferderennbahn oder zum Golfen, um neue Geschäftskontakte zu knüpfen. Oder man verbrachte die Freizeit damit, in der von fachkundiger Designerhand ausgestalteten Penthouse-Wohnung die Lederpolsterung für den neuen Ferrari anhand von Musterstücken auszusuchen.

»Entschuldige«, meinte ich enttäuscht. »Sollte ich stören? ...«

»Quatsch keine Opern, Mann!« lachte er in den Apparat. »Oberste Devise: Kunden stören nie! Konkurrenten schon gar nicht!«

Während er redete, hörte ich im Hintergrund unterdrücktes Flüstern, das Rascheln von Papier und das Klappern von Absätzen auf antistatischem Kunststoffboden. Vermutlich blätterte er gleichzeitig irgendwelche Computerausdrücke durch und wies seine Mitarbeiter durch Handzeichen an.

»Also, eigentlich rufe ich nur wegen meiner Aktien an. Ich wäre dir dankbar ...«

»Alles unter Kontrolle, Baby!« rief er. »He, Sawatzki, nicht die Bonds. Gib mir die amerikanischen Renten auf den Schirm. Sag Carola, sie soll bei den Amis für zwei Mios Anleihen zu Sechseinviertel kaufen. Wenn die Banditen dort drüben versuchen sollten, mich übers Ohr zu hauen, dann soll sie denen als Antwort ihren hübschen Hintern durchs Telefon stecken.«

Bernd Rottmann räusperte sich.

»Sorry, Dicker«, knurrte er. »Alles ein bißchen hektisch heute. Der Markt ist seit dem Crash bei der Westdeutschen total bärig. Da mußt du aufpassen wie ein Schießhund.« Mein Regattakonkurrent brach in schallendes Gelächter aus. »Oh, Baby, das ist ein Massaker! Ein Erdbeben. WBG steht bei 230. Tendenz rapide fallend. Keiner will überhaupt noch Finanzwerte. Selbst die großen Versicherungswerte geraten langsam ins Trudeln. Oh, sorry! Nein, nein, keine Panik auf der Titanic! Ich habe dir deine Junks vorgestern, noch bevor der Handel ausgesetzt wurde, für 93 praktisch über den Ladentisch weg verkauft. Irgendsoein privater Anlegerklub meinte, die großen Zocker spielen zu müssen. Also, weg ist weg! War's das, was du wissen wolltest?«

Ich atmete auf. Eigentlich kümmerte ich mich nie besonders viel um Geld, aber ein bißchen mußte man in diesen unruhigen Zeiten anscheinend schon aufpassen.

»Danke, Kleiner«, murmelte ich.

»Nichts zu danken, Dicker«, antwortete er vergnügt. »Das ist schließlich mein Geschäft. Wegen der Sache mit den Häusern in Honfleur bekomme ich noch Nachricht. Ist also nicht vergessen, hörst du? Übrigens, sei vorsichtig, ehe du bei Steinitz ins Geschäft einsteigst.«

»Ich und bei ihm ins Geschäft einsteigen?« fragte ich erstaunt. »Wie kommst du denn darauf?«

»Ach, komm schon, Claus-Peter«, lachte er weiter, »mach' mir nicht den Affen, Junge. Steinitz steht mit Rob de Haans wegen dessen neuen One-Design-Prototypen in konkreten Kaufverhandlungen. Collins und du habt das Ding doch auf der Nordsee getestet, oder? Einen Sponsor hat er ja schon. Jetzt braucht er vermutlich nur noch einen Aufpasser für seine Gänseschar. Wie man hört, will

Steinitz demnächst angeblich einen segelnden Bridgeklub auf die Piste schicken.«

»Verdammt, Bernd«, fuhr ich dazwischen. »Entschuldige, mein Freund. Du bist ein wirklich netter Kerl, und ich bin dir wegen deines Engagements, was meine Aktien betrifft, auch sehr dankbar, aber das mit dem One Design geht dich nun wirklich nichts an. Woher heißt du überhaupt von dem Deal?«

Bernds Stimme wurde auf einmal geschäftsmäßig ernst.

»Steinitz finanziert die Geschichte nicht selbst. Er hat Investoren gesucht und gefunden. Als Hauptgeldgeber wird das italienische Modeunternehmen Ultima Moda gehandelt. Der Laden, für den du das Helgoland-Race gewonnen hast. Inhaber ist ein gewisser Luigi Corbieri. Übrigens, falls du es nicht wissen solltest, Ultima Moda gehört zum Malletti-Konzern. Die Mallettis operieren zwar von Genua aus, aber das ist nur Show. Das Stammhaus der Mallettis steht in Palermo. Soll ich noch deutlicher werden? Vorsicht, vorsicht, alter Junge! Corbieri soll zudem ein enger Freund des früheren italienischen Ministerpräsidenten sein. Und du weißt ja, warum sie den geschaßt haben, nicht wahr? Tja, der liebe Börni weiß zwar nicht alles, aber immer noch mehr als alle anderen.«

»Und was verbirgt sich hinter deiner Warnung in bezug auf Steinitz?«

»Tja, Kleiner, wenn du für den guten Stefan fährst, dann halte Augen und Ohren offen. Steinitz hat es faustdick hinter den Ohren. Darüber täuscht auch seine adelige Abstammung nicht hinweg. Er besitzt unter anderem Beteiligungen an Spielkasinos an der Cote d'Azur. Weißt du, wer die Geschäftsführer sind? Allesamt Amigos aus der Palermo-Szene. Regelrechtes Family-Business. Also, paß auf, wenn du Steinitz und seinem Sponsor den kleinen Finger reichst. Es könnte sein, daß dir der Arm abgerissen wird. Du wärst nicht der erste, der aus den Fängen gewisser süditalienischer Familienbetriebe nicht mehr herauskäme. Ach, noch etwas. Erinnerst du dich an den Skandal um den Baulöwen Gerhard Schreier? Der mit den beiden Tochterfirmen in Italien? Rate mal, wem die beiden Firmen in Italien wirklich gehören. Wenn du mich fragst, ging es bei dem Deal nur ganz am Rande um Steuerhinterziehung. Schreiers Firma fungierte für gewisse Herren in Genua als erstklassige Geldwaschmaschine. Also, ich habe in Nizza ein paar Bekannte. Die könnten dir Stories erzählen, da würdest du …«

»Moment mal! Was sagst du da?« unterbrach ich.

»Sorry, Kleiner!« wich Bernd aus. »Da kommen gerade die neuen Zahlen von Tokio über den Ticker. Wir sehen uns!«

Stirnrunzelnd legte ich ebenfalls auf, öffnete den Barschrank und griff nach einer Flasche mit gutem, alten Scotch. Ich öffnete sie und goß mir zwei Fingerbreit ein. Als ich das Kristallglas an die Lippen setzte, fuhr ich zurück. Ich blickte auf meinen Chronographen. Zehn Uhr morgens. Wirklich ein bißchen früh für 16 Jahre alten Islay Single Malt. Ich brachte das Glas in die Küche und goß den Inhalt ins Spülbecken. Was meinte Rottmann? Steinitz würde Kontakte zur italienischen Mafia unterhalten? Das war doch absurd! Ausgerechnet Steinitz! Die Ausgeburt an Grandesse. Andererseits fiel mir die Sache mit dem Koffer wieder ein. Ob Corbieri wohl von ihm verlangt hatte, dafür zu sorgen, daß der Name *Ultima Moda* auf jeden Fall hinterher auf der Siegerliste stand? Wäre die Protestverhandlung anders ausgegangen, hätte voraussichtlich Whitborough als Sieger in der Maxi-Klasse festgestanden.

In diesem Moment fiel mein Blick auf meine Postablage. Obenauf lag ein Brief, dessen Label mir nun förmlich ins Gesicht sprang. Eine persönliche Einladung von Luigi

Corbieri zur Modenschau im Cresta-Hotel. Ich schaute auf meine Armbanduhr. Die Vorstellung begann in einer Stunde. Zeit genug, den längst überfälligen Besuch bei meinem Coiffeur nachzuholen und anschließend zu schauen, wer oder was sich wirklich hinter Steinitz' Sponsor verbarg.

Gerade als ich die Klubkrawatte des RORC unter dem Kragen meines Hemdes festzurrte, ertönte der Summer an der Eingangstür. Stirnrunzelnd und noch immer an dem dunkelblauen Tuchstreifen herumfummelnd, ging ich zum Türöffner.

»Wer will mich sprechen?« fragte ich in das Mikro der Gegensprechanlage.

»Guten Morgen. Mein Name ist Bewer. Kripo Hamburg. Herr Stockhausen? Darf ich Sie einmal für fünf Minuten sprechen?«

»Klar«, murmelte ich und drückte auf den Öffner.

Ich hörte, wie unten im Flur des Apartmenthauses die Eingangstür aufgestoßen wurde. Zwei Männer in hellgrauen Anzügen stürmten förmlich die Treppe empor. Sie zeigten mir füchtig ihre grünen Ausweise, und ich ließ sie eintreten.

»Was gibt's, meine Herren?« fragte ich, nachdem sich die beiden Männer im Wohnzimmer niedergelassen hatten. Der jüngere von beiden zuckte ein Notizbuch.

»Ach, eine unangenehme Sache«, begann Bewer.

Der Polizeibeamte, der sich als Kriminialobermeister der Hamburger Kriminialpolizei ausgewiesen hatte, sah genauso aus wie der typische Ermittlungsbeamte aus Kriminalserien im Fernsehen. Er versuchte Souveränität, Einfühlungsvermögen und Kompromißlosigkeit bei seinem Auftreten gleichermaßen unter einen Hut zu bringen. Es gelang ihm ziemlich gut. Er schien schon lange bei der Truppe zu sein.

»Nun?« forderte ich ihn auf.

»Tja, wissen Sie, es geht um einen gewissen Gockel. Günter Gockel.«

»Und was ist mit ihm«, fragte ich verwundert.

»Kennen Sie ihn?« fragte der Obermeister und versuchte, seiner Stimme keinen allzu mißtrauischen Klang zu verleihen.

»Nein. Warum?« versuchte ich mich herauszureden.

»Sie kennen ihn nicht?« fragte er nochmals nach. »Herr Gockel arbeitet als freier Mitarbeiter für eine Hamburger Tageszeitung.«

Es schien mir sinnvoller, aufzugeben.

»Ah, ja. Doch, mit dem habe ich letztens noch telefoniert.«

»Nur telefoniert?« hakte Bewer nach. »Sie haben sich nicht mit ihm getroffen?«

»Nein!« antwortete ich ungeduldig. »Mit solchen Schmierblattjournalisten gebe ich mich doch gar nicht erst ab!«

Bewers Augen verzogen sich zu Schlitzen.

»Sie hatten Streit?« fragte er neugierig.

»Das kann man wohl sagen«, antwortete ich arglos.

»Worum ging es?«

»Gockel behauptete in einem Zeitungsbericht einen Tag nach der Regatta Cuxhaven–Helgoland, es wäre bei einer Protestversammlung nicht mit rechten Dingen zugegangen. Angeblich soll das von mir gesteuerte Schiff nur deswegen gewonnen haben, weil ein Koffer mit delikatem Inhalt vor der Protestverhandlung den Besitzer wechselte. Aber ich kann mir beim besten Willen nicht vorstellen, daß Sie den weiten Weg bis hierher gemacht haben, um mit mir über Proteststreitigkeiten zu diskutieren«, fügte ich hinzu.

Bewer grinste schief.

»Vielleicht doch, Herr Stockhausen. Sie sind einer derjenigen, mit denen Gockel vor seinem Unfall Kontakt hatte.

Es ging bei dem Streit noch um eine ganze Menge mehr, nicht wahr? Gockel pflegte bei seinen Telefonaten ein Diktiergerät mitlaufen zu lasen. Er führte anschließend immer Wortprotokoll. Es ging bei Ihrer Auseinandersetzung mit Gockel unter anderem auch um einen Unfall, den Sie vor einigen Wochen vor der englischen Südküste hatten und bei dem ein Crewmitglied ums Leben kam. Wir haben das anhand eines Artikels, der an demselben Tag in der betreffenden Zeitung erschien, rekonstruiert.«

»Die Ermittlungen der englischen Polizei sind noch nicht abgeschlossen«, warf ich ein.

Bewer nickte. »Ich weiß.«

»Na, schön. Ja, wir hatten Streit. Und was soll das jetzt alles?«

Ich spiegelte Ungeduld vor. In Wirklichkeit war ich verdammt nervös. Bewer musterte mich scharf.

»Wo waren Sie am Mittwoch so gegen halb acht morgens?«

Ich überlegte. »Auf dem Weg nach IJmuiden. Man hat mich zu einer Testfahrt eingeladen.«

»Haben Sie Zeugen?«

»Was für Zeugen? Ja doch. Graf Steinitz. Zwei junge Damen in dessen Begleitung. Joe Collins, ein Bekannter von mir, der Werftchef und ein Firmenmitarbeiter.«

»Die sind doch nicht alle mit Ihnen gefahren, oder?«

Ich stutzte. »Natürlich nicht. Die habe ich in der Seaport Marina von IJmuiden getroffen. Was soll die Fragerei?«

Bewer winkte seinem Kollegen, der sich eifrig Notizen machte. Der Mann blickte auf und räusperte sich.

»Herr Gockel wurde am Mittwoch morgen, so gegen halb acht, nach Zeugenaussagen von einer dunklen Großraumlimousine beziehungsweise einem dunklen Geländewagen angefahren. Herr Gockel war zur Unglückszeit mit seinem Motorrad unterwegs zur Redaktion. Bei dem Unfall zog sich Gockel ziemlich schwere Verletzungen zu. Er ist noch nicht vernehmungsfähig. Das Tatfahrzeug blieb bisher unauffindbar. Ein Zeuge meint, es hätte ein ausländisches Kennzeichen besessen, ist sich jedoch nicht hundertprotzentig sicher.«

Ich schüttelte abwehrend den Kopf.

»Und was soll ich mit dem Unfall zu tun haben? Ich fahre einen kleinen 190er Mercedes und keinen Kleinbus oder Jeep!«

»Solch ein Fahrzeug kann man auf dem Land ausleihen, Herr Stockhausen. Zudem hätten Sie ein Motiv«, antwortete der Kriminalbeamte. »Streit. Sie waren zornig. Er stellte in seinem Artikel ihre seglerische Souveränität in Frage. Das wäre in Ihrem Job tödlich.«

Ich winkte ab. »Deswegen versucht man doch keinen Menschen umzubringen.«

»Das habe ich auch nicht gesagt«, meinte Bewer. »Aber vielleicht verpaßt man jemandem deswegen einen Denkzettel.«

Ein eisiger Schauer lief mir über den Rücken. Hatte Gockel in seinem Zeitungsartikel nicht auch Ultima Moda und Luigi Corbieri wenig schmeichelhaft erwähnt? Waren es vielleicht die Italiener, die dem schmierigen Journalisten einen »Denkzettel«, wie es Bewer ausdrückte, verpassen wollten? Steckte vielleicht sogar Steinitz ...? Ich dachte meinen Gedanken gar nicht erst zu Ende. So ein Unfug! Steinitz! Die Seriösität in Person! Der würde wohl kaum mit seiner Limousine Jagd auf Zeitungsjournalisten machen. Herrgott! Nur weil Rottmann Räuberpistolen erzählt, sah ich schon gleich hinter jeder Häuserecke Mafiagangster mit Maschinenpistolen lauern! Wer weiß, ob Bernds Informanten überhaupt seriös waren

Ich erhob mich.

»Meine Herren, ich kann Ihnen leider nicht mehr sagen. Wer weiß, mit wem sich Gockel in letzter Zeit noch angelegt hat. So wie der Mann seine Schmierenjournaille betreibt, wäre es kein Wunder, wenn ihm eine ganze Menge Leute am Leder flicken wollten. Ich jedenfalls war zu dieser Zeit auf dem Weg nach IJmuiden.«

»Wofür es also keine Zeugen gibt?« hakte Bewer nach.

»Nein, Sie Schlaumeier«, knurrte ich zornig. »Aber ich war so gegen zehn Uhr morgens im Hafen. Soll ich etwa geflogen sein?«

»Den Schlaumeier habe ich überhört, Stockhausen«, fuhr mich der Polizeibeamte an. »Wir werden überprüfen, ob Sie vielleicht einen Flieger von Hamburg nach Amsterdam genommen haben. Gnade Ihnen Gott, wenn dem so ist.«

»Ich bin Atheist, Bewer«, knurrte ich zurück. »Und für Sie immer noch Herr Stockhausen.«

Die beiden Beamten verließen mich grußlos. Und ich war auf einmal noch neugieriger auf einen gewissen Luigi Corbieri.

Zwei Stunden später schritt ich durch den verglasten Hoteleingang des Cresta. Der Türsteher verwies mich an den Portier, der meine Personalien aufnahm und mir ein VIP-Kärtchen an das Jackett heftete, damit ich mich ungehindert bewegen durfte. Ich schlenderte langsam den auf Hochglanz polierten Marmorboden entlang. Andauernd liefen Gruppen von Fotografen an mir vorbei. Das Team eines privaten Fernsehkanals bereitete gerade Kameramann, Tonspezialisten und Akkuträger für den bevorstehenden Einsatz vor. Ich folgte zwei jungen Damen, die sich lasziv mit den Enden ihrer Nerzstolen Kühlung zufächerten. Als die Türe in den Tanzsaal aufschwang, dröhnte mir die Stimme des Conferenciers entgegen. Die Luft war angefüllt von Diskomusik, Parfumschwaden und Zigarettenqualm. Im ersten Augenblick konnte ich nichts erkennen, denn die Laserkanonen und Lichtorgeln der Show blendeten mich. Ein dunkel gekleideter Mann kam auf mich zu und nahm meine Karte unter die Lupe.

»Signor Stockhausen?« fragte er mit stark italienischem Einschlag. »Was kann ich für Sie tun?«

Ich kniff die Augen zusammen und musterte den Mann. Er sah aus wie eine Mischung aus Bodyguard und Mafiapistollero. Sein Gesicht war kantig und scharf geschnitten. Die weit überhängende Hakennase des Mannes erinnerte stark an den Schnabel eines Raubvogels. Große, beinahe schwarze Augen funkelten gefährlich im Stakkato der Lichtorgel. Er war Sizilianer, keine Frage. Das Jackett schien mit stahlharten Muskelpaketen ausgefüllt zu sein. Mein Blick wanderte zur linken Brustseite. Ich hatte richtig vermutet. Entweder hatte der Junge einen ganz miesen Schneider, oder die Beule im Jackett stammte von einem großkalibrigen Revoler. Meine Neugier war endgültig erwacht. Was war das wohl für ein seltsames Modeunternehmen, das bewaffnete Türsteher beschäftigte?

»Wo finde ich Luigi Corbieri von Ultima Moda? Ich bin eingeladen.«

»Signor Corbieri?« fragte er. Seine Stimme nahm einen mißtrauischen Klang ein.

Ich nahm den Brief aus meiner Jackentasche und zeigte ihm die Unterschrift auf dem Papier und wich gleichzeitig einen Schritt zurück. Seine Stimme klang geradezu ehrfurchtsvoll.

»Selbstverständlich, Signor Stockhausen. Bitte verzeihen Sie. Wenn Sie mir bitte folgen würden?«

Ich grinste still vor mich hin. Mein Freund mit der Adlernase wurde plötzlich zutraulich, als der Name Corbieri fiel. Der Modemacher aus Rom schien wohl ziemlichen Einfluß zu besitzen. So viel jedenfalls, daß der Junge sich hier beinahe einnaßte vor Ehrfurcht. Langsam glaubte ich Rottmann, daß das Stammhaus des Unternehmens tatsächlich seinen Sitz in Palermo hatte.

Wir schlängelten uns am hinteren Teil des Laufstegs vorbei und erreichten einen besonders abgetrennten Teil für die very-very-important Persons. Mein Begleiter wechselte ein paar rasche Worte mit einem weiteren Muskelmann, der an dem golddurchwirkten Seil zwischen den Pelonen wachte. Der andere nickte, warf zur Sicherheit auch einen Blick auf mein VIP-Kärtchen am Rockaufschlag und führte mich zielstrebig zwischen den Kaffeehaustischen hindurch, auf denen silbern funkelnde Champagnerkühler und Sektkelche standen. Hier hockten die Mitglieder einer handverlesenen Prominentenschar, um die neuesten Kreationen des Modehauses und die bildhübschen Models zu bewundern. Während wir uns zwischen den Leuten der Hamburger Society hindurchschlängelten, fiel mein Blick auf einen Tisch, an dem eine Frau in einem hellbeigen Kostüm saß. Sie war etwa genauso alt wie ich und befand sich in Begleitung eines älteren Mannes. Beide starrten gebannt auf den Laufsteg. Ich hätte die Frau beim Vorübergehen allein am unverwechselbaren Duft ihres teuren, stets etwas herb duftenden Parfums erkannt. Sylvia und Gerd Kröger schienen sich so gut zu unterhalten, daß sie mich überhaupt nicht bemerkten, obwohl ich dicht an ihnen vorbeiging. Während der Conferencier die Freizeitmode für den kommenden Sommer in mehreren Sprachen ankündigte, erreichten ich und mein italienischer Begleiter einen etwas abseits stehenden, größeren Tisch. Dort traf ich endlich auf Corbieri. Er war nicht allein. Neben dem Italiener, der mit seinem buschigen Schnurrbart und den pomadisierten schwarzen Haaren eher einem Partisanenkämpfer aus dem Zweiten Weltkrieg glich, saßen Steinitz, seine Frau und Claudia Bergmann.

Ehe ich viel sagen konnte, ergriff der Italiener meine Hand, klopfte mir kurz auf die Schulter und wies auf den Laufsteg, wo in diesem Moment die Scheinwerfer aufflackerten. Gleichzeitig verlosch die Saalbeleuchtung. Er drückte mich in einen der Ledersessel und ließ mir von einem der Tischkellner einen Champagnerkelch auffüllen. Auch dieses offensichtlich aus Italien stammende Personal schien seine Arbeitskleidung bei schlechten Schneidern maßanfertigen zu lassen. Links beulten die Jacketts der Männer deutlich aus.

Ein seltsam entrücktes Lächeln umspielte Claudias Lippen. Dann ertönte die Musik von Michael Jackson, und die ersten Models betraten unter lautem Applaus den Laufsteg. Als das zwölfte und letzte Model graziös und mit elegantem Hüftschwung auf dem Catwalk erschien und ein Ensemble aus Oversized-Sweatshirt, superkurzen Wildledershorts und Doc-Maartens-Stiefeln präsentierte, stockte mir der Atem. Die gewagte Kombination war in hellgrünen und sandfarbenen Pastelltönen gehalten, was verblüffend mit der schulterlang herabfallenden Kaskade aus feuerroten Haaren harmonierte. Die junge Frau erreichte das Ende des Laufstegs, drehte sich zu uns um und tat dabei so, als verbeugte sie sich vor dem Publikum. In denselbem Moment riß sie sich mit einer einstudierten und perfekt ausgeführten Armbewegung das Sweatshirt vom Oberkörper. Während ihre Haare noch durch die Luft flogen, richteten sich bereits alle Blicke auf die olivfarbene, weit ausgeschnittene und mit Urwaldvögeln bedruckte Seidenbluse. Gleichzeitig fiel sie in die Hocke und warf dabei ihren Kopf in den Nacken. Ihr ausgestreckter Arm unterstrich die aufreizende Pose, wobei ihr Zeigefinger genau auf unseren Tisch deutete. Zwei herrlich gewachsene Zahnreihen blitzten im Licht der Scheinwerfer wie schneeweiße Edelsteine auf. Die Gäste direkt am Catwalk sprangen auf und spendeten stehende Ovationen. In dem sich anschließenden Blitzlichtgewitter war Veronica Hards Abgang kaum noch zu erkennen.

Meine Kehle fühlte sich verdammt trocken an. Ich griff nach meinem Glas und leerte es mit einem Zug. Ein dreistöckiger, 16 Jahre alter Single Malt wäre mir jetzt wesentlich lieber gewesen. Veronica Hard war also Mannequin. Nun, bei ihrer Figur und ihrem Aussehen hätte ich mir das eigentlich schon fast denken können. Was trieb eine solche Frau bloß auf eine Regattayacht? Hochbezahlte Laufstegmodels mußten sich gewöhnlich vertraglich verpflichten, keine Hobbies auszuüben, die ihrer Karriere schadeten. Und Verletzungen kamen an Bord einer Hochseeyacht schneller vor, als einem lieb sein konnte. Die letzte Testfahrt hatte es bewiesen.

Mein Blick fiel auf Claudia Bergmann. Sie hatte ihre Haare streng nach hinten gekämmt, verbarg ihre eisblauen Augen hinter einer im gleichen Ton gefärbten Designerbrille und trug dem Anlaß angemessen einen dunklen Damensmoking mit weißer Spitzenbluse und Samtschleife. Mir fiel auf, daß sie sich anscheinend sehr gerne nach Männerart kleidete. Ich hatte sie bis jetzt jedenfalls noch nie in einem Kleid gesehen. Die Narbe im Haaransatz war immer noch nicht restlos verheilt. Davon konnte auch das kräftige Make-up nichts verbergen. Claudia deutete ihren Applaus nur an. Nachdem Veronica vom Laufsteg verschwunden war, wurde ihr Gesichtsausdruck mit einemmal merkwürdig abwesend. Mir schien es beinahe, als würde sie sich in einer Art Trance befinden. Graf Steinitz spielte währenddessen mit seinem Champagnerglas und unterhielt sich gleichzeitig sehr angeregt mit seiner Frau. Immer wieder drehte er sich zu ihr hin und küßte sie galant auf die Wange. Seine rosa glühende Gesichtsnarbe trat heute morgen besonders deutlich zutage.

Corbieri schenkte aus einer Magnumflasche nach. Claudia erhob sich kurz darauf mit verschwörerischer Miene, verließ unseren Tisch und bahnte sich ihren Weg in Richtung Backstage. Der Graf beugte sich vor.

»Fein, daß Sie der Einladung gefolgt sind. Haben Sie eigentlich unseren Sponsor schon näher kennengelernt?« fragte er mit gedämpfter Stimme.

»Corbieri?« meinte ich. »Nein. Wie kommen Sie darauf?«

»Ach, war nur so ein Gedanke«, meinte er, wandte sich an den Mann mit dem Aussehen eines Partisanenkämpfers und redete leise auf ihn ein.

Der Italiener schaute interessiert auf. Er hob sein Glas und nickte mir zu. Steinitz und ich taten das gleiche und nahmen einen gehörigen Schluck. Ob Rottmann recht hatte und es tatsächlich Verbindungen zwischen Ultima Moda und den Sizilianern gab? Verbindungen zur Mafia? Beobachtete man seine beiden Pistolleros, so lag dieser Verdacht wirklich nicht mehr fern. Ein Summen riß mich aus meinen Gedanken. Es kam aus der Handtasche der Gräfin. Sie nahm ihr Handy heraus und lauschte angestrengt ihrem Gesprächspartner. Sie schüttelte mehrmals den Kopf und hob immer wieder zum Sprechen an, wurde jedoch gleich darauf wieder unterbrochen. Schließlich drückte sie auf einen Knopf und schob die Antenne in das Gerät zurück.

»Tut mir leid, mein Liebling«, sagte sie zu ihrem Mann und strich ihm zärtlich über die Wange.

»Der verrückte Japaner, von dem ich beim Frühstück sprach, ist doch tatsächlich heute mittag in Hamburg angekommen. Er will unbedingt die beiden Picassos aus Samuel Steinbaums Kunststammlung haben. Ich soll vermitteln. So etwas von hartnäckig habe ich noch nicht erlebt.«

Wir erhoben uns, als Gräfin Steinitz ihre Handtasche aufnahm, um uns zu verlassen.

»Noch viel Vergnügen, Liebling«, murmelte sie. Steinitz küßte sie auf die Wange.

»Und dir viel Erfolg, mein Engel«, antwortete er.

Sie nickte uns zu und verschwand in der Menge. Als wir schließlich nur noch zu dritt am Tisch Platz nahmen, wandte sich Corbieri an mich. Er mußte seine Stimme heben, denn das Gelächter und die Unterhaltungen der übrigen Saalgäste wurden während der Pause immer lauter. Corbieri sprach recht flüssig Englisch.

»Sie sind also einer der deutschen Hochseechampions, wie ich höre?« begann er den Small talk.

»Champ wäre ein bißchen übertrieben, Signor Corbieri«, entgegnete ich. »Das Helgoland-Race ist nicht der Admiral's Cup.«

»Nicht so bescheiden, Claus-Peter«, lachte der Graf und klopfte mir wohlwollend auf die Schulter. »Signore Stockhausen neigt stets ein wenig zu Untertreibungen«, fügte er anschließend hinzu. »Er hat beim letzten Schlagabtausch in der Deutschen Buch so ziemlich die gesamte mitsegelnde Maxi-Elite deklassiert.«

»Das freut mich zu hören, Signor Stockhausen«, antwortete der Italiener. »Ich bedaure, daß ich bei der Siegesfeier nicht zugegen sein konnte. Geschäfte. Sie verstehen?«

Und ob, grinste ich in mich hinein.

Seine Worte klangen rauh und hart. Die Stimme des Mannes paßte eher zu einem einfachen Campesino als zu einem Modezaren aus Rom. Ich ergriff mein Glas und nahm erneut einen tiefen Schluck. In diesem Moment erschien Veronica unter dem Applaus der Umstehenden in Begleitung ihrer weißblonden Freundin und steuerte auf unseren Tisch zu. Sie trug inzwischen ein aufregendes, sandfarbenes Safarikleid, das wegen seines gewagten Schnittes nicht nur ihre langen Beine in aufregender Form zur Geltung brachte.

Sie lachte in die Kameras und Fotoapparate der Reporter und entblößte dabei erneut ihre schneeweißen Zähne. Mit ihren hochgesteckten Haaren sah sie plötzlich ganz anders aus. Als sie mich unverwandt anlächelte, begann mein Puls in den Schläfen und in der Halsarterie zu pochen. Corbieri erhob sich und küßte sein Starmodel mit südländischer Leidenschaft auf beide Wangen. Ein Blitzlichtgewitter hüllte unseren Tisch ein. Als ein paar Autogrammjäger versuchten, näher an Corbieri und Veronica Hard heranzukommen, wurden sie ohne Vorwarnung von zwei Bodyguards ziemlich unsanft zurückgestoßen. Scheinbar wehte im Umkreis des Italieners doch ein rauherer Wind als auf sonstigen Veranstaltungen. Veronica strich beinahe unmerklich über den Arm ihrer blonden Begleiterin und wandte sich anschließend noch einmal mir zu. In diesem Augenblick flammten hinter mir die Videoleuchten eines Fernsehteams auf. Veronica warf ihren Kopf in den Nacken, lächelte dabei in die laufenden Kameras und legte mir beinahe kameradschaftlich den Arm um die Schulter. Ihr herbes Parfum hüllte mich ein. Trotz des Zigarettenqualms roch ich den Duft ihrer Haare. Er war so betörend, daß ich mit meinem Kopf am liebsten vollständig in diesen feuerroten Haarkranz eingetaucht wäre. Ich legte meinen Arm um ihre Hüfte. In diesem Moment löste sie sich ebenso rasch wieder von mir. Ich kniff die Augen zusammen, so sehr blendete das Blitzlichtgewitter der Boulevardreporter. Luigi Corbieri ergriff nochmals Veronicas Arm, zog ihn besitzergreifend an sich heran und hielt ihn schließlich in Siegerpose nach oben. Er lachte breit. Ich verstand nicht, was er sagte, aber seine Stimme klang wie ein Dröhnen. Als sich Veronica zusammen mit Corbieri auf den Catwalk schwang und mit ihren anderen Kolleginnen nochmals für die Presse posierte, erhob sich dröhnender Applaus. Ich wich instinktiv einen Schritt zurück und bemerkte dabei, daß Veronicas blonde Freundin regungslos auf den Laufsteg starrte. Ihre Augen spiegelten auf einmal eine Mischung aus Sehnsucht, Traurigkeit und unendlicher Verletzlichkeit wieder. Als sie sah, daß ich sie beobachtete, zogen sich ihre Mundwinkel unwillkürlich nach oben. Ihr Lächeln geriet ein wenig schief. Claudia stellte sich neben mich und den Grafen. Dabei bemerkte ich, daß Steinitz die Hand der jungen Frau kurz, aber fest drückte.

»Sieht sie nicht toll aus?« fragte sie mit heiserer Stimme.

Ich schaute erstaunt auf. Die Sehnsucht und die Traurigkeit in Claudias Augen waren schlagartig einem kompromißlosen Verlangen gewichen. Sie hatte ihre Designerbrille abgenommen. Ihre hellblauen Augen blitzten im Scheinwerferlicht der Fernsehaufnahmeteams so heiß wie ein ausbrechender Geysir.

»Ja«, antwortete ich. »Sie sieht wirklich toll aus.« Meine Stimme klang wie mit Sandpapier abgeschmirgelt. Die Lloyds-Glocke begann wie rasend zu dröhnen. Ich ergriff einen Vorschlaghammer und brachte sie damit zum Schweigen. Verdammt sollte ich sein. Welch eine Frau!

Wir hörten Veronica hell auflachen. Der stämmige Italiener nahm gerade ein Dutzend Blumensträuße entgegen und verteilte sie an seine Models. Veronica erhielt als einzige ein Bouquet aus 30 Bacara-Rosen. Als ich bemerkte, daß sie während ihres Abgangs ihren Arm um die breite Hüfte des Italieners schlag, vernahm ich neben mir ein unterdrücktes Fauchen. Es klang wie der Atem einer zuum Sprung bereiten Raubkatze.

Luigi Corbieri winkte seinen Bodyguards, die anschließend höflich, aber mit Nachdruck dafür sorgten, daß wir wieder ungestört blieben. Die Deckenbeleuchtung flammte auf und Discomusik ertönte. Überall klirrten Gläser, wurden die Gespräche bis zur nächsten Showeinlage wieder aufgenommen. Claudia schien peinlich darauf bedacht gewesen zu sein, daß zwischen Veronica und Corbieri genügend Platz blieb.

»Wo waren wir doch noch gleich stehengeblieben?« knüpfte der Italiener den Gesprächsfaden erneut an.

Nur sehr langsam ließ das Pochen in meinen Schläfen und in meiner Halsschlagader nach. Verdammt, knurrte ich in mich hinein. Ob Veronica etwas mit Corbieri hatte? Ich schaute verstohlen zu ihr hinüber. Das rothaarige Mannequin drückte für einen kurzen Augenblick das Gesicht an die Wange ihrer blonden Begleiterin. Gleichzeitig tätschelte der Italiener ihre freie Hand. Claudia schaute den Grafen an. Steinitz lachte und hob sein Glas. Hier wurde ein Spiel gespielt, von dessen Regeln ich anscheinend überhaupt nichts verstand.

»Wir waren bei unserem Champion stehengeblieben, bester Luigi«, antwortete der Graf.

»Ich denke, wir sind jetzt ebenso vollzählig wie ungestört. Erheben wir erst einmal unsere Gläser auf unser Arrangement.«

Wieder klirrten eine Menge Sektkelche gegeneinander, erneut knallte ein Champagnerknorken.

»Nun, Signor Stockhausen«, fuhr Corbieri fort, »wir haben ein Problem. Und sie könnten uns helfen.«

Inzwischen verdrängte der französische Schaumwein schon eine Menge Blut aus meinen Adern. Die imaginäre Glocke von Lloyds begann, trotz meiner Vorschlaghammerreaktion, schon wieder zu läuten.

»Inwiefern?« fragte ich. Meine Zunge rollte bereits ein wenig beim Sprechen. Ich hätte, verdammt noch mal, heute morgen anständig frühstücken und nicht soviel trinken sollen.

»Sehen Sie, Claus-Peter«, fuhr er fort, »ich darf Sie doch so nennen, oder? Fein! Also sehen Sie, meine Firma und ich suchen nach einem Betätigungsfeld für eine aggressive Werbung. Den Tennissport teilen sich bereits Adidas, Reebok und Fila. Skilaufen kommt nicht in Frage, weil es zu sehr saisonbedingt ist. Im übrigen weiß man nie, ob die Werbeträgerin nicht bereits anderntags im Gipsbett liegt. Solche Ausfälle kann und will ich mir nicht leisten. Was spricht also mehr dafür, als hochkarätigen Regattasport als Werbeträger für meine sportive Damenmode zu wählen?«

Er blickte sich um. Seine schwarzen Augen blitzten sichtlich erregt.

»Die jungen Frauen«, fuhr er fort, »die ich mit meiner Sportmode anspreche, sehen sich im realen Leben nicht als passive Randfigur, sondern wollen sich mit der willensstarken, leistungsorientierten Powerfrau identifizieren. Was liegt also näher, als diesen Trend mit Hilfe einer Damencrew auf einer reinrassigen Regattayacht hervorzuheben?«

Ich schüttelte verständnislos den Kopf. Meine Gedanken kreisten um die *Femina Four*, auf der man vor einiger Zeit eine reine Damencrew zwar ohne großen Erfolg, dafür aber mit enormem Geldeinsatz in den Regattazirkus geschickt hatte. Dem Zeitungsverlag, der den Eintonner zwei Saisons lang sponsorte, hatten die andauernden Mißerfolge werbemäßig überhaupt nicht gutgetan. Warum, um alles in der Welt, wollte ein gewiefter Geschäftsmann wie Corbieri ein solch unkalkulierbares Risiko eingehen?

Steinitz mischte sich ein.

»Eine Gruppe von acht gutaussehenden, durchtrainierten jungen Frauen werden auf einer überaus leistungsstarken Rennyacht im Regattazirkus gegen die überwiegend männliche Konkurrenz antreten. Eine siegreiche Damencrew wird rasend schnell von sich reden machen. Fotoreporter werden sich schon alleine deshalb die Klinke in die Hände drücken, weil Yacht und Mannschaft hin und wieder auch für Fotosessions zur Verfügung stehen werden. Für den nötigen Bekanntheitsgrad sorgen schon die internationalen Medien. Frauen in ganz Europa werden auch außerhalb der Yachtszene Mode von Luigi Corbieri tragen wollen, um damit zu demonstrieren, daß sie taff sind. Eine Werbemaßnahme, die zwar zunächst aufwendig und kostspielig daherkommt, hinterher jedoch mehr als jede investierte Mark wert sein wird.«

»Ja, falls die Mädels gewinnen«, fügte ich ziemlich respektlos hinzu.

Corbieri verzog sein Gesicht.

»Aber, aber, lieber Claus-Peter«, fuhr der fort, »denken Sie doch auch einmal an den olympischen Gedanken. Natürlich wird Ultima Moda als Hauptsponsor ein gewisses Augenmerk auf die Crew der Regattayacht und auf den Trainer werfen. Aber ich werde nicht verlangen, daß die Mädels gleich den America's Cup oder das Whitbread gewinnen.«

»Aber vermutlich dann doch wenigstens den Admiral's Cup, wie?« Ich konnte mir ein breites Lachen nicht mehr verkneifen. »Der Coach tut mir auf jeden Fall jetzt schon leid«, fügte ich schließlich hinzu.

»Vielleicht kann ihn das Honorar zusätzlich motivieren«, meinte der Italiener und lächelte dabei wie ein Gebrauchtwagenhändler, der gerade einen offensichtlich aufgepeppten Wagen unsicherer Herkunft verkaufen will.

Meine Augen suchten den Blickkontakt zu den beiden jungen Frauen. Sie sahen mich teils belustigt, teils erwartungsvoll an. Mein Blick wanderte weiter zu Steinitz, der breit grinsend sein Champagnerglas zwischen den Händen drehte.

»So viel Geld gibt es gar nicht«, knurrte ich leise vor mich hin.

Corbieri lachte.

»Was halten Sie von monatlich 15000 exklusive Spesen?«

Ich grinste ihn schief an.

»Lire, was?«

Corbieri riß seine Augen auf, Steinitz brach in schallendes Gelächter aus.

»Dollar, zum Teufel«, schnaufte der Italiener los. »US-Dollar. Zahlbar an eine Bank Ihrer Wahl. Und wenn Sie es wünschen auch im außereuropäischen Ausland.«

Ich spürte, wie ein kalter Schauer meinen Rücken herunterlief. Das waren beinahe 25000 Mark. Und wenn ich wollte, auch noch steuerfrei. In dieser Beziehung waren die Italiener erfahrungsgemäß noch nie besonders pingelig gewesen. Mit 15000 Dollar im Monat konnte ich dem kommenden Jahr beruhigt entgegensehen. Ich brauchte jedenfalls auf lange Zeit nicht mehr jede Heuer und jeden Charterauftrag anzunehmen. Gleichzeitig konnte ich in aller Ruhe versuchen, die *Concordia* loszuwerden. Vielleicht gelang es mir sogar, einen Vertrag mit Rückkaufoption auszuhandeln. Doch plötzlich wurde ich schlagartig wieder nüchtern. Wenn Geschäftsleute wie Corbieri und Steinitz unbedingt mich als Coach für ihren Damenrennstall brauchten und gleich mit solchen Summen jonglierten, dann war da mit Sicherheit etwas faul an der Sache. Vermutlich hatten zu diesem Zeitpunkt schon alle anderen Cracks aus der Szene lachend abgelehnt. Ich suchte verzweifelt nach einer Möglichkeit, aus dieser Falle, die ich mir blöderweise sogar noch selbst gestellt hatte, wieder herauszufinden. Was trieb ich mich auf irgendwelchen Modeveranstaltungen herum, von denen ich wußte, daß dort genau die Leute hockten, die mir meine Seele abkaufen wollten. Mir blieb in diesem Moment nichts anderes übrig, als so zu tun, als hielte ich ein glänzendes Pokerblatt in Händen.

»Nicht allzuviel, bester Luigi«, bemühte ich mich zu grinsen. »Auch auf die Gefahr hin, daß ich mich wiederhole. Ich bin nicht käuflich.«

»Jeder Mensch ist käuflich«, lachte der Modemacher. »Es kommt nur auf die Summe an. 20000?«

Ich schwieg und hoffte, daß der andere ausstieg.

»Okay, Sie Ganove«, meinte er. Seine Stimme klang rauh wie Sandpapier.

»25000 Dollar. Das ist mein letztes Wort.«

Ich drehte ebenso wie der Graf mein Glas zwischen den Händen. Corbieri fluchte plötzlich irgend etwas auf italienisch. Er lehnte sich weit in seinen Sessel zurück und verschränkte die Arme vor der Brust.

»Was bildet er sich überhaupt ein?« fauchte er los und starrte Graf Steinitz an.

»Wie kommt er dazu, ein solches Angebot auszuschlagen? Was will er noch? Einen Ferrari vielleicht? Eine Cessna und eine Villa im Tessin? Oh, donna mia! Versteh einer euch Deutschen!«

Steinitz legte seine Hand beruhigend auf den Arm des Italieners. Langsam beruhigte der sich wieder. Doch nun schien es höchste Zeit. Genau wie beim Pokern mußte man wissen, wann es Zeit war, auszusteigen. Besonders dann, wenn einfach zuviel auf dem Spiel stand.

»Ich danke Ihnen für die Einladung, Luigi«, murmelte ich. »Und seien Sie sicher, ich weiß Ihr Angebot durchaus zu schätzen. Aber ich habe genauso wie Sie einen Ruf zu verlieren. Ich verspüre absolut keine Lust, als der ewige Verlierer in die Annalen der Regattageschichte einzugehen. Ihre Damenriege hat doch gegen echte Profis überhaupt keine Chance. Und wenn Sie das Schiff mit dem neuesten High-Tech ausstatten ließen. Nehmen Sie es mir nicht übel, aber Ihre Idee erscheint mir im Augenblick genauso absurd, als wollten Sie und Graf Steinitz beim Ballett auftreten.«

»Unfug!« mischte sich plötzlich Claudia ein. »Das sind nichts als üble Machosprüche! Mit sieben oder acht gut durchtrainierten und segelbegeisterten Frauen könnte ich …«

»Hör doch endlich mit diesem Emanzengeschwafel auf!« herrschte ich sie an. »Warum um alles in der Welt suchst du andauernd Streit mit mir? Okay, wenn du meinst, daß du es mit Leuten vom Schlage eines Berger, Rottmann oder Le Duc aufnehmen kannst, dann mal zu! Ich stehe deinem Glück jedenfalls nicht im Wege.«

»Warum versuchen Sie es denn nicht wenigstens einmal?« fragte Steinitz. »Claudias Mannschaft steht. De Haans Prototypen können wir uns für ein paar Tage ausleihen. Er will sowieso, daß noch Spinnakermanöver getestet werden.«

»No chance!« schüttelte ich den Kopf.

Ich wandte mich erneut an Corbieri, der wie ein schwarzhaariger Buddha weit in seinen Sessel zurückgelehnt und ziemlich grimmig dreinschauend die Unterhaltung verfolgte.

»Luigi«, meinte ich ruhig, »ich bin ein vielbeschäftigter Mann. Warum versuchen Sie es nicht bei einem meiner Gegner? Soll ich mit Patrick Berger sprechen? Der Mann ist Fulltime-Segler. Zwischen seinen Büchern und Wettfahrten findet er mit Sicherheit Zeit für Ihr Projekt.«

Ich konnte mir ein Schmunzeln nicht verkneifen. Ausgerechnet Berger! Der würde ihm was husten!

»Im übrigen soll er mit jungen Damen sehr viel besser umgehen können, wie man hört.«

»Im übrigen soll er ein Arschloch sein, wie man hört«, entgegnete Claudia.

Steinitz warf ihr einen scharfen Blick zu.

»Benimm dich. Du bist schon in Alkmaar ausfallend geworden. Noch einmal lasse ich das nicht mehr durch.«

»Ach nein?« begehrte sie auf. »Was willst du denn machen? Berger ist ...«

»Claudia!« stieß ihre Freundin aus. »Du benimmst dich wirklich unmöglich. Du sollst Patrick nicht heiraten, du sollst mit ihm segeln.«

»Wenn ich Typen wie Berger auf einen Kilometer Abstand auch nur rieche, wird mir kotzübel!« stieß sie voller Abscheu aus.

Der Graf schüttelte seinen Kopf und strich sich mit der rechten Hand über den eisgrauen Schnurrbart.

»Tja, Luigi«, meinte er. »Ich habe Ihnen ja prophezeit, daß die Verhandlungen schwierig werden würden.«

»Wieso eigentlich ich, Claudia?« fragte ich meine ehemalige Wachführerin. »Warum soll unbedingt ich deine Mannschaft coachen?«

Sie wirbelte herum. Ihre Augen blitzten. »Weil wir Mädchen irgendwann nicht mehr nur die Schnellsten unter den Verlierern sein wollen! Wenn schon, dann trainieren uns nur die Sieger! Was soll ich mit einem Coach, der sogar gegen dich verliert?« stieß sie aus.

Eigentlich hätte ich beleidigt sein müssen, doch ich schüttelte nur ratlos den Kopf. Steinitz lachte und erhob sich. Er deutete mir an, ihm zu folgen. Als wir vor dem Hoteleingang im warmen Licht der Spätsommersonne standen, hielt er mich am Arm fest.

»Jetzt wissen Sie, was wir von Ihnen halten, Claus-Peter«, meinte er. »Denken Sie über Corbieris Angebot in aller Ruhe nach.«

»Ach, hören Sie doch auf«, knurrte ich. »Sie kennen doch die Regattaszene. Die Mädels werden schon bei der ersten Wettfahrt so zerrieben, daß von denen nur noch Plastikstaub übrigbleibt. Ich verspüre absolut keine Lust, mich zum Gespött der Leute zu machen! Und halten Sie um Himmels willen Claudia von diesem Wahnsinn ab!«

»Claudia läßt sich von gar nichts abhalten.«

Ich schaute ihn mißtrauisch an. Die Zeit schien günstig für ein paar klärende Worte.

»Verzeihen Sie, wenn ich indiskret bin, Graf«, fragte ich, »aber in welcher Beziehung stehen Sie eigentlich zu Claudia?«

Steinitz lachte. »Auf die Frage habe ich schon seit langem gewartet. Nun, sagen wir einmal so. Sie arbeitet hin und wieder für mich.«

»Ach was«, entfuhr es mir.

»Sie ist nicht etwa meine Angestellte oder so. Sie hilft mir dabei, geschäftliche Kontakte zu knüpfen.«

Ich glaubte ihm kein Wort.

»Und nun meinen Sie«, griff ich den Gesprächsfaden diskret wieder auf, »daß Sie Ihrer, äh, Mitarbeiterin etwas Gutes tun müssen und ihr das Regattasegeln mit einer Weibercrew ermöglichen? Graf Steinitz, es geht mich ja nichts an, aber warum ist Corbieri so erpicht darauf, sein Geld in ein Verliererteam zu stecken? Die Mädels haben doch gegen Leute wie Berger, Rottmann und Le Duc nie eine wirkliche Chance. Noch nicht einmal, wenn Dennis Conner sie trainieren würde.«

»Tut mir wirklich leid, wenn ich Ihre Zeit zu sehr in Anspruch genommen haben sollte, Claus-Peter.«

Steinitz zog sich mit einem nur angedeuteten Handgruß zurück. Ich blieb allein auf dem Treppenaufgang zum Cresta stehen. Die ersten Gäste verließen die Modenschau. Zu ihnen zählten auch Gerd Kröger und meine geschiedene Frau. Die Blitzlichter der auf der Lauer liegenden Fotografen flammten auf. Der Politiker zeigte medienwirksam seine Jackettkronen und lachte breit in die Kameras. Sylvia bemühte sich um ein verlegenes Lächeln. Ich jedenfalls merkte deutlich, daß sie sich anscheinend vorerst noch aus dem Presserummel herauszuhalten hatte. Ihre angebliche Kamerascheu war offensichtlich nur aufgesetzt. Ich drückte mich in eine Ecke und hoffte, daß keiner der Reporter mich als Sylvias Ex-Mann identifizierte. Schließlich begleiteten sie zwei wartende Bodyguards zu der schwarzen Limousine mit dem Behördenkennzeichen. Sylvia ging untergehakt neben ihrem Zukünftigen her. Kröger nahm galant den Arm seiner Begleiterin und half ihr in den Fond des schweren Dienstwagens. Ein Bild der Harmonie und des Glücks. Nur wer Sylvia so gut kannte wie ich, wußte, daß sich Kröger auf verdammt dünnem Eis bewegte.

»Du bist ein seltsamer Mann, Claus-Peter«, flüsterte Veronica Hard und reckte sich in der warmen Sonne.

»Inwiefern?« fragte ich sie und bemühte mich, meine Überraschung nicht allzu deutlich zu zeigen.

Das rothaarige Model mußte uns entweder gefolgt sein, oder der Graf hatte sie als quasi letzte Waffe in die Schlacht geworfen. Vorher war es in der Halle zu tumultartigen Szenen zwischen Reportern gewisser Blätter der Yellowpress und den italienischen Bodyguards gekommen, die nun alle Hände voll zu tun hatten, die Zeitungsleute weiträumig in Schach zu halten. Ich nahm Veronica in den Arm und zog sie im Schutze des Hoteleingangs ein wenig zur Seite. Sie schmiegte sich dicht an mich.

»Ich habe noch nie gesehen, daß es jemand wagt, mit Luigi Corbieri so um Geld zu feilschen«, meinte sie nach einer Weile.

»Ich habe auch nicht mit ihm um Geld gefeilscht.«

Überrascht blickte sie auf.

»Geld spielt für mich bei diesem Deal überhaupt keine Rolle«, fügte ich hinzu.

»Worum geht es dir dann?« fragte sie erstaunt.

»Kannst du dir das nicht vorstellen?« antwortete ich mit einer Gegenfrage.

»Nein«, antwortete sie knapp.

Ihre feuerroten, lockigen Haare fielen wieder wie gewohnt auf ihre Schultern, seit sie sich den Kamm aus den Locken genommen hatte. Ihre grünen Augen leuchteten genauso geheimnisvoll wie bei unserem ersten Treffen in de Haans Wohnwagen. Doch was mich in diesem Augenblick am meisten faszinierte, war ihre beinahe unschuldige Mädchenhaftigkeit. Eigentlich paßten weder das aufreizende Safarikleid noch die Show, die sie zusammen mit den übrigen Models und mit Luigi Corbieri auf dem Laufsteg abgezogen hatte, zu ihrem Naturell. Ich atmete tief den Duft ihres Haares ein. Behutsam griff ich mit der freien Hand in die flammendrote Lockenpracht. Beinahe hätte ich wie ein verliebter Kater angefangen zu schnurren. Ich kam mir unsagbar dämlich vor.

»Willst du mir nicht sagen, worum es dir wirklich geht?« wiederholte sie mit leiser Stimme ihre Frage.

Ich nahm sie ganz vorsichtig bei den Schultern, um sie an mich zu drücken. Zum erstenmal spürte ich ihren Körper. Ich hätte alles dafür gegeben, in diesem Augenblick mit ihr 1000 Meilen von hier entfernt zu sein.

»Wenn du mir versprichst, mit keinem darüber zu reden«, antwortete ich.

»Versprochen«, flüsterte sie.

»Ganz einfach«, murmelte ich nach einer Weile. Ich starrte in das immer kräftiger werdende Blau des Hamburger Himmels hinein. »Ein paar Leute haben mich davor gewarnt, bei diesem Deal mitzumachen.«

»Gewarnt?« fragte sie erstaunt.

Ihre Stimme klang plötzlich unsicher. Sie löste sich aus meinen Armen und blickte mich fragend an. Ihre Augen funkelten dabei in der Sonne wie dunkelgrüne Edelsteine. In meinem Sommeranzug wurde es mir auf einmal so heiß wie vor einem Stahlofen. Die Warnglocke in meinem Schädel dröhnte ohrenbetäubend. Erneut sog ich den Duft ihrer Haare ein.

»Nun, Corbieri ist nicht gerade das, was man hierzulande einen ...«

»Hallo, ihr beiden«, ertönte hinter uns eine vertraute Stimme.

Claudia legte besitzergreifend ihren Arm um Veronicas Schultern und zog sie von mir weg. Ich spürte noch deutlicher, warum ich an Bord des *Ultima-Moda*-Teams nichts zu suchen hatte.

»Was ist, Veronica?« meinte sie lachend und ließ mich dabei nicht aus den Augen. »Hast du ihn endlich herumgekriegt?«

# 19

Die Explosion war so heftig, daß es mich im hohen Bogen vom Deck der *Concordia* schleuderte. Im gleichen Moment begann das Schiff, an unzähligen Stellen gleichzeitig zu brennen. Es schien, als liefe glühende grüne Lava über die Planken. Als ich an der Wasseroberfläche auftauchte, glich das Deck des Schoners bereits einem schwimmenden Feuerball. Ich schluckte ekliges Brackwasser, hustete und spuckte. Während die weit hochschlagenden Flammen bereits Groß- und Fockmast und die dort angeschlagenen Segel erreichten, begann gleichzeitig das ohrenbetäubende Knistern und Knacken der Einrichtung und der Schotts im Schiffsinnern. Fassungslos auf das in Sekundenschnelle sich ausbreitende Feuer starrend, wurde mir klar, daß ich allein war.

»Veronica!« brüllte ich. Doch so sehr ich mich auch anstrengte, ich bekam keinen Ton heraus.

Wasser schluckend, hustend und wild gestikulierend kraulte ich auf den Schlengel mit der brennenden *Concordia* zu. Doch das Wasser schien zäher als Honig. Ich brauchte Ewigkeiten, um den Steg zu erreichen. Inzwischen kamen auch schon Menschen herbeigelaufen. Sie blieben mit weit aufgerissenen Mündern am Kai stehen und gafften fassungslos zu mir herüber. Ihre Gesichter waren weiß und glänzend. Solch riesige Zahnreihen hatte ich noch nie gesehen. Als ich versuchte, den Steg zu entern, löste sich der Fockmast der *Concordia* und stürzte krachend und funkenstiebend auf mich herunter. Mit einer gewaltigen Funkenexplosion schlugen die Flammen aus dem Schiffsbauch bis zum Großmast empor. Krachend prasselte das Feuer. Knackend lösten sich rotglühende Planken. Stinkender, grüner Qualm drang aus den Ritzen und den längst zerborstenen Luken und Bullaugen ins Freie. Die *Concordia* glich jetzt einem einzigen Flammenmeer. Dichter Rauch quoll aus dem Schiffsinnern. Hell sirrten glühende Wanten und Stage durch die Luft, weil überall die Püttings an Deck und im Rigg nachgaben. Plötzlich tauchte die rothaarige junge Frau im Niedergang auf. Sie winkte mir zu. In dem Moment, als ich versuchte, das brennende Schiff zu besteigen, wurde ich von einem Mann in einem Smoking derb zurückgerissen. Ich hatte ihn irgendwo schon einmal gesehen. Es war Luigi Corbieri, der Modeschöpfer aus Rom. Ich versuchte mich aus dessen Umklammerung zu lösen, doch sein Griff wurde nur noch härter. Wild strampelnd wandte ich mich nochmals zum Schiff und erkannte die Gesichter von Gerd Kröger und Sascha Körber. Die beiden Männer standen neben der rothaarigen Frau und drückten sie immer wieder in die Kajüte zurück.

»Veronica!«

Ich brüllte aus Leibeskräften, doch erneut brachte ich keinen Ton heraus. Meine Kehle schien wie zugeschnürt. Das Nebelhorn eines vorbeiziehenden Schiffes ertönte. Mit einem gellenden Schrei wachte ich auf.

Mein Atem ging stoßweise, als ich feststellte, daß ich auf einem weichen Untergrund lag. Das war unmöglich der Hamburger Sportboothafen. Am Kai des Sportboothafens standen keine Betten herum. Ich sah auch keinen der drei Männer, die mich daran hinderten, Veronica Hard aus der Flammenhölle der *Concordia* zu retten. Im Gegenteil. Es war stockfinster um mich herum. Ich fröstelte. Das

T-Shirt, das ich im Bett trug, war völlig durchnäßt. Ich streifte es ab und warf es in die Ecke. Stöhnend ließ ich mich auf das durchgeschwitzte Laken zurückgleiten. Irgend etwas summte. Das war kein Nebelhorn. Es kam von der Tür her. Ich hob meinen Arm und schaute auf das Leuchtzifferblatt meiner Armbanduhr. Lange hatte ich noch nicht geschlafen. Da war das Geräusch schon wieder. Benommen griff ich zum Lichtschalter und berührte dabei einen kalten Gegenstand. Auf dem Boden rollte eine umgestürzte und beinahe völlig geleerte Flasche hin und her. Ein Glas, halb gefüllt mit bernsteinfarbenem Inhalt, stand neben meinem Bett auf dem Boden. Verwirrt rappelte ich mich hoch und schlich zum Türöffner.

»Wer zum Teufel ist da?« krächzte ich in die Gegensprechanlage. Mein Atem ging immer noch stoßweise.

Ich ließ den Sprechknopf los und wartete auf eine Antwort. Aber alles, was ich durch die Gegensprechanlage hörte, waren die normalen Straßengeräusche.

»Hallo! Hallo! Wer ist denn da?« rief ich erneut.

»Kommen Sie bitte herunter!« rief eine Stimme. Noch nie gehört. Wer war denn das?

Ich sprang in meine Jeans, schlüpfte in meine Bootsschuhe und streifte mir ein frisches Sweatshirt über. Das Summen ertönte erneut. Jetzt anhaltender. Es hörte erst auf, als ich im Treppenhaus Licht machte. Noch etwas benommen wankte ich die beiden Stockwerke nach unten.

»Wer zum Henker ...« knurrte ich, als die Eingangstüre weit aufschwang.

Draußen auf der Straße stand ein etwa vierzigjähriger Mann. Er trug eine schwarze Lederjacke und ein Lederkäppi. Er deutete nach unten. Ich folgte seiner Handbewegung und erschrak. Neben der Türschwelle hockte eine Gestalt. Ich erkannte sie sofort. Es war Christiane.

»Was haben Sie mit ihr gemacht?« brüllte ich ungehalten los. Der Mann wich zwei Schritte zurück.

»Ich hab' gar nichts mit ihr gemacht. Ich bin Taxifahrer. Auf dem Rückweg von einer Tour kam ich am Stadtpark vorbei. Dort sah ich diese junge Frau auf einer Parkbank halb zusammengesunken hocken. Na ja, das ist dort nicht gerade die sicherste Gegend. Ich hielt also an, um zu fragen, ob ich ihr helfen könnte. Am liebsten hätte ich sie zur Polizei gebracht, so abgefüllt wie die Kleine ist.«

»Und warum kommen Sie mit ihr ausgerechnet zu mir?« fragte ich mißtrauisch.

Der Mann kratzte sich nachdenklich den Kopf.

»Tja, Herr Stockhausen«, antwortete er. »Sie sind doch dieser C.-P. Stockhausen, oder? Nun, Papiere hatte sie nicht bei sich. Vermutlich von Stadtstreichern geklaut. Nur ein Notizbuch. Das lag scheinbar achtlos weggeworfen neben ihr. Sie ist Theaterschauspielerin, oder?«

»Und mein Name steht in dem Buch?« fragte ich. Der Taxifahrer nickte.

»Ihre Freundin?« erkundigte er sich.

»Nein«, erwiderte ich. »Eine entfernte Bekannte. Ist schon okay. Ich werde mich um sie kümmern. Helfen Sie mir, die Frau nach oben zu bringen. Ich verstehe nicht, warum sie so abgefüllt ist.«

Zusammen schleppten wir Christiane in meine Wohnung. Sie röchelte leise, als wir sie auf meine Wohnzimmercouch legten. Der Taxifahrer schaute mich erwartungsvoll an.

»Ist noch was?« fragte ich.

Der Mann rieb Daumen, Zeigefinger und Mittelfinger der rechten Hand gegeneinander.

Ich begriff. »Oh, ja. Klar. Wieviel bekommen Sie?«

Er ließ sich einen Fünfziger geben und zog befriedigt grunzend ab.

Ich streifte ihr den leichten Staubmantel und ihre Pumps ab. Das Mädchen sah ganz verändert aus. Ihr leichenblasses Gesicht war ungeschminkt, ihre dunklen

Locken völlig zerzaust und schweißnaß. Ihrer Kleidung zufolge mußte sie von irgendwoher in größter Eile aufgebrochen sein. Vorsichtig zog ich ihr die Augenlider auseinander. Riesige Pupillen starrten mir entgegen. Ich fühlte ihren Puls, um ganz sicherzugehen, daß sie überhaupt noch lebte. So was war mir ja noch nie passiert. Ausgerechnet Saschas Schwester! Kopfschüttelnd nahm ich eine Decke und wickelte sie vorsichtig hinein. Als ich in die Küche gehen wollte, vernahm ich plötzlich ein unverständliches Lallen und schaute neugierig zu ihr zurück. Ihr Kopf war ein Stück zur Seite geglitten und hing nun über den Rand der Couch nach unten. Rasch legte ich sie wieder richtig hin, nahm ihre Hand und fühlte ihren Puls. Tot war sie jedenfalls nicht. Nur ihr Zustand bereitete mir ernsthafte Sorgen. So sehr ich mich auch bemühte, ich bekam sie nicht wach. Langsam fragte ich mich, wie sie es in ihrem Zustand überhaupt bis in den Park geschafft hatte.

»Was meinst du, ist mit ihr los, Heinz?« fragte ich meinen Bekannten.

»Schwer zu sagen ohne Blutanalyse, Claus-Peter«, antwortete der Internist.

Ich kannte Heinz Baier schon seit etlichen Jahren. Er war ein ebenso guter Segler wie Arzt. Und er besaß einen der heißesten Rennkatamarane, die außerhalb Frankreichs herumschipperten. Ich hatte ihm das Monstrum vor vielen Jahren besorgt, als ich noch für die Franzosen arbeitete. Heute konnte man mit dem Ding bei den wirklich großen Rennen für Multihulls freilich nur noch hinterherfahren, aber schnell war der Kat immer noch. Wegen seiner enormen Breite blieb als Liegeplatz nur der Olympiahafen Schilksee übrig. Wenn er sonntags schon einmal einen seiner berühmt berüchtigten Kaffeetörns unternahm, lud er häufig genug mich als Navigator und

Steuermann ein. Er selbst hatte dann mit der jeweiligen Dame in der Eignerkabine genug zu tun, während der Multi mit 18 bis 20 Knoten über die Ostsee pflügte. Und bis zu diesem Tag hielt sich in seinem Segelklub hartnäckig die Legende, daß er vor der Wiedervereinigung irgendwann nachts einen Kollegen in Saßnitz abgeholt haben sollte. Bei sieben Windstärken hätten die Wachboote der Nationalen Volksarmee angeblich keine Chance gehabt, ihm über die aufgepeitschte See zu folgen. Die ausgebesserten Stellen am Steuerbordrumpf sollten von einer tief gehaltenen Maschinengewehrsalve stammen. Mir allerdings kam es eher so vor, als hätte er im Vollrausch bloß die Hafeneinfahrt vierkant erwischt.

»Ist das alles, was du dazu zu sagen hast?« fragte ich ihn.

Sein Gesicht wurde ernst.

»Ich weiß ja nicht, was das Täubchen sonst so treibt, Claus, aber nimm dich vor ihr in acht.«

»Inwiefern?« fragte ich erstaunt.

Er zog das rechte Augenlid der bewußtlosen Frau nach oben.

»Siehst du die riesigen Pupillen? Muß ich noch mehr sagen? Ich tippe auf eine dieser neu auf den Markt gekommenen Designerdrogen. Dazu paßt auch, daß sie anscheinend erst lange nach der Einnahme umgekippt ist. Als der Taxifahrer sie fand, hatte sie da irgendwelche Tabletten oder Kapseln bei sich?«

»Keine Ahnung«, antwortete ich. »Der Mann hat jedenfalls nichts gesagt.«

»Ist natürlich möglich, daß sie auf der Parkbank bestohlen wurde. Die Ausweispapiere fehlen doch auch, oder?«

Ich nickte.

»Meinst du, das ist Heroin?« fragte ich fassungslos.

Er schüttelte den Kopf.

»Nein. Wie ich schon sagte, vermutlich eine Designerdroge. Chemisch in einem Labor hergestellt. Designerdrogen sind speziell in Künstlerkreisen sehr beliebt. Du sagtest doch, sie wäre Schauspielerin, oder?«

»Ich glaube es einfach nicht. Ich meine, ich kenne Chris nicht sehr lange und nicht sehr gut, aber wenn sie eine Fixerin wäre, hätte ich doch bestimmt etwas gemerkt.«

Er schaute mich an und lachte.

»Sie ist bestimmt keine Fixerin, Claus. Heute fixen nur noch frustrierte Schulkinder. Politiker, Leute aus dem Showbiz und so weiter können sich keine zerstochenen Unterarme leisten. Die Einnahme von Designerdrogen erfolgt diskret. Das ist ja der Sinn und Zweck. Die Folgen der Rauschmittelsucht erkennst du erst, wenn dir mal einer im weggetretenen Zustand gegenübersteht. Oder, wenn er in der Psychiatrie liegt. Wenn die Kleine so weiter macht, könnte sie da schneller landen, als ihr lieb ist.«

»Und was machen wir jetzt?« fragte ich.

»Wir warten ein, zwei Stunden. Wenn sie bis dahin nicht aufgewacht ist, muß sie ins Krankenhaus.«

»Kann sie nicht hier bei mir bleiben?«

»Wenn sie bewußtlos bleibt, kann ich dafür nicht die Verantwortung übernehmen. Dann gehört sie unbedingt in fachärztliche Obhut.«

»Kannst du ihr nicht irgendwas geben?«

Er lachte leise. »Du schaust wohl zuviel Arztserien im Fernsehen an, wie? Nein, nein, so einfach geht das nicht. Ich müßte erst einmal wissen, was sie überhaupt genommen hat. Wenn ich ihr beispielsweise zum Aufwecken ein Koffeindestillat spritze, und sie hat Angel Dust oder Purple Fire geschluckt, dann besteht die Gefahr, daß sie noch einmal ganz kurz abhebt und schließlich nie mehr aufwacht.«

»Okay, geben wir ihr also zwei Stunden«, meinte ich und ging an den Barschrank. »Ich habe noch eine Flasche Scotch in der Bar. Möchtest du einen Schluck?«

Heinz Baier schüttelte den Kopf.

»Nein, mein Junge«, entgegnete er. »Ich muß morgen früh noch bei einer Operation assistieren. Da brauche ich einen klaren Kopf. Übrigens, du solltest deinen Konsum auch ein bißchen einschränken.«

»Wie kommst du denn darauf«, fragte ich entrüstet.

»Hör schon auf«, beschwichtigte er. »Dein Atem kann glatt einen schottischen Schwarzbrenner aus den Pantinen werfen, und deine Augen zeigen mir, daß du letzte Nacht ganz schön gebechert haben mußt. Komm doch mal zu mir in die Praxis. Wir machen einen Lebertest.«

Erst jetzt merkte ich, daß er Spaß machte. Andererseits dachte ich an die leere Flasche im Abfalleimer und an die Champagnermenge, die in den letzten Tagen durch meine Kehle geflossen war. Ich sollte wirklich ein wenig kürzertreten.

Die beiden Stunden vergingen. Wir unterhielten uns gerade über das Helgoland-Race, als Chris zu sich kam. Als sie Heinz bemerkte, stieß sie einen spitzen Schrei aus. Ich beruhigte sie und sagte ihr, daß Heinz Arzt sei. Er setzte sich neben sie und fühlte ihren Puls.

»Merkwürdig«, murmelte er. »Eher ein wenig zu langsam als zu schnell. Bei der Einnahme von Designerdrogen nimmt die Pulsfrequenz eigentlich zu.«

»Designerdrogen?« stammelte Chris. Sie schaute mich verblüfft an. »Was redet der Kerl für einen Unsinn. Ich habe in meinem ganzen Leben noch nie Rauschgift genommen.«

»Und was ist das?« fragte er und zeigte ihr im Spiegel ihre weit geöffneten Pupillen.

»Das«, stotterte die junge Frau, »das weiß ich nicht. Das ist mir noch nie aufgefallen.«

Heinz Baier packte sein Arztbesteck wieder zusammen und winkte mir zu, ich sollte ihn noch bis zur Türe begleiten.

»Nimm dich in acht, Claus«, murmelte er. »Die Kleine ist allem Anschein nach ein Junkie. Laß die Finger von dem Mädchen!«

Als ich zurück ins Wohnzimmer ging, schleppte sich Chris gerade ins Bad. Kurze Zeit später hörte ich Wasser rauschen. Ich griff automatisch nach einer Flasche, ließ dann jedoch den Arm sinken. Genug getrunken. Mit einer drogensüchtigen Frau im Haus schien mir ein klarer Kopf geradezu lebenswichtig.

Ich ließ zwei Tassen Espresso durch die Maschine laufen und stellte den starken Kaffee auf den Wohnzimmertisch. Es vergingen ein paar Minuten, bis Chris das Bad verließ. Sie hatte sich in meinen Morgenmantel gehüllt, schlüpfte auf meiner Couch unter die bereitliegende Decke und griff gierig nach dem Espresso. Ich schaute sie an. Sie sah sehr müde, abgerissen, ja geradezu verwahrlost aus. Und die riesigen dunklen Pupillen störten mich.

»So, nun noch einmal der Reihe nach«, forderte ich sie auf. »Was ist heute nacht passiert?«

Die junge dunkelhaarige Frau leerte ihre Tasse und stellte sie auf den Tisch zurück. Mit ungelenken Bewegungen fischte sie sich Zigaretten aus ihrem Mantel. Sie zündete sich ein Stäbchen an und sog den Rauch tief ein.

»Was soll passiert sein?« fragte sie mich erstaunt.

Ich lachte hell auf. »Na, du bist gut«, fuhr ich sie an. »Hast du dir eigentlich schon einmal Gedanken darüber gemacht, wie du in meine Wohnung gekommen bist?«

»Ja, hast du mich denn nicht heute abend abgeholt, um mit mir essen zu gehen?« fragte sie erstaunt.

»Wie bitte?« rief ich. »Ich soll dich zum Essen eingeladen haben? Ich war seit dem späten Nachmittag in meiner Wohnung und habe, äh, habe ...«

»Ja?« fragte sie neugierig.

»Ach, ich weiß auch nicht, was ich getan habe«, antwortete ich.

Schließlich besann ich mich.

»Doch! Eine Flasche Whisky habe ich ausgetrunken. Zufrieden?«

Sie schaute mich erstaunt an. »Du trinkst nachmittags eine Flasche Whisky leer?« fragte sie mich.

»Bist du neuerdings bei den Anonymen Alkoholikern oder was?« knurrte ich sie an.

»Nein, natürlich nicht«, antwortete sie verlegen. »Entschuldige bitte.«

»Hör mal«, setzte ich das Gespräch fort, »Heinz Baier meint, du nimmst Designerdrogen. Stimmt das?«

»Natürlich nicht«, brauste sie auf.

»Und wie erklärst du dir dann diese offensichtlichen Halluzinationen?« hakte ich nach. »Ich habe dich nicht zum Essen abgeholt. Wie kommst du bloß darauf?«

Christiane kramte noch mal ihre Sachen durch. Sie fand das Notizbuch und schlug es auf.

»Hier, siehst du?« fragte sie und deutete auf eine Eintragung. »Für gestern steht hier die Eintragung: Abendessen mit C.-P. Also mit dir. Und zwar bei dir zu Hause.«

»Du spinnst!« brauste ich auf. »Laß sehen!«

Ich zog ihr das Notizbuch aus den Händen und starrte auf das beschriebene Blatt. Tatsächlich. Dort stand ein Date mit mir. Klarer Kopf hin oder her. Jetzt brauchte ich einen Drink. Chris drückte ihre Zigarette im Aschenbecher aus.

»Sorry, Chris«, fuhr ich schließlich fort. »Du warst nicht bei mir. Ein Taxifahrer hat dich auf einer Parkbank aufgelesen. Der Mann war so geistesgegenwärtig, dich zu mir zu bringen.«

»Wo sind meine Ausweise und meine Scheckkarte?«

»Keine Ahnung. Vermutlich geklaut.«

Christiane lehnte sich zurück und schloß für einen Moment die Augen.

»Das letzte, woran ich mich erinnern kann, das sind die

beiden Männer, die mich im Harlekin, der kleinen Bar am Theater, ansprachen.«

»Was wollten sie?« fragte ich.

Sie überlegte wieder eine Weile.

»Ich weiß es nicht.«

»Wie, du weißt es nicht«, fragte ich verblüfft.

»Nein, ehrlich. Ich weiß es nicht. Ich kann mich nur noch daran erinnern, daß einer von ihnen einen dunklen Nadelstreifenanzug trug. So ein ganz elegantes Modell. Der andere hatte einen grauen Regenmantel an, glaube ich. Ach ja. Einer von ihnen sprach mit so einem merkwürdig harten Dialekt. So, als ob er aus Osteuropa stammte.«

»Aber du mußt doch wissen, was sie von dir wollten. Das kannst du doch in den paar Stunden nicht vergessen haben.«

Sie schaute mich mit ihren riesigen Pupillen an. Ihr Blick wirkte merkwürdig starr und fremd. Sie kam mir vor, als stünde sie immer noch unter Drogen.

»Hast du solche Halluzinationen öfter?« fragte ich sie.

»Welche Halluzinationen?« rief sie entrüstet. »Du glaubst mir nicht, oder?«

Ich hob ergeben meine Hände.

»Doch, natürlich glaube ich dir«, entgegnete ich. »Es ist ja durchaus möglich, daß du meinst, diese beiden Männer wirklich gesehen zu haben. Oder das Zeug, das du schluckst, bewirkt, daß du das Gespräch vergessen hast.«

»Ich habe nichts geschluckt!« fuhr sie mich wütend an. »Dein Freund ist ein Spinner. Designerdrogen! Wenn ich das schon höre!«

Ich schüttelte den Kopf und lehnte mich zurück. Was um alles in der Welt sollte ich bloß mit ihr anfangen? Wenn das stimmte, was Heinz Baier vermutete, dann war sie wirklich reif für eine psychiatrische Behandlung. Der Verlust des Bruders. Der Einbruch in ihre Wohnung.

Die erotische Attacke auf mich. Der Gedächtnisverlust vermutlich auf Grund ungezügelten Drogenkonsums. Nicht auszudenken, was sie sonst noch alles anstellen würde.

»Und du hast absolut keine Ahnung, wie du auf die Parkbank gekommen bist? Du mußt dich doch an irgend etwas erinnern.«

Sie schüttelte den Kopf und überlegte eine Weile. Schließlich strich sie sich mit der Hand durch ihre dunklen Locken und griff nach der noch offenen Whiskyflasche. Sie roch daran, verzog jedoch angeekelt ihr Gesicht.

»Wie kann man nur so etwas trinken«, meinte sie.

»Letztens hat dir das Zeug jedenfalls geschmeckt«, bemerkte ich trocken.

»Ehrlich?« fragte sie erstaunt.

»Was ist nun?« fragte ich. »Immer noch keine Erinnerung?«

»Nichts, Claus-Peter«, antwortete sie. »Absoluter Black out.«

Ich deckte sie sorgfältig zu, löschte das Licht und zog mich in mein Schlafzimmer zurück. Ich lag noch lange wach und starrte die Schlafzimmerdecke an. Sie mußte zum Arzt, Heinz Baier hatte schon recht. Wenigstens das war ich meinem toten Segelkameraden schuldig.

Ein durchdringendes Klingeln weckte mich. Ich schlug die Augen auf und konnte mich im ersten Moment überhaupt nicht zurechtfinden. Dann begriff ich. Ich lag in meinem Bett, und das Telefon läutete. Während ich mich stöhnend aufrichtete, fiel mein Blick auf das Ziffernblatt meiner GMT-Master. Elf Uhr vormittags. Schon viel zu spät, fluchte ich innerlich. So konnte man als Geschäftsmann wirklich auf keinen grünen Zweig kommen. Ich stolperte durch den Flur und betrat das Wohnzimmer, wo der Telefonapparat stand. Mein Blick fiel auf die Couch. Sie war leer. Die Decke lag sauber gefaltet auf der Lehne. Christiane hatte meine Wohnung bereits verlassen.

Ich nahm den Telefonhörer ab und meldete mich verschlafen. Gleichzeitig ließ ich mich an dem kleinen Eßtisch nieder. Mein Frühstück war bereits vorbereitet. Vor meiner Tasse lag eine Karte. Danke für alles, stand darauf. Ich grinste. Na warte, du Luder! Ich bekomme dich schon noch zum Arzt.

»Rottmann hier!« brüllte eine aufgeregte Stimme. »Bist du es, Claus-Peter? Schalte mal deinen Fernseher an. Den Nachrichtenkanal. Das wird dich von den Socken hauen.«

Verdrossen suchte ich nach der Fernbedienung. Keine Ahnung, was Bernd dazu bewog, anzunehmen, daß ich mir um diese Zeit Nachrichtensendungen anschaute. Ich wählte den Sender und wartete, bis sich das Bild aufgebaut hatte. Dann begriff ich langsam, warum Bernd so aufgeregt schien. In diesem Moment wurde Gerd Kröger, der zukünftige Mann meiner geschiedenen Frau, zu einem sehr heiklen Thema befragt.

»... möchten wir doch gerne wissen, Herr Dr. Kröger, wie sie zu der Affäre um die WBG stehen, seit nunmehr die ersten Namen gefallen sind.«

Kröger räusperte sich und zupfte sich breit lächelnd vor der laufenden Kamera die Krawatte zurecht.

»Als Politiker bin ich natürlich grundsätzlich an einer schnellen Aufklärung dieser Affäre interessiert, zumal meine Partei schon seit langem die Verschärfung des Steuerstrafrechts in die Wege leiten will, bislang aber immer am Veto der Regierungskoalition scheiterte. Ob es sich bei den in Frankfurt aufgetauchten Unterlagen tatsächlich um verwertbare Unterlagen oder Fälschungen handelt, müssen Steuerfahndung und Staatsanwaltschaft prüfen.«

»Welchen Vorschlag hätten Sie zu machen, sollten sich die Hinweise als auswertbar und echt herausstellen?«

Kröger blickte ernst und grimmig in die Kamera. Sein Gesicht drückte Kompromißlosigkeit aus.

»Es liegt nicht an mir, Vorschläge zu unterbreiten. Ich bin weder der Justizminister noch die Staatsanwaltschaft. Aber wenn sich die Unterlagen als echt erweisen, dann muß mit der ganzen Härte des Gesetzes gegen diese Leute durchgegriffen werden. Ich werde mich mit allen mir zur Verfügung stehenden Mitteln dafür einsetzen, daß die Affäre restlos aufgeklärt wird.«

»Herr Dr. Kröger, wie wir in Erfahrung brachten, soll Ihre Lebens..., äh, soll Frau Sylvia Stockhausen sehr engen beruflichen Kontakt zu einigen der Betroffenen haben.«

Kröger lachte breit in die Kamera.

»Aber, Herr Stein, ich bitte Sie. Sie werden doch wohl nicht erwarten, daß ich momentan zu einer solchen Bemerkung vor laufender Kamera in aller Öffentlichkeit Stellung nehme. Ich könnte es, ehrlich gesagt, auch gar nicht. Sehen Sie, meine Lebensgefährtin und zukünftige Frau ist eine angesehene Rechtsanwältin. Sie ist auf Steuersachen und Wirtschaftsangelegenheiten spezialisiert. Dieser Bereich unterliegt logischerweise immer einer besonders sensiblen und diskreten Behandlung. Glauben Sie etwa, Frau Stockhausen und ich reden während der wenigen Freizeit, die uns verbleibt, über Steuerangelegenheiten?«

Stein räusperte sich verlegen. »Nein, natürlich nicht, Herr Parteivorsitzender. Herr Dr. Kröger, würde eine Verstrickung von Frau Stockhausen in diese Affäre etwas an ihren weiteren privaten Zukunftsplänen ändern?«

Krögers Stimme wurde scharf. »Was ich privat tue oder tun werde, das geht Sie, ehrlich gesagt, überhaupt nichts an.«

»Nun«, ließ sich der Fernsehjournalist nicht entmutigen, »es wäre doch für einen angehenden Regierungschef kaum denkbar, wenn …«

Kröger erhob sich. »Herr Stein, ich denke, es ist besser, wir brechen das Gespräch jetzt ab. Es warten noch ein paar wichtige Termine auf mich.«

Der MAZ-Regisseur blendete das Bild von Kröger aus.

»Wir sprachen mit dem Vorsitzenden und designierten Kanzlerkandidaten der Oppositionspartei, Herrn Dr. Gerd Kröger. In unserem Hamburger Studio befindet sich Frau Sylvia Stockhausen, Mitinhaberin der renommierten Anwaltskanzlei Leberentz, Stockhausen und Partner. Frau Stockhausen, Ihre Kanzlei vertritt bereits seit geraumer Zeit eine Reihe Prominenter im Zusammenhang mit den ihnen zur Last gelegten Steuerstrafsachen?«

Sylvia hob ihre Augenbrauen. Sie sah phantastisch aus. Ihr dichtes, blondes Haar umrahmte locker zurückgekämmt ihren schlanken Hals. Sogar das kleine Entenschwänzchen hing ihr wie bei unserem letzten Treffen wieder frech ins Gesicht hinein.

»Zunächst einmal, Herr Stein«, antwortete sie mit scharfer Stimme, »vertreten wir unsere Klienten keineswegs in Steuerstrafangelegenheiten. Wir beraten und begleiten sie im Rahmen einer sogenannten Selbstanzeige, welche die Abgabenordnung ausdrücklich zuläßt. Das ist ein großer Unterschied.«

Stein rutschte sichtlich unruhig auf seinem Stuhl hin und her.

»Können Sie das unseren Zuschauern vielleicht etwas näher erläutern? Wie kam es überhaupt zu dieser Vielzahl von Selbstanzeigen?«

Das Gesicht meiner geschiedenen Frau verzog sich zu einem kaum wahrnehmbaren, ironischen Lächeln. Die Fernsehkameras zeigten sie in Großaufnahme. Ganz

Deutschland konnte nun sehen, wie attraktiv sie war und wie wenig kamerascheu. Und wie eisig ihre Augen in solch einem Moment wie diesem funkeln konnten. Ich griff nach dem Kaffee, der auf der Warmhalteplatte stand und goß mir eine Tasse von dem dampfenden, starken Getränk ein. Nicht nur ich war in diesem Augenblick auf Sylvias Statement gespannt.

»Das ist schnell erklärt«, begann Sylvia. »Einige meiner Klienten haben beim Transfer von Geldern von und nach Luxemburg offenbar vergessen, ihrer Meldepflicht gerecht zu werden. Deswegen gleich von einer großangelegten Steuerhinterziehungsaffäre zu sprechen, bei der angeblich die Frankfurter WBG erheblichen Vorschub geleistet haben soll, halte ich für völlig überzogen.«

Der Moderator ließ nicht locker. »Aber Fakt ist doch, und darüber wird in den Medien hinreichend berichtet, daß ein Unbekannter schon seit geraumer Zeit die Westdeutsche Bankgesellschaft wegen des Vorschubs der Steuerhinterziehung erpreßt. Er soll angeblich über kompromittierende Computerdaten verfügen und diese im Verweigerungsfall nach und nach bis zur Erfüllung seiner Forderungen den Steuerfahndungsbehörden zuleiten. Nun hat er erstmals seiner Warnung Taten folgen lassen. Sehen Sie da keinen Zusammenhang?«

Sylvias Blick wurde eisig. »Sie verstehen, daß ich keinem schwebenden Verfahren vorgreifen möchte. Bevor die Staatsanwaltschaft nicht einen einzigen handfesten Beweis für die Echtheit der aufgetauchten Unterlagen liefert, gehe ich zunächst noch von einer plumpen Fälschung aus. Soweit ich informiert bin, besitzt die Westdeutsche Bankgesellschaft eines der bestgesicherten Zugangssysteme für ihre Großrechneranlage. Mir scheint es sehr unwahrscheinlich, daß jemand von außen so ohne weiteres in das Computersystem eindringen und sich die entsprechenden Daten verschaffen konnte.«

»Noch eine Frage, Frau Stockhausen. Wie bewerten Sie in diesem Zusammenhang den überraschenden Rücktritt des Vorstandsvorsitzenden der WBG? Erhärtet das nicht die Theorie, daß die Westdeutsche Bankgesellschaft wesentlich dazu beigetragen hat, die unerlaubten Transaktionen möglich zu machen?«

»Ach, hören Sie schon auf«, antwortete sie gelassen. »Das ist doch reiner Sensationsjournalismus. Soweit ich weiß, ist Konrad Sawatzki aus gesundheitlichen Gründen zurückgetreten.«

»Eine letzte Frage, Frau Stockhausen«, sagte der Fernsehjournalist. »Wie schätzen Sie die Pläne der Oppositionspartei ein, das derzeit bestehende Steuerstrafrecht weiter zu verschärfen? Wie Herr Dr. Kröger bereits andeutete ...«

»Kein Kommentar!« fiel ihm meine geschiedene Frau ins Wort.

Die Kamera blendete ab.

»Zu Gast im Studio war Frau Sylvia Stockhausen, Mitinhaberin der Hamburger Rechtsanwaltssozietät Leberentz, Stockhausen und Partner.«

Ich schaltete den Fernseher ab. Sylvia vertrat also Leute, denen wegen des Erpressungsskandals der Boden unter den Füßen zu heiß wurde. Der Fernsehsender behauptete bereits, sie stecke zumindest als Rechtsbeistand der Betroffenen mitten drin in dieser Affäre. Eine pikante Situation für Kröger. Der Spitzenpolitiker hatte sich in der Vergangenheit immer wieder für eine Verschärfung der gesetzlichen Möglichkeiten, unerlaubte Finanztransaktionen ins Ausland und die damit verbundenen Steuerhinterziehungen zu verhindern, ausgesprochen. Sollte sich herausstellen, daß seine zukünftige Frau in ihrer Eigenschaft als Rechtsbeistand derartige Transaktionen deckte oder vielleicht sogar begleitete, würde ihn das politisch den

Kopf kosten, wenn er die Liaison mit ihr nicht schnellstens aufgab. Denn mit einer solchen Frau an seiner Seite wäre er nicht nur als Kanzlerkandidat, sondern gleichzeitig auch als Parteivorsitzender untragbar. Zwei Gedanken ließen mich seit dem Fernsehinterview nicht mehr los. Ob etwa auch in Sylvias unmittelbarer Umgebung schmutziges Mafiageld aus Genua und Rom gewaschen wurde. Und ob Rottmanns Warnung, Steinitz und Corbieri betreffend, tatsächlich ernst zu nehmen war.

# 20

Gedankenverloren kletterte ich meinen Kunden in die schon etwas betagte *Rassy* nach. Das Boot befand sich trotz seines Alters in einem ausgezeichneten Zustand. Im Normalfall hätte ich keine Sekunde gezögert, diesen stabilen holländischen Werftbau in die Türkei zu überführen. Aber ich war seltsam unentschlossen. Einerseits verspürte ich überhaupt keine Lust, meinen Betrieb aufzugeben, andererseits verlangte Walter die *Concordia* zurück. Dadurch fielen die Chartertouren nach Helgoland, Sylt und in die Ostsee demnächst weg, und ich verlor auch noch mein schwimmendes Büro. Richtige feste Freundschaften pflegte ich keine, für Sylvia, Kröger und mich schien selbst die Metropole an der Elbe immer noch zu klein. Rob de Haan hatte durchblicken lassen, daß er für die kommende Karibiksaison einen Skipper für die eine oder andere ausgesuchte Regatta suchte. Er wollte eine seiner großen Osiris-Yachten unbedingt bei der Tortuga-Week mitsegeln lassen, um sich Marktanteile in den Staaten zu sichern. Eine sich anbahnende Absprache ganz nach meinem Geschmack. Zudem hatte ich mich auch noch in ein rothaariges Mannequin verguckt, das sich berufsbedingt anscheinend nur selten in Deutschland aufhielt. Und Geld besaß ich nach der Überführung der *Kyra* und dem gewonnenen Helgoland-Race auch zunächst genug. Warum also sollte ich auf unabsehbare Zeit weiter im naßkalten Hamburg bleiben? Was hielt mich hier überhaupt noch? Welche Perspektiven blieben bestehen? Walter hatte schon recht mit seinem normannischen Landhaus. Mein Apartment war schnell verkauft oder vermietet. An persönlichen Gegenständen besaß ich gerade soviel, daß mein großer Seesack damit nicht einmal vollständig gefüllt worden wäre. Ich war nie ein sonderlich sentimentaler Mensch. Ich hing mein Herz nicht an Dinge. Bis vor kurzem noch nicht einmal an Menschen.

»Nun, was denken Sie?« fragte der Mann und drückte mir einen Ordner mit abgehefteten Papieren in die Hand.«

»Tja, mein Freund«, antwortete ich unschlüssig. »Das wird alles sehr, sehr teuer für Sie. Und eigentlich habe ich für solch eine Unternehmung gar keine Zeit. Versuchen Sie es doch besser einmal bei Kollegen. Wenn Sie wollen, kann ich Ihnen ein paar Adressen geben.«

Die Frau begann zu maulen.

»Dafür sind wir extra von Emden bis hierher nach Hamburg gekommen«, schimpfte sie. »Meinen Sie, wir hätten vielleicht Zeit, die Yacht bis Marmaris zu bringen? Wozu wenden wir uns sonst an einen professionellen Yachtüberführer?«

Ich atmete tief durch. »Es liegt nicht an der Strecke. Es liegt auch an der Höhe der Heuer. So, wie Sie sich das vorstellen, geht das nicht. Ich müßte für die Tag- und Nachtfahrten durch verkehrsreiches Gewässer mindestens noch drei Leute anheuern. Das verlangt die Versicherung. Hinzu kommen Proviant, Hafengebühren, Treibstoff und so weiter.«

»Welche Heuer halten Sie denn für realistisch?« hakte der Mann nach.

»20 000«, antwortete ich spontan. Derselbe Preis wie für die *Kyra*, doch hoffte ich inständig, daß die beiden absprangen.

»Wieviel?« lachte die Frau schrill auf. »Das ist ja lächerlich! Klaus, wir fahren wieder. Der Typ spinnt doch komplett!«

Wutentbrannt startete der Mann die Einbaumaschine des niederländischen Tourenseglers, während seine Frau die Festmacher loswarf. Kopfschüttelnd legten sie ab. Ich schaute ihnen lange nach. Im Normalfall säßen wir jetzt an Bord der *Concordia*, während ich die Daten des Bootes aufnahm und den Heuervertrag ausarbeitete. Aber mein Verstand wirkte an diesem Nachmittag wie paralysiert. Irgendwie schien mir dieses Kundengespräch wie ein Fanal. Vielleicht sollte wirklich endlich etwas Bahnbrechendes in meinem Leben passieren, damit ich zur Vernunft kam. Ich kletterte seufzend über den Seezaun der *Concordia* und schwang mich in den Salon hinab. Mir war heute nicht nach Arbeit. Ich wollte viel lieber eine Runde segeln, aber mit dem 28 Meter langen Schoner war das für mich allein unmöglich. Noch ein Grund mehr, mich endlich abzusetzen. Bislang hatte ich Bernd Rottmann immer als Spinner bezeichnet, wenn er in meist epischer Breite über seine Träume philosophierte. Zusammen mit seiner Freundin wollte er auf einem riesigen Trimaran durch die Karibik kreuzen oder auf seiner Insel leben und sich allenfalls noch die Sonne auf den Pelz brennen lassen. Ausgerechnet Bernd, der schon nervös wurde, wenn sich der Zeitungsbote mit dem Börsenblatt verspätete. Und ausgerechnet mit seiner Freundin, einem kapriziösen Geschöpf aus der Unterhaltungsbranche, die bereits in Panik geriet, wenn sie an einem Wochenende nicht wenigstens auf zwei Cocktailparties gleichzeitig eingeladen wurde. Doch ich war anders. Ich konnte mich auf einem Schiff wie der *Concordia* ohne weiteres wohlfühlen. Alles, was ich dazu brauchte, waren ein oder zwei weitere Crewmitglieder und ein Büro an Land, das mir die Chartergäste vermittelte. Mit der Verspätung eines Zeitungsboten hätte ich bequem leben können. Cocktailparties würde es bei mir an Bord mehr als genug geben. Allerdings fehlte mir bislang noch jemand wie Bernds Freundin. Und noch etwas stand meinem Wunschtraum im Wege. Walter wollte schließlich das Schiff verkaufen, mit dem ich mir diesen Traum hätte erfüllen können.

Das Fax riß mich aus meinen Gedanken. Ich wartete, bis der Papierstreifen durchgelaufen war und zog ihn mit einem Ruck aus dem Gerät. Die Nachricht kam von Rottmann.

»Lieber Claus-Peter!

Konnte dich leider telefonisch nicht erreichen. Die Cité Beau Rivage S. A. mit Sitz in Versailles existiert tatsächlich. Geschäftsführer ist auch kein Bernard Le Duc, wie du vielleicht vermutest. Allerdings ist die Hierarchie der Firma in der Kürze der Zeit kaum zu durchforsten. Cité Beau Rivage gehört zu 30 Prozent einem Investmentkonsortium mit Sitz auf den Bermudas. Das ist eine der typischen Briefkastenfirmen, wie sie zu Tausenden in Hamilton existieren. Nun, Briefkastenfirmen sind an sich nichts Verwerfliches. Meist werden sie ja nur wegen rigider Steuergesetzgebungen im Heimatland gegründet. Mehr konnte mein Mittelsmann nicht in Erfahrung bringen, da das Bankgeheimnis in einigen Ländern der Welt zum Glück noch etwas zählt. Wenn, dann müßte man auf den Bermudas weiterforschen. Das ist allerdings sehr kostspielig.

19 Prozent des Firmenkapitals brachte irgendwann einmal ein italienischer Großgrundbesitzer ein. Der Mann wohnt inzwischen in Marbella, füttert dort seine Goldfische und läßt sich von jungen Mädels den Bauch kraulen. Wenn du mich fragst, ein Strohmann für die Mafia, aber genau kann ich das nicht sagen.

Als erstes sollte man das 51-Prozent-Paket einer gewissen Standford Security Limited unter die Lupe nehmen. Die Firma hat ihren Sitz auf Jersey, British Channel Islands. Allerdings ist das Bank- und Geschäftsgeheimnis dort noch wasserdichter als auf den Bermudas. Empfehle, erste Ermittlungen erst einmal dort und direkt vor Ort anzustellen.

Bedaure, daß ich nicht mehr für dich tun kann. WBG stehen inzwischen bei 190. Geh in die Kirche und zünde eine Kerze an!

Glück auf! (Oder wie sagt man sonst bei euch an der Küste?)

Bernd Rottmann«

Meine Hand schnellte vor. Nun wurde es Zeit, meinen Onkel in seinem Hotel in Saint Helier auf Jersey anzurufen. Walter meldete sich nach einer Weile. Ich berichtete ihm von meinen Ermittlungen und warnte ihn ausdrücklich davor, irgend etwas zu unternehmen, ehe wir nicht wenigstens festgestellt hatten, wer konkret hinter der Standford Security Limited steckte. Ich tippte auf Whitborough. Walter meinte, um die Firma auf Jersey würde er sich selbst kümmern. Dann fragte er noch, wie weit der Verkauf der *Concordia* gediehen sei. Ich entgegnete, bevor wir nicht Gewißheit wegen der beiden Firmen hätten, würde ich den Schoner keinesfalls verkaufen. Er knurrte erst ein bißchen, ließ sich dann aber überzeugen, daß bei einem solch hohen Kaufpreis einige Vorsicht angebracht schien, zumal die Firma in Versailles ziemlich undurchsichtig daherkam. Mir ging es jedoch erst einmal darum, Zeit zu gewinnen. Vielleicht wendete sich ja doch noch alles zum Guten, und das Landhaus in Honfleur entwickelte sich zu einem Luftballon voll heißer Luft.

Ich dachte an Heinz Baier und an das, was er mir in jener Nacht gesagt hatte. Mich interessierte, wie es Chris gesundheitlich ging. Also nahm ich den Telefonhörer erneut in die Hand und wählte ihre Nummer. Sie war nicht zu Hause. Schließlich rief ich im Theater an und fragte, ob

Proben angesagt waren. Die Frau im Personalbüro bestätigte mir, daß Christiane an diesem Nachmittag tatsächlich für eine neue Rolle auf dem Besetzungsplan stand.

Grinsend hockte ich mich in eine der hinteren Reihen und beobachtete die Proben zu Shakespeares ›Sommernachtstraum‹. Chris spielte gut. Zumindest sah es für einen Banausen wie mich danach aus. Nach einer Stunde brach der Regisseur die Probe ab, die Beleuchtung flammte auf, und die Schauspieler verließen laut schwatzend die Bühne. Chris war schneller verschwunden, als ich ihr folgen konnte. Ich fragte einen ihrer Kollegen nach dem Weg zu den Garderoben. Er zeigte mir die Richtung, ermahnte mich jedoch, besser in der Kantine auf sie zu warten. Künstler seien nach einer Probe immer ein wenig nervös. Chris mache da keine Ausnahme. Ich grinste zurück und setzte mich in die Cafeteria. Künstler sind ein Völkchen für sich. Man muß schon lange Zeit dazugehören, um zu begreifen, ob sich lediglich Unsicherheit oder Affektiertheit hinter all dem aufgesetzten Primadonnengehabe verbarg. Im Kreise ihrer Kollegen sah Chris plötzlich überhaupt nicht mehr wie das eher schüchterne, zurückhaltende fünfundzwanzigjährige Mädchen aus, das sich offenbar in einen 20 Jahre älteren Gelegenheitssegler verguckt hatte. Zum Glück deutete in diesem Augenblick nichts darauf hin, daß sie unter Drogen stand.

Chris erkannte mich nicht sofort, sondern blieb bei einer Gruppe junger Schauspieler stehen. Ein etwa gleichaltriger Mann nahm sie nach kurzer Diskussion bei den Armen und wirbelte sie gekonnt durch die Luft. Keiner sagte etwas, jeder sah nur gebannt zu. Anscheinend handelte es sich um eine Figur, die er mit Christiane einstudieren wollte. Erst als er Chris beinahe leicht wie eine Feder auf dem Boden absetzte, klatschten die Umstehenden Beifall. Auch ich applaudierte leise. Christiane fuhr herum und erkannte mich. Sie lief los und fiel mir mit weit ausgebreiteten Armen um den Hals. Dabei mußte sie sich ganz schön strecken, denn ich maß in der Länge etwa einen Viertelmeter mehr als die junge Frau. Ich nahm sie bei den Armen und wirbelte sie ebenso mehrmals spielerisch durch die Luft. Dabei fiel mir auf, wie leicht Chris war. Ein wunderbares Geschöpf. Nur leider viel zu jung.

Weil wir beide Hunger hatten, fuhr ich mit ihr hinunter zum Fischereihafenrestaurant. Dort würde ich auch ohne Voranmeldung sicher noch einen Platz bekommen. Der Inhaber des Restaurants begrüßte uns wie alte Bekannte und führte uns an einen Tisch mit Blick auf das Wasser. Langsam begann es zu dämmern. Und Regen setzte ein. Der typische Hamburger Nieselregen. Verdammt! Wie hatte ich doch die Nase von Norddeutschland und von dem ewig miesen Wetter voll!

»Nett, daß du mich zum Abendessen ausführst«, meinte sie nach einer Weile.

Ich wischte mir die Reste der Quiche mit Salm und Meeresfrüchten von den Lippen und trank einen guten Schluck eisgekühlten Weißwein.

»Nett schon, aber nicht uneigennützig. Ich brauche einfach mal wieder Gesellschaft beim Essen«, log ich.

Sie deutete ein Lächeln an.

»Von mir aus können wir das häufiger machen.«

Ich beobachtete sie. Ihre Pupillen schienen wieder völlig normal, sie zeigte keine Anzeichen von Nervosität, und sie redete mit klarer Stimme. Von Spuren latenter Bewußtseinsveränderungen und Gedächtnisstörungen war absolut nichts zu bemerken. Ihr aber fiel mein unverhohlenes Interesse auf.

»Habe ich etwas Schreckliches im Gesicht, oder warum starrst du mich an?« fragte sie und grinste schief.

»Ich möchte wissen, ob du wirklich wieder völlig in Ordnung bist«, antwortete ich diesmal wahrheitsgemäß.

»Ich bin absolut okay«, erwiderte sie ungeduldig. »Laß dir von deinem Freund nicht solch einen Unfug einreden.«

»Das hat mit Unfug nichts zu tun«, entgegnete ich. »Als dich der Taxifahrer vor meiner Haustür ablieferte, da warst du absolut daneben. Es hätte nur noch ein Schild mit dem Hinweis ›Out of Order‹ um deinen Hals gefehlt. Heinz Verdacht mit den Designerdrogen kam nicht von ungefähr.«

»Quatsch, Designerdrogen«, maulte sie. »Ich nehme hin und wieder schon einmal Amphetamine. Das braucht man vor Auftritten. Dann bist du hellwach. Und das mußt du sein, sonst stehst du eine Vierstundenaufführung nicht durch. Frag meine Kollegen. Jeder nimmt das Zeug. Und manchmal, wenn ich nicht schlafen kann, nehme ich ein Beruhigungsmittel. Hast du damit Probleme? Was meinst du, wie viele Frauen so etwas jeden Tag machen.«

»Richtig, Chris«, antwortete ich. »Und was meinst du, wie viele Frauen hinterher auf der Couch ihres Psychiaters liegen.«

»Amen«, erwiderte sie frech.

Ich hielt mich bestimmt nicht für einen Moralapostel. Manchmal war ich sogar froh, daß mir in diesen Zeiten erspart geblieben war, eine halbwüchsige Tochter erziehen zu müssen. Doch um Drogen hatte ich schon immer einen weiten Bogen gemacht. Irgendwie wurde ich jedoch das Gefühl nicht los, daß ich bei Chris auf diese Weise nicht weiter kam. Das Restaurantpersonal servierte den Hauptgang, und wir aßen schweigend. Hinterher bestellte ich zwei Espresso und für mich einen Cognac.

»Siehst du«, frotzelte sie. »Schon wieder Drogen. Glaubst du, Alkohol wäre keine?«

»Amen«, entgegnete ich mit Nachdruck.

Wir mußten beide lachen. Besonders, als sie sich auch noch von einem der Kellner ein Päckchen Zigaretten bringen ließ.

»Hör damit auf, ja?« versuchte ich ihr ein Versprechen abzuringen.

»Womit? Mit dem Rauchen?«

»Du weißt schon, was ich meine.«

»Okay«, schlug sie vor. »Machen wir einen Deal. Ich nehme ab sofort keine Muntermacher und keine Schlaftabletten mehr, wenn du ab sofort mit dem Trinken aufhörst.«

Sie schaute mich herausfordernd an. Ich tippte mit meinem Zeigefinger an meine Stirn.

»Sehr charmant«, meinte der Kellner lachend, als er mir in diesem Augenblick diskret die Rechnung zuschob.

Ich fuhr Chris nach Hohenfelde zurück und blieb noch auf einen Kaffee in ihrer Wohnung. Ich versuchte, mich an das Chaos zu erinnern, das hier vor ein paar Tagen geherrscht hatte. Ob sie diese Unordnung vielleicht doch selbst verursacht hatte? Ich beschloß, gleich morgen früh bei Heinz anzurufen und ihn zu fragen, ob es da Zusammenhänge geben konnte. Vorstellbar schien das schon, denn wenn jemand nicht einmal mehr nachvollziehen konnte, wie er auf eine Parkbank im Stadtpark gekommen war, dann würde ihm bestimmt zuzutrauen sein, daß er unter dem Einfluß etwaiger Drogen auch seine Wohnung verwüstete und von alldem hinterher ebenfalls nichts mehr wußte. Vielleicht waren diese Stimmungsmacher auch Schuld für ihre erotische Anmache gewesen. An diesem Abend jedenfalls verabschiedete sie sich ganz normal von mir und gab mir zum Abschied nur einen flüchtigen Kuß auf die Wange.

Als ich über die Straße zu meinem Wagen gehen wollte, raste in dichtem Abstand ein Motorrad an mir vorbei. Fluchend machte ich einen Satz zurück. Mit auf dem nassen Asphalt jaulenden Reifen und mit steil angehobener Vorderradgabel beschleunigte die Geländemaschine und jagte anschließend stadtauswärts.

Zurück in meinem Apartment schaltete ich noch einmal den Fernseher ein und sah mir die Spätnachrichten an. Stein ließ sich regelrecht auf der Zunge zergehen, daß Sylvia Stockhausen nicht nur Rechtsberaterin einer ins Gerede gekommenen italienischen Import-Export-Firma war, sondern schon seit längerem als eine Art Vorstandsmitglied für Rechts- und Steuerangelegenheiten fungierte. Ein weiterer Hinweis elektrisierte mich jedoch noch viel mehr. Journalisten des Senders hatten recherchiert, daß das in Genua ansässige Stammhaus dieser Import-Export-Firma seinerzeit auch in den Steuerskandal um den geflüchteten Baulöwen Gerhard Schreier verwickelt war. Die unter mysteriösen Umständen ums Leben gekommene Carmen Döring hatte diese Querverbindungen lange vor ihrem gewaltsamen Tod aufgedeckt. Warum sie die Enthüllungen nicht preisgab, konnte man sich im Sender nur damit erklären, daß Carmen Döring wieder einmal in einer ihrer Sendungen zwecks Steigerung der Einschaltquoten diese Recherche als medienwirksame Bombe platzen lassen wollte. Ich schluckte trocken. Ob sich ihre letzte journalistische Bombe letztlich für sie selbst als tödlich erwiesen hatte?

Wie würde sich wohl Gerd Kröger entscheiden, wenn seine Geliebte immer mehr in diese steuerstrafrechtliche Abseitsfalle geriet? Konnte er es sich leisten, sie dann noch zu heiraten? Arme Sylvia. Schluß mit dem Traum einer deutschen Hillary Clinton! Vor dem noch laufenden Fernseher schlief ich schließlich ein.

Als das Telefon klingelte, war ich mit einem Schlag hellwach. Ich riß die Augen auf, erhob mich und stolperte zum Apparat. Ich nahm den Hörer ab und schaute unwillkürlich auf das Zifferblatt meiner GMT-Master. Mitternacht schon lange durch. Wer zum Teufel mochte das sein? Ich meldete mich. Alles, was ich hörte, war ein Klicken am anderen Ende der Leitung. Mein Gegenüber hatte aufgelegt. Leise vor mich hinfluchend legte ich den Hörer auf die Gabel zurück. Mein Rücken schmerzte und mein Kopf tat mir weh.

Ich warf gerade meine Jeans über die Stuhllehne, als sich das Telefon erneut rührte. Ich stolperte zurück zum Apparat und nahm das Gespräch auf.

»Stockhausen«, meldete ich mich.

Am anderen Ende vernahm ich nur ein Keuchen.

»Hallo, verdammt noch mal!« schimpfte ich in die Muschel. »Melden Sie sich endlich. Wissen Sie eigentlich, wie spät es ist?«

Plötzlich vernahm ich ein lautes Würgen, dem ein Husten und wieder das Keuchen folgte. Scheinbar übergab sich gerade jemand am Telefon. Ich wollte schon auflegen, als mich jemand rief.

»Claus-Peter«, keuchte die Stimme.

»Wer zum Teufel spricht da?« rief ich zornig in den Telefonapparat.

Wieder ertönte das Keuchen und Würgen.

»Also, wenn Sie sich jetzt nicht endlich zu erkennen geben, dann lege ich wirklich auf«, drohte ich.

»Claus-Peter!« stöhnte die Stimme.

O Gott, schoß es mir durch den Kopf. Das durfte doch nicht wahr sein! Die Stimme am anderen Ende der Leitung klang nach Christiane Körber. Entweder war ihr übel, oder sie war high wie ein Hippie beim Woodstockkonzert. Oder beides auf einmal.

»Chris!« schrie ich in den Hörer. »Zum Teufel, was ist los mit dir? Wo steckst du?«

»Ich ... Claus-Peter ... Ich kann nicht ...« Ihr Reden klang wie ein Murmeln.

»Chris! Verdammt noch mal, Chris!« Meine Stimme überschlug sich beinahe.

»Sag mir endlich, wo du steckst. Ich komme zu dir. Ich helfe dir! Ich verspreche es dir!«

»Claus-Peter, bitte! Du mußt mir helfen! Sie sind hinter mir her!« Sie sprach so undeutlich, daß ich sie kaum verstand.

Ihre Stimme wurde schwächer.

»Chris!« schrie ich in die Muschel. »Chris! Kleines! Wer ist hinter dir her? Chris! Sag mir endlich, wo du steckst! Bist du zu Hause?«

»Claus-Peter! Ich kann nicht mehr! Oh, Claus-Peter, ich habe solche Angst! Die beiden Kerle haben mich ...«

»Wovor hast du Angst? Was ist mit den Kerlen? Wo steckst du?«

»Ich bin ... Ich bin bei ... Oh, Gott! Mir ist so schlecht! Ich bekomme keine Luft mehr!«

Irgend etwas polterte in der Leitung. Ich lauschte. Doch alles, was ich noch hörte, war ein Klicken. Das Telefon mußte ihr aus der Hand geglitten sein. Vermutlich war der Hörer auf die Gabel gefallen.

Ich legte auf und rief bei Christiane in der Wohnung an. Der Ruf ging durch, doch niemand hob ab. Mit dem Telefon unter dem Arm rannte ich ins Schlafzimmer, sprang in meine Jeans und schob mich in ein dunkles Sweatshirt. Während ich krampfhaft den Hörer zwischen Kinn und Schlüsselbein zu halten versuchte, schlüpfte ich in meine Tennisschuhe und suchte nach meiner Brieftasche. Als sich immer noch niemand meldete, warf ich den Telefonapparat in die Ecke und rannte hinunter auf die Straße. Mein Wagen stand um die Ecke geparkt. Ich kletterte auf den Fahrersitz und steckte den Zündschlüssel in das Lenkradschloß. Mit einer kräftigen Handbewegung drehte ich ihn in die Startposition. Verwundert ließ ich ihn wieder los. Der Anlasser rührte sich nicht. So etwas hatte ich bei dem Wagen noch nie erlebt. Ob es eisig kalt war, nebelig oder heiß wie in der Sahara, sonst sprang er gewöhnlich auf die erste Schlüsseldrehung hin an. Ich versuchte nochmals zu starten, doch die automatische Anlaßwiederholsperre verhinderte mein Vorhaben. Also drehte ich den Schlüssel wieder ganz zurück bis zum Anschlag, um es erneut zu versuchen. Noch bevor die Kontrolleuchten aufflackerten, wurde die Fahrertür aufgerissen. Zwei kräftige Arme packten mich und rissen mich vom Fahrersitz. Ich war so überrascht, daß ich im ersten Moment keine Gegenwehr leisten konnte. So gelang es dem Angreifer, mich in einen Judogriff zu nehmen und aus meinem Wagen zu zerren. Anschließend packte mich die Gestalt fest am Kragen meiner Jacke und zerrte mich mitten auf die Fahrbahn. Erst nach endlos langen Sekunden wurde mir bewußt, daß mich jemand entweder entführen oder umbringen wollte.

Ich begann mich zu wehren und strampelte wie wild herum. Doch mein Einsatz zeigte ziemlich wenig Wirkung, da ich immer noch in dem fernöstlichen Kampfgriff steckte und zudem auch noch auf dem Rücken lag. Plötzlich warf sich die Gestalt auf mich. In diesem Moment schien der Himmel zu explodieren. Eine ohrenbetäubende Druckwelle wirbelte über mich hinweg. Danach folgte ein heißer Schwall aus reinem Feuer. Nur der Gestalt, die über mir lag, war es zu verdanken, daß ich in meiner Stoffkleidung nicht unmittelbar zu brennen begann. Instinktiv hielt ich die Augen fest geschlossen. Trotzdem begannen helle Sterne auf meiner Netzhaut zu flimmern, so hell war der Blitz, der dem Feuerschwall voranging. Der eigentliche Knall der Explosion war nicht so laut. Ich hörte nur ein entferntes Knistern und Fauchen. Nachdem der erste Feuerschwall über mich hinweg gefegt schien, richtete sich die Gestalt auf. Im Licht des hellgelb flackernden Feuers erkannte ich, daß sie eine Motorradledermontur und eine schwarze Sturmhaube trug, die nur Augen und Mund offen ließ. Ich versuchte den Kerl zu packen, aber er hatte sich geschickt abgewandt und stolperte davon. Ich rollte mich auf den Bauch. Ich drehte mich ziemlich angeschlagen auf Knien und Händen kauernd um.

Mein Wagen, der in der Nähe des Hauseingangs geparkt stand, brannte lichterloh. Gelbrote Flammen schlugen prasselnd und fauchend aus dem Innenraum heraus. Mindestens drei Meter schossen sie durch die zerborstenen Scheiben in den nachtschwarzen Himmel hinauf. Fassungslos starrte ich auf das völlig zerstörte Fahrzeug. Warum hatte jemand mein Auto angesteckt? Und wer war dieser Kerl, der mich aus dem Wagen gezerrt hatte?

Immer noch auf allen Vieren kauernd, hob ich den Kopf und starrte in die Richtung, in die sich der Maskierte davongemacht hatte. Plötzlich vernahm ich das Röhren eines Motorradmotors. Ich schaute auf. Der Maskierte hielt den Lenker der schweren Geländemaschine umfaßt und gab kräftig Gas. Gleichzeitig fuhr sein linker Fuß auf der Fußraste herunter. Laut klackend rastete der Gang ein, der Motor heulte auf und mit aufsteigendem Vorderrad preschte der Maskierte davon.

Ich erhob mich stöhnend. Das Wrack der ehemaligen Mittelklasselimousine brannte immer noch lichterloh, die Flammen schienen bis in den Himmel schießen zu wollen. Verdammt, fuhr es mir durch den Kopf. Ich hatte erst gestern aufgetankt. Instinktiv rannte ich los und ließ mich auf der gegenüberliegenden Straßenseite hinter einen Kleinbus fallen. Keine Sekunde zu früh, denn hinter mir explodierten mit einem Schlag annähernd 80 Liter Superbenzin. Die Druckwelle war unbeschreiblich. Die Kofferraumhaube flog sirrend durch die Luft und bohrte sich durch die Scheibe eines anderen geparkten Wagens. Die Stichflamme, die der Explosion folgte, schoß bis in Höhe des zweiten Stockwerks. Erst jetzt merkte ich, daß mein Atem stoßweise und keuchend ging. Lichter in den Nachbarwohnungen flammten auf. Leute rissen die Fenster auf und beugten sich vor. Laute Stimmen wurden hörbar. Die ersten Schaulustigen betraten die Straße.

Ich dachte nach. Was sollte ich jetzt tun? Auf die Feuerwehr warten? Im Normalfall wäre es das Vernünftigste gewesen, aber ich dachte plötzlich wieder an Chris. Die kleine Chris, die anscheinend in ihrer Wohnung in ernsten Schwierigkeiten steckte. Hier konnte ich sowieso nichts mehr ausrichten. Wichtiger schien es mir erst einmal, mich um Chris zu kümmern. Ich erhob mich und huschte im Schutze der geparkten Fahrzeuge in die nächste Seitenstraße. Auf der Ost-West-Straße erwischte ich ein Taxi, das mich nach Hohenfelde brachte.

Der Taxifahrer starrte mich erst mißtrauisch an. Ich schaute an mir herunter. Ich sah wohl aus wie aus einem Horrorfilm. Alles an mir schien zerrissen und angesengt. Ich fuhr mir mit der Hand über den Kopf. Auch von meinem Haarschopf fehlte einiges. Erst als ich dem Mann hinter dem Lenkrad einen Fünfziger in die Hand drückte, war er bereit mich zu fahren. Während ich auf dem Rücksitz des Taxis kauerte, versuchte ich meine überstürzenden Gedanken zu ordnen. Jemand hatte mein Auto angezündet. Aber warum? Und wer war der Typ auf dem Motorrad? Das war doch kein Zufall gewesen! Erst der Wagen, der nicht anspringen wollte und schließlich die Explosion. Diese ohrenbetäubende Explosion, der diese Feuerwalze folgte. Eine Autobombe! Es mußte sich um eine Bombe handeln. Jemand hatte versucht, mich in meinem Wagen in die Luft zu jagen. Ich war nicht reich, mein Apartment mit Hypotheken belastet. Die *Concordia* gehörte Walter. Wer also, um alles in der Welt, hatte ein Interesse daran, mich in die Luft zu sprengen? Gut, es gab Regattagegner, wie zum Beispiel Le Duc und Whitborough. Aber die waren sicherlich nicht zu solch einem Verbrechen fähig. Es gab freilich Konkurrenz unter freien Unternehmern, die ebenfalls berufsmäßig Boote überführten, aber brachte man einen Kollegen um, nur um sich Marktanteile zu sichern? Ich stand vor einem Rätsel. Ich konnte mir absolut keinen Reim darauf machen, wer mir ans Leder wollte und warum.

Nach einer Viertelstunde hielt das Taxi vor dem alten Mietshaus. Ich stieg aus und sagte dem Fahrer, er möge warten. Ich erklärte ihm, daß ich nur rasch nachschauen wollte, ob eine Bekannte zu Hause sei. Mich nach allen Seiten umsehend rannte ich über die regennasse Straße und sprang die Treppe zum Hauseingang empor. Ich drückte den Klingelknopf. Nichts tat sich. Der Taxifahrer starrte interessiert in meine Richtung. Ich winkte ihm mit der Hand. Schließlich drückte ich erneut auf die Klingel. Ich hörte das Schnarren bis auf die Straße hinunter. Wahrscheinlich hatte Chris ein Fenster offen gelassen. Die Eingangstür schwang unter dem Druck meiner Schulter quietschend auf. Sie war anscheinend nicht ins Schloß gezogen worden. Ich betrat das Treppenhaus und rannte die Treppe in das zweite Stockwerk nach oben. Vor Christianes Wohnungstür blieb ich stehen und drückte energisch auf die Klingel. Als sich nichts tat, begann ich gegen die Türe zu trommeln und rief ihren Namen. Plötzlich wurde eine Türe aufgerissen. Eine Frau im Nachthemd starrte mich an und wich erschrocken zurück.

»Was soll das?« rief sie angsterfüllt. »Was machen Sie hier? Ich rufe die Polizei.«

»Hören Sie«, rief ich in ihre Richtung. »Wissen Sie, ob Frau Körber zu Hause ist?«

»Nein«, rief die Stimme hinter der zugezogenen Wohnungstür. »Verschwinden Sie auf der Stelle, oder ich hole die Polizei.«

In diesem Augenblick wurde eine weitere Türe aufgerissen. Ein älterer Mann erschien und lugte neugierig aus dem Türbogen hervor. In diesem Moment verlosch das Licht.

»He, was soll das?« stieß der Mann aus und suchte nach dem Lichtschalter.

Ich tat dasselbe. Unsere Hände berührten sich. Er stieß einen Schrei aus und wich zurück.

»Ich bekam eben einen Anruf von Frau Körber«, sagte ich, als das Licht wieder aufflammte. »Sie klang so, als würde sie Hilfe benötigen. Haben Sie eine Ahnung, ob sie zu Hause ist?«

Der Ältere schaute mich genauso mißtrauisch an wie der Taxifahrer. Ich hinterließ in meinen zerrissenen und angesengten Sachen und mit dem verbrannten Haaransatz wohl wirklich keinen vertrauenerweckenden Eindruck.

»Sie sind nicht von der Wohnungsbaugesellschaft?« fragte der Mann.

»Nein, zum Henker«, erwiderte ich.

»Wissen Sie, die wollen uns hier heraus haben«, erläuterte der Hausbewohner.

»Ja, davon habe ich gehört«, wich ich aus.

Alles, worauf ich jetzt verzichten konnte, war eine Diskussion über das Für und Wider von Altbausanierungen.

»Hören Sie, guter Mann«, stieß ich aus, »ich möchte nur wissen, ob Frau Körber zu Hause ist.«

Der Mann wich einen Schritt zurück. Seine Hand lag bereits auf der Klinke seiner Wohnungstür.

»Wenn sie nicht öffnet, wird sie wohl auch nicht zu Hause sein. Oder sie wird einen Grund haben, Ihnen nicht öffnen zu wollen. Ich denke, es wäre besser, Sie würden verschwinden. Wir wollen jetzt alle wieder schlafen.«

»Polizei kommt gleich!« rief eine Stimme hinter einer verschlossenen Türe.

Ich überlegte. Was sollte ich tun? Mit der Polizei diskutieren, warum ich hier eingedrungen war? Warum ich total heruntergekommen aussah und warum ich nicht bei meinem brennenden Auto geblieben war? Ich wußte ja selbst nicht, wie es zu der Explosion gekommen sein konnte. Inzwischen kamen mir Zweifel, ob sich Christiane überhaupt in ihrer Wohnung aufhielt. Wenn Sie überfallen worden wäre, hätten ihre Nachbarn, ängstlich wie die waren, bestimmt schon längst die Polizei verständigt. Nein, mit einemmal war ich sicher, Chris befand sich ganz woanders.

Im gleichen Moment raffte ich mich auf, murmelte eine Entschuldigung und rannte die Treppe wieder hinunter. Unten wartete zum Glück immer noch das Taxi. Ich öffnete die Tür hinter dem Fahrer und ließ mich auf die Sitzbank im Fond fallen.

»Wohin?« fragte der Fahrer.

»Ich weiß noch nicht«, antwortete ich. »Fahren Sie erst einmal los. Ich sage Ihnen schon wohin.«

»Lassen Sie erst noch'n Fünfziger herüberwachsen«, forderte er mich ziemlich barsch auf.

Ich zog meine Brieftasche hervor und gab ihm das Verlangte. Mit meinem Fahrer wollte ich in diesem Moment nicht diskutieren. Der Mann fuhr los. Unwillkürlich starrte ich aus dem Heckfenster, um festzustellen, ob uns jemand beobachtete.

»Nervös?« lachte der Taxifahrer und schob sich seine Zigarette in den anderen Mundwinkel.

»Habe mir schon gedacht, daß bei Ihnen etwas nicht stimmt.«

»Wie kommen Sie denn darauf?« fragte ich müde.

»Ganz einfach«, lachte der Mann. »In der Nähe des Häuserblocks, wo ich Sie aufgelesen habe, ist vor einer halben Stunde ein Auto explodiert. Das gaben sie gerade über Funk durch.«

»Und?« fragte ich. »Welche Schlußfolgerungen ziehen Sie daraus?«

»Daß Sie anscheinend ganz schön in der Scheiße stecken, alter Freund«, knurrte er. »Aber das ist mir egal.

Zumindest, solange Sie zahlen. Also, wo soll's nun wirklich hingehen?«

Ich überlegte. Am besten würde es sein, wenn ich wieder zurück in meine Wohnung fuhr. Vielleicht war der Brand schon gelöscht und die Feuerwehr abgerückt. Was aber sollte ich der Polizei sagen?

Mir kam eine Idee. Am vernünftigsten würde es sein, wenn ich mir erst einmal auf der *Concordia* frische Sachen anzog. Dann konnte ich mich bei der Polizei melden. Vielleicht gelang es mir sogar, den Ahnungslosen zu spielen. Ich wußte nicht warum, aber ich wurde das Gefühl nicht los, daß man mir wegen der Autobombe und wahrscheinlich auch wegen meines überstürzten Besuchs bei Chris noch eine Menge bohrender Fragen stellen würde. Ich lehnte mich in den Sitz zurück und teilte dem Fahrer mein gewünschtes Ziel mit.

Die Steglampen leuchteten nur matt und schafften es kaum, die nassen, schwarzbraunen Planken des sich im Schwell der Elbe sanft auf und ab bewegenden Schlengels zu erhellen. Ich blickte zum wiederholtenmal zurück, um sicherzugehen, daß mir auch wirklich niemand folgte. Auf halbem Wege war ich mir plötzlich gar nicht mehr so sicher, ob meine Idee, mich auf die *Concordia* zurückzuziehen, richtig war. Würde mir dort jemand ans Leder wollen, saß ich am Ende der Steganlage wie in einer Rattenfalle. Dann blieb mir, um einem Angreifer auszuweichen, nichts mehr anderes übrig, als ins Wasser zu springen. Doch welche Wahl blieb mir? In meine Wohnung wollte ich in meinem Zustand nicht, und Hotelportiers hätten aller Wahrscheinlichkeit nur tausend dumme Fragen gestellt. Wenn sie nicht gleich die Polizei informierten. Auch das Bekleidungsproblem wäre letztlich nicht gelöst gewesen. Also blieb als letzte Zuflucht in der Tat wirklich nur noch die *Concordia* übrig. Erneut blickte ich mich um. Meine Schritte hallten auf den nachgebenden Holzplanken. Ich bemühte mich, meine Schuhe vorsichtig aufzusetzen. Obwohl die Sohlen der Tennisschuhe die Schritte verschluckten, schien es mir, als würde ich mit Lederabsätzen über den Steinfußboden einer Bahnhofshalle steppen. Endlich hatte ich den parallel zur Elbe liegenden Steigerteil erreicht. Ich schaute mich um. Die *Concordia* dümpelte ruhig im Hafenwasser. Ein Containerfrachter quälte sich elbauf. Er wurde von zwei laut brummenden Schleppern bugsiert. Auf der gegenüberliegenden Seite konnte man bei Blohm & Voss Arbeiter sehen, die mit hellblau leuchtenden Schneidbrennern zu Werke gingen. Um mich zu beruhigen, atmete ich tief diese eigentümlich nach Modder, Brackwasser und Dieselöl riechende Nachtluft ein. Vorsichtig setzte ich einen Fuß auf das Schanzkleid des Schoners. Ich vernahm ein deutliches Knacken, das von rechts herkam. Starr richteten sich meine Nackenhaare auf. Mit klopfendem Herzen verharrte ich in der Bewegung. Doch das einzige, was ich anschließend vernahm, war das Rauschen meines Blutes in meinen Ohren und das dumpfe Pochen meiner Schläfenschlagader. Ich blickte nach unten und suchte den Grund für das Geräusch. Vermutlich hatte sich nur das Gelenk zwischen den einzelnen Stegsegmenten im Schwell bewegt.

Erneut setzte ich einen Fuß auf das Schanzkleid, ergriff den hölzernen Seezaun und zog mich auf das Seitendeck empor. Vorsichtig Schritt vor Schritt setzend, schlich ich im Schutze der Dunkelheit zum Kajüteingang. Am Niedergang blieb ich stehen und verharrte eine Weile. Dabei blickte ich mich nach allen Seiten um. Ich wollte absolut sichergehen, daß mir keiner folgte. Erst einmal im Innern der *Concordia* angelangt, hätte ich keine Chance mehr gehabt zu flüchten.

Ich suchte nach den Schlüsseln für den Eingang. Plötzlich erinnerte ich mich, daß das Schlüsselbund in meinem ausgebrannten Wagen lag. Verdammt! Wie kam ich jetzt in den Innenraum der *Concordia* hinein? Ich überlegte. Werkzeug befand sich nicht an Deck. Die anderen Boote am Steiger waren zu dieser Jahreszeit unbewohnt. Gastlieger, die ich hätte fragen können, hielten sich momentan auch nicht im Sportboothafen auf. Die beiden Klapptüren vor dem Niedergang waren zudem so stabil, daß man sie nicht so ohne weiteres ohne Brechstange aufhebeln konnte. Mißmutig rüttelte ich an einer der Türen. Sie schwang auf.

Verdutzt wich ich einen Schritt zurück. Hatte ich schon wieder vergessen, die *Concordia* abzuschließen, oder war jemand an Bord eingebrochen? Ich untersuchte die Türen und das Schloß. Alles machte auf den ersten Blick einen unbeschädigten Eindruck. Mit Gewalt schien sich jedenfalls keiner auf dem Schoner Einlaß verschafft zu haben. Langsam und vorsichtig kletterte ich die Treppe hinunter und blieb im Salon stehen. Ein merkwürdiges Gefühl überkam mich. Auf der *Concordia* hatte ich mich stets heimisch gefühlt. Heimischer als auf manch einer der Nobelyachten meiner Kunden. Manchmal sogar heimischer als in meiner Wohnung. Das gediegene Holz, der Geruch nach Leim, Firnis und Petroleum, das von mir über die Jahre hinweg gepflegte Interieur, das alles machte sie mir zu meiner zweiten Heimat, zu meinem zweiten Wohnsitz. Ich dachte stets, daß ich eher mein Apartment aufgegeben hätte als meine Eignerkoje auf der *Concordia*. Warum zum Teufel war ich so nervös? Wieso kam es mir vor, als müßte mir ständig ein Schauer den Rücken hinunterlaufen? Wahrscheinlich lag es daran, daß meine Nerven seit dem nächtlichen Anruf von Chris und der Explosion meines Wagens vollkommen blank lagen. Plötzlich wollte ich nur noch frische Sachen aus dem Schapp nehmen und dann ab in die anonyme Geborgenheit eines Hotels. Wo ich endlich wieder unter Menschen kam. Verdammt, verdammt! Was hatte sich denn bloß so verändert, daß mir sogar die *Concordia* plötzlich fremd und feindselig vorkam?

Ich knipste die elektrische Beleuchtung über dem Kartentisch an und kletterte anschließend durch den niedrigen Gang nach achtern in die Eignerkajüte. Bildete ich es mir ein, oder roch es hier auf einmal so merkwürdig? Erneut kroch ein eisiger Schauer über meinen Rücken. Das durfte doch nicht wahr sein! Ein Gasleck auf dem Schoner. Jetzt bloß keine Lampe anmachen! Doch dann fuhr mir ein Gedanke durch den Kopf. Gasleck! Welch ein Quatsch! Wenn es auf dem Schoner tatsächlich ein Gasleck gab, dann wäre das Ding spätestens beim Anschalten des Lichts über dem Kartentisch in die Luft geflogen. Meine Güte, warum benahm ich mich denn plötzlich wie ein Feigling? Doch dann mußte ich wieder an diesen schrecklichen Alptraum denken, in dem Veronica mitsamt der *Concordia* verbrannt war.

Meine Hand schoß vor, aber ich verharrte in der Bewegung. Warum ein Risiko eingehen, beruhigte ich mich. Nach dem Leck, sollte es vielleicht doch existieren, konnte ich immer noch forschen, und in meinen Schapps fand ich mich auch im Stockdunkeln zurecht. Mit zitternden Händen suchte ich mir meine Cowes, ein paar Hemden, einen Pullover, Unterwäsche und eine Segeljacke aus den Kleiderschränken und Schubladen. Schuhe. Wo befanden sich meine Docksides? Während ich überlegte, kletterte ich vorsichtig und nach allen Seiten schnüffelnd in den Salon zurück. Im Licht der Kartentischlampe streifte ich mir die Jeans und die ziemlich ramponierte Jacke ab. Dann schlüpfte ich in die rotbraune Baumwollhose und in meinen Pullover.

Normalerweise befanden sich meine Bootsschuhe immer am Fuß des Salontisches, doch heute standen sie aus irgendeinem unerfindlichen Grund nicht an ihrem Platz. Ein beinahe unmerkliches Quietschen und ein sich anschließendes Klacken von Metall auf Metall ließ mich zusammenfahren. Mein Puls jagte schon wieder in die Höhe. Kalter Schweiß rann aus meinen Achselhöhlen, meine Knie gaben nach, so daß ich unwillkürlich einen Schritt zur Seite machte. Wieder ertönte das Klacken. Ich drehte mich um und lauschte angestrengt in die Nacht. Doch alles, was ich vernahm, war das Rauschen des Windes in der Takelage und das sanfte Schmatzen der Tidenströmung an der Rumpfbeplankung. Als das Quietschen erneut ertönte, schlugen meine Zähne ganz kurz aufeinander.

»Verdammt, wer ist da?« rief eine Stimme in die Nacht. Ich hatte sie schon einmal gehört. Sie klang verdammt zittrig. Es war meine.

Es blieb still. Nur das sanfte Plätschern des Elbwassers und das Rascheln einer Flagge im Rigg drang bis in die Kajüte hinein. Ich wirbelte herum. Meine Nackenhaare standen steil nach oben gerichtet. War da nicht eben eine Bewegung? Hatte sich da nicht irgend etwas im Halbschatten bewegt? Mein Atem ging stoßweise. Das Blut pochte wie ein Walzwerk in anscheinend viel zu dünnen Adern. Als das Klacken wieder ertönte, fiel mein Blick auf die Tür zur Vorpiek. Erleichtert stieß ich die lange angesammelte Luft aus den Lungen. Die Türe war nicht im Schloß eingerastet. Die leichten Schiffsbewegungen reichten wohl aus, daß sie sich ganz leicht hin und her bewegte und mit dem Schnäpper dabei ab und zu gegen die metallene Schloßeinfassung stieß. Ich schüttelte den Kopf und ging nach vorne, um das Schott richtig zu verschließen. Plötzlich bemerkte ich einen merkwürdigen Geruch. Parfum. Das kann doch nicht sein, schoß es mir durch den Kopf, während ich die Tür zur Vorschiffskabine aufriß. Drinnen herrschte stockfinstere Dunkelheit. Ich suchte nach dem Lichtschalter. Die beiden Soffittenlampen flammten auf. Mein Schrei mußte bis zum Kai hinauf zu hören gewesen sein.

# 21

Eiskalter Schweiß floß meinen Rücken hinunter. Verzweifelt versuchte ich beiden Händen Einhalt zu gebieten und meinen Herzschlag unter Kontrolle zu bringen. Aber meine Hände rissen immer noch an dem vom Feuer versengten Haarschopf, während mein Herz, scheinbar völlig außer Kontrolle geraten, ständig versuchte, aus dem Brustkorb zu springen. Doch genausowenig gelang es mir, den Blick von der Gestalt abzuwenden, die dort verkrümmt und mit verdrehten Armen und Beinen auf der Backbordkoje lag. Es war eine junge Frau mit weit aufgerissenen Augen und beinahe obszön geöffnetem Mund. Ihre Augen schimmerten schwarz. Die Pupillen waren so geweitet, daß man den Farbkranz der Iris nicht mehr erkennen konnte. Eine angeschwollene und merkwürdig blau verfärbte Zunge hing ihr über die Lippen. Sie starrte zu mir auf, als wollte sie mir noch irgend etwas sagen, als erwarte sie, daß ich ihr Trost zusprach. Aber das hätte wenig Zweck gehabt. Sie hätte es nicht mehr gehört.

»Chris!« schrie ich wie von Sinnen, und obwohl ich begriff, daß sie längst tot war, versuchte ich dennoch instinktiv, sie aufzurütteln.

»Chris!« schrie ich erneut. »Chris! Verdammt, Chris! Komm zu dir! Ich bin es! Claus-Peter!«

»Sie wird dich nicht mehr hören«, murmelte hinter mir eine Stimme.

Ein eisiger Schauer ließ mich in der Bewegung erstarren und meine ohnehin schon bis zum Zerreißen gespannten Nerven noch sirrender vibrieren. Ich wirbelte herum. Im Hintergrund der Kajüte stand im Schlagschatten der einzigen brennenden Innenraumleuchte eine etwa einen Meter achtzig große Gestalt. Sie war kräftig und muskulös, und sie trug eine Lederkombi, so wie sie gewöhnlich Motocrossfahrer auf ihren Geländemaschinen verwendeten.

»Was treibst du denn hier?«

Die Gestalt in der Motorradmontur trat etwas näher an die Tür zur Vorschiffskabine heran und warf einen abschätzenden Blick auf die Tote. Ich versuchte derweil verzweifelt, meinen Körper wieder in den Griff zu bekommen, obwohl mein Puls mit bestimmt 200 Schlägen pro Minute das Blut geradezu gnadenlos durch scheinbar viel zu dünne Gehirnwindungen preßte.

»Wie bist du hier hereingekommen?« flüsterte ich heiser.

»Durch den Niedergang«, erhielt ich als Antwort.

»Ich habe dich nicht gehört.«

»Du hast laut genug geschrien.«

Ein eiskalter Verdacht überkam mich. Ich schaute auf. Die Gestalt wich zurück in den Salon. Ich folgte ihr. Meine Muskeln spannten sich. Ich setzte einen Schritt zurück, um mich im entscheidenden Moment abzustoßen. Mit aller Kraft drückte ich mich vom Boden ab, um mich auf den Eindringling in der Motorradkombi zu stürzen. Bereits im Sprung stellte ich fest, daß meine Reaktion für meinen Gegner nicht überraschend genug gekommen war. Mein Gegenüber wich genauso geschickt wie ein Torero beim Angriff des Kampfstieres zur Seite aus und ließ dabei meinen Vorstoß glattweg ins Leere gehen. Ich strauchelte, rappelte mich auf dem glatten Holzboden des Innenraumes wieder auf und stieß dabei gegen den Salontisch. Knurrend und wegen meines schmerzenden Kopfes noch gereizter, kam ich wieder auf die Beine. Mein Gegner lehnte sich offensichtlich gelässen gegen den Backherd in der Pantry und erwartete die zweite Angriffswelle. Ich stieß mich ab und stürzte mich erneut auf die Gestalt in der Ledermontur. Diesmal wich sie nicht zur Seite aus, sondern ließ mich genau in einen wohl gezielten Handkantenschlag rennen. Diese Gegenwehr kam für mich so unerwartet, daß ich für den Bruchteil einer Sekunde verblüfft innehielt. Diesen kurzen Moment des Verharrens nutzte mein Gegner, riß das zum Glück durch die Ledermontur gepolsterte Knie nach oben und rammte es mir genau zwischen die Beine. In demselben Moment krachte die andere Handkante auf mein ungeschütztes Genick herunter. Jemand drehte das Licht aus, und ich ging mit einem dumpfen Poltern zu Boden.

Als ich die Augen wieder aufschlug, hatte ich das Gefühl, als wäre mein Körper in eine wild rotierende Betonmischmaschine geraten. Der Schmerz in meinen Eingeweiden war unbeschreiblich, mein Kopf fühlte sich an wie gespalten, und meine Brust schien ein Zaunpfahl ungespitzt durchbohrt zu haben. Stöhnend fuhr ich mit der Hand an meine Stirn. Überrascht öffnete ich die Augen. Auf meinem Schädel lag ein Eisbeutel. Meine Augen suchten im fahlen Licht der Deckenleuchte nach den Konturen vertrauter Umgebung. Ich erkannte nach und nach den Salontisch, die Umrisse der Pantry und den Sockel des Kartentischs zu meinen Füßen. Mein Blick wanderte nach rechts. Schräg hinter mir hockte die Gestalt von eben und tupfte mit einem feuchten Tuch an meinen Augenbrauen herum. Obwohl ich befürchtete, daß mein Schädel platzen müßte, drehte ich mich noch mehr nach hinten. Beim Versuch, mich aufzurichten, zuckte ein heißer Schmerz quer durch meine Schädeldecke. Stöhnend sank ich auf die Salonbank zurück.

»Na, geht's wieder?« fragte Claudia.

Ich überlegte krampfhaft. Ob die segelnde Karatekämpferin wirklich erst das Boot betreten hatte, als ich mich bereits an Bord befand? Oder hatte sie Chris umgebracht, war durch mich gestört worden und hatte sich zunächst irgendwo in der Dunkelheit verborgen? Aber wie hätte Claudia an die Schlüssel herankommen können? Sie befanden sich doch in meinem ausgebrannten Wagen, und die Eingangstüren auf der *Concordia* schienen unversehrt. Welches Motiv hätte sie haben können? Eifersucht vielleicht? Eifersüchtig auf Chris? Eine solche Gefühlsregung konnte ich mir bei der herben Blondine überhaupt nicht vorstellen. Also absurd! Ich starrte sie an. Ihr Gesicht blieb von der Dunkelheit des Salons verschluckt. Und warum in Dreiteufelsnamen hatte sie mich zuerst zusammengeschlagen, um sich sofort danach um mich zu kümmern? Das paßte doch alles nicht zusammen. Und die Motorradkombi. Trug der Kerl, der mich aus dem explodierenden Wagen auf die Fahrbahn gezerrt hatte, nicht auch solch eine Schutzkleidung? Sollte etwa Claudia? Der Schmerz, der unablässig durch mein wundes Gehirn zuckte, schien meine Schädeldecke abheben lassen zu wollen. Ich sank auf das Polster zurück und schloß ergeben die Augen. Es gelang mir einfach nicht mehr, auch nur einen einzigen klaren Gedanken zu fassen.

»He, Claus!« forderte mich die Frau auf. »Keine Zeit zum Einschlafen! Wir müssen hier weg!«

Ihre Stimme klang wie ein gedämpftes Flüstern.

Ich schlug die Augen erneut auf. Ich verstand überhaupt nichts mehr.

»Wir müssen was?« stammelte ich.

»Wir müssen weg!« meinte die junge Frau eindringlich.

Ich richtete mich stöhnend auf. Erst jetzt stellte ich fest, daß das Vorschiff wieder geschlossen war. Ich deutete zu der Tür.

»Und was machen wir mit Christiane? Man hat sie umgebracht. Du hast sie umgebracht. Ich weiß ...«

»Ich habe sie bestimmt nicht umgebracht«, unterbrach mich die Motorradfahrerin. »Aber wir haben jetzt keine Zeit für lange Diskussionen. Wir müssen erst einmal weg von hier.«

»Und was geschieht mit Chris?« begehrte ich auf. Langsam wurde mir Claudia unheimlich.

Die junge Frau erhob sich.

»Sie muß natürlich auch verschwinden! Du mußt mir helfen, Claus!«

Ich kam stöhnend auf die Beine. Meine Eingeweide brannten höllisch. Wer brachte Frauen bloß solche Kampftechniken bei?

»Was hast du vor?« fragte ich sie stöhnend.

Claudia wandte sich von mir ab und öffnete die Tür zum Vorschiff, in dem immer noch die beiden Soffittenlampen brannten. Sie streifte sich wortlos ihre Lederhandschuhe über die Hände und packte dann die Tote unter den Armen. Ohne viel Rücksicht zu nehmen, zerrte sie den toten Körper aus der schmalen Kabine heraus.

»Verdammt, Claudia!« fuhr ich sie an. »Laß sie gefälligst so liegen, wie wir sie vorgefunden haben. Die Polizei ...«

»Die Polizei?« fragte sie kopfschüttelnd. »Es wird keine Polizei geben. Jedenfalls wird sie hier keine Leiche finden.«

»Keine Polizei«, bemerkte ich mit tonloser Stimme. Es kam mir jetzt endgültig so vor, als hätte ich die Kontrolle über die Dinge verloren.

»Natürlich nicht«, keuchte die blonde Athletin, während sie den Leichnam zur Treppe zerrte. »Man würde dir eine Menge unangenehmer Fragen stellen. Warum du nicht bei deinem brennenden Wagen geblieben bist. Warum du nichts anderes im Kopf hattest, als völlig überstürzt zur Wohnung dieser jungen Dame zu fahren und dort die halbe Nachbarschaft aufzuwecken. Man wird dich fragen, warum Chris Körber ausgerechnet bei dir an Bord an einer Überdosis eines starken synthetischen Rauschmittels starb, nachdem erst ein paar Tage zuvor ihr Bruder auf noch mysteriösere Weise und ebenfalls bei dir an Bord ums Leben kam. Man wird dir so viele Fragen stellen, daß du für die nächsten 25 Jahre keine Zeit mehr finden wirst, sie alle zu beantworten. Auch wenn man dir hinter schwedischen Gardinen dafür genug Zeit läßt. Aber die Polizei ist nicht das Hauptproblem. Komm und hilf mir endlich!«

»Was meinst du mit ›nicht das Hauptproblem‹?«

Sie winkte ab.

»Erkläre ich dir später. Nun mach schon! Uns bleibt nur verdammt wenig Zeit! Und nimm die angesengten Klamotten mit. Die müssen verschwinden!«

Mechanisch packte ich die Beine der Toten und zerrte den Leichnam zusammen mit Claudia über die Niedergangstreppe an Deck. Claudia drehte sich nach allen Seiten um und lauschte angestrengt in die Dunkelheit. Schließlich hob sie die Leiche wieder an und trug sie bis zur Reling an der gegenüberliegenden Seite.

»Was hast du vor?« fragte ich erregt.

»Was wohl«, antwortete sie. »Die Leiche muß verschwinden. Die Tide steht günstig. Wir haben ablaufendes Wasser. Vermutlich wird man sie in den Docks finden.«

»Da mache ich nicht mit, Claudia!« stieß ich mit bebender Stimme aus. »Ich beteilige mich doch nicht an einem Kapitalverbrechen. Wenn das herauskommt, dann sitze ich wirklich für den Rest meines Lebens hinter Gittern.«

Claudia winkte energisch ab.

»Unfug! Wenn man sie hier bei dir an Bord findet, dann vielleicht. So wird sie allerhöchstens die Statistik der Drogentoten um einen weiteren Zugang bereichern.«

Sie lachte heiser auf.

»Eine junge Schauspielerin läuft aufgepumpt mit

Rauschgift nachts ziellos umher und stürzt dabei infolge hervorgerufener Atemnot in einem Erstickungsanfall halb besinnungslos in eines der 100 Hafenbecken. Was hat das Dummchen auch schon nachts in den Docks zu suchen? Genauso wird es in den Polizeiberichten stehen. Die Presse wird für diesen Vorfall allenfalls eine Randnotiz übrig haben. Wovor hast du also Angst? Wir beide wissen, daß du es nicht gewesen bist. Die wahren Mörder werden mit Sicherheit nicht zur Kripo rennen. Und wenn schon. Was würde die Mordkommission an Bord der *Concordia* schon Interessantes finden? Vielleicht ein paar Hautschuppen und ein paar Textilfasern. Na und? Du warst mit Christiane gut bekannt. Sie hat dich öfter an Bord besucht. Sich in der Vorpiek ausgeruht. Im übrigen lassen sich Kojendecken auch austauschen. Kein Grund, dich eines Kapitalverbrechens zu bezichtigen. Nun mach schon, Claus. Wir müssen hier weg!«

»Und wenn du sie umgebracht hast?« forschte ich. Meine Stimme klang jedoch müde und deprimiert.

»Claus, bitte«, knurrte die blonde Athletin. »Das glaubst du doch wohl nicht im Ernst! Wann bitte hätte ich sie denn umbringen sollen? Ich habe vor deinem Apartment auf dich gewartet, bin dir zu Christianes Wohnung gefolgt und anschließend wieder bis hierher zurück. Nun mach endlich! Wir müssen verschwinden!«

»Warum, um alles in der Welt, sollte ich von hier verschwinden? Und warum sollte ich dir überhaupt glauben?«

»Meine Güte, Claus! Begreifst du es denn immer noch nicht? Chris ist nicht ihrer grünen Augen wegen umgebracht worden. Aus dem gleichen Grund, warum man dich mit Hilfe einer Autobombe ...«

Sie unterbrach sich.

»Himmel, Herrgott noch mal! Ich habe jetzt wirklich keine Zeit für lange Erklärungen! Wir stehen hier wie auf dem Präsentierteller! So oder so bist du ohnehin der Nächste auf der Liste. Da bin ich absolut sicher, nachdem der Bombenanschlag schiefgegangen ist.«

Widerstrebend und unschlüssig blieb ich am Schanzkleid des schweren, alten Segelschiffes stehen. Als Christianes toter Körper in die Elbe klatschte und langsam vom Sog der Strömung fortgezogen wurde, hatte dies etwas Abschließendes. Als ich Claudia kurze Zeit später folgte, beschlich mich eine seltsame Vorahnung. Würde ich dieses herrliche alte Boot jemals wiedersehen? Oben auf dem Kai sprang Claudia auf ihre Maschine und trat den Kickstarter herunter. Sie deutete mir an, mich hinter sie zu klemmen. Kaum, daß meine Schuhe auf den Rasten Platz fanden, rutschte der Gang auch schon laut knackend ins Getriebe, und die schwere Maschine stob aufheulend davon.

Schon nach wenigen Minuten begriff ich, daß Claudia nicht nur mit einer Segelyacht umzugehen verstand. Eine eigenartige Frau. Obwohl sie mir noch eine Menge Erklärungen schuldig blieb, war ich ihr doch schließlich widerspruchslos gefolgt. Irgend etwas ging hier vor, von dem ich nicht einmal in meinen wildesten Nächten zu träumen gewagt hätte. Etwas Geheimnisvolles und etwas Gefährliches. Claudia hatte sehr ernst geklungen, als sie mir klar machte, daß ich das nächste Opfer sein würde. Ich verstand zwar nicht warum, aber seitdem mein Auto in Flammen aufgegangen und Chris umgebracht worden war, begriff ich, daß es in diesem Augenblick nicht an der Zeit war, Fragen zu stellen. Krampfhaft klammerte ich mich mit der Rechten an Claudias Ledermontur und mit der linken Hand an einem Stahlbügel neben der Sitzbank fest. Das Auspuffgeräusch klang ohrenbetäubend. Ohne auf den Tacho sehen zu können, vermutete ich, daß wir mit mindestens 120 Stundenkilometern stadteinwärts jagten.

Obwohl alle Ampeln rot zeigten, rasten wir mit unverminderter Geschwindigkeit über den Millerntordamm in den Holstenwall hinein. Claudia beschleunigte auf Höchstgeschwindigkeit. Der Auspuff zwischen meinen Beinen dröhnte, während der schwere Sechshundertkubikmotor das Letzte hergab. Langsam wurde mir in meiner dünnen Segeljacke kalt. Ich stieß Claudia an.

»Was?« brüllte sie.

»Warum rast du so?« brüllte ich zurück.

»Wir haben seit zwei Minuten ein Problem.«

»Was für ein Problem?«

»Wir werden verfolgt.«

Trotz der wahnwitzigen Geschwindigkeit versuchte ich, mich vorsichtig umzudrehen. Als mir das nicht gelang, versuchte ich einen Blick durch die beiden Rückspiegel nach hinten zu werfen. Alles, was ich erkennen konnte, waren zwei Scheinwerfer, die uns in einiger Entfernung folgten. Der Abstand zwischen den beiden Lichtquellen wurde breiter. Das Licht nahm an Intensität zu. Also holte der Wagen auf.

»Polizei?« schrie ich.

»Nein!« brüllte Claudia und wich geschickt einem Fußgänger aus, der in diesem Moment den Gorch Fock-Wall überqueren wollte.

»Was dann?« versuchte ich den Lärm der Maschine zu übertönen.

»Denk mal an Günter Gockel«, antwortete sie.

Ein eisiger Schauer rann mir den Rücken hinunter. Woher wußte sie von Günter Gockel, dem Mann, der einem Verkehrsunfall zum Opfer gefallen war? Sollten unsere Verfolger …? Ich wagte den Gedanken nicht zu Ende zu führen.

Kurz bevor wir die Esplanade mit dem Parkstreifen zwischen den Fahrbahnen erreichten, hatten unsere Verfolger ziemlich aufgeschlossen. Der unbekannte Verfolger näherte sich immer mehr dem Motorrad. Plötzlich verspürte ich von hinten einen derben Stoß und ein helles Quietschen.

»Verdammt!« schrie Claudia auf. »Diese Saukerle!«

Ich vermutete, daß uns der Verfolger hinten aufgefahren war, entweder um uns zum Anhalten zu bewegen oder um uns von dem Motorrad zu katapultieren. In diesem Moment riß Claudia die Maschine mit einem energischen Schlenker nach links. Mit unverminderter Geschwindigkeit rasten wir zwischen den auf dem Mittelstreifen geparkten Autos dahin, während uns ein dunkler Geländewagen parallel dazu auf der Fahrbahn folgte. Mir fiel auf, daß die Fahrertür eingedrückt war. Plötzlich duckte sich Claudia tief auf den Tank hinunter.

»Was ist los?« brüllte ich.

»Die Schweine haben gerade auf uns geschossen«, antwortete die Fahrerin.

Am Ende der Esplanade mußten wir uns entscheiden. Entweder geradeaus über die Lombardsbrücke am Nordufer der Binnenalster entlang oder irgendwohin abbiegen. Entlang der Binnenalster würden wir eine prächtige Zielscheibe abgeben. Das ahnte wohl auch Claudia, die kurz vor Erreichen der großen Kreuzung Gas wegnahm. Die hintere schwarzgetönte Scheibe des dunklen Geländewagens war ein Stück heruntergekurbelt. Der Lauf einer Waffe mit Schalldämpfer schaute hervor.

»Halt dich fest!« schrie Claudia und gab Gas.

Die Vorderradgabel stieg in die Höhe, während die schwere Geländemaschine voll beschleunigte. Gleichzeitig spürte ich in meiner Hüfte einen heißen, brennenden Schmerz. Verdammt, schoß es mir durch den Kopf. Sie haben mich erwischt! Claudia schien von alledem nichts mitbekommen zu haben, denn sie schoß hinter der Ampel in halsbrecherischer Schräglage noch vor dem ebenfalls beschleunigenden Wagen vorbei und bog in den Neuen

Jungfernstieg ein. Vermutlich hoffte sie, daß man uns nicht gerade vor dem Vier Jahreszeiten abknallte. Der Schmerz in der Hüfte nahm zu, doch ich klammerte mich mit eisernem Griff an der Ledermontur der Fahrerin fest. Der Schmerz hatte mich genau in dem Moment ereilt, als die Vorderradgabel von der Fahrbahn abhob. Hätte Claudia auch nur eine Zehntelsekunde gezögert, dann wäre die Kugel vermutlich voll in meinen Körper eingedrungen.

In Höhe des Hamburger Hof überfuhren wir die nächste rote Ampel und bogen in den Jungfernstieg ein. Ich wußte nicht, was Claudia in diesem Moment vorhatte. Was wollte sie hier? Die Straßen waren in diesem Teil der Hamburger Innenstadt höllisch schmal. Der einzige Vorteil, den wir auf unserer Seite hatten, war, daß um diese Uhrzeit kaum noch Passanten unterwegs waren. Dieses Glück hatten aber auch unsere Verfolger auf ihrer Seite, die uns mit dem Geländewagen verfolgten. Über den Asphalt radierende Reifen signalisierten, daß sie uns schon wieder dicht auf den Fersen waren.

»Wir müssen am Fleet entlang!« rief Claudia und gab wieder Gas.

»An welchem Fleet?« fragte ich und versuchte trotz der Schmerzen in der Hüfte unsere Verfolger im Auge zu behalten.

»Über die Alsterarkaden und dann zum Rathaus. Über den Rathausplatz können sie uns mit dem Wagen wegen der Treppenabsätze nicht folgen.«

»Hoffentlich schießen sie uns nicht vorher ab!« brüllte ich. Meine Hüfte brannte wie Feuer.

In der Ferne ertönte ein Martinshorn.

»Wie kommst du darauf?« fragte Claudia, während sie unvermindert Gas gab.

»Ich bin schon getroffen«, meinte ich.

»Was bist du?« schrie Claudia.

»Sie haben mich schon erwischt!« brüllte ich gegen das Motorengeheul an.

»Oh, verdammt!« schrie die junge Frau und verlangsamte unwillkürlich die Fahrt.

»Fahr weiter!« rief ich. »Wenn es nicht mehr geht, melde ich mich schon.«

Verbissen riß Claudia den Gasdrehgriff wieder nach hinten. Wieder stieg die Gabel des Vorderrades in die Höhe. Mit quietschenden Reifen folgte uns aber auch der Geländewagen. Der Rathausmarkt war beinahe erreicht, da hatten sie uns. Claudia gelang es zwar noch, die flache Treppe hochzukommen und die steinernen Pelonen zu umfahren, aber beim Überqueren der Johannisstraße erwischte eine Kugel den Hinterreifen. Zischend entwich die Luft, wobei wir der Länge nach quer über den gepflasterten Platz stürzten. Claudia rappelte sich als erste wieder hoch und riß auch mich anschließend in die Höhe.

»Los, hoch, Claus!« rief sie. »Wir haben noch eine Chance. Sie müssen jetzt zu Fuß hinter uns her. Oder sie werden versuchen, uns mit dem Auto irgendwo abzufangen. Also los!«

Während ich stöhnend hinter ihr her humpelte, zog sie ein kleines schwarzes Kästchen aus ihrer Brusttasche und hielt es an ihr Ohr. Kurze Zeit später war es bereits wieder in ihrer Lederkombi verschwunden.

»Geht's noch?« rief sie zu mir zurück.

Ich stolperte mehr, als daß ich lief. Meine Hüfte tat höllisch weh. Wahrscheinlich hatte mich die Kugel nur gestreift, aber auch nur mit einer Fleischwunde läuft es sich bekanntlich schlecht. Ich fuhr mit meiner rechten Hand an meinen Gürtel. Als ich sie wieder zurückzog, war sie blutig.

»Was nun?« fragte ich Claudia, als ich schwer atmend neben ihr stehenblieb.

Wir hatten die U-Bahnstation am Rathausmarkt erreicht. Höhnisch kamen zwei abgeblendete Scheinwerfer auf uns zu.

»In den U-Bahnschacht!« schrie Claudia und zerrte mich vorwärts.

Ich stolperte hinter ihr die Treppe hinunter. Unten auf dem Bahnsteig sah sie sich suchend um. So früh am Morgen war zum Glück noch niemand unterwegs. Sie deutete nach rechts.

»Los. Beiß noch einmal die Zähne zusammen! Wir müssen dort in den Schacht. Quer durch die dunkle Tunnelröhre werden sie uns zu Fuß nicht folgen wollen.«

Wir rannten los. Das heißt, Claudia rannte, und ich stolperte mit zusammengebissenen Zähnen hinterher. Noch ehe unsere Verfolger die unterirdische Station erreicht hatten, verschwanden wir schon im Schutze der Dunkelheit. Langsam begann mein Körper zu rebellieren. Ich mußte bereits eine Menge Blut verloren haben, denn mein Atem ging immer heftiger und hin und wieder wurde mir auch schon schwarz vor Augen. Ich wußte nicht, wie lange ich diese Flucht noch würde durchhalten können. Plötzlich blieb Claudia stehen und lauschte. Wir standen genau in einer langgestreckten Kurve.

»Ein Zug!« flüsterte sie.

»Welche Richtung?« fragte ich.

»Keine Ahnung«, meinte sie.

Claudia setzte vorsichtig Schritt vor Schritt, während ich hinterher strauchelte. Plötzlich packte sie mich an den Jackenaufschlägen und warf mich auf das gegenüberliegende Gleis. Dabei schlug ich der Länge nach hin. Aber der Stoß kam keine Sekunde zu früh. Im gleichen Moment, als ich mich aufzurappeln versuchte, schoß ein hell erleuchteter U-Bahnwaggon an uns vorbei. Ich konnte gerade noch die weit aufgerissenen Augen des Fahrers erkennen.

»Los, schnell!« trieb mich die junge Frau weiter. »Der Fahrer hat uns gesehen. Wenn uns die Schweine aus dem Wagen nicht erwischen, dann laufen wir dem Wachdienst in die Arme. Und dazu habe ich überhaupt keine Lust.«

Sie zog mich mit eisernem Griff weiter. Kurze Zeit später erreichten wir die nächste Station. Ich weiß nicht, wie ich den Weg überstand. Meine Hüfte brannte inzwischen wie Feuer.

»Sie haben meinen Trick durchschaut. Siehst du den Geländewagen dort drüben? Verdammt, duck dich!«

Sie sprang mich an und riß mich auf der Stelle zu Boden. Hinter mir pfiff ein eklig jaulender Querschläger durch die Luft. Betonstückchen wirbelten herum.

»Sie schießen mit Schalldämpfer«, bemerkte Claudia. »Ein Glück, denn dadurch treffen sie nicht besonders gut.«

»Manchmal schon«, murmelte ich, während ich mich zur Seite rollte und wegrobbte.

Claudia entfuhr ein spitzer Schrei. Mir blieb beinahe das Herz stehen.

»Was ist los?« fragte ich voller Angst.

»Du verlierst Blut! Sie scheinen dich ganz schön erwischt zu haben.«

In diesem Moment bemerkte ich, wie der Wagenschlag im Fond geöffnet wurde. Ein Mann in einem dunklen Regenmantel stieg aus. In der rechten Hand hielt er die Waffe mit dem Schalldämpfer. Er sah sich nach beiden Seiten um und kam langsam auf uns zu.

»Alles aus«, stöhnte ich.

»Abwarten«, knurrte Claudia. »Komm doch endlich!«

»Wer?« fragte ich erstaunt.

Wie auf Kommando bog in diesem Augenblick eine schwere, dunkle Limousine ein und jagte mit Vollgas beschleunigend auf die U-Bahnstation zu. Die Reifen des Fahrzeugs radierten laut über den Asphalt. Der Wagen hielt genau auf den Mann zu, der sich neugierig umdrehte.

Für einen Augenblick verharrte er in seiner Bewegung und starrte dem Wagen entgegen. Plötzlich erkannte er die Gefahr, in der er schwebte und hob die Waffe. Er drückte zwei-, dreimal ab, was man an den Funkenspritzern auf dem Blech erkennen konnte, welche die Kugeln hinterließen. Als der Revolverschütze erkannte, daß er den Fahrer der Limousine mit Schüssen aus seiner Waffe nicht aufhalten konnte, drehte er sich auf dem Absatz um und versuchte zurück zu dem Geländewagen zu flüchten. Doch sein Verfolger war schneller. Er erwischte den Mann mit dem Stoßfänger. Seine brechenden Knochen verursachten ein ekliges Geräusch. Dumpf schlug der Körper des Schützen auf der Windschutzscheibe auf, stieg an ihr hoch und krachte schließlich auf den Asphalt. Dort blieb er regungslos liegen, während die Limousine erneut beschleunigte und jetzt genau auf uns zuschoß. Claudia erhob sich. Ich versuchte, sie noch zurückzureißen, doch in diesem Moment war das Fahrzeug auch schon heran. Der Fahrer bremste abrupt ab und brachte den Wagen mit quietschenden Reifen zum Stehen.

Claudia packte mich an meiner Jacke und zerrte mich zu der hinteren Tür, die sich wie von Geisterhand öffnete. Noch während ich schwer atmend und mit flimmernden Sternen vor den Augen auf die Rücksitzbank sank, knurrte Claudia den Mann im Hintergrund an.

»Du bist spät, Stefan. Sag Beck, das nächstemal soll er sich ein bißchen mehr beeilen.«

Es war noch stockdunkel, als mich der Arzt verließ. Lange währte meine Ruhe jedoch nicht, denn eine Stunde später stand bereits Claudia an meinem Bett und rüttelte mich wach. Ich schlug die Augen auf und schaute sie überrascht an. Claudia hatte längst ihre Ledermontur abgelegt und stand in Sweatshirt und Jeans vor mir. Die Ärmel ihres Baumwollpullovers hatte sie bis zu den Ellenbogen hochgezogen. Am rechten Handgelenk trug sie eine schwere Taucheruhr, an ihren Fingern viele silberne Ringe. Sie schaute mich erst lange nachdenklich an, bevor sie mir schließlich zunickte. Seit unserer Flucht wußte ich, daß es einzig und allein Claudia zu verdanken war, daß ich überhaupt noch lebte. Ich dachte an das Schulpengat. Quid pro quo. Wir waren quitt. Ihre eisblauen Augen blitzten zwar im Licht der Deckenbeleuchtung, aber ihr Blick schien diesmal vollkommen ausdruckslos. Mir schien fast so, als würden derartige Aktionen wie in der vergangenen Nacht zu ihrem normalen Tagesrepertoir gehören.

Langsam richtete ich mich auf. Sie strich sich verlegen durch die Haare und lächelte schließlich. Endlich blitzten wieder diese herrlichen weißen Zahnreihen auf, die ihrem leicht kantigen Gesicht noch mehr Kontur, aber auch wenigstens ein Anflug von Wärme verliehen. Ich spürte sofort den Schmerz, den die Fleischwunde in meiner Hüfte verursachte. Claudia meinte, ich hätte unglaubliches Glück gehabt. Fünf Zentimeter tiefer, und die Kugel hätte nach Ansicht des Arztes meine Nieren zerfetzt. So war es zum Glück nur bei einer leichten Fleischwunde geblieben. Ich berührte mit der Hand ihr Gesicht. Sie zuckte zurück. Doch ich ließ mich nicht beirren, sondern strich ihr vorsichtig und sanft über die Wange. Ich spürte, daß sich jeder Muskel an ihrem ganzen Körper zu verkrampfen schien. Schließlich ließ ich meine Hand entmutigt sinken. Ich wollte mich doch nur mit dieser Geste bei ihr bedanken. Eben noch hatte sie ihr Leben für mich riskiert. Und trotzdem ließ sie mich keinen Schritt an sich heran. Claudia starrte auf meine Hand wie das sprichwörtliche Kaninchen, das wachsam die Schlange beobachtet.

Kurze Zeit später saß ich in einem anderen Raum Graf Steinitz gegenüber. Auch Claudia Bergmann wohnte der Unterhaltung bei. Sie zündete sich eine Zigarette an, während Steinitz' Fahrer die Reste des Frühstücks abräumte. Der Raum war schlicht eingerichtet. Ich nahm an, daß wir uns nicht im gräflichen Haus befanden. Vielleicht waren wir bei Claudia zu Gast oder in der Wohnung des Chauffeurs. Ich rückte mich wegen der Schmerzen in der Hüfte vorsichtig auf der Couch zurecht, während der Graf auf die brennende Zigarette hinwies und seiner angeblichen Mitarbeiterin einen mißbilligenden Blick zuwarf.

»Sie möchten wohl wissen, was das alles soll, nicht wahr?« fragte er schließlich.

Ich nickte. Endlich war die Stunde der Wahrheit gekommen.

Steinitz beugte sich in seinem Sessel vor. »Sie haben sicherlich in den Medien von dem Bankenskandal in Frankfurt gehört?«

Ich nickte. »Und ob. Ich besaß selbst bis vor ein paar Tagen Aktien der WBG. Aber was hat der Bankenskandal mit mir zu tun?«

Steinitz atmete tief durch. »Langsam, langsam. Eins nach dem anderen.«

Claudia streifte die Asche ihrer Zigarette im Aschenbecher ab. Sie wirkte so gelassen wie ein abgeschalteter Androide.

»Nun«, fuhr Steinitz fort, »der Skandal um die Westdeutsche Bankgesellschaft hat ungefähr so seinen Lauf genommen. Die WBG unterhält wie jedes große Bankhaus ein riesiges Rechenzentrum. Gewöhnlich sind alle Zugänge hermetisch abgeriegelt. Dies gilt für die räumlichen Zugänge wie auch für die Zugriffe auf den Rechner per Datenleitung. Im Rechner werden alle Daten gespeichert, die Finanztransaktionen betreffen. Also auch solche mit auswärtigen Banken, zum Beispiel die mit der Luxemburger Tochter. Gewöhnlich kommt man an solche Daten gar nicht heran. Sie sind im Zentralrechner einer Großbank so sicher aufgehoben wie die Kronjuwelen der britischen Königin im Tower von London.«

»Arbeiten Sie für die Steuerfahndung?« grinste ich.

Er schüttelte überrascht den Kopf. Ich erwiderte seinen Blick.

»Reden Sie ruhig weiter, Graf«, meinte ich. »Ich bin gespannt, wie es weitergeht. Das können Sie mir glauben.«

Steinitz nickte.

»Wie inzwischen alle Beteiligten wissen, gelang es vor einigen Wochen einem Außenstehenden die Zugriffscodes zu knacken und per Datenleitung unberechtigterweise in den Zentralrechner einzudringen. Die Datensammlung, die ihm dabei in die Hände fiel, erscheint hochbrisant, weil sie die Transaktionen von Kundengeldern ins Ausland und die Rücküberweisung von Kapitaleinkünften, also Zinseinkünften, zum Beispiel aus Luxemburg auf Konten bei der WBG in Frankfurt belegen. Auf Heller und Pfennig, mit den Kontonummern, Namen und den Anschriften der Betroffenen in Klartext.«

Ich stöhnte auf.

»Oha. Das wird manch einem aber sauer aufgestoßen sein.«

»Die Steuerfahndung allein in Frankfurt spricht bereits von Steuerverkürzung und Steuerhinterziehung in dreistelliger Millionenhöhe. Sie können sich also vorstellen, um welche Summen es hierbei geht.«

»Und deswegen bringt man Leute um?« fragte ich verständnislos.

Steinitz lachte. »Man bringt Leute schon wegen viel weniger Geld um. Nein, im vorliegenden Fall geht es vorrangig gar nicht mal um Steuerhinterziehung. Der Umweg über Luxemburger Filialen bekannter deutscher Bankhäuser wird häufig gewählt, um zum Beispiel Gelder aus Drogenhandel, Prostitution, Waffenschiebereien und so weiter zu waschen. Solche Transaktionen verlaufen für die Betroffenen normalerweise ziemlich risikolos, weil jedes Bankhaus, das eine Tochter in Luxemburg unterhält, besonders diskret mit ihrer meist höchst solventen und häufig dadurch auch nicht minder einflußreichen Klientel umgeht.«

Ich verstand immer noch nicht, was ich mit der Sache zu tun hatte.

»Aber was habe ich mit dem Skandal zu tun? Ich besitze kein Konto bei der Westdeutschen Bankgesellschaft«, warf ich ein.

Steinitz Miene nickte erneut.

»Der Mann, der sich unberechtigterweise Zugriff auf die Datenbank bei der WBG verschafft hat, das heißt, der den Stein so richtig ins Rollen brachte, war ihr Mitsegler Sascha Körber.«

Ich verschluckte mich und begann rauh zu husten. Dabei spürte ich, wie sich meine Nackenhaare aufrichteten. Trotz allem glaubte ich immer noch, ich hätte irgend etwas nicht richtig verstanden.

»Wer?« fragte ich. Meine Stimme krächzte.

»Sie haben schon richtig verstanden, Claus-Peter«, erwiderte Steinitz.

»Sascha Körber arbeitete als freier Journalist und schrieb für eine Menge dieser Computerzeitschriften. Er galt in der Szene als regelrechter Freak. Körber spionierte mit Hilfe eines von ihm selbst entwickelten Suchlaufprogramms die Zugangscodes der WBG aus und verschaffte sich dadurch Zugang zum Zentralrechner. Wie man Körber entlarvte? Nun, ganz einfach. Jedes fremde Programm hinterläßt in der Rechnerdokumentation Spuren, selbst dann, wenn man legitimiert Kontakt von außen aufnimmt. So eine Art datentechnischer Fingerabdruck. Ihrem ehemaligen Mitsegler wurde letztlich zum Verhängnis, daß er sich schon mehrfach in aller Öffentlichkeit gebrüstet hatte, angeblich mit jedem Zugangsschutz fertig zu werden. Man verglich ein paar von ihm entwickelte Programme und stieß auf Ähnlichkeiten. Somit stand er ziemlich rasch als Urheber dieses Suchlaufprogramms fest. In diesem Zusammenhang fand man ferner heraus, daß der Auftraggeber eigentlich gar keinen Erpressungsversuch plante.«

»Erpressungsversuch? Auftraggeber? Ich verstehe kein Wort.«

Ich ließ mich ergeben in das Polster zurückgleiten.

»Claudia«, sagte der Graf und wies auf die junge Frau.

Claudia Bergmann drückte ihre Zigarette im Aschenbecher aus. Der Graf ging ans Fenster und öffnete es, um den Rauch abziehen zu lassen. Claudia beobachtete ihn unbeeindruckt.

»Nun, Claus«, führte sie Steinitz' Monolog fort, »du hast bestimmt von der Fernsehsendung Aufgedeckt! gehört. Sie wurde bis zu ihrem gewaltsamen Tod von Carmen Döring moderiert. Erinnerst du dich noch an den Fall des Baulöwen Gerhard Schreier? Ihre Recherche schlug damals ein wie eine Bombe. Allerdings stand die Döring schon immer im Verdacht, bei der Wahl ihrer Mittel nicht sonderlich zimperlich zu sein. Möglich, daß sie wieder ein paar Prominente in ihrer Sendung an den Pranger stellen wollte. Wir sind inzwischen sicher, daß sie Körber für ihre Zwecke einspannte, weil sie auf legalem Wege an kompromittierende Unterlagen und Daten natürlich nicht herankam. Irgend jemand aus der Redaktion hielt wohl nicht dicht, sondern wollte sich eine vorzeitige Warnung honorieren lassen. Gewisse Herren aus Sizilien konnten und wollten natürlich nicht tatenlos zusehen, zumal sie wußten, was alles über die WBG abgewickelt worden war. Also mußte Carmen Döring im wahrsten Sinne des Wortes mundtot gemacht werden.«

»Ja, aber wie kam es denn dann überhaupt noch zu der Erpressung, wenn Carmen Döring bereits tot war«

»Sascha Körber stellte rasch fest, welche hochexplosive Informationen er da in der Hand hielt. Natürlich konnte er nicht ahnen, wer sich hinter bestimmten Firmen verbarg. Ich glaube, selbst ein Erpresser wie er hätte sofort die Finger von einem solch heißen Eisen gelassen, wenn er gewußt hätte, wem er da in die Quere kommt. Körber beschloß erst zu diesem Zeitpunkt, die WBG im Alleingang zu erpressen. Die besaßen viel Geld und mußten zudem diese peinliche Angelegenheit auch noch sehr diskret behandeln. Wer würde einer Bank noch Geld anvertrauen, die sich erfolgreich erpressen lassen mußte. Er drohte also, die Originalunterlagen solange Stück für Stück an die verschiedenen Steuerfahndungsbehörden weiterzuleiten, bis man ihm endlich sein gefordertes Schweigegeld in Höhe von zehn Millionen Dollar in bar aushändigte. Doch man war ihm bereits auf den Fersen. Die Bank mag zwar etwas diletantisch hinsichtlich ihrer Datensicherheit sein, aber sie unterhält Kontakte zu einer verdammt guten Wirtschaftsdetektei. Wir übrigens auch, aber das nur am Rande. Von all dem ahnungslos wähnte sich Körber bei dir an Bord mitten auf dem Atlantik in Sicherheit. Kannst du dir vorstellen, wie überrascht alle Beteiligten waren, als bekannt wurde, daß Körber im Englischen Kanal ums Leben gekommen sein sollte?«

Der Graf übernahm wieder das Wort.

»Nachdem Sascha Körber also verunglückte, ging zunächst einmal ein Aufatmen durch die Reihen aller Betroffenen. Wissen Sie, lieber Claus-Peter, zu den Kunden der Westdeutschen Bankgesellschaft zählen Personen und Personenkreise, die es überhaupt nicht schätzen würden, wenn sie plötzlich mit Steuerhinterziehung in Verbindung gebracht würden.«

»Jemanden, den ich kennen müßte?« fragte ich.

Steinitz goß mir einen Cognac ein.

»Zum Beispiel Ihre geschiedene Frau.«

Unwillkürlich riß ich meine Augen weit auf.

»Sylvia?« Also doch, schoß es mir durch den Kopf.

»Sie managt von ihrem Büro aus eine Import-Export-Firma, die nichts anderes ist als eine Geldwaschmaschine für die Italiener«, antwortete Steinitz.

Ich stöhnte und fuhr mir mit der Hand durch die angesengten Haare. Hatte Bernd Rottmann also doch recht!

»Eines verstehe ich nicht, Graf«, warf ich ein.

»Wieso berichten die Medien, daß die Kriminalpolizei noch im dunklen tappt? Es scheint doch alles geklärt. Warum schlagen die denn nicht zu?«

»Kripo und Steuerfahndung tappten bis vor kurzem wirklich im dunkeln«, erwiderte der Graf.

»Die Westdeutsche Bankgesellschaft versucht aus verständlichen Gründen, die Sache soweit wie möglich unter den Tisch zu kehren, damit nicht auch noch von staatlicher Seite und speziell von Seiten der Bankenaufsicht unnötig in deren Akten herumgeschnüffelt wird. Wie gesagt, es hängt in der Affäre auch eine ganze Menge Prominenz mit drin. Bisher wurde die Affäre seitens der WBG als Bluff eines Größenwahnsinnigen abgetan.«

»Wieso sind Sie eigentlich so glänzend informiert?« fragte ich und kniff dabei ein Auge zu.

»So ist das im Leben«, lachte Steinitz. »Der eine weiß was. Der andere weiß eben noch ein bißchen mehr.«

»Sie sind mir bislang eine Erklärung schuldig geblieben. Welche Rollen spielen Chris und ich in dieser Affäre«, begehrte ich auf.

»Ganz einfach«, nickte er. »Kurz nachdem Sie wieder in Hamburg waren, gingen bei den Steuerstrafbehörden die ersten vom Erpresser angekündigten, jedoch zunächst noch anonymisierten Beweismittel ein. Erst glaubte man noch an einen Trittbrettfahrer. Diese Auffassung zerstreute sich jedoch rasch. Als nämlich die WBG immer noch nicht auf die Forderungen des Erpressers einging, wurde vor zwei Tagen die erste echte Bombe gezündet. Die Steuerfahndung erhielt die ersten Datenausdrucke, ohne daß die Namen der Betroffenen anonymisiert waren.«

Mir lief es eiskalt den Rücken herunter.

»Und jetzt glaubt die andere Seite, ich hätte etwas mit der Erpressung zu tun?«

Claudia nickte.

»Du oder Sascha Körbers Schwester Christiane. Oder ihr beide zusammen.«

»Aber wieso?«

»Ganz einfach. Man mutmaßt, daß du dir kurz vor Körbers Tod entweder die Ausdrucke oder einen Datenträger mit den kompromittierenden Daten angeeignet hast. Ich schätze, daß eine Menge Leute der Überzeugung sind, du hättest Sascha im Sturm vor Portland Bill über Bord gestoßen. Denk einmal nach. Es paßt doch alles zusammen, oder?«

»Und deswegen bringt man jemanden wie Chris oder mich um?«

Steinitz lachte auf.

»Körber hat eine Sturmflut entfacht. Einen regelrechten Flächenbrand. Vergessen Sie mal die Steuerhinterziehung und die Erpressung der Bank. Das sind doch nur Peanuts. Es geht um mehr. Eine Menge Geld steht auf dem Spiel. Mafiageld. Die lassen sich ihr Money nicht einfach konfiszieren, nur weil ein diletantischer Computerfreak eine Bank erpreßt. Sie wissen doch, daß der Staat berechtigt ist, Schwarzgeld aus der organisierten Kriminalität einzubehalten.«

Etwas hatte ich immer noch nicht begriffen.

»Sagen Sie, Graf«, warf ich ein. »Wieso überweisen die Mafiosi nicht einfach das bereits angesammelte Geld ins außereuropäische Ausland, packen ihre Koffer und machen, daß sie wegkommen? Ich meine, das sind doch alles Italiener. Was hält die hier noch in Deutschland?«

»Sie haben etwas in der Hand, das für sie absolut Gold wert ist.«

»Was?«

»Ihre geschiedene Frau.«

»Sylvia? Nur, weil Sie für eine italienische Import-Export-Firma arbeitet?« Ich verstand nichts mehr.

»Sie denken in die falsche Richtung, Claus-Peter«, rügte mich der Graf.

»Ihre geschiedene Frau besitzt die besten Chancen, bald Angetraute des zukünftigen Bundeskanzlers zu sein. Die Sterne stehen gut. Haben Sie eigentlich eine Ahnung, welche Möglichkeiten sich durch eine derartige Dreiecksverbindung für gewisse Herren in Genua und Palermo ergeben würde?«

Himmel, fuhr es mir durch den Kopf. Sylvia heiratet Gerd Kröger. Kröger wird Regierungschef. Sylvia arbeitet für die italienische Mafia.

»Mal abgesehen davon, daß im Zuge einer Ehe mit Kröger und einer gewonnenen Wahl vielleicht ein paar holperige Bahnen für die Italiener geebnet werden könnten, was denken Sie, wie hoch erst der politische Schaden weltweit für ganz Deutschland wäre, käme heraus, daß Partei- und Regierungschef Kröger hautnah mit dem organisierten Verbrechen zu tun hat. Da spielt es nur eine untergeordnete Rolle, daß er unter Umständen wirklich völlig ahnungslos ist. Im Zweifelsfall kauft ihm das nämlich niemand mehr ab.«

Der Graf wanderte im Raum auf und ab. Ich schüttete einen weiteren Cognac in mich hinein. Ich besaß nur noch einen Wunsch. Daß dieser Alptraum endlich aufhörte.

»Ein derartiger Skandal«, fuhr Steinitz fort, »könnte unter anderem auch seiner politischen Partei großen Schaden zufügen. Eine Partei, die sich unter Federführung ihres Vordenkers immer wieder um eine Verschärfung des Strafrechts im Bereich der Wirtschaftskriminalität bemüht. Wer, denken Sie, würde eine solche politische Kraft noch ernst nehmen, wenn ausgerechnet ihr Parteivorsitzender mit der Mafia in Verbindung gebracht wird?«

Er machte eine kurze Gedankenpause und kniff sich mit Daumen und Mittelfinger der rechten Hand in die Nasenwurzel. Es schien, als würde er darüber nachdenken, wieviel er noch preisgeben konnte. Schließlich atmete er tief durch und sah mich ernst an.

Die nachfolgende Stille war erdrückend. Eine schneidende, eisige Stille. Und plötzlich mochte ich nicht mehr mitmachen bei diesem Spiel.

»Was war das eigentlich für eine James-Bond-Nummer, die wir da vorhin abgezogen haben?« fragte ich schließlich Claudia. »Weißt du, daß wir dabei Kopf und Kragen riskiert haben?«

Die junge blonde Frau nickte ernst.

»Das war keine Nummer, Claus. Das war die letzte Chance, die sich dir geboten hat. Das nächstemal werden sie echte Profis auf dich ansetzen.«

»Wissen Sie, Graf«, meinte ich nach einer Weile und musterte den grauhaarigen Aristokraten, während dieser immer noch ruhelos im Raum auf und ab schritt, »was ich bei all dem nicht begreife, ist, welche Rolle Sie eigentlich in dieser schmutzigen Affäre spielen.«

Steinitz atmete tief durch. Ich merkte, daß selbst Claudia den Atem anhielt.

»Ich will ehrlich mit Ihnen sein, Claus-Peter«, meinte er schließlich. »Auch wenn Ihnen vielleicht anderes zu Ohren gekommen ist, ich gehöre zu den Guten.«

Ich schaute verblüfft hoch.

»Nicht ganz einfach zu verstehen, Claus-Peter. Ich weiß. Vielleicht soviel zur Erklärung. Um die Verbrechensbekämpfung in den Ländern der EU kümmern sich gewöhnlich Polizei und Staatsanwaltschaft. Schließlich waren sich die Verantwortlichen in den Mitgliedsländern einig, daß die einzelnen Staaten bei der Bekämpfung der organisierten Kriminalität dringend Unterstützung brauchen. Claudia und ich arbeiten für eine Sonderabteilung des europäischen Pendants zu Interpol. Unser Spezialgebiet ist die Wirtschaftskriminalität. Über Jahre hinweg haben wir uns eine Legende aufgebaut und versucht, in bestimmte Kreise vorzustoßen, um dem organisierten Verbrechen eine dermaßen empfindliche Schlappe zuzufügen, daß es sich davon zumindest auf Jahre nicht mehr erholt.«

Ein unheimliches Gefühl beschlich mich.

»Corbieri?« fragte ich. Meine Stimme klang heiser.

Steinitz nickte.

»Corbieri ist jedoch gemessen an Maletti in Genua nur ein unbedeutender Fisch«, schränkte er sogleich ein. »Aber er stellt zumindest den Zugang zu dem Genueser dar. Malletti ist äußerst zurückhaltend, was seine Person betrifft. In sein Geschäftsdomizil in der Via de Adorno gelangen gewöhnlich nur engste Freunde und Sippenmitglieder. Hinaus geht es meist einfacher. Häufig mit den Füßen voran. Malletti ist gemeingefährlich, Claus-Peter! Corbieri übrigens auch. Das trifft auf alle untergeordneten Mafiosi zu, die demnächst Statthalter in Genua werden wollen. Wir mußten also vorsichtig vorgehen. Einer unserer Informanten fand heraus, daß Malletti unter anderem Wege sucht, Rauschgift in großem Rahmen innerhalb Europas zu verschieben. Drogenkuriere, die mit ein paar gefüllten Kondomen im Darm herumlaufen, sind lächerliche Transporteure im Gegensatz zu dem, was man allein auf einer 20-Meter-Maxi unterbringen kann.«

»Regattayachten? Sie meinen, Corbieri will ...«

Der Graf nickte.

»Die *Kyra* wurde genau aus diesem Grund angeschafft.

Sie waren hierbei unser Versuchskaninchen. Ist Ihnen in Newport nicht aufgefallen, daß sich ein Tank nicht richtig füllen ließ? Bei einer Tauchinspektion hätten Sie Ihr blaues Wunder erlebt. Besser gesagt Ihr weißes. Der Tank war beinahe randvoll gefüllt.«

Ich erschrak. »Heroin?«

Steinitz winkte ab. »Nein, nur Traubenzucker. Wie gesagt, Sie waren unser Versuchskaninchen. Corbieri und ich wollten testen, ob die Sache funktioniert. Und es scheint zu funktionieren. Nicht einmal der Spurensicherung in Bournemouth scheint etwas aufgefallen zu sein.«

»Moment mal«, begehrte ich auf. »Heißt das etwa, daß die Geschichte mit der Damenmannschaft ...«

Claudia grinste übers ganze Gesicht. Auch der Graf lachte.

»Was meinen Sie, wie sauer wir waren, als Sie nicht einmal 25000 Dollar umstimmen konnten. Wir hatten ihn fast am Hintern. Aber Sie mußten natürlich an ihre verdammte männliche Eitelkeit denken. Meine Güte, gönnen Sie doch den Mädels auch mal einen Spaß!«

»Schöner Spaß«, gab ich zu bedenken und dachte an das Rauschgift.

»Bedeutet das«, fuhr ich fort, »daß ich eine Aktion Ihrer Dienststelle zunichte gemacht habe?«

Der Graf nickte.

»Ja, aber das macht nichts. Corbieri war schon seit einiger Zeit selbst nicht mehr hundertprozentig von der Idee überzeugt. Er war in Wirklichkeit froh, daß Sie ablehnten. Seien Sie sicher, Corbieri hätte schon Mittel und Wege gefunden, Sie zum Regattasegeln mit den Mädels zu zwingen. So konnte er Malletti berichten, daß der dumme deutsche Skipper nicht mitspielte und er deswegen die ganze Aktion erst einmal abblasen mußte. Nein, wer uns wirklich einen Strich durch die Rechnung machte, war Ihr Mitsegler Sascha Körber. Himmel, wenn ich damals bloß schon geahnt hätte, welches explosive Potential in diesen Unterlagen aus dem Zentralrechner der WBG steckte.«

»Sagen Sie, Graf«, mischte ich mich wieder ein, »was macht Sie eigentlich so sicher, daß ich nicht doch der Erpresser bin?«

Steinitz sah mich mit ausdruckslosem Blick an.

»Die Italiener haben Sie durchleuchtet. Claudia und ich konnten ziemlich sicher sein, und ich denke, wir alle haben uns nicht geirrt.«

»Durchleuchtet?« begehrte ich auf. »Was meinen Sie damit?«

Steinitz winkte ab und goß Cognac in bereitstehende Schwenker. Er bot mir ein Glas an. Trotz des frühen Morgens konnte ich jetzt einen gehörigen Schluck vertragen.

»Die Burschen haben da so ihre Methoden«, antwortete er schließlich. »Erinnern Sie sich an eine bestimmte Nacht. Doch seien Sie beruhigt. Mit dem Vandalismus in der Wohnung Ihrer Bekannten haben wir nichts zu tun. Das, befürchte ich, geht tatsächlich auf das Konto irgendwelcher Ganoven.«

Er stürzte den Cognac mit einem Schluck hinunter.

»Was Ihre Person betrifft«, fuhr er fort, »waren sich die Italiener ziemlich schnell sicher. Bei Körbers Schwester blieben bis zum Schluß Zweifel. Sie ist von Beruf Bühnenschauspielerin. Bei ihrem Talent hätte sie ohne weiteres alle an der Nase herumführen können. Auch sie mußte sich einer Durchleuchtung unterziehen. Wir konnten es leider nicht verhindern, daß es ihr hinterher ziemlich schlechtging. Ich hoffe, die Italiener haben Ihnen nicht allzuviel Unannehmlichkeiten bereitet.«

»Moment mal«, warf ich ein. »Die Sache mit der Parkbank und dem Taxi geht auf das Konto der Italiener? Und wenn ihr im Stadtpark etwas zugestoßen wäre?«

»Der Taxifahrer war einer von uns«, antwortete Steinitz trocken.

»Woher wußten Sie von der Durchleuchtungsaktion der Italiener, wenn Sie nicht mit den Banditen unter einer Decke stecken?« fragte ich aufgebracht. Durchleuchtungsaktion nannte das Steinitz. Ich bezeichnete das als vorsätzliche Körperverletzung.

Steinitz winkte ab.

»Sorry, Claus-Peter«, meinte er mit ruhiger Stimme. »Sie dürfen alles fragen, aber noch lange nicht alles wissen. So ist das nun einmal in unserem Geschäft. Und seien Sie sicher, ich konnte den Tod der jungen Frau nicht verhindern. Ich versichere Ihnen, unschuldige Opfer, wenn sie denn wirklich unschuldig war, sollen immer irgendwie vermieden werden.«

Schließlich erhob er sich wieder und wanderte erneut im Raum auf und ab. Claudia zündete sich zum Mißfallen des Grafen die nächste Zigarette an. Ich starrte auf mein leeres Cognacglas. Das war alles ein Alptraum.

»Was ist los?« fragte ich.

Steinitz räusperte sich.

»Vor etwa einer Stunde ging bei der Steuerfahndung in Hamburg per Fax schon wieder eine Anzeige mit hochbrisanten Daten ein«, antwortete Graf Steinitz.

»Woher ich das weiß?« fügte er hinzu. »Nun, ich spiele mit dem Chef der Oberfinanzdirektion gelegentlich Golf. Aber lassen wir das. Das tut nichts zur Sache.«

»Per Fax?« stotterte ich. »Aber das ist doch völlig unmöglich. Ich meine, Chris scheidet aus. Sie war bereits tot und ich nachweislich mit Claudia auf der Flucht.«

»Eben«, nickte Steinitz. »Da liegt das Problem. Sagen Sie, Claus-Peter, wie dicht befand sich eigentlich die *Kyra* in der fraglichen Nacht vor Portland Bill? Befanden sich Schiffe in der Nähe?«

# 22

Der Lieferwagen mit dem magentaroten Label auf beiden Türseiten bog langsam in die mit Pappeln gesäumte Allee ein und fuhr im Schrittempo an den rechts und links geparkten Autos vorbei. Alles schien ruhig an diesem normalen Samstagvormittag in diesem beinahe schon verschlafen anmutenden Vorort der hanseatischen Großstadt. Jogger trimmten keuchend ihren Kreislauf, ein paar Männer führten trotz des Regens ihre Hunde spazieren, und hier und da konnte man sehen, wie hastig Einkaufkartons aus den Kofferräumen der Autos in die Wohnungen geschleppt wurden. Es war ein ganz alltäglicher Samstagmorgen. Nachdem zusätzlich zum Regen nun auch noch der Wind heftig durch die belaubten Bäume zu pfeifen begann und die ersten Blätter zum Fallen brachte, leerte sich die Straße rasch. Schließlich schien als einziges Fahrzeug nur noch der Wagen der Telefongesellschaft unterwegs zu sein. Einem aufmerksamen Beobachter wäre aufgefallen, daß der Scheibenwischer trotz des Wassers, das von oben kam, nicht lief. Die Personen im Innenraum konnte man daher kaum erkennen. An einem eleganten Backsteinhaus mit einer weißen Mauer und einem hohen Zaun zwischen den Garagen blieb der Lieferwagen stehen. Ein Mann mit geschäftigem Blick stieg mit einem Werkzeugkasten in der linken Hand aus der nur halb geöffneten Schiebetür und begab sich an die Pforte. Er klingelte. Kurze Zeit später begann sich eine hoch über dem Eingang angebrachte Videokamera zu drehen. Der Mann drückte erneut den Klingelknopf. Aus der Gegensprechanlage ertönte eine knarrende Stimme.

»Sie wünschen?«

»Ja, guten Morgen. Kretz, von der Telekom. Wir sind benachrichtigt worden, daß etwas mit Ihrem Faxgerät nicht stimmt.«

Für ein paar Sekunden trat Stille ein. Dann antwortete wieder die knarrende Stimme aus der Gegensprechanlage.

»Einen Moment, ich komme!«

Die Haustüre wurde geöffnet, und eine ältere Dame schritt energisch mit einem großen Regenschirm über den Kiesweg zum Eingang. Sie betrachtete den Mann mißtrauisch.

»Weswegen sind Sie hier?« fragte die Frau.

Der Monteur kratzte sich sichtlich verlegen hinter dem Ohr. Der Regen prasselte unaufhörlich herab. Er schaute für einen Moment in den Himmel.

»Entschuldigen Sie, gnädige Frau«, erwiderte er. »Ich habe von der Servicehauptstelle den Auftrag erhalten, mich um ihr Faxgerät zu kümmern.«

Dabei trat er sichtlich ungeduldig von einem Fuß auf den anderen.

Die Frau ließ sich nicht aus der Ruhe bringen.

»Davon hat mir niemand etwas gesagt. Die gnädige Frau ist außer Haus. Zeigen Sie mir doch einmal den Auftrag.«

Seufzend stellte der Monteur den Werkzeugkasten ab und begann in seiner Overallbrusttasche zu kramen. Nach einigen Augenblicken zog er einen zerknitterten Computerausdruck hervor und reichte ihn durch die Gitterstäbe.

»Schauen Sie. Darf ich nun eintreten? Es ist ganz schön naß hier draußen.«

»Moment mal«, begehrte die Regenschirmträgerin auf. »Von einem Termin weiß ich nichts. Auf solch einen Wisch kann man viel schreiben. Wie kann ich sicher sein, daß die gnädige Frau die Telekom überhaupt bestellt hat?«

Der Monteur wies auf das inzwischen reichlich durchnäßte Blatt.

»Schauen Sie einmal in der Rubrik Zahlungswunsch. Da ist die Kreditkartennummer vermerkt. Die erfolgte Reparatur soll bargeldlos abgerechnet werden. Sie müssen nichts anderes tun, als anschließend meine Arbeitszeit quittieren. Bitte, meine Dame. Ich bin schon völlig durchnäßt.«

Die ältere Frau nickte und öffnete schließlich. Sie hielt dem Mann den Schirm über den Kopf, während sie auf das Haus zugingen.

»Es ist schrecklich mit der Herrschaft«, maulte sie. »Ich bin hier die Hauswirtschafterin. Glauben Sie, man hält es für nötig, mich über solche Termine auf dem laufenden zu halten?«

Der Monteur nickte und wischte sich kurz vor dem Eintreten übertrieben sorgfältig die Schuhe ab. Die Haustüre schloß sich hinter ihm.

»Okay, er ist drinnen«, meinte die junge Frau, die hinter dem Lenkrad saß.

»Hab' ich schon bemerkt«, antwortete ich aus dem Innenraum des Transporters.

Es vergingen etwa fünf Minuten, bis sich eine Stimme aus dem Handfunksprechgerät meldete. Es war Beck, der Chauffeur des Grafen, der im normalen Leben den Dienstrang eines Polizeiobermeisters bekleidete.

»Ich befinde mich im Arbeitszimmer.«

»In Ordnung. Welche Einrichtungsgegenstände siehst du?«

»Einen Schreibtisch, einen Computertisch mit einem PC, ein Faxgerät sowie eine Bücherregalwand.«

»Was macht die Frau?« sprach ich in das Walkie-talkie.

»Sie kocht mir gerade einen Kaffee«, lachte mein Gesprächspartner gedämpft.

»Gut so«, meinte ich. »An die Arbeit.«

Nach ein paar weiteren Minuten meldete sich Beck erneut.

»Okay, der Computer ist eingeschaltet. Er fragt nach dem Paßwort.«

»Versuche es mit Tanja.«

»Negativ.«

»Sylvia.«

»Negativ.«

»Mist. Sieh auf ihrem Schreibtisch nach. Du weißt schon. Die üblichen Utensilien. Die Rückseiten von Aschenbecher, Heftapparat, Zetteldose und so weiter.«

Doch auch dort befand sich kein Hinweis.

»Achtung, die Frau kommt zurück! Ich mache erst einmal Schluß!«

Es dauerte fünf lange Minuten, bis sich unsere Kontaktperson erneut meldete.

»Ich bin's wieder. Machen wir weiter?«

»Wenn ich wüßte wie, gerne«, entgegnete ich. »Wenn ich bloß einen Anhaltspunkt gehabt hätte.

»Was ist mit Kröger?«

»Negativ.«

»Mist. Funktioniert es mit Claus, Peter oder Claus-Peter?«

»Negativ.«

»Okay. Sieh dich um. Häufig benutzen Benutzer von Computern Begriffe aus ihrer unmittelbaren Umgebung. Siehst du Bilder an den Wänden.«

»Ja. Ein Druck von Chagall. Und eine Skizze von Picasso.«

Ich erinnerte mich. Sie besaß diese Bilder schon seit Ewigkeiten.

»Okay. Probier Chagall und Picasso.«

»Negativ.«

Langsam begann die Zeit knapp zu werden. Ich wußte nicht, ob Sylvia vielleicht von unterwegs aus zu Hause anrief. Dann wäre unsere Tarnung mit einem Schlag aufgeflogen.

»Nicht tragisch«, entgegnete ich. »Schau dich weiter um. Siehst du vielleicht andere Bilder irgendwo hängen?«

»Nein«, meldete sich Beck. »Aber in der Zeitungsablage neben dem Computertisch liegt eine aufgeschlagene Tageszeitung.«

»Irgendwelche Hinweise?«

»Ich weiß nicht. Es ist der Teil mit dem Feuilleton. Ein schon etwas älterer Artikel über die Fernsehmoderatorin Carmen Döring. Sie wissen schon. Die Frau, die vor ein paar Wochen umgebracht worden ist.«

Probier es, dachte ich still bei mir.

»Ich bin drin!« antwortete er auch schon.

»Okay, okay«, versuchte ich mich selbst zu beruhigen. »Immer eins nach dem anderen. Such in den Unterverzeichnissen nach Schriftverkehr mit Corbieri oder dieser Import-Export-Firma.«

»Nichts. Hier geht es nur um einzelne Klienten. Alles so Typen, die anscheinend in den letzten Monaten Steuern hinterzogen haben. Aber lauter kleine Fische. Nichts von Bedeutung. Aber es ist noch jede Menge Schriftverkehr abgespeichert. Soll ich Ihnen die Dateinamen vorlesen?«

»Ja, aber rasch«, erwiderte ich.

Es befanden sich keine brauchbaren Hinweise darunter. Sylvia schien hin und wieder ihre Plädoyers auf dem Computer auszuarbeiten und Schriftsätze vorzubereiten. Ich war enttäuscht. Ich hatte angenommen, daß wir auf der Festplatte des Arbeitsplatzrechners irgendwelche kompromittierenden Datensammlungen, geheime Geschäftskorrespondenzen oder wenigstens ein paar Memos mit Hinweisen über verschobene Geldmittel fanden. Aber scheinbar war Sylvia clever genug gewesen, derartiges Belastungsmaterial keinesfalls auf ihrem PC abzuspeichern.

»Such weiter«, drängte ich. »Es muß einfach etwas geben. Ich fühle es.«

Ich hörte durch das Walke-talkie das Klackern der Computertastatur. Doch gleichzeitig sanken meine Erwartungen auf Null. Es wurde Zeit, daß wir uns verdrückten. Steinitz, von dem die Idee stammte, wollte auf keinen Fall, daß unsere Spionageaffäre zu diesem Zeitpunkt bereits aufflog.

»Pack zusammen!« forderte ich den Chauffeur auf.

»Moment mal«, meldete sich der Mann.

»Was gibt's?«

»Hier steht ein Panzerschrank in der Ecke. Ein McCluskey & Pherson. Ein uralter Tresor mit Radzahlenschloß. Total veraltet. Soll ich mal einen Blick hineinwerfen?«

Ich wurde nervös. Einerseits wollte ich so dicht vor dem Ziel nicht aufgeben, andererseits aber auch nichts riskieren. Ich schaute auf die Uhr. Sylvia hatte ihr Büro schon vor über einer halben Stunde verlassen.

»Wie lange brauchst du?« fragte ich.

»Kein Thema. Bin schon dran. Die erste Zahl der Kombination ist eine Fünf.«

Ich starrte durch die mit Folie abgedunkelten Scheiben nach draußen. Die Hauswirtschafterin meiner geschiedenen Frau schnitt im Vorgarten trotz des Regens in aller Ruhe ein paar Rosen ab und trug sie anschließend ins Haus hinein. Ich schaute auf die Uhr. Die Zeit verstrich. Hoffentlich wurde die Hauswirtschafterin im letzten Augenblick nicht doch noch mißtrauisch.

Plötzlich meldete sich wieder Steinitz' Chauffeur. Er klang ziemlich aufgeregt.

»Bingo! Im Tresor liegen Kopien der Geschäftskorrespondenzen mit der WBG. Außerdem Kontoauszüge, Durchschläge handgeschriebener Briefe und so weiter. Das beste aber folgt noch. Hier liegt ein komplettes Dossier mit Namen und Geschäftsadressen aller Kunden, die irgendwann einmal Kontakt mit Corbieri aufgenommen haben. Sogar Kontaktadressen von Firmen die zum Malletti-Konzern gehören.«

Beck begann lauthals zu kichern.

»Du glaubst es nicht!« stieß er aus. »Entschuldigen Sie, aber Ihre werte Ex-Frau muß komplett übergeschnappt sein, sowas überhaupt im Haus aufzubewahren. Vor mir liegt eine Auflistung aller Gelder, die über die WBG und andere Geschäftsbanken nach Luxemburg geflossen sind. Auf Konten des Malletti-Clans. Oh, Gott! Das sind Summen! Das kostet Corbieri den Kopf!«

»Sag ihm, er soll die Unterlagen einfach zu Stefan hinüberfaxen«, rief Claudia.

»Hast du verstanden?« knurrte ich in das Funksprechgerät. »Dann mal los! Beeilung!«

Ich kletterte nach vorne in die Fahrerkabine. Claudia Bergmann grinste breit. Ihre Hand suchte die Zigaretten auf dem Armaturenbrett. Sie öffnete das Päckchen, zündete sich ein Stäbchen an und blies den Rauch aus dem halb geöffneten Fahrerfenster. Sie drehte sich zu mir herum.

»Ich bin gespannt, was die Unterlagen hergeben. Wenn sich aus der Korrespondenz mit der WBG und den Zahlungsunterlagen wirklich ...«

Sie unterbrach sich. »Dann hätten wir Corbieri endlich am Arsch«, fügte sie wenig damenhaft hinzu.

»Vielleicht kämen wir sogar an Malletti heran. Jedenfalls müßte er seine Aktivitäten zumindest in Deutschland einschränken. Das wäre genau das, was wir erhofft hatten.«

Beck meldete sich erneut. »Gerade war die Hauswirtschafterin im Zimmer. Ich habe ihr erklärt, es handelt sich um Testsendungen. Zum Glück hat sie nicht gemerkt, daß der Tresor einen Spalt breit offenstand.«

Claudia nahm mir das Walkie-talkie aus der Hand.

»Sei bloß vorsichtig!« ermahnte sie ihn.

»Hast du einen Cognac im Wagen?« fragte ich die junge Frau. »Ich könnte einen Drink gebrauchen.«

»Ich kann mir eigentlich nicht vorstellen, daß die Monteure bei der Telekom unterwegs Cognac trinken.«

Claudia schnippte gerade Zigarettenasche aus dem Fenster, als vor uns eine große dunkle Limousine am Straßenrand anhielt. Ich sprang mit einem Satz zurück in den Innenraum des Lieferwagens. Im gleichen Moment stieg eine sehr elegant gekleidete, etwa fünfundvierzigjährige Frau aus der dunklen Limousine und schloß sorgfältig die Fahrertür ab. Als sie die Aufschrift auf dem Lieferwagen erkannte, runzelte sie die Stirn.

Ich riß das Walkie-talkie an mich.

»Achtung! Zielperson im Anmarsch. Mach, daß du verschwindest!«

»Noch ein Blatt! Bin gleich fertig!«

Dann knackte das Gerät. Beck hatte es abgeschaltet.

Schweiß begann sich in feinen Perlen auf meiner Stirn zu bilden. Im Prinzip hätte mir die Aktion egal sein können. Sie ging mich eigentlich gar nichts an. Andererseits lag mir jedoch daran zu verhindern, daß sie merkte, wer sie ausspionierte. Zwischen uns herrschte zwar seit dem Entzug des Sorgerechtes für Tanja Krieg, doch wie immer liebte man auch in diesem Krieg den Verrat, nicht den Verräter. Gleichzeitig fiel mir Christiane Körber ein, die durch die Hand der Leute sterben mußte, für die Sylvia allen Anschein nach arbeitete.

Claudia sog nervös an einer neuen Zigarette. Sie hatte Steinitz versprechen müssen, daß wir die Sache abbliesen, sobald ernsthaft Gefahr bestand, daß unsere Täuschung aufflog. Und nun stand Sylvia vor der Tür, und Beck war noch drinnen. Er war auf sich allein gestellt. Und das machte nicht nur mir Angst. Sylvia ging langsam auf das Gartentor ihres Hauses zu, blickte sich aber immer häufiger nach dem Lieferwagen mit den undurchsichtigen Scheiben um.

Claudia griff nach ihrem Handy und wählte fieberhaft eine Nummer.

»Telekom hier«, meldete sie sich. »Sie ist früher zurückgekommen. Er ist noch drin.«

Sie nickte.

»Alles klar! Bis gleich!«

Ich schaute sie erstaunt an. Claudia griff nach dem Schlüssel und wollte den Lieferwagen starten.

»Was ist los?« fragte ich und griff ihr in den Arm. »Was sagt Steinitz?«

»Stefan will, daß wir sofort das Zielgebiet verlassen.«

»Und was ist mit Beck?«

»Beck muß sehen, wie er klarkommt.«

»Willst du ihn aufgeben?«

»Er kennt das Risiko.«

»Ich habe eine Idee. Ich werde sie ablenken. Besuche erhalten schließlich die Freundschaft.«

»Himmel, nein!« stieß Claudia aus, als ich schon die Schiebetür des Lieferwagens aufriß. »Sie ist gefährlich!«

»Meine Güte, ich bin wohl ein kräftiger Mann, oder?« erwiderte ich. »Ich werde doch wohl mit zwei Frauen fertig werden.«

»Weißt du nicht, daß deine Frau eine 38er Smith & Wesson besitzt?« fügte sie hinzu, aber ich war schon auf dem Gehweg.

Mit drei raschen Schritten erreichte ich Sylvia, die in diesem Augenblick das Gartentor öffnete. »Hallo, mein Engel!« rief ich. »Wir sollten uns unterhalten.«

Sylvia fuhr herum. Ihre Augen blitzten eisig.

»Was willst du? Wir haben uns nichts mehr zu sagen.«

»Ich glaube schon«, konterte ich zurück und ergriff ihren Arm. »Mach keinen Aufstand, Sylvia.«

»Verdammt, was willst du von mir?« fuhr sie mich an, als wir das Haus betraten. Im Flur stand die Haushälterin. Sie wirkte verängstigt.

»Gut, daß Sie da sind, gnädige Frau. Mir ist ja gerade eben etwas Merkwürdiges passiert. Dieser Telefonmonteur, den Sie wegen des Faxgerätes bestellt haben, ist über die Terrasse verschwunden. Einfach so. Können Sie das begreifen?«

Sylvia wirbelte herum und starrte erst mich und dann die ältere Frau an.

»Telefonmonteur? Ich habe keinen Monteur bestellt. Das Faxgerät funktioniert einwandfrei.«

Sie kniff ein Auge zu.

»Ach, steckst du etwa dahinter? Was soll die Komödie?«

Ich ergriff grob ihren Arm.

»Los, komm mit in dein Arbeitszimmer! Ich muß mit dir reden.«

Widerstrebend ließ sie sich von mir in den Raum führen. Er war aufgeräumt, der Computer abgeschaltet, der Tresor wieder abgedeckt. Beck hatte ganze Arbeit geleistet. Nur das Faxgerät war noch eingeschaltet. Sylvia ging an den Apparat und drückte ein paar Tasten.

»Jemand hat von hier gefaxt. Wer? Wohin? Rede, Claus-Peter!«

Ich grinste sie breit an und ließ mich hinter ihrem Schreibtisch nieder.

»Möchtest du deinem Gast nichts anbieten?« fragte ich mit süffisantem Lächeln. »Du bist aber unhöflich.«

»Was willst du?« herrschte sie mich an.

»Wenn du in einer Minute nicht verschwunden bist, rufe ich die Polizei.«

»Warum nicht Corbieri?« fragte ich sie.

Sylvia zuckte zusammen. Aha, dachte ich. Volltreffer! Na, warte, du Biest! Du kommst mir nicht davon!

»Wieso Corbieri?« fragte sie leise.

»Nun, dein Mafiafreund übernimmt doch sonst gerne solche Aufträge, oder? Denk doch nur an Christiane Körber. Oder an Günter Gockel.«

»Günter wer?« fragte sie.

»Du weißt genau, wen ich meine. Die Döring habt ihr auch auf dem Gewissen. Ihr seid eine gemeine Bande von Meuchelmördern! Du steckst mit diesem Corbieri und diesem Malletti aus Genua unter einer Decke! Aber diesmal lasse ich dich nicht aus!«

»Malletti?« fuhr meine geschiedene Frau auf.

»Was redest du für einen Unsinn, Claus-Peter? Ich habe nichts mit Malletti ...«

»Und die Unterlagen aus deinem Tresor?« fragte ich und bemühte mich erst gar nicht, mein selbstgefälliges Lachen zu unterdrücken.

Sylvia riß ihre Augen weit auf.

»Was ist mit den Papieren, Claus-Peter? Oh, Gott! Was hast du mit den Papieren ...«

Sie stürzte an die Rückseite ihres schweren Eichenschreibtisches und klappte eine Furnierfront ab. Dahinter befand sich ein Stahlfach, das von einer Tür mit Zahlenschloß gesichert wurde. Sylvias Hände flogen.

»Wir haben sie kopiert, mein Engel«, winkte ich ab, als sie nach einer kurzen Durchsicht den Inhalt wieder verschloß.

Sylvia schaute mich fragend an. Dann fiel ihr Blick auf das Faxgerät.

»Gefaxt?« fragte sie.

Ich nickte breit grinsend.

Sylvia öffnete ihre Handtasche und zog eine großkalibrige Handfeuerwaffe heraus. Die Smith & Wesson schimmerte gefährlich im diffusen Tageslicht.

»Tut mir leid, Claus-Peter«, meinte sie schließlich. »Aber du läßt mir keine andere Wahl. Wer hat die Papiere erhalten? Rede! Ich verstehe jetzt keinen Spaß mehr.«

Ich erhob mich aus dem Schreibtischsessel. Ihre Hand zuckte hoch. Ich bemerkte das satte Schnalzen des Sicherungsbügels.

»Du wirst alles tun, mein Schatz«, antwortete ich ruhig. »Aber du wirst mich niemals erschießen.«

Die schwarze Mündung des 38ers zeigte genau auf eine Stelle, an der man ziemlich empfindlich ist. Die Herzregion.

»Da wäre ich nicht so sicher«, erwiderte sie. »Los, setz dich wieder hin!«

»Und wenn ich es nicht tue?« fragte ich.

Sylvias eisblaue Augen wurden zu gefährlichen Schlitzen.

»Ich werde es dir einfacher machen«, sagte ich schließlich.

Ich war mir der Gefahr, in der ich schwebte, bewußt, aber ich wollte hier und jetzt endlich Gewißheit, ob ich ihr wirklich so völlig egal war, daß sie mich aus solch einem Grund kaltblütig getötet hätte. Ich schritt langsam auf sie zu. Mit meiner linken Brustseite blieb ich genau vor der Mündung der Waffe stehen.

»Tu es oder tu es nicht, Sylvia«, begann ich.

»Du wirst mich nicht aufhalten, diesen Raum zu verlassen. Entweder aufrecht oder mit den Beinen voran.«

»Was hast du vor?« Ihre Stimme klang heiser.

»Ich werde zur Staatsanwaltschaft gehen und dich und diesen sauberen Herrn Corbieri anzeigen. Die Unterlagen, die Steinitz gegen dich und den Italiener in der Hand hat, werden euch beide für ein paar Jahre aus dem Verkehr ziehen. Und schließlich möchte ich wissen, wer Christiane Körber auf dem Gewissen hat.«

Ich spürte, wie sich der Druck der Waffenmündung auf

meine Brust verstärkte. Aber ich widerstand der Drohung. Sie lachte heiser auf.

»Du Narr!« knurrte sie. »Es wird keine Staatsanwaltschaft geben. Meine Güte, was bist du einfältig! Steinitz! Ausgerechnet Steinitz vertraust du. Und dann diese Christiane Körber. Sie hat euch alle an der Nase herumgeführt! Warum mußte sie unbedingt das diletantische Werk ihres Bruders fortführen.«

»Das gibt euch kein Recht, sie umzubringen!« schrie ich auf und riß instinktiv den Arm zur Seite.

Dabei stieß ich Sylvia zur Seite. Krachend entlud sich ein Schuß. Die Kugel verfehlte mich und blieb im Holz des Schreibtisches stecken. Ich stürzte und blieb auf dem Boden liegen. Sylvia stand ein paar Schritte entfernt und starrte abwechselnd auf mich und auf die noch rauchende Mündung ihrer Waffe. In diesem Augenblick läutete das Telefon. Wie betäubt blieb ich am Boden liegen, während Sylvia abhob und gleichzeitig die Waffe auf mich gerichtet hielt. Sylvia meldete sich. Sie schwieg eine ganze Weile, denn ihr Gesprächspartner schien sie nicht zu Wort kommen zu lassen. Schließlich legte sie schulterzuckend auf und ließ den Arm mit der 38er sinken.

»Okay«, meinte sie mit belegter Stimme. »Du kannst gehen. Tut mir leid.«

Ich rappelte mich auf und starrte sie fassungslos an.

»Ach, tut dir leid«, schrie ich sie an.

»Ja, tut mir leid.«

»Nun gut, ich gehe. Aber ich komme wieder. Und zwar sehr schnell. Und dann wirst du diesen Raum in Handschellen verlassen.«

»Du weißt ja nicht, was du redest«, murmelte meine Ex-Frau.

Ich starrte sie an. Zum erstenmal, seit ich sie kannte, wirkte sie unschlüssig und unsicher.

»Geh bitte«, fuhr sie fort. »Ich kann dir jetzt nicht mehr sagen, als daß du gehörig im Irrtum bist.«

Kopfschüttelnd verließ ich das Zimmer und drückte mich an einer völlig verängstigten Haushälterin vorbei.

»Was soll das Theater?« knurrte ich den Grafen kurze Zeit später in seinem Büro an. »Ich denke, Sylvia arbeitet für die Mafia? Sie streitet meine Anschuldigungen gar nicht ab, schießt sogar auf mich, erhält einen geheimnisvollen Telefonanruf, und plötzlich darf ich gehen. Himmel, was wird hier gespielt?«

Das Telefon auf Steinitz' Schreibtisch läutete. Der Graf hob ab.

»Steinitz«, meldete er sich.

»Oh, gnädige Frau«, antwortete er auf die Gegenmeldung. »Welche Freude. Ja, ganz meinerseits.«

Ich hatte bis dahin noch nie jemanden so lange und so nachdenklich auf seine Tischplatte starren sehen. Nur hin und wieder nickte der Graf seinen grauhaarigen Kopf. Er winkte Claudia. Die junge Frau blickte hoch und goß auf seine Bitte sein Glas erneut voll. Der Miene des Grafen nach zu urteilen, mußte es sich um ein hochbrisantes Statement handeln, das Sylvia da abgab. Schließlich nickte er nochmals energisch und verabschiedete sich in gewohnt galanter Form.

»Was ist?« stieß ich aus, als der Hörer wieder auf der Gabel lag. »Was hat sie gesagt?«

Steinitz schaute nachdenklich durch die regennassen Scheiben seines Arbeitszimmers nach draußen in den Garten seiner Villa.

»Eine bemerkenswerte Frau«, murmelte er schließlich. »Waren Sie lange mit ihr verheiratet?«

»Ein paar Jahre, Graf«, antwortete ich ungeduldig. »Was ist denn los? Was machen wir jetzt?«

Steinitz erhob sich und schlenderte zum Fenster. Er

schob den Vorhang ein wenig zur Seite und starrte lange Zeit auf das hölzerne Pagodenhäuschen in seinem Garten. Er sprach kein Wort. Weder Claudia noch ich wagten es, die Stille zu unterbrechen. Im Hintergrund schlug das Big Ben-Laufwerk einer Standuhr.

Endlich drehte er sich um und sah uns beide lange und schweigend an. Dann ging er auf mich zu und klopfte mir auf die Schulter.

»Gar nichts machen wir jetzt«, antwortete er schließlich auf die von mir gestellte Frage.

Ich starrte ihn entgeistert an. »Nichts? Warum dann der Riesenaufwand? Was ist mit Corbieri?«

»Corbieri sitzt bereits in einer Maschine nach Ankara.«

»Wohin?«

»Ankara. Das liegt in der Türkei.«

»Das weiß ich selbst!« fuhr ich ihn an. »Warum haben Sie ihn nicht verhaftet?«

»Mit welcher Begründung?« entgegnete er.

»Drogenhandel«, rief ich erregt. »Geldwäscherei. Mord.«

Der Graf nickte traurig. »Corbieri ist ein angesehener italienischer Modeschöpfer. Er ist nach Ankara unterwegs, um dort Stoffe für die kommende Frühjahrskollektion einzukaufen. Sollten wir deswegen eine bereits gestartete Maschine zurückdirigieren? Sie glauben doch wohl nicht, daß auch nur ein Haftrichter bei der Beweislage im Fall Christiane Körber einen Haftbefehl ausstellt.«

»Und die Geldwäscherei?«

»Ich habe die Unterlagen durchgesehen. Alles geschickt getarnt. Die Italiener sind echte Spezialisten auf diesem Gebiet, wenn Sie mich fragen. Corbieri wäre zumindest auf die Schnelle nichts nachzuweisen. Jedenfalls nichts, was einen internationalen Haftbefehl rechtfertigen könnte. Aber wenigstens wissen wir jetzt, wo wir in Zukunft die Hebel ansetzen müssen. Wenn Ihre geschiedene Frau tatsächlich auf der verkehrten Seite gestanden hätte, nicht auszudenken. Ich glaube, dann hätten wir noch Jahre gebraucht, um an all diese Hintergrundinformationen heranzukommen.«

Ich fuhr herum.

»Was reden Sie da?« brauste ich auf. »Was soll das bedeuten: ›auf der verkehrten Seite‹?«

Steinitz atmete tief durch.

»Ihre geschiedene Frau gehört auf unsere Seite.«

Fassungslos ließ ich mich in die weichen Polster zurückgleiten und verbarg aufstöhnend mein Gesicht in meinen schweißnassen Händen.

»Ich verstehe, wenn Sie mir nicht folgen können«, murmelte Steinitz.

»Es ist auch wirklich schwer, das alles einem Außenstehenden plausibel zu machen.«

»Versuchen Sie es dennoch«, forderte ich ihn müde auf.

Steinitz reichte mir einen Cognac.

»Es ist zwar noch etwas früh am Tage, aber ich glaube, Sie können ihn jetzt brauchen.«

Ich nickte dankbar und nahm einen tiefen Schluck. Steinitz warf Claudia einen kurzen Blick zu, woraufhin die junge Frau den Raum verließ.

»Nun«, meinte ich schließlich. »Ich bin ganz Ohr. Wahrscheinlich wird sich herausstellen, daß Malletti für den britischen Secret Service arbeitet und Corbieri in Wirklichkeit Abgesandter des Heiligen Stuhls ist.«

Steinitz lachte leise.

»Nein, ganz so ist es nun auch wieder nicht«, begann er. »Aber interessant ist die Geschichte schon. Etwas müssen Sie mir glauben. Ich habe selbst erst heute die entsprechenden Informationen erhalten. Ihre Frau unternahm vor zwei Jahren eine Reise in die Toscana. Dort wurde sie in einen Verkehrsunfall mit tödlichem Ausgang verwickelt. Ein Junge sprang ihr vor den Wagen. Bevor ihr die aufgebrachte Menge etwas antun konnte, erhielt sie überraschenden Beistand von dem ortsansässigen Advokaten. Er paukte sie bei der Polizei heraus. Ein paar Wochen später erhielt sie von eben diesem Mann den Auftrag, gewisse Geschäfte bestimmter italienischer Unternehmungen in Hamburg und Frankfurt zu betreuen. In diesem Moment wußte sie natürlich, was die Stunde geschlagen hatte. Sie tat das einzig Vernünftige. Sie wandte sich an die Polizei.«

»An die Polizei?« fragte ich heiser.

»Nun«, fuhr Steinitz fort, »derartige Strafverfolgungen werden in aller Regel an das Bundeskriminalamt weitergereicht. So kam es, daß man Sylvia Stockhausen als verdeckte Ermittlerin anheuerte. Sie wurde von Wiesbaden aus geführt und machte ihre Sache exzellent. Als sich die Liaison mit Kröger anbahnte, schaltete sich auch noch der Verfassungsschutz ein. Kröger war der Köder, bei dem Malletti einfach zuschnappen mußte. Warum allerdings dermaßen hohe Register gezogen wurden, ist selbst mir ein Rätsel.«

»Moment mal«, fuhr ich auf. »Heißt das etwa, daß drei Behördenapparate, also BKA, Verfassungsschutz und Ihre Dienststelle zur gleichen Zeit hinter denselben Leuten her waren?«

Steinitz schüttelte den Kopf.

»Nicht ganz«, fuhr er fort. »Meine Abteilung war vorrangig mit Rauschgiftschiebereien beschäftigt. Der Staatsschutz kümmerte sich um Geldwäsche und der Verfassungsschutz um den Schutz eines hohen Politikers. Daß alle Fäden bei einem relativ unbedeutenden Mafiosi wie Corbieri und damit zwangsläufig auch bei Ihrer Ex-Frau zusammenliefen, konnte keiner ahnen. Wir wußten alle von der Import-Export-Firma. Daß es eine direkte Querverbindung zur Ultima Moda gab, merkte man in Wiesbaden und Köln zu spät. Wie gesagt, ein Mißverständnis.«

»Ich würde eher sagen, eine Panne«, brauste ich auf.

»Eine Panne, wegen der ein unschuldiges Mädchen sterben mußte.«

Steinitz schüttelte den Kopf.

»Zumindest die Ermittlungsbehörden können dafür nichts. Diese Schuld trifft einzig und allein Sascha Körber. Hätte er nicht versucht, die WBG zu erpressen, wäre niemals jemand auf die Idee gekommen, Sie und Christiane Körber aus dem Weg zu räumen.«

Ich stand am Fenster und starrte gedankenverloren in den Regen hinaus. In diesem Moment betrat Claudia den Garten. In ihrer Begleitung befand sich eine junge, rothaarige Frau. Sie schlenderten zu den Pagodenhäuschen in Steinitz' Garten. Die beiden Frauen setzten sich auf eine der schmalen Holzbänke, die innen an den Wänden des Rundbaues standen. Claudia zündete sich eine Zigarette an und reichte sie an ihre Begleiterin weiter. Veronica Hard nahm einen tiefen Zug und gab sie an die junge blonde Frau zurück.

»Welche Rolle spielt eigentlich Veronica in diesem schmutzigen Spiel?« fragte ich den Grafen.

Steinitz trat neben mich und zog den Vorhang ein wenig zur Seite.

»Mit ihrer Hilfe konnte ich Claudia gefahrlos an Corbieri heranführen. Veronica ist Corbieris Topmodel bei Ultima Moda und Claudia ihre Freundin. Doch sehen Sie selbst«, forderte er mich auf. Seine Stimme klang ausdruckslos.

Ich sah, wie die junge Engländerin Claudias rechte Hand in beide Hände nahm und zärtlich ihren Handrücken küßte. Claudia drehte sich um und blickte zurück zum Haus. Sie schaute genau auf das Fenster zu Steinitz' Arbeitszimmer. Unsere Blicke trafen sich. Sie sah verletzlich aus. In ihren Augen lag unendlich viel Liebe, Zuneigung und Vertrauen. Und ihr Blick wirkte wie eine einzige Entschuldigung. Dann zog sie den Kopf ihrer rothaarigen Freundin an sich und küßte sie leidenschaftlich.

# Epilog

Träge und ölig schwappte die kristallklare, tiefblaue karibische See am Rumpf der schweren Segelyacht entlang. Die Sonne hatte ihren Zenit gerade überschritten, aber von aufkommender Kühle war zu dieser Tageszeit noch nichts zu spüren. Es war heiß an diesem Nachmittag. Die wenigen Wolken deuteten an, daß sich an dem phantastischen Wetter so schnell nichts ändern würde. Ein Teil der Bordgäste lümmelte sich unter dem aufgespannten schneeweißen Biminitop. Das Boot fuhr in Charter. Seine Klientel waren überwiegend amerikanische Geschäftsleute von der Ostküste, die sich in der wohltuenden Wärme der karibischen Sonne von der zermürbenden Hektik der Wall Street erholen wollten. Noch liefen die Männer bleich und allenfalls mit rotverbrannten Oberschenkeln und Gesichtern an Deck herum, versuchten ständig mit ihren Handys eine Verbindung zum Festland zu bekommen und wurden nervös, wenn nicht mindestens stündlich ein Fax mit den wichtigsten Wirtschaftsnachrichten einging. Der braungebrannte Skipper konnte über all diese hektische Betriebsamkeit nur müde grinsen. Er schipperte lieber seine zahlungskräftigen Gäste zwischen Virgin Islands und Kuba hin und her, als sich um das Wall Street Journal oder die Financial Times zu kümmern. Gerade als sein dunkelhäutiger Steward, der von allen Chartergästen nur despektierlich »Freitag« gerufen wurde, die Drinks servieren wollte, kletterte einer der Mitsegler in die Plicht. Er zeigte auf das Meer hinaus.

»Hi, Skip«, sprach er den Skipper in breitem Ostküstendialekt an. »There's a sailingboat beside us! It looks a little bit strange.«

Der Angesprochene griff träge nach seinem Fernglas. Tatsächlich trieb eine etwa elf Meter lange Segelyacht ungefähr zwei Kabellängen entfernt neben ihnen in der Atlantikdünung. Es schien niemand an Deck zu sein. Normalerweise scherte er sich einen Dreck um fremder Leute Angelegenheiten und Segelboote, aber angesichts der langweiligen Fahrt auf dem Charterschiff schien ein wenig Abwechslung gerade recht.

Der Skipper griff zum Schaltpaneel und ließ den Diesel im Innern der schweren Yacht an. Es dauerte etwa zehn Minuten, bis sie das quer zur Dünung treibende Segelboot erreichten. Sie schaukelte wild hin und her, wobei der Mast weit nach jeder Seite ausholte. Keine Chance ohne Bruch längsseits zu gehen. Den Skipper der Charteryacht interessierte, welcher Idiot wohl dort drüben mit dem Boot unterwegs war. Bei der Yacht handelte es sich um eine Fahrtenyacht. Wäre kein Wunder, wenn wieder einer gewagt hätte, mit solch einem viel zu kleinen Boot von Gran Canaria kommend zu den Kariben überzusetzen, überlegte er grimmig. Entweder schliefen die dort drüben wie die Ratten, oder sie brauchten wirklich Hilfe.

Er stoppte die Maschine und ließ das Beiboot absetzen. Den Farbigen wies er an, am Ruder des Charterschiffs Wache zu gehen. Mit dröhnendem Außenborder zischte das Schlauchboot zu der kleineren Segelyacht hinüber. Sein Steuermann erreichte die Bordwand, klopfte kräftig gegen den Kunststoffrumpf und rief eine Aufforderung, sich blicken zu lassen. Keine Reaktion. Er hangelte sich schließlich zurück zum Heck und band den Schlaucher an einer der Heckkorbstützen fest. Es war schwierig überzusteigen, weil die Yacht wie wild in der Dünung tanzte. Erst mußte er die Badeleiter vom Seezaun abklappen. Endlich gelang es ihm auf allen Vieren in das Cockpit zu krabbeln. Das Boot verfügte über Mast- und Vorsegelrollreff. Die noch gesetzten Segel schlugen erbarmungswürdig. Langsam erwachte seine Neugier. Er robbte weiter nach vorne, immer darauf bedacht, nicht aus der Plicht herauskatapultiert zu werden. Als nächstes rollte er die Segel ein, damit ihn die hin und her peitschenden Schoten nicht erwischten.

Als er schließlich den ersten Blick in die Kajüte warf, ließ sich nichts Ungewöhnliches feststellen, sofern man ein menschenleeres, in der karibischen See treibendes, aber ansonsten mit allem für eine Langfahrt ausgerüstetes Boot als nichts Ungewöhnliches betrachtet. Es gab nur eine einzige Erklärung. Wahrscheinlich war der Besitzer des Bootes bei einem Segelmanöver vom wild schlagenden Großbaum erschlagen und ins Wasser katapultiert worden. Ein Unglück, wie es hundertmal im Jahr vorkam. Ihm wurde eiskalt, als er an die Haie dachte, die hier vor Kuba herumschwammen.

Schließlich durchwühlte er die Schapps und fand Lebensmittel für bestimmt noch drei Wochen. Nach einem Blick in die Kleiderschränke konnte man davon ausgehen, daß es sich um eine einzige Person männlichen Geschlechts gehandelt haben mußte. Jedenfalls fand sich keine Damenwäsche unter der Bekleidung. Der Besucher ging an den Kartentisch und öffnete das Fach unter der Tischplatte. Er fand das Logbuch. Er stutzte. Anhand der Eintragungen ließ sich ersehen, daß es sich tatsächlich um ein Charterboot von den Kanarischen Inseln handelte. Gewöhnlich wurden jedoch solche Boote nicht an Einzelpersonen für Atlantiküberquerungen verchartert. Also war die Yacht unterschlagen worden. Er suchte weiter, aber außer Kursen und dem täglichen Mittagsbesteck gab das Logbuch nichts Besonderes her. Die Eintragungen brachen vor zwei Tagen plötzlich ab. Der Besucher rekapitulierte. Vor zwei Tagen war er selbst schon unterwegs gewesen. Mit durchschnittlich drei Beaufort herrschte für diese Jahreszeit in diesem Seegebiet ungewöhnlich wenig Wind. Welch ein Schicksal! Bei schönstem Urlaubswetter mitten in der Karibik ins Wasser zu stürzen und sich wegen der hochgeklappten Badeleiter vermutlich nicht mehr an Deck ziehen zu können. Es war sicherlich auch nicht in der Nacht geschehen, denn die letzten Eintragungen im Logbuch stammten vom frühen Morgen. Er kramte weiter im Kartenfach herum. Zwischen zwei Seekarten steckte ein zerknittertes, offensichtlich achtlos aus einem Bilderrahmen herausgetrenntes Photo. Es zeigte eine bildhübsche Frau. Sie mochte etwa Mitte Zwanzig sein. Ein dunkler Lockenkranz umrahmte ihr Gesicht. Er legte das Photo wieder zurück und wühlte weiter in dem Fach herum. In einer Ecke stieß er auf einen englischen Reisepaß. Das Dokument war auf einen gewissen Thomas Peters aus Shoreham-on-Sea ausgestellt.

Nachdem er das Fach wieder geschlossen hatte, blickte er sich nochmals um. In einem Bücherregal fand er eine Menge Segelliteratur, Bücher über Bankmanagement und Computerfachbücher. Merkwürdig, dachte er. Die Bücher waren beinahe alle in deutscher Sprache verfaßt. Ungewöhnliche Literatur für einen Engländer. Als er schließlich wieder an Deck zurückklettern wollte, fiel sein Blick auf ein verrutschtes Polster im Vorschiff. Neugierig stieg er nach vorne, wobei ihm das wild schaukelnde Boot ein paar böse blaue Flecken verpaßte. Im Vorschiff angekommen, zog er das Laken zur Seite und hob das Polster an. Darunter befand sich eine Holzabdeckung. Er klappte sie hoch. Im vorderen Bodenschapp lag ganz zu unterst ein schwerer großvolumiger Lederkoffer, so wie ihn Piloten für ihre persönlichen Unterlagen benutzen. Er hob ihn vorsichtig heraus und legte ihn auf dem gegenüberliegenden Polster ab. Der Koffer schien unverschlossen. Mit einem lauten Klicken federten die Schnappverschlüsse zurück. Im Innern des Koffers befanden sich zehn Millionen Dollar in gebrauchten großen Scheinen. Die Banderolen trugen den Aufdruck eines großen deutschen Bankunternehmens.

Bitte beachten Sie
die folgenden Seiten: